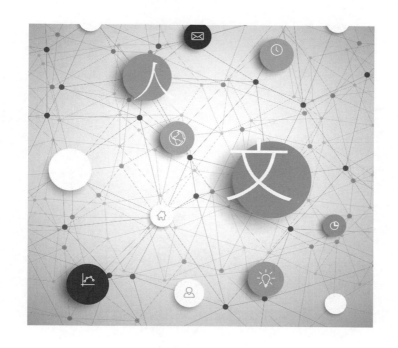

한중 인문교류와
한국학연구 동향

송현호 지음

태학사

한중 인문 교류와 한국학 연구 동향

초판 1쇄 인쇄 | 2018년 1월 3일
초판 1쇄 발행 | 2018년 1월 3일

지은이 | 송현호
펴낸이 | 지현구
펴낸곳 | 태학사
등 록 | 제406-2006-00008호
주 소 | 경기도 파주시 광인사길 223
전 화 | 마케팅부 (031)955-7580~82 편집부 (031)955-7585~89
전 송 | (031)955-0910
전자우편 | thaehak4@chol.com
홈페이지 | www.thaehaksa.com

값은 뒤표지에 있습니다.

ISBN 978-89-5966-937-0 93810

머리말

　필자는 1970년대 초에 대학에서 중국어를 배우고 1980년대 초에 신채호와 梁啓超, 춘원과 魯迅 등을 비교 연구하고 한국근대소설론의 형성과정을 추적하면서 이식사관의 극복과 동아시아 문학의 정체성 탐구에 전념한 바 있다. 또한 老舍의 〈駱駝祥子〉를 읽으면서 근대화 과정에서 차별받은 노동자와 인권을 유린당한 여성들의 문제에 대해 관심을 갖게 되었다.

　1980년대의 동아시아의 정체성을 찾으려던 열정은 1990년 1월 대학생 해외연수단을 이끌고 香港, 天津, 北京, 濟南, 曲阜, 靑島, 上海 등지의 대학과 문화유산을 둘러보면서 더욱 굳어져갔다. 1995년 한중인문학회 창립준비위원회를 구성하여 韓中人文科學國際學術硏討會를 개최하고, 韓國傳統文化國際學術硏討會와 환태평양국제학술대회에도 참가하여 한중 인문교류에 앞장서면서 동아시아의 정체성을 찾으려는 시도는 가시화되기 시작했다. 이후 한중인문학회 회장과 한국학진흥사업위원장을 맡으면서 北京大, 서울대, 浙江大, 吉林大, 中山大, 山東大, 湖南大, 中國中央民族大, 中國海洋大, 北京外大, 華南師大, 四川外大, 延邊大, 政治大, 吉林大 珠海学院 등의 초청을 받아 한중 인문 교류와 한국문학의 특성에 대해 강연을 하고 논문을 발표하기도 했다.

　한중 인문 교류는 한국 인문학과 중국 인문학의 교류, 한국 인문학자와 중국 인문학자들의 교류를 전제로 한다. 따라서 한국과 중국의 중국학 연구자들의 교류는 필자가 생각하는 한중 인문 교류와는 거리가 있다. 최근에 수많은 한중 교류 단체가 생기고 학술교류가 이루어지고 있지만 그 가운데 가장 활발하면서도 순수하게 한중 인문 교류를 추진하고 있는 단체는 한중인문학회다. 한중인문학회에서는 학술대회 개최지의 특성과 관련한 아젠다를 꾸준히 개발하여 한국학의 당면 과제를 모색하고 동시에 한국학을 통한 동아시아문화에 대한 이해를 심화시키는 역할을 하여 한국학 인프라 구축에 도움을 준 바 있다.

세계 각국의 한국학 연구자들이 한국학과 한국학의 계보를 쉽게 파악할 수 있도록 한국학의 정체성을 밝히는 작업을 하면서 동시에 제1세대 한국학 연구자들의 계보를 만드는 일에 착수한 바 있다. 제1세대 한국학 연구자들은 일제 강점기에 억압받고 불평등한 대우를 받으면서도 한국학을 지키려고 노력해온 학자들로, 우리가 전범으로 삼아야 할 소중한 자산들이다. 그런데 제1세대 한국학 연구자들의 경우 연구업적이 완성된 상태이나 중국의 한국학 연구자들은 아직 완성된 상태가 아니어서 연구시점에 따라 업적이 달라지고 있으며, 한국학진흥사업의 선정대학도 연구시점에 따라 달라지고 있다. 해마다 새롭게 선정된 대학, 종료된 대학, 탈락된 대학 등을 반영하여 작성하지 않을 수 없다. 연구시점에 따른 변화양상을 반영하지 않을 수 없는 문제가 있어서 최근에 발표한 논문 순으로 배열하여 그 변화양상을 살펴볼 수 있게 하였다. 「한중 인문 교류의 현황과 과제-한국학진흥사업을 중심으로」는 여러 논문에서 다루고 있는 한국학진흥사업에 대한 소개 자료이지만 해외 대학에서 앞으로도 유용하게 이용될 가능성이 있어서, 「현행 인문학 학술지 평가제도의 문제점과 개선방안」은 인문학 학술지 평가제도의 개선에 꼭 필요하다고 생각되어 이 책에 포함시켰다.

이 책의 내용이 해외에서 한국학을 연구하는 분들이나 한국학진흥사업을 준비하는 기관에 도움이 되었으면 한다. 어려운 여건에도 불구하고 이 책이 출간될 수 있도록 협조해준 태학사의 지현구 사장님께 감사드린다. 교정을 맡아준 차희정 선생에게도 고마운 마음을 전한다.

2018. 1. 3.

송 현 호

차례

머리말 / 3

한중 학술 교류와 중국의 한국학 연구

한중 인문 교류의 현황과 전망 ··· 11
  1. 머리말 ·· 11
  2. 한중 인문 교류의 현황과 한중인문학회의 역할 ··············· 15
  3. 한중 인문 교류의 과제 ··· 24
  4. 한중 인문 교류의 전망 ··· 30

中國 華南地域 韓國學의 現況과 展望 ··· 32
  1. 머리말 ·· 32
  2. 해외중핵대학사업과 한국학 선도대학 육성 ······················ 33
  3. 해외씨앗형사업과 한국학 교재 및 교육프로그램 개발 ······· 37
  4. 결론 ··· 42

한중간 학술교류의 변천과 전망 ··· 43
  1. 머리말 ·· 43
  2. 학술대회조직위원회 구성과 제1회 중한인문과학학술연토회 ····· 45
  3. 초창기 학회 구성과 학술대회 ·· 49
  4. 본격적인 학술교류와 향후 전망 ··· 63

中華民國韓國學의 現在와 未來 ································· 75
  1. 머리말 ·· 75
  2. 해외중핵대학사업과 한국학 선도대학 육성 ············· 76
  3. 해외씨앗형사업과 한국학 교재 및 교육프로그램 개발 ·········· 84
  4. 한국학선도연구지원사업-한국학세계화랩사업 ·········· 96
  5. 한국학대중화사업-한국고전100선 영문번역 ·············· 99
  6. 결론 ·· 102

한중 인문 교류의 현황과 과제 ···························· 104
  1. 머리말 ·· 104
  2. 해외 한국학 학문후속세대 양성사업과 한국학 교수요원 양성 ·· 107
  3. 해외씨앗형사업과 한국학 교재 및 교육프로그램 개발 ·········· 111
  4. 해외중핵대학사업과 한국학 선도대학 육성 ············· 115
  5. 결론 ·· 120

延邊大學의 한국학 현황과 과제 ·························· 124
  1. 머리말 ·· 124
  2. 한국학중핵사업단 ·· 125
  3. 한국학 연구 인프라 ··· 135
  4. 한국학 교육 인프라 ··· 145
  5. 결론 ·· 147

中央民族大學의 한국학 현황과 과제 ··················· 149
  1. 머리말 ·· 149
  2. 한국학중핵사업단 ·· 153
  3. 한국학 전임 교수 ·· 159
  4. 한국학 연구 인프라 ··· 164

  5. 한국학 교육 인프라 ·· 167

  6. 결론 ·· 171

중국대학의 한국학 연구 현황과 과제 ·············· 174

  1. 머리말 ·· 174

  2. 한국학 관련 주요대학 현황 ······························ 177

  3. 한국학 관련 학술활동 현황 ······························ 189

  4. 결론 ·· 198

한국어문학 연구의 지평과 환경

해방 후 국어국문학 지형도에 관한 연구 ··········· 213

  1. 머리말 ·· 213

  2. 해방 후 제1세대 국어국문학 연구자 - 약력과 논저목록 ········· 217

  3. 해방 후 1950년대까지의 국어국문학과 교과과정 ····················· 381

  4. 해방 후 제1세대 국어국문학 연구자의 연구경향

    - 학적 배경과 문제의식 ··· 400

현행 인문학 학술지 평가제도의 문제점과 개선 방안 ··········· 414

  1. 머리말 ·· 414

  2. 현행 학술지 평가 기준 ······································ 415

  3. 현행 학술지 평가 현황 ······································ 424

  4. 학술지 평가 개선 방안 ······································ 430

  5. 결론 ·· 436

찾아보기 ··· 445

한중 학술 교류와 중국의 한국학 연구

한중 인문 교류의 현황과 전망

1. 머리말

필자는 1970년대에 대학에서 중국어를 수강하고 한국현대문학을 공부하면서 당시 이슈가 되고 있던 한국과 중국의 분단 현실에 눈뜨고 통일에 대한 염원과 민족운동 그리고 친일 청산에 대한 문학적 형상화에 관심을 가졌다.[1] 1980년대 초에는 臺灣을 방문하여 동아시아 문화의 유사성을 탐색하기 위해 臺北에 있는 고궁박물관을 둘러보고 國立政治大學의 한국학 연구자들을 만나 보았다.

당시 한국은 중국과 외교 관계가 없었고, 개인적 접촉도 금지되던 때여서 한중 교류는 곧 한국과 중화민국의 교류를 의미했다. 한국의 학자들이나 유학생들은 대부분 중화민국으로 가서 연구하고 공부했다. 중화민국 학자들과 유학생들도 한국의 각 대학에서 연구하고 공부하고 있었다. 國立政治大學은 성균관대학과 교류 협력을 맺고 많은 학자들을 교류하였는데, 政治大 陳祝三 교수, 성대 이명구 교수, 성대 강신항 교수, 한중연 정양완 교수의 지도를 받은 蔡連康, 胡啓建, 謝目堂, 楊秀芝, 劉麗雅, 曾天富 등이 한국의 유수 대학에서 한국학을 공부하였다. 서울대 국어국문학과

---

1 송현호, 「70년대 한국문학의 특징」, 『월간문학』 제11권 118호, 1978.12, 243면.

에는 中國文化大學의 林明德 교수가 박사과정에서 공부하고 있었고, 劉麗
雅와 黃東旭이 석사과정에서 공부하고 있었다.

필자는 춘원과 魯迅의 비교 연구로 석사학위논문을 준비 중인 劉麗雅
와 일본 유학생 미즈노 겐 등과 토론하면서 근대 초기 한국과 중국 현대
문학의 유사성과 변별성에 관심을 갖게 되었다. 춘원과 魯迅은 일본에 유
학한 지식인들로 1910년대부터 문학을 통해 민중을 각성시키고, 근대문
학을 개척한 사람들이다. 그들이 노예상태에 놓여 있는 자국민을 각성시
키기 위해 소설을 활용한 점은 한중 현대문학의 특성을 단적으로 드러낸
것이라 생각했다.

한국과 중국의 현대문학에 대한 관심은 신채호와 梁啓超, 춘원과 魯迅,
현진건과 魯迅, 김동인과 郁達夫 등을 비교 연구하고 한국근대소설론의
형성과정을 추적하면서 이식사관의 극복과2 동아시아 문학의 정체성 탐
구에 커다란 도움이 되었다.3 1990년대에는 老舍의 〈駱駝祥子〉를 읽으면
서 조선의 인력거꾼과 북경의 인력거꾼에 관심을 가지고, 근대화 과정에
서 차별받은 노동자와 인권을 유린당한 여성들의 문제에 대해 관심을 갖
게 되었다. 이러한 관심은 후일 동아시아 문학의 유사성에 대한 연구로
연결되었다.4

1980년대의 동아시아의 정체성을 찾으려던 열정은 1990년까지는 대만
의 학자들이나 유학생들과 교류하고, 논문을 작성하면서 이루어졌다. 國
立政治大學의 陳祝三 교수와는 상당히 활발한 교류가 있었다. 그런데
1990년 1월 대학생 해외연수단을 이끌고 香港, 天津, 北京, 濟南, 曲阜, 青
島, 上海 등지의 대학과 문화유산을 둘러보면서 중국 대륙에 대한 관심이

2 송현호, 「20년대 소설연구의 현황과 문제점」, 『한국학보』 32, 1983, 189-214면.

3 송현호, 「한국근대소설론연구」, 서울대 박사학위논문, 1989.

4 송현호, 「郁達夫와 金東仁의 小說 比較硏究」, 『中韓人文科學硏究』, 1996.
　송현호, 「玄鎭健과 魯迅의 〈故鄕〉 비교연구」, 『比較文學』 23, 1998.
　송현호, 「韓中現代小說의 賣女 주제연구」, 『比較文學』 25, 2000.

1990년 1월 북경대학 외사처 직원들과

1990년 2월 상해임시정부 앞에서

커져갔다. 어린 시절 이야기꾼으로부터 들었던 민담들과 대학원 시절 채록했던 〈말 불알 일기 예보〉의 현장에서 그 허구성을 확인하기도 하고, 曲阜의 孔子廟와 上海의 魯迅公園과 大韓民國臨時政府를 둘러보면서 한국인들의 전통적인 사상과 근대화 초기의 지식인들의 역할 등에 대한 비교 연구의 필요성을 절감하기도 했다.

1995년 한중인문학회 창립준비위원회를 구성하여 韓中人文科學國際學術研討會를 개최하고, 韓國傳統文化國際學術研討會와 환태평양국제학술대회에도 참가하여 한중 인문 교류에 앞장서면서 동아시아의 정체성을 찾으려는 시도는 가시화되기 시작했다. 이후 한중인문학회 회장과 한국학진흥사업위원장을 맡으면서 한중 인문 교류의 전도사 역할을 하면서 한국고등교육재단에서 지원하는 延邊大學 두만강포럼과 北京大學 북경포럼 그리고 절강대학 동북아포럼에도 참여해왔다. 또한 北京大, 서울대, 浙江大, 吉林大, 中山大, 山東大, 湖南大, 中央民族大, 中國海洋大, 北京外大, 華南師大, 四川外大, 延邊大, 政治大, 吉林大 珠海学院 등에서 초청을 받아 한중 인문 교류와 한국문학의 특성에 대해 강연을 하기도 하고 논문을 발표하기도 했다. 그 가운데 일부를 논문으로 정리하여 학술지에 기고한 바도 있다.[5]

한중 인문 교류는 한국 인문학과 중국 인문학의 교류, 한국 인문학자들과 중국 인문학자들의 교류를 전제로 한다. 따라서 한국 중국학 연구자들과 중국 중국학 연구자들의 교류는 필자가 생각하는 한중 인문 교류와는

---

5 「중국에서의 한국학 연구 동향」(『한국문화』 33집, 서울대학교 한국문화연구소, 2004.6), 「중국 대만 지역에서의 한국학 연구 현황」(『제27회 한중인문학회 국제학술대회발표논문집』, 한중인문학회, 2011), 「중국의 한국학 현황」(『한중인문학연구』 35집, 2012.4), 「중앙민족대학의 한국학 현황과 과제」(『한중인문학연구』 40집, 2013.8), 「연변대학의 한국학 현황과 과제」(『한중인문학연구』 41집, 2013.12), 한중 인문 교류와 인문공동체 결설」(중산대학 강연, 2014.6), 「한중 인문 교류의 현황과 과제-교육부의 한국학진흥사업을 중심으로」(『한중인문학연구』 44집, 2014.9), 「한중간 학술교류의 변천과 전망」(『한중인문학연구』 54집, 2017.3), 「中國華南地域 韓國學의 現況과 展望」(『韓國語教育研究特性化及其發展方向』, 中國韓國(朝鮮)語教育研究學會, 2017.6).

거리가 있다. 최근에 수많은 한중 교류 단체가 생기고 학술교류가 이루어지고 있지만 그 가운데 가장 활발하면서도 순수하게 한중 인문 교류를 추진하고 있는 단체는 한중인문학회다. 따라서 한중인문학회를 중심으로 그간의 한중 인문 교류의 현황과 과제 그리고 전망을 제시해보려고 한다.

2. 한중 인문 교류의 현황과 한중인문학회의 역할

아주대학교 국어국문학과에 재직하면서 1988년부터 1992년까지 학생처와 교무처에서 보직을 맡고, 1993년부터 1995년까지 총장추대위원과 총장추천위원을 맡았던 관계로 한국과 중국의 저명인사들과 연락을 취할 기회가 많았고, 아주대학교를 방문한 인사들과도 소통을 할 기회가 많았다. 수교 이전에 대우그룹에서 중국의 여러 지역에 진출하여 사업을 하고 있었고, 북경대학이나 항주대학과도 긴밀한 관계를 유지하고 있어서 중국의 관련자들과도 연락을 취할 기회가 많았다. 그러한 인연으로 한중 수교 직후 북경대학과 杭州大學의 관계자들이 아주대학을 방문하여 상호 교류 협정을 체결하기도 했다.

아주대학교를 방문 인사들의 전공은 문학, 철학, 역사 등 인문학분야의 인사들이 많아서 서로 통하는 바가 있었다. 총장추대위원으로 함께 활동했던 김준엽 한국사회과학원 이사장은 중국사, 이석희 대우문화재단 이사장은 철학을 전공하고 있었다. 沈善洪 杭州大 총장 겸 한국연구소장은 중국철학, 楊通方 北京大 한국학연구중심 소장은 한국사, 杭州大 한국연구소 부소장인 金健人 교수는 중국문학, 杭州大 한국연구소 부소장인 黃時鑒 교수는 중국사, 北京大 한국학연구중심의 沈定昌 교수는 한국학, 洛陽外大 한국학부장인 張光軍 교수는 한국어 교육, 山東大 한국학원장인 牛林杰 교수는 한국문학을 전공하고 있었다.

1992년 아주대학교 총장, 북경대 총장 일행, 김준엽 이사장, 楊通方 소장

1992년 항주대학 鄭造桓 당서기 일행, 김준엽, 송현호

1992년 8월 24일 한국과 중국은 1949년 이후 지속되어온 양국 간의 적대관계를 청산하고 국교를 정상화했다. 한국의 이상옥 외무장관과 중국의 錢基琛 외교부장은 북경시내 영빈관 조어대에서 상호불가침, 상호내정불간섭, 중국 유일의 합법정부인 중화인민공화국 승인, 한반도 통일문제의 자주적 해결원칙 등을 골자로 한 6개항의 〈대한민국과 중화인민공화국간의 외교관계수립에 관한 공동성명〉을 교환했다.[6] 1992년 '우호합작

관계'에서 시작한 한중 관계는 2013년 '전략적 협력동반자관계'로까지 급속히 발전해왔고, 한중 교류는 언어, 문화, 정치, 경제, 예술 등 다방면에서 아주 활발하게 진척되었다. 한국과 중국의 문화적 교류는 두 나라의 지정학적 위치 때문에 필연적으로 나타날 수밖에 없지만, 두 나라의 정치적인 상황의 변화에 따라 교류는 양상을 달리해 왔다. 한중 문화교류는 대중문화를 중심으로 왕성하게 이루어졌지만, 한중 인문 교류는 대학과 학회를 중심으로 점진적으로 이루어져 오고 있다.

중국사 전공자이면서 國立南京東方語文專科學校 한국어학과(1949년 6월 北京大學 동방어문학과로 통합) 교수였던 김준엽 이사장은 중국에서 한국학이 연구되고 교육되어야 진정한 의미의 한중 인문 교류가 가능하다고 보고 중국의 주요대학 한국연구소장들로 협의회를 구성하여 운영하고, 한국전통문화국제학술대회를 개최한 것이다.

1991년 4월 창립되어 '北京大學 朝鮮歷史文化研究所'라는 이름으로 불리던 북경대학 한국연구소는 1993년 9월 '北京大學 韓國學研究中心'으로 명칭을 바꾸었다.7 1950년 서울대학에서 유학하고 있던 楊通方 교수는 한국전쟁이 발발하자 귀국하여 북경대학에 재직하다가 문화대혁명 기간에 우파로 몰려 고난의 행군을 하다가 수교 직전 스승인 김준엽 이사장을 만나 한국연구중심 소장으로 임명되었다. 수교 직후 1992년 한국사회과학원과 아주대학교를 방문하고, 1995년 10월 한국전통문화국제학술세미나를 북경대학 한국연구소에서 개최할 때 가장 큰 역할을 한 바 있다. 물론 대우문화재단과 한국사회과학원 그리고 한국국제교류재단에서 북경대학 한국연구소에 지원을 하면서 행사는 성공리에 끝났다. 중국에서는 中國社會科學院, 北京大學, 浙江大學, 復旦大學, 山東大學, 遼寧大學 등의 한국학 관련 연구소의 소장과 연구원들이 참가하고 한국에서는 한국학과 중

---

6 『한국근현대사사전』, 가람기획, 2005.9.10.

7 沈定昌, 「중국에서의 한국학연구 실황 및 전망」, 『21세기 중국의 정치와 경제현황 및 전망』, 아주대학교 국제학부 국제대학원, 2001.10.25., 12-13면.

국학 전공 교수들이 참가하였다.

필자는 1995년 한중인문학회 창립준비위원회를 구성하고 1996년 학술대회를 개최하면서 중국 내 한중 인문 교류의 당면 과제들을 모색하고 동시에 한국학을 통한 동아시아문화에 대한 이해를 심화시키는 사업에 착수하였다. 한중인문학회도 출범시켰다. 학회는 구성하는 일에 대해서 김준엽 이사장은 아직 시기상조라면서 만류하였다. 때문에 중국학자들의 임원 구성은 보류하였다.

1996년 12월 개최된 제1회 중한인문과학국제학술연토회에서 발표된 논문의 내용은 한중 인문학 전반에 관한 것으로, 한중문화의 영향 관계를 검토하는 작업에서부터 동아시아 문화의 보편성을 확인하는 작업에 이르기까지 아주 다양했다. 우리 학계를 지배해온 이식사관을 극복하고 세계문화의 한 축인 동아시아 문화의 보편성을 찾으려는 장이어서 아주 의미가 있었다.[8] 한국이나 중국의 한국학 전공자들과 중국학 전공자이 모두 참가하여 중립적인 시각을 유지하였기 때문에 가능한 일이었다.

1996년 12월 항주대학 毛昭晰, 沈善洪, 金健人, 黃時鑒, 김상대, 임영정, 변인석, 박옥걸, 김광해, 송현호, 윤여탁, 신범순, 전기철, 김대현, 천병식, 조창환

---

8 『中韓人文科學研究』, 국학자료원, 1996.12, 339-340면.

1997년 항주대학 沈善洪, 楊通方, 김준엽, 정규복, 신용하, 김정배, 윤사순, 김상대, 변인석, 신승하, 박옥걸, 사재동, 이상억, 송현호, 심경호, 손희하, 김대현

1998년 沈善洪, 金健人, 黃時鑒, 張光軍, 孫科志, 洪軍, 김상대, 송현호, 양명학, 장부일, 윤정룡, 최학출, 박옥걸, 한승옥, 천병식, 박현규, 김광해, 권용옥

초창기 학술대회는 대부분 특정한 주제를 정하지 않고 언어, 문학, 역사, 철학 등의 분과를 나누어 진행하면서 한중 인문학의 영향 관계나 유사성, 교류관계에 대한 연구를 자유롭게 발표하였다. 1996년 10월 북경대학 한국연구소는 한국대사관과 공동으로 '중한 교류 및 협력 학술회의'를

개최하였고, 1996년 1월 항주대학 한국연구소에서는 한국동양사학회와
공동으로 '중국강남사회와 중한문화교류'에 관한 학술회의를 개최하였고,
1996년과 1997년 동국대학교와 공동으로 중국의 절강성에서부터 한국까
지의 해상탐험을 시도하였다. 1997년 8월 항주대학 한국연구소에서 '한국
독립운동사국제학술회의'를 개최하였고, 1997년 10월 제2회 한국전통문화
국제학술세미나를 항주대학에서 개최하였다. 1998년 10월 북경대학 한국
연구소에서 명지대학교과 공동으로 '중한 문화 및 현대화 국제학술회의'
를 북경대학에서 개최하였고, 12월 제2회 한중인문학회 국제학술대회를
항주대학에서 개최하였다. 1999년에는 5월 제3회 한중인문학회 학술대회
를 아주대에서 개최하였고, 7월 '中韓海上交流 및 불교문화에 관한 세미
나'를 절강대학에서 개최하였고, 10월 제3회 한국전통문화국제학술세미
나를 산동대학에서 개최하였고, 12월 제4회 한중인문학회 국제학술대회
를 절강대학에서 개최하였다. 2000년에는 6월 서안에서 낙양외대와 공동
으로 제5회 학술대회가 개최되었다. 9월 북경대학에서 '제5차 아시아 · 태
평양지역 한국학국제학술회의(環太平洋 혹은 亞太地域 韓國學國際學術會
議로 불리기도 함)'를 개최하였다.

1999년 김준엽, 李德征, 楊通方, 정규복, 윤병로, 강신항, 최병헌, 박노자, 이장희, 김종원, 이양자,
고혜령, 박옥걸, 송현호, 김영하, 陳尙勝, 牛林杰, 姜宝昌

2000년 북경대 총장, 김준엽, 고병익, 김하중, 정규복, 윤사순, 楊通方, 沈定昌, 宋成有, 徐凱, 李巖, 苗春梅, 尹保云, 김정배, 변인석, 김종원, 이양자, 신승하, 송현호

　2001년을 기점으로 한중인문학회의 학술대회는 1년에 2차례 한국과 중국에서 정기적으로 개최하게 되었고, 기획주제가 있을 경우 3회까지도 개최하게 되었다. 학술대회 개최 장소도 중국에서는 낙양외대, 북경대, 절강대, 산동대(곡부), 사천외대, 길림대, 호남대, 산동대(위해), 화남사대, 중국해양대, 상해외대, 길림대 주해학원, 북경외대, 화중사대, 남경대 등으로, 한국에서는 남서울대, 한남대, 부산외대, 강릉대, 군산대, 서울대, 대한민국 국회, 백석대, 한성대, 영남대, 한국외대, 서울시립대, 동국대, 서경대 등으로 외연을 확대했다.

亞洲大 遼寧大 교류 - 김준엽 박옥걸 송현호 조성을 이원희

대성중학 – 박옥걸 송현호 이원희 조성을 이병근 오용직 오상탁

윤동주 생가 – 金虎雄 송현호 劉麗雅

2017년 6월까지 40회에 걸친 학술대회를 개최하였고 55호에 달하는 학회지를 간행하였다. 학술대회는 지역의 특성과 관련한 아젠다를 꾸준히 개발하여 중국 내 한국학의 당면 과제를 모색하고 동시에 한국학을 통한

동양문화에 대한 이해를 심화시키는 역할을 하여 해당 지역의 한국학 연구와 교육 인프라 구축에 많은 도움을 준 바 있다.[9]

한중인문학회는 1996년 창간호부터 2016년 52집까지 학회지『한중인문학연구』에 827편의 논문을 수록하였다. 한중 인문학이 아닌 68편의 논문과 주제를 파악하기 어려운 88편을 제외한 671편의 논문을 주제별로 분류한 최병우 교수의 도표를 보면[10] 특이한 현상이 발견된다. 한국학자들의 경우 비교 연구(120)에 비해 한국학 연구(290)를 압도적으로 많이 했으나 중국학자들의 경우 비교 연구(92)를 한국학 연구(29)에 비해 압도적으로 많이 했고, 그 중에서도 한국어 교육 관련 논문을 많이 투고했다.

	문학	어학	역사	철학사상	고전	사회문화	한국어 교육	계
한국학(한)	173	23	12	7	34	29	12	290
한국학(중)	5	10	1	3	4	3	1	26
중국학(한)	45	9	16	13	1	10	0	94
중국학(중)	20	13	3	3	6	3	1	49
비교(한)	27	11	19	6	11	19	27	120
비교(중)	14	16	14	1	7	14	26	92
계	284	82	65	33	63	77	67	671

한중인문학회와 한국전통문화국제학술세미나를 계기로 많은 대학에서 학술대회가 개최되고 여기에서 발표한 논문들이 소속대학의 정기간행물에 게재되고 있다. 이를 통해 한국학의 내실을 확장하는데 기여하고 있다. 수교하고 25년밖에 되지 않은 상황에서도 한국학진흥사업에서 좋은 성과를 내고 있는 것은 한중인문학회국제학술세미나와 한국전통문화국제학술세미나를 통해 구축된 한중 인문 교류와 한국학의 인프라 구축에 힘입은 바 크다.

---

9 송현호, 「한중간 학술교류의 변천과 전망」, 앞의 책, 23면.

10 최병우, 「『한중인문학연구』로 본 한중 인문학 연구사」, 『한중인문학연구』 54집, 2017.3, 33면 표.

3. 한중 인문 교류의 과제

세계 여러 나라 가운데 중국이 한국학진흥사업에서 비교적 큰 성과를 내고 있다. 해외 한국학 중핵대학사업은 누적과제로 총 54개 과제 가운데 중국에서 9개 과제가 선정되었다. 해외 한국학 씨앗형사업은 103과제 가운데 중국에서 12개 과제가 선정되었다. 수교 25년 만에 이룬 대단한 성과라고 할 수 있다.[11]

해외 한국학 중핵대학사업은 세계 유수 대학을 거점 대학으로 선정하여 다채로운 한국학 교육프로그램을 지원하여 교육 역량을 극대화시키고 우수한 연구 성과물을 배출할 수 있도록 지원하는 사업이다. 그런데 중국의 선정 대학들을 보면 대부분 한국과 인접한 동부 및 동북부의 대학들에 편중되어 있다.[12] 연변대학과 중국중앙민족대학은 교육과 연구 인프라가 타의 추종을 불허한다. 그러나 프로젝트 심사에서는 남경대학이나 중국해양대학이 훨씬 좋은 평가를 받은 바 있다. 중앙민족대학은 2007년, 연변대학은 2008년에 중핵대학으로 선정되었다. 연변대학은 중국에서 가장 많은 한국학 전공 교수를 보유한 대학으로 중국의 거점대학이 될 가능성을 고려하였다.[13] 산동대학은 한국학중핵대학사업에 선정된 후 1년 만에 중도 탈락하였다. 북경대학, 복단대학, 절강대학, 길림대학, 요녕대학 등도 여러 차례 한국학중핵대학사업에 신청하였지만 선정되지 못했다.

---

11 송현호, 「중국화남지역 한국학의 현황과 전망」, 앞의 책, 15면.
12 위의 글, 8면.
13 송현호, 「연변대학의 한국학 현황과 과제」, 앞의 책, 427-449면.

2012-2013년 두만강학술연토회 김병민, 김호웅, 송현호, 최병우, 劉麗雅

2012년 해외석학초청강단 金春善, 송현호

2016년 周行一, 劉德海, 송현호, 임홍빈, 李明, 謝目堂, 林明德, 曾天富

해외 한국학씨앗형사업은 해외의 한국학 교육을 육성하기 위한 다양한 교육 프로그램과 교육 자료를 개발하고 운영하여 한국학의 국제 경쟁력을 강화하려는 사업이다. 중국에서는 지금까지 12개 과제가 선정되었다.[14] 「2017년도 해외한국학 신규선정평가 전문심사 가이드라인(2006-2016 지원 기준)」(2017.5.19.)에 제시된 선정 과제들을 분석해보면 그 질적 차이가 천차만별이다. 한국학 교육 인프라가 전혀 갖추어지지 않은 대학에서부터 한국학 연구와 교육 인프라가 잘 갖추어진 대학까지 그 범위가 아주 넓다. 중국 관련 사업은 한국학 교육 인프라가 잘 갖추어진 나라답게 상당한 수준에 올라와 있고, 주로 교육 프로그램과 교재 개발 그리고 교육자료 개발에 치중하고 있다. 그런데 한국과 지리적으로 많이 떨어져 있는 화남지역, 화중지역, 하북 산서 섬서 지역, 서북부 지역, 운남 사천 중경 지역, 안휘 강서 복건 지역은 한국학과가 없거나 있더라도 열악

---

14 송현호, 「한중간 학술교류의 변천과 전망」, 앞의 책, 23면.

한 상황이고 실제로 한국학 진흥사업의 지원을 거의 받지 못하고 있다.
이들 지역의 대학은 학과 개설, 연구센터나 한국연구소 설치, 한국학 강
의개설, 한국학 인력 양성 등이 시급한 실정이다.

제7회 한국전통문화국제학술대회 북경대 총장, 김준엽, 김하중, 정규복, 윤사순, 楊通方,
沈定昌, 宋成有, 徐凱, 苗春梅, 尹保云, 김병민, 김정배, 신승하, 송현호

2017년 付景川, 李德昌, 姜宝有, 송현호, 한용수, 許世立, 于柱

다음으로 학문적으로 우수한 학자들에게 주는 한국학 세계화 랩 사업에 미국 9개 과제, 영국 3개 과제, 호주 2개 과제, 독일 2개 과제, 캐나다 2개 과제, 일본 1개 과제, 홍콩 1개 자제, 벨기에 1개 과제, 국내 2개 과제가 선정되었으나 중국에서는 한 개 과제도 선정된 바 없다. 그것은 1949년 이후 오랜 세월 동안의 한국과 중국의 단절이 가져온 결과다. 사실 연변대학이나 중앙민족대학 혹은 낙양외대 같은 특수 목적을 가진 대학을 제외하고는 한국학에 대한 이해가 전혀 없는 상태에서 한국학에 대해 논의하고 있어서 동아시아 인문학의 보편성을 찾으려는 진정한 의미의 교류가 이루어지지 않고 있다. 교류란 근원이 다른 문화나 사상이 섞이고 소통하면서 이루어지는 행위라고 보았을 때, 진정한 의미의 한중 인문 교류는 한국학과 중국학에 나타나는 유사성과 변별성을 구명하여 동아시아 담론의 보편성을 찾으려고 할 때 가능하다.

2017년 한중 수교 25주년 회고와 전망 포럼

2017년 중화 문화관계 국제학술 연토회

　한국의 주류학자들은 한국학 연구에만 그치지 않고 중국학에 대해서도 깊은 관심을 가지고 있으며, 동아시아의 정체성을 밝히고 동아시아의 지평을 확대하기 위해 노력하고 있다. 그런데 중국의 주류학자들은 중국학에 대한 연구나 중국학의 영향관계를 밝히는 연구에 치중하고 있다. 한국 한문학의 특수성을 인정하기보다는 중국문학의 아류로 폄하하기까지 하고 있다. 그러한 현상은 문학에 국한되지 않고 역사나 철학 분야에도 찾아볼 수가 있다. 그들에게서 중국과 한국의 연계와 소통 그리고 동아시아의 지평을 찾으려는 노력은 보이지 않고 있다. 어떤 중국학자는 중국의 지식인들의 시야에는 아시아 의식이 없다면서 '중화제국의 자아중심주의의 현대적 판본으로'[15] 비쳐지고 있다고 술회했다.

　또한 일부 학자들이 보여준 식민지사관은 불식되어야 한다. 어떤 경우에도 인문학의 이입이나 수용이 일방적인 추수주의로 흐르는 경우는 없

---

15 孫歌 저, 류준필 등 역. 『아시아라는 사유 공간』, 창비, 2003, 13-14면.

다.[16] 가령 애국계몽기에 신채호, 장지연, 박은식은 梁啓超를 수용하여 소설개혁론을 들고 나왔음에도 한국현대소설은 중국이나 서양 소설의 모방이나 이입이 아닌 내적 발전과정에 의해 형성 발전되어왔다. 그 연장선상에서 춘원과 노신을 비교 연구하게 되면 동아시아의 정체성을 찾을 수도 있고, 동아시아의 지평을 확대해나갈 수도 있다. 그들은 일본 유학 중 억압받고 차별받는 자신들을 발견하고 나라 잃은 고아 혹은 노예라는 인식을 한 지식인들이다.[17]

끝으로 근대 이후 한중 인문 교류 및 비교에 관한 연구가 비교적 소루하다. 한중 문화적 교류가 빈번하던 근대 이전의 한중 인문 교류에 관한 연구는 왕성하나, 근대 이후 한중 인문 교류에 관한 연구가 미미하다. 근대 이후 조선의 젊은이들이 중국으로 건너가 학문을 연마하였고, 지속적인 항일투쟁을 위해 중국으로 건너간 우국지사들이 대한민국 임시정부를 수립하고 중국인들과 함께 항일무장투쟁을 하는 등 한중간의 교류가 끊임없이 이루어졌다는 점에서 이해하기 어려운 일이다.[18]

4. 한중 인문 교류의 전망

오늘날의 한반도 정세는 萬寶山事件이 일어나던 당시의 상황과 흡사하다. 북한은 핵무기를 개발하겠다면서 끊임없이 미사일을 발사하고, 한국은 사드배치문제로 미국과 중국 사이에서 힘겨운 외교전을 펼치고 있다. 한반도를 둘러싼 국제정세는 예측불허의 위기상황이 계속되고 있다. 그런데 돌이켜보면 한국과 중국은 오랜 기간 선린우호관계를 유지하고 있었고, 임진왜란이나 항일전쟁 때 한국과 중국은 혈맹관계에 있었다.

---

16 송현호, 「20년대 소설연구의 현황과 문제점」, 앞의 책, 189-190면.

17 송현호, 『한국현대문학의 이주담론 연구』, 태학사, 2017, 77면.

18 최병우, 앞의 글, 38-42면.

萬寶山事件으로 임시정부 요인들에게까지 등을 돌린 중국인들의 마음을 일순간에 돌려놓은 것은 일본의 수도 동경에서 이봉창 열사가 일왕 히로히토에게 수류탄을 투척한 사건이었다. 아직도 과거 역사에 대한 반성은커녕 영토분쟁과 위안부들에 대한 망발로 세계인들의 공분을 사고 있는 일본인들과 북한 당국자들에게 따끔한 경고를 하고 중국인들의 마음을 돌릴 수 있는 신묘한 사건이 일어나서 한국과 중국 사이에 '전략적 협력동반자관계'가 지속되기를 바랄뿐이다.

知彼知己면 百戰百勝이라고 했다. 한국 주류 인문학자들이 중국학에 관심을 갖는 것처럼 중국 주류 인문학자들도 한국학에 관심을 갖고 동아시아의 지평을 확대해갈 수 있는 시야를 갖게 되기를 희망한다. 동아시아 지역 각 국가 사이의 소통이 중요함에도 학자들 사이에 진정한 소통은 거의 없다. 한국에는 중국의 자료들이 소개되고 있지만, 중국에 한국의 자료가 소개되는 경우는 없다. 한류 현상은 대중문화에 국한된 것이고, 학술서적과 교육 관련 시적의 번역과 출판 수량에서 보면 여전히 漢風이 주류를 이룬다. 향후 한국과 중국 주류학자들 간의 소통이 이루어진다면 동아시아 담론의 새로운 지평을 열 수 있을 것이다. 아울러 한국과 중국은 동아시아 공동체 구축에 적극 나설 때가 되었다.

다음으로 한중 인문 교류에 있어 한국의 학자와 중국의 학자들이 공동으로 한중 인문학을 연구하여 새로운 연구 성과를 만드는 일이 시급하다. 공동 연구를 하기 위해서는 필연적으로 한국어와 중국어에 대한 교육이 필요하며, 통번역의 전문 인력을 양성할 필요가 있다. 한국과 중국 인문학의 지속적인 교류를 위해서나 한국과 중국의 모든 분야의 교류를 활성화하기 위해서는 상대국의 학문적 업적과 자료에 접근할 수 있는 번역과 통역이 필연적이다. 번역물들을 통해 한국에서 중국학이 지류학문으로 발전한 것처럼 중국에서 한국학이 주류학문으로 성장하여 한국학 세계화 랩 사업의 선정자가 나올 수 있기를 기대한다.

中國 華南地域 韓國學의 現況과 展望

1. 머리말

한국학진흥사업단에서 중국의 한국학진흥사업에 매년 1-2개 대학에 지원을 하고 있다. 동북지역의 延邊大學, 북경지역의 中央民族大學, 산동지역의 中國海洋大學, 강소지역의 南京大學 등은 현재 한국학중핵대학사업의 지원을 받고 있으며, 화동사범대학, 산동대학, 화중사범대학, 길림대학 주해학원 등이 한국학씨앗형사업의 지원을 받고 있다. 한국학 관련 학과가 개설되어 있는 중국의 268개 대학[1] 가운데 상당히 열악한 환경에 놓여 있는 지역이 화남 지역, 화중 지역, 중서부 지역, 서북부 지역, 운남 사천 중경 지역, 절강 안휘 강서 복건 지역 등인데, 교육 인프라 구축에 열의가 있는 것으로 보이는 길림대학 주해학원이 해외 한국학진흥사업의 씨앗형사업에 지원을 받게 되어 다행스럽게 생각한다.

화남 지역은 한국학의 발전 가능성이 매우 높은 지역이다. 화남지역 가운데 2015년 기준으로 광동, 광서, 해남의 세 지역만 36,370억 위안에 달할 정도로 경제 규모가 크고, 인구는 홍콩과 마카오를 제외하고 1억 6천 9백만 명이 거주하고 있다. 2003년 이후 13개 대학에 한국어학과가 설치되어 2,400명의 학생이 한국어학과에 재학 중이며, 한국어 교육과 한국학에 대한 관심도 타 지역에 못지않은 곳이다. 따라서 교육부 한국학진흥

---

1 이인순·허세립,「중국대학에서의 한국어교육-4년제 대학의 한국어교육을 중심으로」, 『제33회 한중인문학회 전국학술대회 동아시아의 근대와 '도시'』, 2013.11.20, 100면.

사업의 지원을 통해 화남지역의 한국학이 더욱 활성화되기를 기대한다.

2014년 6월 28일 '한중 인문학 교류의 현황과 과제'라는 주제로 길림대학교 주해캠퍼스에서 한중인문학회 제34차 학술대회를 개최할 때 길림대학교 주해캠퍼스를 방문하여 광동지역의 한국학 교육 인프라 구축에 심혈을 기울이고 있는 모습을 확인하였다. 그때 필자는 '한중 인문교류의 현황과 전망'을 교육부의 한국학진흥사업을 중심으로 발표한 바 있는데, 2016년 길림대학교 주해캠퍼스에서 한국학씨앗형사업에 선정되어 아주 기쁘게 생각한다. 향후 華南地域에서 한국학중핵대학육성사업의 선정 대학이 나오고, 한국학씨앗형사업의 선정 대학이 많이 나올 수 있기를 기대하면서, 이들 사업에 선정될 수 있는 전략을 제시하려고 한다.

2. 해외중핵대학사업과 한국학 선도대학 육성

2017년 付景川, 李德昌, 姜宝有, 송현호, 한용수, 許世立, 于柱

2017년 付景川, 李德昌, 姜宝有, 송현호, 한용수, 김기석, 許世立, 于柱

해외 한국학 중핵대학 육성사업은 세계 유수 대학을 거점 대학으로 선정하여 다채로운 한국학 교육프로그램을 지원하여 교육 역량을 극대화시키고 우수한 연구 성과물을 배출할 수 있도록 지원하는 사업이다. 이 사업을 통해 향후 한국학의 인프라를 확고하게 구축하여 세계적인 한국학 전문가와 학문 후속세대를 양성하여 해외 한국학을 한 단계 발전시킬 수 있을 것으로 기대된다. 해외 중핵대학으로 선정된 대학들은 한국학 연구와 교육 인프라가 잘 갖추어진 대학으로 잘 준비된 제안서를 제출한 세계 유수대학들이다. 해외 한국학 중핵대학사업은 누적과제로 총 53개 과제가 선정되었는데, 2006년부터 2016년까지 지난 10년 동안 중핵대학사업에 선정된 국가를 보면 미국 15 과제로 가장 많다. 다음으로 중국으로 9개 과제가 선정되었다.

권역별		국가별		비 고
권역	대학 수	국가	대학 수	
북미	14	미국	13	University of California, Los Angeles(종료), University of Washington(종료), Harvard University(종료), University of Michigan, State University of New York at Binghamton(종료), University of California, Berkeley, University of Southern California, University of California, San Diego University of Hawai'i at Mānoa Indiana University at Bloomington, University of California at Irvine, Columbia University in the City of New York George Washington University
		캐나다	1	University of British Columbia(종료)
서유럽	6	영국	1	School of Oriental and African Studies(종료)
		네덜란드	1	Leiden University(종료)
		독일	2	Freie Universität Berlin-Ruhr Universität Bochum Consortium Eberhard - Karls - University Tuebingen
		프랑스	1	Paris Diderot University - Paris7 (Paris Consortium : Paris7-EHESS-INALCO)
		오스트리아	1	University of Vienna(종료)
동유럽	4	러시아	2	Saint Petersburg State University, Far Eastern Federal University
		체코	1	Charles University in Prague
		불가리아	1	Sofia University
대양주	3	호주	2	University of New South Wales(종료), Australian National University(종료)
		뉴질랜드	1	University of Auckland
아시아	13	중국	5	南京大學, 中央民族大學, 延邊大學, 中國海洋大學, 山東大學(종료)
		일본	4	九州大學(종료), 早稻田大學(종료), 東京大學, 一橋大學
		대만	2	中國文化大學, 國立政治大學
		인도	1	Jawaharlal Nehru University
		카자흐스탄	1	Kazakh Ablai Khan University of International Relations and World Languages
계	40	계(17)	40	

「2017년도 해외한국학씨앗형사업 신규선정평가 전문심사 가이드라인 (2006-2016 지원 기준)」(2017.5.19.)에 제시된 표를 보면 중국의 선정 대학

들을 보면 대부분 한국과 인접한 동부 및 동북부의 대학들에 편중되어 있다.[2] 연변대학과 중국중앙민족대학은 교육과 연구 인프라가 타의 추종을 불허한다. 그러나 프로젝트 심사에서는 남경대학이나 중국해양대학이 훨씬 좋은 평가를 받은 바 있다. 중앙민족대학의 한국학 교육과 연구 인프라는 연변대학을 제외하면 중국은 말할 것도 없고 세계 어느 나라에서도 그 유례를 찾아볼 수 없을 정도로 잘 갖추어져 있다.[3] 중앙민족대학은 2007년에 한국학중핵대학사업에 선정되었지만 초기 사업평가에서 최하위 등급을 받아 사업단장이 교체되고 예산이 삭감되었다. 연변대학은 2008년에 중국에서 가장 많은 한국학 전공 교수를 보유한 대학으로 중국의 거점대학이 될 가능성을 고려하여 중핵대학으로 선정하였다.[4] 산동대학은 한국학중핵대학사업에 선정된 후 1년 만에 중도 탈락하였다. 북경대학, 복단대학, 절강대학, 길림대학, 요녕대학 등도 여러 차례 한국학중핵대학사업에 신청하였지만 선정되지 못했다. 국립정치대학은 중화민국에서 한국학을 선도할 수 있는 인적 기반과 대외신인도 네트워크를 구성하고 있으며, 지역학 기반이 탁월한 대학으로 그 파급효과와 학제연구의 가능성이 희망적이라는 선정평가위원들의 지적이 있었다. 아젠다는 '동북아 지역연구 속의 한국학 교육자와 차세대 육성 및 대만 내 한국학 연구 정립 사업'이다. 국립정치대학 한국어문학과의 전신인 동방어문학과 한국어조는 1956년 7월에 설립되었다. 2000년에는 한국어문학과로 격상되었다. 현재 17명의 교수진(전임 9명, 겸임 8명)이 재직하고 있다. 2015년 9월 한국학중핵대학사업에 선정되었다.[5]

---

2 송현호, 「한중간 학술교류의 변천과 전망」, 『한중인문학연구』 54집, 한중인문학회, 2017.3, 23면.

3 송현호, 「중앙민족대학의 한국학 현황과 과제」, 『한중인문학연구』 40집, 한중인문학회, 2013.8.

4 송현호, 「연변대학의 한국학 현황과 과제」, 『한중인문학연구』 41집, 한중인문학회, 2013.12, 427-449면.

5 송현호, 「중화민국 한국학의 현황과 전망」, 『한국학보』 23집, 2016.5.

화남지역 대학 컨소시엄은 남경대학이나 중국해양대학을 모델로 하거나, 연변대학이나 중앙민족대학을 모델로 하거나, 혹은 독일 베를린 자유대-보쿰대 컨소시엄이나 국립정치대학을 모델로 하여 장기적인 계획을 세우고 잘 준비하여 한국학중핵대학사업에 도전해볼 필요가 있다. 필자가 보기에 사업의 연속성이라는 측면에서 '중국 화남지역 한국학 교육연구 플랫폼 구축 및 화남지역 한국학 특성화'에 초점을 맞추어 독일 베를린 자유대-보쿰대 컨소시엄이나 국립정치대학을 모델로 하는 것이 좋을 것 같다. 화남지역은 독일에 비하여 개설된 한국어과와 응용한국어과가 많고 자원도 풍부하여 컨소시엄을 구성하기에 아주 좋은 지역이라고 생각한다. 한국학 석박사과정이 신설되어 있고, 한국학 풀타임 교수가 2명 이상 있는 대학에 지원. 연간 2억원 이내씩 총 5년간 해외대학 지원하는 사업이다. 따라서 길림대학 주해캠퍼스와 광동외무대학이 중심이 되어 현재처럼 4개 대학이 컨소시엄을 결성하여 중핵대학사업을 준비해볼 필요가 있다. 심사를 할 때 가장 많이 고려하는 것이 발전 가능성과 해당 대학의 평판도이다. 가능하다면 상호 보완적인 입장에서 100대 대학이 속하는 대학과 지원 요건에 맞는 대학 그리고 교수진의 객관적 평가지표 등을 포함하여 컨소시엄을 결성하는 것이 유리할 것 같다.

3. 해외씨앗형사업과 한국학 교재 및 교육프로그램 개발

해외한국학씨앗형사업은 해외 한국학 취약지역에서 한국학 교육 인프라 구축을 지원하는 사업으로 한국학의 불모지에 한국학 관련학과, 한국학센터 설치, 한국학 연구소를 만들고, 한국학 강의 개설, 교육 프로그램과 교육 자료를 만들고, 학생들에게 장학금을 지급하여 한국학의 씨앗을 뿌리고 키우려는 사업이다.

이 사업에 선정된 국가는 남아프리카, 대만, 덴마크, 독일, 라오스, 라트비아, 러시아, 루마니아, 마케도니아, 말레이시아, 몽골, 미국, 미얀마, 베트남, 벨기에, 불가리아, 스리랑카, 스페인, 슬로바키아, 슬로베니아, 아르헨티나, 우즈베키스탄, 이스라엘, 이집트, 이탈리아, 인도, 인도네시아, 일본, 중국, 중앙아시아, 칠레, 카자흐스탄, 캄보디아, 케냐, 코스타리카, 태국, 터키, 파라과이, 페루, 폴란드, 프랑스, 피지, 핀란드, 필리핀, 헝가리, 호주 등이다. 중국이 10개 과제로 제일 많고 그 다음은 미국이 5개 과제를 수행하고 있다.

권역별		국가별		비고
권역(국가)	과제 수	국가	과제 수	
북미(1)	5	미국	5	Univ. of California at Irvine, The Korea Society, Univ. of Connecticut, City Univ. of New York, Univ. of California at Riverside
중남미(5)	8	아르헨티나	3	National Univ. of La Plata, Del Salvador Univ.
		칠레	2	Pontifical Catholic Univ. of Chile, Univ. of Santiago Chile
		코스타리카	1	Univ. of Costa Rica
		페루	1	Ricardo Palma Univ.
		파라과이	1	Instituto Superior de Educación Dr. Raúl Peña
유럽(17)	25	영국	1	Univ. of Cambridge
		프랑스	3	Ecole Normale Superieure de Lyon, Univ. of Nantes, Asia Centre
		스페인	4	Univ. of Complutense Madrid, Univ. of Salamanca, Autonomous Univ. of Madrid, Univ. of Malaga
		벨기에	1	Catholic Univ. of Leuven
		덴마크	1	Nordic Institute of Asian Studies
		헝가리	1	Eotvos Lorand Univ.
		불가리아	2	Sofia Univ.
		슬로베니아	2	Univ. of Ljubljana
		루마니아	2	Univ. of Bucharest, Babes-bolyai Univ.
		마케도니아	1	Ss.Cyriland Methodius Univ.
		슬로바키아	1	Comenius Univ. in Slovakia
		이탈리아	1	Sapienza Univ. of Rome
		핀란드	1	Univ. of Turku
		라트비아	1	Univ. of Latvia
		독일	1	Johann Wolfgang Goethe Univ.
		폴란드	1	Univ. of Warsaw
		러시아	1	Kazan Federal Univ.

아프리카 (4)	6	케냐	3	Univ. of Nairobi
		이집트	1	Ain Shams Univ.
		코트디부아르	1	Universite Felix Houphouet-Boigny
		남아공	1	Univ. of Stellenbosch
오세아니아(2)	2	호주	1	Univ. of Queensland
		피지	1	Univ. of South Pacific
중동(2)	4	터키	3	Ankara Univ., Erciyes Univ.
		이스라엘	1	Hebrew Univ. of Jerusalem
아시아 (17)	46	인도	4	Jawaharlal Nehru Univ.
		스리랑카	2	Univ. of Kelaniya
		필리핀	5	Ateneo de Manila Univ., Univ. of the Philippines, Univ. of Asia and the Pacific
		인도네시아	1	Maranatha Christian University
		캄보디아	1	Royal University of Phnom Penh
		베트남	4	Univ. of Languages & International Studies VNU-Hanoi, Univ. of Social Sciences and Humanities VNU-Ho Chi Minh City, Vietnam Academy of Social Science, Univ. of Foreign Language Studies-Univ. of Danang
		라오스	2	Souphanouvong Univ.
		태국	3	Kasetsart Univ., Chulalongkorn Univ., Burapha Univ.
		말레이시아	2	Univ. of Malaya, Univ. Malaysia Sabah
		중국	10	上海外国语大学, 北京大学, 大连外国语学, 復旦大学, 濰坊大学, 河南理工大学, 華東師范大学, 山東大学, 華中師範大學, 吉林大学 珠海学院
		일본	1	広島市立大学
		우즈베키스탄	3	Tashkent State Pedagogical Univ. named after Nizami / Tashkent State Institute of Oriental Studies
		카자흐스탄	1	Kazakh Ablai Khan Univ. of International Relations and World Languages
		미얀마	1	Yangon Univ. of Economics
		몽골	1	Ulaanbaatar Univ.
		대만	1	國立高雄大學
		대한민국	4	서울대(폴란드 바르샤바대), 신라대(캄보디아 빠낫사뜨라대), 경희대(중앙아), 한국외대(중국사회과학원)
계	96	48개국	96	

「2017년도 해외한국학씨앗형사업 신규선정평가 전문심사 가이드라인 (2006-2016 지원 기준)」(2017.5.19.)에 제시된 선정 과제들을 분석해보면 그 질적 차이가 천차만별이다. 한국학 교육 인프라가 전혀 갖추어지지 않은 대학에서부터 한국학 연구와 교육 인프라가 잘 갖추어진 대학까지 그

범위가 아주 넓다. 중국 관련 사업은 한국학 교육 인프라가 잘 갖추어진 나라답게 상당한 수준에 올라와 있고, 주로 교육 프로그램과 교재 개발 그리고 교육자료 개발에 치중하고 있다. 중국에서는 지금까지 위의 표에서 보는 바와 같이 10개 과제가 선정되었다.[6]

길림대학 주해학원은 2016년도에 해외한국학씨앗형사업에 선정되었는데, 사업계획서를 검토한 결과 길림대학 주해학원, 기남대학, 광동외어외무대학, 화남사범대학 등 화남지역의 대표적인 4개 대학의 한국학 연구 인력을 통합하여 연구진을 구성하고, 새로운 IT 기술과 새로운 교육매체를 한국학의 전통적 연구방법에 접목시켜 한국학 교육 인프라 구축을 충실히 수행하겠다는 점과 향후 중국 화남지역에서의 한국학 선도 기관이 될 것이라는 점이 긍정적인 평가를 받았다. 또한 한국어과 재학생의 증가로 인한 구성인원의 자연적인 증가 요인도 향후 한국학 교육발전에 긍정적일 것이라고 생각하였다. 길림대학 주해학원 컨소시엄이 화남지역의 한국학 메카로 발돋움하기를 기대한다.

2015년 12월 〈第23屆 中韓文化關係國際學術會議〉에 참석하여 축사를 하면서 국립정치대학이 한국학중핵대학에 선정된 것은 축하할 일이지만 대만에서 한국학씨앗형사업의 선정대학이 없는 것은 정보력의 부재로밖에 볼 수 없어서 안타까운 일이라고 지적한 바 있다. 그런데 2016년 11월 國立高雄大學(National University of Kaohsiung)이 한국학씨앗형사업에 선정되었다.

해외한국학씨앗형사업의 지원 대상은 한국학 초보단계 지역에 한국학을 도입하거나 한국학을 한 단계 발전시킬 수 있는 내용의 교육적 환경 구축과 관련된 일체의 프로그램으로, 한국학 강의개설, 한국학 인력 양성(교육), 한국학 센터/연구소 설립, 장학금, 학과개설 등이며, 단순 한국어 교육 중심의 프로그램은 지원하지 않는다. 계획의 우수성 외에도, 씨앗형

---

6 송현호, 「한중간 학술교류의 변천과 전망」, 앞의 책, 23면.

사업 필요 지역 여부(화남지역, 화중지역, 하북 산서 섬서 지역, 운남 사천 중경 지역, 절강 안휘 강서 복건 지역)·해당 지역에서의 한국학 선도 가능성과 파급효과, 지속적 발전 가능성 등을 종합적으로 판단하고 있다. 씨앗형 사업 목적에 맞는 한국학 분야 육성에 기여할 수 있는 과제를 우선적으로 고려(연구중심 및 행사위주의 과제는 지양)하며, 한국학 강의를 1개 이상 개설해야 한다. 학생들이 참여 가능한 한국학 워크샵 연 1회 이상 개최, 연간 신청금액 5천만원-1억원 이내는 장학생 2인 이상, 연간 신청금액 5천만원 이내는 장학생 1인 이상 반드시 지원해야 한다. 지원대상은 사업팀의 사업책임자가 해외 현지 정규대학 또는 연구소 소속의 교수 및 연구원이어야 하며, 매칭펀드 10% 이상인 대학은 최종 점수에서 가산점 2점을 한국학진흥사업단에서 일괄 확인 후 부여한다. 심사 항목과 내용 그리고 배점은 다음과 같다.(「2017년도 해외한국학씨앗형 사업 신규 선정평가 전문심사 가이드라인」, 2017.5.19.)

심사항목	심사내용		배점
선도 가능성	○주관기관이 현지에서 한국학을 선도할 정도의 역량과 명망이 있는가? ○사업책임자와 현지 연구자간의 네트워크가 잘 구축되어 있는가?		25
추진역량	사업 참여자 역량	○사업참여자의 연구 성과와 연구능력이 이 사업을 하기에 충분한가?	15
	기관 지원역량	○주관기관의 지원 계획이 구체적인가? ○주관기관이 사업비 중앙 관리가 가능한가? ※사업비 관리부서 유무 및 사업비 집행절차 고려	10
사업계획	○사업책임자는 과제의 목표를 정확하게 설정하고 있는가? ○한국학 초보 지역에 한국학을 보급하기에 적절한 주제인가? ○현지 상황을 적절히 반영한 합리적인 계획인가? ○사업팀 조직체계는 잘 이루어져 있는가? ○사업비 집행 계획은 적절한가?		30
기대효과	○한국학에 기여할 수 있는 성과를 이룰 수 있는가? ○사업성과의 활용 계획이 구체적인가?		20
총 점			100

4. 결론

세계 여러 나라 가운데, 중국이 한국학진흥사업에서 비교적 큰 성과를 내고 있다. 수교하고 25년밖에 되지 않은 상황에서도 이처럼 많은 성과를 내게 된 것 한중인문학회 국제학술세미나와 한국전통문화학술세미나를 통해 구축된 학자 및 학교간의 교류와 한국학 교육과 연구 인프라 구축에 힘입은 바 크다.

그런데 중국의 한국학은 한국과 멀리 떨어진 화남 지역, 화중 지역, 중서부 지역, 서북부 지역, 운남 사천 중경 지역, 절강 안휘 강서 복건 지역 등은 한국과 인접한 동북 3성, 북경, 산동성, 강소성, 상해 등에 비해 열악한 상황에 놓여 있고 실제로 한국학 진흥사업의 지원을 거의 받지 못했다.

화남 지역은 한국학의 발전 가능성이 매우 높은 지역이다. 경제 규모나 인구, 한국어학과와 학생수 등에 있어서 비약적인 신장세를 보이고 있으며, 한국어 교육과 한국학에 대한 관심도 대단한 것이다. 따라서 길림대학 주해학원의 해외한국학씨앗형사업 지원을 계기로 화남지역의 한국학이 더욱 활성화되기를 기대한다.

현재는 교육부의 한국학진흥사업 선정이 부진하지만 향후 화남지역의 한국학 교육과 연구 인프라를 더욱 탄탄하게 다진다면 많은 사업에 선정될 가능성이 크다. 향후 한국학중핵대학육성사업과 해외한국학씨앗형사업에 이 지역의 많은 대학들이 선정되기를 기대한다.

한중간 학술교류의 변천과 전망
- 한중인문학회의 학회사와 학술대회 추진과정을 중심으로 -

1. 머리말

한중인문학 관련 국제학회를 어떻게 만들고, 국제학술대회를 어떻게 개최할 것인가를 고민하면서 항주대의 도서관과 한국연구소를 오가며 관련 자료를 수집하고 정리하던 것이 1995년의 일이다. 돌이켜 생각해보면 수교된 지 몇 년 되지도 않은 상황에서 어떻게 그런 무모한 생각을 하게 되었는지 이해가 되지 않는다. 1996년에 개최한 1회 경비가 최소 10만 달러 이상이 들어간 점을 감안한다면 더욱 그런 생각을 지울 수가 없다.

1985년 아주대에 부임하여 아주대와 항주대, 아주대와 북경대의 교류과정에 관여하면서 김준엽 대우학원 이사장, 이석희 대우문화재단 이사장, 김효규 아주대 총장, 김덕중 아주대 총장, 김철 아주대 대학원장, 심선홍 항주대 총장 겸 한국연구소장, 양통방 북경대 한국연구소장, 진신기 항주대 외사처장, 김건인 항주대 교수, 심정창 북경대 교수 등을 알게 되어 한중교류에 관심을 갖게 되었고, 연구년을 어디에서 보낼 것인가를 크게 고민하지 않고 항주대학으로 가게 되었다.

연구년이 확정된 1995년 7월 대우재단빌딩으로 이석희 이사장과 김준엽 이사장을 방문했다. 이석희 이사장은 대우학술총서 발간과 학술포럼 지원에 대해 이야기해주었고, 김준엽 이사장은 중국에서 한국학이 뿌리내릴 수 있도록 연구해보고 각 대학의 한국연구소를 도울 수 있는 방법을 생각해보라고 했다. 1946년 중국에서 처음으로 난징동방어전문대학에 한국학과(북경대학 한국학과 전신)가 개설될 당시 충칭에서 교원으로 근무한[1] 적이 있는 김준엽 이사장은 한국사회과학원장의 자격으로 중국의 주요 대학 한국연구소에 지원하면서 한국연구소장들과 수시로 만나 한국학 진흥에 힘을 쓰고 있었다. 당시는 10월 북경대학에서 개최될 제1회 한국전통문화국제학술세미나를 준비하고 있었다.

1995년 9월 항주대학에 도착하여 매일 같이 연구소와 도서관을 오가다가 한국에서 팩스 한 통을 받았다. 한국동양사학회에서 항주대학 한국연구소와 공동으로 개최하는 학술대회 일정에 관한 내용이었다. 김준엽 이사장의 전공이 중국사이니 당연한 일이겠지만, 한국연구소에서 동양사학술대회를 개최하는 것은 중국사 전공자들에게는 도움이 되겠지만 중국의 한국학 교육과 연구 인프라 구축에는 큰 도움이 되지 않을 것으로 생각되었다.

중국의 한국연구소를 진정으로 도울 수 있는 길은 한국과 중국의 학자들이 함께 모여 한국학의 교육과 연구에 대해 심도 있게 논의하여 한국학을 활성화할 수 있는 장을 마련하는 것으로, 한국학 국제 학술세미나를 개최하는 것이라고 생각했다. 11월경에 김준엽 이사장이 항주대를 방문하여 면담할 기회가 생겨 한중 인문학 국제 학술대회 개최와 한중 인문학 관련 학회 설립에 대해 상의하였다. 김준엽 이사장은 원론적인 사항에는 동의하지만 중국에서 한국학 관련 학회를 만들면 한국학연구자들이 주로 조선족 학자들이어서 중국의 주류 학자들이 참여할 기회가 줄어들고, 조선족 학자 중심으로 학회가 운영될 가능성이 있으니 우선 학술대회를 준비해보는 것이 좋겠다고 했다.

학회 임원진은 나중에 구성하기로 하고 학회 회칙과 학술대회 개최 계획서를 만들어서 1996년 3월경에 항주대학 한국연구소 김건인 부소장과 황시감 부소장에게 보여주고 상의하였다.[2] 4월 말경 황시감 부소장과 함

---

1 김준엽 한국사회과학원 이사장의 증언에 의하면 1945년 여름 학과가 개설되었으나 교수가 부임하지 못해 1946년 봄 학생을 모집했다고 한다.
2 이 당시 확정한 회칙은 『中韓人文科學研究』(국학자료원, 1996.12), 337-338면에 수록되어 있다.

께 귀국하여 한국사회과학원으로 김준엽 이사장을 찾아가 협의한 끝에 학술대회를 항주대학에서 개최하기로 결정하였다. 한국학자들의 경비는 자비로 충당하기로 하고 중국학자들의 경비는 항주대학 한국연구소에서 부담하기로 했다. 당시 한국사회과학원에는 대우그룹 김우중 회장의 도움으로 항주대학 한국연구소 기금 100만 달러를 예치하고 있었는데, 매년 이자만으로 11~12만 달러를 보내 한국연구소에서 예산으로 사용하고 있었다.

중국학자들의 학술대회 참가 경비 문제가 해결되자 학술대회는 순조롭게 준비되었고, 창립대회를 무사히 치를 수 있었다. 그런데 국내에서 국제학술대회를 개최하는 것이 중국학자들의 경비문제로 쉽지 않아 1997년에는 제2회 한국전통문화국제학술세미나로 대체되었고, 1998년 중국에서 제2회 학술대회를 개최하게 되었다. 1999년에는 제3회 학술대회를 아주대에서 개최하고, 제3회 한국전통문화국제학술세미나를 산동대학에서 개최하고, 제4회 학술대회를 절강대학에서 개최하게 되었다. 2000년에는 서안에서 낙양외대와 공동으로 제5회 학술대회를 개최하였다.

그런데 초창기 학술대회의 경우 일부 자료가 유실되어 기억에 의존하여 당시의 상황을 기술할 수밖에 없고, 향후 학회의 역사 서술을 위해 당시 상황을 복원할 필요가 있는 상황이다. 따라서 학회의 창립과정, 초창기 학술대회의 추진과정과 구체적인 내용에 대해 당시 실무를 맡아서 자세히 알고 있는 필자에게 기회가 주어졌을 때 정리하는 것이 좋겠다고 생각하여 학회사와 학술대회사 중심으로 본고를 작성하려고 한다.

2. 학술대회조직위원회 구성과 제1회 중한인문과학학술연토회

창립학술대회를 개최하기 위해 학술대회 준비위원회가 구성하고 그 첫 모임을 1996년 5월 21일 아주대에서 가졌다. 이 자리에서 학술대회 연락

사무소를 항주대학의 김건인 교수실과 아주대학교 송현호 교수실에 두기로 했다.[3] 6월부터는 김철 대학원장, 김건인 부소장 등과 학술대회를 개최하기 위한 준비를 본격적으로 착수하기 시작했다. 학술대회 명칭은 중한인문과학연토회로 하고, 항주대학 한국연구소가 주관하고, 항주대학 한국연구소와 아주대학교 국제대학원이 공동 주최하는 것으로 결정하였다. 조직위원회는 아주대학교에서 김상대, 천병식, 조창환, 송현호, 중국 항주대학에서 심선홍, 황시감, 진신기, 김건인을 위원으로 위촉하였다. 조직위원회는 학술대회를 차질 없이 준비하여 발표원고와 토론문을 12월 15일에 마감하고, 12월 22일부터 28일까지 중국 항주대학에서 학술대회를 개최하였다. 학술대회 장소는 항주 玉泉호텔과 杭州大學 韓國硏究所였다.

제1회 학술대회에서 항주대 한국연구소장 沈善洪 총장과 아주대 인문대학장 조창환 교수가 개회사를 하고 항주대 한국연구소 김건인 부소장과 아주대 송현호 교수가 학술대회 경과보고 겸 폐회사를 하였다. 중국에서 杭州大, 華東師大, 淮海工學院, 中國社會科學院, 浙江省政府 등에서 35명의 학자를 포함하여 80여 명이, 한국에서 아주대, 서울대, 성균관대, 동국대, 명지대, 숙명여대, 강원대, 관동대, 울산대, 한성대, 관동대 등에서 50명의 학자를 포함하여 80여 명이 참가하였다.[4]

학술세미나의 내용은 언어학, 문학교육, 고전문학, 현대문학, 민속, 서예, 역사, 철학, 사상 등에 걸친 인문학 전반에 관한 연구로, 한중문화의 영향 관계를 검토하는 작업에서부터 동방 문화의 보편성을 확인하는 작업에 이르기까지 아주 다양했다. 특히 후자는 지금까지의 우리 문화를 지배해온 이식사관을 극복하고 세계문화의 한축인 동방 문화의 보편성을 찾으려는 것이어서 아주 의미가 있었다. 20명의 학자가 발표를 하고, 20

---

3 위의 책, 343면.
4 학술대회 참가자 명단은 위의 책 342면에 기록하였다. 가족회원들은 명기하지 않았다. 학회 동정(339-340면)을 첨부하여 당시 학술대회와 문화유적답사 내용이 상세히 기록되어 있다.

제1회 한중인문학회 국제학술대회 참가자

명의 학자가 토론을 한 규모 있는 세미나였다. 분과를 나누어서 같은 장
소에서 3일간 학술회의를 진행하였다.

〈어학 교육 분야〉

關於《樸通事上》的成書年代(발표 徐朔方, 토론 金相大)

論韓國文學教育的現狀和問題(尹汝卓, 張德明)

對韓漢語教學方法新探(金健人, 金光海)

關於訓民正音創制與音節認識(金成烈, 金健人)

唐代書法對韓國的影響(任平, 金大鉉)

〈老乞大〉〈朴通事〉俗語詞研究(黃征, 金相大)

〈문학 분야〉

韓中現代小說和戰爭的悲劇性(劉麗雅 宋賢鎬, 吳秀明)

從〈熱河日記〉看淸代通俗文學的傳播(漆瑗 陳大康, 全基喆)

韓國詩的周易解釋(梁明學, 東景南)

李退溪與陽明心理(周月琴, 南瀾秀)

〈高麗寺歌〉的創作背景(千炳植, 鮑志成)

中韓巫術習俗的比較研究(呂洪年, 成樂喜)

〈역사분야〉

高麗人的中國觀(樸玉杰, 黃時鑒)

關於'檀君朝鮮'的幾個問題(李洪甫, 金滕一)

唐玄宗時期以高句麗, 渤海道沿岸為中心的東亞形勢(卞麟錫, 盧向前)

韓日, 中日之間關於獨島, 釣魚島主權爭端之比較(林英正, 楊渭生)

關於蘇東坡與高麗的幾個問題(鮑志成, 樸玉杰)

編寫〈中國近代歷史〉(供外國學生使用)的幾點啟示(趙秀英, 金泰丞)

宋與高麗 : 名臣士大夫對兩國關係的態度(楊渭生, 申範淳)

唐宋官制對高麗前期王朝官制之影響(龔延明, 나각순)

제1회 학술대회발표논문집을 분실하여 당시 발표자는 확인이 가능했으나, 좌장과 토론자를 확인하기가 어려웠다. 학술대회 참가자 가운데 상당수가 논문을 투고하여 이를 바탕으로 『中韓人文科學研究』를 1996년 12월 발간하였다. 편집위원으로는 김건인, 송현호로 하고, 연락처는 항주대학 김건인 부소장실과 아주대학 송현호 교수연구실로 하였다. 제1부에 연구논문 7편, 제2부에 발표논문 20편을 수록하였다. 창간호에 대한 표기를 하지 않았고, 휘보란에 학술대회 일정을 첨부하지 않았다.[5]

그런데 항주대 한국연구소에서 학술대회 발표자들에게 완성된 논문을 받아 중국어로 번역하여 『중한인문정신』이라는 책자를 1998년 출간하면서 토론자가 누구인지 밝혀졌다.[6] 논문제목이 金健人의 「韓國人學漢語的

---

[5] 제1회 중한인문과학학술연토회 발표논문집을 유실하여 절강대학의 김건인 교수에게 협조를 요청했으나, 절강대학 역시 보존하고 있지 않다는 연락을 해왔다.

[6] 沈善洪 主編, 『中韓人文精神』, 韓國學研究叢書 17, 學苑出版社, 1998.11.

方法研究」는 「對韓漢語教學方法新探」로, 林英正의 「獨島和釣魚島問題中心的韓中日領土意識比較研究」는 「韓日, 中日之間關於獨島, 釣魚島主權爭端之比較」로, 鮑志成의 「蘇東波與高麗」는 「關於蘇東坡與高麗的幾個問題」로 수정되어 출간되었다.

3. 초창기 학회 구성과 학술대회

1) 제1기 임원진의 구성과 제2회 한국전통문화국제학술세미나

1997년 5월 3일 아주대학교에서 한중인문학회 정기총회가 개최되고, 제1회 학술대회에 대한 평가회가 마련되었다. 이 자리에서 중국의 임원 구성은 나중에 하고, 한국의 임원진을 구성하기로 결정하여, 회장에 김상대 교수, 감사에 신범순 교수를 선출하였다. 당시 학회명은 한자로는 中韓人文科學硏究會, 한글로는 한중인문과학연구회로 표기하였다. 김상대 회장의 추천으로 제1기 임원진이 자문위원 김준엽(사회과학원 이사장), 고문 정규복(고려대), 회장 김상대(아주대), 부회장 임영정(동국대), 총무이사 송현호(아주대), 연구이사 윤여탁(서울대), 국제이사 전인영(이화여대), 출판이사 박옥걸(아주대), 지역이사 전기철(서울, 숭의여전) 김헌선(경기, 경기대) 남윤수(강원, 강원대) 양명학(영남, 울산대), 손희하(호남, 전남대), 감사 신범순(관동대), 간사 김대현(한림대) 등으로 구성되었다.[7] 중국의 거점대학 및 위원으로는 항주대학 김건인 교수, 북경대학 심정창 교수, 낙양외대 장광군 교수, 산동대학 우림걸 교수로 결정하고 중국의 학회 사무실은 항주대학 한국연구소로 결정했다.

당초 학술대회를 기획하면서 격년으로 중국과 한국에서 학술대회를 개

---

7 『中韓人文科學硏究』 제2집, 1997.12, 230면.

최하기로 결정을 하여, 제2회 한중인문과학연구회 학술대회를 국내에서 개최하려고 했으나 중국학자들의 참가경비 문제와 1997년 10월 말경 제2회 한국전통문화국제학술세미나를 항주대에서 개최하는 관계로 한중인문학회의 제2회 학술대회를 개최하는 것이 현실적으로 어렵게 되어 한중인문학회 회원들이 분과를 이루어 10월 항주대에서 개최되는 제2회 한국전통문화국제학술세미나에 참가하기로 결정하였다. 우리 학회에서는 한국의 참가자 가운데 정규복 교수, 임영정 교수, 조영록 교수, 박현규 교수 등 20여 명을 추천하였다.

제2회 한국전통문화국제학술대회

김상대, 천병식, 사재동, 변인섭, 이상억, 박옥걸, 심경호, 김태승, 손희하, 김대현, 송현호 등은 선발대로 10월 중순 장사, 악양, 무한 등지를 거쳐 19일 항주에 도착하여 학술대회에서 논문발표를 하고 귀국하였다. 중국의 회원들을 합하여 60여 명의 우리 회원들이 논문을 발표하였다.[8] 귀

8 제2회 한국전통문화국제학술세미나 발표논문집을 유실하여 절강대학의 김건인 교수

국 후 11월 28일 아주대에서 상임이사회를 개최하여 제2회 한국전통문화 국제학술세미나에서 발표한 60여 명의 회원들의 논문을 당사자의 허락을 받아 수록하기로 하고 연락을 취하여 18명으로부터 허락을 받았다. 논문을 수록한 회원 이외에 발표자, 좌장, 토론자에 대한 정보는 학술대회발표논문집을 유실하여 확인할 수가 없었다.

당시 18명의 발표논문은 중국어로 번역된 상태였고 시기적으로 논문 투고를 받을 수 없어서 발표논문만으로 논문집을 발간하였다. 창간호와 제3호는 제1부에 연구논문을 수록하고, 제2부에 발표논문을 수록하였으나, 제2호는 그 체계가 다른 논문집이었다. 제2호에 수록된 분야별 발표자와 발표논문은 아래와 같다.[9]

〈어학 분야〉

兩種言語的衝突和融合(金相大)

關於中世韓語失態與體的範疇(伊藤英人)

韓語定語與漢語定語的對比及韓語長定語的漢譯法(許維翰)

〈문학분야〉

中韓古典小說理論的藝術特色(漆瑗)

韓中初期說話和小說的檢討(金大鉉)

王朗返魂傳與古本西遊記(丁奎福)

朝清初年中國人編纂的朝鮮詩選集(樸現奎)

申采浩的愛國啓蒙運動和東國詩革命論(宋賢鎬)

燕岩論錢謙益(沈慶昊)

에게 협조를 요청했으나, 절강대학 역시 보존하고 있지 않다는 연락을 해왔다.

9 『中韓人文科學研究』 제2집, 1997.12.

〈역사분야〉

宋代商人來航高麗與麗宋貿易政策(樸玉杰)

清朝初期交流考(金鐘園)

級均與朝鮮學人(黃時鑒)

十八世紀末嶺南士林集團意識之一斑(金甲周)

袁世凱對朝鮮的經濟干涉及其影響(李陽子)

探尋中國江南與韓國的海上古道(金健人)

有關韓國的唐都長安遺跡及其影響(卜麟錫)

〈家禮〉傳人韓國及其研究與實踐(李迎春)

2) 제1기 임원진의 보강과 제2회 중한인문과학학술연토회

한중인문학회에서 제2회 한국전통문화국제학술세미나에서 언어, 문학, 역사 분과의 일부를 배당받아 학술대회를 개최한 것이기에, 1997년의 학술대회를 제2회 학술대회로 본다면 1998년 12월 22일부터 28일까지 중국 항주대학에서 개최하는 학술대회를 제3회 학술대회로 볼 수 있을 것이다. 그러나 1998년 5월 23일 도원에서 개최된 확대이사회에서 공동학술대회를 제외하고 우리 학회만의 학술대회로 순번을 매기기로 결정하였다.

회원이 증가하고 학회의 규모가 거지면서 학계의 전문가를 영입하여 임원진을 대폭 보강하게 되었다. 자문위원 김준엽(사회과학원), 고문 정규복(고려대) 한계전(서울대) 변인석(아주대) 임영정(동국대) 박영원(우리어문학회), 회장 김상대(아주대), 전공부회장 어학 김광해(서울대) 문학 장부일(방송대) 교육 전인영(이화대) 역사 정태섭(동국대) 문화 박옥걸(아주대), 지역부회장 서울/경기 한승옥(숭실대) 부산/경남 양명학(울산대) 대구/경북 최학출(울산대) 충청/호남 윤정룡(한남대) 행정부회장 겸 총무이사 송현호(아주대), 연구이사 신범순(서울대), 기획이사 심경호(고려대), 섭외이사 전기철(숭의대), 홍보이사 손희하(전남대), 국제이사 박현규(순천향대), 출판이사 김대현(한림대), 감사 이재오(동양대), 간사 배공주(아주대) 등을 임원으로 위촉하였다.[10]

　제2회 학술대회발표논문집을 분실하여 당시 발표자는 확인이 가능했으나, 좌장과 토론자는 확인하기 어려웠다.[11] 논문발표자는 제1회 발표대회에 비해서는 많이 늘어났고, 학술대회도 문화유적답사 일정을 고려하여 하루에 분과별로 진행하였다.[12] 멀리 중산대학의 위지강 교수, 낙양외대의 장광군 교수, 복단대학의 손과지 교수, 홍군 교수가 참여하여 자리를 빛내주었고, 한국의 각 학문분야의 전문가들이 대거 참가하였다.

제1회 한중인문학회 국제학술대회 참가자

---

　10 『中韓人文科學硏究』 제3집, 1998.12, 418-419면.

　11 제2회 중한인문과학학술연토회 발표논문집을 유실하여 『中韓人文科學硏究』 제3집의 연구논문과 발표논문을 점검하여 발표자와 발표논문은 확인했으나, 토론자와 좌장은 확인할 수 없었다.

　12 『中韓人文科學硏究』 제3집, 1998.12, 1-3면.

〈어학 교육분야〉

主體尊待의 變相에 대하여(金相大)

朝鮮王朝實錄中的108和韓字(金光海)

從言語看韓國人的尊卑意識(張光軍)

響歌解讀與萬業假名(愈忠鑫)

韓國語中的外來語之解析(劉俊和)

朝鮮時代和明淸時代書法之比較(任平)

上海韓國人的敎育活動(孫科志)

〈문학 분야〉

韓國民謠에 나타난 孝思想(千炳植)

崔致達詩의 두 가지 性格에 대하여(成樂喜)

李朝初期對女眞的政策(何溥瑩)

高麗寺的一則傳說(徐朔方)

關於魯迅與的短片小說(宋賢鎬)

〈謝氏南征記〉의 敍事學分析(金健人)

據周易解析《春香傳》(梁明學)

關於重編《韓國漢文小說全集》(王國良)

〈역사 사상 분야〉

民國初期中西文化衝突下的新舊思想分歧(權容玉)

朝鮮時代和明淸時代書法之比較(任平)

關於古代韓國婦女的家事信仰(全善姬)

梁啓超與佛敎(金春男)

中韓稻米信仰習慣的相同點(呂洪年)

淸代華籍韓人金簡對中國文化的重要貢獻(陳軍輝)

淸末王錫祺〈小方壺齊與地業鈔〉中韓國學文獻(樸現奎)

古代韓中(江南)之間海洋交流與21世紀的意義(尹明喆)

詩論北方移民對南宋社會的影響(何忠禮)

略論李齊賢的歷史思潮(楊渭生)

再論高麗"都領"(樸玉杰)

李朝初期対女真的政策(何浦瑩)

高麗僧統義天的入宋求法雲遊記(崔鳳春)

李珥心性論思想淺析(洪軍)

鮮初的中國流人與朝鮮的對應之策(謝肇華)

從割鼻事件來分析壬辰,倭亂時被害人的實態(崔豪均)

入元高麗僧人考略(桂西鵬)

東夏國과 高麗的關係를 논함(魏志江)

3) 제2기 임원진의 구성과 제3회 한중인문과학연구회 학술세미나

1999년 5월 1일 아주대학교에서 제3회 학술대회를 개최하였다. 학술대회는 다산관 B06에서 개회식을 갖고 김준엽 이사장이 치사 겸 기조강연을 하였다. 학술발표는 105호, 106호, 107호, 108호에서 진행되었다. 이 행사는 당초 한국학자들만으로 진행할 생각이었으나, 자비로 한국에 온 산동대학의 우림걸 교수와 서울대학교 국어교육학과에 유학하고 있던 박사과정 학생들이 발표자로 참석하였다. 국내에서 처음 가진 학술대회여서 토론자를 두 명씩 배정하였다. 제3회 학술대회 이후의 학술대회일정은 학술대회 파일이 남아 있어서 당시의 정확한 상황을 알 수 있었다.

〈고전문학 분야〉 아주대 다산관 105   좌장 : 정규복(고려대)

조선후기 문인학자들의 毛奇齡批判 : 심경호(고려대), 박현규(순천향대)
전영숙(아주대)

익재 소악부 연구 : 조연숙(숙대), 주승택(안동대) 이경혜(안양대)

제3회 한중인문학회 학술대회 참가 주요 인사

〈현대문학 분야〉   장소 : 아주대 다산관 106   좌장 : 한계전(서울대)

梁啓超的 詩文에 나타난 韓國觀 : 牛林杰(山東大), 한승옥(숭실대) 전기철(숭의대)

문학교육의 상상력 연구 : 윤여탁(서울대), 김중신(수원대) 박윤우(서경대)

중국조선족 시교육의 현황과 과제 : 이종순(서울대), 최학출(울산대) 윤정룡(한남대)

〈三四文學〉에 나타난 자동기술법 : 간호배(아주대), 박현수(춘천교대) 김윤정(한양대)

〈어학 분야〉   장소 : 아주대 다산관 107   좌장 : 김광해(서울대)

한국어의 '적'에 대한 연구 : 유순희(서울대), 손희하(전남대) 배공주(아주대)

한국어의 모음축약과 모음탈락에 대한 대응이론 분석 : 강옥미(조선대), 김성규(경기대) 초미희(부경대)

〈역사 분야〉 장소 : 다산관 108 좌장 : 전인영(이화대)

金可紀傳 磨崖刻文에 대한 재론 : 변인석(아주대), 임영정(동국대) 권용옥(남서울대)

晩淸早期維新派의 西學觀 : 김경혜(이화대), 정태섭(동국대) 김춘남(용인대)

漢 선제기 여제 논의 : 김용천(동국대), 정하현(공주대) 이영춘(국사편찬위원회)

학술대회가 끝나고 정기총회에서 제2기 회장으로 한계전 교수와 감사로 이재오(동양대) 교수를 선출하였다. 제2기 임원진을 회장의 추천으로 이사회에서 자문위원 김준엽(사회과학원), 고문 정규복(고려대) 구인환(서울대) 김상대(아주대) 강신항(성대) 변인석(아주대) 윤병로(성대) 이춘식(고려대) 최병헌(서울대) 임영정(동국대) 김종원(부산대) 천병식(아주대) 박영원(우리어문학회), 회장 한계전(서울대), 전공부회장 어학 김광해(서울대) 문학 장부일(방송대) 사상 전인영(이화대) 역사 정태섭(동국대) 문화 박옥걸(아주대) 교육 우한용(서울대), 지역부회장 서울/경기 한승옥(숭실대) 부산/경남 양명학(울산대) 대구 최학출(울산대) 경북 주승택(안동대) 강원 박민수(춘천교대) 충청 윤정룡(한남대) 광주/전라 손희하(전남대), 행정부회장 겸 총무이사 송현호(아주대), 연구이사 신범순(서울대), 기획이사 심경호(고려대), 섭회이사 전기철(숭의대), 홍보이사 권용옥(남서울대), 국제이사 박현규(순천향대), 출판이사 김대현(한림대), 감사 이재오(동양대), 간사 배공주(아주대) 김형규(아주대) 등을 추인하였다.[13]

4) 제3회 한국전통문화국제학술세미나와 제4회 중한인문과학국제학술연토회

제3회 한국전통문화국제학술세미나가 1999년 10월말에 산동대에서 개

---

13 『中韓人文科學硏究』 제4집, 2000.1, 368면.

최되었다. 우리 학회의 역사학 전공자들과 일부 어문학자들이 참여하였는데, 그 가운데 기억에 남는 인사로는 김종원, 이양자, 이장희, 윤사순, 강신항, 변인석, 박옥걸, 이춘식, 고혜령, 최박광, 김영하, 정규복, 이영춘, 송현호, 최병헌, 박노자 등이 있다. 중국에서도 김건인, 심정창, 장광군, 우림걸, 유보전 등이 참여하였다.[14]

제3회 전통문화국제학술대회

2개월 뒤인 동년 12월 19일부터 25일까지 절강대학에서 개최된 제4회 중한인문과학연구회 학술대회에는 한국의 경우 역사학 전공자들이 대부분 불참하고 한국현대소설학회와 공동으로 근대소설의 근대성이라는 주제로 학술대회를 개최하였다. 그런데 중국 절강대의 경우 제3회 한국전통문화국제학술세미나에 참여한 사람들이 많지 않아서 모든 학문분야에서 발표자로 참여하였다. 치사는 毛昭晰 浙江省考古學會會長(전 항주대

---

14 제3회 한국전통문화국제학술세미나 발표논문집을 유실하여 산동대학의 우림걸 교수에게 협조를 요청했으나, 산동대학 역시 보존하고 있지 않다는 연락을 해왔다.

총장), 沈善洪 浙江大學 韓國硏究所長(전 항주대 총장), 한계전 한중인문 과학연구회 회장, 윤병로 한국현대소설학회 회장이 하였다. 중국 참여자들은 浙江大, 人民大, 南京大, 遼寧大, 北京大, 淮海工學院 등으로 확대되었다.

제4회 한중인문학회 국제학술대회

〈소설 분야〉　座長：丘仁煥(서울大) 徐朔方(浙江大)

〈春香傳〉和中國文學：徐朔方(浙江大), 田惠子(暻園大)

韓國小說의 近代性認識：禹燦濟(西江大), 李注衡(慶北大)

朴趾源的文學思想及其現代指向：姜日天(人民大), 朴忠淳(天安大)

魯迅과 金裕貞의 比較：柳仁順(江原大), 李定胤(暻園大)

〈金鰲神話〉與〈剪燈神話〉之比較硏究：焦衡(浙江大), 柳泳夏(天安外大)

韓中近現代成長小說比較硏究：韓明煥(弘益大), 李正淑(漢城大)

〈天君衍義〉的理念式敍事：金健人(浙江大), 朴鐘弘(嶺南大)

黃順元小說硏究：金允晶(漢陽大), 張賢淑(暻園專大)

〈金鰲神話〉與〈剪燈神話〉異同論：孫敏強(浙江大), 朴賢善(暻園大)

韓中近代小說과 風俗：宋賢鎬(亞洲大), 方仁泰(서울敎大)

〈詩歌, 敎育, 文化 분야〉　座長：金亭子(釜山大)黃時鑒(浙江大)

騎驢與騎牛：張伯偉(南京大), 柳鴻烈(서울大)

媒體와 韓國現代文學：金相泰(梨花大), 金炳旭(忠南大)

近現代中韓書法藝術比較：任平(浙江大), 尹炳魯(成均館大)

移行期韓國文學의 特性：鄭炳憲(淑明大), 趙昌烈(誠信女大)

松江漢詩與杜甫：肖瑞峰(浙江大), 李南熙(亞洲大)

韓國漢詩文：曹虹(南京大), 韓啓傳(서울大)

韓國文學敎育의 近代性認識 考察：禹漢鎔(서울大), 柳德濟(大邱敎大)

圓宗文類編纂時間考：崔鳳春(浙江大), 全寅永(梨花大)

韓國等東亞國家的敎育投入與經濟：劉志東(遼寧大), 孔峯鎭(亞洲大)

韓語與滿語的同源性硏究：趙杰(北京大), 李香煥(亞洲大)

韓國岩畫的比較硏究：李洪甫(淮海工學院), 沈惠淑(釜山大)

5) 제5회 한중인문과학국제학술연토회

1999년 3회에 걸친 학술대회를 준비하면서 학회의 힘이 분산되고 실무
진의 업무가 가중되어 향후 한국전통문화국제학술세미나에는 학회 차원
에서 참여하지 않고 개별적으로 참여하되 2000년에는 겨울에 하던 중국
학술대회를 여름에 진행하기로 했다. 따라서 국내에서 상반기에 하던 대
회를 하반기로 미루거나 순연시키기로 하고 학회 인증 및 연구재단의 평
가 준비에 전념하기로 했다.

제5회 학술대회는 2000년 7월 4일부터 12일까지 장광군 교수의 도움을
받아 낙양외대와 공동으로 西安驪園酒店(西安市 勞動南路 8號)에서 개최
하였다. 낙양외대에서 학술대회를 개최하는 방안도 심도 있게 논의하였
으나 실크로드 답사 일정을 고려하여 서안에서 개최하였다. 중국의 참여
자는 洛陽外大, 靑島大, 山東大, 西北大, 北京大, 陝西師大, 浙江大로 확대되

제4회 한중인문학회 국제학술대회

었다. 제5회 학술대회일정은 안내 파일이 남아 있어서 당시의 정확한 상황을 알 수 있었다.

제5회 한중인문학회 국제학술대회

제5회 한중인문학회 국제학술대회

〈어학 분야〉　座長 : 梁明學(蔚山大) 張光軍(洛陽外大)

中國人을 위한 韓國語 表現文法의 創立 : 張光軍(洛陽外大), 徐春子(勤善中)

韓國語和中國語外來語借用에서 본 文化的差異 : 李正子(靑島大), 李英子
(首爾保健大)

李茂實書《千字文》硏究 : 孫熙河(全南大), 張光軍(洛陽外大)

三國遺事〈赫居世王條〉的周易的硏究 : 梁明學(蔚山大), 李有卿(淑大)

〈현대문학 분야〉　座長 : 姜禹植(成大)李正子(靑島大)

韓國開化期文體에 미친 梁啓超의 影響 : 牛林杰(山東大), 柳仁順(江原大)

唐代中韓交往詩歌論評 : 韓理洲(西北大), 樸賢淑(淑大)

黃順元의 선비 精神에 대하여 : 宋賢鎬(亞洲大), 李玉燮(長安大)

韓國戰後小說 性意識 : 趙健相(成大), 金英姬(松園大)

〈문화 사회 분야〉　座長 : 金種撤(啓明大)沈定昌(北京大)

中韓經濟協力及展望 : 沈定昌(北京大), 崔豪均(上智大)

中國社會學 發達過程的 史的考察：權容玉(南漢城大), 李廷植(湖南大)

再論百濟人難元慶墓誌：馬池(陝西師大), 樸珉慶(成大)

〈父母恩重輕〉韓中版本的比較分析：宋日基(全南大), 金鐘撤(啟明大)

〈역사 분야〉　座長：卞麟錫(亞洲大) 崔鳳春(浙江大)

章懷太子墓　東壁的 禮實：卞麟錫(亞洲大), 金鐘福(成大)

高麗國義天法師入宋拜訪諸名僧：崔鳳春(浙江大), 柳柱姬(國編)

高句麗的封禪參席和內紛的關係：金瑛河(成大), 高惠玲(國編)

中國和 韓國的 祭祀文化和 它的傳統：李迎春(國編), 李英華(精文硏)

朝鮮太宗代對明外交的性格：柳柱姬(國編), 崔風春(浙江大)

4. 본격적인 학술교류와 향후 전망

초기의 학술교류는 제1회 중한인문과학학술연토회, 제2회 한국전통문화국제학술세미나, 제2회 중한인문과학학술연토회, 제4회 중한인문과학학술연토회를 항주대학이나 절강대학에서 개최하였고, 창립대회와 제3회 한중인문과학연구회 학술대회를 아주대학에서 개최할 정도로 한국사회과학원의 지원에 의존하는 학술대회였다. 논문발표 내용은 1회에서 5까지는 특정한 주제를 정하지 않거나 정하더라도 한중인문학에 대해 자유롭게 발표를 하였다. 한국학과 중국학의 상호 영향 관계나 유사성, 교류관계에 대한 연구 결과가 중심을 이루었다.

2001년을 기점으로 한중인문학회의 학술대회는 1년에 2차례 한국과 중국에서 정기적으로 개최하게 되었고, 기획주제가 있을 경우 3회까지도 개최하게 되었다. 학술대회 개최 장소도 중국에서는 낙양외대, 북경대, 절강대, 산동대(곡부), 사천외대, 길림대, 호남대, 산동대(위해), 화남사대, 중국해양대, 상해외대, 길림대(주해), 북경외대, 화중사대 등으로, 한국에서는 남서울대, 한남대, 부산외대, 강릉대, 군산대, 서울대, 대한민국 국회, 백석대, 한성대, 영남대, 한국외대, 서울시립대, 동국대, 서경대 등으로 외연을 확대했다.

제10회 한중인문학회 학술대회

제11회 한중인문학회 국제학술대회 - 산동대학

2001년은 제6회 대회를 2001년 5월 5일 남서울대에서 '동아시아의 문화교류'라는 주제로, 제7회 대회를 2001년 7월 23일~28일 北京大學에서, 2002년은 제8차 대회를 2002년 6월 23일~28일 절강대학에서 '개화기문학과 전통문화의 교류'라는 주제로, 제9차 대회를 2002년 11월 2일 한남대에서 '한국의 전통문화'라는 주제로, 2003년은 제10차 대회를 2003년 6월 28일 아주대에서, 제11차 대회를 2003년 12월 15일~19일 산동대학에서 '전통사상과 문화의 교류'라는 주제로, 2004년은 제12차 대회를 2004년 6월 22일~26일 낙양외대 '한국문화와 중국 체험'이라는 주제로, 제13차를 2004년 11월 6일 부산외대에서 '한중문화 속의 민속'이라는 주제로, 2005년은 제14차 2005년 6월 30일~7월 5일 성도에서 '삼국지와 한중문화'라는 주제로, 제15차 대회를 2006년 1월 7일 아주대에서 '해외에서의 한국학 연구'라는 주제로, 2006년은 제16차 대회를 2006년 6월 25일~27일 길림대에서 '한국문화와 동북3성 -조선족 문학 연구'라는 주제로, 제17 대회를 2006년 11월 4일 강릉대에서 '중국 조선족 문학의 현황과 전망'이라는 주제로, 2007년은 제18차 대회를 2007년 7월 6일~11일 호남대 악록서원에서 '한중문화와 유학'이라는 주제로, 제19차 대회를 2007년 10월 27일 군산대에서 '한중 전통문화의 현대적 변용'이라는 주제로, 2008년은 제20차 대회를 6월 22일~25일 산동대 위해분교에서 '해외에서의 한국어교육'이라는 주제로, 제21차 대회를 11월 1일 서울대에서 '서울, 북경 그리고 상해'라는 주제로, 2009년은 제22차 대회를 5월 30일 아주대에서 '한국문화에 나타난 인간상 탐구'라는 주제로, 제23회 대회를 7월 1일~5일 절강대에서 '한중 문화에 나타난 강남'이라는 주제로, 제24차 대회를 11월 3일 대한민국 국회에서 '한중 문화(사)의 정치적 상관관계에 대한 인문학적 조명'이라는 주제로, 2010년은 제25차 대회를 6월 28~7월 1일 사천외대에서 '동아시아의 근대 체험'이라는 주제로, 제26차 대회를 11월 6일 백석대학교에서 '한국 근대 정신사에 대한 재검토'라는 주제로, 2011년은 제27차 대회를 6월 21일~25일 화남사대에서 '현대 한중 문화교류의 흐름과 전망'이라는 주제로, 제28차 대회를 11월 12일 한성대에서 '한중간 한국 언어-문화교육 연구의 과제와 전망'이라는 주제로, 제29회 대회를 12월 3일 학술단체총연합회 주최 특별학술대회로 영남대에서 '이주민 후속세대의 현실인식'이라는 주제로, 2012년은 제30회 대회를 6월 30일~7월 3일 중국해양대에서 '한중수교 그리고 중국 조선족 사회'라는 주제로, 제31차 대회를 10월 29일 한국외대에서 '한중 수교 20년의 인문학적 조명'이라는 주제로, 2013년은 제32차 대회를 6월 28일~7월 3일 상해외대에서 '한국과 중국의 근대와 상해'라는 주제로, 제33회 대회를 11월 12일 서울시립대에서 '동아시아의 근대와 도시'라는 주제로, 2014년은 제34회 대회를 6월 27일~7월 1일 길림대학 주해캠퍼스에서 '한중 인문학 교류의 현황과 과제'라는 주제로, 제35회 대회를 11월 29일 동국대에서 '해방의 역사, 항쟁의 문학 - 한중 현대사 속 현실응전의 인문학적 조명'이라는 주제로, 2015년은 제36회 대회를 6월 19일~23일 북경외대에서 '韓・中/中・韓 交流와 人文學 飜譯의 方向'이라는 주제로, 제37회 대회를 11월 21일 서경대에서 '21세기 동아시아의 공존을 위한 인문학적 성찰'이라는 주제로, 2016년은 제38회 대회를 6월 30일~7월 3일 화중사범대에서 '한중 인문학 교육과 번역의 방향'이라는 주제로 학술대회를 개최하였다. 제39회 대회를 2016년 11월 19일 아주대에서 '한중인문학회 20주년 회고와 한중 인문학 연구의 전망'이라는 주제로 학술대회를 개최하고 있다.

이 가운데 가장 문제가 된 학술대회는 북경대학에서 개최된 제7회 한중인문학회 국제학술대회였다. 김준엽 이사장과 楊通方 선생의 주선, 沈定昌 교수의 협조로 학술대회 개최 준비는 수월하게 진행되었으나 북경대학의 관례상 교내에서 학술대회를 개최할 경우 상당액을 학교에 납부해야 하는 관계로 북경대학 인근의 北京凱迪克大酒店에서 학술대회를 개최할 수밖에 없었다. 개회사는 韓啓傳 회장(서울대), 축사는 楊通方 고문(北京大)이 해주었고, 발표자와 토론자 그리고 사회자는 다음과 같다.

제1조(언어, 문학) 좌장 : 장부일(방통대) 沈定昌(북경대)

시간 : 7월 24일 09 : 00-17 : 00 장소 : 北京凱迪克大酒店 A실

試論崔致遠及其作品 發表 : 何鎭華(북경대) 討論 : 김윤정(한양대)

淺談中國人學韓語是不易掌握大語音 發表 : 苗春梅(북경대) 討論 : 김성렬(아주대)

漢語"了"字句與韓國語相關大語法範疇 發表 : 羅遠惠(북경어문대) 討論 : 苗春梅(북경외대)

전라북부방언의 의성 의태어의 한 고찰 發表 : 김성렬(아주대) 討論 : 羅遠惠(북경어문대)

한중근대 소설에 나타난 돈에 대한 반응양상 發表 : 송현호(아주대) 討論 : 何鎭華(북경대)

근대한중 소설에 나타난 여성의 정체성 연구 發表 : 유인순(강원대) 討論 : 이재오(동양대)

제2조(역사) 좌장 : 김종원(부산대) 송성유(북경대)

시간 : 7월 24일 09 : 00-17 : 00 장소 : 北京凱迪克大酒店 B실

北大師生與三・一運動 發表 : 宋成有(북경대) 討論 : 박옥걸(아주대)

湯若望與朝鮮世子 發表 : 徐凱(북경대) 討論 : 이양자(동의대)

中國古代治史觀念對韓國三國時期對影響 發表 : 李巖(중앙민족대) 討論 : 변인석(고려대)

원세계와 조선의 갑신정변 發表 : 이양자(동의대) 討論 : 송성유(북경대)

高麗末 北方流民과 推刷 發表 : 박옥걸(아주대) 討論 : 서기(북경대)

제3조(문화, 사상) 좌장 : 주승택(안동대) 尹保云(북경대)

시간 : 7월 24일 09 : 00-17 : 00 장소 : 北京凱迪克大酒店 C실

中韓文化交流新的發展 發表 : 白銳(북경대) 討論 : 박현규(순천향대)

中國百越稻作文化北上朝鮮半島時間考　發表：菀利(중국사과원)　討論：
이옥섭(장안대)

韓國 茶文化 發展의 새로운 方向 摸索　發表：천병식(아주대)　討論：이
영자(서울보건대)

韓國民畫의 形而上學的 꿈과 諧謔的 놀이　發表：신범순(서울대)　討
論：白銳(북경대)

新發掘的朝鮮柳得恭初編本'二十一都懷古詩'　發表：박현규(순천향대)　討
論：菀利(중국사과원)

경극과 가부키에 있어서의 색채의미　發表：이정식(호남대)　討論：요
시자와 후미토시(一橋大)

북경포럼 참석

절강포럼 참석

다음으로는 第8屆 中韓人文科學硏究會 國際學術發表大會를 한국현대문학회에 공동으로 절강대학 한국연구소에서 개최한 일이다.

주제는 '開化期文學과 傳統文化의 交流'이고 한계전 한국현대문학회 회장 겸 한중인문학회장(서울대)이 개회사를 하고 沈善洪 한국연구소장(浙江大)이 축사를 해주었고, 발표자와 토론자 그리고 사회자는 다음과 같다.

第一組 開花期文化 : 2002.6.24 좌장 : 장부일(방통대) 번역 : 우림걸(산동대)

개화기 저급소설의 구성방법연구 발표 : 조남현(서울대) 토론 장사선(홍익대)

개항기의 시대적 상황과 해외문학의 수용양상 발표 : 이용남(명지대) 토론 : 전보관(서울대)

신채호와 양계초의 소설개혁론 비교 발표 : 이은애(덕성여대) 토론 : 정혜영(부경대)

姜瑋와 黃遵 의 만남 발표 : 주승택(안동대) 토론 : 우림걸(산동대)

언문풍월의 장르적 특성과 의의 발표 : 김영철(건국대) 토론 : 윤정룡(한남대)

한국 근대시 형성의 裏面 발표 : 서준섭(강원대) 토론 : 이태숙(동의대)

論20世紀初韓國對梁啓超愛國啓蒙思想的接受 발표 : 우림걸(산동대) 토론 : 김흥식(중앙대)

第二組 傳統文化交流(語學, 藝術) : 2002.6.24 좌장 : 김성렬(아주대) 변역 : 한용수(동국대)

忠北 北部地域語的非母音化 발표 : 김성렬(아주대) 토론 : 俞忠鑫(浙江大)

한국 근대시기의 漢語교육 발표 : 한용수(동국대) 토론 : 이미순(충복대)

민화의 역원근법의 상징적 의미 발표 : 신범순(서울대)토론 : 任平(浙江大)

中韓日羅馬字比較 발표 : 陳 輝(浙江大) 토론 : 한용수(동국대)

韓國文獻對漢語硏究的作用 발표 : 俞忠鑫(浙江大)토론 : 김성렬(아주대)

中韓金石學比較 발표 : 任平(浙江大) 토론 : 신범순(서울대)

'老乞大'硏究 발표 : 金文京(京都大) 토론 : 陳 輝(浙江大)

第三組 傳統文化交流(文學) : 2002.6.24 좌장 : 구인환(서울대) 번역 : 전영숙(아주대)

춘원 이광수〈원효대사〉연구 발표 : 한숭옥(숭실대) 토론 : 김형규(아주대)

한국소설에 투영된 중국 중국인 발표 : 유인순(강원대) 토론 한숭옥(숭실대)

채만식 소설의 설화체와 충자 발표 : 송현호(아주대) 토론 : 김일영(경산대)

〈심청전〉류에서 바다의 의미 발표 : 김일영(경산대) 토론 : 유인순(강원대)

〈三國志演藝〉와〈赤壁歌〉 발표 : 김종철(서울대) 토론 : 孫敏强(浙江大)

後半期동인의 시에 나타난 모더니티 연구 발표 : 간호배(강남대) 토론 : 남홍숙(아주대)

이광수 "土地"與魯迅"阿q正傳"比較研究 발표 : 박명애(단국대) 토론 : 송현호(아주대)

從《九雲夢》看古代傳奇小說中的夢的情節 발표 : 孫敏强(浙江大)토론 : 김종철 (서울대)

第四組 傳統文化交流(歷史, 文化) : 2002.6.24 좌장 : 孫安石(神奈川大)번역 : 박현규(순천향대)

한국 건국 및 탄생 설화의 주역적 해석 발표 : 양명학(울산대) 토론 : 앙영길(안동대)

고려시대 구환인의 길술 문화적 역할과 영향 발표 : 박옥걸(아주대) 토론 : 楊雨蕾(浙江大)

중국소장 신라 최지원 桂苑筆耕集의 실태조사 발표 : 박현규(순천향대) 토론 : 김건인(浙江大)

中韓現代國民性比較 발표 : 潘於旭(浙江大) 토론 : 孫安石(神奈川大)

大覺國師與嚴宗 발표 : 楊渭生(浙江大) 토론 : 박옥걸(아주대)

清代禁毀書傳入朝鮮半島 발표 : 楊雨蕾(浙江大)토론 : 박현규(순천향대)

韓國'天君小說'與中國性理學 발표 : 김건인(浙江大) 토론 : 양명학 (울산대)

漢城, 橫濱, 上海三地開帝廟比較研究 발표 : 孫安石(神奈川大) 토론 : 楊渭生(浙江大)

학술대회 장소와 주제에도 나타나는 바와 같이 한중인문학회에서는 그 지역의 특성과 관련한 아젠다를 꾸준히 개발하여 중국 내 한국학의 당면 과제를 모색하고 동시에 한국학을 통한 동양문화에 대한 이해를 심화시키는 역할을 하여 해당 지역의 한국학 연구와 교육 인프라 구축에 많은 도움을 준 바 있다. 한중인문학회의 위상이 높아지면서 중국의 저명한 학자들의 학술대회 참가도 늘어나게 되었다. 한계전 회장 재임 시에 우리

학회지가 한국연구재단 등재후보학술지로 선정되고, 송현호 회장 재임 시에 등재학술지로 선정되었다.

한중인문학회와 한국전통문화국제학술세미나를 계기로 많은 대학에서 학술대회가 개최되고 여기에서 발표한 성과물들이 대부분의 연구 기관에서 정기간행물을 출간하고 있다. 북경대학의『한국학논문집』, 복단대학의『한국연구논문집』, 연변대학의『조선학연구』, 『조선학-한국학총서』, 낙양외대의『동방언어문화논총』, 중앙민족대학의『조선학』, 절강대의『한국연구』, 중국사회과학원의『당대한국』등은 정기적으로 출간되는 대표적인 학술지들이다.[15] 이외에도 많은 학술지가 정기적으로 간행되어 한국학의 내실을 확장하는데 기여하고 있다. 특히 제1회 학술대회에서 윤여탁 교수가 문학교육 관련 논문을 발표한 이래 언어, 문학, 역사학, 철학, 정치학, 사회학 분야의 한국학 전문가들이 교육 논문을 꾸준히 발표하여 중국에서 한국학 교육 인프라 구축에 크게 기여한 바 있다.

제25회 한중인문학회 국제학술대회 – 중경 사천외대

---

15 송현호, 「한중 인문 교류의 현황과 과제」, 『한중인문학연구』 44집, 2014.9.

제27회 한중인문학회 국제학술대회 – 화남사대

제39회 한중인문학회 창립 20주년 기념 학술대회

한중인문학회와 한국전통문화국제학술세미나의 노력이 없었다면 중국의 한국연구소들이 한국과 중국학의 비교연구에 치중하고 한국학 연구와 교육 인프라 구축에 관심을 갖지 않았을 것이고, 그렇게 되었을 때 중국의 대학들이 다른 어느 나라보다 많은 해외한국학중핵대학사업에 선정되고 해외한국학씨앗형사업에 선정되는 성과를 내지 못했을 것이다.

해외 한국학 중핵대학사업은 누적과제로 총 53개 과제 가운데 중국에서

中央民族大學(김춘선, 2008.12.16.~2013.12.15.), 南京大學(윤해연, 2008. 12.2.~2013.12.1.), 延邊大學(김강일, 2009.5.8.~2014.5.7.), 中國海洋大學 (이해영, 2009.5.11.~2014.5.10.), 山東大學(우림걸, 2012.10.1.~2013.9.30.), 南京大學(윤해연, 2013.11.1.~2018.10.31.), 中央民族大學(김춘선, 2013.11.1. ~2018.10.31.), 中國海洋大學(이해영, 2014.9.01.~2019.8.31.), 延邊大學(박 찬규, 2015.9.01.~2020.8.31.) 등 9개 과제가 선정되었다.

해외 한국학 씨앗형사업은 95과제 가운데 중국에서 上海外國語大學(유 충식, 2010.12.27.~2012.12.26.), 北京大學(김경일, 2010.12.27.~2012.12.26.), 大連外國語大學(김용, 2011.12.1.~2013.11.30.), 復旦大學(황현옥, 2011.12.1. ~2014.11.30.), 濰坊學院(왕방, 2012.7.1.~2015.6.30.), 河南理工大學(김홍 대, 2013.7.1.~2016.6.30.), 華東師范大學(왕평, 2014.7.01.~2017.6.30.), 山 東大學(고홍희, 2015.7.01.~2018.6.30.), 華中師範大學(지수용, 2016.7.01.~ 2019.6.30.), 吉林大学珠海学院(허세립, 2016.7.01.~2019.6.30.) 등 10개 과 제가 선정되었다.

그런데 학문적으로 우수한 학자들에게 주는 한국학 세계화Lab사업에 미국이나 다른 나라에서는 많이 선정되었으나 중국에서는 한 사람도 선 정된 바 없다. 향후 중국에서도 한국학 세계화Lab사업에 선정자가 나올 수 있고, 중국에서 한국학이 주류학문으로 성장할 수 있도록 적극 협조해 야 할 것이다.

中華民國韓國學의 現在와 未來

1. 머리말

中華民國韓國研究學會에서 개최하는 제23회 중한 문화관계 국제학술회의를 政治大學에서 開催하게 된 것을 眞心으로 祝賀한다. 2년 전 中華民國韓國研究學會 劉德海 理事長의 초청을 받고 이 자리에 참석했을 때 지난 70여 년 동안 중화민국의 한국학 발전에 헌신해 오신 귀 학회와 著名한 敎授들의 노고에도 불구하고 대한민국 정부로부터 충분히 지원을 받지 못한 현실에 죄송함을 느끼면서 대한민국 교육부의 한국학진흥사업에 관심을 가져볼 것을 권한 바 있다. 그런데 정치대학이 이번에 韓國學振興事業의 핵심 사업이라 할 수 있는 海外 韓國學 中核大學 育成事業에 선정되어 기쁘게 생각한다.

중화민국은 한국과 오랜 기간 선린우호 관계를 유지하고 있었고, 한국학 연구와 교육이 활발하게 진행된 곳이다. 그런데 교육부의 한국학진흥사업에 두 대학, 두 건만이 선정된 것은 중국, 미국, 베트남, 인도, 스페인, 우즈베키스탄, 케냐, 태국, 터키, 프랑스, 필리핀 등과 비교하여 안타까운 일이다. 해외 중핵대학사업에 선정된 것은 한국학 연구와 교육 인프라가 잘 갖추어진 곳임을 반증하지만, 다른 사업에 선정된 바 없는 것은 정보력의 부재로밖에 달리 해석하기 어렵다.

교육부의 한국학진흥사업은 한국학에 대한 연구와 교육이 주종을 이루고 있으며, 외교부나 문화체육관광부의 진흥사업과 달리 한국학의 수준을 세계적인 수준으로 끌어올리고 세계의 주류 학문의 범주에 한국학을 포함시키기 위한 노력이 수반될 수밖에 없다.[1] 이러한 목표는 역으로 한국학진흥사업을 신청하려는 해외 한국학 연구 및 교육기관으로 하여금 한국과의 교류를 활성화하여 한국학 인프라 구축과 수준을 향상시키는 결과를 가져왔다.

교육부의 한국학진흥사업의 주요사업은 한국학교육강화사업, 한국학연구인프라구축사업, 한국학선도연구지원사업, 한국학대중화사업 등이 있다. 이 가운데 해외 한국학과나 한국학연구소와 관련되는 사업은 한국학교육강화사업의 해외한국학중핵대학육성사업, 해외한국학씨앗형사업, 한국학선도연구지원사업의 한국학세계화Lab사업이고, 한국학대중화사업의 한국고전100선 영문번역사업 등이다.[2]

향후 중화민국에서 해외한국학중핵대학육성사업 뿐만 아니라, 해외한국학씨앗형사업, 한국학세계화Lab사업, 한국고전 100선 영문번역사업 등에 선정되기를 기대하면서 한국학진흥사업의 구체적인 내용과 선정된 대학들을 소개하고, 이들 사업에 선정될 수 있는 전략을 제시하려고 한다.

2. 해외중핵대학사업과 한국학 선도대학 육성

해외 한국학 중핵대학 육성사업은 해외한국학 중심 대학을 발굴하여 집중적으로 지원하여 확고한 한국학의 학문적 인프라를 형성하고 해외

---

1 한국학진흥사업은 대한민국 외교부의 한국국제교류재단, 문화체육관광부의 세종학당, 교육부의 한국학진흥사업단, 한국학중앙연구원의 국제교류센터 등에서 시행하고 있다. 그런데 외교부, 문화체육관광부, 교육부의 한국학진흥사업은 그 성격이 아주 다르다. 외교부는 수교 국가에 한국을 알리는 개척 사업을 주로 하고 있고, 문화체육관광부는 개척지에 한국어와 한류를 전파하는 사업을 주로 하고 있습니다. 그에 반해 교육부는 한국학의 기반이 갖추어진 대학이나 연구기관에 한국학 교육과 연구의 체계적 지원을 하고 있다.

2 송현호, 「한중 인문 교류의 현황과 과제-교육부의 한국학진흥사업을 중심으로」, 『한중인문학연구』 44집, 한중인문학회, 2014.9, 1-24면.

한국학의 거점 육성을 통해 한국의 국가위상과 브랜드 가치를 제고하려
는 사업이다. 궁극적으로는 가장 영향력이 큰 저명한 학문집단의 문화교
류를 통해 한국학을 세계의 주류 학문으로 발전시키고 한국의 국제적 위
상을 제고하기 위하여 세계 유수 대학을 거점 대학으로 선정하여 다채로
운 한국학 교육프로그램을 지원하여 교육 역량을 극대화시키고 우수한
연구 성과물을 배출할 수 있도록 지원하는 사업이다.

이 사업을 통해 향후 한국학의 인프라를 확고하게 구축하여 세계적인
한국학 전문가와 학문 후속세대를 양성하여 중국학, 일본학 등에 비해 상
대적으로 열세인 해외 한국학을 한 단계 발전시킬 수 있을 것으로 기대
된다. 아직 준비가 부족한 경우에도 집중적이고 안정적인 투자를 통하여
장기적으로 해외 한국학의 전반적인 인프라 및 영향력을 강화할 수 있을
것으로 기대된다. 해외 중핵대학으로 선정된 대학들은 한국학 연구와 교
육 인프라가 잘 갖추어진 대학으로 잘 준비된 제안서를 제출한 세계 유
수대학들이다.

1. University of California, Los Angeles(미국, 2006.9.1.2011.8.31.)

2. University of Washington(미국, 2006.9.16.~2011.9.15.)

3. University of London(영국, 2006.10.1.~2011.9.30.)

4. University of New South Wales(호주, 2006.8.16.~2011.8.15.)

5. Harvard University(미국, 2007.11.1.~2012.10.31.)

6. University of California at Berkeley(미국, (2007.12.12.~2012.12.11.)

7. University of British Columbia(캐나다, 2008.12.16.~2013.12.15.)

8. Leiden University(네덜란드, 2008.12.31.~2013.12.30.)

9. 中央民族大學(중국, 2008.12.16.~2013.12.15.)

10. 南京大學(중국, 2008.12.2.~2013.12.1.)

11. Freie Universität Berlin(독일, 2009.6.15.~2014.6.14.)

12. University of Southern California(미국, 2009.6.5.~2014.6.4.)

13. 延邊大學(중국, 2009.5.8.~2014.5.7.)

14. 中國海洋大學(중국, 2009.5.11.~2014.5.10.)

15. Paris Consortium : (프랑스, 2010.9.15.~2015.9.14.)

16. Saint Petersburg State University(러시아, 2010.7.5.~2015.7.4.)

17. Charles University in Prague(체코, 2010.7.7.~2015.7.6.)

18. 中國文化大學(대만, 2010.7.27.~2015.7.26.)

19. University of Washington(미국, 2011.9.1.~2016.8.31.)

20. University of Michigan(미국, 2011.9.1.~2016.8.31.)

21. State University of New York at Binghamton(미국, 2011.9.1.~2016. 8.31.)

22. University of London(영, 2011.9.1.~2016.8.31.)

23. University of Vienna(오스트리아, 2011.9.1.~2016.8.31.)

24. Australian National University(호주, 2011.9.1.~2016.8.31.)

25. University of Auckland(뉴질랜드, 2012.12.10.~2017.12.9.)

26. University of California at Berkeley(미국, 2012.12.10.~2017.12.9.)

27. 山東大學(중국, 2012.10.1.~2013.9.30.)

28. 九州大學(일본, 2012.10.1.~2013.9.30.)

29. 早稻田大學(일본, 2013.11.1.~2018.10.31.)

30. University of California at San Diego(UCSD, 미국, 2013.11.1.~2018. 10.31.)

31. 南京大學(중국, 2013.11.1.~2018.10.31.)

32. 中央民族大學(중국, 2013.11.1.~2018.10.31.)

33. Free University of Berlin(독일, 2014.09.01.~2019.08.31.)

34. 東京大學(일본, 2014.09.01.~2019.08.31.)

35. University of Southern California(미국, 2014.09.01.~2019.08.31.)

36. 中國海洋大學(중국, 2014.09.01.~2019.08.31.)

37. 延邊大學(중국, 2015.09.01.~2020.08.31.)

38. 국립정치대학교(대만, 2015.09.01.~2020.08.31.)

39. Far Eastern Federal University(러시아, 2015.09.01.~2020.08.31.)

40. Sofia University(불가리아, 2015.09.01.~2020.08.31.)

41. University of Hawaii at Manoa(미국, 2015.09.01.~2020.08.31.)

42. Paris Consortium2(프랑스, 2015.09.01.~2020.08.31.)

43. Khan University(카자흐스탄, 2015.09.01.~2020.08.31.)

44. Charles University(체코, 2015.09.01.~2020.08.31.)

이중 (1)~(18)까지는 이미 5년의 계약기간이 만료되었거나 평가결과가 좋지 못하여 탈락하여 사업이 종료되었다. 그 가운데 19, 22, 26, 31, 32, 33, 35, 36, 37, 44 등이 재선정되었다. 재선정된 10개 사업단 가운데 중국 사업단이 4개이고, 미국사업단이 3개 사업단이다. 중국은 80%의 대학이 재선정된 셈이다. 그런데 이들 가운데 37은 재선정 탈락 후 1년 동안의 각고의 노력 끝에 재진입한 경우이고, 32와 37은 중간평가에서 나쁜 평가를 받아 단장 교체 및 예산 삭감의 고통을 감내해야 했던 대학이다. 선정된 대학 가운데 가장 불운한 대학은 27과 28이다. 이들은 1년 만에 중도 탈락하였고, 그 충격으로 엄청난 진통을 겪은 대학들이다.

중국 대학들이 사업을 계속하고 재선정될 수 있었던 것은 끊임없이 자문을 구했고, 그들의 요청으로 1년에 2~3회 해당 대학을 방문하여 자문을 해준 바 있다. 북경대학, 복단대학, 절강대학, 길림대학, 요녕대학 등도 필자가 지속적으로 자문을 해주었지만 중핵대학에 선정되지 못했다.

2013년 중국문화관계국제학술연토회 劉德海, 송현호

2015년 중국문화관계국제학술연토회 강신항, 송현호

2016년 중국문화관계국제학술연토회 임명덕, 임홍빈, 송현호, 하타노

　2015년도 해외중핵대학에 선정된 국립정치대학은 중화민국에서 한국
학을 선도할 수 있는 인적 기반과 대외신인도 네트워크를 구성하고 있으
며, 지역학 기반이 탁월한 대학으로 그 파급효과와 학제연구의 가능성이
희망적이라는 선정평가위원들의 지적이 있었다. 아젠다는 '동북아 지역
연구 속의 한국학 교육자와 차세대 육성 및 대만 내 한국학 연구 정립 사
업'이다. 국립정치대학 한국어문학과의 전신인 동방어문학과 한국어조는
1956년 7월에 설립되었다. 2000년에는 한국어문학과로 격상되었다. 현재
17명의 교수진(전임 9명, 겸임 8명)이 재직하고 있다.
　한국어문학과 교수진은 교내의 교학, 연구에 전념하면서 각 분야의 전
문 지식을 활용하여 국내외의 각종 학술지나 학회에서 적극적으로 활동
하고 있다. 대학의 중앙관리가 분명하고 대학의 지원의지가 매우 적극적
이고 구체적이다. 사업계획도 적당하고 사업비 집행계획이 현실적이며,
세부 사업내용이 적절하고 사업예산은 합리적으로 구성된 것으로 보인
다. 제시된 성과를 달성할 가능성이 충분하다. 다만 한국어문학과라는 특
성상 어학과 교원양성 프로그램에 치중되고 있고, 일상적인 학과운영에
서 진행되는 프로그램도 제안서에 포함되어 있어 차별화가 필요하다고
본다.

강좌 특강은 단발적인 1회성 특강보다 한 사람이 여러 차례 심도 있는 강의를 하는 것이 바람직해 보인다. 최근 중국어권과의 학술교류가 중국에 치우친 점을 고려할 때 대만 지역에 한국학 교육, 연구거점 대학을 육성하는 것은 중요한 과제라고 생각된다. 한국학 교원의 전문성 제고에 사업의 초점이 맞춰진 것은 평가할 만하나, 교육 저변 확대와 학생 교육 강화 등 기타 분야에 대한 구체적 계획이 없는 것은 아쉬움으로 남는다.

가장 문제가 되는 부분을 지적한다면 1) 참여 연구자와 학교 특성상 자칫 사업이 한국어 교육 중심으로 진행될 수 있는데, 중핵대학 사업의 취지상 한국학의 다양한 분야에서 균형 잡힌 발전을 위한 사업이 진행되어야 한다. 2) 연구나 행사에 타 기관 지원 사업비와 함께 부분 지원하는 것을 최대한 지양하고, 중핵대학 고유의 사업을 수행하고 그 효과를 극대화할 수 있도록 해야 한다. 3) 중핵대학 사업이 2~3개 학과 교수진이 공동 수행하는 사업인 만큼, 사업 수행에 있어 새롭게 설립되는 한국문화교육 연구센터가 중심이 되어야 할 것으로 보이며, 나아가 해당 지역의 한국학 연구를 안정적이고 활발하게 이끌어 가는 연구소로 발전할 수 있도록 최선의 노력이 필요하다. 4) 향후 매년 보고서(사업 수행 내역 및 사업비 사용 내역)를 제출할 때, 서류만을 토대로 지원 계속 여부가 결정되므로, 최대한 자세한 보고가 필요하다. 교육부의 한국학진흥사업이나 중핵대학사업은 한국학 교육과 연구의 체계적 지원과 관련이 있고, 교육과 연구가 불가분의 관계에 있음을 상기한다면 연구와 교육의 정의를 어떻게 할 것인가에 대해서도 진지하게 검토해볼 필요가 있다.

이를 위해 국립정치대학의 특성과 인프라를 효율적으로 활용할 수 있는 구체적인 목표와 전략을 확인하는 것이 한국학 성과를 확대, 심화하는 한 방법이 될 수 있으리라 생각된다. 사업 아젠다에 부합하게 한국학 교육과 연구 영역의 확대 및 발굴로 광범위하게 설정하고 있는 세부 사업 목표를 검토, 수정할 필요가 있어 보인다. 교육목표 연구, 교육과정 연구, 교육프로그램 연구 등을 교육의 범주로만 국한하지 말고 연구의 교육의 화학적 결합과 시너지를 실천적으로 모색해야 할 것이다.

중국문화대학은 5년간의 사업을 진행하는 과정에서 수많은 난관과 고통을 감내해야 했을 것이다. 그것은 중국문화대학에서만 겪는 일이 아니라 사업을 수행하는 모든 대학이 공통적으로 겪고 있다. 필자는 한국연구재단의 '재일동포문학의 민족문학적 성격 연구'(6억, 2003-2004), '중국 조선족 문학의 탈식민주의 연구'(6억, 2005-2006) 등의 대형 프로젝트를 수주한 경험을 바탕으로 한국학진흥사업단의 '한국학교재개발 및 출판지원-러시아'(1억 8천, 2007-2008)를 신청하여 선정되었는데, 러시아의 기후와 당시의 특수한 상황으로 2008년 7월에야 현지 방문을 할 수 있었다. 그런데 사업을 11월에 개시하여 다음 해 7월에 1차년도 평가를 하는 바람에 나쁜 평가를 받고 사업을 포기해야 했다. 11월은 학기 중이어서 교원의 신규 임용이 3월에나 가능하며, 학교의 예산 편성 역시 이미 이루어진 이후라 신규 사업 신청은 다음 해 3월 이후에나 가능하다. 3월 이후라면 1차년도 사업보고서를 6월말에 제출한다고 볼 때 3개월의 시간을 준 셈이다. 특히 연구실적을 3월에서 6월까지만 평가대상으로 삼는 것은 더 문제다. 이 시기에 출간되는 학회지는 4월말에 출간되며, 4월 학회지에 논문을 게재하기 위해서는 1월말까지 논문을 제출해야 해서 연구기간을 3개월밖에 주지 않은 셈이다. 지나치게 국정감사를 의식하여 단기적인 성과만을 요구한 결과다. 국정감사가 10월부터 시작하기 때문에 성과발표회를 8월 이전에는 완료해야 한다. 그렇다면 사업의 개시는 적어도 9월 이전에 이루어지는 것이 타당할 것이다.

필자는 사업에 탈락한 후 한국학진흥사업위원회 위원(2009~2010), 위원장(2011~2014)이 되어 이러한 문제점을 시정하였다. 내년에는 5개 대학의 사업이 종료된다. 금년의 경우를 감안한다면 적어도 6~8개 대학의 선정이 가능하다. 중국문화대학은 5년간의 노하우가 있고, 사업을 진행하면서 한국학 교육과 연구 인프라를 충분히 구축했을 것이다. 따라서 연변대학의 경우를 거울삼아 재도전해볼 것을 권한다.

2015년도 해외중핵대학에 재선정된 연변대학은 중국에서 한국학 전공 교수가 가장 많은 대학이다. 연변대학에서 한국학과 관련이 있는 교수는 248명이다. 주제는 '융복합형 전문인력 양성 : 중국 내 최고 수준의 한국학 선도대학 재건 프로젝트'이다. 연변대학은 2008년 12월에도 중핵대학으로 선정되었다. 그런데 당시 개별심사에서 부여받은 점수는 상당히 저조한 상태였고 심사위원들의 반응도 부정적인 편이었다. 위원회에서는 연변대학이 중국의 거점대학이 될 가능성을 고려하여 중핵대학으로 선정하였으나 연변대학에 대한 한국학진흥사업단의 1차년도 연차 평가는 부정적이었다. 사업단의 평가를 수용하여 2~5차년도 사업계획을 재수립하면서 매년 구체적인 사업계획은 12월 30일 전에 사업단 학술위원회에서 작성하여 사업단 이사회에 교부하여 심의하는 것으로 결의하고 연구와 교육에 초점을 맞추되 학술교류까지 포함하여 주요 사업계획을 제시하고 시행하였다[3]. 사업 종료 후 재진입 시도했으나 실패하여 힘든 나날을 보내면서 아젠다를 바꾸고 사업계획서도 구체적으로 작성하여 1년 후 재진입에 성공하였다.

3. 해외씨앗형사업과 한국학 교재 및 교육프로그램 개발

해외 한국학 씨앗형 사업은 해외의 한국학 교육을 육성하기 위한 다양한 교육 프로그램과 교육 자료를 개발하고 운영하여 한국학의 국제 경쟁력을 강화하려는 사업이다. 한류 바람을 타고 세계 각처에서 한국어와 한국학에 대한 관심이 커지면서 많은 대학들에 한국학 관련 학과들이 개설되었다. 아무런 준비과정도 교육 인프라도 갖추어져 있지 않은 상태에서 개설된 한국학 관련 학과의 교육은 부실할 수밖에 없다. 이를 개선하기

---

3 송현호, 「연변대학의 한국학 현황과 과제」, 『한중인문학연구』 41집, 2013.12, 427-449면.

위해서는 체계적인 교육 인프라를 구축하는 일이 무엇보다 중요하다. 현지에 맞는 교재도 개발하고 체계적인 교육 프로그램도 마련해야 한다. 부실한 교재의 내용을 보완하기 위해 보조 자료 혹은 교육자료도 개발해야 한다.

또한 한국학 관련 학과 개설의 역사가 짧은 대학에는 연구 능력이 뛰어난 한국학 연구자를 지원하여 인프라를 구축할 수 있는 기회를 제공하는 것이 무엇보다 중요한 일이다. 이를 위하여 한국학씨앗형사업을 시행하게 되었는데, 그간 선정된 과제들을 보면 다음과 같다.[4]

1. Rethinking Cultural Understanding-From Basic Research to Applicable Books Geir Helgesen Nordic Institute of Asian Studies 덴마크 8개월 (2009.12.1.～2010.7.31.) 50,000

2. Curriculum Development for Teaching Contemporary Cultural Topics in Korean Studies at UC Irvine Kyung-Hyun Kim University of California at Irvine 미국 3년(2009.6.1.～2012.5.31.) USD 110,000

3. 폴란드 한국학 전공 학부 대학원생용 교육과정 및 교육자료 개발 장소원 서울대학교 한국 (폴란드) 3년(2009.6.1.～2012.5.31.) 175,200

4. Curriculum Development and Teaching Materials for Hungary Beatrix Mecsi Eotvos Lorand University(ELTE) 헝가리 2년(2009.6.1.～2011.5.31.) USD 34,650

5. Text Book : Political Economy of Korea Jitendra Uttam Jawaharlal Nehru University 인도 1년(2009.6.1.～2010.5.31.) USD 9,500

6. 캄보디아 빠나쌋뜨라대학 한국학 교육프로그램 개발사업 강경태 신라대학교 한국 (캄보디아) 3년(2009.6.1.～2012.5.31.) 69,000

7. 중앙아시아 지역 한국학 표준 교육과정 개발 및 기초 교재 개발 사업

---

4 한국학진흥사업단 홈페이지 해외 한국학 씨앗형사업 참조.

이선이 경희대학교 한국 (중앙아시아) 3년(2009.6.1.~2012.5.31.) 72,000

8. Living History in 1894 Korea : The Kabo Reforms Jorge Rafael Di Masi National University of La Plata 아르헨티나 3년(2009.10.1.~2012.09.30.) USD 26,900

9. Virtual Museum of Chosun Korea Creation of Multimedia Interactive Web site & Professional Development Program for US Educators 최영진 The Korea Society 미국 1년(2010.6.21.~2011.6.20.) 58,800

10. Vietnamese Korean Studies Researcher Training Project Tran Thi Huong UniveUniversity of Languages & International Studies, Vietam National University in Hanoi 베트남 1년(2010.11.1.~2011.10.31.) 20,000

11. Korea Studies Reserch Training Project : Elaboration of Projection Country Study and Intercultural Communication under Korean language Study Bronislav S. Lee Tashkent State Pedagogical University named after Nizami 우즈베키스탄 2년(2010.12.27.~2012.12.26.) USD 17,857

12. The Establishment and Extension for Korean Studies Researcher Training : Toward Localization in Lao Lee yohan Souphanouvong University 라오스 2년(2010.12.27.~2012.12.26.) USD 17,260

13. Network Governance and Interest Groups in South Korea and China : Interest Intermediation in Urban District in Municipality City(MonographI,II) 유충식 上海外國語大學 중국 2년(2010.12.27.~2012.12.26.) 20,000

14. 이집트아인샴스대학교의 한국어문학교육과 한국학인재양성방안 연구 김현주 Ainshams University 이집트 2년(2010.12.27.~2012.12.26.) 20,000

15. Promotion of Korean Studies in India and South Asia Neerja Samajdar Jawaharlal Nehru University 인도 3년(2010.11.1.~2013.10.31.) USD 25,639

16. Bridging the Devide : Networking African and Korean Researchers D. H. Muchugu Kiiru University of Nairobi 케냐 3년(2010.11.1.~2013.10.31.) USD 21,000

17. 중국사회과학원학술지 『當代韓國』한중네트워킹사업 박재우 한국외국어대학교 한국 (중국) 3년(2010.11.1.～2013.10.31.) 25,000

18. 일제강점기와 터키 식민지 시절의 한국과 불가리아 문인의 삶과 내면세계 비교 연구 김소영(So-young Kim) Sofia University 불가리아 2년 (2010.11.1.～2012.10.31.) USD 41,700

19. Voices from the Cities : A Comparative Study on Urbanization in Kenya and Korea Peter Wasamba University of Nairobi 케냐 2년(2010.11.1. ～2012.10.31.) USD 42,000

20. Towards an Asian/Continental Poetics : A Study in Inter-Cultural Space with Special Reference to the Works of Han Yong-un and Rabindrath Tagore Ravikesh Jawaharlal Nehru University 인도 2년(2010.12.27.～2012.12.26.) USD 21,573

21. 마케도니아 한국학기반 마련을 위한 학제간 연구 : 기록의 복원과 문화간 의사소통(A Study on the Educational Systems of Macedonia and Korea with the Purpose of Laying the Foundation for Korean Studies in Macedonia : Restoration of Records and Intercultural Communication) Maksim Karanfilovski Ss. Cyril and Methodius University 마케도니아 2년 (2010.12.27.～2012.12.26.) 50,000

22. 韓・中傳統과近代의移行-신문화운동을중심으로-(Korea & China, from Tradition to Modernity) 김경일 北京大學 중국 2년(2010.12.27.～2012.12. 26.) 49,500

23. 한국과 태국의 왕권에 대한 비교연구(The Comparative Study on the Kingship between the Pre-modern Korea and Thailand) Kowit Pimpuang Kasetsart University 태국 2년(2010.12.27.～2012.12.26.) 45,600

24. Korean Course Book on the Basis of CEFR M.Ertan GOKMEN Ankara University 터키 2년(2010.12.27.～2012.12.26.) USD 41,850

25. Colonization : A Comparative Study of Korea and India Vyjayanti

Raghavan Jawaharlal Nehru University 인도 2년(2010.12.27.~2012.12.26.) USD 22,989

26. Reinterpretation of the Expansion of Korean Cultural Products to East Asia : The Case of the Philippines with a Focus on Comparative Analysis of Broadcasting Contents Florinda de Fiesta-Mateo University of the Philippines 필리핀 2년(2010.12.27.~2012.12.26.) 25,000

27. Researching and Teaching Korean Art at the City University of New York Kevin Murphy City University of New York 미국 2년(2011.12.1.~2013.11.30.) 25,000

28. The development of educational materials and training on Korean geographical names Atkinson-Palombo, Carol University of Connecticut 미국 3년(2011.12.1.~2014.11.30.) 25,000

29. 중국 한국어 학습자 코퍼스 구축과 연구(The Construction and Research of Chinese Learner's Korean Corpus) 김용 大連外國語大學 중국 2년(2011.12.1.~2013.11.30.) 24,675

30. 외국 한국(어문)학과 대학생을 위한 교재 개발 황현옥 復旦大學 중국 3년(2011.12.1.~2014.11.30.) 25,000

31. 스페인어권 특화 한국학 교재개발 －비판적, 비교적, 통합적 접근- 민원정 Pontificia Universidad Catolica de Chile 칠레 3년(2011.12.1.~2014.11.30.) 25,000

32. 전문 용어 통번역 분류사전 최기호 Ulaanbaatar University 몽골 2년(2011.12.1.~2013.11.30.) 25,000

33. 한국인의 기억 : 냉전과 탈냉전 사이(Korean Memories : Betwixt the Cold War and Post-Cold War) 김미경 広島市立大學 일본 3년(2011.12.1.~2014.11.30.) 24,958

34. 중국인을 위한 한국 한자어 학습사전 편찬 및 관련 교육 지도안의 확립과 교과목의 개설 王芳 濰坊學院 중국 3년(2012.7.1.~2015.6.30.) 50,000

35. Lyon-Geneva : Launching a Dual-Locus Laboratory of Korean Studies in the Heart of Europe Jerome Bourgon Ecole Normale Superieure de Lyon 프랑스 3년(2012.7.1.~2015.6.30.) USD 44,000

36. 연구체계 확립과 교육환경 개선을 통한 카자흐스탄 한국학의 확산 (Establishment of Research System and Improvement of Educational Environment for Promotion of Korean Studies in Kazakhstan) Nelly Pak Kazakh State University of International Relations and World Languages after Abylay Khan 카자흐스탄 3년(2012.7.1.~2015.6.30.) USD 43,450

37. The Founding Project of Korean Studies Institute(KSI) in Laos : Research, Network and Development Yohan Lee Souphanouvong University 라오스 3년(2012.7.1.~2015.6.30.) USD 45,890

38. 식민지 유산과 사회발전 : 정치·법제·문화 — 불가리아와 한국의 비교 및 교재개발 기초연구(Legacies from the colonial period and the social development : politics, legislation, culture-comparison between the Republic of Bulgaria and the Republic of Korea and primary research for textbook development) 김소영 Sofia University 불가리아 3년(2012.7.1.~2015.6.30.) 50,000

39. 류블랴나 한국학의 구축(Establishment of Korean Studies in Ljubljana) Andrej Bekes University of Ljubljana 슬로베니아 3년(2012.7.1.~2015.6.30.) 50,000

40. Implementation of Korean Studies at the University of Complutense Madrid Damaso Lcopez Garcia Universidad Complutense de Madrid 스페인 3년(2012.7.1.~2015.6.30.) 50,000

41. 나이로비대학 한국학 설립(Establishment of Korean Studies in Ljubljana) Enos Njeru University of Nairobi 케냐 3년(2012.7.1.~2015.6.30.) USD 43,000

42. 벨기에 루벵대학교 한국어, 한국문화 및 사회에 관한 신규과정 설

치 운영(Introducing New Courses on Korean Language, Culture and Society at the KU Leuven) Dimitri Vanoverbeke Katholieke Universiteit Leuven 벨기에 3년(2012.7.1.~2015.6.30.) 48,840

43. 문화적 차원에서 한국문화, 한국어, 한국고전문학, 현대문학 교재 개발(Text books Development on Korean Culture, Language, Classical and Modern Literature through Understandings of Culture) S. Goksel Turkozu Erciyes University 터키 3년(2012.7.1.~2015.6.30.) 50,000

44. Pioneering the Incubation of Sarah Domingo Lipura Ateneo de Manila University 필리핀 3년(2012.7.1.~2015.6.30.) USD 45,000

45. "Korean Culture through Texts and Traditions"(Development of Teaching Materials for Korean Culture and Literature Courses) Diana Yuksel University of Bucharest 루마니아 3년(2012.7.1.~2015.6.30.) USD 24,255

46. 베트남에서의 한국학 기반 구축 및 실용화 -한국학 전공 대학생용 교재 개발 및 베트남 내 한국학 네트워킹 구축- Nguyen Thi Tham Vietnam Academy of Social Sciences, Institute for Northeast Asian Studies, Center for Korean Studies 베트남 3년(2012.7.1.~2015.6.30.) USD 43,340

47. Development resources for researching and teaching korean literature in Vietnam Phan Thi Thu Hien University of Social Sciences and Humanities under Vietnam National University in Ho Chi Minh City 베트남 3년(2012.7.1. ~2015.6.30.) USD 46,189

48. 한국문학 대표선 번역(고대-1950년대까지, 우즈벡어) 및 '한국문학의 이해' 출판 (우즈벡어, 러시아어) Saydazimova Umida Tashkent State Institute of Oriental Studies 우즈베키스탄 3년(2012.7.1.~2015.6.30.) USD 37,400

49. "Korea after World War II : A country struggling for unity and peace" How to use new methods of teaching to enhance the knowledge about Korea Barbara Ines Bavoleo National University of La Plata 아르헨티나 3년

(2012.7.1.~2015.6.30.) USD 43,800

50. 동남아 대학교들의 한국학 교과과정 개발을 위한 이론적 기반 연구와 동남아 7개국 주요 국립대학교 한국학과들 간의 교육발전을 위한 전략적 네트워크 구축(An Analysis of Theoretical Foundation for Development of Korean Studies Curriculum in Southeast Asia and an Establishment of Network for Korean Studies Education among Seven Leading National Universities in Southeast Asia) Prapin Manomaivibool Chulalongkorn University 태국 1년(2013.7.1.~2014.6.30.) 50,000

51. 인도네시아의 한국학 현황 및 발전 방향 연구(Research for Status and Future Direction of Korean Study) Eun-Hee Park Universitas Kristen Maranatha 인도네시아 1년(2013.12.23.~2014.12.22.) 40,000

52. 한국과 필리핀 : 두 나라의 개발 비교 및 교류 관련 탐구(Korea and the Philippines : Exploring Comparative and Transnational Perspectives) 김준길 University of Asia and the Pacific 필리핀 3년(2013.7.1.~2016.6.30.) 50,000

53. 낭트대학교에 한국학연구소를 개설하기 위한 보육 프로젝트 (Incubation project for creating a Center for Korean Studies in Université de Nantes) Herve Quintin University de Nantes 프랑스 3년(2013.7.1.~2016. 6.30.) 50,000

54. 슬로바키아, 브라티슬라바에 있는 코메니우스 대학교 한국학과의 발전과 구현(Implementation and Development of Korean Studies at the Comenius University in Bratislava, Slovakia) Martin Slobodnik Comenius University in Slovakia 슬로바키아 3년(2013.7.1.~2016.6.30.) 49,000

55. 이탈리아에서의 한국학씨앗형사업(Incubation of Korean Studies in Italy) Antonetta Bruno Università di Roma La Sapienza 이탈리아 3년 (2013.7.1.~2016.6.30.) 49,000

56. 코스타리카 한국학 진흥사업(Promotion of Korean Studies in Costa

Rica) Bernal Herrera Montero Universidad de Costa Rica 코스타리카 3년
(2013.7.1.~2016.6.30.) 50,000

57. 프랑스 파리 Asia Centre의 계간지 'Korea Analysis' 발간사업
(Publication of the Quarterly Journal 'Korea Analysis' by Asia Centre(Paris,
France)) Francois Godement Asia Centre 프랑스 3년(2013.7.1.~2016.6.30.)
50,000

58. 정부의 역량과 지도력 변화가 국가 발전에 미치는 영향 : 한국과
말레이시아 비교 분석(Changes in State Capacity and its Leadership and its
impact on National Development : A Comparative Analysis of Malaysia and
South Korea.) Md Nasrudin bin Md Akhir University of Malaya, Kuala
Lumpur 말레이지아 3년(2013.7.1.~2016.6.30.) 50,000

59. 명청대 문헌에 보이는 한국미술사 자료 집성(The Compilation of
Historicsal Materials and Data on Korean Arts, in the Documents of Chinese
Ming and Qing Dynasties) 김홍대 河南理工大學 중국 3년(2013.7.1.~
2016.6.30.) 50,000

60. 스리랑카 켈라니야대학교 한국학센터 설립에 관한 연구(A Study on
Establishment of the Center for Korean Studies in University of Kelaniya, Sri
Lanka) Meemure Gunananda Thero University of Kelaniya 스리랑카 1년
(2014.07.01.~2015.06.30.) 50,000

61. 한국어 교과서에 나타난 한국 문화(The construction of Korean
culture in Korean language textbooks) Dong Bae Lee The University of
Queensland 호주 3년(2014.07.01.~2017.06.30.) 50,000

62. 해외한국학 씨앗형 사업(Seed program for Korean Studies) Tran Thi
Lan Anh 다낭외국어대학교(University of Foreign Language Studies, University
of Danang) 베트남 3년(2014.07.01.~2017.06.30.) 49,000

63. 한국학 전공 석사과정을 위한 스페인어 교재 개발(Teaching materials
in Spanish for Master Course of Korean Studies) Hye-jeoung Kim Universidad

de Salamanca 스페인 3년(2014.07.01.~2017.06.30.) 47,000

64. 미국에서의 새로운 한국학 연구 패러다임 개발(제시) : 한국 및 재미교포에게 주는 시사점을 중심으로(Presenting a New Korean Studies Paradigm in the United States : What does it Mean to be Korean and Korean American) Edward T. Chang University of California at Riverside 미국 3년 (2014.07.01.~2017.06.30.) 49,000

65. Developing Korean awareness at the University of the South Pacific Ryota Nishino University of the South Pacific 피지 3년(2014.07.01.~ 2017.06.30.) 21,000

66. 핀란드 투르그 대학에 정규 한국학과 설치(To establish Korean Studies in Center for East Asian Studies of Turku University in Finland) Lauri Paltemaa University of Turku 핀란드 3년(2014.07.01.~2017.06.30.) 50,000

67. 주칠레 한국학 강의 개설 및 연구소 설립 프로그램(ChKSC- Program) : 정치학, 경제학 그리고 사회학으로 살펴 본 한-칠레 통합의 가능성과 그 전망(Chilean-Korean Study Center Program(ChKSC-Program) : For cross-country future integration based on deeper understanding in terms of Politics, Economics and Society) Cesar Ross University de Santiago de Chile 칠레 3년 (2014.07.01.~2017.06.30.) 50,000

68. 한국 한자학 전문 교육 과정 개설과 연구자 육성을 위한 기초 연구 (The Organization and Implementation of the Korean Hanja Research Program and Nurturing Korean Hanja Specialists in China) 왕평 華東師范大學 중국 3년(2014.07.01~2017.06.30) 49,000

69. 라트비아대학교의 한국학 센터 설립과 한국학 관련 연구 서진석 University of Latvia 라트비아 3년(2015.07.01~2018.06.30.) 60,000

70. 동말레이지아 사바대학에 한국학 연구 플랫폼 구축 Rasid Mail universiti malaysia sabah 말레이시아 3년(2015.07.01~2018.06.30.) 40,000

71. 이스라엘 히브리 대학교 한국학 교육 및 연구 프로그램 개발 사업

Jooyeon Rhee The Hebrew University of Jerusalem 이스라엘 3년(2015.07.01.
~2018.06.30.) 50,000

72. 프랑크프르트 한국학 기반 구축을 위한 연구와 강의 : "한국안팎을
향한 초국가적인 이동성과 정체성"을 주제로 Yonson Ahn Johann Wolfgang
Goethe University 독일 3년(2015.07.01.~2018.06.30.) 100,000

73. 중국 내 한국 문화번역 인재 양성을 위한 교수요목 및 교재 개발
사업 고홍희 山東大學 중국 3년(2015.07.01.~2018.06.30.) 46,000

74. Babeş-Bolyai(바베쉬-보여이) 대학의 한국어-문화 교육을 위한 교과
과정의 향상과 교육 교재 Codruta Sintionean Universitatea 'Babesbolyai'
Cluj-Napoca 루마니아 3년(2015.07.01.~2018.06.30.) 82,000

75. 미얀마 내 한국학 연구와 교육의 기반 육성 : 양곤 경제 대학교, 미
얀마-한국 연구소(가칭) 설립을 통한 사회과학 부문 한국학 연구 및 교육
의 진흥 Thida Kyu Yangon University of Economics 미얀마 3년(2015.07.01.
~2018.06.30.) 400,000

76. 터키 한국어 학습자를 위한 한국어 번역 교재 개발 연구 Jung Suk
Yoo Erciyes University 터키 3년(2015.07.01.~2018.06.30.) 50,000

77. 마드리드 국립 자치대학 한국학 강의 개설 Taciana Fisac Autonomous
University of Madrid 스페인 3년(2015.07.01.~2018.06.30.) 84,000

78. 태국 내 한국학 진흥을 위한 한국학 입문서 개발 Soontaree Burapha
University 태국 3년(2015.07.01.~2018.06.30.) 22,000 11,000 16,000

79. 스리랑카 지역의 한국학 교육/연구/확산 기반 구축 : 캘라니야대학
교를 중심으로 김진량 University of Kelaniya 스리랑카 3년(2015.07.01.~
2018.06.30.) 50,000

80. 국립 필리핀 대학교 내 한국학 연구소 설립 및 연구활동을 통한 한
국학 교육자료 개발 및 과목 개설 Eduardo T. Gonzalez University of the
Philippines 필리핀 3년(2015.07.01.~2018.06.30.) 50,000

81. 류블랴나의 한국학 발전 방안 연구-신설과목 개설 및 교재 개발(문

학을 중심으로) Andrej Bekes University of Ljubljana(University of Ljubljana) 슬로베니아 3년(2015.07.01.~2018.06.30.) 49,000

82. 리까르도 빨마 대학교의 동서양고전연구소와 문화 다양성과 대화 유네스코 석좌를 통한 페루에서의 한국문화와 한국학 소개 및 전파 DORA ALICIA BAZÁN MONTENEGRO DE DEVOTO Universidad Ricardo Palma 페루 3년(2015.07.01.~2018.06.30.) 50,000

83. 프놈펜 왕립대학 내 한국학 연구소 설립을 통한 캄보디아내 한국 학연구의 진흥 및 종합 한국학 교육프로그램의 발전 Oum Ravy Phnom Penh University(Phnom Penh University) 캄보디아 3년(2015.07.01.~2018. 06.30.) 40,000

84. 우즈베키스탄 한국학 진흥사업 Saydazimova Umida Tashkent State Institute of Oriental Studies 우즈베키스탄 3년(2015.07.01.~2018.06.30.) 50,000

이 사업에 선정된 국가는 덴마크, 독일, 라오스, 라트비아, 루마니아, 마케도니아, 말레이시아, 몽골, 미국, 미얀마, 베트남, 벨기에, 불가리아, 스리랑카, 스페인, 슬로바키아, 슬로베니아, 아르헨티나, 우즈베키스탄, 이스라엘, 이집트, 이탈리아, 인도, 인도네시아, 일본, 중국, 중앙아시아, 칠레, 카자흐스탄, 캄보디아, 케냐, 코스타리카, 태국, 터키, 페루, 폴란드, 프랑스, 피지, 핀란드, 필리핀, 헝가리, 호주 등 42개국이고, 과제는 84과 제이다.[5] 중국이 9개 과제로 제일 많고 그 다음이 미국으로 5개 과제이며, 베트남과 인도가 4개 과제이고, 스페인, 우즈베키스탄, 케냐, 태국, 터키, 프랑스, 필리핀 등이 3개 과제를 수행하고 있다.

선정된 과제를 살펴보면 그 질적 차이가 천차만별이다. 한국학 교육 인프라가 전혀 갖추어지지 않은 대학에서부터 한국학 연구와 교육 인프

---

5 한국학진흥사업단 홈페이지 해외 한국학 씨앗형 사업 및 게시판 참조.

라가 잘 갖추어진 대학까지 그 범위가 아주 넓다. 해외한국학씨앗형사업은 한국학 연구와 교육의 역량을 갖춘 세계의 한국학 연구자들에게 연구비를 지원하였지만, 이를 준비하기 위하여 많은 한국학 연구자들에게 연구와 교육의 인프라를 체계적으로 갖출 수 있도록 하는 효과를 가져왔다.

이 사업의 파급효과를 고려한다면 세계 각국에 한 개 이상의 사업, 중요 국가에는 10개 이내의 사업을 지원할 필요가 있으며, 이를 위해 꾸준히 예산을 확충해나갈 필요가 있다.

중화민국에는 선정된 과제가 하나도 없다. 중화민국 정도의 한국학 교육과 연구 인프라를 갖춘 나라에서 과제 신청을 하지 않고 과제 선정이 되지 않은 것은 의외다. 國立臺灣大學, 國立政治大學, 國立師範大學, 東吳大學, 輔仁大學, 成功大學, 中興大學, 中央大學, 國立淸華大學, 嘉義大學, 高雄大學, 國立中山大學, 中國文化大學, 東海大學, 眞理大學 등은 이 사업에 선정될 가능성이 충분하다. 중화민국의 이들 대학에서는 해외 중핵대학사업에 신청했다가 실패한 북경대학, 복단대학 등과 중도 탈락한 산동대학이 이 사업을 신청하여 선정된 점에 주목할 필요가 있다.

4. 한국학선도연구지원사업 - 한국학세계화랩사업

세계적 수준의 국내외 한국학자들에 의한 한국학 연구 성과물의 산출로 한국학의 국제경쟁력을 강화하려는 사업이다. 한국학 세계화 랩 사업은 한국학뿐만이 아니라 한국을 연구 내용으로 하는 타학문 분야도 지원한다. 이는 한국학과 타 학문 분야와의 연계를 통해 우수학자들을 한국학 연구로 유도하기 위함이다. 단, 번역, 데이터베이스, 컨퍼런스 편집물은 지원 대상이 아니다. 저서는 구미 A급 학술 출판사에서 출간, 반드시 영문 결과물이어야 한다. 출판 계약은 연구기간 중 확정되어야 하며, 저서 출판계약서는 결과보고서와 함께 연구기간 종료 후 6개월 이내에 제출하여야 한다.

 랩 연구인력 구성과 기본 참여 자격은 연구책임자는 박사학위 소지자
로서 최근 5년간 연구업적 700%여야 하고, 일반 공동연구원은 전임강사
부터 정교수까지 연구를 위해 연구책임자가 구성한다. 부교수 이상은 최
근 5년간 최소 500% 이상의 연구업적 보유해야 하고, 조교수 이하는 최근
5년간 최소 300% 이상의 연구업적 보유해야 한다. Post-doc은 박사학위
소지자로서 본 사업비에서 전일근무자로 고용한 연구자여야 한다. 연구
책임자, 일반공동연구원, Post-doc을 포함하여 최소 5인 이상으로 구성하
여야 한다.

 한국학진흥사업 및 타 기관 지원 연구과제 참여 개수가 총 3개를 초과
할 경우, 해당 연구인력은 본 사업에 참여가 불가하며, 같은 사업 내 참여
자격을 달리하여 2개 이상의 과제를 신청할 수 없다. 선정된 과제는 다음
과 같다.[6]

 1. The Earliest Peopling of the Korean Peninsula : Current Multidisciplinary
Perspectives Christopher J. Bae University of Hawaii at Manoa 미국 3년
(2010.12.1.~2013.11.30.) 297,830

 2. Advancing Social Sciences with Korea : Social History, Grand Strategy,
Diplomacy, and Demography Victor Cha Center for Strategic & International
Studies(C.S.I.S.) 미국 5년(2010.12.1.~2015.11.30.) 288,000

 3. 한국전쟁을 넘어서(Beyond the Korean War) 권헌익 University of
Cambridge 영국 5년(2010.12.1.~2015.11.30.) 300.000

 4. The Globalisation of Korean Studies Research : The Korean Model of
Growth and Development and Implications for Southeast Asia 서중석
University of New South Wales 호주 5년(2010.12.1.~2015.11.30.) 300,000

---

6 한국학진흥사업단 홈페이지 한국학세계화랩사업 및 게시판 참조.

5. 한국과 동아시아의 지구사, 1840-2000(Korea and East Asia in Global History 1840-2000) Sebastian Conrad Freie Universität Berlin 독일 5년 (2010.12.1.～2015.11.30.) 300,000

6. 비교적 관점에서 본 한국가족 랩 프로젝트(Korean Family in Comparative Perspective Laboratory) Nancy Abelmann University of Illinois at Urbana - Champaign 미국 5년(2010.12.1.～2015.11.30.) 297,715

7. A Synthetic Study of the Textbooks for Learning Foreign Languages at Sayokwon of the Joseon(조선시대 역학서의 종합적 연구-훈민정음으로 기록된 조선시대 외국어 학습서의 지식정보화-) 김문경 京都大學 일본 5년 (2011.10.1.～2016.9.30.) 297,688

8. Cosmopolitan and Vernacular in the Sinographic Cosmopolis : Comparative Aspects of the History of Language, Writing and Literary Culture in Japan and Korea Ross King University of British Columbia 캐나다 5년 (2011.10.1.～2016.9.30.) 286,550

9. 서울, 도시의 열망 : 종교와 거대도시의 비교 연구(Urban Aspirations in Seoul : Religion and Megacities in Comparative Studies) Peter Van Der Veer Max Planck Institute for the Study of Religious and Ethnic Diversity 독일 5년(2011.10.1.～2016.9.30.) 300,000

10. Korean Philosophy in Comparative Perspectives Philip Ivanhoe City University of Hong Kong 홍콩 5년(2011.10.1.～2016.9.30.) 288,771.6

11. 국제화 시대의 한국의 성장 : 국력, 경제발전, 국제관계(South Korea's Rise in the Era of Globalization : Power, Economic Development, and Foreign Relations) 허욱(Uk Heo) University of Wisconsin - Milwaukee 미국 5년 (2012.10.1.～2017.9.30.) 275,000

12. 한국인의 사유구조 : 6-11세기 불교 문헌을 통해 본 인식과 논리 (Traces of Reason : The Korean Approach to Logic and Rationality and Its Relation to Buddhist Traditions from India and China) 우제선 동국대학교

대한민국 5년(2012.10.1.~2017.9.30.) 300,000

13. 一國 研究의 벽을 넘어서 : 朝鮮 코리아 연구에 대한 혁신적 글로벌 패러다임(Breaking Down the Walls of a Single-Country Focus : A New Global Paradigm for the Study of Chosŏn Korea) 허남린 University of British Columbia 캐나다 5년(2013.12.31.~2018.12.30.) 300,000

14. 20150273 한국 고고학의 세계화 : 선사, 초기역사시대 한반도 농경의 기원과 사회복합화에 대한 학제적 연구 Gyoung-Ah Lee University of Oregon 5년(2015.9.1.~2020.8.30.) 300,000

15. 20150275 중동지역 한국학 관련 고문헌 및 근대 역사·어문 자료의 발굴·연구·출판을 위한 국제 비교연구 랩 이희수 한양대학교(ERICA캠퍼스) 5년(2015.9.1.~2020.8.30.)

16. 20150280 한국의 소프트 파워와 하드파워에 대한 재고 : 사회과학과 인문학에 있어서 동아시아의 국제화에 대하여 Rhacel Parrenas University of Southern California 5년(2015.9.1.~2020.8.30.) 300,000

17. 20150283 한류의 등장,성공 그리고 도전 : 세계의 문화 산업의 게임의 법칙을 바꾸는 한국 Patrick Messerlin European Centre for International Political Economy 5년(2015.9.1.~2020.8.30.) 300,000

18. 20150285 국가 발전을 위한 정부 역량과 정책 추진 과정 : 한국-동남아 8개국 비교 연구(태국, 말레이시아, 인도네시아, 필리핀, 베트남, 라오스, 캄보디아, 미얀마) Chung-Sok Suh University of New South Wales 5년(2015.9.1.~2020.8.30.) 300,000

5. 한국학대중화사업-한국고전100선 영문번역

동 사업은 '한국 고전 100선' 지정 도서의 영문 번역 및 출판을 지원한다. 지원 대상은 국내외 대학(연구소 및 연구팀) 및 학술연구기관(비영리

연구소, 정부출연기관 등)이다. 연구책임자는 한국 고전100선 지정 도서를 영문으로 번역하고 출판할 수 있는 역량을 갖춘 사람들로 연구진을 구성해야 한다. 개인 신청은 받지 않는다.

연구진 구성 시 양질의 번역 결과물 도출을 위하여 국내 관련 전문가 및 native 영문 에디터를 포함하여 구성할 것을 권장한다. 지정 도서 내에서 연구팀별 역량에 따라 다양한 분야의 도서를 자유롭게 기획(문학/역사/철학 전 분야에서 자유롭게 선택)할 수 있다. 단, 최종 번역 결과물은 4권 이상 출판될 수 있도록 고전별 분량을 고려하여 번역 과제를 기획해야 하며, 모든 결과물은 북미 또는 서유럽 아카데믹 A급 전문출판사에서 저서로 출판되어야 한다. 선정된 과제는 다음과 같다.[7]

1. Philosophy and Religion Series Robert Buswell UCLA 3년(2007.12.01. ~ 2010.11.30) 200,000

2. Historical Material Series Robert Buswell UCLA 3년(2007.12.01. ~ 2010.11.30.) 200,000

3. A Translation and Study of Kang Hang's Kanyangnok Kenneth R. Robinson International Christian University, Japan 3년(2007.12.01. ~2010. 11.30.) 15,000

4. The Korean Confrontation with Catholicism in 18th-century Korea Don Baker University of British Columbia 3년(2007.12.01. ~2010.11.30.) 15,000

5. Traditional Korean Stories Ann Sung-hi Lee 개인 3년(2007.12.01. ~ 2010.11.30) 15,000

6. Philosophy and Religion, Round Two Robert Buswell UCLA 3년 (2010.12.10. ~2013.12.9.) 200,000

7. Historical Material, Round Two Namhee Lee UCLA 3년(2010.12.10. ~

---

7 한국학진흥사업단 홈페이지 한국고전100선 영문번역사업 및 게시판 참조.

2013.12.09.) 200,000

8. An Annotated Translation and Study of Haedongchegukki (번역) Kenneth R. Robinson International Christian University, Japan 3년(2010.7.12. ~2013.7.11.) 15,000

9. Women in Chos n : "Wild Rose and Pink Lotus : A Tale of Two sisters"; "The Tale of Lady Park"(번역) 신정수 고려대 3년(2010.12.10.~2013.12.9.) 15,000

10. Korea's Occupied Cinemas, 1893-1948 (출판지원) Erica Wetter Routledge, NY 1회(2010.7.) USD 7,500

11. 한국학 영문용어용례 정보 구축 연구 한형조 한국학중앙연구원 2 년(2013.12.31.~2015.12.30.) 155,000

12. 조선후기 문헌(Works of the Late Chosŏn Dynasty) George Kallander Syracuse University 3년(2013.11.1.~2016.10.31.) 103,000

13. 다산 논어고금주 영문 번역 및 해설(English Translation of Dasan's Old and New Commentaries of the Analects) 김홍경 State University of New York at Stony Brook 3년(2013.11.1.~2016.10.31.) 101,000

14. 다산 정약용 시집(Selected Poetry of Dasan Jeong Yak-Yong : His Life and His Times) 이주행 다산학술문화재단 3년(2014.12.05.~2017.12.04.) 49,940

15. 파한집(P'ahan chip - Collection to Break up Idleness) Dennis WUERTHNER Ruhr University - Bochum 3년(2014.12.05.~2017.12.04.) 22,500

16. 하곡 정제두 저『존언 (存言)』: 해설과 역주를 포함, 영문으로 번역 한 후 북미지역에서 출판(The Great Synthesis of Wang Yangming Neo-Confucianism in Korea : Hagok Chong Chedu's Testament (Chonŏn)) Edward Chung University of Prince Edward Island 3년(2014.12.05.~2017.12.04.) 25,000

17. 월인천강지곡 (月印千江之曲) (The Moon Reflected in a Thousand

Rivers) Thorsten TRAULSEN Ruhr University - Bochum 3년(2014.12.05.~
2017.12.04.) 25,000

　18. 숙향전.숙영낭자전』 번역 손태수 성균관대학교 3년(2015.9.1.~
2018.8.30.) 25,000

　19.『반계수록』「전제」「전제후록」 영역 사업 배우성 서울시립대학교
3년(2015.9.1~2018.8.30.) 99,000

6. 결론

　교육부의 한국학진흥사업 선정이 부진한 현재와 달리 중화민국의 한국
학 교육과 연구 인프라는 탄탄하고 향후 선정될 가능성이 무한하다. 향후
중화민국에서 해외한국학중핵대학육성사업, 해외한국학씨앗형사업, 한국
학세계화Lab사업, 한국고전 100선 영문번역사업 등에 많은 대학들이 선
정되기를 기대하면서 한국학진흥사업의 구체적인 내용과 선정된 대학들
을 소개하였다. 기 선정된 대학들의 과제들을 면밀하게 살펴보고 대응 전
략을 세웠으면 한다.

　교육부의 해외한국학중핵대학육성사업은 한국학 연구와 교육의 역량
을 갖춘 한국학 연구기관을 양성하는 효과를 가져왔고, 해외한국학씨앗
형사업은 한국학 연구와 교육의 역량을 갖춘 한국학 연구자들을 양성하
는 효과를 가져왔다. 한국학세계화Lab사업은 한국학과 타 학문 분야와의
연계를 통해 우수학자들을 한국학 연구로 유도하고 있으며, 한국고전100
선 영문번역사업은 '한국 고전 100선' 지정 도서의 영문 번역 및 출판을
지원하여 한국학을 세계 여러 나라의 연구자와 대중들에게 알리는 효과를
가져왔다.

　그런데 교육부의 한국학진흥사업 예산이 선진국에 비해 턱없이 적은
금액이어서 사업을 원활히 수행하는데 어려움이 크다. 그런데 교육부의

〈인문학진흥사업〉 시행으로 한국학 연구 및 교육의 인프라가 평가 지표가 되면서 해외에서의 한국학 인프라를 구축하려는 노력은 더욱 공고화되고 있다. 향후 예산이 대폭 증액될 가능성이 있으며, 그때 중화민국에서도 더욱 많은 과제들이 선정되고 한국학이 더욱 활성화되기를 기대한다.

한중 인문 교류의 현황과 과제
- 교육부의 한국학진흥사업을 중심으로 -

1. 머리말

　1992년 한중 수교와 더불어 '우호합작관계'에서 시작한 한중 관계가 '21
세기 합작동반관계'(1998), '전면 합작동반관계'(2003), '전략적 동반관계'
(2008)를 거쳐 '전략적 협력동반자관계'(2013)로 급속히 발전하면서 한중
교류는 언어, 문화, 정치, 경제, 예술 등 다방면에서 아주 활발하게 이루
어지고 있다. 그 가운데 인문 분야의 교류는 대학과 학회를 중심으로 자
연스럽게 이루어지고 있다. 중국학 전공자의 입장에서 본 한중 인문 교류
에 대해서는 김하림 교수가 논의한 바 있고,[1] 한국학 전공자의 입장에서
본 인문 교류에 대해서는 필자가 여러 차례에 걸쳐 논의한[2] 바 있어서 여
기에서는 중복을 피하기 위하여 교육부의 한국학 진흥사업을 중심으로
한중 인문 교류에 대해 살펴보려고 한다.

---

　1 김하림, 「한중 수교 20년, 인문학 교류의 의미와 과제」, 『한중인문학연구』 39집, 2013.4.
　2 「중국에서의 한국학 연구 동향」(『한국문화』 33집, 서울대학교 한국문화연구소, 2004.6),
「중국의 한국학 현황」(『한중인문학연구』 35집, 2012.4), 「중앙민족대학의 한국학 현황과 과
제」(『한중인문학연구』 40집, 2013.8), 「연변대학의 한국학 현황과 과제」(『한중인문학연구』
41집, 2013.12) 참조.

2014년 6월 길림대학 주해학원에서 개최한 한중인문학회 국제학술대회

2014년 6월 길림대학 주해학원 한국학과 강연

　대한민국 외교부의 한국국제교류재단, 문화체육관광부의 세종학당, 교육부의 한국학진흥사업단, 한국학중앙연구원의 국제교류센터 등을 통해 한국학진흥사업이 시행되면서 인문분야의 한중 교류는 더욱 활성화되고 있다. 그런데 외교부, 문화체육관광부, 교육부의 한국학진흥사업은 그 성격이 아주 다르다. 외교부는 수교 국가에 한국을 알리는 개척 사업을 주로 하고 있고, 문화체육관광부는 개척지에 한국어와 한류를 전파하는 사업을 주로 하고 있다. 그에 반해 교육부는 한국학 인프라가 갖추어진 대학이나 연구기관에 한국학 교육과 연구의 체계적 지원을 하고 있다.

교육부에서의 〈인문학진흥사업〉의 시행으로 한국학 연구 및 교육의 인프라가 평가 지표가 되면서 해외에서의 한국학 인프라를 구축하려는 노력은 더욱 공고화되고 있다. 대한민국 교육부에서는 「학술진흥법」 제4조(학술진흥정책의 수립 등) 및 제5조(학술지원사업의 추진 등), 「인문사회분야 학술연구지원사업 처리규정(교육부훈령 제26호)」 제9조(전문기관), "인문학진흥방안"(구 교육인적자원부)에 의거 〈인문학진흥사업〉 가운데 한국학기획연구사업 기본계획을 2006년 10월 수립하고 한국학기획사업단을 2007년 05월 출범시켰다. 2009. 02에는 "한국학기획사업단"을 "한국학진흥사업단"으로 명칭 변경하면서 "한국학진흥사업시행계획"(구 교육과학기술부)에 의거, "국학진흥사업", "해외한국학진흥사업", "한국학기획연구사업"이 〈한국학진흥사업〉으로 통합되었다. 한국학진흥사업의 정책방향 및 기본계획 수립 등은 교육부에서 맡고, 사업별 세부 시행 계획 수립, 선정·협약, 집행·평가, 정산·사업비 관리 등은 전문기관인 한국학진흥사업단이 맡고, 한국학진흥사업 심의 및 자문, 심사위원 후보 추천 등은 한국학진흥사업위원회에서 맡고 있다.[3]

한국학진흥사업위원회에는 교육부와 한국학진흥사업단의 책임자들이 참여하고 있으며, 이들은 상호 긴밀히 협조하여 세계적 수준의 한국학 연구 성과물 산출에 따른 한국학 국제경쟁력 강화, 해외 한국학 거점 지원 및 인력 양성을 통한 한국학 우수 인재 육성, 한국학 기초자료 수집과 축적·구술자료 아카이브 구축·공구서 편찬 등 인프라 구축을 통한 연구 기반 강화 및 연구 활성화, 한국학 연구성과의 대중화로 국내외 한국문화 위상 제고, 한국학 분야 토대연구를 통하여 지식 재생산의 원천을 제공하고, 독창적인 연구이론 발전의 기틀 마련 등을 추구하고 있다.

한국학진흥사업단의 주요사업은 한국학선도연구지원사업, 한국학교육 강화사업, 한국학연구인프라구축사업, 한국학대중화사업 등인데, 이 가운

---

3 교육부, 2014년도 한국학진흥사업 시행계획(안), 2014.1, 1면.

데 해외 학자들과 관련되는 사업은 한국학선도연구지원사업의 한국학세
계화Lab사업이고, 해외 한국학 연구 및 교육기관과 관련되는 사업은 한국
학교육강화사업의 해외한국학중핵대학육성사업, 해외한국학씨앗형사업,
해외한국학학문후속세대양성사업 등이다.

교육부 한국학진흥사업은 인문학 분야가 주종을 이루고 있으며, 외교
부나 문화체육관광부의 진흥사업과 달리 한국학의 수준을 세계적인 수준
으로 끌어올리고 세계의 주류 학문의 범주에 포함시키기 위한 노력이 수
반될 수밖에 없다. 이러한 목표는 역으로 한국학진흥사업을 신청하려는
해외 한국학 연구 및 교육기관으로 하여금 한국과의 교류를 활성화하여
한국학 인프라 구축과 수준을 향상시키는 결과를 가져왔다. 그 가운데 단
연 돋보이는 성과를 보여준 나라가 중국이다.

2. 해외 한국학 학문후속세대 양성사업과 한국학 교수요원 양성

해외 한국학 학문후속세대 양성사업은 해외의 우수 인재들을 초청 선
발하여 한국학 관련 차세대 인력으로 양성하고 귀국 후 해외 현지의 한
국학 발전에 기여하는 한국학 관련 연구인력을 양성하려는 사업이다. 이
들의 파견 대학은 어느 정도 연구와 교육의 인프라가 구축되어 있는 기
관이지만 이들이 한국에 와서 교육을 받고 중국으로 귀국한 후에는 다른
대학이나 연구기관에 자리를 잡고 한국학 진흥에 일익을 담당해야 한다.

1946년 중국에서 처음으로 난징동방어전문대학에 한국학 관련 기관이
개설된 이래 근근이 명맥을 유지해오다가 1992년 한중 국교 정상화 이후
양국의 교류가 확대되면서 정치 경제적인 교류 못지않게 문화적인 교류
가 확대되면서 한국어와 한국학에 대한 수용가 급증하여 많은 대학에 한
국학과와 한국학연구소가 설치되기 시작했다. 중국 교육부(Ministry of

Education of the People's Republic of China)의 2010년 통계에 의하면 중국 내 2,305개(4년제 1,090, 3년제 1,215) 대학 가운데 211개의 대학에 한국어 학과가 개설되었다.[4] 중국의 '教育部招生阳光工程指定平台'인 '阳光高考'의 관련 정보(2013.7.25.)를 바탕으로 이인순 허세립이 낸 통계에 의하면, 현재 국립대와 사립대를 포함하여 114개의 4년제 대학에 '한국어학과'가 개설되어 있고 154개의 대학(140개 전문대와 14개 4년제 대학)에 '응용한국어학과'가 개설되어 있다.[5]

지역별 개설현황을 살펴보면 산동성에는 70개 대학, 강소성에는 36개 대학, 길림성에는 22개 대학, 흑룡강성에는 21개 대학, 요녕성에는 18개 대학, 상해에는 12개 대학, 하북성에는 9개 대학, 광동성에는 9개 대학, 북경에는 8개 대학, 안휘성에는 7개 대학, 호남성에는 7개 대학, 절강성에는 7개 대학,[6] 천진에는 6개 대학, 호북성에는 5개 대학, 산서성에는 5개 대학, 하남성에는 4개 대학, 사천성에는 4개 대학, 강서성에는 3개 대학, 내몽골자치구에는 3개 대학, 운남성에는 3개 대학, 광서장족자치구에는 2개 대학, 섬서성에는 2개 대학, 해남성에는 2개 대학, 신강위그르자치구에는 1개 대학 등의 한국학 관련 학과를 개설하고 있다.[7] 거의 중국 전역에 한국학 열풍이 불고 있는 셈이다. 그런데 한국학 관련 학과 개설의 분포를 보면 심각한 지역적 불균형을 보여주고 있다. 대부분의 한국학 관련 학과는 양자강이북 화동, 화북 및 동북지역에 편중되어 있고, 내륙 지역은 극소수이면서 그것도 거의 대부분 직업학교에 개설되어 있다. 세종학당 역시 한국학 관련 학과의 개설현황과 다를 바 없다. 세종학당은 세계

---

4 송현호, 「중국 지역의 한국학 현황」, 『한중인문학연구』 35집, 2012.4, 467면.

5 이인순·허세립, 「중국대학에서의 한국어교육-4년제 대학의 한국어교육을 중심으로」, 『제33회 한중인문학회 전국학술대회 동아시아의 근대와 '도시'』, 2013.11.20, 100면.

6 이인순·허세립은 5개 대학으로 추정했으나 백승호에 의하면 절강성정부 공식사이트 통계자료에 7개 대학에 한국학 관련 학과가 개설되어 있는 것으로 나타나 있다(백승호, 「중국 절강성 한국어 교육 현황」, 『이화여대 콜로키움』).

7 이인순·허세립, op.cit., 100-102면.

에 120개 학당이 개설되어 있고, 아시아에는 22개국에 79개 학당이 개설되어 있다. 그 가운데 중국에는 세계에서 가장 많은 22개의 학당이 개설되어 있다.[8]

중국지역 한국학 관련 기관이 아주 짧은 기간에 양산되면서 한국학 전문 인력의 수요를 촉발하여 연변대학과 중앙민족대학에서 배출한 학문 후속세대만으로는 그 수요를 충족할 수 없어서 많은 문제점들이 노정되고 있다. 그 가운데 가장 큰 문제가 학술적 역량이 충족되지 못한 점이다. 한국학 개설 학과들의 교수진 규모를 보면 20명 이상의 교수를 확보하고 있는 학교는 베이징대학, 연변대학, 낙양외국어대학, 중앙민족대학, 산동대학 위해분교, 대련외국어대학 정도이다. 산동과 대련 지역이 한중 수교 이후 남한의 기업들이 다수 진출한 대표적인 지역이라는 점에서 이들 대학의 한국학과의 규모가 큰 이유는 기업을 중심으로 한 경제적 교류 상황이 직접적으로 바탕이 된 것임을 쉽게 짐작할 수 있다.

그 외의 대학에는 전임교원이 턱없이 부족하고 교원의 연구 및 교육 능력 역시 많은 문제점을 노정하고 있다. 특히 내륙지역의 경우에는 더 말할 나위 없다. 내륙 지역 가운데 비교적 열세지역이라고 할 수 있는 절강성의 경우 7개 대학 가운데 6개의 대학이 직업학교인데, 여기에 근무하는 교원들은 백승호에 의하면 소흥월수외국어대학 30명, 가흥학원 4명, 절강관광직업기술학원 5명, 절강수인대학 3명, 영파직업기술학원 3명, 진산성인교육학교 3명, 호주상서외국어학교 2명이다. 이 가운데 박사학위소지자가 2인, 석사학위소지자가 10인에 불과할 정도로 열악하다. 연령층은 퇴직한 교원이 아니면 20, 30대의 젊은 교원들이 주종을 이루고 있다.

---

8 대련세종학당, 북경세종학당, 북경한국문화원세종학당, 상해세종학당, 상해한국문화원세종학당, 선양세종학당, 서안세종학당, 양주세종학당, 연변1세종학당, 연변2세종학당, 연태세종학당, 무한세종학당, 위해세종학당, 제남세종학당, 중경세종학당, 치치하얼세종학당, 청도세종학당, 곤명세종학당, 천진세종학당, 하얼빈세종학당, 항주세종학당, 후허하오터세종학당(http://www.ksif.or.kr/business/locSejong.do)

1980년대 한국의 국어국문학과 신설 당시에 볼 수 있던 현상이 최근 중국의 대학에서도 나타나고 있어서 흥미롭다. 원어민 교원들은 자매대학에서 안식년을 이용하여 온 교원이거나 현지에 있는 한국인들을 한국어를 자유롭게 구사할 수 있는 원어민이라는 이유로 채용하고 있다. 이러한 현상은 절강성에 국한되지 않는다. 이로 말미암아 교원들의 연구와 교육의 수준 차이가 크게 날 뿐만 아니라 문제점도 많이 드러나고 있다. 중국인 교원들은 한국문화에 대한 이해가 부족한 편이고, 원어민 교원들은 한국문화와 생활 한국어에는 해박하지만 한국어문학에 대한 체계적인 교육을 받지 않아 심도 있는 연구와 교육에는 문제가 되고 있다.[9] 그로 말미암아 학문 후속세대들이 자연스럽게 한국의 수많은 대학에 유학하게 되고, 중국의 수많은 대학에서 대학원생들을 양성하게 되었다. 그런데 그들을 체계적으로 관리하여 우수한 인재를 양성할 필요성이 제기되어 한국학진흥사업단에서 해외 한국학 후속세대를 양성하게 되었다. 2013년에 배정된 총사업비는 720백만 원이고, 2014년에 배정된 예산은 동일하다. 지원형식은 한국학중앙연구원 한국학대학원 위탁하여 한국학중앙연구원 한국학대학원 석, 박사학위 과정에 유학을 온 한국학 연구자들에게 등록금 전액면제와 일정금액의 장학금을 지원하고 있다. 2014년 2월 현재 32개국 110여 명의 유학생이 수혜를 받고 있다. 이외에도 차세대 한국학자 초청 연구지원과 해외 한국학자 우수논문 지원을 하고 있다.[10]

이들은 한국학 연구와 교육을 체계적으로 준비하여 한중 인문 교류에 가교 역할을 할 인재들이다. 한국학 후속세대 양성사업은 중국대학의 대학원생 양성과 자매대학의 대학원생 유학 및 교환 프로그램의 활성화를 가져왔다. 서울대는 2013년부터 해외의 우수 박사과정 학생을 영입하는

---

9 이대로, 「중국에서의 한국어 교육 현실과 문제」, 『http : //cafe.daum.net/hangugmal』, 2면.

10 「2014년도 후기 외국인 및 재외국민 신입생 모집」, 한국학중앙연구원 홈페이지 2014년 2월 4일 공지사항 참조.

프로그램(SNU 프레지던트 펠로십)을 도입하였고, 많은 국내외 대학들이 학문 후속세대들을 위한 프로그램을 시행 중에 있다. 특히 연변대학에서는 2013년도에 한중연과 석, 박사 공동양성 계획을 세운 바 있다. 현재 연변대학교의 인사제도에는 전임연구인원 편제가 없다. 연변대학교의 모든 연구자는 교수 임무가 있어 연구에만 종사하는 전임연구원 확보가 어려운 실정이다. 또한 연변대학교의 연구 인력의 현황을 볼 때 연구인원의 수가 부족한 것이 아니라 고차원의 연구 인력이 부족한 상태이다. 연변대학교 한국학 연구수준의 질을 높이기 위하여 연변대학교가 스스로 석박사생을 육성한 외에 한국학중앙연구원의 도움을 받아 우수한 석, 박사과정 학생을 선발하여 공동 양성함으로서 그 중 우수한 졸업생을 선발하여 연변대학교 및 국내 기타 연구기구의 한국학 연구 인력으로 충원시킨다.

이 사업의 목적은 연변대학교의 한국학 연구인력 양성의 질을 한층 높이는 데 있다. 이외에도 대학원생들의 연구 능력양성에 중점을 두고 우수한 한국학 관련 논문을 쓰도록 격려하고자 우수논문상을 신설하였다. 매년 11월은 연변대학교 대학원생 학술의 달에 접수된 논문 중 한국학에 관한 10편을 선정해 장려하여 한국학에 관심을 가지고 한국학의 활발한 연구 활동을 촉진하려고 하고 있다.

해외 한국학 후속 세대의 양성은 해외 한국학 연구와 교육의 인프라를 구축하는데 절대적인 영향을 미칠 수 있다는 점을 고려하여 계속해서 예산을 증액해나갈 필요가 있다. 아울러 국내의 각 대학에서는 연구 인력의 부족을 메우기 위해서 유학생들을 적극 유치할 수 있는 프로그램을 꾸준히 개발해나가야 할 것이다.

3. 해외씨앗형사업과 한국학 교재 및 교육프로그램 개발

해외한국학씨앗형사업은 해외의 한국학 교육을 육성하기 위한 다양한 교육 프로그램과 교육 자료를 개발하고 운영하여 한국학의 국제 경쟁력을 강화하려는 사업이다. 한류 바람을 타고 세계 각처에서 한국어와 한국학에 대한 관심이 커지면서 많은 대학들에 한국학 관련 학과들이 개설되었다. 아무런 준비과정도 교육 인프라도 갖추어져 있지 않은 상태에서 개설된 한국학 관련 학과의 교육은 부실할 수밖에 없다. 이를 개선하기 위해서는 체계적인 교육 인프라를 구축하는 일이 무엇보다 중요하다. 현지에 맞는 교재도 개발하고 체계적인 교육 프로그램도 마련해야 한다. 부실한 교재의 내용을 보완하기 위해 보조 자료 혹은 교육자료도 개발해야 한다. 한국학 관련 학과 개설의 역사가 짧은 대학에는 연구 능력이 뛰어난 한국학 연구자를 지원하여 인프라를 구축할 수 있는 기회를 제공하는 것이 무엇보다 중요한 일이다. 이를 위하여 한국학 씨앗형 사업을 시행하게 되었다.[11]

이 사업에 선정된 국가는 中國, 미국, 인도, 프랑스, 아르헨티나, 영국, 베트남, 불가리아, 케냐, 이집트, 라오스, 우즈베키스탄, 덴마크, 헝가리, 중앙아시아, 폴란드, 캄보디아, 마케도니아, 태국, 필리핀, 터키, 케냐, 몽골, 칠레, 일본, 카자흐스탄, 라오스, 불가리아, 슬로베니아, 슬로바키아, 이탈리아, 코스타리카, 말레이시아, 타지키스탄, 인도네시아 등 35개국이고, 과제는 50과제이다.

선정된 과제를 살펴보면 그 질적 차이가 천차만별이다. 한국학 교육 인프라가 전혀 갖추어지지 않은 대학에서부터 한국학 연구와 교육 인프라가 잘 갖추어진 대학까지 그 범위가 아주 넓다. 중앙아시아('중앙아시아 지역 한국학 표준 교육과정 개발 및 기초 교재 개발 사업'), 폴란드('폴란드 한국학 전공 학부·대학원생용 교육과정 및 교육자료 개발'), 캄보디아('캄보디아 빠나쌋뜨라대학 한국학 교육프로그램 개발사업')의 경우 교육 인프라가 전혀 갖추어지지 않은 지역의 한국학 진흥을 위해 국내

---

11 한국학진흥사업단 홈페이지 해외 한국학 씨앗형 사업 참조.

연구자가 사업을 신청하여 선정되었다. 프랑스 낭트대학은 한국학 관련 교육이나 연구 인프라가 거의 갖추어지지 않은 열악한 여건에 놓여 있어서 한국학연구소와 한국학 관련 강의를 개설하여 프랑스의 서부 지역을 포함하는 넓은 지역에서 한국학을 배우고자 하는 학생들과 주민들에게 한국어 및 한국 문화에 대한 정보를 제공하고, 한국과 프랑스의 상호 협력을 통해 한국에 대한 이미지 개선하고, 프랑스에서 한국학 연구를 통합하는 네트워크를 만들겠다는 계획을 세웠다. 출라롱콘대학교(태국), 말라야 대학교(말레이시아), 인도네시아 국립대학교 (인도네시아), 국립 인문사회과학대학교(베트남), 필리핀대학교(필리핀), 프놈펜 왕립대학교(캄보디아), 라오스국립대학교(라오스) 등은 한국학과들 간의 한국학 교육 발전을 위한 전략적 네트워크를 구축하여, 향후 이들 대학교들의 한국학 교육프로그램의 질적 발전을 추구하려는 계획을 세웠다.

세계 유수 대학교에서 한국학에 적용되고 있는 지역학 또는 국제학 개념 등 다양한 현장 사례들을 종합하고, 동남아의 역사적, 정치경제학적, 사회문화적 특수성을 감안하여, 사례의 분석과 조사의 틀, 그리고 나아가 동남아의 종합 한국학 구축을 위한 이론적 모형을 제시하려 하고 있다. 중국 관련 사업은 한국학 교육 인프라가 잘 갖추어진 나라답게 상당한 수준에 올라와 있고, 주로 교육 프로그램과 교재 개발 그리고 교육자료 개발에 치중하고 있다.[12]

선정연도	학교명	과제명
2010~2012	상해외대 (유충식)	Network Governance and Interest Groups in South Korea and China : Interest Intermediation in Urban District in Municipality City
2010~2012	북경대 (김경일)	韓·中傳統과近代의移行 -신문화운동을중심으로
2010~2013	한국외대 (박재우)	중국사회과학원학술지 『當代韓國』한중네트워킹사업

12 한국학진흥사업단 홈페이지 해외 한국학 씨앗형 사업 및 게시판 참조.

2011~2013	대련외대 (김용)	중국 한국어 학습자 코퍼스 구축과 연구
2011~2014	复旦大 (황현옥)	외국 한국(어문)학과 대학생을 위한 교재개발
2012~2015	Weifang Univ.(왕방)	중국인을 위한 한국 한자어 학습사전 편찬 및 관련 교육 지도안 의 확립과 교과목의 개설
2013~2016	河南理工大 (김홍대)	명청대 문헌에 보이는 한국미술사 자료 집성

　　50개 과제 가운데 7개 과제가 선정되었는데, 중국의 경우 연변대학과 중앙민족대학에서 배출한 학문후속세대들과 한국 유학생들을 중심으로 어느 정도 인프라가 갖추어져 있어서 어문학 교육을 하기에는 전혀 문제가 없다. 그러나 한국과의 교류에 실질적인 역량을 발휘할 인재를 해당 대학에서 자체적으로 양성하기에는 많은 어려움이 있다. 특히 한국학 교육의 활성화를 지속적인 체계로 구축하기 위해선 학술적 차원으로 전환하여 내실을 튼튼히 할 필요가 있으며,[13] 한국학 연구 및 교육 인프라를 갖춘 인재의 양성이 무엇보다 절실하다. 이러한 시각에서 볼 때 이번에 선정된 중국 과제들은 그에 부응할 것으로 보인다.

　　해외한국학씨앗형사업은 2013년도에 9개 과제를 선정하였으나 2014년도에는 8개 과제를 선정할 계획이다. 이 사업은 한국학 연구와 교육의 역량을 갖춘 중국의 한국학 연구자들에게 연구비를 지원하였지만, 이를 준비하기 위하여 많은 한국학 연구자들에게 연구와 교육의 인프라를 체계적으로 갖출 수 있도록 하는 효과를 가져왔다. 이 사업의 파급효과를 고려한다면 세계 각국에 한 개 이상의 사업, 중요 국가에는 10개 이내의 사업을 지원할 필요가 있으며, 이를 위해 꾸준히 예산을 확충해나갈 필요가 있다.

　　또한 한국학의 황무지나 다름없는 나라의 현장에 맞는 한국학 교육프로그램과 교재개발은 많은 시간과 인내가 요구된다. 황무지에 씨앗을 뿌

---

13 송현호, op.cit., 475-479면.

렸으면 좀 더 인내심을 가지고 결실이 풍성해지길 기다리면서 지속적으로 지원하고 관심을 가져야 할 것이다. 선정 과제들은 대부분 교재개발, 교육자료 개발, 교육프로그램개발에 초점을 맞추어서 사업을 진행하고 있으나, 본 사업과 거리가 있는 연구서 개발을 한 경우도 없지 않다. 한국의 문화('Rethinking Cultural Understanding-From Basic Research to Applicable Books', '韓·中傳統과近代의移行-신문화운동을 중심으로'), 정치 경제('Text Book : Political Economy of Korea'), 한국의 예술('명청대 문헌에 보이는 한국미술사 자료 집성') 등의 소개 책자를 만들어서 교육자료로 사용하는 것은 누구도 인정할 수 있다. 그러나 'Living History in 1894 Korea: The Kabo Reforms', '일제강점기와 터키 식민지 시절의 한국과 불가리아 문인의 삶과 내면세계 비교 연구', 'Voices from the Cities: A Comparative Study on Urbanization in Kenya and Korea', '한국과 태국의 왕권에 대한 비교연구', 'Towards an Asian/Continental Poetics: A Study in Inter-Cultural Space with Special Reference to the Works of Han Yong-un and Rabindrath Tagore', 'Colonization: A Comparative Study of Korea and India', '전문 용어 통번역 분류사전', 'Researching and Teaching Korean Art at the City', '한국인의 기억: 냉전과 탈냉전 사이', '한국과 필리핀: 두 나라의 개발 비교 및 교류 관련 탐구', '정부의 역량과 지도력 변화가 국가발전에 미치는 영향 : 한국과 말레이시아 비교분석' 등은 교육자료 개발로 보기에는 무리가 있다.[14]

4. 해외중핵대학사업과 한국학 선도대학 육성

해외한국학중핵대학육성사업은 해외한국학 중심 대학을 발굴하여 집

---

[14] 한국학진흥사업단 홈페이지 해외한국학씨앗형사업 및 게시판 참조.

중적으로 지원하여 확고한 한국학의 학문적 인프라를 형성하고 해외 한국학의 거점 육성을 통해 한국의 국가위상과 브랜드 가치를 제고하려는 사업이다. 대한민국 교육부의 한국학진흥사업의 핵심사업이라 할 수 있는데, 궁극적으로는 가장 영향력이 큰 저명한 학문집단의 문화교류를 통해 한국학을 세계의 주류 학문으로 발전시키고 한국의 국제적 위상을 제고하기 위하여 세계 유수 대학을 거점 대학으로 선정하여 다채로운 한국학 교육프로그램을 지원하여 교육 역량을 극대화시키고 우수한 연구 성과물을 배출할 수 있도록 지원하는 사업이다. 이 사업을 통해 향후 한국학의 인프라를 확고하게 구축하여 세계적인 한국학 전문가와 학문 후속세대를 양성하여 중국학, 일본학 등에 비해 상대적으로 열세인 해외 한국학을 한 단계 발전시킬 수 있을 것으로 기대된다. 아직 준비가 부족한 경우에도 집중적이고 안정적인 투자를 통하여 장기적으로 해외 한국학의 전반적인 인프라 및 영향력을 강화할 수 있을 것으로 기대된다. 해외 중핵대학으로 선정된 대학들은 한국학 연구와 교육 인프라가 잘 갖추어진 대학으로 잘 준비된 제안서를 제출한 세계 유수대학들이다.[15]

한국학진흥사업단에서는 2006년 9월 이후 지금까지 총 32과제를 선정하여 지원하였다. 이 가운데, 워싱턴대와 SOAS가 2011년도에, UC버클리가 2012년도에, 남경대학과 중앙민족대가 2013년도에 재선정됨에 따라 실제 총 지원 대학 수는 27개 대학이며, 지원 국가는 14개국이다. 2013년 12월 현재 10과제가 5년의 계약기간이 만료되어 사업이 종료되었고, 두 개 과제는 평가결과가 좋지 못하여 중도 탈락하였다. 2014년에는 4개 대학이 평가를 받고 재선정 여부를 기다려야 하며 신규로 4개 대학을 선정할 계획이다.

중국에서는 연변대학, 중앙민족대학, 남경대학, 중국해양대학, 산동대

---

15 송현호, 「중앙민족대학의 한국학 현황과 과제」, 『한중인문학연구』 40집, 2013.8, 333-334면의 내용을 수정 보완한 것임.

학 등이 해외중핵대학으로 선정되어 한중 인문 교류의 중추적 역할을 해
낸 바 있으며, 총 32개 사업단 가운데 7개의 사업단이 중국에서 선정되는
위력을 과시한 바 있다. 해외 중핵대학 사업은 한국학 연구와 교육의 역
량을 갖춘 중국의 한국학 연구기관에 연구비를 지원하였지만, 이를 준비
하기 위하여 많은 한국학 연구기관들이 연구와 교육의 인프라를 체계적
으로 갖출 수 있도록 하는 효과를 가져왔다.

선정연도	학교명	주요 내용
'08년	남경대	한국학 연구논저 집필, 문헌자료 발굴, 학부과정 심화 및 대학원 과정 육성
	중앙민족대	한국학 관련 교양교과목 개설, 교재 발간, 특강 개최, 한국학 연구총서 발간, 논문집 발간 등
'09년	연변대	국제학술회의 개최, 한국학 연구지원, 한국학 교재개발, 한국학 연구 석학초청강좌, 한국어 강습반 지원
	중국해양대	동아시아학의 틀 속에서의 한국학의 객관화 및 보편화, 한국학 박사과정 개설, 후속세대 양성, 복합연구교육 체제 확립
'12년	산동대	중국내 한국학 STEAM 교육과정 개발을 통한 융합형 인재 양성 사업
'13년	남경대	중국 내 최고 수준의 '인문한국학' 교육연구모델 개발 및 시스템 구축
	중앙민족대	북경지역을 중심으로 중국에서의 한국학 교육을 선도할 거점 건설, 동아시아학 중심학문으로서의 한국학 입지 강화, 중국 주류 학계와의 부단한 소통을 통한 중국 내 한국학의 위상 제고

　이들 대학은 한국학 연구, 교육, 교류영역에서 뛰어난 실적을 보여주
다. 그런데 중요한 것은 각 대학이 속하고 있는 지역적 특성을 잘 살려서
선택과 집중을 잘할 필요가 있다.[16]
　2013년도 해외한국학중핵대학육성사업 심사에서 재선정된 남경대학
해외중핵대학사업단은 문·사·철 제 분야에 걸친 교육·연구역량들을
총동원함으로써, 한국어문학과라는 단일학과의 경계를 넘어서 중국 내
최고 수준의 '인문한국학' 교육·연구모델 개발 및 시스템을 선도적으로

---

16 송현호, 「연변대학의 한국학 현황과 과제」, 『한중인문학연구』 41집, 2013.12, 430-434면.

구축하려는 목표를 설정하고 있다. 그리하여 중국 내 대다수 한국어학과들의 문제점인 실용어학기능의 편향성을 바로잡고, 문·사·철 제 분야를 아우르는 차세대 '인문한국학' 인재양성의 새로운 패러다임을 형성해 나가며, 중국 내 문·사·철 분야의 주류 학자들과 쌍방향 교류 소통을 적극 강화해 나감으로써 한국학을 심화 발전시키고 아울러 한국학의 위상을 드높이며, 풍부한 인문학적 소양과 거시적인 동아시아 시각을 바탕으로 지성적인 한류 분위기를 조성해 나감으로써 평화와 번영의 21세기 동아시아 공동체 형성을 위한 전략적 사고에 기여할 수 있을 것으로 기대된다. 중국 내에서 최고의 명성을 갖는 대학 중 하나일 뿐 아니라 이미 1차 해외한국학중핵대학육성사업을 통해 한국학 발전의 기틀을 잘 구축하였고 사업단과 대학의 한국학 지원 의지가 매우 강하다는 점에서 앞으로 중국 남방지역의 한국학 거점으로서의 역할을 수행하기에 부족함이 없을 것으로 보인다. 다만 단일 대학의 담을 넘어 남방지역의 한국학을 선도하고 지원하는 중핵대학으로서의 역할과 관련해서는 사업내용이 구체적으로 서술되지 않은 점이 아쉽다. 남방 지역 타 대학 한국어학과들과의 네트워킹과 공동 사업을 추가하여 거점 대학으로서의 위상을 공고히 할 필요가 있다.[17]

2013년도 해외한국학중핵대학육성사업 심사에서 재선정된 중앙민족대학은 1992년 조선한국학연구센터를 설립하고, 1993년 한국문화연구소를 설립하는 등 활발하게 한국학을 선도해 온 대학이며, 한글 학술지『조선, 한국학연구』발간 역시 총 22호를 발간했을 만큼 역사가 오래되었다. 다만 기존에 실행한 5년 과제의 성과 부분을 연속적으로 발전시키는 것은 좋으나, 중국 내의 한국학 종합 센터로 발돋움하기 위한 신규과제로서는 부족한 부분이 있다. 주로 어학과 교재 개발이 전년도와 마찬가지로 주력 사업이며, 학술과 연구 분야의 축적 및 향후 발전 계획이 부족한 것이 가

---

17 2013년 해외중핵대학사업 남경대학심사평가서 참조.

장 아쉬운 부분이었다. 대학 당국의 적극적인 협조 의지 및 참여 교수들의 적극성은 높게 평가하고자 한다. 이 사업에 지원한 타 대학의 연구계획서와 비교할 때, 중앙민족대학의 한국학의 개성과 아젠다가 명확하게 제시되어 있지 않은 점 역시 상대적으로 경쟁력이 떨어졌던 부분이다. 한국학 관련 연구자와 운영 경력, 성과의 측면에서 탁월하다고 평가되지만, 기왕의 성과를 발판으로 삼으면서도 그것을 뛰어넘어 한국학의 새로운 도약과 전망을 창출하려는 문제의식과 추진 계획의 혁신성이 취약하다고 판단된다. 특히 한국학의 경우 과도하게 통상의 학문 연구의 차원에 매몰되어 있어 한류를 비롯한 한중관계 전반에 대한 함의를 고려한 접근이 요구된다 할 것이다. 또한 사업에서 교육 프로그램들을 제시하기는 하였으나 그 프로그램들을 어떤 시각에서 어떤 틀에 기초하여 내용을 구성하고자 하는지에 대한 구체적인 계획은 부족하다. 우수강좌 평가, 대학생 포럼, 대학원생 세미나 등을 계획한다고는 하였으나, 어떤 내용으로 채울 것인지에 대한 좀 더 체계적인 접근이 아쉽다. 또한 계획서의 전체적 주제는 매우 좋으나 약간 포괄적인 내용들이 들어 있어서 구체성이나 실제성의 측면에서 많이 재고해야 할 것으로 생각된다. 한국학 관련 연구자와 운영 경력, 성과의 측면에서 탁월하다고 평가되지만, 기왕의 성과를 발판으로 삼으면서도 그것을 뛰어넘어 한국학의 새로운 도약과 전망을 창출하려는 문제의식과 추진 계획의 혁신성이 취약하다고 판단된다. 특히 한국학의 경우 과도하게 통상의 학문 연구의 차원에 매몰되어 있어 한류를 비롯한 한중관계 전반에 대한 함의를 고려한 접근이 요구된다 할 것이다.[18]

해외한국학중핵대학육성사업은 저명한 학문집단의 문화교류를 통해 한국학을 세계의 주류 학문으로 발전시키고 한국의 국제적 위상을 제고하기 위한 사업이라는 점을 감안하여 세계 주요 20개국에 한 개 이상과

---

18 2013년 해외한국학중핵대학육성사업 중앙민족대학심사평가서 참조.

세계 유수대학들이 선정될 수 있도록 사업을 대폭 확대해나갈 필요가 있다. 현재의 열악한 상태에서 예산을 증액해나간다면 큰 성과를 기대하기 어렵기 때문에 정책적으로 접근하여 좀 더 과감하게 예산 증액을 해나갈 필요가 있다.

사업을 11월에 개시하여 다음 해 7월에 1차년도 평가를 하는 것은 문제가 많다. 11월은 학기 중이어서 교원의 신규 임용이 3월에나 가능하며, 학교의 예산 편성 역시 이루어진 이후라 신규 사업 신청은 3월 이후에나 가능하다. 3월 이후라면 1차년도 사업보고서를 6월말에 제출한다고 볼 때 3개월의 기간을 준 셈이다. 특히 연구실적을 3월에서 6월까지만 평가 대상으로 삼는 것은 더 문제다. 이 시기에 출간되는 학회지는 4월말에 출간되며, 4월 학회지에 논문을 게재하기 위해서는 1월말까지 논문을 제출해야 하기 때문에 연구기간을 3개월밖에 주지 않은 셈이다. 또한 지나치게 국정감사를 의식하여 단기적인 성과만을 요구한다면 각 대학이 추구하는 사업 목표를 달성하기는 어려울 것이다. 국정감사가 10월부터 시작하기 때문에 성과발표회를 8월 이전에는 완료해야 한다. 그렇다면 사업의 개시는 적어도 9월 이전에 이루어지는 것이 타당할 것이다.

5. 결론

한중 관계가 '전략적 협력동반자관계'로 급속히 발전하면서 한중 교류는 아주 활발하게 이루어지고 있다. 대한민국 외교부, 문화체육관공부, 교육부에서 한국학진흥사업이 시행되면서 인문분야의 한중 교류는 대학과 학회를 중심으로 더욱 활성화되고 있다. 특히 교육부의 〈인문학진흥사업〉 시행으로 한국학 연구 및 교육의 인프라가 평가 지표가 되면서 해외에서의 한국학 인프라를 구축하려는 노력은 더욱 공고화되고 있다. 한국학진흥사업의 정책방향 및 기본계획 수립 등은 교육부에서 맡고, 사업별 세부 시행 계획 수립, 선정·협약, 집행·평가, 정산·사업비 관리 등은 전문기관인 한국학진흥사업단이 맡고, 한국학진흥사업 심의 및 자문, 심사위원 후보 추천 등은 한국학진흥사업위원회에서 맡고 있다. 한중 교류와 직접 관련이 있는 한국학진흥사업단의 주요사업은 해외 한국학 학문후속세대양성사업, 해외한국학씨앗형사업, 해외한국학중핵대학육성사업 등이다.

해외 한국학 학문후속세대 양성사업은 해외의 우수 인재들을 초청 선발하여 한국학 관련 차세대 인력으로 양성하고 귀국 후 해외 현지의 한국학 발전에 기여하는 한국학 관련 연구인력을 양성하려는 사업이다. 1992년 한중 국교 정상화 이후 양국의 교류가 확대되면서 한국어와 한국학에 대한 수요가 급증하여 많은 대학에 한국학과와 한국학연구소가 설치되기 시작했다. 중국지역 한국학 관련 기관이 아주 짧은 기간에 양산되면서 한국학 전문 인력의 수요를 촉발하여 학문 후속세대들이 자연스럽게 한국의 수많은 대학에 유학하게 되고, 중국의 수많은 대학에서 대학원생들을 양성하게 되었다. 그런데 그들을 체계적으로 관리하여 우수한 인재를 양성할 필요성이 제기되어 한국학진흥사업단에서 해외 한국학 학문후속세대를 양성하게 되었다. 한국학 후속세대 양성사업은 중국대학의 대학원생 양성과 자매대학의 대학원생 유학 및 교환 프로그램의 활성화를 가져왔다. 중국의 한국학 학문후속세대들은 한국학 연구와 교육을 체계적으로 준비하여 한중 인문 교류에 가교 역할을 할 인재들이다. 이 사업이 한국학 연구와 교육의 인프라를 구축하는데 절대적인 영향을 미칠 수 있다는 점을 고려하여 계속해서 예산을 증액해나갈 필요가 있으며, 국내 연구 인력의 부족을 메우기 위해서 유학생들을 적극 유치할 수 있는 프로그램을 꾸준히 개발해나가야 할 것이다.

해외한국학씨앗형사업은 해외의 한국학 교육을 육성하기 위한 다양한 교육 프로그램과 교육 자료를 개발하고 운영하여 한국학의 국제 경쟁력을 강화하려는 사업이다. 中國, 미국, 인도, 프랑스, 아르헨티나, 영국, 베트남, 불가리아, 케냐, 이집트, 라오스, 우즈베키스탄, 북유럽-덴마크, 헝가리, 중앙아시아, 폴란드, 캄보디아, 마케도니아, 태국, 필리핀, 터키, 케냐, 몽골, 칠레, 일본, 카자흐스탄, 라오스, 불가리아, 슬로베니아, 슬로바키아, 이탈리아, 코스타리카, 말레이시아, 타지키스탄 등이 이 사업에 선정된 국가들이다. 중국에서는 韓國外大(중국), 復旦大, 上海外大, 北京大, 濰坊大, 大連外大, 河南理工大 등 7개 과제가 선정되었다. 해외 한국학 씨앗형 사업은 2013년도에 9개 과제를 선정하였으나 2014년도에는 8개 과제를 선정할 계획이다. 이 사업은 한국학 연구와 교육의 역량을 갖춘 중국의 한국학 연구자들에게 연구비를 지원하였지만, 이를 준비하기 위하여 많은 한국학 연구자들에게 연구와 교육의 인프라를 체계적으로 갖출 수 있도록 하는 효과를 가져왔다. 이 사업의 파급효과를 고려한다면 세계 각국에 한 두 개 이상의 사업이 지원될 필요가 있으며, 한국학의 황무지에서 현장에 맞는 한국학 교육프로그램과 교재개발을 위해서는 지속적인 관심과 지원이 필요하다.

해외한국학중핵대학육성사업은 2006년 9월 이후 지금까지 총 32과제를 선정하여 지원하였다. 중국에서는 연변대학, 중앙민족대학, 남경대학, 중국해양대학, 산동대학 등이 해외중핵대학으로 선정되어 한중 인문 교류의 중추적 역할을 해낸 바 있으며, 총 32개 사업단 가운데 7개의 사업단이 중국에서 선정되었다. 해외 한국학 중핵대학 육성사업은 저명한 학문집단의 문화교류를 통해 한국학을 세계의 주류 학문으로 발전시키고 한국의 국제적 위상을 제고하기 위한 사업이라는 점을 감안하여 세계의 많은 국가들과 유수대학들이 선정될 수 있도록 사업을 대폭 확대해나갈 필요가 있다.

이처럼 교육부의 해외 한국학 후속세대 양성사업은 중국대학의 대학원생 양성과 자매대학의 대학원생 유학 및 교환 프로그램의 활성화를 가져왔고, 해외한국학씨앗형사업은 한국학 연구와 교육의 역량을 갖춘 중국의 한국학 연구자들을 양성하는 효과를 가져왔으며, 해외한국학중핵대학

육성사업은 한국학 연구와 교육의 역량을 갖춘 중국의 한국학 연구기관을 양성하는 효과를 가져왔다. 그런데 교육부의 한국학진흥사업 예산이 선진국에 비해 턱없이 적은 금액이어서 사업을 원활히 수행하는데 어려움이 크다. 2013년 한중정상회담에서 '한중인문교류 공동위원회'를 설치하여 인문유대를 강화한다는 내용이 포함되어 있다. 이를 계기로 예산이 대폭 증액되어 한중 인문 교류가 더욱 활성화되기를 기대한다. 또한 한중 인문학자들은 그간 양국에 뿌린 씨앗이 잘 자라서 풍성한 결실을 맺을 수 있도록 인내심과 끈기를 가지고 양국 간의 민족주의, 애국주의, 문화 우월주의의 경계를 허무는 데 적극 대처해주었으면 한다.

延邊大學의 한국학 현황과 과제

1. 머리말

2000년대 들어 대학평가의 중요한 기준이 취업률이었고 취업이 되지 않은 학과는 과감하게 구조조정을 단행했다. 그 가운데는 한국학의 기장 기본적인 학과라 할 수 있는 국어국문학과와 사학과가 포함되어 있다. 국어국문학은 우리의 얼과 정서의 정화인 국어와 문학을 가르치는 학문이고 사학은 우리의 역사를 가르치는 학문이다. 국어국문학과와 사학과를 폐지한다는 것은 정체성 없는 교육을 하겠다는 발상에 다름 아니다. 한국의 언어와 문화를 세계에 널리 홍보하겠다는 정책과 충돌하는 일이 아닐수 없다. 특히 해외 한국학 진흥사업에 의해 중국에서 한국학이 비약적으로 발전하고 있는데 반하여 한국학의 본산이라고 할 수 있는 국내에서 일어나고 있는 이러한 일련의 사태는 심히 우려스러운 일이 아닐 수 없었다. 2013년 7월 교육부에서 인문학과 예술 분야의 취업률을 조사하지 않겠다는 보도 자료를 내놓은 것은 다행스러운 일이 아닐 수 없다.

중국 한국학의 선두주자는 누가 뭐라고 해도 延邊大學이라고 할 수 있다. 延邊大學은 1949년 개교하였으며, 19개 단과대학, 연구소 41개, 재학생 26,018명, 교직원 2,921명(전임교원 1,311명)의 민족종합대학이다. 인문계열은 한국학 관련 연구자들이 많이 포진하고 있는데, 교원 588명 중 한국학 연구와 관련이 있는 교원이 248명(48)이다. 특히 조선-한국학학원의 조선문학학과(조선족학생 대상)와 조선언어학과(한족학생 대상), 인문사회과학학원의 사학과, 사회학과, 정치학과 등에 우수한 한국학 전공자가 많이 포진되어 있다.

중국조선족을 위해 만들어진 민족대학인 延邊大學은 한국이나 북한의 종합대학들과 별반 차이가 없다. 소수민족 보호정책에 의해 중국 국가 211공정[1], 중국 교육부 인문사회과학중점연구기지 등이 선정되어 중앙 정부의 집중적인 지원을 받아 한국학 인프라가 잘 갖추어져 있다. 특히 교육 인프라는 해외에서는 찾아보기 힘들 정도로 잘 갖추어져 한국의 대학에 손색이 없다. 그러한 인프라를 활용하여 한국의 교육부에서 시행하고 있는 한국학진흥사업의 중핵대학사업, 문화체육관광부에서 시행하고 있는 세종학당사업, 외교부가 시행하고 있는 국제교류재단의 여러 사업, 동북아재단의 사업, 한국고등교육재단의 두만강포럼 등에서 괄목할 만한 성과를 내고 있다.

延邊大學의 한국학 교육과 연구 인프라에 대해서는 전영 교수의 「延邊大學에서의 한국학 연구 현황」이[2] 2011년까지의 현황을 잘 요약하고 있다. 따라서 필자는 그간의 중국에서의 한국학 연구의 성과와 전영 교수의 논의를 바탕으로 延邊大學의 한국학 인프라를 연구와 교육으로 나누어 살펴보되, 2012년 이후의 변화는 延邊大學의 김호웅 교수와 중국해양대학의 한홍화 연구원의 도움을 받아 보완하려고 한다. 또한 延邊大學 중핵대학사업단은 연구 인프라와 교육 인프라를 공유하고 있는 것이어서 별개의 장으로 설정하여 살펴보려고 한다.

2. 한국학중핵사업단

延邊大學은 2008년 12월 중핵대학으로 선정되었다. 延邊大學은 중국의

---

1 21세기에 중국 전국에서 100개 대학교를 중점대학으로 꾸리기 위한 프로젝트.
2 『제27회 한중인문학회 국제학술대회』, 2011.6.22, 45-55면에서 재인용.

2008년 두만강학술연토회 김병민, 스칼라피노, 김호웅, 송현호, 최병우

연변대 김관웅, 김호웅, 김영수, 김광수, 상해외대 김기석, 송현호

한국학 발전에 중요한 기여를 하여 왔고 중국 한국학발전의 요람이라고
하여도 과언이 아니다. 중한 수교 후 중국 각 대학교의 한국어 학과 개설
과 수많은 한국학연구기구의 설립과정에서 延邊大學교는 주된 인력 공급
처가 되었고 늘 중국의 한국학연구와 인력양성에서 가장 중요한 위치에
있다. 이 점은 중국교육부에서 延邊大學교의 조선-한국연구중심을 중국인

문사회과학연구의 100개 중점연구기지의 하나로 선정한 것으로도 충분히 증명이 된다. 한국학진흥사업위원회의 입장에서 볼 때 해외에서 한국학 교육과 연구 인프라가 가장 잘 갖추어진 대학이며, 한국학진흥사업을 가장 잘 할 수 있는 대학이다. 한국학을 '세계의 주류 학문으로 발전시켜 한국의 국제적 위상을 제고'시키고, '한국학의 인프라를 확고하게 구축하여 세계적인 한국학 전문가와 학문 후속세대를 양성하기에'[3] 가장 적합한 대학이 延邊大學이다.

특히 연변은 북경과 함께 한중 수교전의 중국의 한국학 연구의 중심지이며, 주로 북한의 영향을 많이 받은 지역이다. 한중 수교 후 중국의 한국학은 급속도로 발전하여 수많은 연구기구와 한국어학과가 개설 되었다. 전체적으로 볼 때 중국에서의 한국학연구는 다른 어떤 나라보다 앞서 있다고 하여도 과언이 아니다. 같은 동북아지역에 있는 일본에 대한 연구와 비교해 볼 경우, 중국의 한국연구는 그 연구의 심도나 연구 인력의 수 등 모든 면에서 일본 연구를 훨씬 앞서고 있다. 그러나 중국 내 많은 대학교에서 한국학연구기구를 설치하였지만 대부분 소수 연구 인력이 운영하는 상태여서 그들을 이끌어갈 핵심 연구소가 필요했다.

한국학진흥사업단의 심사는 전문가들의 개별심사와 한국학진흥사업위원회의 종합심사로 이루어지는데, 당시 개별심사에서 부여받은 점수는 상당히 저조한 상태였고 심사위원들의 반응도 부정적인 편이었다. 그러나 위원회에서는 앞에 열거한 사항들이 고려되어 延邊大學을 중핵대학으로 선정하였는데, 북경의 중앙민족대학, 남경의 남경대학, 청도의 중국해양대학과 함께 중국의 한국학을 선도할 수 있게 되어 여간 다행스러운 일이 아니라고 생각했다.

1차년도 사업은 본 사업단이 차후 5개년 사업계획을 추진해 나갈 수 있는 기반과 시스템을 마련하는 데 중요한 고리이다.

---

3 한국학진흥사업단 홈페이지 참조.

본 사업단은 한국학 관련 연구 성과를 더욱 높은 수준으로 끌어올리기 위하여 본 사업단은 일부 연구 과제를 선발 지원하여 조선-한국학연구총서와 중조한문화비교연구총서를 지속적으로 출간하려 한다. 2009년도에는 〈조선조「使華錄」중의 중국형상 연구〉와 〈10~14세기 동아시아 문화관계사 연구〉 두 과제를 지원하여 완성하려 한다.

이와 동시에 한국학관련 교재 개발 사업을 진행하여 延邊大學교내와 중국 내 기타 대학의 한국학 강의를 위하여 교재를 제공하려 한다. 2009년도에는 〈조선통사(제3권) 및 조선통사(제1, 2, 4권) 재판〉, 〈중국조선족문학〉 등 두 개의 교재 개발을 지원하려 한다.

그리고 延邊大學내 석박사생을 상대로 하는 한국어 강습반개최, 한국학관련 시리즈 특강 프로그램 운영 등 사업을 통하여 중국의 한국학연구에서의 延邊大學의 중핵 위치를 더욱더 확고히 하고 중국에서의 한국학 입지와 위상을 진일보 강화하려 한다.

한국학 국제교류를 활성화시키기 위하여 국제학술회의 개최와 초청특강 등 형식을 통하여 중국 국내는 물론 한국 및 조선 일본 등 나라의 한국학연구단체와 학자들 간의 교류를 활성화 하고 더욱이 한국 한국학중앙연구원과의 교류를 강화 할 것이다.[4]

'한국학연구와 인력양성 및 국제학술교류 등 면에서 중국에서의 중핵지위를 진일보 확고히 다지고 중국의 한국학연구를 선도해 나간다'는 사업목표로 진행된 1년간의 사업에 대해 연차평가는 2010년 5월에 이루어졌는데, 선정될 당시 보완을 요구했던 사항들이 시정되지 않아 많은 지적을 받게 되었다. 1차년도 사업은 연구, 교육, 네트워크 구축, 국내외 교류로 나누어져 전반적, 포괄적으로 진행되었다. 사업의 다양화를 추구하다 보니 집중적인 아젠다 설정이 부재하다는 점이 가장 큰 문제점으로 제기

---

4 延邊大學 해외한국학 중핵대학 육성사업 사업단,「중국 延邊大學교 중핵대학 육성 세부 사업계획(2009-2013)」, 2009, 5면.

되었다. 중국 동북지역 내 한국학을 견인할 장기적인 비전에 대한 모색이 절실하게 필요하며, 학술성과에 대해서도 장기비전에 입각하여 연구 목표가 설정되고 내용이 모색되어야 하고, 4가지 영역(연구, 교육, 네트워크 구축, 교류) 중에서 연구와 교육에 집중할 필요가 있다는 평가가 이루어졌다. 특히 국제학술대회의 경우, 발표자가 한국학중앙연구원 수속 교수에 편중되고 있어 향수 수정을 요구하며, 〈동아시아 전통문화와 그 가치〉라는 주제에 맞게 중국학자와 일본학자를 포함하여 명실상부하게 동아시아 전통문화에 대한 새로운 담론 모색을 시도할 수 있는 장이 되어야 하나 현재는 그렇지 못하다는 비판이 제기되었다.

중핵대학의 사업 성격에 맞추어 연구 성과의 질적 관리가 필요하고, 현재 제출된 연구 성과는 개인 연구적 성격이 강하고 기존 연구 성과의 보완 및 수정의 성격이 강하다는 비판이 제기되었다. 중핵대학의 학술연구 성과는 해당 지역에서 한국학의 수준을 견인하고 중국학계에서의 평가를 유도하여 중국 내 한국학의 위상을 높이는 방향이 되어야 한다는 방향성에 대한 비판적 제안이 제기되었다. 중국 한국학 데이터베이스 구축 사업에 대하여 사업의 필요성이 명확하지 않고 기존 한국국제교류재단의 데이터베이스나 한국학 중앙연구원의 한국학 네트워크와의 차별화가 없으며, 사업비 대비 예상 성과가 명확하지 않다는 의견도 제시되었다.

延邊大學에서는 한국학진흥사업단의 1차년도 연차 평가를 수용하여 2~5차년도 사업계획을 재수립하면서 매년 구체적인 사업계획은 12월 30일 전에 사업단 학술위원회에서 작성하여 사업단 이사회에 교부하여 심의하는 것으로 결의하고 연구와 교육에 초점을 맞추되 학술교류까지 포함하여 다음과 같은 주요 사업계획을 제시하였다.

가. 전임 연구인력 확보 방안

1) 한중연과 석, 박사 공동양성 계획

현재 延邊大學의 인사제도에는 전임연구인원 편제가 없다. 延邊大學의 모든 연구자는 교수임무가 있어 연구에만 종사하는 전임연구원 확보가 어려운 실정이다. 또한 延邊大學의 연구 인력의 현황을 볼 때 연구인원의 수가 부족한 것이 아니라 고차원의 연구 인력이 부족한 상태이다. 延邊大學 한국학 연구수준의 질을 높이기 위하여 延邊大學가 스스로 석박사생을 육성한 외에 한국학중앙연구원의 도움을 받아 우수한 석, 박사생을 선발하여 공동 양성함으로서 그 중 우수한 졸업생을 선발하여 延邊大學 및 국내 기타 연구기구의 한국학 연구 인력으로 충원시킨다. 본 사업을 통하여 延邊大學의 한국학 연구인력 양성의 질을 한층 높이는 데 그 목적이 있다.

  2) 한국학 관련 우수논문 장려 계획

  대학원생들의 연구 능력양성에 중점을 두고 실시하며 우수한 한국학 관련 논문을 쓰도록 고무 격려하고자 하는 목적으로 추진되는 사업이다. 매년 11월은 延邊大學 대학원생 학술의 달이다. 이에 맞추어 학술의 달에 발표, 접수된 논문 중 한국학에 관한 10편을 선정해 장려한다. 대학원생들이 한국학에 관심을 가지고 한국학의 활발한 연구 활동을 촉진하는데 기여를 한다.

  나. 교육과정 및 교재개발 방안
  1) 석, 박사생 지도교수 한국학연구 지원방안

  본 사업을 통하여 延邊大學의 석, 박사 지도교수들의 한국학연구 수준을 향상시키고 석, 박사생들을 지도교수의 연구에 직접 참여시켜 석박사생들의 연구경험과 실력을 향상시키는데 그 목적이 있다.

  2) 한국학 관련 교재개발 계획

  본 사업을 통하여 延邊大學과 중국 각 대학교의 한국학 관련 대학원생 양성에 필요로 하는 교재를 개발하여 대학원생양성의 질을 향상시킨다.

  본 사업을 통하여 중국 내 각 대학교의 한국어학과 학부생의 양성에 필요로 하는 어학관련 교재 외에 한국문화 등 각종 교제를 개발하여 한국어학과 학부생의 한국문화에 대한 종합적인 이해를 향상시키는데 그 목적이 있다.

다. 타 기관 및 지역사회와의 교류, 협력 방안

1) 한국학연구 석학초청강좌 계획

본 사업을 통하여 국내외의 한국학 연구 석학을 초청하여 특강형식으로 延邊大學의 한국학연구수준을 향상시키고 피 초청자와 소재대학교 혹은 연구기관과 延邊大學의 관계를 더욱 긴밀히 하는데 그 목적이 있다.

2) 조선-한국학국제학술대회 개최 계획

본 사업을 통하여 중국과 한국, 조선, 일본 등 주변각국의 한국학연구 학자들을 초청하여 한국학과 관련된 문제를 주제로 삼고 심도 있는 학술 토론을 통해 상호간의 연구정보를 교류하고 각 국 학자들 간의 교류를 추진하는 매개 역할을 한다. 또한 매년 1차로 정례화 하여 延邊大學의 중국과 동북아지역에서의 한국학 학술교류에 있어서의 중심적 위치를 진일보로 확고히 한다.

라. 한국학 자료집 정리 계획

연변지역에는 독립 운동 관련 자료들이 많지만 재원부족으로 발굴, 정리 작업이 원활하게 이루어지지 못하고 있는 실정이다. 또한 延邊大學의 언어적인 우세를 이용하여 한국에서 하기 어려운 한문 고전문서 정리 작업을 지원 받아 진행하고자 한다.

마. 유적지 답사

우리 민족의 과거를 알고, 민족의 정신이 무엇인지를 문화탐방을 통하여 터득하게 하고자 한다. 집안 고구려 역사 및 국경탐방 코스와 연길 → 용정 → 도문 코스를 통하여 살아있는 역사교육의 장을 제공한다.

코스 A : 길림성 집안시 고구려유적 및 중조(북)압록강국경(장군총 →

광개토왕릉 → 광개토왕비 → 국내성 → 환도산성 → 오회총우산귀족무덤
→ 고구려벽화 → 집안박물관 → 압록강국경지대 → 운봉댐 → 집안통상구)

코스 B : 길림성 연변조선족자치주 용정시, 도문시 중조(북)두만강국경
(민속박물관 → 대성중학교 → 간도일본총영사관 → 용두레우물 → 3.13반
일의사릉 → 5.30폭동기념비 → 15만원탈취사건기념비 → 명동윤동주생가
→ 명동학교 → 사이섬 → 일송정)

바. 『한국발전보고』 발간 계획

『한국발전보고』를 통해 중국인들이 한국 사회를 더욱 가까이 접할 수 있도록 한국의 변화의 흐름을 잘 읽어 내고 그 속에 숨어 있는 의미들을 잘 파악하여 한국학에 기여를 하자는데 있다. 이 책은 한국의 경제, 정치, 외교, 사회문화에 대하여 총체적인 형세와 새로운 동태 및 핫이슈를 둘러싸고 전면적인 검토와 분석을 하면서 한국의 미래 발전을 그려 보고 또한 당해 연도의 중국에서 한국에 관한 대표적인 학술성과, 한국대사기, 중요한 경제 통계데이터와 중한관계문헌도 수록할 것이다. 이 책은 대체적으로 총보고서, 경제분야, 정치분야, 외교분야, 중한관계분야, 사회문화분야, 학술동태편, 자료편, 문헌편 등으로 나뉜다. 대학교에서 오랜 세월 동안 각 분야를 연구해온 교수들이 해당 분야를 집필함으로써 이슈의 본질을 놓치지 않고 있어서 중국 독자들에게 한국의 변화의 실체를 꿰뚫어 보는 눈이 되어 한국사회, 흐름을 파악하고 해석하는 데 좋은 안내자가 될 것을 믿는다.[5]

2차년도 사업은 연구 활성화 사업, 교재개발 사업 및 학문 후세세대 양성 사업, 국내외 교류 사업으로 묶을 수 있다. 이를 통해 延邊大學을 중국과 동북아지역에서의 한국학 연구 및 교육의 중심지로 만든다는 야심찬

---

5 延邊大學 해외한국학 중핵대학 육성사업 사업단, 「중국 延邊大學교 중핵대학 육성 세부 사업계획(2010-2013)」, 2010, 26-31면에서 주요 내용 발췌.

계획을 세운 것이다. 2차년도 연차평가에서는 그 점에 대해 긍정적으로 평가했다. 연구, 교육, 교류 영역에서 계획 대비 뛰어난 실적을 보여주고, 사업단의 관리 및 구성은 체계적으로 관리되고, 행정적 재정적 지원이 원활히 지원되고, 다양한 학술활동과 교재를 개발하고 연구출판물과 논문도 꾸준하게 발표되고 있는 것으로 평가받았다.

그러나 너무 많은 사업이 동시 다발적으로 진행되고 있어서 사업단의 지원과 직접 관련된 사업과 학교 자체의 사업을 구별하기 힘든 측면이 있으며, 아젠다가 적절하게 드러나지 않고 있는 점은 시정해야 할 것이라는 지적을 받았다. 동북 지역 조선한국학의 발전이라는 아젠다를 확실하게 살릴 수 있도록 집중적인 사업운영을 할 필요성이 제기된 것이다. 아울러 질적인 면에서도 많은 문제점이 있는 것으로 보았다. 우선 연구논문의 주제가 너무 산만하고, 중국과 한국이 관련된 것은 모두 삽입한 느낌이 들어 한국학 학술거점지로서 어떠한 연구적 특징을 지니는지를 보여주지 못하고 있다. 학술대회의 주제와 연구논문의 주제 모두에 있어서 집중력이 있게 기획되어야 한다. 연구논문의 질적 수준에 대한 구체적 기준을 마련할 필요성이 있다. 중국의 핵심저널에 논문을 출판하여 중국학술계의 중심에서 한국학의 연구 성과를 알리려는 노력이 필요하다.

3차년도 사업은 아젠다가 불분명하다는 지적을 수용하여 '한중 이해 증진을 위한 한국학 연구와 전파'로 정하고 사업계획을 교육과 연구로 나누어서 진행하였다. 이때부터 사업은 안정기에 접어들게 되었다. '한중 이해 증진을 위한 한국학 연구와 전파'라는 아젠다로 진행 중인 延邊大學의 사업은 안정적으로 수행된 것으로 평가할 수 있다. 연구와 교육이 중심이 되고 있는 이 사업단의 성과는 중국의 한국학을 전반적으로 제고하고 있다고 볼 수 있다. 그러나 3차 년도에 당초계획상에 예정된 10편의 논문 가운데 7편만이 발표되었으므로 성과 달성을 이루지 못했다. 번역사업의 경우, 대상 책이 변경된 사유가 전혀 없어 사업 변경의 사유를 알수 없기 때문에 이에 대한 보완 설명이 필요하다. 향후 연구 성과의 질적 수준을 확인할 수 있는 평가 시스템의 보완이 필요하며, 한국학 데이터베이스의 자료 확보와 자료 제공 방식에 대한 충분한 계획이 필요하다.

4차년도 연차평가는 대체적으로 당초계획을 대비하여 목표량을 성취한 것으로 보인다. 다만, 출판과 번역의 부문에서 아직 미진하다고 할 수 있다. 하지만 연내에는 목표 달성이 가능하다고 보고 이를 전제로 평가를 참작하기로 한다. 전체적 시각에서 보자면, 연변의 지리적 위치 혹은 교류, 인력 동원 측면에서 상당히 유리하나 이를 충분히 활용하고 있지 못한 것 같다. 중국 내에서의 네트워크와 입지 구축이 필요한 것 같다. 강연학자들의 전공을 충분히 고려하고, 특히 중국학자들의 참여나 발표를 유도하는 것이 바람직하다고 본다. 차년도 사업계획에 관련하여 한국의 사상이나 문화 전반에 관련한 연구 실적을 충분히 고려해 볼만하지 않을까 생각된다. 또한 앞으로 중핵사업의 거점사업의 장기적인 내용으로서, 연변 등의 부근 지역에서 한국학, 예를 들어 역사, 문화, 사상 등과 관련한 자료들이나 문헌들, 더 나아가 그에 관한 인물이나 학자들 등을 발굴하거나 재평가하는 작업을 시도해 보는 것도 좋지 않을까 생각된다.

5차년도 사업목표는 "한중 문화와 상호소통"으로 잡았다. 延邊大學 조선한국학연구중심이 장기 목표를 달성하기 위해 그간의 전략을 수정하여 새로운 전략을 내세운 것으로 보인다. 현시점에서 평가해 볼 때 延邊大學 중핵사업단은 소기의 목표를 달성한 것으로 보인다. 그러나 다소 미흡했던 한중간의 상화 문화에 대한 이해의 폭을 넓히기 위해 전략을 수정한 것으로 보인다. 이는 한중관계가 수교 이후 인적·물적 교류가 급증하고 있지만 서로간의 문화적인 차이에 대한 이해부족으로 많은 문제점이 노정되고 있어서 시의적절한 것으로 보인다.

많은 시행착오를 거쳐 오늘에 이른 延邊大學 중핵사업단에 하나의 바람이 있다면 중국 최고의 한국학연구교육센터로 키우기 위한 전략을 마련하고 비전을 제시할 필요가 있다는 점이다. 2013년도 중핵대학사업에서 중앙민족대학이 탈락하고 남경대학이 선정된 것은 얼마나 선택과 집중을 잘하느냐가 중요함을 보여주는 단적인 예라 할 수 있다. 정말 延邊大學다운 것이라 할 수 있는, 고구려 발해의 언어, 문화, 역사, 사상에 초점을 맞추어 중국의 다른 지역에서 할 수 없는 교육 연구역량을 총동원함으로써 조선-한국어문학과라는 단일 학과의 경계를 넘고 언어 교육에 치중하던 과거의 교육방식을 넘어 중국 내 최고 수준의 '인문한국학' 교육·연구모델 개발 및 시스템을 선도적으로 구축할 필요가 있다. 아울러 중국 내 고구려 발해 연구의 최고 학자들 및 주류 학계와 쌍방향 교류 소통을 적극 강화해 나감으로써 한국학을 심화 발전시키고 한국학이 동아시아의 주류 담론으로 편입될 수 있는 가교 역할을 해야 할 것이다. 아울러 두만강포럼과 지역적 특수성을 활용하여 남한과 북한의 학술적인 가교 역할을 하고 세계 한국학 연구자간의 대화와 글로벌 네트워크 구축을 통해 통일 시대 한국학을 선도하는 사업단이 되어야 할 것이다.

3. 한국학 연구 인프라

가. 한국학 전공 교수의 연구 능력

중국에서 한국학 전공 교수가 가장 많은 대학이 延邊大學이다. 延邊大學에서 한국학과 관련이 있는 교수는 248명이다. 한국 대학 중에도 한국학 전공자들을 이 정도 보유하고 있는 대학은 많지 않다. 연구자의 전공 분야도 아주 다양하고 연구 업적도 뛰어난 편이다. 특히 조선한국학원과 인문학원에 국내외에 잘 알려진 저명한 학자들이 많다. 주요한 연구자와 그들의 주요논저를 제시하면 다음과 같다. 분량 관계상 논저의 편수를 10편 이내로 한정하였다.

성명	주요논저	발행처	출판년도
김병민 (문학)	1. 《中国国学对韩国文学的影响》 2. 洪大容和"古杭三才"的友谊与东北亚文化 3. 《中国大百科全书·朝鲜文学家辞条》 4. 《论洪大容的哲学思想和文化意识》-以《医山问答》为中心 5. 《坚持多元文化教育，培养具有跨文化素质的民族人才 6. 《朝鲜实学派文学与中国之关联研究》(下)	1. 《东疆学刊》第2期 2. 《东北亚论坛》第4期 3. 中国大百科全书出版社 4. 《东疆学刊》第一期 5. 《现代教育科学》第4期 6. 延边大学出版社	1. 2008年 2. 2008年 3. 2009.3 4. 2011年 5. 2009年 6. 2008年1月
金宽雄 (문학)	1. 《族裔散居，苹果梨及民族文化之根》 2. 《北韩文学的历史理解》(第一作者) 3. 《北韩主体思想时期'领袖形象文学'的前近代性》 4. 《朝鲜文学的发展与中国文学》(合著) 5. 《中朝古代诗歌比较研究》(主篇) 6. 《中朝古代小说比较研究》(独著) 7. 《朝鲜史话》(合著)	1. 历史与文化(韩) 2. 培才大学校出版部 3. 《批评文学》(韩) 4. 延边大学出版社 5. 黑龙江朝鲜民族出版社 6. 延边大学出版社 7. 延边大学出版社	1. 2007 2. 2006 3. 2005.2 4. 2003.09 5. 2005.05 6. 1999.07 7. 1997.05
金虎雄 (문학)	1. 《재만조선인문학연구》 2. 《인생과 문학의 진실을 찾아》 3. 《중일한문화산책》 4. 《인간은 만남으로 자란다》 5. 《김학철평전》(김호웅, 김해양) 6. 《림민호평전》 7. 《解放前来华朝鲜人离散文学研究》 8. 《중국조선족문학통사》(김호웅, 조성일, 김관웅 공저).	1. 국학자료원 2. 요녕민족출판사 3. 흑룡강조선민족출판사 4. 한국학술정부 5. 실천문학사 6. 민족출판사 7. 延边大学出版社 8. 연변인민출판사	1. 1997년. 2. 2003년. 3. 2005년. 4. 2007년. 5. 2007년. 6. 2008년. 7. 2010년. 8. 2012.
최웅권 (문학)	1. 高丽文人笔下的陶渊明形象 2. 崔致远对陶渊明形象的文化解读 3. 接受的先声：陶渊明形象在韩国的登陆 4. 论韩国的第一首"和陶辞"-兼及李仁老对陶渊明形象的解读	1. 《延边大学学报：社会科学版》第1期 2. 《解放军外国语学院学报》第2期 3. 《东疆学刊》第2期 4. 《东北师大学报：哲学社会科学版》第3期	1. 2007年 2. 2008年 3. 2007年 4. 2008年
채미화 (문학)	1. 中国古典美学范畴-"风流" 2. 高丽文学的审美心理结构探析 3. 朝鲜古代诗论的审美思维方式 4. 东亚韩国学方法之探索 5. 朝鲜高丽文学的审美理想与追求 6. 许筠的情感美学观研究 7. 中韩女性文化心态比较研究-以婚姻和性观念为中心	1. 东疆学刊 第30卷第一期 2. 东疆学刊 第28卷第二期 3. 东疆学刊 第27卷第一期 4. 东疆学刊 第25卷第四期 5. 东疆学刊 第23卷第一期 6. 东疆学刊第三期 7. 延边大学学报(社会科学版)	1. 2013.1 2. 2011.4 3. 2010.1 4. 2008.10 5. 2006.1 6. 2004.3 7. 2001.3
허휘훈 (문학)	1. 许筠的人生活动及其近代志向性	1. 《朝鲜-韩国语言文学研究5》(民族出版社)	1. 2008年1月

	2. 朝鲜族端午风俗及其传承特点	2. 《江原民俗学》22辑	2. 2008年9月
	3. 许筠的"学唐论"及其在朝鲜古典诗学史的位置	3. 《中韩语言文化研究》2缉	3. 2008年12月
	4. 改革开放三十年延边民间文艺的发展	4. 《艺术殿堂》2期	4. 2009年3月
	5. 非物质文化遗产保护与民族文化传统之继承	5. 《文化时代》1期	5. 2009年1月
	6. 山泉祭与非物质文化遗产	6. 《艺术殿堂》4期	6. 2010年7月
	7. 中国朝鲜族民俗的文化特点之宏观考察	7. 《东疆学刊》3期	7. 2010年7月
	8. 蛟山许筠的文学创作与道教之关联	8. 《许筠许楚姬研究》1期	8. 2011年9月
	9. 朝鲜族文学大系(共30卷)	9. 韩国宝库社	9. 2006-2010年
	10. 许筠与《洪吉同传》研究	10. 韩国新文社	10. 2011年
정일남 (문학)	1. 文学作品中的松江形象	1. 《汉文学报》第19辑	1. 2008.12
	2. 圃隐郑梦周诗意象研究	2. 《圃隐学研究》第3辑	2. 2009.6
	3. 徐居正文学与楚辞关联研究	3. 《汉文学报》 第21辑	3. 2009.12
	4. 《热河日记》之作者燕岩形象研究	4. 《东方汉文学》第42辑	4. 2010.4
	5. 茶山丁若镛文学"屈骚"接受研究	5. 《韩国语文学研究》第46辑	5. 2010.3
	6. 谿谷张维与"屈骚"关联研究	6. 《东方汉文学》第46辑	6. 2011.3
	7. 象村申钦与"屈骚"关联研究	7. 《汉文学报》第24辑	7. 2011.6
	8. 楚亭朴齐家审美意识研究	8. 《东方汉文学》第49辑	8. 2011.12
	9. 《楚辞与朝鲜古代文学之关联研究》	9. 人民出版社	9. 2012年4月
	10. 《楚亭朴齐家散文研究》	10. 民族出版社	10. 2012年6月
우상렬 (문학)	1. 韩流汉风互动研究	1. bookkorea	1. 2009.12.10
	2. 文学概论	2. 延边大学出版社	2. 2010.11
	3. 人文学关联论文集	3. 韩国学术情报	3. 2010.5
	4. 孔子新译	4. 韩国学术情报	4. 2010.3
	5. 中国古代白话文文学与朝鲜古代国文文学比较文学	5. 韩国学术情报	5. 2010.3
	6. 父亲种下的树(译著)	6. 文学江出版社	6. 2011
	7. 从民间故事看中国朝鲜族	7. 人文研究	7. 2010.12
	8. 朝鲜电影《洪吉童》与韩国电视剧《快刀洪吉童》	8. 中韩人文科学研究 第32辑	8. 2011.4
김경훈 (문학)	1. 《文学教育论》	1. 延边大学出版社	1. 2001.12
	2. 《朝鲜文学》合著	2. 延边教育出版社	2. 2002.9
	3. 《金朝奎·尹东柱·李旭诗集》(中国朝鲜族文学大系，第六卷)，主编	3. 延边人民出版社	3. 2005.6
	4. 《中国朝鲜族诗文学研究》	4. 韩国学术情报	4. 2006.1
	5. 《中国朝鲜族儿童文学教育的状况与发展前景》	5. 文学教育学(韩国)	5. 2003.12
이관복 (문학)	1. 佛经故事与中韩两国的"高僧与美女故事	1. 东疆学刊 23卷3期	1. 2006
	2. 《杂宝藏经》与中朝古代文学	2. 东疆学刊 24卷4期	2. 2007
	3. 朝鲜民间故事与《百喻经》之关联探微	3. 延边大学学报(社会科学版)	3. 2005.3
	4. 主题学研究:《佛本生故事》与中韩两国民间故事之关联	4. 延边大学学报(社会科学版)	4. 2012.5
	5. 朝鲜古典小说《兔子传》原型故事略考	5. 延边大学学报(社会科学版)	5. 2003.4

마금과 (문학)	1. "海东江西诗派"概念小考 2. 从《东人诗话》看徐居正的诗歌批评观 3. 试论《东人诗话》在朝鲜诗话史上的意义 4. 论高丽. 李朝诗人对黄庭坚诗学的接受与变通	1. 东疆学刊 22卷1期 2. 东疆学刊 18卷1期 3. 《东北亚论坛》 第2期 4. 东疆学刊 26卷2期	1. 2005 2. 2001 3. 2001 4. 2009
서동일 (문학)	1. 朝鲜朝使臣眼中的满族人形象－以金昌业的《老稼斋燕行日记》为中心 2. 朝鲜朝燕行使臣眼中的中国汉族士人形象－以朝鲜北学派人士的《燕行录》为中心的考察 3. 朝鲜朝燕行使臣笔下清朝中国形象的嬗变及其内因 4. 朝鲜朝燕行使节眼中的乾隆皇帝形象 5. 朝鲜朝燕行使臣笔下的"紫禁城"形象－以李宵的《燕途纪行》为中心 6. 朝鲜朝燕行使者眼中的夹羽形象	1. 山东社会科学 第10期 2. 河南师范大学学报(哲学社会科学版)第6期 3. 东疆学刊 第4期 4. 东疆学刊 第4期 5. 吉林大学社会科学学报 第6期 6. 东疆学刊 第2期	1. 2011 2. 2010 3. 2010 4. 2009 5. 2009 6. 2008
김영수 (어학)	1. 汉潮语序排列对比之管见 2. 朝鲜15. 16世纪汉文翻译本初探 3. 浅析15世纪汉朝佛经翻译 4. 朝鲜王朝初期对汉语词类的认识	1. 《东疆学刊》第2期 2. 《东疆学刊》第2期 3. 《东疆学刊》第2期 4. 《民族语文》第4期	1. 2000年 2. 2002年 3. 2003年 4. 2003年
이민덕 (어학)	1. 韩国文学作品选 2. 韩国文学作品选读 3. 对韩国语语法例句文化探析－读《韩国语实用语法》 4. 韩国语教学研究	1. 延边大学出版社 2. 黑龙江朝鲜民族出版社 3. 《东疆学刊》第3期 4. 黑龙江朝鲜民族出版社	1. 2008 2. 2008 3. 2009 4. 2010
김광수 (어학)	1. 中国朝鲜语使用现状及发展前景 2. 朝鲜语语法术语的使用现状与规范研究 3. 在中国朝鲜语研究现状及未来 4. 1950年代中国朝鲜语书面语体使用研究 5. 南北韩朝鲜语词汇-术语为中心语法, 延边教育出版社, 2008 6. 解放前中国朝鲜族语言的变化及发展 7. 朝鲜语文体论 8. 朝鲜语考察与研究 9. 中朝韩日英生物学术语对比词典	1. 朝鲜语研究(黑龙江朝鲜民族出版社) 2. 延边大学学报 3. 中国朝鲜语文 4. 人文科学论丛(韩国)25集 5. 朝鲜-韩国语言文化研究(7) 6. (韩国) 亦乐出版社 7. 延边大学出版社 8. 延边人民出版社 9. 人民出版社	1. 2012.5 2. 2012.2 3. 2011.3 4. 2010. 3 5. 2009.12 6. 2009. 7. 2010. 8. 2012.3 9. 2012.4
김성호 (사학)	1. 朝鲜民族共产主义者在中国东北抗日斗争中的地位和贡献 2. 试论洪大容的实学思想	1. 世界历史 (03) 2. 《东疆学刊》 第1期	1. 2012 2. 2006
정영진 (사학)	1. 高丽中期中央官学的变迁考察－兼与宋朝的比较 2. 对渤海的建国年代和建国地的讨论	1. 延边大学学报(社会科学版) (01) 2. 北方文物 (02)	1. 2012 2. 2010

	3. 论渤海国的建国集团与国号. 年号 4. 论渤海国的种族构成与主体民族 5. 渤海文化考古学新探－－以陶器为中心	3. 北方文物 (04) 4. 北方文物 (02) 5. 东疆学刊 第4期	3. 2010 4. 2009 5. 2008
김춘선 (사학)	1. 试论东北地区朝共党人转入中共组织及其影响 2. 韩国海洋科学技术开发的现状和未来发展战略	1. 延边大学学报(社会科学版) (01) 2. 当代韩国 (03)	1. 2003 2. 2004
손춘일 (사학)	1. 《韩国对今后十五年东北亚安全机制的展望》 2. 《朝鲜义勇军在东北的改编与发展》 3. 《中国朝鲜族における国籍問題の历史 4. 《日伪时期日帝对朝. 日丙民族东北移民政策之比较》 5. 《"满洲国"时期朝鲜开拓民研究》专著 6. 《论清朝对朝鲜垦民的土地政策》 7. 《中朝日围绕"间岛"发生纠纷的原委》 8. 《满州事变前後の在满朝鲜人問題とその苦境》 9. 《中国朝鲜族社会文化变迁史》(主编) 10. 《9·18事变后中朝日三民族移民比较》	1. 《当代亚太》 2. 《精神文化》, 韩国学中央研究院 3. 《东北アジア朝鲜民族の多角的研究》, 櫻井龙彦编, 4. 《东北亚发展的回顾与展望》 5. 延边大学出版社 6. 《满族研究》, 辽宁省民族研究所 7. 《中国边疆史地研究》, 中国社会科学院中国边疆史地研究中心 8. 《東アジア近代史》, (日)東アジア近代史学会 9. 延边教育出版社 10. 《中国史研究》	1. 2006.06 2. 2005.04 3. 2004.10 4. 2003.05 5. 2003 6. 2002.04 7. 2002.04 8. 2002.03 9. 2002 10. 2001.03
이종훈 (사학)	1. 韩国的高句丽研究及其史观--以高句丽归属问题为中心 2. 略论朝鲜与清朝贸易的形态和意义 3. 中韩日三国语言文化比较－以一般性特点及历史视角为中心 4. 试析新罗封建令制的特色－兼与唐朝. 日本相比较	1. 《史学集刊》第4期 2. 《东北师大学报(哲学社会科学版)》第4期 3. 《东疆学刊》第4期 4. 《东疆学刊》第1期	1. 2004 2. 2007 3. 2007 4. 2011
박찬규 (사학)	1. 沸流国考 2. 介绍朝鲜半岛出土的几件玻璃器 3. 高句丽之"下户"性质考 4. 高句丽之新大王和故国川王考 5. 高句丽太祖王宫考[].	1. 东北史地 (06) 2. 北方文物 第3期 3. 东疆学刊 第3期 4. 东疆学刊 第1期 5. 东疆学刊 第4期	1. 2009 2. 2007 3. 2003 4. 2001 5. 2000.
박금해 (사회학)	1. 论新民主义革命时期中国共产党的民族政策在东北朝鲜族地区的实践 2. "九·一八"事变前日本对中国东北朝鲜族教育权的侵夺 3. 17世纪朝鲜人流入东北及其对后金(清)社会的影响 4. 论民族地区人才资源开发战略 5. 伪满时期日帝对朝鲜族的殖民主义教育实质	1. 《民族研究》 第6期 2. 《民族教育研究》01期 3. 《黑龙江民族丛刊》第1期 4. 《西南民族大学学报(人文社科版)》 第12期 5. 黑龙江民族丛刊 6期	1. 2001 2. 2002 3. 2004 4. 2007 5. 2008

허명철 (사회학)	1. 论当代延边朝鲜族文化发展战略 2. 2008年北京奥运会和东北亚地区的和平 3. 朝鲜族文化模式之初探	1. 延边大学学报(社会科学版) 第1期 2. 当代韩国 第1期 3. 延边大学学报(社会科学版) 第1期	1. 2002 2. 2002 3. 2003
김강일 (정치학)	1. 国际行为范式的演变与当代国际关系 2. 解决朝鲜半岛问题的方法. 视角及路径选择 3. 朝鲜族社会萎缩的危机及其发展路径选择 4. 边缘文化：一种多元文化融合的文化资源 5. 中美日东北亚战略框架之中的朝鲜半岛问题 6. 东北亚合作问题研究的新视野：重组区域政治结构	1. 东疆学刊 第2期 2. 东北亚论坛 第2期 3. 延边大学学报(社会科学版) (06) 4. 东疆学刊 第4期 5. 东疆学刊 第3期 6. 延边大学学报(社会科学版) (03)	1. 2013 2. 2012 3. 2011 4. 2009 5. 2008. 6. 2007
강룡범 (정치학)	1. 《清代中朝日关系史》合著 2. 《朝核问题与中朝关系现状》 3. 《国际文化专业方向课程体系改革研究与探索》 4. 《站在十字路口的北朝鲜》合著 5. 《中朝关系的现状与今后的展望—关于朝鲜半岛问题上的中国战略》 6. 《朝鲜半岛的将来与国际合作》合著 7. 《人民日报关于朝鲜. 韩国. 日本问题资料汇编》合著，主编 8. 《近代中朝日三国对间岛朝鲜人的政策研究》专著	1. 吉林文史出版 2. 《东北亚研究》 3. 《现代教育科学》 4. 日本笹川和平财团 5. 吉林省社会科学院 《东北亚研究》 6. 日本笹川和平财团 7. 黑龙江朝鲜民族出版社 8. 黑龙江朝鲜民族出版	1. 2006.4 2. 2006.3 3. 2004.8 4. 2003.3 5. 2002.4 6. 2002.3 7. 2000.10 8. 2000.4
김향해 (정치학)	1. 中国的崛起与朝鲜半岛关系 2. 中朝经贸关系的现状与课题 3. 东亚和谐社会的构建与日本的历史认同 4. 东北亚区域合作中的朝鲜问题 5. 论东北亚区域冲突结构与和平体制构建——以中日关系为例 6. 国际政治学：中日自由贸易协定的签订	1. 东北亚论坛 第2期 2. 韩国研究论丛 (01) 3. 《中国人民大学学报》第2期 4. 韩国研究论丛 (01) 5. 《延边大学学报：社会科学版》第2期 6. 《延边大学学报：社会科学版》第1期	1. 2012 2. 2009 3. 2008 4. 2008 5. 2007 6. 2005
반창화 (철학)	1. 论日本的武士. 武士政权及武士道 2. 韩国儒教丧礼文化的确立及其生死观 3. 从汉字. 儒学. 秦始皇看中国"大一统"的文化模式 4. 对中国实学的哲学诠释 5. 儒释道与东亚文化国际学术会议综述	1. 东疆学刊 (02) 2. 延边大学学报(社会科学版) (05) 3. 延边大学学报(社会科学版)(01) 4. 延边大学学报(社会科学版)(02) 5. 哲学动态 (12)	1. 2012 2. 2011 3. 2010 4. 2009 5. 2009
김하록 (법학)	1. 《中韩两国竞争法比较研究》 2. 《韩国行政法》 3. 《经济行政的结构及其法律控制》 4. "中韩两国反垄断法之比较"	1. 中国政法大学出版社 2. 香港亚洲出版社 3. 法律出版社 4. 《东疆学刊》第四期	1. 2011年 2. 2010年 3. 2006年 4. 2012年

	5. "法学专业的民族特色与特色课程设计"	5. 《法学教育研究》第三卷（法律出版社）	5. 2010 年8月
	6. "竞争法制的国际化与我国竞争法的发展"	6. 《东北亚区域合作与法制发展》（香港亚洲出版社）	6. 2010年1月
	7. "民族地区经济发展与区域税收优惠法律制度"	7. 《理念与实践》（内蒙古大学出版社）	7. 2009年8月
	8. "中朝两国外商投资鼓励保护制度比较"	8. 《东北亚论丛》第1辑 （香港亚洲出版社）	8. 2008年12月
윤태순 (법학)	1. 《韩国民法》	1. 中国政法大学出版社	1. 2012.
	2. 《中国夫妻财产关系法的运用与课题》	2. 民族出版社,	2. 2007.12
	3. "韩国资产证券化法律制度及其对我国的启示"	3. 延边大学学报	3. 2011. 6
	4. "中国婚姻法中意思自治与国家干预之考察"	4. 家族法研究	4. 2011.3
	5. "中韩不动产预告登记制度的比较研究"	5. 东北亚法学研究(亚洲出版社)	5. 2009.9
	6. "中国劳动合同法的解读与展望"	6. 劳动法论丛	6. 2009.8
	7. "中韩国际婚姻增加与相关法律问题研究"	7. 家族法研究	7. 2008.9
	8. "中国物权法的基本内容与新的课题"	8. 法学研究 1号	8. 2008.6
남희풍 (음악)	中国朝鲜族歌词文学大全(共著)	延边大学出版社	2004
향개명 (무용)	1. 中国特色朝鲜族舞蹈教学体系的建构[J]	1. 北京舞蹈学院学报 （02）	1.2009년
	2. 朝鲜民族"袖"舞成因分析	2. 《北京舞蹈学院学报》 第4期	2. 2007年
	3. 建构艺术专业教育新的人才培养模式	3. 《艺术教育》第4期	3. 2006年
	4. 朝鲜民族舞蹈与中国古典舞"气韵"之比较	4. 《延边大学学报：社会科学版》第3期	4. 2006年
	5. 论中日舞蹈文化	5. 《东疆学刊》第1期	5. 2004年
	6. 太极"气韵"与朝鲜(韩)民族舞蹈文化及"韵律"之关联	6. 《东疆学刊》第2期	6. 2002年
강윤철 (체육)	1. 《现行高校体育专业招考制度中存在的问题及改革建议》	1. 现代情报	1. 1999.12
	2. 《中国汉族和朝鲜族青少年营养状况动态分析》	2. 大韩临床健康增进学会	2. 2001年
	3. 《我国城市朝鲜族体育人口现状分析》	3. 天津体育学院学报	3. 2004年12月
	4. 《中国朝鲜族体育文化的二重性》	4. 体育文化导刊第四期	4. 2007年
김영웅 (체육)	《A Comparative Analysis on the Trend of Study of sport History in China, Korea and Japan》。		2004年
임금숙 (경제학)	1. 中. 韩贸易与投资一体化的实证分析	1. 《经济管理》第18期	1. 2008年
	2. 朝鲜经济特区新动向及其有待解决的问题	2. 《东北亚研究》第1期	2. 2004年
	3. 论朝鲜对外开放的"三边带动战略"	3. 《东北亚研究》第1期	3. 2003年
	4. 朝鲜设立新义州特区对延边对朝经贸合作的影响	4. 《东北亚研究》 第4期	4. 2002年

	5. 延边对外贸易的现状及展望 6. IMF后韩国金融业的结构调整	5. 《东北亚研究》第1期 6. 《当代韩国》 第10期	5. 2001年 6. 2000年
현동일 (경제학)	1. 区域投资环境差异对我国民族地区经济发展的影响 2. 中国加入WTO后中韩经贸关系展望 3. 加入WTO后的中韩经贸合作 4. 中国加入WTO对延边经济的影响及其对策 5. 延边经济结构调整的几点思考	1. 《经济学动态》第7期 2. 海淀走读大学学报(城市研究论集). 3. 《经济管理》第23期 4. 延边党校学报 (03) 5. 延边大学学报(社会科学版) (02)	1. 2005 2. 2004 3. 2003 4. 2003 5. 2000
이종림 (경제학)	1. 《延边地区工业竞争力分析》 2. 《延边外向型经济论》 3. 《大图们江地区开发》 4. 《图们江地区开发咨询报告》 5. "中日韩自由贸易协定对区域内贸易影响的实证研究" 6. "延边地区固定资产投资拉动效率比较分析" 7. "图们江区域开发与延边地区的定位和协作" 8. "中国对朝投资合作风险与对策"	1. 延边大学出版社 2. 延边大学出版社 3. 延边大学出版社 4. 延边大学出版社 5. 《经济管理》第16期(总第448期) 6. 《东疆学刊》第27卷第4期 7. 《KDI北朝鲜经济文摘》第3辑 8. 《亚洲研究》第66期	1. 2001年12月 2. 2003年11月 3. 2006年5月 4. 2006年5月 5. 2008年9月 6. 2010年10月 7. 2011年3月 8. 2013年2月

나. 연구소

명칭	활동	연락처 임원
조선-한국학연구 중심 (1989.10)	1989년 11월 제29차 교무회의 연구에 따라 延邊大學 조선학 연구 센터와 중국 조선족문학 연구 센터를 세우기로 결정했다. 1994년 12월 교무회의에서 조선 한국 연구센터로 변경하기로 했다. 2007년 10월에는 교육부의 비준을 통과하여 교육부의 인문사회과학 연구 중점 기관이 되었다. 　학교의 조선-한국학 학과의 연구기관과 여러 학술 활동을 계획하고 조직하여 협조한다. 관련 분야의 학술 저작을 출판하고 학술 세미나를 개최한다. 조선 한국의 고교 및 연구 기관과 교류를 하는 등 합조관계를 유지하고 있다. 오랫동안 분단된 조선과 한국 학자들이 서로 학술적으로 교류하기 위해서 기회를 제공한다. 　연구방향은 1, 조선과 한국의 언어문학, 연사, 철학, 교육, 예술의 연구. 2, 조선과 한국의 정치, 경제, 법률 등의 연구. 　연구센터는 조선-한국의 국제 국내 학술 세미나를 20번이나 개최하였고 400여 편의 학술 논문을 발표했다. 또한 《조선학 연구 1-4》(한국어), 《조선학·한국학과 중국학》, 《조선-한국문학과 중국문학》, 《한국시화 연구》, 《조선-한국 문화의 역사와 전통》, 《중국에 있는 조선-한국 명인 사적》, 《중한교류와 한국 전통문화1》, 《중한교류와 한국 전통문화2》, 《국제학술회의문집》(8권), 《세계 조선 민족 총람》, 《중국 조선족과 21세기》, 《한국학의 비교문학》, 《한국 백	04332432181 주임 : 박찬규 부주임 : 전영

	과 전서 약해》등 40여 학술 저작 등도 출판했다. 　　언어와 지리적인 배경을 바탕으로 과학연구, 인재 육성, 학술교류, 자료 정보화 건설, 자문서비스 등의 임무를 전면적으로 확장함으로써 조선한국학 분야에서 앞선 수준에 이른 것이며 해당 분야에서 "유일한" 최고 수준의 연구기관이 될 것이다. 또한 조선 한국학 방면에서 "아이디어 뱅크" "정보 뱅크"와 "인재 뱅크"의 역할을 충분히 발휘할 것이다.	
동북아연구원 (1998.11)	1997년 5월에 설치한 동북아 연구원의 초대(初代) 원장은 강맹산(姜孟山)이었고, 조선 문제 연구소, 조선 언어 문학 연구소, 일본 연구소, 동북아 경제 연구소, 동북아 국제 정치 연구소, 동북아 지리 연구소, 중조일 3국 관계 연구소, 철학사상연구소 등 9개 연구소가 포함되었으며, 이런 연구소들에서 기초적인 동북아 연구 학문 분야의 군락을 형성하였다. 　　길림 사회 과학 사무실 「1998」 1호 문서인 『省 철학 사회 과학 연구 기지를 설립한 결정에 관하여』의 정신에 따르면, 延邊大學의 동북아 연구원은 길림성 동북아 연구 기지를 설립하였으며, 1998년 11월 18일에는 길림성 철학 사회 과학 동북아 연구기지 설립 대회를 延邊大學 校部 4층 회의실에서 개최하였다. 　　2003년 12월에 延邊大學 당위가 발급한 「2003」 17호 문서인 『진일보로 과학 연구 기구 개혁한 방안에 관하여』의 정신에 따라 동북아 연구원은 동방 문화 연구원과 합병하였으며, 합병 후 동북아 연구원에서 중조한일(中朝韓日) 비교문화연구센터, 길림성 동북아 연구기지의 업무도 함께 처리하기로 하였다. 2006년 10월에는 延邊大學교에서 발급한 「2006」 218호 문서인 『인문 사회 과학類 省부급 연구 기지 관리를 강화한 통지서』에서는 동북아 연구원이 속한 연구소 및 관리 방식, 초빙 임용제 등에 대하여 새로운 규정과 조정을 하였다. 현재 延邊大學 동북아 연구원은 5개 연구소(센터)로 구성되었다. 즉 동북아 경제 연구소, 동북아 국제 정치 연구소, 동북아 법률문제 연구소, 두만강 지역 개발 연구소, 동북아 여행 자원 개발 센터이다. 　　동북아 연구원은 延邊大學 『9.5』『10.5』『211 공정』 중점 학과 건설 프로그램 - "동북아 연구와 두만강 유역 개발" 프로그램을 진행하였으며, 현재 延邊大學 『11.5』『211 공정』 공정중점 학과 건설 프로그램-"동북아 각국 경제 합작과 환경 연구" 프로그램을 맡아서 진행하고 있다.	04332732465 소장 : 김강일
민족연구원 (민족연구소) (1997)	1997년 3월에 설립된 민족 연구원의 정식 명칭은 민족 문제 연구원이며, 延邊大學교에서 민족의 특색과 민족학 연구의 우월성을 고취하기 위해 설립한 기구이다. 조선족 사회를 연구 대상으로 한 과학 연구 기구이다. 민족연구원은 조선족의 역사와 문화 연구를 바탕으로 하며, 조선족 사회의 현실 문제에 대한 연구를 중점으로 하는데, 전면적으로 조선족 사회 연구를 전개함으로써 조선족 사회의 진보와 발전을 위하여 노력한다. 민족 연구원은 민족역사연구소, 민족이론연구소, 민족학연구소(결정을 기다리고 있음), 조선족 민속 연구소(결정을 기다리고 있음), 고적연구소,	04332732494 소장 : 손춘일

| | 교육연구소, 체육연구소, 예술연구소 등을 포함한다. 전문적인 연구원은 21명이고, 동시에 32명의 국내외 초청 연구원과 겸직 연구원이 있다.

민족연구원은『9.5』『211 공정』의 건설을 바탕으로 하며, 전면적으로『9.5』『211 공정』조선족 역사와 문화 중점 학과의 군락 건설을 진행하였다. 본 프로그램은 민족성, 지역성과 전문성을 특징으로 한다. 이는 전면적으로 중국 조선족의 역사와 문화를 이해하고, 조선족 자신의 발전을 위한 방면에서 중요한 이론의 의미와 실천 가치를 중시한다. 뿐만 아니라 본 프로그램은 중국 외에도 국경을 넘어서 민족의 역사와 문화 연구에 대하여 중요한 본보기 역할을 할 수 있다. 延邊大學의 조선족 역사와 문화 교학 연구 영역의 과학 연구 팀과 과학 연구 성과, 다양한 설비, 지역적인 우세를 의탁하여, 여러 학과로 구성된 "조선족 역사와 문화"학과 군락을 중점으로 건설하는데, 이는 延邊大學만의 특별함을 지닌 중점 건설 프로그램 중의 하나이다.

延邊大學 민족 연구원의 총체적인 목표는『10.5』기간에『211공정』의 중점 학과 "조선족 역사와 문화"를 중심으로 한 민족학 연구 학과 군락의 설립 임무를 실현하고, 이 학과에서 조선족의 역사와 현실 문제 연구, 교육 이론과 조선족 사범 교육 연구, 조선족 전통문화와 현대화 등 3개 연구 방향에서 교육 과학 연구의 규모를 가지게 하는 것이다. 21세기 초 민족연구원은 국내외 민족학 연구 영역에서 우월한 지위를 가진 인재 센터, 교학 과학 연구 센터, 자료 데이터 센터로 만들기 위하여 최선을 다하고 있다. 민족학 연구의 주요 기지의 건설을 위해 과학 연구와 학과 건설, 연구원을 설립한 효과, 사회봉사 등 방면에서 수준을 높이고, 조선족의 전면적인 발전과 중급 수준의 사회를 만들 예정이다. | |
| 중조한일문학비교연구중심
(2001.3) | 延邊大學의 중국, 조선, 한국, 일본문화 비교연구 센터는 2001년 3월 30일에 교육부의 비준을 통과하여 설립된 교육부 인문사회 과학 분야에서 중요한 연구기관이다. 2006년 12월에는 길림성 교육청의 인문 사회과학 분야의 중요한 연구기관으로 확정되었다.

延邊大學교는 중국문화와 조선, 한국, 일본 문화의 비교연구에서 오래된 역사를 가지고 있다. 개교 초기부터 언어적 우세와 지리 우세를 이용하여 조선-한국 문화를 중심으로 한 중국, 조선, 한국, 일본 문화의 비교연구를 시작했다. 문학, 언어, 역사, 철학, 정치 등 여러 가지 학문에서 전 분야에서 다각도로 중국, 조선, 한국, 일본 문화의 연구기관과 연구팀이 있다. 본 연구 중심이 바로 이런 연구기관과 연구팀 기초에 최적화할 수 있도록 재조직함으로써 설립되었다. 연구 센터에는 중국, 조선, 일본 관계사 연구소, 발해사 연구소, 조선역사 연구소, 조선 문학 연구소, 비교문학과 문화 연구소, 언어 연구소, 일본문학 연구소, 동방 철학 연구소등 8 개 연구소가 있다.
1) 중국과 조선, 한국, 일본 언어 문학의 비교 연구
2) 중국, 조선, 한국, 일본 관계사 연구(동복 변경사邊疆史를 포함) | 04332732463
소장 : 이종훈 |

		3) 중국문학과 조선, 한국, 일본 문학의 비교 연구 4) 중국, 조선, 한국, 일본 철학과 문화의 비교연구. "과제를 가지고 기관에 들어가고, 과제를 완성하고 나서 기관에 나간다."는 새로운 운영 목표를 채택했다. 전국에서 유일하게 국외에 중요한 영향을 끼칠 수 있는 연구 기관으로, 사회와 상호 작용하여 지방 경제 건설, 사회 진보, 정부의 자문을 위해서 서비스를 제공하고 있다.	

4. 한국학 교육 인프라

가. 교원 수

대학교	설립 년도	교사 인원 수	학제, 학위	재학생 수	주소, 전화
본교	1. 1949.	1. 조선언어문학학과 교사 22명(정교수 9명, 부교수 5명, 전임강사 7명, 조교 1명)	1. 조문학과 4년제(학사), 대학원(석사, 박사)	1. 조문학부 363(학사), 131(석사), 46(박사)	吉林省延吉市公园路977号 延邊大學 朝鮮-韩国学学院 0433-2733350(조문학과 학과장 우상렬)
	2. 1972.	2. 조선어학과 교사 17명(정교수 3명, 부교수 9명, 전임강사 5명)	2. 한국어학과 4년제(학사), 대학원(석사, 박사)	2. 조선어학과 340(학사), 38(석사)	0433-2732423(조선어학과 학과장 마금선)
	3. 2000.	3. 신문학부 교사 5명(정교수 1명, 부교수 3명, 전임강사 1명)	3. 신문학부 4년제(학사), 대학원(석사, 박사)	3. 신문학부 97학사)	0433-2732430(신문학과 학과장 리충실)
	4. 1949.	4. 역사학과 교사 32명(정교수 12명, 부교수 16명, 전임강사 4명)	4. 역사학부 4년제(학사), 대학원(석사, 박사)	4. 역사학부 242(학사), 89(석사), 29(박사)	吉林省延吉市公园路977号 延邊大學 인문사회과학학원 0433-2732231 (역사학과 학과장 : 윤현철)
	5. 1949.	5. 기타(정치 경제 철학 교육 법학 예술 미술) 150여 명			
延邊科技大	1995.	교사 14명(정교수 11명, 부교수 2명, 전임강사1명)	4년제(학사)	105명	中国 吉林省 延吉市 朝阳街 3458 延边大学 科学技术

				学院 韩国语系 04332911446(0) 학과장 김석기

나. 한국학 관련 전공 및 개설교과목

延邊大學의 한국학 교과목 개설은 여러 학과에 걸쳐 이루어지고 있다. 그러나 조선한국학학원 내에서도 조선어전공과 조선어언문학전공은 한국학 관련 교과목이 한국의 대학과 비슷한 수준으로 개설되어 있으나 신문학전공의 경우 한국학 관련 교과목의 개설이 극히 제한적이다. 인문사회과학학원의 경우 역사학전공의 경우도 신문학전공과 크게 다를 바 없으며, 다른 학과들은 극히 소수의 교과목을 개설하고 있다. 주요 학과의 교과목을 살펴보고 그 특성에 대해 알아보고자 한다. 두 개의 단과 대학의 여러 학과를 살펴보는 관계로 대학원 석사과정과 박사과정은 생략하고 학부 과정에 초점을 맞추기로 한다.

조선한국학학원 조선어전공	기출조선어(한국어)1, 기출조선어(한국어)2, 기출조선어(한국어)3, 기출조선어(한국어)4, 고급한국어1, 고급한국어2, 초급한국어회화1, 초급한국어회화2, 중급한국어회화1, 중급한국어회화2, 고급한국어회화, 한국어시청1, 한국어시청2, 한국어시청3, 한국어시청4, 한국어법, 조한어법대비, 韓譯漢, 漢譯韓, 한국문학작품선독, 한국문학사, 한국어한자, 조한사휘대비, 병구분석, 조선한국개황, 조선한국간사, 한국보간열독, 외사기출, 한국어응용사작, 한국문화, 한국어시청설 등
동학원 조선어문학전공	조선고전문론, 문학개론, 조선어법1, 조선어법2, 어언학개론, 조선어사, 조선고전문학사, 조선현대문학사, 조선-한당대문학사, 조선어고문헌선독, 한조번역교정, 조선사작기출, 중국조선족문학사, 조선민속학개론, 조선어방언학, 조선어사휘의학, 조선어어용학, 조선어학사, 당대조선문학작품론, 조선역사, 조선문학작품강독, 조선어문체학, 조선어사휘의학, 당대조선족문학작품론, 조선역사, 조선문학작품강독, 조선예의여문화, 조문공문사작기교 등
동학원 신문학전공	조선어어법, 조선고전문학사, 조선현대문학사, 조선-한국당대문학, 조선신문사, 조선족신문사, 조문사작기출, 한조번역교정, 조선역사 등
인문사회과학학원 역사학전공	조선고대사, 조선근현대사, 중조한일관계사, 중국조선족사, 조선문화사, 대한민국사, 중조일문화비교, 연변고대역사여유적, 발해사사, 조선역사여문화, 도문강유역문화교류사 등
동학원 한어언문학 (교육)전공	한국어1, 한국어2, 한국어3, 한국어4, 한국민속여예의, 한국고전시사연구, 조선족문학개론, 한국한문소설여중국문화, 장백산전설여여유문화 등
동학원 국제정치전공	조선반도여주변대국관계, 조선한국정치외교 등

146

동학원 사상정치교육 전공	조선한국철학사상
동학원 사회학전공	한국사회여문화

역사학전공의 한국사 관련 교과목은 145학점 가운데 20~30학점 수준인데 최소 전공 이수학점인 36학점을 이수할 수 있는 정도의 개설되어야 할 것으로 보인다.

5. 결론

延邊大學은 대한민국이나 한국학진흥사업단의 입장에서 볼 때는 매우 중요한 대학이다. 중국 한국학의 선두주자이면서 우리의 문화유산이 현존하는 지역이고 남북의 완충지대라는 점에서 세계 어느 대학보다 중요한 의미를 지니고 있다. 우리가 延邊大學에 관심을 갖고 지원하고 협조를 구하는 것은 바로 그 때문이다.

延邊大學과 延邊大學의 한국학 인프라에 대해서는 延邊大學 교수들이 그 누구보다도 잘 알고 있다. 필자가 본 것은 외부인의 시각에서 피상적으로 바라본 것으로 그 본질과 거리가 있을 수 있다. 따라서 필자는 延邊大學과 延邊大學의 한국학 인프라를 평가하고 재단하려고 하지 않는다. 延邊大學 스스로 자신들이 보유하고 있는 가치를 잘 이해하고 바람직한 방향을 설정하는데 도움을 주고 싶을 뿐이다.

延邊大學은 한국학 인프라가 잘 갖추어진 민족 종합대학이다. 특히 정부의 지원도 많고, 교수들의 한국학 교육과 연구 수준도 한국의 어느 대학에 못지않다. 학술논문을 한국의 등재지에 게재하는 양, 빈도수, 인용지수 등도 한국의 대학이나 별 차이가 없다. 해외중핵사업단은 오랜 시행착오를 거치면서 이제 제 자리를 찾아가고 있다. 시행착오 과정에서 발견한 사업의 목표에서 문제의 본질을 발견해야 한다.

延邊大學의 중핵사업단은 중국의 각 대학에서 실시하고 있는 한국학 교육을 실질적으로 지도하고 교원을 제공하고 있는 민족종합대학이라는 사실에 국한되지 않고, 고구려와 발해의 문화유산이 산재해 있으며 일제 강점기 한민족 디아스포라들이 거주하던 공간이라는 역사적인 사실과 남북의 완충지대라는 사실을 잊어서는 안 된다.

향후 해외중핵사업을 재신청할 경우 아젠다는 延邊大學은 중국해양대학, 남경대학, 산동대학과 변별적인 특성, 延邊大學만이 할 수 있는 사업을 아주 분명하게 제시하여야 한다. 하바드대, 옥스퍼드대, 동경대, 북경대, 버클리대, 워싱턴대, 런던대, 미시간대, 뉴욕주립대 등을 모방할 필요가 없다. 한국학 연구와 교육의 인프라는 延邊大學만한 대학이 없다. 그러나 아젠다는 동북 지역 및 중국의 한국학 발전, 다원공존, 한중 이해 증진을 위한 한국학 연구와 전파, 한중 문화와 상호소통 가운데 어떤 것으로 하더라도 중국 동북의 한국학 학술거점지로서 특성이 드러날 수 있는 연구와 교육의 틀을 갖추고 선택과 집중을 하는 것이 무엇보다도 중요하다.

延邊大學은 민족 종합대학이기에 다양한 학문 분야에 걸쳐 한국학의 선도적 역할을 하고 있고 다양한 학문 분야의 융합적 연구와 교육을 수행할 능력을 지니고 있다. 이 점은 약이 될 수도 있고 독이 될 수도 있다. 후발 대학들이 한국학 연구와 교육을 수행하는데 어려움이 없도록 노하우를 공유하는 것은 약이 될 수 있지만, 종합 대학의 특성을 강조하다보면 너무 잡다한 것까지 다루는 우를 범할 수 있다. 延邊大學 중핵사업단만이 할 수 있는 사업을 선택하여 집중적으로 지원함으로써 중국 최고의 한국학연구교육센터로 키우기 위한 전략을 마련하고 비전을 제시할 필요가 있다.

中央民族大學의 한국학 현황과 과제*

1. 머리말

2000년대 들어 한국의 많은 대학들이 경제논리를 내세워 한국학 관련 학과를 폐지하거나 통합하는데 반해 중국에서의 한국학은 급속히 발전해 가고 있다. 특히 연변대학이나 中央民族大學은 중국 정부의 집중적인 지원을 받아 한국의 대학에 견주어도 뒤지지 않을 정도로 한국학의 연구와 교육의 인프라를 갖추어가고 있다. 필자가 조사한 바에 의하면 중국 내 2,305개(4년제 1,090개, 3년제 1,215개) 대학 가운데 211개의 대학에 한국어 관련학과가 개설되어 있는데[1], 그 가운데 가장 주목할 만한 대학이 中央民族大學이다. 中央民族大學에는 조선어문학부와 한국어학과가 개설되어 있다. 1946년 개설된 국립남경동방어문전과학교(북경대학 전신) 한국어학과, 1949년 개설된 연변대학 조선어문학과, 1953년 개설된 낙양외국어대학 조선어학과, 1954년에 개설된 대외경제무역대학 조선어문학과 등에 비하면[2] 조선어문학부는 1972년에 개설되었기 때문에 후발 대학의 한국어 관련 학과이지만 중국 국가 211공정[3], 985공정[4], 중국 소수민족 언어

---

* 이 글은 2013년 5월 25-26일 中央民族大學에서 개최된 국제학술대회('한국학 교육과 연구의 당면한 과제')에서 발표한 논문을 中央民族大學 교수들의 도움을 받아 수정 보완한 것임.

1 2010년 현재 중국 교육부(Ministry of Education of the People's Republic of China)의 통계(송현호, 「중국의 한국학 현황」, 『한중인문학연구』 35, 2012.4, 467면에서 재인용).

2 위의 글, 466-467면.

3 21세기에 중국 전국에서 100개 대학교를 중점대학으로 꾸리기 위한 프로젝트.

4 1998년 5월 강택민 주석이 북경대 설립 100주년 기념행사 연설에 의거 100여개 중점대

문학연구기지 등에 선정되어 한국학 교육과 연구 인프라가 다른 대학에 비할 수 없을 정도로 잘 갖추어져 있다. 그러한 인프라를 활용하여 한국의 교육부에서 시행하고 있는 한국학진흥사업의 중핵대학사업, 문화체육관광부에서 시행하고 있는 세종학당사업, 외교부가 시행하고 있는 국제교류재단사업 등에서 괄목할 만한 성과를 내고 있다.

中央民族大學 조선어문학부는 연변대학이나 일본의 조선대학교와 마찬가지로 한민족 디아스포라를 교육하는 곳이다. 중국국적을 소유하고 있는 조선족은 엄연한 중국인이면서 동시에 한민족의 일원이다. 그들은 중국을 조국으로, 한국을 모국으로 인식하고 있다. 이처럼 중국 내 다른 대학과 달리 특수한 존재적 지위를 지닌 조선족의 교육의 목적으로 하고 있다는 점에서 중국의 다른 대학들과 같은 차원에서 연변대학이나 中央民族大學을 논의하는 것은 형평에 어긋나는 일일 수 있다. 이는 일본의 다른 대학들과 같은 레벨에 놓고 조선대학교를 논의하는 것도 마찬가지이다.

中央民族大學의 한국학 교육과 연구 인프라는 중국조선족만을 위해 만들어진 민족대학인 연변대학을 제외하면 중국은 말할 것도 없고 세계 어느 나라에서도 그 유례를 찾아볼 수 없을 정도로 잘 갖추어져 있다. 이러한 中央民族大學의 한국학 교육과 연구 인프라에 대해서는 김춘선 교수의 「中央民族大學에서의 한국학 연구 현황」이[5] 2011년까지의 현황을 잘 서술하고 있다. 이 보고서에 의하면 中央民族大學은 중핵대학 사업평가보고서에서 현지 사정을 고려하여 교육 중심으로 사업을 진행하는 것이 한국학 후학양성에 있어서나, 한국학의 위상 제고에 보다 효과적이라는 의견이 피력되어 있다. 아울러 한국학의 비약적인 확산에 비해 커리큘럼에 적합한 교재의 개발이 아직 부족하며, 한국학의 후학 양성을 위해서나 한국학

학 가운데서 다시 30여 개 대학을 중점의 중점대학으로 건설하여 세계 1류 대학으로 꾸리기 위한 프로젝트.

5 『제27회 한중인문학회 국제학술대회』, 2011.6.22, 56-57면에서 재인용.

의 위상을 제고하기 위해 한국학의 정품 교과목이나 우수 교과목 개설 중요성 또한 강조하고 있다.

필자는 그간의 김춘선 교수의 논의를 바탕으로 하되 최근의 성과와 현황을 반영하여 中央民族大學의 한국학 인프라를 연구와 교육으로 나누어 살펴보고, 이를 통해 중국에서의 한국학 연구의 성과와 나아갈 바를 가늠해보고자 한다. 세부적으로는 연구 인프라와 교육 인프라를 비중에 따라 분류하되, 비중이 비슷한 한국학중핵사업단과 교수 부분은 별개의 장으로 설정하여 구체적인 현황을 살펴볼 것이다. 필자는 그동안 1995년 절강대학의 교환교수시절 중국에서의 한국학의 활성화를 위해 한중인문학회를 만들어[6] 매년 한 차례씩 중국에서 학술대회를 개최하면서 중국 대학의 한국학 현황과 과제에 대하여 여러 차례에 걸쳐 발표한 바 있는데[7] 본고는 중국의 한국학 현황과 과제에 대한 필자의 기존 논의의 연장선에 있다.

---

6 한중인문학회의 설립 배경과 경과 그리고 중국의 한국학 진흥에 대해서는 필자의 「고 김준엽 이사장님의 영전에」(『한중인문학연구』 33, 2011.8) 참조.

7 2004년 4월 서울대학교 한국문화연구소 월례발표회에서 「중국에서의 한국학 연구 동향」을 발표하였고, 2011년 5월 아주대학교 이주문화연구센터에서 콜로키움을 개최하였다. 2011년 6월 22일 중국 광동성 화남사대에서 개최된 한중인문학회에서 「중국에서의 한국학 연구 동향」 분과를 만들어 송현호, 이해영, 김춘선, 윤혜연, 전영 교수가 현황 보고를 하였다. 논문 발표를 토대로 「중국에서의 한국학 연구 동향」(『한국문화』 33집, 서울대학교 한국문화연구소, 2004.6, 309-330면)과 「중국의 한국학 현황」(『한중인문학연구』 35, 2012.4, 463-504면)을 학술지에 게재하였다.

2012년 석학초청 강연

2013년 초청 강연 김춘선, 송현호

2. 한국학중핵사업단

중핵대학사업은 대한민국 교육부가 추진하고 있는 한국학진흥사업의 핵심 사업이다. 한국학을 세계의 주류 학문으로 발전시키고 한국의 국제적 위상을 제고하기 위하여 세계 유수 대학을 거점 대학으로 선정하여 다채로운 한국학 교육 프로그램을 지원하여 교육 역량을 극대화시키고 우수한 연구 성과물을 배출할 수 있도록 지원하는 것을 중점에 두고 있다. 이 사업을 통해 향후 한국학의 인프라를 확고하게 구축하여 세계적인 한국학 전문가와 학문 후속세대를 양성하여 중국학, 일본학 등에 비해 상대적으로 열세인 해외 한국학을 한 단계 발전시킬 수 있을 것으로 기대된다. 아직 준비가 부족한 경우에도 집중적이고 안정적인 투자를 통하여 장기적으로 해외 한국학의 전반적인 인프라 및 영향력을 강화할 수 있을 것으로 기대된다.[8]

해외 중핵대학으로 선정된 대학들은 한국학 관련 연구소들이 연구와 교육 방면에서 그 지역을 대표할 수 있는 세계 유수대학들로 그 현황은 다음과 같다.[9]

1. University of California, Los Angeles(미국, 2006.9.1.~2011.8.31.)
2. University of Washington(미국, 2006.9.16.~2011.9.15.)
3. University of London(영국, 2006.10.1.~2011.9.30.)
4. University of New South Wales(호주, 2006.8.16.~2011.8.15.)
5. Harvard University(미국, 2007.11.1.~2012.10.31.)
6. University of California at Berkeley(미국, 2007.12.12.~2012.12.11.)
7. University of British Columbia(캐나다, 2008.12.16.~2013.12.15.)

---

8 한국학진흥사업단 홈페이지 참조.
9 한국학진흥사업단 홈페이지 참조.

8. Leiden University(네덜란드, 2008.12.31.~2013.12.30.)

9. 中央民族大學(중국, 2008.12.16.~2013.12.15.)

10. 南京大學(중국, 2008.12.2.~2013.12.1.)

11. Freie Universität Berlin(독일, 2009.6.15.~2014.6.14.)

12. University of Southern California(미국, 2009.6.5.~2014.6.4.)

13. 延邊大學(중국, 2009.5.8.~2014.5.7.)

14. 中國海洋大學(중국, 2009.5.11.~2014.5.10.)

15. Paris Consortium : (프랑스, 2010.9.15.~2015.9.14.)

16. Saint Petersburg State University(러시아, 2010.7.5.~2015.7.4.)

17. Charles University in Prague(체코, 2010.7.7.~2015.7.6.)

18. 中國文化大學(대만, 2010.7.27.~2015.7.26.)

19. University of Washington(미국, 2011.9.1.~2016.8.31.)

20. University of Michigan(미국, 2011.9.1.~2016.8.31.)

21. State University of New York at Binghamton(미국, 2011.9.1.~2016.8.31.)

22. University of London(영, 2011.9.1.~2016.8.31.)

23. University of Vienna(오스트리아, 2011.9.1.~2016.8.31.)

24. Australian National University(호주, 2011.9.1.~2016.8.31.)

25. University of Auckland(뉴질랜드, 2012.12.10.~2017.12.9.)

26. University of California at Berkeley(미국, 2012.12.10.~2017.12.9.)

27. 山東大學(중국, 2012.10.1.~2013.9.30.)

28. 九州大學(일본, 2012.10.1.~2013.9.30.)

29. 早稻田大學(일본, 2013.11.1.~2018.10.31.)

30. University of California at San Diego(UCSD, 미국, 2013.11.1.~2018.10.31.)

31. 南京大學(중국, 2013.11.1.~2018.10.31.)

32. 中央民族大學(중국, 2013.11.1.~2018.10.31.)

33. Free University of Berlin(독일, 2014.09.01.~2019.08.31.)

34. 東京大學(일본, 2014.09.01.~2019.08.31.)

35. University of Southern California(미국, 2014.09.01.~2019.08.31.)

36. 中國海洋大學(중국, 2014.09.01.~2019.08.31.)

37. 延邊大學(중국, 2015.09.01.~2020.08.31.)

38. 國立政治大學校(대만, 2015.09.01.~2020.08.31.)

39. Far Eastern Federal University(러시아, 2015.09.01.~2020.08.31.)

40. Sofia University(불가리아, 2015.09.01.~2020.08.31.)

41. University of Hawaii at Manoa(미국, 2015.09.01.~2020.08.31.)

42. 파리 컨소시엄 2(프랑스, 2015.09.01.~2020.08.31.)

43. Khan University

44. Charles University

이중 (1)~(6)까지는 이미 5년의 계약기간이 만료되어 사업이 종료되었다. 그 가운데 워싱턴대학교와 런던대학교 소아즈는 재선정되고 나머지는 재신청을 포기했거나 재선정되지 못했다. (7)~(26)까지가 현재 사업을 진행하고 있는 대학들인데. 그 가운데 연변대학을 제외하면 中央民族大學의 인프라가 가장 우수하다고 할 수 있다.

中央民族大學은 북경을 거점으로 하는 대학으로 2007년 10월에 예비중핵대학으로 선정되었으며 1년간의 준비과정을 거쳐 2008년 12월 중핵대학으로 선정되었다.[10] 북경은 지정학적으로나 역사적으로 한국과 밀접한 관계가 있었으며 한국학 교육기관과 연구기관이 밀집되어 있는 곳이다. 한중수교 이후, 한중관계가 진일보 심화됨에 따라 오늘날 북경지역에만 10개의 대학교에 한국어학과가 설립되었으며 교육, 연구, 언론, 보도, 출판, 번역 등 제반 분야에 한국학의 진흥이 요구되고 있다. 이처럼 북경지

---

[10] 위의 글, 56면.

역은 한국학의 연구와 교육 그리고 교류가 새로운 과제로 대두되고 있는데, 많은 대학들 가운데 中央民族大學 중핵대학사업단이 그 선두주자로 자립기반 구축을 위해 최선을 다하고 있다.[11]

그런데 中央民族大學은 한국학의 특정 분야를 특화시키는 전략을 취하고 있는 연변대학과 달리 한국학의 전 분야에 걸친 교육, 연구, 교류의 선도적 역할을 자임하고 있다. 물론 사업단 선정 과정에서 사업 전반에 대해 재검토를 하여 5차 년도의 사업 목표를 '북경지역에서의 한국학 교육과 교류의 자립기반 구축에 이론적, 학문적 기여를 하며, 북경지역의 한국학을 선도할 거점 건설을 목표로' 제한하고, 사업단 아젠다 또한 '북경지역 한국학 교육과 연구의 창신을 통한 한국학의 위상 제고'로 구체화한 바 있다. 그러한 세부 사업목표를 보면 ① 북경지역 타 대학과의 협력을 강화하여 시너지 효과 창출, ② 한국학 교육과 연구 영역의 확대 및 발굴, ③ 북경의 지정학적 가치를 적극 활용하여 동아시아학 중심 학문으로서의 한국학 입지 강화, ④ 중국 주류학계와의 부단한 소통을 통한 중국 내 한국학의 위상 제고로 설정하고 있어 여전히 그 범주가 광범위하다고 할 수 있다. 5차 연도 세부 사업 계획은 다음과 같다.[12]

〈교육 분야〉

(1) 정품(精品) 학과목, 우수(优秀) 학과목 건설

정품 학과목 건설 : 『한국고전문학사』(문일환 교수), 『중국조선족문학사』(오상순 교수)

우수 학과목 건설 : 『현대한국어』(강용택 교수), 『한국근현대문학사』(김명숙 교수), 『한중 번역 이론과 기교』(임광욱 조교수)

(2) 북경시 예비정품교재 개발

---

11 위의 글, 57면.

12 中央民族大學 해외한국학 중핵대학육성사업단, 「中央民族大學 해외한국학 중핵대학육성사업단 4차년도(2011.10-2012.09) 보고서」, 2012.9, 15-19면.

『한조 번역 이론과 기교』(태평무 교수), 『한국현당대문학사』(김춘선 교수)

(3) 한국학 교양 학과목의 지속적인 건설

『한국 역사와 문화』(최학송 조교수)

(4) 한국학 교재 연구 개발

『한국어와 조선어 문법 대조 강의』(강용택 교수)

(5) 대학원생 연구 기능 강화

대학원생들이 어학팀, 문학팀, 문화팀으로 나누어 2주 1차 진행.

(6) 한국학 관련 학술 특강 조직

(7) 한국학 도서자료 센터의 지속적인 건설과 운영

(8) 대학원생 장학금 지원

〈연구 분야〉

(1) 『동서방 정치가치의 충돌과 융합-한국 정치발전의 내재적 속성과 발전 논리』(조호길, 중앙당교 교수)

(2) 『중한 언어 대비 연구』(태평무, 중앙민족대 교수)

(3) 『중국조선족문학과 재일한인문학 및 구소련고려인문학 비교연구』(오상순, 중앙민족대 교수)

(4) 사업단원들의 한국학 관련 논문 발표 의무화.

(5) 『조선-한국학 연구(2012)』논문집 발간

〈교류 분야〉

(1) 학술회의

(2) 제4회 북경 지역 한국학 전공 대학원생 학술 포럼 개최

(3) 한국 대학교와의 학생 교류

(4) 타 대학과의 교수 교류

(5) 타 지역 한국어학과와의 교류

(6) 중국 주류학계의 수석 연구원을 영입하여 한국학의 위상 제고

中央民族大學 중핵사업단은 위 세부 계획에 준하여 사업을 수행하는 과정에서 교육, 연구, 교류 부문에서 구체적이고 가시적인 성과를 제출하고 있다. 이러한 성과들은 한국학 교육 수준의 향상과 우수한 한국학 고급인재 양상으로 이어지고 있다. 중핵대학 사업 운영으로 이루어진 연구 성과는 한국학 전공자들의 참고서로 이용되며 우수·정품 학과목, 교재 등의 개발과 함께 본교의 한국학 교육과정에 반영되어 한국학 교육수준이 현저하게 향상되고 정치, 역사, 사회, 문화, 인류, 철학, 언어, 문학, 예술 등 다양한 분야에서 한국학 고급 인재를 양성, 배출하게 될 것이다. 이는 곧 한국학의 심화발전에 기여하는 중요한 바탕으로 자리하게 될 것이다.

또한 〈中央民族大學교 한국학 총서〉, 〈조선-한국학 연구 총서〉와 같은 정치, 경제, 문화, 역사, 철학, 언어, 문학, 예술 등 한국학의 다양한 학문 분야를 아우르는 가시적인 연구 성과는 중국에서의 한국학의 융합적/통합적 학문체계의 형성과 발전에도 큰 기여를 할 것으로 기대된다. 실제로 정치, 경제, 역사, 철학, 예술, 디아스포라 등 분야의 연구 성과가 중국어로 발간되고 또 중국 주류학계의 수석 연구원들을 영입하여 창신성, 학술적 가치, 현실적 의미가 큰 연구 성과를 창출함으로써 학제를 뛰어 넘는 새로운 연구와 토론의 장이 되어 중국에서의 한국학 입지 강화, 한국학 위상 제고에 크게 기여하고 있다.

중핵대학 사업단의 활동은 중국 내에서 한국학을 견인할 거점을 구축하는 데도 큰 역할을 할 것으로 기대된다. 中央民族大學 조선어문학부는 중국 내 한국학 분야 고급인재 양성의 성과가 인정되어 현재 국가 중점 학과로 운영되고 있다. 여기에 중핵대학사업단은 기존에 구축된 한국학 인프라의 기초 위에서 한국학 교육과 연구를 재정비하고 그 과정에서 산출되는 한국학 연구 성과를 확산시키며 국내외 한국학 교육기관과 연구기관들과의 네트워크를 강화하고 있다. 중국에서 유일하게 56개 민족의 우수한 학생들을 확보하고 있는 중점대학으로서 졸업생 상당수가 중국 내 민족지역의 중견들로 활약하게 될 것이란 점을 고려할 때, 중핵대학

육성사업으로 운영되는 中央民族大學에서의 한국문화 홍보 및 한국학 교양 과목의 개설은 중국 전 지역에로의 한국학의 확산과 저변 확대에도 크게 기여할 것이다.[13]

이상의 성과와 기대효과에 따라 中央民族大學은 중핵대학 평가에서 최우수 평가를 받고 인센티브를 받기도 했다. 지금까지 중핵대학 평가에서 최우수 평가를 받고 인센티브를 받은 해외중핵사업단은 거의 없다. 사업계획에서 저술부분이 약속대로 이행되지 않은 아쉬움이 있음에도 불구하고 최우수 평가를 받게 된 것은 사업 목표 달성을 가능하게 하는 인프라와 그러한 인프라를 적극적이고 효율적으로 활용한 사업단의 성과를 인정한 것이라 할 수 있다.

3. 한국학 전임 교수

한국어 관련 학과가 설치된 북경의 주요 대학 가운데, 교수가 가장 많은 대학이 中央民族大學이고 그 다음이 북경대학이다. 북경대학은 47명(한국언어문학부 10명, 역사학부 5명, 경제학부 6명, 국제관계학원 21명, 철학부 5명), 북경외국어대학 6명, 대외경제무역대학 7명, 북경어언문화대학 6명, 북경제2외국어대학 7명 등이고[14] 中央民族大學은 57명(한국전공 23명, 한국관련 31명, 전임강사 3명)이다.[15] 2011년 필자가 연구한 자료에 36명이었으나 2012년 9월 30일 자료에는 57명인 것으로 보아 한국학에 대한 관심과 지원을 확대하여 그간 많은 교수를 충원한 것으로 보인다.

---

13 中央民族大學 해외한국학 중핵대학육성사업단,「4차년도 계획서 수정 대조표」, 2012. 09, 10면.

14 송현호, 앞의 글, 470-472면.

15 中央民族大學 해외한국학 중핵대학육성사업단,「中央民族大學 해외한국학 중핵대학육성사업 4차년도(2011.10-2012.09) 보고서」, 2012.09, 31면.

한국 대학 중에도 한국학전공자들을 이 정도로 보유하고 있는 대학교는 몇 손가락에 꼽힐 정도이다.

　연구자의 전공분야도 아주 다양하여 언어, 문화, 민족학, 정치, 경제, 종교, 철학, 역사, 교육, 법학, 예술 등에 걸쳐 있다. 한국의 대부분의 대학들은 국어국문학과를 가지고 있지만 한국사나 민속학과를 가진 학과는 극소수이다. 대부분은 문화인류학과, 민족학과, 정치학과, 경제학과, 종교학과, 철학과, 사학과, 법학과, 예술대학에 한국학과 관련된 세부 전공을 가진 교수가 몇 명 있을 뿐이다.

성명	주요 논저	발행처	출판년도
강용택	『중세조선어문체연구』	보고사	2007
	『김소월과 조기천 시어사용양상 비교 연구』	역락출판사	2003
	「가사와 잡가의 문체」	『조선-한국학 연구』	2007
	「언어접촉과 중국조선어 규범」	『중국조선어문』	2008
	「한국어 존재동사에 대하여」	『국어교육연구』	2011
	「중국조선족 인터넷 용어의 언어적 특성에 대하여」	『中央民族大學교 학보』	2011
	「조선민족의 이름의 문화적 특성」	『민족어문』	2011
김명숙	『조선현대순수문학사조 연구』	동인출판사	2002
	『조선근현대문학사』	요녕민족출판사	2010
	『조선현대문학비평연구』	북경 민족출판사	2010
	『현대문학작품의 다각적 해독』	역락출판사	2009
	「이광수사랑소설에 대한 정신분석학적고찰」	『연변대학학보』	2009
	「조선좌익문학초기의 서사경향에 대하여」	『연변대학학보』	2009
	「임격정소설에서 본 지식인에 대한 심시」	『중국 사회과학원 대학원 학보』	2010
	「이광수와 가와바다야스나리작품속의 여성형상 비교」	『中央民族大學 학보』	2010
	「임격정여성편력배후의 문화적내함」	『연변대학 학보』	2010
	「'소설가 구보씨의 일일'과 '천변풍경'의 거리」	『구보학보』제7집	2012
	「정지용시에서 본 현대성과 속도의 의미」	『동아시아문화의 상호인식과 생성』, 북경 민족출판사	2012
김성란	『한중언어대조연구』	역락출판사	2012
	「중국어권 학습자의 과거시제 사용 오류 분석」	『문법교육』 제13호	2010
	「연결어미 '아서'의 교수법 연구」	『동방학술론단』 제3기	2010
	「중국에서의 한국어 교육 현황」	『나라사랑』 119기	2010

	「한국어와 중국어 자음의 음성학적 대조 고찰」	『인문논총』 제21기	2011
	「한국어와 중국어의 문장연결 방법 대조연구」	『한국어교육연구』 제7호	2012
	「'먹다'와 '홀'의 어휘정보 대조 연구」	『국제고려학』 제14기	2012
김염	「황석영『장길산』의 인물구조 및 기능」	『조선-한국학연구』	2005
	「1990년대 조선 실화문학의 사상예술적 특징」	『조선-한국학연구』	2007
	「1990년대 조선 현실제재 장편소설의 주제론적 연구」	『조선-한국학』	2009
	「박완서 〈흑과부〉의 서사학적 접근」	『장백산』	2011
김청룡	『한국 풍속화』(공역)	상무인서관	2013
	「한국어 높임법 어휘에 대한 어휘론적 고찰」	『언어범주와 유형』(1-2), 언어범주와 유형학회	2010
	「중국의 한국어 교육 개선방안」	『조선-한국학연구』(21)	2012
	「한자어 인칭접미사의 사회적 계층성 분석」	『한국어 의미학』(37), 한국어의미학회	2012
김춘선	『조선-한국당대문학개론(개정판)』	민족출판사	2009
	『한국-조선현대문학사』	도서출판 월인	2001
	『17세기후반기 국문장편소설 연구』	김일성종합대학출판사	1990
	『한국현당대문학사』(주필)	민족출판사	2012
	『중조한현당대소설 비교연구』(주필)	민족출판사	2012
	「황석영의 '오래된 정원'에 나타난 작가의 현실 인식」	『국제고려학』 제14호	2012.6
	「이기영 소설 창작에 미친 고리끼의 영향」	『中央民族大學교학보』	2012.11
	「조선 전시소설에 나타난 여성인물 형상화의 의미」	『조선-한국학연구 (2009)』	2011.1
	「북한 1950년대 전쟁제재소설의 개작과 그 의미」	대만한국연구학회 편 『한국학보』 제22호	2011.5
	「당대 한국 여성소설의 변모양상」	『조선-한국학연구(2008)』	2010.9
	「염상섭의 '취우'와 한설야의 '대동강' 비교」	『현대문학의 연구 (38)』	2009.6
박문자	『告诉你韩文的秘密』(공저)	北京大学出版社	2011
	『한국어 교육문법과 의존구성 연구』	박이정	2007
	「어휘 학습과 사전 이용에 대하여」	『동방학술론단』	2012
	「언어사용원리에 입각한 한국어 교육의 과제」	『언어학 연구』	2011
	「다중언어 환경과 한국어 교육」	『동방학술론단』	2010
	「한국어 교육에서의 교수법과 학습법의 상관 관계 연구」	『중국조선어문』	2010
	「한국어 교육과 학습사전」	『Journal of Korean Culture』 vol.13	2009
박순희	『한국문화』(공역)	민족출판사	2006
	「한중 피동문 대조연구」	『중국조선어문』	2010
	「연변조선족 중학생 언어사용 현황 조사」	『조선-한국학 연구』	2008

박승권	『한국 무속문화에 대한 고찰』	민족출판사	2007
	『조선민족의 민속』(공저)	민족출판사	2010
	『基礎韓国语使用语法』(공저)	辽宁民族出版社	2007
	『수원시의 역사와 문화유적』(공저)	수원시	2000
	「체육의 상징성과 정치화」	『당대한국』 겨울호	2003
	「문화 전통성 이론에 관한 사고-한국 전통문화 흥기를 중심으로」	『흑룡강민족총서』 제4기	2007
	「현대 한국 전통문화에 대한 거시적 탐구」	『21세기 중국에서의 한국학연구의 새로운 지평』	2008
	「중국조선족의 네트워크 구성형태에 대한 고찰-전통적인 삶의 형식에서의 탈피와 연속」	『한민족 해외동포의 현주소』	2012
오상순	『중국조선족문학사』(주필)	민족출판사	2007
	『중국조선족소설사』	요녕민족출판사	2000
	『개혁개방과 중국조선족소설문학』	월인출판사	2001
	『문학창작에 대한 미학적 고찰』	김일성종합대학출판사	1992
	『조선족 정체성의 문학적 형상화』	태학사	2013
	「다문화 사회 안에서의 민족정체성 위기와 그 소설적 대응 양상」	『조선-한국학 연구』(2010)	2011
	「조선족의 디아스포라적 체험과 그 문학적 형상화」	『현대문학의 연구』 29집	2006
	「20세기 80-90년대 조선족소설에 나타난 비판의식」	『2005년 조선족 우수작품선집』, 료녕민족출판사	2006
	「2000년대 조선족 문학비평 일고」	『조선-한국학연구(2009)』	2010
	「朝鲜义勇军最后得分队长金学铁与长篇小说〈激情时代〉」	『韩中言语文化研究』 第21辑, 2009年.	2009
	「改革开放与朝鲜族女性文学」	『20世纪中国少数民族文学选集』, 2009年.	2009
	「20世纪末中国朝鲜族小说的"寻根意识"研究」	『中南民族大学学报』	2005.2
	「20世纪末朝鲜族小说意识变化研究」	『黑龙江民族丛刊』	2004.4
이정해	『중국민족무용교육현황조사 및 연구』	中央民族大學교출판사	2007
	「중국무용전공 대학교육과 대책 연구」	『삼협대학학보』 제4호	2008
	「부동한 활동 유형이 이족 대학생 심리에 주는 영향 연구」	『민족교육연구』 제11기	2012
	「中央民族大學교 체육 교양과목에서 가산점을 도입한 평가 효과에 대하여」	『中央民族大學교 본과 교수연구』 제11기	2012
임광옥	『流行韩语口语热门话题244个』(上下)	宇航出版社	2007
	「중일한 부부 호칭에서의 성명 사용상황 대비」	『조선-한국학 연구(2004)』	2005
	「조선어에 대한 중국어 어휘의 영향에 관하여」	『Journal of Korean Culture』	2008
	「중일한 부부 호칭 대비연구」	『조선-한국학 연구(2007)』	2008
	「本科毕业论文(设计)改革初探」	『加强教学建设, 提高人才培养质量』, 中央民族大学出版社	2009
	「조선어 교육의 긴박성」	『조선-한국학 연구(2009)』	2011
최유학	『박태원의 문학과 번역』	신성출판사	2010

	「나도향 〈뽕〉의 자연주의 소설적 성격」	『동방학술논단』 2007-2	2007.6
	「박태원의 중국 소설 번역 경위 및 그의 번역론」	『한국(조선) 언어문학연구 국제학술회의 논문집』	2008.6
	「이상의 식민지 현실인식 연구」	『동방학술논단』 2008-3	2008.8.
	「윤동주 시 〈또 다른 고향〉에 나타난 저항정신 분석 및 연구」	『조선-한국학연구』 17호	2008.12
	「만해 시 〈알 수 없어요〉에 나타난 애국 사상 연구」(공저)	『세계 속의 한국(조선)학 연구 국제학술토론회 논문집』	2009.6
	「박태원의 개작소설 〈홍길동전〉과 그의 번역소설 〈수호전〉의 연관성」	『국제고려학』 13호	2009.12
	「박태원의 번역소설 〈수호전〉과 그의 역사소설 〈계명산천은 밝아오느냐〉의 비교연구」	『동방학술논단』 2010-2	2010.6
	「김소월과 김억의 한시번역 비교연구」	『중국조선어문』 2010-4	2010.7
	「역사드라마 〈허준〉의 성공요인 연구」	『글로벌코리언문화네트워크와 문화산업 연구』일본아세아경제문화연구소, 2012.4.	2012.4
최학송	『재중 조선인 문학 연구』	소명출판	2013
	「'만주'체험과 강경애 문학」	『민족문학사연구』 33	2007.4
	「〈인간문제〉와 인천」	『한국학연구』 19호	2008.11
	「해방전 주요섭의 삶과 문학」	『민족문학사연구』 39	2009.4
	「한중근현대문학에 나타난 '고향' 비교 연구」	『조선-한국학연구』 18	2010.4
	「'만주'체험과 김조규의 시」	『조선-한국학연구』 19	2010.9
	「강경애와 소홍 소설 연구 재고」	『조선-한국학연구』 20	2011.8
	「방법론으로서의 동아시아적 시각-중한 문학작품 속의 인력거꾼 미티프 비교 연구」	『조선-한국학연구』 21	2012.4
	「浅谈姜敬爱的东北北京小说」	『黑龙江民族丛刊』 129期	2012.8
	「姜敬爱小说中的女性意识及其变化」	『黑龙江民族丛刊』 132期	2013.2
	「주요섭의 상하이 생활과 문학」	『중한언어문화연구』 31	2013.2
허봉자	『중국인 학습자를 위한 한국어경어법 교육방안』	박이정	2008
	「한국어한자어와 한어어휘의 이질화 연구」	『동방학술논단』(14)	2009
	「한국어학습자의 화계와 호칭의 비호응 오류분석」	『동방학술논단』(18)	2010
	「유기적인 상관성을 확보하는 한국어 교수-학습 설계방안 연구」	『중국조선어문』(173)	2011
	「한국어 교수-학습에서 오류수정 방법 연구」	『중국조선어문』(164)	2009
	「한국어 말하기 능력향상을 위한 효과적인 교수-학습설계 방안」	『민족교육연구』(114)	2013

위의 표는 中央民族大學 조선어문학부와 한국어학과 교수들의 주요 저서와 논문 실적이다. 대략 제시한 이들 실적만 보더라도 한국학 관련 교

수들이 중국과 한국의 출판사에서 많은 저서들을 출간하고 있을 뿐만 아니라 중국과 한국의 저명학술지에도 많은 논문을 발표하고 있음을 알 수 있다. 또한 한국어 교육이나 한국어학과 한국문학 등의 전공 영역 성과는 양적으로도 적지 않으며, 세부 전공 또한 광범위한 영역에 걸쳐 있어 한국 내 관련 전공의 연구에 필적할 만하다고 할 수 있다. 뿐만 아니라 이들 한국학 관련 전공 교수들은 어학이나 문학 등 한국학의 특정 범위에 국한되지 않고 민속학, 역사학, 문화학 등 한국학과 관련된 다방면의 전공영역에서 연구 활동을 진행하고 관련 성과를 제출하고 있기도 하다. 이처럼 中央民族大學은 다양한 한국학 관련 전공 교수진을 확보하고 있으며 이들 전임 교수들의 역량 또한 중국 내의 한국학 교육과 연구를 선도하는데 큰 역할을 하고 있다고 할 수 있다. 이밖에도 조문학부에서는 여러 가지 사업을 통해 매년 한국의 유명한 교수를 6개월~1년 동안 객원 교수나 석학교수로 초빙하여 교육과 연구를 공동으로 진행함으로써 한국과의 학술교류와 유대를 강화하는 데에도 노력하고 있다.

4. 한국학 연구 인프라

가. 한국학 관련 연구소

한국어 관련 학과가 설치된 북경의 주요 대학 가운데, 한국학연구소가 설치된 대학은 북경대학(한국학연구중심), 북경외국어대학(한국-조선연구중심), 북경어언문화대학(한국어연구중심), 북경제2외국어대학(한국언어문화센터)16, 中央民族大學(조선-한국학연구센터, 한국문화연구소, 중국조선민족사학회, 중국소수민족문학연구소) 등이 있다.

中央民族大學의 조선-한국학연구소는 1992년에 설립된 연구소이다. 이

---

16 송현호, 앞의 글, 480-481면.

연구소는 조선언어문학부 교수들을 중심으로 中央民族大學의 다양한 조선-한국학 분야에서 활약하고 있는 교수 50여 명과 중국사회과학원, 국무원발전연구센터, 중앙당교 및 북경지역 관련 대학의 영향력 있는 한국학 전문가들을 특별연구원으로 초빙하여 구성된 연구소로 현재 사회, 정치, 경제, 문화, 역사, 철학, 종교, 언어, 문학, 예술 등 한국학의 다양한 영역을 아우를 수 있는 65명의 연구원이 있다. 본 연구소에 참여하고 있는 학자들의 연구 분야를 보면 언어학, 문학, 민족학, 인류학, 역사학, 철학, 종교, 법률, 경제학, 교육학, 생물학, 예술, 정보학, 행정학 등의 모든 분야를 망라하고 있다. 특히 연구진 중에는 국무원 학과위원회와 중국언어문학 분과위원회 평심위원, 전국 명강사, 국내외의 저명한 민족학자, 국가 일급작가, 국가민족사무위원회 고급직함 평심위원, 한국문화보관훈장과 동숭학술재단학술상 수상자, 그리고 조선-한국학 연구에서 국내외 권위자로 인정받고 있는 교수들이 다수이며, 중국의 조선-한국학 연구에서 선두의 위치를 차지하고 있다. 중국 내에서 가장 막강한 조선-한국학 분야의 연구진을 가지고 있으며 연구 성과가 상당하다는 면에서도 중앙민족 대학의 특징이라고 할 수 있다.

이 연구소는 중국에서의 조선-한국학의 심화 발전과 중국 조선족 문화의 발전을 목표로 하여 북경시에서 유일한 한글 학술지인 《조선-한국학 연구》를 발간하고 있다. 이를 기반으로 지금까지 연구소의 연구원들이 공개 출판, 발표한 조선-한국학 관련 저서는 160여 부, 논문은 1,800여 편이 된다. 또한 최근에 들어와서는 중핵대학건설을 계기로 중국에서 가장 명망 있는 학자들과 한국과 조선의 학자들을 조선-한국학연구소의 연구원이나 객원연구원으로 활발하게 초빙하고 있기도 하며 조선어문학부와 공동으로 10여차에 걸치는 국제학술회의를 주최하여 中央民族大學, 나아가서는 북경지역의 한국학 발전을 위해 실천 활동을 선도하고 있다.[17]

---

17 中央民族大學 조선언어문학학부 조선-한국학연구소 홈페이지의 내용을 토대로 연구

이외에 민족학, 사회학대학에 소속되어 있는 한국문화연구소는 1993년 7월에 설립되었으며 현재 전임과 겸직을 포함하여 16명의 연구원이 있다. 한국역사를 비롯해 민족, 철학, 종교, 문학, 언어, 예술, 교육, 사회, 경제 등을 광범위하게 포함하는 한국문화, 그리고 이를 중국의 한족, 만족, 몽고족 및 기타 북방민족 등 다른 문화와의 비교 연구, 중국조선족 현황 및 역사 연구 등에 주력을 두고 있다. 2008년 설립되어 45명의 연구원이 소속되어 있는 중국조선민족사학회, 2001년에 설립된 중국소수민족문학연구소, 민족이론과 민족정책학부 산하에 1987년 설립된 민족이론과 민족정책 연구소 등도 한국학 관련 연구를 활발히 수행하는 연구소들이다. 특히 중국소수민족문학연구소는 2004년 중앙민족 대학 과학연구기구 심사 중 1급 연구소로 평가되기도 하는 등 이들 연구소 모두가 중국 내에서 그 성과가 크게 기대되고 있다.[18]

나. 한국학 전문자료실

中央民族大學의 한국학 연구 인프라로 눈에 띄는 것은 북경지역 최대의 한국학자료실인 '한국학 전문자료실'이다. 한국학 관련 연구 분야를 망라하며, 현재 장서량이 2만 여 권에 이르는 이 자료실은 중국 내외의 한국학 성과를 축적, 집약하면서 이를 바탕으로 북경지역 한국학 연구의 기본 자료를 제공하는 역할을 하고 있다. 당연히 이 자료실은 한국어학부의 교학에 필요한 기초적인 한국 언어, 문학 관련 도서와 조선언어문학학부 학생들의 학습에 도움이 되는 최신 한국학 자료를 지속적으로 구입하고 있어 한국어학과와 조선언어문학학부 학생들의 학습에 물질적 토대를 확대하는 노력에도 힘을 쏟고 있다.

지금까지도 북경지역 한국학 연구의 기반 자료실로서의 역할을 자임해

소장의 확인을 거쳐 작성함.

18 中央民族大學 해외한국학 중핵대학육성사업단, 「中央民族大學 해외한국학 중핵대학 육성사업 4차년도(2011.10-2012.09) 보고서」, 2012.09, 31면.

온 한국학전문자료실이 앞으로 그 역할을 더욱 충실히 수행할 것으로 기대되는 데는 대학본부의 지속적인 지원이 한 몫을 하고 있다. 일례로 2010년에 학교 본부에서는 한화로 5천만 원 상당의 자료 구입비를 제공함으로써 중핵사업단의 사업 계획을 원활한 수행을 간접적으로 지원했다. 2011년 이후에도 계속되는 이러한 지원은 북경지역의 한국학자료중심으로서의 역할을 더욱 강화할 수 있는 기반 형성에 기여하고 있다고 할 수 있다.[19]

5. 한국학 교육 인프라

가. 한국학 관련 전공 및 개설교과목

학국학 관련 학과는 북경 지역 10개 대학교에 개설되어 있다. 그 가운데 석사 연구생을 양성하는 학교로는 북경대학(한국언어문학부 대학원 석사, 역사학부 석사, 국제관계학원 대학원 석사), 북경외국어대학 (대학원 석사), 대외경제무역대학 (대학원 석사), 북경어언문화대학 (대학원 석사), 북경제2외국어대학(대학원 석사) 등이 있으며, 북경대학(한국언어문학부 대학원 박사, 역사학부 대학원 박사, 경제학부 대학원 박사) 그리고 북경외국어대학에서 박사연구생을 양성하고 있다.[20] 中央民族大學의 경우에는 조선어문학부, 중국소수민족어문대학, 한국어학부, 민족학대학 등에서 석사연구생을 양성하고 있으며, 이중 조선어문학부, 중국소수민족어문대학, 민족학대학 등에서는 박사학위 과정 또한 개설하고 있다.

中央民族大學의 교과목 개설은 조선어문학부와 한국어학과가 상당히 다른 특성을 보여주고 있다. 조선어문학부는 학부과정, 대학원 석사과정,

---

19 위의 글, 31면.

20 송현호, 앞의 글, 470-472면

대학원 박사과정에서, 한국어학과는 학부과정, 대학원 석사과정에서 아래와 같은 교과목들을 개설하고 있다.[21]

조선어문학부 중국 소수민족(조선)어언 문학본과	현대조선어1, 언어학개론, 문학개론, 한국역사, 현대조선어2, 조선민간 문학, 조선고전문학사, 조선현대문학사, 중국조선족문학사, 조선-한국 당대문학사(이상 필수과목), 중국조선족근현대사, 민속학과 조선민속, 조선문화사, 조문사작, 중조한자사대비, 조선한어회학, 조선한문학개 론, 조선어문체론, 중한어언대비, 문학창작여실천, 조선어역사, 논문사 작, 중국소수민족어언개론, 신문채방여사작, 문학비평방법론, 한국영시 작품분석, 중국소수민족문학개론, 조선고대종교여철학사상, 영시예술 작품분석, 중조민간문학대비연구, 한중구역, 중국소수민족문헌개론(이 상 선택과목)
중국소수민족(조선) 어언문학중한경무번 역방향본과	한국어어법1, 언어학개론, 문학개론, 한국역사, 한국어어법2, 한국문학 사, 한국경제개황, 한문사작, 중한구역, 중한경무번역, 중한(한중)어언 대비(이상 필수과목), 한국어문체론, 한국기업문화, 한국문화, 문예작품 번역, 한국고대종교여철학개황, 중한한자사대비, 중국조선족문학사, 한 국고전문학, 한국민간문학, 한국당대문학, 한국현대문학, 중국소수민족 어언개론, 동방문학, 논문사작, 중국소수민족문학개론, 한국어사회학, 한중경무번역, 신문채방여사작, 중국소수민족문헌개론, 영시예술작품 분석, 중국조선족현대사, 한국영시작품분석(이상 선택과목)
중국소수민족어언문 학전업석사연구생 조선어언문학(문학)	조선근현대문학연구, 조선-한국당대문학연구, 중국조선족문학연구, 조 선민속문화연구, 문학이론여방법론, 현대조선어-한국어연구, 조선고전 문학연구, 조선근현대문학비평사연구, 조선-한국당대문학전제연구, 중 국조선족문학전제연구, 민속문화이론연구방법론, 여성주의문학이론여 비평, 중한철학종교연구, 문학비평방법론, 문학개론, 조선-한국문학사
중국소수민족어언문 학전업석사연구생 조선어언문학(어언)	현대어언학연구방법론, 현대조선어-한국어연구, 조선어역사연구, 한조 어언대비연구, 한조번역이론연구, 조선당대문학연구, 중한종교사상연 구, 조선민속문화연구, 조선어-한국어사회학연구, 어언학전제연구, 한 국어사회어언학연구, 조선어-한국어어의학연구, 현대조선어-한국어연 구, 조선-한국문학사
중국소수민족어언문 학전업박사연구생 조선어언문학(문학)	문학이론여방법, 조선민속문학연구, 조선-한국현당대문학연구, 중국조 선족문학연구, 중조한문학비교연구, 조선족문학여비교학, 문학비평 방법론, 여성주의문학이론여비평, 조선고전운체문학연구, 조선고전산 체문학연구, 조선문학연구, 문학이론여방법론
한국어본과	종합한국어1, 한국어구어1, 한국어청력1, 종합한국어2, 한국어구어2, 한 국어청력2, 종합한국어3, 한국어구어3, 한국어청력3, 종합한국어4, 한국 어구어4, 한국어청력4, 한국어열독1, 한국어사작1, 한국어열독2, 한국어 사작2, 한국문학선독1, 한국어필역1, 한국문학선독2, 한국어필역2, 한국 어구역(이상 필수과목), 한국개황, 한국문화, 언어학개론, 망락한국어,

<hr />

21 박순희 교수가 2013년 5월 제공한 「중국소수민족(조선)어언문학본과전업배양방안」을
토대로 작성함.

	한국어사회학, 한국어어법, 고급한국어1, 한국어시청설1, 고급한국어2, 한국어시청설2, 논문사작, 보간한국어, 상무한국어, 번역이론여실천, 한국문학사(이상 선택과목)
어언학급응용어언학 (한어)	번역문학경전, 연구방법여논문사작, 사회언어학, 현대한국어어법, 한국사회언어학, 한국어교육학, 중한어언대비연구, 번역이론여실천, 한국어어의학, 한국어사회학, 한국문학

이들 교과목 개설 내용에서 알 수 있듯이 한국어학과에 개설된 과목들은 한국어 교육과 한국문화에 대한 이해에 초점을 두고 교육과정을 구성하고 있어서 대부분의 중국대학들의 한국학 관련 학과들과 크게 다를 바가 없다고 할 수 있다. 하지만 中央民族大學 한국어학과는 외국인을 위한 제2외국어로서의 한국어 교육을 하고 있는 점에서 대부분의 한국어학과와 크게 다를 바 없으나 중국내 각지의 한족과 다양한 소수민족을 대상으로 한국어 교육을 진행하는 점에서 차별화된다.

조선어문학부에 개설된 교과목들은 한국어 교육에 국한하지 않고 한국의 언어와 문학 전반에 걸쳐 있다는 점에서 한국어 국어국문학과와 유사하다고 할 수 있다. 하지만 조선어문학부는 언어와 문학 관련 교과목 외에도 한국역사, 민속학과 조선민속, 조선문화사, 조선고대종교여철학사상(朝鮮古代宗敎與哲學思想), 한국경제개황(韓國經濟槪況), 중한경무번역(中韓經貿飜譯), 한국기업문화(韓國企業文化), 한국고대종교여철학개황(韓國古代宗敎與哲學槪況) 등 언어, 문학 못지 않게 역사, 사상, 문화, 경제 등 한국학 전반에 걸친 다양한 교과목을 개설하고 있다. 한국의 국어국문학과가 언어와 문학 관련 교과목의 개설이 중심을 이루고 문화 강좌가 몇 개 추가되어 있는 것과 좋은 대조를 이루고 있다. 이는 한국학 전반에 대한 학술적 기반을 구축하여 한류의 영향에서 비롯된 한국어 교육의 활성화를 지속적인 체계로 구축하고 한국학의 세계화를 염두에 둔 것이어서 주목할 만하다.[22]

---

22 송현호, 앞의 글, 478-479면.

나. 한국학 전공학생

한국어 관련 학과가 설치된 북경의 주요 대학 가운데, 학생 수가 가장 많은 대학이 中央民族大學이다. 북경대학은 127명(한국언어문학부 학부 56명 대학원 석사 26명 대학원 박사 4명, 역사학부 석사 2명 대학원 박사 3명, 경제학부 학부 6명 대학원 박사 1명, 국제관계학원 학부 5명 대학원 석사 24명), 북경외국어대학 104명(학부 75명 대학원 석사 30명), 대외경제무역대학 105명(학부 75명, 대학원 석사 30명), 북경어언문화대학 115명(학부 100명, 대학원 석사 15명), 북경제2외국어대학 215명(학부 200명, 대학원 석사 15명) 등이고[23], 中央民族大學은 2012년 9월 30일 현재 393명(학사 324명, 석사과정생 41명, 박사과정 28명)이다.[24]

매년 70명의 신입생을 모집하는 조선언어문학부 조선(한국)언어문학, 중한경제무역번역 등 2개 전공에는 현재 8개 학급에 278명의 학부생이 있으며 한국어학부에는 2개 학급에 47명의 학부생이 있다. 석사과정 학생은 현재 조선어문학부에 21명, 중국소수민족어문대학에 6명, 한국어학부에 2명, 민족학대학에 7명이 재학 중이다. 박사과정에는 현재 조선어문학부에 13명, 중국소수민족어문대학에 12명, 민족학대학에 6명의 연구생이 재학 중이다. 이처럼 북경지역에서도 많은 학생들이 재학하고 있는 이유에는 中央民族大學 조선어문학부는 중국소수민족언어문학연구기지로 선정되어 집중적인 지원을 받고 있어서 학업은 우수하나 가정 형평이 어려운 학생들의 지원이 집중되고 있으며, 한국어학부는 중국내 각지의 한족과 다양한 소수민족을 대상으로 한국어 교육을 진행하는 학부로 중국 내의 다른 한국어학부에 비해 중국 각 지역의 소수민족학생이 많이 지원한다는 점이 한 몫을 하고 있다.

中央民族大學의 한국학 관련 전공의 학생들은 졸업 후에 학계나 교육

---

23 위의 글, 470-472면.

24 中央民族大學 해외한국학 중핵대학육성사업단, 「中央民族大學 해외한국학 중핵대학육성사업 4차년도(2011.10-2012.09) 보고서」, 2012.09, 31면.

계를 비롯해 기업체나 지역 전문가로 주로 활동하고 있다. 실제로 조선어학부 졸업생의 상당수는 국가 주요부서와 민족사무기관의 공무원, 중국의 유명 대기업 및 한국의 삼성· 現代· 대우· LG· SK 등 대기업이나 회사의 중국법인 직원으로 진출해 활약하고 있으며, 일부 졸업생들은 한국· 일본· 미국· 영국· 호주· 말레이시아 등에 유학하고 있다. 대학원 졸업생들은 북경대, 중국인민대, 북경외대, 북경제이외대, 북경대외경제무역대, 북경공업대, 북경연합대, 북경청년정치대, 수도사범대, 북방교통대, 상해복단대, 상해 교통대, 중국해양대, 산동대, 청도대, 연대대, 하문공대, 화남사범대, 천진 외대, 천진재정경제대, 대련외대, 대련민족대, 요동학원 등 20여개 국내 대학과 한국이나 일본의 여러 명문대에서 한국어과 또는 중문과 교수직을 맡고 있다. 또한 중국사회과학원 등 학술연구기관의 연구원, 민족출판사를 비롯한 동북삼성 출판사, 신문사, 잡지사, 중앙인민방송국, 중국국제방송국을 비롯한 흑룡강, 요녕, 길림, 연변 등 각지의 언론 매체들에서 중진으로 활약하고 있다. 현재 조문학부 출신 중 교수, 연구원으로 있는 사람은 모두 전체 졸업생의 14%를 차지하고 있기도 하다. 최근 졸업생 중 석사학위 소지자가 26.07%(재직 학생 포함), 박사학위 소지자가 7.48%(재직학생 포함)로 그 비율이 계속 늘어나고 있다고 있어[25] 中央民族大學 졸업생들이 관련 전문 분야에서 활동하는 비중도 점차 확대될 것으로 기대된다.

6. 결론

中央民族大學의 한국학 인프라는 한국의 주요 대학, 연변대학, 일본조

---

[25] 中央民族大學 해외한국학 중핵대학육성사업단, 「中央民族大學 해외한국학 중핵대학육성사업 4차년도(2011.10-2012.09) 보고서」, 2012.09.

선대학에 못지않게 잘 갖추어져 있다. 특히 정부의 지원도 많고, 교수들의 한국학 교육과 연구 수준도 한국의 어느 대학에 못지않다. 또한 중핵대학 육성 사업에 취지에 맞춰 사업의 주요 목표를 교육 프로그램 강화에 두고 우수 학과목 개발과 운영을 위해 충실히 준비하고 있는 점도 의미 있다고 할 수 있으며, 연구 분야에서 사업 참가자들이 많은 연구 결과물을 내놓은 점, 국제학술대회와 대학원생 학술 포럼 등 한국 대학이나 학생과의 교류를 확대하고 있는 점 또한 긍정적인 평가를 받을 만하다.

다만 학술논문을 한국의 등재지에 게재하는 양, 빈도수, 인용지수 등이 한국의 대학이나 연변대학에 비해 적다는 점은 염두에 둘 필요가 있어 보인다. 학문 평가는 질과 양을 모두 중시할 수밖에 없지만 양적 평가에 비해 질적 평가의 객관성을 마련하기는 쉽지 않다. 그렇기 때문에 사업 성과의 질적 수준을 담보하기 위한 노력을 꾸준히 해야 하는데, 이를 위한 한 방편으로 연구 성과를 한국의 등재지에 지속적으로 수록하는 것이 도움이 될 수 있다.

또한 전 분야에 걸쳐 있는 사업목표를 재조정하는 것도 고민해 볼 필요가 있다. 중국 지역 한국학 진흥이라는 광범위한 목표를 고수할 경우 그 성과 또한 한국학의 다방면의 활성화를 위한 방안을 제시해야 한다는 부담을 지닐 수밖에 없다. 그렇기 때문에 중핵대학 육성 사업의 취지에 부합하면서 북경지역의 한국학 진흥에 실질적으로 기여할 수 있는 성과를 도출할 수 있는 구체적인 목표를 강조하는 것이 필요해 보인다. 실제로 한국 정부의 한국학사업은 정부의 한 부서에서 통합하여 수행하지 않고 외교부, 문화체육관광부, 교육부에서 유사한 사업을 수행하고 있다. 이는 이 사업들의 성격과 의의가 각각 다르다는 것을 의미한다. 외교부는 수교 국가에 한국을 알리는 개척 사업을 주로 하고 있고, 문화체육관광부는 개척지에 한국어를 전파하는 사업을 하고 있다. 그에 반해 교육부는 한국학 인프라가 갖추어진 나라에 한국학 교육과 연구의 체계적 지원을 하고 있다. 교육부 지원 사업은 외교부나 문화체육관광부의 지원 사업과 달리 한국학의 수준을 세계적인 수준으로 끌어올리고 세계의 주류 학문의 범주에 포함시키기 위한 노력이 수반될 수밖에 없다.

이러한 사업 의도, 특히 교육부의 한국학진흥사업이나 중핵대학사업은 한국학 교육과 연구의 체계적 지원과 관련이 있고, 교육과 연구가 불가분의 관계에 있음을 상기한다면 연구와 교육의 정의를 어떻게 할 것인가에 대해서도 진지하게 검토해볼 필요가 있는 것이다. 이를 위해 中央民族大學의 특성과 인프라를 효율적으로 활용할 수 있는 구체적인 목표와 전략을 확인하는 것이 中央民族大學의 한국학 성과를 확대, 심화하는 한 방법이 될 수 있으리라 생각된다. 즉 '북경지역에서의 한국학 교육과 교류의 자립기반 구축에 이론적, 학문적 기여'라는 사업 목표, 그리고 '북경지역 한국학 교육과 연구의 창신을 통한 한국학의 위상 제고'로 규정한 사업 아젠다에 부합하게 '한국학 교육과 연구 영역의 확대 및 발굴'로 광범위하게 설정하고 있는 세부 사업 목표를 검토, 수정할 필요가 있어 보인다. 교육목표 연구, 교육과정 연구, 교육프로그램 연구 등을 교육의 범주로만 국한하지 말고 연구의 교육의 화학적 결합과 시너지를 실천적으로 모색해야 할 것이다.

中央民族大學은 어문학에 국한되지 않고 다양한 학문 분야에 걸쳐 한국학의 선도적 역할을 하고 있고 다양한 학문 분야의 융합적 연구와 교육을 수행할 능력을 지니고 있다. 이는 조선어문학부 교수들의 부담을 가중시키는 결과를 초래하기도 하지만 어문학 교육에 치중하고 있는 중국 내의 다른 대학들에 역사, 철학, 정치, 경제 등의 분야에서의 한국학 연구와 교육의 노하우를 공유하여 한국어 교육 중심의 학술 교류를 한국학 전반으로 확대할 수 있는 토대를 마련할 역량을 가지고 있음을 의미한다. 따라서 中央民族大學은 자신들이 지니고 있는 토대와 역량을 십분 발휘하여 남한과 북한의 학술적인 성과를 연결하고, 나아가 통일 시대 한국학을 선도하는 대학이 되어야 할 것이다.

중국대학의 한국학 연구 현황과 과제*

1. 머리말

2010년 한국학진흥사업위원회에서 해외 한국학 발전계획의 필요성이 제기되어 해외에서의 한국학 연구의 현황을 적확히 조사 분석하여 그를 토대로 한국학진흥방안을 마련하기 위하여 기획되었다. 필자는 중국과 대만에서의 한국학 연구의 현주소를 파악하기 위하여 중국과 대만에서의 한국학의 역사를 개관하고 현지를 방문하여 자료 조사를 실시하였는데, 이 글은 중국의 경우를 정리, 분석한 결과이다.

필자는 앞서 2004년 「중국에서의 한국학 연구 동향」을 발표한 바 있다.[1] 이를 토대로 하여 1차로 아주대학교 국어국문학과 박사과정 한홍화 학생의 도움으로 중국의 각 대학 사이트에 접속하여 전수 조사를 하고, 2차로 2011년 3월 말까지 중국해양대학교의 이해영 교수와 한국연구중심의 辛莉莉, 楊靜의 도움으로 중국 전역의 대학에 일일이 전화를 하여 각 대학의 현황을 수정 보완하였다. 3차로 전화 연락이 되지 않거나 대학 홈페이지가 명확하지 않은 부분은 『해외한국학백서』를 참조하여 다시 보완하였고 4차로 2011년 4월 13일 아주대를 방문한 연변대학 전영 교수의 확

---

* 이 글은 2011년도 한국학진흥사업단 정책과제 '해외 한국학 진흥을 위한 정책 연구'의 일환으로 필자가 분담한 중국 지역에 대한 연구를 완성하여 2012년 한중인문학연구에 발표한 '중국지역의 한국학 현황'에서 논의한 한국학의 넓이에 한국학연구를 깊이를 보완한 글이다.

1 송현호, 「중국에서의 한국학 연구 동향」, 『한국문화』 33집, 서울대학교 한국문화연구소, 2004.6, 309-330면.

인을 받았다. 5차로 북경대학의 심정창, 연변대학의 김호웅, 전영, 중국 해양대학의 이해영, 절강대학의 김건인, 산동대학의 우림걸, 중앙민족대학의 김춘선, 북경외국어대학의 김경선, 남경대학의 윤혜연 교수와 이메일을 통해 한국학 관련 학술활동 수상자 중심으로 우수연구자 추천과 확인을 받았다. 6차로 5월 11월 아주대학교 콜로키움에서 연변대학 김관웅 교수와 산동대학의 우림걸 교수의 확인을 받았고 7차로 2011년 6월 22일 중국 광동성 화남사대에서 개최된 한중인문학회 발표대회에서 그간 조사 결과를 발표를 하고 이해영, 김춘선, 윤혜연, 전영, 전영근 교수의 지적을 받아 현황 보고서를 완성하였다. 8차로 2011년 7월 7일 한국국제교류재단 초청으로 한국에 온 북경대학 심정창, 복단대학 최건, 절강대학 김건인, 산동대학 우림걸, 요녕대학 장동명 교수와 인터뷰를 했으며, 8월 1일 북경대학 심정창 교수가 수정 메일을 보내와서 자료 수정을 완성하였다.

중국에서 한국학 관련 기관은 1946년 봄에[2] 國立南京東方語文專科學校가 충칭에서 한국어학과를 개설하여 학생을 모집한 것이 처음이다. 이 학교는 그해 여름에 난징으로 이전을 했고, 1949년 6월에 베이징대학 동방어문학과로 통합되게 된다. 이후 연변대학에 조선언어문학과가 1949년에 개설되고, 베이징경제무역대학, 洛陽外國語大學 등에 한국학 관련학과가 개설되면서 중국 내 한국학 관련 학술활동의 기반이 마련되었다.

그런데 1980년대까지는 중국 내 한국학 관련 기관은 극소수에 불과했다. 그만큼 한국학에 대한 수요나 필요가 그리 많지 않았다고 할 수 있다. 냉전체제를 바탕으로 했던 당시 동아시아 질서 속에서 한국과의 교류가 원만하지 않았고, 학술적 관심 또한 이념적 차이를 넘어 존재할 수 없었기 때문이다. 따라서 한중 수교 이전의 한국학에 대한 관심은 주로 북한

---

2 김준엽 사회과학원 이사장의 증언에 의하면 1945년 여름 학과가 개설되었으나 교수가 부임하지 못해 1946년 봄 학생을 모집했다고 한다.

과의 교류를 바탕으로 주로 외교적 차원이나 군사적 차원에서 비롯된 성격이 강했다.

하지만 1992년 양국 국교 정상화 이후, 특히 경제활동을 중심으로 한 양국의 관계가 직접적으로 확대되면서 우후죽순처럼 한국학과와 한국학연구소가 많은 대학에 설치되기 시작했다. 2010년 현재 중국 교육부(Ministry of Education of the People's Republic of China)의 통계에 의하면 중국 내 2,305개(4년제 1,090, 3년제 1,215) 대학 가운데 211개의 대학에 한국어학과가 개설되어 있으며 이는 영어학과, 일본어학과에 이어 세 번째로 많은 숫자다. 이 숫자는 이제 한국학이 단순히 지역학의 하나에 그치지 않고 중국 내 대학 교육에서 중요한 조류 중 하나로 자리하고 있음을 증명한다. 양적인 팽창만큼 한국학의 질적 성장이나 비중 또한 만만치 않다고 할 수 있는데, 이는 우리 입장에서 보면 그 자체가 한국학의 주요 성과이면서 동시에 한국학의 주요한 학술적 장이라는 의미가 된다. 중국 내에서 한국학의 위상이 얼마나 성장했는가를 보여주면서 동시에 해외 한국학의 활동영역에서 중국이 중요한 지역임을 다시금 확인시켜 준다.

이제 중국 내 한국학에 대한 적극적인 관심과 검토가 해외 한국학의 현재에 대한 냉정한 평가, 그리고 한국학의 발전적인 미래를 모색하는 출발이 될 수 있음은 두 말의 여지가 없다. 이미 중요한 학문적 위상을 갖추고 사회적 영향력 또한 커진 중국 내 한국학을 더욱 공고히 하고, 중국을 비롯한 세계 각국으로 확대되어 가고 있는 해외 한국학의 양적 확대에 걸맞은 내적 역량을 강화하기 위한 차원에서라도 그 중요성을 간과할 수 없을 것이다. 본고에서 방대한 양의 현황을 구체적으로 제시하는 것은 바로 이러한 중요성에 부합하는 연구를 염두에 두고, 이를 위해 필요한 기초적, 실증적 자료를 정리하기 위함이다.

2. 한국학 관련 주요대학 현황

앞서 언급했듯이, 난징동방어전문대학에서 1946년에 처음으로 한국학
관련 기관의 개설 시도가 이루어진 이후 1950년대를 전후하여 주요 대학
에 한국학과 관련학과가 설립되기 시작했다. 1949년에 베이징대학과 연
변대학에 동방어문학과와 조선언어문학과가 각각 개설되었고, 1951년 베
이징경제무역대학에, 1956년에 洛陽外國語大學 등에 한국학 관련학과가
자리를 잡았다. 초창기에 개설한 이 학교들은 개설된 기간만큼 중국 내
한국학 연구의 역량을 축적시켜 왔다고 할 수 있다.

그런데 한중 수교가 이루어지는 1990년대 초반 이전까지는 한국학과
관련 학과를 개설한 학교는 초창기에 개설한 이들 학교가 전부이다. 베이
징대학, 연변대학, 베이징경제무역대학, 그리고 낙양외대 등 1950년대에
한국학 관련학과를 개설한 학교에 1972년 조선어문학부를 개설한 중앙민
족대학 정도가 있을 뿐이다. 이들 중 연변대학과 중앙민족대학은 소수민
족 교육의 일환으로 중국 조선족 교육 정책의 차원에서 한국학 교육과
연구가 진행된 곳이다. 이는 중국 소수민족으로 자리 잡은 조선족의 새로
운 정체성 확립이라는 내부적 요구가 교육과 학술의 차원에서 반영된 것
이라 할 수 있다. 그리고 연변대학과 중앙민족대를 제외한 대학들의 경우
에도 중국의 국가적 정책의 관심에서 출발한 것이라 할 수 있다. 군사 전
문가 양성 과정의 성격을 지니고 있는 낙양외대를 비롯하여 베이징 대학
과 베이징 경제무역대학 등도 동아시아의 국제적 질서 속에서 한반도의
중요성이라는 외교적, 경제적 차원의 요구에서 비롯되었다.

한중 수교 이후, 즉 1990년대 이후에 중국 내 한국학 관련학과는 폭발
적으로 증가하기 시작한다. 아래의 표에서 확인할 수 있듯이 많은 학교에
한국학 관련학과가 개설되어 있지만 이들 중 앞서 언급한 초창기 학교
다섯 곳을 제외한 나머지 학교가 모두 1990년대 이후에 개교한 학교들이
다. 한중 수교 이후 한국과의 교류가 급격하게 증가함으로써, 특히 북한

보다는 남한과의 교류가 직접적으로 활발해진 영향이라고 할 수 있다. 남한과 중국의 직접적 교류로 경제적 교역이 양적으로 확대되고, 이에 발맞춰 문화적인 교류 또한 양적으로 확대되면서 한국어와 한국학의 수요가 크게 증가했기 때문이다.

이제 중국 내의 대부분의 대학에 한국학 관련학과가 없는 곳이 드물 정도로 한국학은 중국 내에서 주요한 학문이 되었다. 그리고 경제와 문화적 차원에서 한국을 비롯한 동아시아의 역할과 중요성이 커진 만큼 사회적으로도 한국학은 중국 내에서 인기가 많은 학과이기도 하다. 하지만 많은 수의 한국학 관련 학과만큼 그에 걸맞은 학술적 역량을 가지고 있다고 보기는 쉽지 않다. 실제로 한국학 개설 학과들의 교수진 규모를 보면 20명 이상의 교수를 확보하고 있는 학교는 베이징대학, 연변대학, 낙양외국어대학, 중앙민족대학, 산동대학 위해분교, 대련외국어대학 정도이다. 이중 베이징대학, 연변대학, 낙양외국어대학, 중앙민족대학은 한중 수교 이전에 개설되어 한국학 관련 역량이 장기적으로 축적되어 있는 학교들이고, 한중 수교 이후 개설된 학교로는 산동대학위해분교와 대련외국어대학이 전부이다. 산동과 대련 지역이 한중 수교 이후 남한의 기업들이 다수 진출한 대표적인 지역이라는 점에서 이들 대학의 한국학과의 규모가 큰 이유는 기업을 중심으로 한 경제적 교류 상황이 직접적으로 바탕이 된 것임을 쉽게 짐작할 수 있다.

⟨중국 내 주요 대학의 한국학 관련학과 개황⟩[3]

대학교	설립 년도	교사 인원 수	학제, 학위	재학생 수	주소, 전화
北京大學	1946.9	한국언어문학부 교수 10명(정교수4, 부교수4, 전임강사2) 역사학부 5명(정교수4, 부교수1)	4년제 (학사), 대학원 (석사, 박사)	86명(학부56명, 대학원 석사 26명, 박사 4명) 5명(대학원 석사 2, 박사 3명) 7명(학부 6, 대학원	北京市海澱區頤和園路5 北京大學外文楼 東語系 朝鮮語學科

---

3 이 표는 지난 2004년에 발표한 자료를 바탕으로 현재 시점에서 보충한 것이다.

		경제학부 6명(정교수4, 부교수2) 국제관계학원 21명(정교수14,부교수7) 철학부 교수5명(정교수3, 부교수2)		박사1) 29명(학부5, 대학원 24) 0명	(010)6275-4941
對外經濟貿易 大學	1953	교사 7명(정교수 1명, 부교수 5명, 전임강사 1명)	4년제 (학사), 대학원 (석사)	105명(본과 75명, 석사과정 30명)	北京市朝陽区惠新东街10 對外經濟貿易大學 朝鮮語學科 (010)64493207 주임교수 : 李正秀(副教授)
北京外國語大學	1994	교사 6명(교수 2명, 부교수 1명, 전임강사 2명조교1명)	4년제 (학사) 대학원 (석사)	104명(본과 96명, 석사8명)	北京市 海澱區西3環北路 北京外國語大學 亚非学院 韓語系 (010)88816711 주임교수 : 苗春梅
北京語言文化大學	1994	교사 6명(정교수 1명, 부교수 2명, 전임강사 3명)	4년제 (학사) 대학원 (석사)	115명(본과 100명, 석사15명)	北京市 海澱區學院路15号 北京語言文化大學 韓國語系 (010)82303226
北京 第2 外國語大學	1973.9 (2001년 정식 성립)	교사 7명(교수 1명, 부교수 3명, 전임강사 3명)	4년제 (학사), 대학원 (석사)	215명(본과 200명, 석사15명)	北京市 朝陽區定福庄1号 北京第2 外國語大學 韓國語學科 010-65778077
黑龙江大学	1996	교사 10명(부교수 4명, 전임강사 6명) 이 외 임시교수 3명	4년제 (학사) 대학원 (석사)	300명(본과 280명, 석사20명)	哈尔滨市学院路74号 黑龙江大学 0451-8660-8962
吉林大學	1993	교사 6명(정교수1명, 부교수 1명, 전임강사 4명,	4년제 (학사) 대학원 (석사)	100명(본과 80명, 석사20명)	吉林省长春市解放大路83号 吉林大學 韓國語系 (0431)516-6195(0)
延邊大學	1. 1949 2. 1972	1. 조문학부 교사 23명(정교수12명, 부교수 5명, 전임강사 6명) 2. 한국어학부 교사	1. 조문학과 4년제 (학사), 대학원 (석사, 박사) 2.	1. 조문학부 371(학사),131(석사) 2. 한국어학부	吉林省延吉市公園路977号 延邊大學 朝鮮-韓国学学院 0433-2733350(조문 : 김일)

	3. 2000 4. 1949 5. 1949-	14명(정교수 3명, 부교수 7명, 전임강사 4명) 3. 신문학부 교사 5명(정교수 1명, 부교수 3명, 전임강사 1명) 4. 역사학부 교사 32명(정교수 12명, 부교수 16명, 전임강사 4명) 5. 기타(정치 경제 철학 역사 교육 법학 예술)56명	한국어학과 4년제(학사), 대학원(석사, 박사) 3. 신문학부 4년제(학사), 대학원(석사, 박사) 4. 역사학부 4년제(학사), 대학원(석사, 박사)	107(학사), 38(석사) 3. 신문학부 310(학사), 36(석사) 1.2.3 통합 46(박사) 4. 역사학부 242(학사), 89(석사), 29(박사)	0433-2732423 (한국어 : 이민 덕) 0433-2732430(신 문 : 이충실) 吉林省延吉市公 园路977号 延邊 大學 인문사회 과학학원 0433-2732231(역 사 : 윤현철)
延邊科技大	1995	교사 14명(정교수 14명)	4년제(학사)	105명	中国 吉林省 延 吉 市 朝 阳 街 3458 延边大学 科学技术学院 韓 国语系 04332911446(O) 안병렬
遼寧大學	한중수교 이후	교사 5명	4년제(학사), 대학원(석사)	316명(본과 316명)	沈阳市皇姑区崇 山中路66号 遼寧 大學 韓國語學科 (024)62202013(H)
大連外國語大學	한중수교 이후	교사 24명	4년제(학사), 5년제(학사), 대학원(석사)	760명(본과 670명, 석사과정 90명)	療寧省 大连市旅 顺 南 路 西 段 6 号 韓國語學科 (0411)82803121 (O) 주임교수 : 何彤 梅
天津外國語大學校	한중수교 이후	교사 12명(정교수 2명, 부교수 7명, 전임강사 3명, 조교 1명)	4년제(학사), 3년제	242명(본과 200명, 석사과정 42명)	天津市 馬場道 117 天津外國語 大學 (022)2325-4395 (H)
洛阳外国语大学	1953.9	교사21명(정교수 1명, 부교수 6명, 전임강사 14명)	4년제(학사), 대학원(석사)	340명(본과 320명, 석사과정 20명)	河南省 洛陽解放 軍外國語大學 韓 國語學科 (0379)4543501(O)
中央民族大学	1. 1972.9	조선어문학부 14명(정교수5명, 부교수3명, 전임강사 6명) 한국어학부 4명(부교수3명,전임	1. 4년제(학사), 대학원(석사, 박사)	1. 318명(학사 278명, 석사 21명, 박사 19명) 2. 49명(학사 47명, 석사 2명)	1. 한국어문학과 海淀区中央村म 大街27号 中央民 族大學 朝文系 주임교수 : 姜镕澤 010-6893-2366

	2. 2004.9	강사 1명) 중국소수민족어문대학 2명 민족학대학 3명 기타(정치 경제 철학 역사 교육 법학 예술)13명	2. 4년제(학사, 석사)		2. 한국어학과 海淀区 中关村南大街27号 中央民族大學 外国语学院 주임교수 : 许凤子 010-6893-1762
复旦大学	한중수교 이후	교사 7명(정교수 3명, 부교수 2명 전임강사 2명)	4년제(학사), 대학원(석사과정)(2006년 박사모집예정)	65명(학사 50명, 석사 15명)- 2005년기준	上海市杨浦区邯郸路220号 復旦大學 朝鲜语(韩国语)语言文学专业 021-65642222 주임교수 : 姜宝有
上海外国语大学	한중수교 이후	교사 9명(정교수 2명, 부교수4명, 전임강사 3명)	4년제	108명(2005년기준)	上海 大连 西路 550号 上海外國語大學 韩语系 021-35372000 주임교수 : 李春虎
东师范大学	한중수교 이후	교사 9명(부교수3명, 전임강사 4명, 외래강사 2명)	4년제(학사)	127명(2005년기준)	山東省 濟南市 文化東路88号 山東師範大學 韓國語 學科 (0531)86180015 (0)
青島大學	한중수교 이후	교사 9명(교수 1명, 부교수 2명, 전임강사 6명)	4년제(학사) 대학원(석사)	208명(본과 200여 명, 석사과정 8명)	山東省 青島市 寧夏路308号 青島大學 韓國語學科 (0532)85950399 (0)
中國海洋大學	한중수교 이후	교사 9명(정교수 2명, 부교수 2명, 전임강사 5명)	4년제(학사) 대학원(석사)	255명(본과 220명, 석사 35명)	山東省青島市崂山区松岭路238号 中國海洋大學 朝鲜语系 (0532)66787086 주임교수 : 李光在
煙臺大學	한중수교 이후	교사 9명	4년제(학사) 대학원(석사)	386명(학사 366명, 석사 20명)	山東省 煙台市 烟台市清泉路附近 烟台大学外国语学院 朝鲜语系 (0535)6902716(H) 주임교수 : 李永男
山東大學	1992	교사 8명(정교수 2명, 부교수 2명, 전임강사 4명)	4년제(학사) 대학원(석사)	138명(본과 120명, 석사 18명)	山東省 濟南市 洪家樓5号 山東大學 朝鲜语系 (0531)88375818 박은숙
山東大學威海分校	1992	교사 20명(정교수 4명, 부교수 3명,	4년제(학사) 대학원(석사,	572명(본과 510명, 석사 62명)	威海市文化西路 180号 山東大學

		전임강사 13명)	박사)		校 威海分校 (0631)5688577 우림걸
南京大學	2006(신청) 2010.3 (인정 받음)	교사 6명(정교수 1명, 부교수 3명, 강사 1명)(이 외 한국국적 2명)	4년제(학사)	69명	中国江苏省南京市汉口路22号南京大学 外国语学院 朝(韩)语专业 025-8359-3975 주임교수 : 尹海燕
南京師範大學	2002	교사 5명(부교수 1명, 강사 3명, 한국적 1명)	4년제(학사) 대학원(석사)	학사 36명(2005년)	中国南京市亚东新城区文苑路1号南京师范大学 韩国语系 025-8589-8223 俞成云
揚州大學	2003	교사 8명(부교수 2명, 전임강사 6명)	4년제(학사)	학사 133명(2005년)	中国江苏省扬州市大学南路88号扬州大学 韓國语系 0514-8797-1756 宋洪哲
廣東外語外貿大學	2002	교사 7명(교수 1명, 부교수 1명, 전임강사 5명)(이외 한국국적 1명)	4년제(학사) 3년제(석사)	206명(본과 200명, 석사 6명)	中国广州市白云区白云大道北2号 广东外语外贸大学 韩国语系 020-3620-5202 全永根
中国传媒大学	2002	교사 3명(전임강사 2명, 초빙교수 1명)	학사	학사 35명	北京朝阳区定福庄东街一号 韩国语系 010-6578-3140
青岛农业大学	2005	교사 9명(부교수 2명, 전임강사 5명, 조교 2명)(이외 한국국적 2명)	학사	학사 229명	中国山东省青岛市城阳区 青岛农业大学 外国语学院 0532-8608-0544
聊城大学	2005	교사 11명(전임강사 8명, 조교 3명)	4년제(학사)	학사 200명	中国山东聊城市湖南路1号 外国语学院 韩国语系 0635-8238-420
烟台师范学院-鲁东大学로 개명	1999	교사 16명(직위 불분명)	4년제(학사)	학사 325명(2005년기준)	山东省烟台市芝罘区 鲁东大学外国语学院 0535-6681098 주임교수 : 任晓礼
济南大学	2004	교사 5명(전임강사 3명, 합동강사 1명, 합동교수 1명)	4년제(학사)	학사 65명(2005년기준)	山东省济南市济微路106号 济南大学 韩国语系 0531-8630-3672

曲阜师范大学	2005	교사 5명(부교수 1명, 전임강사 4명)-2005년기준	4년제(학사)	학사 40명(2005년기준)	曲阜市静轩西路 57号 曲阜师范大学 韩国语系 0537-8555-1031
西安外国语大学	2004	교사 5명(강사 5명, 그 중 한국인 2명)	4년제(학사)	학사 49명(2005년기준)	西安郭杜教育科技产业开发区文苑南路 西安外国语大学 韩国语系 029-8531-9419
辽东学院	1992	교사 15명(부교수 4명, 전임강사 11명)	4년제(학사)	학사 195명(2005년기준)	辽宁省丹东市振安区临江后街 116号 辽东学院朝韩语系 0415-3789205
天津师范大学	2003	교사 10명(정교수 1명, 부교수 1명, 전임강사 6명, 조교 2명)	4년제(학사)	학사 76명(2005년기준)	天津市西青区宾水西道393号 天津师范大学 022-23766038
郑州轻工业学院	2004	교사 8명(부교수 1명 강사 7명)	4년제(학사)	학사 50명(2005년기준)	郑州市东风路5号 郑州轻工业学院 0371-6355-7866
齐齐哈尔大学	2000	교사 5명(부교수 3명, 전임강사 2명)-2005년기준	4년제(학사)	학사 174명(2005년기준)	中国黑龙江省齐齐哈尔文化大街 42号 0452-273-8435

중국 내의 한국학 관련 기관은 양적으로 커다란 증가세를 보여 왔고, 그에 따라 대부분의 대학에 한국학 관련학과가 개설되어 있다고 할 수 있다. 특히 한중수교와 한류의 영향으로 1990년대 들어 기하급수적으로 증가한 것이 사실이다. 한중수교로 인한 한국, 즉 남한과의 직접적인 교류가 본격화 된 것은 양적인 차원에서만이 아니라 질적인 차원에서도 중국 내 한국학의 흐름에 커다란 변화를 가져왔다.

무엇보다도 한국과의 교류가 활성화되면서 중국 내 한국학의 조류가 북한 중심에서 한국 중심으로 변화되었다. 한중수교 이전에는 한국과의 교류가 제한적이었고 상대적으로 북한과의 교류가 주가 되었기 때문에 한국학의 주요 내용은 북한의 학문적 성과가 주된 바탕이 되었다. 여기에 한국학의 실질적인 내용과 성과를 주도하던 조선족이 자리 잡은 동북3성

지방은 지리적으로도 북한과의 교류가 수월했다. 이렇듯 북한 중심의 조선학에 가까웠던 중국 내 한국학은 한중수교를 기점으로 한국을 중심으로 한 흐름으로 변화가 되기 시작한 것이다.

또한 그동안 중국 내 한국학에 대한 관심은 소수민족 교육이나 정치, 외교적 관심에서 비롯된 정책적 차원에서 비롯된 성격이 강했다. 하지만 한중수교를 통해 한국과의 경제적 교류가 활발해지자 기업 실무 인력의 수요가 증가하고 이에 따른 문화적 관심도 커졌다. 이러한 사회적 요구에 부응하기 위해서 한국학의 교육과 내용 또한 교류 현장에서 직접적으로 활용될 수 있는 실무적인 언어 능력에 대한 요구를 반영하게 되었다. 그동안 정책적인 차원에서 접근되었던 한국학이 실용적이고 문화적인 차원에 초점이 놓이기 시작한 것이다.

앞의 표에서 제시되었듯이 현재 중국 내의 많은 대학에서 한국학 관련 학과를 개설하고 있는 양상은 바로 이러한 변화 과정의 결과로 볼 수 있는데, 이러한 양상은 이들 대학에서 개설하고 있는 교과목을 통해서도 확인할 수 있다. 주요 대학의 교과목 현황을 보면 대부분의 대학에서 한국어를 비롯한 한국 문화와 사회를 이해하기 위한 교과목이 중심을 이루고 있다. 다음은 개설된 교과목 현황이다.

〈중국 내 주요 대학의 한국학 관련 교과목 개설 현황〉

대학교	개설교과목
北京大學	**학부** : 초급한국어, 고급한국어, 한국문학사, 시청각, 기초한국어, 한국어회화, 한중(중한)번역, 한국어문법, 한국사, 한국당대정치와 사회 **대학원** : 한국경제, 한국고전문학, 한국문화, 한국근현대국제관계사, 한국민속, 한국고대사, 한국어발전사. 한국어문법이론. 한국문화교류사. 한국사상사. 조선반도문제연구. 韓国文化史料导读. 韩国译学研究
對外經濟貿易大學	**학부** : 기초한국어, 한국개황, 문학선독, 시청각, 수사와 쓰기, 번역이론과 실천, 열독, 담판과 통역, 정독, 무역응용문, 무역문장선독 **대학원** : 중한번역사, 한국어문법이론, 번역이론과 실천, 한국고전문학연독, 어휘학, 언어학, 어용학, 한국근현대문학연독, 한국문화, 한국문학사
北京外國語大學	독해, 강독, 신문강독, 회화, 문학강독, 번역, 시청각작문, 기초한국어, 어음, 어법, 회화, 듣기, 한국어정독, 습작, 번역, 범독, 한국개황(정치, 경제, 법률, 사회, 종교, 문화, 민속등 포함), 한국문선

北京語言文化大學	기초한국어, 듣기, 회화, 시청각, 문법, 한국문학, 신문강독, 작문, 번역, 실용작문, 통역, 언어학개론, 한중문화비교, 한국어와 한국문화
北京 第2 外國語大學	한국어(기초, 고급), 한국어말하기, 한국어듣기, 한반도개론, 한국어읽기, 중한문화비교, 한국문학, 한국어언어학개론, 한국어휘론, 중한통역입문, 중한번역, 비즈니스한국어, 시청각, 한국영화감상, 관광한국어, 한국어문법론, 한국문화, 습작, 한중번역이론과 실천
黑龙江大学	기초한국어, 한국어회화, 시청각, 한국지리, 한국문학사, 한국어범독, 한국어작문, 한국개론, 한국역사, 한국문학작품선, 한국영화감상, 한국어관광가이드, 한국어번역, 중급한국어, 고급한국어, 종합한국어, 번역이론과 기교, 한국-조선개황, 한국사회문화, 商務한국어, 한국신문선독
吉林大學	**학부** : 기초한국어, 회화, 듣기, 한국어읽기, 한국어, 문법, 쓰기, 한국문학사, 문학작품선독, 한국개황, 한국신문읽기, 번역, 동시통역, 한국어통론, 어휘학, 무역한국어, 중한어휘대비, 중한어법대비, 중외문학강좌, 문학강좌. **대학원** : 한국어문법연구, 어휘학, 중한문법비교연구, 중한어휘비교연구, 중한고전문학비교연구, 중한현대문학비교연구, 한국고전문학연구, 한국현대문학연구, 한국작가연구, 한국소설연구, 한국시가연구, 비교문학이론, 문학연구방법론.
延邊大學	1. 한국어학과 : 한국어(초, 중, 고급), 한국어회화(초, 중, 고급), 시청각, 현대한어, 한국어문법, 한중어휘대비, 신문잡지열독, 한국문학사, 작품선독, 중한번역, 외사기초, 조선한국개황, 한자독음, 응용습작, 한중문법대비 2. 한국어문학과 : 조선어어법, 언어학개론, 중조번역, 조선방언학, 조선현대문학, 朝鮮語史, 조선어학사, 語用學, 조선어규범, 조선고전문학, 문학개론, 조선고전문학사, 조선현대문학사, 조선한국당대문학, 중국고대문학사, 중국현대문학사, 중국당대문학사, 서방문학사
延邊科技大	한국어회화, 한국어강독, 한국어작문, 시청각, 한국어어휘, TV한국어, 한중번역, 한국역사, 듣기, 한국어문법, 한국문학선독, 무역한국어, 실용작문, 영화한국어, 시사한국어, 한국문학작품론, 한국어학개론 한국문학개론, 경제한국어
遼寧大學	한국어정독, 한국어회화
大連外國語大學	기초한국어, 시청각, 회화, 한국개황, 고급한국어, 번역, 신문강독, 무역실무, 통역, 한국어개론, 한국문학, 한국경제, 정치경제외교, 한국문화
天津外國語大學校	한국문학사, 한국문학작품선독, 한국문화, 한국개황, 기초한국어, 한국어열독, 한국어시청설, 한국어습작, 번역이론과 기교, 한국어문법, 고급회화, 신문선독
中央民族大學	언어학개론, 현대한어, 문학개론, 현대한어, 한국사, 중국고전문학사, 한국고전문학사, 민속학과 한국민속, 응용문습작, 외국문학사, 한국어문체론, 한국민간문학개론, 비교문학개론, 중국당대문학사, 경제무역과 번역, 한국어어휘론, 중일한문화비교, 중한언어대비연구, 문학비평방법론, 언어학논문집필방법, 문학논문집필방법, 중국조선족문학사, 고대한어, 한국고대종교와 사상연구, 번역이론과 실천, 한국어사, 한국문화사, 사회언어학, 문학창작심리학, 영화문학창작과 실천, 동방문학사, 신문집필학.
復旦大學	**학부** : 기초한국어, 시청각, 열독, 고급한국어, 번역이론과 기교, 한국어습작, 중한민족문화의미비교, 한국문학사, 한국신문열독, 중급한국어, 중급한국어, 韩国语视听说, 한국어문법, 한국어어휘학, 한국개황, 한국어범독,

	한국문학사, 한국문학명작감상, 수사학, 중한문법비교, 중한문학비교, 경제무역한국어, 과기(科技)한국어, 취업한국어, 중한(한중)번역, 한국문화 **대학원** : 어휘론연구, 서방언어이론, 의미론, 전공한국어, 한국어문논저선독, 중한어휘대비연구, 중한문법대비연구, 한국수사학연구, 중한문학비교연구, 번역이론과 기교, 일반언어학, 현대조선어문법이론, 사회언어학
上海外國語大學	기초한국어, 시청각, 한국어회화, 한국문학사, 한국경제, 한국어문법, 한국사회와 문화, 번역, 한국어정독, 범독, 습작, 한국개황, 한국어신문선독 번역이론과 기교, 한국문학개론과 작품선독
山東師範大學	종합한국어, 열독, 듣기, 한국어작문, 한반도개황, 한국어어법과 어휘, 관광한국어, 한국어번역, 한국문학사, 경제무역한국어, 시청각, 한국어신문선독, 과학기술한국어 및 컴퓨터응용, 한국경제개론, 한국민속성어
青島大學	기초한국어, 중급한국어, 고급한국어, 듣기, 회화, 한국개황, 시청각, 번역, 한국문학사, 외국명작감상, 무역한국어, 한국어개론, 언어학이론, 작문, 범독, 한국어문법, 문체론, 통역
中國海洋大學	한국어정독, 시청각교육, 한국어습작, 조한번역, 조선-한국문학사, 한국어문법, 한국어한자독음, 중국문학사, 한국어범독, 회화, 듣기, 한국문학, 중한번역, 잡지선독, 한국사회와 문화, 경제무역한국어
煙臺大學	한국문학사, 시청각 한국어(기초, 고급), 번역/통역, 말하기, 듣기, 한국개황, 경제무역, 정독
山東大學	한국어(초, 중, 고급), 회화, 듣기, 한반도개황, 한국어쓰기, 한국역사, 시청각, 중한(한중)번역, 한국문학사, 한국현대문학작품감상, 한국어실용문쓰기, 중한관계사, 한국한문학, 한국고전문학작품감상, 현대한국어문법, 어휘학, 한국과기와 경제무역한국어, 시사한국어, 신문읽기
東大學威海分校	한국어(초, 중, 고급), 열독, 시청각, 중한번역이론과 실천, 작문, 문법, 예의와 풍속, 한국개황, 문학작품선독, 회화,
南京大學	**학부** : 한국어정독(초, 중, 고급), 한국어회화(초, 중, 고급), 시청각(초, 중, 고급), 열독습작, 한국문학사, 한국어종합문법, 중한번역실천, 실용무역한국어, 응용문습작, 한국최신신문선독, 논문습작지도, 한국영화감상분석, 한국문학작품선독, 한국어학개론, 어휘학, 중한속담비교, 중한문학비교, 한국종합개황, 한국통사, 중한교류사, 당대한국사회문화 **대학원** : 항일전쟁연구, 근현대중한관계, 중세중한관계, 만주·동북아사, 한국고전문학, 한국고전시, 한국불교학.
南京師範大學	문법, 습작, 한국어(초, 중, 고급), 정독, 시청각, 회화, 한국문화, 한국어한자독해, 한국문학과작품선독, 신문선독, 번역이론과실천. 经贸文选
揚州大學	기초한국어(1~5), 듣기(1~3), 회화(1~5), 시청각(1~2), 읽기, 한국어(초, 중, 고급), 습작, 한국어문법, 한국개황, 한중(중한)번역, 한국신문선독, 경제무역회화.
廣東外語外貿大學	한국어(초급, 중급, 고급), 시청각, 열독, 습작, 번역, 경제무역한국어, 한국문학작품선독, 한국개황
中国传媒大学	열독, 번역, 시청각, 한국어범독, 한국어작문, 한국신문열독
青岛农业大学	기초한국어, 한국어회화, 시청각, 고급한국어, 한국어열독, 한국어듣기, 한국문자, 한국어문법, 한국어습작, 한국어번역, 한국개황, 국제무역
聊城大学	종합한국어, 한국어듣기, 한반도개황, 한국어 구어(口語), 한국어열독, 중한번역이론과 실천, 한국문학사, 한국어습작, 한국어문법

烟台师范学院-鲁东大学로 개명	종합한국어, 회화, 한국민속, 한국어읽기, 시청각, 한국사, 한국어작문, 한국어문법, 한국문학사개론, 한국개황, 한국경제, 한중번역이론, 한국어휘학, 한문문자처리, 한국문학역사, 한국문학작품강독, 한문쓰기, 한국언어학, 신문잡지강독, 한국문학사, 한국사회와 문화, 비즈니스한국어, 여행한국어
济南大学	기초한국어(1~3), 한국어회화, 한국어듣기, 한국어쓰기, 한국어발음, 조선-한국개황, 한국어열독, 한국어시청설
曲阜师范大学	기초한국어, 한국어회화, 한국어듣기, 한국개황, 시청각, 한국문화, 문법
西安外国语大学	기초한국어, 한국어어법강습, 한국어듣기, 한국어회화, 한국어음성학강습, 문법과 어휘, 번역, 한국어습작
辽东学院	기초한국어, 한반도개황, 중급한국어, 한국어회화, 한국어듣기, 고급한국어, 시청각, 한국어읽기, 한국어문법, 번역, 한국문학사, 한국문학작품선독, 한국어듣기, 한국어번역이론과 실천, 한국어습작, 비즈니스한국어, 중한관계사, 한국어외무응용문, 한반도경제와 무역, 통역, 한국어열독, 한국어한자독음, 한국어개론, 한국신문선독, 여행한국어, 한반도역사와 문화
天津师范大学	기초한국어, 회화, 고급한국어, 시청설(视听说), 한국어문법, 응용문습작, 열독, 번역이론과 실천, 언어학개론, 한국문학사, 한국문학작품선독, 한국개황, 한국민속, 중한관계사, 한국어신문선독, 경제무역한국어.
郑州轻工业学院	기초한국어, 시청각, 한국개황, 한국문학, 중급한국어, 한국어범독, 한국어회화, 종합한국어, 한국어습작, 한국어범독, 중한(한중)번역, 고급한국어
齐齐哈尔大学	기초한국어, 회화, 시청각, 한중언어대비, 작문, 고급한국어, 어음, 번역이론과 실천, 한국문학작품선독, 한국역사와 문화, 중한언어비교, 한국어변천사, 한국소설입문, 한국어교육론, 비교문학론, 한국어신문선독, 한국영화감상

위의 표를 통해 개설된 교과목을 보면 대부분의 대학이 한국어 교육과 한국 문화에 대한 이해에 초점을 두고 교육과정을 구성하고 있음을 쉽게 알 수 있다. 모든 대학이 한국어 회화 과목을 수준별로 개설하고 있으며, 이와 관련된 한국어 문법이나 번역 과목 등을 함께 개설하고 있다. 이밖에 한국 문학이나 문화 관련 과목도 많은 대학에서 개설하고 있는데, 이 또한 현대 한국어를 이해하기 위한 위성 과목의 성격이 강해 보인다. 결국 주로 실용적인 어학 교육과 그에 필요한 문화 교육에 중점을 두어 교과목을 운영을 함으로써 한국학과 관련한 전반적인 학문을 교과목으로 운영하는 대학은 많지 않다고 할 수 있다.

한국어문학 관련 과목 외에 역사, 사상, 문화 등 한국학 전반에 걸친 교과목을 다양하게 개설한 학교들은 북경대학, 연변대학, 중앙민족대학 등 한국학 관련 학과의 역사가 오래된 학교들이 중심이 되고 있다. 이들 대학은 한국어나 문법 등 실용적 회화뿐 아니라 한국의 문화나 역사, 사상을 비롯한 다양한 영역의 교류사를 교과목으로 개설해 한국학 전반에 대한 학술적 기반을 구축하고 있다. 한중 수교 이후 한국학 관련학과가 개설된 학교 중에서는 산동대학과 남경대학 정도가 한국어문 이외에 다양한 교과목을 개설하고 있는 상황이다. 이들 두 대학은 한국학의 역사가 비교적 긴 초창기 대학들 외에 한국학의 명문으로 부상하고 있는 대학들이라 할 수 있는데, 두 대학 모두 한국어문학 외에 한국과 중국의 교류사를 중심으로 한국학 관련 교과목을 확대하고 있음을 알 수 있다. 특이한 것은 남경대학은 근대 이전의 역사와 교류사 중심의 교과목이 주로 개설되어 있고, 산동대학은 당대의 경제적 교류와 관계가 깊은 과목을 개설하고 있다는 점이다. 한국과의 교류에 있어 이들 지역이 지닌 역사적인 특성과 당대적인 배경이 반영된 결과로 보인다.

결국 북경대학과 연변대학을 제외하면 한국학과 관련한 다양한 교과목을 전반적으로 다루고 있는 학교들이 아직 많지 않다고 할 수 있다. 그나마 중앙민족대나 산동대, 남경대 등이 한국어 교육 중심의 교과목을 한국학 관련 교과목으로 확대하여 운영하고 있는 학교들이다. 이렇듯 현재 중국의 대부분 대학들은 주로 한국어 교육에 주안을 두고 있는 실정이라고 할 수 있다. 한국어 교육 중심에 치우친 한국학 교육은 그만큼 현장감 있는 실용교육을 수행한다는 점에서 의미가 있기도 하다. 그만큼 한국과의 교류에 실질적인 역량을 발휘할 인재를 직접적으로 양성하여 한중 교류에 직접적으로 이바지 할 수 있기 때문이다. 하지만 무역이나 문화에 있어 한류의 영향에서 비롯된 한국어 교육의 활성화를 일시적인 것이 아닌 지속적인 체계로 구축하기 위해선 학술적 차원으로 전환하여 내실을 튼튼히 할 필요가 요구된다. 특히, 중국 내에 국한되지 않는 한국학의 세계화를 염두에 둔다면 한국어 교육 중심을 학술적 차원에서 한국학 전반으로 확대, 심화시켜야 할 것이다.

3. 한국학 관련 학술활동 현황

중국에서 한국학 관련 기관의 역사는 70여년 정도 되지만 한국학과 관련해 학문적이고 체계적인 연구 기반을 갖춘 대학은 그리 많지 않다고 할 수 있다. 실제로 한국학 관련 연구 기관이 설립된 것은 1990년대 들어서면서부터로 한국학 관련 학과의 개설에 비해 상대적으로 얼마 되지 않는다. 1990년대 이전에 북경대 조선문화연구소, 연변대 조선문제연구소, 길림사회과학원 조선연구소 등이 있었으나 개별적인 학교나 학과 차원에서 해당 교과목 교육을 위해 부수적인 차원에서 진행되었으며, 제한적으로 평양과의 교류가 이루어졌을 뿐이다. 학술적 연구 대상으로서 한국학에 대한 체계적인 연구 활동이 본격적으로 시도된 것 또한 한중 수교 이후 한국과의 교류가 직접적으로 많아진 이후이다.

〈주요 대학의 한국학 관련 연구소 현황〉

대학교	설립년도	연구소 명칭	주소, 책임자 및 전화
北京大學	1991	한국학연구중심	北京市海淀区颐和园路5 北京大學 010-6275-5673
北京語言文化大學	1994	한국어연구중심	北京市 海澱區 學院路 15号 北京言語文化大學
北京外國語大學	2008	한국-조선연구중심	北京市 海澱區 西3環北路 北京外國語大學 010-88816711 김경선
延邊大學	1989.10 1998.11 1997 2001.3	조선-한국학연구중심 동북아연구원 민족연구원(전 민족연구소) 중조한일문학비교연구중심	吉林省延吉市公園路105号 延邊大學 조선한국연구중심 0433-2432181 (박찬규) 동북아연구원 0433-2732465(김강일) 민족연구원 0433-2732494(손춘일) 중 조 한 일 문 학 비 교 연 구 중 심 0433-2732463(이종훈)
遼寧大學	1993.	한국연구중심	沈阳市皇姑区崇山中路66号 遼寧大學 韓國語學科 (024)62202013(H)
中央民族大學	1992 1993	조선한국학연구센터 한국문화연구소	海淀区中关村南大街27号 中央民族大學 136.1104.5669(김춘선) 010-68932442(黃有福)

復旦大學	1992 2004	한국연구중심 중한문화비교연구소	上海市杨浦区邯郸路220号 復旦大學 021-65427433(한국연구중심) 021-65643482(중한문화비교연구소)
中國海洋大學	2007.12	한국연구중심	山東省青岛市崂山区松岭路238号 中國海洋大學 外国语学院520室 (0532)66787200 138.69894012(이해영)
山東大學	1992 1994 2002 2003 2004	한국연구중심 아태연구소 문사철연구원 한국연구원 동북아연구중심	濟南市 洪家樓5号 山東大學 (531)88375816 진상승 濟南市 洪家樓5号 山東大學 양노혜 濟南市 洪家樓5号 山東大學 전영근 威海市 文化西路180号 우림걸 威海市 文化西路180号 장동휘
南京大學	1997	한국연구소	中国江苏省南京市汉口路22号南京大学文学院 历史学系韩国研究所 025-8359-3162 刘迎胜
南京師範大學	2002	중한문화연구중심	中国南京市亚东新城区文苑路1号南京师范大学 025-8630-7261 党银平
延邊科技大	2000	한국학연구소	中国 吉林省 延吉市 朝阳街 3458 延边大学 科学技术学院 0433-291-2584 苏在英
北京 第2 外國語大學	연구소가 없음	한국언어문화센터	北京市 朝陽區 定福庄1号 北京 第2外國語大學 韓國語學科 馬麗
山东大学威海分校	2003	한국학연구센터	山东省威海市文化西路180号 山东大学威海分校
烟台大学	2004	동아연구소 한국학 연구중심	山東省 煙台市 烟台市清泉路附近 烟台大学 0535-690-3471
青岛大学	1998	한국연구소	山东省 青岛市 寧夏路308号 青岛大學 0532-8595-5630
大连外国语学院	1997	한국학연구소	療寧省 大连市旅顺南路西段6号 大连外国语学院 0411-8280-3121
辽东学院	2004	조선반도연구소	辽宁省丹东市振安区临江后街116号 辽东学院 139-4152-0598(휴대폰)
天津外師範大學	2005	조선한국문화연구중심	天津市西青区宾水西道393号 天津师范大学 022-2307-6482

보다시피 지금 현재 중국 대학에 한국학 관련 연구소의 수가 적지 않다. 하지만 이들 연구소가 대부분 1990년대 이후에 개설된 것이어서 한국

학을 학술적 연구 대상으로 본격적으로 다루기 시작한 것은 얼마 되지 않았다고 할 수 있다. 한국학 관련 학과가 대학에 개설된 것은 1950년대부터이지만 한국학 관련 전문 연구소는 1989년에 개설된 연변대학의 조선-한국학 연구 중심, 1991년에 개설된 북경대의 한국학 연구 중심이 실질적인 시작이다. 이후 한중 수교 이후 폭발적으로 증가한 한국어 교육 열풍과 그에 따라 증가한 한국학 관련학과의 개설에 뒤따라 한국학 관련 전문 연구소들도 1990년대 후반이후 2000년대 들어서면서부터 많은 대학에 들어서게 된다. 이는 한국어 교육 중심의 학풍이 양적으로 확장되면서 자연스럽게 한국어 교육 및 한국학 연구에 대한 모색과 심화 노력으로 이어진 결과라 할 수 있다.

하지만 상대적으로 중국 내 많은 대학에 한국학 관련학과가 설치되어 있는 것에 비하면 아직까지 한국학 전반에 관한 학문적 역량이 충분하다고 보기는 쉽지 않다. 게다가 여전히 한국어 교육이 주류를 이루고 있어 한국학에 대한 학문적인 연구는 앞으로 더욱 체계적으로 심화될 필요가 크다고 할 수 있다. 물론 이에 대한 반성과 필요가 중국 학계는 물론이고 한국의 학계에서도 인식되고 있어 이에 대한 개선 노력 또한 꾸준히 시도되고 있다. 특히 2000년대 들어서면서부터 한국학 관련 연구소가 많아지고 있는 것은 바로 이런 노력의 영향이라고 할 수 있다.

최근 들어 중국 내에 한국학 관련 전문 연구 기관이 증가하고 있는 것에는 한국의 적극적인 지원과 무관하지 않다. 실제로 한국에서는 다양한 프로젝트를 통해 중국 내 한국학 진흥을 위한 지원을 추진해 왔다. 한국국제교류재단(KOREA FOUNDATION), 한국학진흥사업단, 국립국어연구원 등과 민간단체 그리고 한국의 여러 대학 등이 다양한 형태의 지원을 지금까지도 활발하게 진행하고 있다.

한국국제교류재단에서는 해외학자들의 각종 한국 관련 연구 프로젝트, 회의 및 세미나, 출판, 도서확충사업 등을 위하여 한국학 강좌 지원, 한국학 프로그램 지원, 대학원생 장학 지원을 하고 있다. 한국학진흥사업단에서는 한국학 선도연구 지원 사업(한국학 세계화 랩, 한국학 특정분야 기획연구), 한국학교육강화사업(해외 한국학 중핵대학 육성사업, 해외 한국학 씨앗형 사업, 해외 한국학 학문후속세대 양성 지원), 한국학 인프라 구축 사업(한국학 기초자료 사업, 한국학 기초사전 편찬, 구술자료 아카이브 구축), 한국학 대중화 사업(한국학 교양 총서, 한국고전 100선 영문번역) 등을 통해 중국에서의 한국학 사업을 지원을 하고 있다. 국립국어연구원에서는 세종학당을 통해 한국어 교육을 지원하고 있다. 이외에 한국사회과학원이나 한국장학재단에서도 北京大學, 浙江大學, 復旦大學, 山東大學, 延邊大學의 한국학 관련 연구소에 지원을 하고 한국전통문화국제학술세미나를 개최하면서 연구소장 협의회를 운영하고 있다. 주요 지원 사업만 해도 다음과 같이 다양한 기관을 통해 이루어져 왔다.

대학교	사업명	지원기관
北京大學	1) 한국어 객원교수 파견 2) 한국사 객원교수 파견 3) (한국연구센터) 한국학 연구논문집 출판 4) 한국전공대학원생펠로십 5) 2010 하반기 해외한국학 씨앗형 사업	한국국제교류재단 상동 상동 상동 한국학중앙연구원
北京外國語大學	1) 한국어 객원교수 파견 2) 세종학당	한국국제교류재단 문화관광부
延邊大學	1) 해외한국학 중핵대학 육성 사업 2) 세종학당 3) 2011년 체한연구펠로십 사업(Jin, Xianghua 기초교육교연부 부교수) 4) 한국전공대학원생펠로십	한국학중앙연구원 문화관광부 한국국제교류재단 상동
中央民族大學	1) 해외한국학 중핵대학 육성 사업 2) 한국전공대학원생펠로십	한국학중앙연구원 한국국제교류재단
復旦大學	1) 한국 연구논총 출판 2) 제7차 박사과정생 포럼 3) 한반도 평화포럼 4) 2011년 체한연구펠로십 사업(Cao, Wei 한국연구중심 박사과정생) 5) 한국전공대학원생펠로십	한국국제교류재단
中國海洋大學	1) 해외한국학 중핵대학 육성 사업 2) 세종학당	한국학중앙연구원 문화관광부
南京大學	1) 해외한국학 중핵대학 육성 사업 2) 한국전공대학원생펠로십	한국학중앙연구원 한국국제교류재단
上海外國語大學	2010 하반기 해외한국학 씨앗형 사업	한국학중앙연구원

山東大學(위해분교)	1) 2011년 한국발전 보고서 출판 2) 한국전공대학원생펠로십 3) 세종학당	한국국제교류재단 상동 문화관광부
人民大學	한국어객원교수 파견	한국국제교류재단
清華大學	한국어 객원교수 파견	한국국제교류재단
吉林大學	중국 한국학 대회	한국국제교류재단
中國韓國語教育研究學會	연례회의 지원	한국국제교류재단
연변과학기술대학	세종학당	문화관광부
내몽고 한국어언문화연구소	세종학당	문화관광부
서안외국어대학 신서북대훈학원	세종학당	문화관광부
천진외대	세종학당	문화관광부
양주대학	세종학당	문화관광부
홍콩중문대학 한국어교육문화원	세종학당	문화관광부
북경문화원	세종학당	문화관광부
상해문화원	세종학당	문화관광부
북경영화아카데미	2011년 체한연구펠로십 사업(Yu, Fan 영화학 박사 과정생)	한국국제교류재단
낙양외대	2011년 체한연구펠로십 사업(Ma, Huixia 외국어학 과 강사) 2011 한국어펠로십(Wang, Xufeng) 2011 한국어펠로십(Han, Yu) 2011 한국어펠로십(Zhu, Qin) 2011 한국어펠로십(Xie, Jinghua)	한국국제교류재단
대외경제무역대	한국전공대학원생펠로십	한국국제교류재단

　학술 연구 지원에 있어 인적 교류가 핵심이라는 점에서 기존의 연구 인력 지원 사업은 중국 내 한국학 성장에 큰 기여를 한 것으로 판단된다. 특히 2000년대 이후 확대된 지원 사업들은 중국 내 다양한 연구소와 대학과 국내 연구 기관과의 교류를 활발하게 함으로써 중국뿐 아니라 국내의 한국학 관련 연구 성과를 확대하는데도 역할을 했다.

　지원과 교류를 통한 학술적인 성과는 다양한 한국학 관련 학술대회를 통해 가시적으로 확인된다. 한국학 관련 학술대회는 한국학과 관련된 다양한 영역과 범주를 넘나들며 문학, 어학, 역사, 경제 등을 주제로 매년 개최되고 있으며, 한국전통문화국제학술세미나나 환태평양국제학술세미나처럼 여러 연구소가 함께 참여하는 국제학술대회가 개최되기도 한다. 이들 학술세미나는 중국 내 한국학의 당면 과제를 모색하기도 하면서 동시에 한국학을 통한 동양문화에 대한 이해를 심화시키는 역할을 하고 있다.

〈중국의 한국학 관련 주요 학술대회〉

대학교	사업명	지원기관
北京大學	북경 포럼 '동북아 평화발전과 한반도' 회의(2003.10) 세계 한국학 학술대회(2005.2) 아태포럼 : 한반도와 동북아 평화 발전(2005.10) 제7회 한국 전통 문화 학술회의(2006.10)	한국고등교육재단 한국학중앙연구원 공동 주최
延邊大學	두만강 포럼 한국어언문학 학술대회(2005.7.6~8) 한국어작문 대회(2005.10.1) 제8회 한국 전통 문화 학술회의(2007.08)	한국고등교육재단

復旦大學	1. 한국연구중심
	   박사과정생 포럼
	   한반도 평화포럼
	   '북한 핵문제와 동북아 형세 전망'회의(2005.4)
	   '시장 경제와 세계화' 국제회의(2005.5)
	   '변화하는 동북아 : 문화·정치·국제협력' 회의(2005.7)
	   '기독교와 동아시아 반파시즘 전쟁' 세미나(2005.12)
	   한국학 특강(매년)
	   한국 연구 논총 발간(매년)
	2. 중한문화비교연구소
	   국제 한국 언어 문학교육과 연구 학술 토론회(2005.10)
		한국국제교류재단
		
		한국국제교류재단

吉林大學	중국 한국학 대회 중한 비교문학 학술 토론회(2004.7) 동아시아어문학 연구 토론회(2005.8)	한국국제교류재단
中國韓國語教育研究學會	연례회의 지원	한국국제교류재단
중국대학 한국학 연구소	한국 전통문화 학술세미나	한국국제교류재단
PACS	환태평양국제학술세미나	한국국제교류재단
한중인문학회	국제학술세미나	한국연구재단
中國海洋大學	'황해권 한중 교류의 역사와 현황, 미래' 국제학술회의	한국국제교류재단
南京大學	2003 제5회 한국 전통 문화 회의 2005 동북아 안보 관련 워크숍 2006 한중 전통 문화 교류 워크숍 2009 〈지정조격〉 국제학술세미나	한국국제교류재단 한국국제교류재단 한국학중앙연구원
北京 第2 外國語大學	국제 한국어 교육 세미나(2004.7)	

中央民族大学	세계 속의 한국어 비교 연구 국제 학술 토론회(2000.8) 세계속의 한국 문학 비교 연구 국제 학술 토론회(2001.8) 세계 속의 한국어 어휘 규범에 관한 국제 학술 토론회 (2001.12) 한국 언어 문학 교육과 교재 편찬에 관한 국제 학술 토론 회(2002.10) 세계 속의 조선어, 한국어, 중국 조선어 비교 연구 국제 학술 토론회(2004.12)	
山東大学	제3차 한국 전통 문화 국제 학술회의(1999.12) '중국 덩저우항의 역사적 위상과 오늘 날의 역할' 회의 (2004.5)	한국국제교류재단
山东师范大学	외국어 학술 토론회(2005.10)	
烟台大学	옌타이대학-강남대학 국제학술회의(2004.6) 한국학 연구 논문집(1)(2005.10)(매년 출판)	
遼寧大學	제6회 한국 전통 문화 학술 대회(2005.8)	한국국제교류재단

대략적으로 제시한 목록만 보더라도 중국의 한국학 관련 학술대회는 중국 내에 개설된 연구소만큼이나 많은 수가 정기적으로 개최되고 있다. 수적인 증가뿐 아니라 학술 교류의 주제 자체가 이전과 달리 다양하고 폭 넓게 다뤄지고 있음을 알 수 있다. 한국어 교육에 국한되지 않고 한국의 전통문화나 정치, 경제, 사회적 주제로 다양해지면서 범주 또한 한국을 포함한 동북아 지역이나 아태지역으로까지 그 시야를 넓혀 가고 있다. 또한 소수민족 대학인 연변대학과 중앙민족대학을 중심으로 민족 교육과 민족문화 연구에 심도를 가하는 지역별 특성화의 흐름까지도 보이고 있다. 두만강 지역의 정치, 경제, 문화 전반의 문제를 다원공존의 시각에서 접근하고 있는 연변대학의 〈두만강지역개발과 우리민족문화의 구축과 활성화〉라는 주제가 대표적인 사례에 해당한다.

이렇듯 중국 내 한국학의 연구 내용은 주제의 범주뿐 아니라 대상 지역 또한 확장, 심화되고 있다. 외형적 성장에 못지않은 이러한 내용적 성장은 한중 수교 이후, 특히 2000년대 들어서면서부터 집중적으로 이루어진 한국 내의 여러 기관의 지원과 협조가 학술적인 성과로 드러난 것이라고 할 수 있다. 여기에 중국 내 한국학을 주도하고 있는 조선족 학계의 존재 또한 중요한 역할을 했다고 할 수 있다. 그들의 학술적 역량은 그동안 모국인 북한과 남한의 성과에 바탕을 두고 있었지만 중국의 학계에서 수준 있는 학술적 성과들을 꾸준히 생산해 냄으로써 독자적인 학술 역량을 모색, 구축하고 있다고 할 수 있다. 조선족 학계의 성장은 중국 내 한국학이 단순히 국내 한국학의 성과를 전달해야 하는 일방적 전파 대상에 머물지 않고, 국내 한국학과 함께 한국학의 세계사적 정체성을 구축해야 할 협력적 역할을 할 수 있음을 의미한다. 이렇게 한국학의 역량과 성과가 중국 내 민족공동체의 운명과 진로에 관계된다는 점이 중국 내 한국학이 지닌 주요한 특징이자 장점으로, 이는 우리민족의 새로운 세계사적 도전과도 관련되는 한국학의 본질적인 과제와 직접적으로 맞닿아 있다.

다양한 주제의 학술대회가 여러 기관에서 개최되는 것만큼 그에 따른 구체적인 성과가 정기적으로 제출되고 있는데, 대부분의 연구 기관에서 한국학 관련 연구 성과를 출판물로 제출하고 있는 다양한 학술지가 그것이다. 북경대학의 『한국학논문집』, 복단대학의 『한국연구논문집』, 연변대학의 『조선학연구』, 『조선학-한국학총서』, 낙양외대의 『동방언어문화논총』, 중앙민족대학의 『조선학』, 절강대의 『한국연구』, 중국 사회과학원의 『당대한국』 등이 정기적으로 출간되는 대표적인 학술지들이다. 이외에도 많은 학술지가 정기적으로 간행되어 한국학의 내실을 확장하는데 기여하고 있다.

〈중국 내 한국학 관련 주요 학자 현황〉

성명	출생	소속	학위수여	직위	연구영역
尹海燕		南京大學	韓國仁荷大學	教授	韓國現代文學, 中韓比較文學
尹允镇		吉林大学	延边大学	教授	中朝(韩)文学比较, 中日文学比较, 朝日文学比较
张东明		辽宁大学		主任 教授,硕士研究生导师	世界经济. 东北亚经济. 韩国(朝鲜)经济. 朝鲜半岛问题. 国际关系(东北亚)
韦旭升	1928	北京大学		教授, 曾任亚非研究所特约研究员	朝(韩)古典文学, 韩语语法研究
安炳浩	1929	北京大学	朝鲜国家学术委员会	教授, 曾任北京大学朝鲜语教研室主任. 朝鲜文化研究所副所长	朝鲜语发展史, 中国朝鲜族文化史, 中国朝鲜族语言史, 古朝鲜 地名. 高丽地名

韩振乾	1944	北京大学	朝鲜民主主义人民共和国	教授, 曾任北京大学朝鲜语教研室主任. 北京大学韩国学研究中心副主任	朝(韩)文学, 韩语语法, 韩国哲学, 韩国文化
宋成有	1945	北京大学	北京大学	东北亚研究所所长. 世界史研究所主任	近现代日本史和韩国史, 东北亚史, 世界近现代史, 近现代中日韩发展类型比较, 当代东北亚国际关系史
石源华	1949	复旦大学	复旦大学	教授. 博士生导师. 韩国研究中心主任	中国近现代外交史, 中华民国史, 20世纪中国外交史, 中国与周边国家关系史, 朝鲜半岛与东北亚国际关系史
沈定昌	1951	北京大学	韩国关东大学	教授, 北京大学韩国学研究中心主任	韩国外交. 经济, 国际关系
金健人	1951	浙江大学		教授, 韩国研究所所长. 博士生导师	文学原理, 叙事学, 中韩文化交流, 文艺学, 海外汉文小说等
金宽雄	1951	延边大学	延边大学	韩国学学院比较文学研究所所长. 延边作家协会副主席, 教授	中朝古代文学比较, 西方文学史, 西方文论史, 世界文化史
张光军	1952	解放军外国语学院	延边大学	亚非语言系 主任	朝鲜语言文学
金春仙	1953	中央民族大學	中央民族大學	教授	朝鲜语言文学, 韩国语教育
金虎雄	1953	延边大学	延边大学	教授, 博士生导师, 延边大学文科学术委员会主席	文学理论. 中国朝鲜族文学
金强一	1956	延边大学		延边大学东北亚研究院长	國際 政治, 韩(朝) 政治, 社會史
陈尚胜	1958	山东大学		教授	中外关系史, 中国传统对外政策和涉外制度, 中国与周邻国家关系史,
孙春日	1958	延边大学	韩国学中央研究院	延边大学民族研究院副院长	近现代东北民族关系史. 中朝日三国关系史. 中国朝鲜族史. 近现代韩国史
张伯伟	1959	南京大学	南京大学	教授, 南京大学域外汉籍研究所所长	中国古代文学. 东方诗学
姜龙范	1960	延边大学		延边大学人文社会科学学院 院长. 教授	当代东北亚国际关系史；中朝韩日关系史；日本史
金京善	1961	北京外国语大学	韩国釜山大学	教授	韩国语言文学, 韩国语教育
牛林杰	1965	山东大学	韩国成均馆大学	院长, 山東大學韓國學院教授,院長	韓國现代文學, 韩中文化交流
李海英	1975	中国海洋大学	韩国国立首尔大学	讲师	韩国现代文学, 韩国语教育

중국 내 한국학의 외형적, 질적 성장세와 맞물려 한국학 관련 연구자의 수도 상당한 인력에 이르는 것으로 추산된다. 위에서 제시한 학자들은 중국뿐 아니라 국내 한국학 관련 기관과의 학술 교류에 적극적이었던 학자들의 대략을 제시한 것이다. 중국 내 한국학을 주도하고 있는 연변대와 북경대를 중심으로 산동대학, 절강대학, 복단대학, 남경대학 등의 연구자들의 학술 활동이 활발하게 이루어진 영향이라고 할 수 있다.[4] 눈에 띄는 사항은 저명한 한국학자의 반열에 한국에서 수학한 학자들이 많아지고 있다는 점이다. 국내에서 수학하고 있는 유학생이 많다는 점에서 이러한 현상은 앞으로도 더욱 증가할 것으로 보이는데, 이는 중국 한국학의 학술적 역량을 강화하는 연구 인력을 육성한다는 차원에서 뿐 아니라 중국과 한국의 학술 교류를 적극적으로 이끌어갈 잠재적인 인력 풀을 확대한다는 점에서 중요한 의미를 지닌다.

4. 결론

중국 내 한국학 관련 학과와 연구소의 개설은 한중수교와 한류의 영향으로 최근 들어 기하급수적으로 늘어나고 있다. 중국 내 대학에 한국 관련 학과가 없을 정도로 외형적 성장을 이루었을 뿐 아니라 내적인 변화와 성장 또한 만만치 않다. 한국과의 교류가 직접적으로 확대되면서 북한 중심의 제한적인 한국학이 남한 중심으로 이동하면서 중국 내 한국학의 전반적이 역량이 강화되었고, 소수 민족 교육이나 정치 외교적 필요에서 진행되어 국가 정책적인 차원에서 접근되던 것이 실용적이고 문화적인 차원으로 변화되었다. 여기에 최근 들어 한국의 다양한 기관과의 교류를 바탕으로 학술적 영역 또한 다양하게 확장되고 심화되고 있다.

---

4 주요 연구 성과는 별첨 자료로 제시한다.

현재 중국의 한국학은 다양한 기관에서 매년 개최되는 국내 및 국제 학술세미나, 또는 여러 연구소가 함께 참여하는 한국전통문화국제학술세미나나 환태평양국제학술세미나처럼 문학, 어학, 역사, 경제 등을 주제로 하는 한국학과 관련된 다양한 영역과 범주를 넘나들며 성장하고 있다. 중국의 한국학 관련 연구 기관은 한국의 언어, 역사, 사회, 문화, 정치, 경제 등 모든 분야에 걸쳐 한국의 고유한 학문을 연구 개발하는 기관으로, 양국 간의 학술교류를 강화하여 양국의 우의를 증진시키며, 나아가 동아시아 문명의 정체성을 밝히고 동양문화에 대한 이해의 폭을 넓히는 역할을 실천적으로 모색하는 도정에 놓여 있다. 앞서 언급했듯이 이제 중국의 한국학은 단순히 국내 한국학을 전파하는 특정한 지역 중 하나에 그치는 소극적인 역할에 머물지 않는다. 해외 한국학의 역량을 확대하는 실천적인 장이면서 동시에 국내 학계와 상호 협력, 교류하면서 국내 한국학의 성과 또한 다시금 확인하게 하는 동반자적 지위에 가까워지고 있다. 특히, 중국 내 민족 공동체의 정체를 지키고 발전시키고자 하는 학술적 지향을 지닌 조선족 학계의 역할은 남한과 북한의 학술적인 성과를 연결하는 고리 역할을 하면서 동시에 그 차이를 극복하는 완충 작용을 할 수 있다는 점에서 이후 통일 시대 한국학을 위한 중요한 역할이 기대되기도 한다.

　이런 점에서 중국의 한국학에 대한 지원과 교류는 앞으로도 꾸준히 지속되어야 할 필요가 있다. 지금의 성장이 있기까지 한국 정부나 기업의 지원 그리고 한국 내 학술기관과의 교류가 큰 역할을 한 것처럼 지속적인 교류를 통해 한국학의 수준을 견인함으로써 중국학계에서 한국학의 위상을 높여할 것이다. 이를 위해 현재 중국 내 한국학에 대한 냉정한 평가 작업과 지원의 효율성 등을 구체적으로 고민할 필요가 있다.

　중국에서 한국학 관련 기관의 역사는 70여년 정도 된다. 그 가운데 연변대학과 중앙민족대학은 소수민족 교육의 일환으로 중국조선족을 위한 교육을 시행하여 북한이나 한국에 비해 손색이 없는 교육을 하고 있다.

그러나 중국에서 한국학 연구는 북경대학과 연변대학을 제외하면 학문적이고 체계적인 연구가 부족한 실정이다. 한국학과가 많이 설치되어 있지만 여전히 한국어 교육이 주류를 이루고 있기 때문이다. 한국어나 한국문학 전공자를 제외하면 한국어에 능통한 학자가 부족하여 역사, 철학, 문화, 정치, 경제 분야의 연구는 상대적으로 소략하게 진행되는 것이 사실이다.

따라서 한국학 발전을 위해 각종 한국학 관련 기관들의 전문성, 고유영역을 보장하고 네트워킹을 통해 한국학 발전 사업을 종합적으로 진행할 필요가 있어 보인다. 현재 교육과학기술부(한국연구재단 국사편찬위원회 한국학중앙연구원 고전번역원), 외교통상부(국제협력단, 한국국제교류재단, 재외동포재단), 문화체육관광부(세종학당, 국립국어교육원, 문화콘텐츠 진흥원) 등에서 수행하고 있는 해외 한국학 진흥 사업을 통합하고 조정할 수 있는 전문 운영기관을 국무총리실 혹은 대통령 직속 위원회(국가브랜드 위원회, 미래기획위원회)하에 설치하고 그 하위에 부문별 위원회를 구성하여 관련 부처의 기관들과 협력 하에 한국학 종합 발전을 위한 사업을 추진하는 것도 한 방법이 될 것이다.

아울러 학계 현장에서는 한국어문 중심의 교류를 다양한 학문 분야로 확장하는 융합적 교류에 힘을 더 쏟을 필요가 있다. 한국어 교육을 중심으로 한 학술적 성과가 어느 정도 축적되고 이를 위한 교류 시스템 또한 다양한 기관에 구축되어 있다. 하지만 한국어 교육을 제외한 분야의 연구역량은 상대적으로 부족한 편이므로 이에 대한 적극적인 교류가 요구된다. 특히, 역사, 철학, 정치, 경제 등의 분야에서는 한국어에 능통한 연구자들의 수가 절대적으로 부족한 형편이므로 한국어 교육 중심의 학술 교류가 한국학 전반으로 확대될 수 있는 기회와 계기를 많이 만들어야 한다.

또한 국내 기관의 지원 수준 또한 현실화 할 필요가 있다. 예전 한중수교 직후에는 한국과 중국의 경제적 격차가 상대적으로 커서 적은 비용으로도 지원 효과를 볼 수가 있었다. 하지만 지금 현재 중국의 물가가 우리와 별반 차이가 없으므로 실제 지원 효과를 보기 위해서는 지원비의 수준을 한국 수준으로 상향해야 할 필요가 있다. 일례로 북경대학출판사의 경우 책 한 권의 출판비가 5만에서 10만 위안에 이르고 있으나 한국에서는 여전히 과거의 중국 물가를 기준으로 출판비를 책정 지원하여 현실적인 어려움이 따르는 경우가 많다.

이와 함께 중국 한국학의 특성을 고려하여 사업 지원의 내용을 융통성 있게 적용하는 것도 필요해 보인다. 일례로 학술지 번역 사업이나 교주본 작업의 의미를 국내 학문의 기준으로 과소평가하지 말고 긍정적으로 평가하여, 그 성과를 확대할 계기를 만들어 줄 필요가 있다. 특히 조선족 학계의 성과를 국내 한국학의 기준으로 판단하기보다는 중국 학문 조류에 한국학의 저변을 확대한다는 차원에서 전향적으로 판단하고 지원해야 할 것이다. 국내에서 수학 중인 대학원생들에 대한 지원도 이런 차원에서 확대될 필요가 있다. 그들이야말로 중국 한국학의 잠재적인 연구 인력으로 한국과 중국의 학술 교류 사업에 적극적인 역할을 담당하게 될 것이기 때문이다.

그동안 한국학진흥사업단의 지원을 받아 시행하고 있는 중핵사업을 비롯해 다양한 기관의 지원과 교류 사업으로 연구와 교육 그리고 이를 위한 연구 인력 네트워크 구축 등 한국과 중국의 학술적 교류가 전반적, 포괄적으로 진행되면서 중국의 각 지역 내의 한국학을 견인할 장기적인 비전을 모색하기 시작했고, 학술성과도 서서히 나타나고 있다. 이러한 성과들을 바탕으로 한국학의 세계화, 통일시대 한국학의 비전을 수립하기 위해서 중국내의 한국학 연구자들과 국내 한국학 석학들에 대한 지원이 꾸준히 이루어지길 기대한다.

〈주요 연구자별 한국학 관련 주요 연구 성과〉

	연구 성과 명	간행처	출판년도
宋成有	1. 《战后日韩经济开发进程与"奥林匹克现象"》 2. 《韩末诸改革外力的介入与韩国君臣的对应——以光武改革》 3. 《北京大学与韩国"三一"独立运动》 4. 《韩国临时政府在中国》	1. 《韩国学论文集》第14辑, 沈阳：辽宁民族出版社 2. 《韩国学论文集》 3. 香港社会科学出版社 4. 《北京日报》	1. 2006 2. 2004.05.01 3. 2003.12.20 4. 2002.11.28
石源华	1. 《战后韩国驻华代表团的国际政治外交活动述考》 2. 《韩国研究论丛》第18辑 3. 《论中国共产党与韩国临时政府的关系韩国临时政府在华二十七年奋斗史述论》 4. 《韩国"牛肉风波"为何愈演愈烈》 5. 《韩国研究论丛》第17辑 6. 《金九与韩国临时政府驻华代表团》 7. 《韩国研究论丛》第16辑 8. 《韩国面面观－－中日韩三国媒体首次大型联合民意调查解》	1. 《韩国研究论丛》第19辑 2. 世界知识出版社 3. 《韩国临时政府在杭州》 4. 韩临时政府在杭州 5. 新民晚报 6. 世界知识出版社 7. 复旦大学《韩国研究论丛》第15辑 8. 世界知识出版社 《瞭望东方周刊》	1. 2008.12.02 2. 2008.09.01 3. 2008.08.01 4. 2008.08.01 5. 2008.06.13 6. 2007.12.01 7. 2007.10.01 8. 2007.10.01, 2007.09.17
韦旭升	1. 中国文学在朝鲜 2. 中国文学对韩国文学的影响 3. 韩国语实用语法 4. 中国古典文学和朝鲜 5. 韦旭升文集(1~6卷) 6. 新编韩国语实用语法 7. 韩国文学史 8. 韦旭升文集(增补修订版 13卷) 9. 韩国诗人李殷相《鸳山时调选集》(译著) 10. 从《仙女红袋》到现代京剧《崔致远传奇》 11. 中国对韩国的认识 12. 中国对韩国古典小说的介绍与研究 13. 新罗诗人在华(唐朝)的活动		1. 1990年3月 2. 1994年1月 3. 1995年6月 4. 1999年3月 5. 2000年9月 6. 2006年9月 7. 2008年7月 8. 2009年5月 9. 1994年9月 10. 2001年6月 11. 2002年7月 12. 2002年10月 13. 2004年6月
安炳浩	1. 《朝鲜语发展史》 2. 《朝鲜汉字音体系的研究》 3. 《鸡林类事与高丽时期的朝鲜语》 4. 《中国朝鲜族文化史大系(语言史)》 5. 《中国朝鲜族语言史》 6. 《韩语发展史》 7. 《韩国语中级教程》(合编) 8. 《标准韩国语》(合编)		1.1982年12月 5.1995年1月 6.2009年11月

	9.《关于金韵玉篇》 10.《朝鲜数词与阿尔泰语数词的比较研究》 11.《关于古朝鲜的部分地名．人名研究》 12.《高丽地名研究》 13.《鸡林类事及其研究》 14.《中国朝鲜族文化与儒教思想》		
韩振乾	1.《朝鲜谚语选》 2.《朝鲜语词源探究》(韩文) 3.《(朝鲜)六镇方言研究》(韩文) 4.《朝鲜语基础教程》(合编) 5.《汉朝(韩)对照会话》(合编) 6.《汉朝(韩)动物名称词典》(合编) 7.《汉朝(韩)植物名称词典》(合编) 8.《千禧韩中词典》(合编) 9.《新世纪韩汉词典》(合编) 10.《朝鲜短篇小说选》(合译) 11.《韩国对外贸易的成功与失误》 12.《韩国哲学史》(下)(合译) 13.《朝鲜语汉字论考》 14.《朝鲜语成语辨析》 15.《朝鲜谜语制作手法及其表现特征》 16.《朝鲜语俗语初探》 17.《朝鲜语惯用语初探》 18.《汉字在朝鲜半岛》 19.《六镇方言特征研究》 20.《六镇方言的句型特征》 21.《试论六镇方言与中世纪语言的关系》 22.《试论檀君神话的文化意蕴》 23.《韩国语汉字成语论考》 24.《韩国人的地方观念透析》 25.《韩国人的庭苑文化》 26.《中国人眼中的韩流》	1. 1987年12月 2. 1990年3月 3. 2000年9月 4. 1991年5月 5. 1994年3月 6. 1982年6月 7. 1982年10月 8. 2000年7月 9. 2005年10月 10. 1986年3月 11. 1994年2月 12. 1996年1月 13. 1980年5月 14. 1983年6月 15. 1983年6月 16. 1983年9月 17. 1984年12月 18. 1995年1月 19. 1996年 20. 1998年 21. 2000年10月 22. 2001年10月 23. 2003年12月 24. 2004年 25. 2005年12月 26. 2006年
沈定昌	1.《日韩实用对照语法》 2.《韩国对外关系》 3.《韩国外交与美国》(韩文) 4.《韩国外交与美国》 5.《中国对朝鲜半岛的研究》 6.《朝鲜半岛相关文献目录》 7.《韩国学概论》 8.《东方风俗文化辞典》(朝鲜部分) 9.《现代韩中·中韩词典》 10.《朝鲜文学史》上册(合译)	1. 1994年12月 2. 2003年9月 3. 2006年5月 4. 2006年4月 5. 2006年11月 6. 2008年8月 7. 2008年9月 8. 1991年9月 9. 2004年3月 10. 2005年9月

	11. 《试论在朝语构词法中增设"词缀合成法"和"词尾添加法"》		11. 1982年10月
	12. 《日语·朝鲜语的数词比较－类似点及差异点》		12. 1985年7月
	13. 《面向21世纪的中韩关系》		13. 1996年2月
	14. 《中韩经济合作与展望》		14. 2000年12月
	15. 《韩国外交政策的变迁及其原因》		15. 2002年1月
	16. 《中韩文化交流的快速升温及其原因》		16. 2004年3月
	17. 《中国研究韩国学现状及其展望》		17. 2004年10月
	18. 《中韩经济合作的现状和前景》		18. 2005年9月
	19. 《中韩加强合作对东北亚和平发展所起的作用》		19. 2005年10月
	20. 《中国的韩国学研究现状及其课题》		20. 2007年1月
	21. 《韩流对中国的影响》		21. 2008年9月
	22. 《中韩青少年交流往来现状. 存在的问题及改进的方向》		22. 2009年3月
	23. 《浅析李明博的"新亚洲外交"》		23. 2009年10月
	24. 《中韩社会文化交流现状及其前景》		24. 2009年11月
	25. 《中韩建交以来的文化教育交流》		25. 2010年7月
	26. 《李明博政府外交政策刍议》		26. 2010年12月
金健人	1. 《韩国研究第八辑》 2. 《中国江南与韩国文化交流》 3. 《韩国研究七》 4. 《韩国天君系列小说与中国程朱理学》	1. 辽宁民族出版社 2. 学苑出版社 3. 学苑出版社 4. 外国文学评论2003年2期	1. 2007.07.06 2. 2005.09.01 3. 2004.09.01 4. 2003.06.20
牛林杰	1. 《论韩国的少年战争体验小说》 2. 《2006-2007年韩国发展报告》 3. 《2006年韩国的政治外交及韩朝关系综述》 4. 《大学韩国语3》 5. 《大学韩国语2》 6. 《杜诗在韩国的传播及其影响》 7. 《社会动乱与文学的对应－中国新时期小说与韩国战后小说》 8. 《韩国作家朴泰远与世界文学》 9. 《20世纪初梁启超爱国启蒙思想在韩国的传播》 10. 《韩国开化期文学与梁启超》(专著) 11. 《梁启超与朝鲜近代文学》(专著) 12. 《梁启超历史传记小说在韩国的传播》	1. 韩中人文科学研究 2. 中国社会科学文献出版社 3. 当代韩国 4. 北京大学出版社 5. 北京大学出版社 6. 《中韩人文社会科学研究》第1辑 7. 《亚太发展研究》第3卷 8. 21世纪亚太发展问题 9. 中韩人文科学研究 10. 韩国Pakijeung Press 11. 韩国博而精出版社 12. 中韩人文科学研究会(韩国)	1. 2007.07.05 2. 2007.04.06 3. 2007. 03.02 4. 2006.09.01 5. 2006.03.01 6. 2005.08.01 7. 2005.02.01 8. 2003.06.01 9. 2002.06.30 10. 2002.05.20 11. 2002.05.01 12. 2002.01.09

	13. 《韓國文學》	13. 山東大學出版社	13. 2011.3
	14. 《韓國民俗》	14. 山東大學出版社	14. 2011.3
	15. "중국 근대 장회소설 〈영웅루〉에 대한 고찰"	15. 《고소설연구》	15. 2010.12
	16. "동아삼국의 蚩尤전설에 대한 고찰"	16. 《韓中人文學研究》	16. 2010.4
	17. "論韓國战后文学中的青少年戰爭體驗小說"	17. 《東嶽論叢》	17. 2009
	18. "근대형성기 중국 시가문학의 한 양상"	18. 《韓國詩歌研究》	18. 2008
	19. "韓國 戰後小說에 나타난 意識의 흐름 技法研究"	19. 《亞細亞文化研究》	19. 2008
	20. "中韓建交以來兩國文化教育交流綜述",,	20. 《東北亞論壇》	20. 2007
	21. "跨文化交流與文化誤讀"	21. 《韓國研究論叢》	21. 2007
	22. "東西洋文學批評 담론의 特徵"	22. 《亞細亞文化研究》	22. 2006
	23. "한국 개화기문체에 끼친 양계초의 影響"	23. 《韓中人文學研究》	23. 2004
	24. "20世紀初 梁啟超愛國啟蒙思想의 韓國的 수용"	24. 《韓中人文科學研究》	24. 2003
	25. "사회동란과 문학의 대응"	25. 《韓中人文學研究》	25. 2003
陈尚胜	1. 《论近15年中国媒体中韩国形象的变化》	1. 韩国总理府与韩国学中央研究院：《外国媒体中的韩国形	1. 2008.09.01
	2. 《字小与国家利益：对明朝就朝鲜壬辰倭乱所做反应的透视》	2. 社会科学辑刊	2. 2008.01.01
	3. 《明朝对日本侵略朝鲜的壬辰战争反应过程----兼论朝鲜之》	3. 韩国韩国学中央研究院《壬辰战争国际学术讨论会论文集	3. 2006.08.17
	4. 《许国与朝鲜士庶的交流》	4. 梨花史学	4. 2005.08.08
	5. 《重赔婉露更何年-----朝鲜李珥出使明朝诗歌初探》	5. 山东大学学报	5. 2002.06.01
	6. 《壬辰战争时期明朝与朝鲜的对日外交性格比较》	6. 日本明石书店	6. 2002.05.06
张东明	《韩国产业政策》 《韩国经济概论》 《构筑东北亚经贸合作的框架基础：关于合作途径和突破点的几点思考》. 《简析新世纪初朝鲜的经济调整政策》 《韩国经济发展中的市场. 计划与政府》 《韩国金融危机探讨》 《21世纪中韩合作课题与展望》 《浅析韩国企业对华投资》		
金强一	1. 《朝鲜半岛的地缘政治意义及其对我国的影响研究》(第二作者)	1. 延边大学学报， 人大复印资料中国外交	1. 2008.4, 2009.9 全文转载
	2. 《中美日东北亚战略框架之中的	2. 东疆学刊, 高等学校文科学术文摘	2. 2008. 3,

	朝鲜半岛问题》		2008, 5全文转载
	3. 《韩国NGO抵制奥运会活动的动向》	3. 新华社内参	3. 2008
	4. 《脱北者问题及我国的对策研究》		4. 2007
孙春日	1. 《韩国对今后十五年东北亚安全机制的展望》	1. 《当代亚太》	1. 2006.06
	2. 《朝鲜义勇军在东北的改编与发展》	2. 《精神文化》,韩国学中央研究院	2. 2005.04
	3. 《中国朝鲜族における国籍問題の歴史》	3. 《東北アジア朝鮮民族の多角的研究》,樱井龙彦编,	3. 2004.10
	4. 《日伪时期日帝对朝.日两民族东北移民政策之比较》	4. 《东北亚发展的回顾与展望》	4. 2003.05
	5. 《"满洲国"时期朝鲜开拓民研究》专著	5. 延边大学出版社	5. 2003
	6. 《论清朝对朝鲜垦民的土地政策》	6. 《满族研究》,辽宁省民族研究所	6. 2002.04
	7. 《中朝日围绕"间岛"发生纠纷的原委》	7. 《中国边疆史地研究》,中国社会科学院中国边疆史地研究中心	7. 2002.04
	8. 《满州事变前後の在满朝鲜人問題とその苦境》	8. 《東アジア近代史》,(日)東アジア近代史学会	8. 2002.03
	9. 《中国朝鲜族社会文化变迁史》(主编)	9. 延边教育出版社	9. 2002
	10. 《9·18事变后中朝日三民族移民比较》	10. 《中国史研究》	10. 2001.03
姜龙范	1. 《清代中朝日关系史》合著	1. 吉林文史出版	1. 2006.4
	2. 《朝核问题与中朝关系现状》	2. 《东北亚研究》	2. 2006.3
	3. 《国际文化专业方向课程体系改革研究与探索》	3. 《现代教育科学》	3. 2004.8
	4. 《站在十字路口的北朝鲜》合著	4. 日本笹川和平财团	4. 2003.3
	5. 《中朝关系的现状与今后的展望-关于朝鲜半岛问题上的中国战略》	5. 吉林省社会科学院《东北亚研究》	5. 2002.4
	6. 《朝鲜半岛的将来与国际合作》合著	6. 日本笹川和平财团	6. 2002.3
	7. 《人民日报关于朝鲜.韩国.日本问题资料汇编》合著,主编	7. 黑龙江朝鲜民族出版社	7. 2000.10
	8. 《近代中朝日三国对间岛朝鲜人的政策研究》专著	8. 黑龙江朝鲜民族出版	8. 2000.4
金宽雄	1. 《族裔散居.苹果梨及民族文化之根》	1. 历史与文化(韩),2007年创刊号	1. 2007
	2. 《北韩文学的历史理解》(第一作者)	2. 韩国培才大学校出版部	2. 2006
	3. 《北韩主体思想时期'领袖形象文学'的前近代性》	3. 《批评文学》(韩)	3. 2005.20
	4. 《朝鲜文学的发展与中国文学》(合著)	4. 延边大学出版社	4. 2003.09

	5.《中朝古代诗歌比较研究》(主篇)	5. 黑龙江朝鲜民族出版社	5. 2005.05
	6.《中朝古代小说比较研究》(独著)	6. 延边大学出版社	6. 1999.07
	7.《朝鲜史话》(合著)	7. 延边大学出版社	7. 1997.05
金虎雄	1.《朝鲜文化與文學的歷史理解》	1. 韓國 檜與鉉	1.2004
	2.《中日韩文化漫游》	2. 黑龙江朝鲜民族出版社	2.2005年
	3.《朝鲜韩国学丛书(7)－来华朝鲜-韩国名人事迹述略》	3. 黑龙江朝鲜民族出版社	3.2006年
	4.《朝鲜-韩国名人研究》	4. 延边人民出版社	4.2007年
	5.《金学铁评传》	5. 韩国 实践文学社	5.2007年
	6.《解放前来华朝鲜人离散文学研究》	6. 延边大学出版社	6.2010年
	7.《文学概论》(三人合著,第一作者)	7. 延边大学出版社	7.2010年
	8.《李根全論》	8. "朝鮮族文學研究", 黑龍江朝鮮民族出版社	8.1989.6
	9.《著名的作家金學鐵》	9. "天池"	9.2001.2
	10.《中國朝鮮族抗日文學的歷史面貌》	10. "文化山脈"第5期	10.2001.5
	11.《安壽吉與他的文學世界》	11. "中國朝鮮民族文學大系"第十卷	11.2001.11
	12.《在滿朝鮮人文學的旗手-安壽吉和他的小說世界》	12.《東方文學》	12.2002. 10
	13.《1920～30年代韓國文學與上海》	13.《現代文學研究》(23)	13.2004.7
	14.《金学铁研究的新的视觉》	14.《文学与艺术》, 第2期	14.2005年
	15.《对日协力与对抗的几种形态》	15.《文学与艺术》第5期	15.2006年
	16.《20世纪20-30年代韩国作家和上海》	16.《朝鲜韩国学丛书》(7)	16.2006年12月
	17.《移民浪潮与文化战略及其作家》	17.《延边文学》第9期	17.2006年
	18.《中国朝鲜民族文学大系13, 金学铁-金光洲篇》	18. 韩国宝库社	18.2007年6月
	19.《韓國文學与上海》	19.《韩国学论丛》第8集	19.2009年
	20.《中国朝鲜族与离散》	20.《韩中人文学研究》 第29集	20.2010
	21.〈中国朝鲜族小说中的"韩国形象"及其文化史意义〉	21.《叙事研究(Narrative)》	21.2010.1
张光军	1.《韩国语精读》		1.1999-2001
	2. 韩国语表现语法及其模式化研究		2.2000-2002
	3. "军队院校非通用语复语制研究"		3.2004-2006
	4.《韩国语语法》		4.2006-2010
	5.《综合韩国语》		5.2006-2010
	6.《韩国语写作》		6.2006-2010
	7.《韩国语口语语法》		7.2006-2010
	8.《21世纪韩国语系列教材》		8.2006-2010
	9.《朝鲜语接续词尾语境论》	9. 韩国月印出版社出版	9.1999年
	10.《韩国语应用文写作教程》	10. 辽宁民族出版社	10.1998年
	11.《韩国语语法语境素》	11.《语言文字》第3期	11.2001年
	12.《韩国语中的汉字词缩略语》	12.《汉语学习》第6期	12.2006年
	13.《对中国学生韩语学习中听力难的分析》	13.《解放军外国语学院学报》第5期	13.2007年

李海英	1.《中国朝鲜族社会史与长篇小说》 2.《青年金学铁与他的时代》 3.日占时期满洲移民与其形象化的两个形式〉 4.〈近代初期一个朝鲜革命家的东亚认识〉 5.〈小说创作与语言〉 6.〈改革开放与中国朝鲜族小说的对应〉 7.〈殖民地时代知识分子的抵抗和记录〉 8.〈理念的变化与小说的形式问题研究〉 9.〈韩国语与韩国学统合教育课程开发研究〉 10.〈韩国传统文化教育方案研究〉 11.〈韩国语专业社会与文化教材开发方案〉 12.〈山东省非正规教育机关韩语教育研究〉 13.〈中国朝鲜族早期长篇小说的两种形式〉 14.〈1940年代延安体验形象化研究〉 15.〈崔弘一小说的脱理念性〉 16.《《说吧，海兰江》的形象化原理〉 17.〈中国朝鲜族小说语言的地域性和阶层性〉 18.〈1950-1960年代中国朝鲜族长篇小说的两种形式〉 19.〈《说吧，海兰江》的创作方法研究〉	1. 韩国亦乐出版社 2. 韩国亦乐出版社 3. 韩国学研究，第21卷 4. 韩中人文学研究，第27卷 5. 韩国文化技术，第4卷第2号 6. 韩国(朝鲜)语言文学国际学术会议论文集 7. 韩中人文学研究，22集 8. 文学与艺术，3期 9. 韩国语言文化研究，4集 10. 韩国学研究,北京大学出版社, 11. 韩国语教育 12. 韩国学研究 13. 朝鲜-韩国语言文学研究 14. 金学铁论.年青一代的视角 15. 韩中人文学研究，19集 16. 金学铁研究，2 17. 中国朝鲜语文 18. 韩中人文学研究，13集 19. 韩中人文学研究，11集	1.2006.7 2.2006.10 3.2009.12 4.2009.8 5.2008.12 6.2008.6 7.2007. 12 8.2007. 6 9.2007. 5 10.2007. 5 11.2006.12 12.2006.11 13.2006.2 14.2006.10 15.2006.10 16.2005.5 17.2005.4 18.2004.12 19.2003.12
张伯伟	1.《禅与诗学》 2.《锺嵘诗品研究》 3.《中国诗学研究》 4.《临济录》 5.《中华文化通志·诗词曲志》 6.《全唐五代诗格校汇考》 7.《中国古代文学批评方法研究》 8.《程千帆诗论选集》(编) 9.《稀见本宋人诗话四种》(编) 10.《中国诗学》(主编) 11.《朝鲜时代书目丛刊》 12.《域外汉籍研究集刊》	1. 浙江人民出版社 2. 南京大学出版社 3. 辽沈出版社 4. 台湾佛光文化事业公司 5. 上海人民出版社 6. 江苏古籍出版社版 7. 中华书局 8. 山西古籍出版社版 9. 江苏古籍出版社版 10. 人民文学出版社出版 11. 中华书局 12. 中华书局	1. 1992 2. 1993 3. 1999 4. 1997 5. 1998 6. 2002 7. 2002 8. 1990 9. 2002 10. 2002 11. 2004 12. 2005
尹允镇	1. 朝鲜现代小说艺术模式研究 2. 中国文化对朝鲜日本的影响研究		

	3. 外国文学史(主编)		
	4. 朝鲜近现代小说的发展与李光洙的初期小说		
	5. 对中国现代文学的朝鲜传播过程的若干考察		
	6. 廉想涉初期小说的艺术特点	6. 延边大学第二次高丽学术讨论会论文集	
	7. 从中朝古典文人的小说观念的变化看小说	7. 《文学与艺术》	
	8. 金昌杰的恨与解恨方式	8. 《文学与艺术》	
	9. 20年代中国朝鲜人文学和朝鲜文学的关联		
	10. 从小说史前叙事文学的关系看小说	10. 《朝鲜学研究论文集》	
	11. 关于朝鲜现代文学形成的文化心理学的考察	11. 《朝鲜语言文学论文集》	
	12. 对中朝现代文学交流关系的若干考察		
	13. 关于朝文系课程安排的几点看法		
	14. 论韩中现代文学交流关系		
	15. 中朝古典小说概念的历史变化与小说		
	16. 韩国文学的近代化和西方文化		
	17. 《满鲜日报》的文学批评研究		
尹海燕	1. 《聊斋志异》的朝语翻译上存在的一些问题(论文)	1. 《中国朝鲜语文》	1. 1992.6.
	2. 关于《雪夜》的艺术成就(论文)	2. 《文学与艺术》	2. 1993.10.
	3. 关于金光均诗歌之意境的研究(论文)	3. 《韩国文化研究》(中央民族大学)	3. 1995.8.
	4. 郑芝溶的《乡愁》里内在的汉文学之传统(论文)	4. 《东西文学》(韩国)	4. 2001
	5. 金冠植的创作世界研究(论文)	5. 《现代诗》(韩国)	5. 2001.7.
金春仙	1. 《韓國 - 朝鮮 文學史》		1. 2005
	2. 《韓國 - 朝鮮 現代文學史》	2. 韓國 圖書出版 月印	2. 2001
	3. 《17世紀 後半期 國文長篇小說 研究》	3. 朝鮮 金日成綜合大學出版社	3. 1990
	4. 《朝鮮 - 韓國 當代文學概論》	4. 民族出版社	4. 2002
	5. 《当代韓國反美文學及其社會文化成因探析》(論文)	5. 中央民族大學 學報	5. 2005
金京善	1. 《混沌的面孔》	1. 桐柏文化出版社	1. 1993年10月
	2. 《韩国文学选集》	2. 外语教学与研究出版社	2. 1998年10月
	3. 《旅游汉语》	3. 东洋文库	3. 2000年2月
	4. 《中韩30年代小说比较研究》	4. 民族出版社	4. 2000年5月
	5. 《韩国语》2. 3. 4册	5. 民族出版社	5. 2002年月1月－2004年1月
	6. 《退魔录》1. 3	6. 东方出版社	6. 2003年5月
	7. 《希腊罗马神话之旅》	7. 远流出版社	7. 2005年8月

한국어문학 연구의 지평과 환경

해방 후 국어국문학 지형도에 관한 연구
- 제1세대 국어국문학 연구자와 국어국문학과의 교과과정 및 연구자의 연구경향에 대한 기초적 연구 : 1945~1959년까지를 대상으로 -

1. 머리말

필자는 해방 후 한국 근대 인문학 지형도에 관한 기초 연구를 수행하면서 국어국문학 분야의 지형도를 완성했으나 그 분량이 과다하여 서울대 국어국문학과의 제1세대 연구자들에 대한 지형도만을 정리하여 학회지에 발표한 바 있다.[1] 다른 대학 국어국문학과의 지형도도 잇달아 발표할 계획이었으나 그것은 필자의 생각으로 머물고 말았다. 이제 더 이상 기다릴 여유가 없어서 책을 만들면서 함께 묶어서 발표하기도 하였다.

본고에서 말하는 "해방 후 한국의 제1세대 국어국문학연구자"란 1945년 8월 15일 해방 이후 1949년까지의 시기에 국내 대학의 국어국문학과나 국어교육과 학부과정에 입학 또는 편입한 분들 가운데 처음으로 국어국문학연구에 종사한 분들로서 1950년대에 이미 국어국문학 전문 논문을 발표하였거나 석사 학위 이상을 취득한 분들을 의미한다.[2] 이들은 크게 네 가지 부류로 나눌 수 있다.본고에서 말하는 "해방 후 한국의 제1세대 국어국문학연구자"란 1945년 8월 15일 해방 이후 1949년까지의 시기에 국

---

[1] 송현호, 「해방 후 국어국문학지형도에 관한 연구」, 『한중인문학연구』 27, 2009.8, 331-357면.

[2] 한국의 근대 대학은 대한제국으로부터 설립되기 시작했지만 본격적인 대학의 모습은 일제 감점기로부터 시작하는 것으로 보아야 한다. 경성제국대학의 학풍과 동경제국대학, 경도제국대학, 동북제국대학, 와세다대학, 게이오대학 등의 학풍이 해방 후 한국 대학의 학풍에 영향을 주었기 때문이다. 그러나 본고에서는 역사학, 외국어학 등과 형평을 맞추기 위하여 연구 범위를 해방 후 1950년대로 한정했다.

내 대학의 국어국문학과나 국어교육과 학부과정에 입학 또는 편입한 분들 가운데 처음으로 국어국문학연구에 종사한 분들로서 1950년대에 이미 국어국문학 전문 논문을 발표하였거나 석사 학위 이상을 취득한 분들을 의미한다.3 이들은 크게 네 가지 부류로 나눌 수 있다.

첫째, 45년에서 48년 사이에 대학에 입학하여 1940-50년대에 졸업한 분들이다. 전광용(1947.9.~1951.9. 서울대 국어국문학과), 정한모(1947.9.~1955.9. 서울대 국어국문학과), 최학근(1947.9.~1950.5. 서울大 국어국문학과), 김영덕(1948.9. 서울대 국어국문학과), 윤원호(1951, 서울대 국어국문학과 졸업), 김민수(1951, 서울大 국어국문학과 졸업), 이을환(1948, 서울大 국어교육과 졸업), 구본혁(1948, 서울大 국어교육과), 이응백(1949, 서울大 국어교육과 졸업), 이두현(1950, 서울大 국어교육과 졸업), 조건상(1950, 서울大 국어교육과 졸업), 우인섭(1951, 서울大 국어교육과 졸업), 이기우(1952, 연세대 국어국문학과 졸업), 정연길(1948.9~1952.4. 연희대 국어국문학과), 이종은(1954, 연세대 국어국문과 졸업), 全榮慶(1954, 연세대 국어국문학과 졸업), 석일균(1957, 연세대 국어국문학과 졸업), 박성의(1946.9.~1950.5. 고려대 국어국문학과), 박병채(1951.8. 고려대 국어국문학과 졸업), 이우성(1947.~1951, 성균관대 국어국문학과) 등이 여기에 해당된다.

둘째, 일제 말에 대학 혹은 중등과정을 졸업하고 해방된 조국에 창설된 각 대학의 국어국문학과의 학부과정에 입학하여 졸업한 분들이다. 정병욱(1940.4.~1944.3. 연희전문학교 문과, 1946.3.~1948.8. 서울대 국어국문학과), 장덕순(1941.4.~1944.3. 연희전문학교 문과, 1946.7.~1949.7. 서

---

3 한국의 근대 대학은 대한제국으로부터 설립되기 시작했지만 본격적인 대학의 모습은 일제 감점기로부터 시작하는 것으로 보아야 한다. 경성제국대학의 학풍과 동경제국대학, 경도제국대학, 동북제국대학, 와세다대학, 게이오대학 등의 학풍이 해방 후 한국 대학의 학풍에 영향을 주었기 때문이다. 그러나 본고에서는 역사학, 외국어학 등과 형평을 맞추기 위하여 연구 범위를 해방 후 1950년대로 한정했다.

울대 국어국문학과), 이명구(1944.9. 경성제대 법문학부 진학, 1947.8. 서울대 국어국문학과 졸업), 송민호(1942.~1944.9. 보성전문 법과, 1946.~1950.5. 고려대 국어국문학과), 이가원(1941, 명륜전문 연구과 졸업, 1952, 성균관대 국문학과 졸업), 정규복(1945.9. 명륜전문 문과 입학, 1947.~1951, 성균관대 국문학과) 등이 여기에 해당된다.

셋째, 일제 말에 대학을 일본에 유학하여 대학을 졸업하거나 중퇴하고 해방 후 국내의 각 대학 국어국문학과의 학부과정에 편입하여 졸업한 분이다. 이태극(1937.~1938, 早稻田大 문과 수료, 전문부 이년 편입 중퇴, 1947.9.~1950.5. 서울대 국어국문학과), 이능우(1940.3. 早稻田大, 1948.8. 서울대 국어국문학과 졸업), 이남덕(1942.3. 이화여전 문과 수료, 1945.9. 경성제대 법문학부 조선문학과 졸업) 등이 여기에 해당된다.

넷째, 1948년 8월과 9월에 남한과 북한에 각기 분단 정부가 들어선 1949년 이후 대학의 국어국문학과 학부과정에 입학하여 1950년대 전문적인 국어국문학연구를 시작한 분들이다. 강신항(1949.9.~1953.3. 서울대 국어국문학과), 이기문(1949.9.~1953.3. 서울대 국어국문학과) 등이 여기에 해당된다. 네 번째 유형의 경우 역사학 분야에서는 1945~1948년 해방기에 중등과정을 다닌 분들로서 해방 전에 이미 중등교육을 완료한 분들에 비해서 민족의식의 면에서 차이가 있고, 분단 정부 수립 이후 대학 내의 교수진의 편성과 이념적 경직화가 이루어기 시작한 이후 대학 학부과정에 들어왔다는 점에서 차이가 있다고 하여 논외로 했지만 국어국문학 분야의 경우 1948년에 입학한 분들과 1949년에 입학한 분들이 함께 공부하고 함께 대학을 졸업하고 정착한 분들이 많아서 그분들을 분리하기에 어려움이 많았다.

본고에서 다루는 대상은 1945년 해방 이후 50년 6.25전쟁 이전까지 국내 대학 국어국문학과 학부과정에 편입 또는 입학한 "해방 후 제1세대 국어국문학 연구자" 가운데 남한에 남아 국어국문학 연구 활동을 한 분들을 대상으로 하되, 해방 직후 국어국문학과가 창설된 서울대, 연세대, 고려대, 이화여대, 성균관대에 한정하여 살피기로 한다.

따라서 일제시기에 이미 국어국문학 연구 활동을 시작하였고 해방 후 바로 대학의 교수가 되었던 국어연구학회 출신인 주시경, 최현배, 김윤경, 이윤재, 이병기 등과 경성제대 법문학부 출신의 조윤제, 김태준, 이희승, 이숭녕, 방종현, 김재철, 고정옥, 김사엽, 이탁, 한상갑, 정학모, 정형용, 손낙범, 김형규, 구자균, 김동명, 이정호, 이남덕 등 그리고 일본에서 공부하고 돌아와서 활동하다가 바로 교수가 된 김기림, 백철, 양주동, 이하윤, 장지영, 이헌구, 정지용 등은 여기에 포함시키지 않았다.

논저의 경우, 본고의 대상 시기가 1950년대까지이므로 1950년대까지 대상으로 분석하기로 하되 논저목록은 전시기에 걸쳐 작성하고 약력도 전 생애에 대하여 정리하기로 한다. 먼저 각 출신 대학별로 나누어 개인적으로 약력과 논저목록을 작성한 뒤, 이 논문들의 내용을 분석하여 연구경향을 살피고 연구경향과 이력과의 상관관계에 대하여도 생각해 보기로 한다. 마지막으로 결어 부분에서는 본론의 논의를 요약하고 해방 후 제1세대 국어국문학 연구자의 일반적 경향 및 그 의미를 도출하고 앞으로의 과제에 대하여 생각해 보기로 한다.

2. 해방 후 제1세대 국어국문학 연구자 - 약력과 논저목록

1) 서울대

(1) 국어국문학과

▶ 정병욱

약력 :	
1922. 4. 22.	경상남도 남해군 설천면 문항리에서 남파(南坡) 남섭(南燮)공과 밀양 박씨의 4남매 중 장남으로 태어남(음력 3.25).
1926. 10.	선 왕대인 간송(澗松) 상철(相轍)공께서 생활 근거지를 경상남도 하동군 금남면 덕천리로 옮기심에 그곳에서 자라남.
학력 :	
1928. 4.	하동군 금남면 진정공립보통학교 (4년제) 입학.
1932. 3.	동교 졸업.
1934. 3.	하동공립보통학교 (6년제) 졸업.
1934. 4.	동래공립고등보통학교 입학.
1939. 3.	동교 졸업.
1940. 4.	연희전문학교 문과 (4년제) 입학.
1944. 3.	동교 졸업.
1946. 3.	경성대학 법문학부 국어국문학과 (3년제) 입학.
1948. 8.	서울대학교 문리과대학 국어국문학과 졸업.
1972. 8.	서울대학교 대학원에서 문학박사 학위 (구제) 취득.
경력 :	
1948. 9~1953. 2.	국립부산대학교 전임강사·조교수 역임.

1953. 3~1958. 2.	연세대학교 전임강사·조교수 역임.
1955. 9~1957. 3.	서울대학교 문리과대학 대우조교수.
1957. 9~1975. 2.	서울대학교 문리과대학 전임강사·조교수·부교수·교수 역임.
1975. 3~현재	서울대학교 인문대학 교수.
1952년 이후.	전시연합대학·서울대학교문리과대학·경기대학·경희대학·동덕여자대학·성균관대학교·성심여자대학·수도여자사범대학·숙명여자대학교·연세대학교·한양대학교·한국정신문화연구원 한국학대학원 등에서 시간강사 역임.

학술단체 :

1940~현재	진단학회 회원 (1960~1963 동학회 이사).
1952~현재	국어국문학회 회원 (1959~1960 동학회 대표이사, 1980 동학회 평의원 피선).
1954. 4~현재	한글학회 회원.
1974. 3~현재	판소리학회 회장.
1977. 1~현재	도남학회 회원 (1977~1980 동학회 이사).
1981. 8~현재	대한민국 학술원 정회원 피선.

학내활동 :

1963~1978.	서울대학교 문리과대학 부설 동아문화연구소 연구원 및 운영위원.
1966~1967.	서울대학교 부속도서관 문리도서관장.
1969~현재	서울대학교 부속박물관 운영위원.
1970~현재	서울대학교 부속도서관 규장각 도서위원.
1975. 3~1977. 2.	서울대학교 인문대학 국어국문학과장.
1978. 2~1980. 1.	서울대학교 인문대학 국어국문학과장.
1980. 5~현재	서울대학교 박물관장.

교외활동 :

1960. 2.	국어심의위원회 위원.
1971. 2.	서울특별시 문화상 심사위원.
1975. 3～1977. 3.	문예진흥원 전통예술지원 심사위원.
1976. 5～1980. 5.	남원 춘향제 전국명창대회 심사위원.
1979. 9～1980. 10.	전국민속경연대회 심사위원.
1981. 2～현재	문화공보부 정책자문위원.

해외활동 :

1962. 8～1963. 7.	미국 하버드 엔칭 객원교수.
1971. 7.	미국 하와이대학, 한국학 학술회의 참가 (논문발표).
1973. 7.	프랑스 빠리, 동양학자대회 참가 (논문발표).
1977. 10.	일본, 덴리대학 조선학회 연차대회 참가 (논문발표).
1981. 4.	스위스 쮸리히, 유럽지역 한국학회 연차대회 참가 (강연).
1981. 4～7.	프랑스, 꼴레지 드 프랑스 초빙교수 (한국문학 강의).

논저 :

1952.	국문학의 개념규정에의 신제언	자유문학
1956. 6.	시조부흥운동 비판	신태양
1959. 2.	고전문학의 순화문제	자유문학
1959. 10.	국문학산고	논문집
1966. 10.	시조문학사전	교주
1972. 9.	구운몽 공저	교주
1977. 3.	한국고전시가론	논문집
1977. 11.	고전의 바다 공저	대담집
1979. 2.	표해록 번역	
1979. 5.	한국고전의 재인식	논문집
1980. 4.	한국의 판소리	논문집

1980. 8.	바람을 부비고 서 있는 말들	수필집
1981. 4.	논문작성법 공저	
1982. 5.	고전탐구의 뒤안길에서	수상집
상훈 :		
1967. 2.	한국출판문화상 저작상 수상.	
1973. 12.	국민훈장 목련장 수령.	
1978. 3.	외솔상 문화부문 수상.	
1980. 3.	삼일문화상 학술상 수상.	

► 전광용

약력 :	
1918. 9. 5(음력)	(호적에는 1919년 3월 1일자로 출생신고됨) 咸南 北靑郡 居山 面 下立石里 城川村 1011번지에서 출생 (음력9.5)(본관 慶州,부 全周協, 모 李梁春 본관 靑海).
1939. 1.	동아일보 신춘문예에 「별나라 공주와 토끼」 입선.
1943. 10.	專檢 합격.
1944. 11.	韓貞子(본관 청주)와 결혼.
1955. 1.	조선일보 신춘문예에 단편소설 「黑山島」 당선.
1976. 6.	차녀 暎二 결혼 (夫 崔英喆)
1979. 3.	서울대학교 含春苑에서 華甲紀念論叢 증정식 가짐(10일).
1979. 9.	장녀 景愛 결혼(夫 李光淳).
1983. 2.	3女 秀燕 이화여대 대학원에서 문학석사, 장남 浩景, 차남 浩男 서울대학교 대학원에서 각각 의학석사, 이학석사 학위 받음.
1983. 9.	장남 浩景 결혼(婦 李愛瓊).
1983. 12.	차남 浩男 결혼(婦 張東喜).

학력 :

1925. 4.	향리 소재 사립 又新學校 입학.
1929. 3.	又新학교 4학년 졸업.
1929. 3.	北靑郡 陽化공립보통학교 제 5학년 편입.
1931. 3.	陽化공립보통학교 졸업.
1934. 4.	北靑공립농업학교 입학.
1937. 3.	北靑공립농업학교 졸업.
1945. 9.	京城經濟專門學校(서울대학교 상과대학) 경제학과 입학.
1947. 7.	서울대학교 상과대학 2년 수료.
1947. 9.	서울대학교 문리과대학 국어국문학과 입학.
1951. 9.	서울대학교 문리과대학 졸업.
1951. 9.	서울대학교 대학원 국어국문학과 입학.
1953. 9.	서울대학교 대학원 수료.
1957. 3.	서울대학교에서 「李人稙硏究」로 문학석사 학위 받음.
1973. 2.	서울대학교에서 「신소설연구」로 문학박사 학위 받음.

경력 :

1947. 9.	高明중학교 야간부 교사 취임.
1949. 10.	高明중학교 교사 취임.
1952. 4.	숙명여자고등학교 교사 취임.
1953. 3.	숙명여자고등학교 교사 사임.
1953. 4.	휘문고등학교 교사 취임.
1953. 4.	서울대학교 문리과대학 강사 피촉.
1954. 4.	덕성여자대학 강사 피촉.
1954. 6.	휘문고등학교 교사 사임.
1954. 6.	서울대학교 사범대학 부속고등학교 교사 취임.
1955. 3.	서울대학교 사범대학 부속고등학교 교사 사임.
1955. 4.	수도여자사범대학 교수 취임.

1955. 11.	서울대학교 문리과대학 조교수 취임.
1956. 4.	서울대학교 음악대학 및 서울문리사범대학(명지대학) 강사 피촉.
1957. 3.	수도여자사범대학 교수 사임.
1957. 4.	동덕여자대학, 외국어대학 및 수도여자사범대학 강사 피촉.
1958. 3.	수도여자사범대학 강사 사임.
1959. 3.	외국어대학 강사 사임.
1960. 3.	덕성여자대학 강사 사임.
1961. 4.	성균관대학교 강사 피촉.
1961. 9.	서울대학교 음악대학 및 서울문리사범대학 강사 사임.
1962. 2.	성균관대학교 강사 사임.
1966. 3.	서울대학교 미술대학 및 서강대학 강사 피촉.
1967. 2.	서강대학 강사 사임.
1968. 3.	서울대학교 문리과대학 의·치의예과부장 피촉.
1968. 9.	고려대학교 교육대학원 및 단국대학교 대학원 강사 피촉.
1969. 3.	서울대학교 약학대학 강사 피촉.
1970. 2.	서울대학교 미술대학 및 약학대학 강사 사임.
1970. 3.	서울대학교 문리과대학 의·치의예과부장 사임.
1970. 3.	성심여자대학 강사 피촉.
1971. 3.	숙명여자대학교 대학원 강사 피촉.
1972. 3.	서울대학교 문리과대학 문학부장 피명.
1972. 6.	서울대학교 문리과대학 학장 직무대리 피명. 8월 사임.
1972. 8.	동덕여자대학 및 고려대학교 교육대학원 강사 사임.
1973. 3.	이화여자대학교 대학원 강사 피촉.
1974. 2.	이화여자대학교 대학원 강사 사임.
1974. 3.	서울대학교 문리과대학 문학부장 사임.
1975. 4.	서울대학교 교수협의회 회장 피선.
1975. 9.	명지대학 대학원 강사 피촉.

1976. 2.	명지대학 대학원 강사 사임.
1977. 5.	서울대학교 교수협의회 회장 사임.
1977. 8.	숙명여자대학교 대학원 강사 사임.
1978. 2.	성심여자대학 강사 사임.
1978. 3.	인하대학교 교육대학원 강사 피촉.
1979. 2.	인하대학교 교육대학원 강사 사임.
1981. 3.	한국정신문화연구원의 한국학대학원 강사 피촉.
1981. 8.	한국정신문화연구원의 한국학대학원 강사 사임.
1981. 9.	연세대학교 대학원 강사 피촉.
1983. 3.	문교부의 교류교수 계획에 의하여 청주사범대학에 1년간 근무차 부임.
1984. 2.	청주사범대학 교류교수 만기 사임.
1984. 8.	서울대학교 교수 정년 퇴임. 국민훈장 동백장 수훈.
1984. 9.	세종대학 초빙교수 취임
학술단체 :	
1952. 11.	부산 피난지에서 국어국문학회 창립에 참여.
1969. 6.	國語國文學會 대표이사 피선.
1971. 5.	國語國文學會 대표이사 사임.
1976. 1.	韓國比較文學會 부회장 피선
1978. 12.	韓國現代文學硏究會 회장 피선.
1980. 4.	한국비교문학회 회장 피선.
1983. 2.	北靑 民俗藝術保存會 이사장 피선.
1988~현재	韓國比較文學會 회장, 韓國現代文學硏究會 회장, 震檀學會 평의원, 國語國文學會 평의원, 국제 P. E. N. 클럽 한국본부 이사, 韓國小說家協會 대표위원.

교외활동 :	
1948. 11.	鄭漢淑, 鄭漢模, 南相圭, 金鳳赫 諸友와 「酒幕」 동인 창립.
1949. 10.	漢城日報 기자 취임.
1950. 12.	漢城日報 기자 사임.
1963. 11.	국제 P. E. N. 클럽 한국본부 사무국장 취임.
1964. 12.	국제 P. E. N. 클럽 한국본부 사무국장 사임.
1970. 3.	제37차 국제 P. E. N. 대회(世界作家大會, 1970년 6월 27일 서울에서 개최).
1970. 3.	준비사무국장 피촉. 대회를 치름.
1974. 11.	국제 P. E. N. 클럽 한국본부 부회장 피선.
해외활동 :	
1971. 8.	아일랜드 더블린에서 개최된 제38차 국제 P. E. N. 대회에 한국 대표로 참석.
1974. 1.	문교부 파견으로 중화민국 교육·문화계 시찰.
1974. 12.	이스라엘 예루살렘에서 개최된 제39차 국제 P. E. N. 대회에 한국 대표로 참석.
1976. 8.	영국 런던에서 개최된 제41차 국제 P. E. N. 대회에 한국대표로 참석.
1978. 5.	스웨덴 스톡홀름에서 개최된 제43차 국제 P. E. N. 대회에 한국대표로 참석.
1979. 7.	중화민국 臺北에서 개최된 韓·中學者會議에 한국 대표로 참석.
1980. 5.	한미 친선 관계로 미국 방문.
1981. 8.	미국 피닉스에서 개최된 제15차 世界現代語文學大會에 한국 대표로 참석.
1981. 10.	중화민국 臺北에서 개최된 제1차 韓中作家會議에 한국 대표로 참석.
1983. 1.	서울시 교육회 주관 해외교육연수단 참가, 남태평양지역 교

	육 문화계 시찰.	
1983. 8.	중화민국 臺北에서 개최된 比較文學大會에 한국 대표로 참석.	
1984. 1.	서울시 교육회 주관 해외교육연수단 참가, 유럽 교육문화계 시찰.	
1982. 8.	미국 뉴욕에서 개최된 제10차 世界比較文學大會에 한국 대표로 참석.	
1984. 9.	北靑 民俗藝術保存會 등 5개 단체로 구성된 대한민국 民俗藝術公演團을 인솔, 일본 방문.	

논저 :
(단편집)

1959.	黑山島	乙酉文化社
1975.	꺼삐딴・리	乙酉文化社
1977.	凍血人間	三中堂
1978.	牧丹江行列車	泰昌出版社 (장편)
1965.	裸身	徽文出版社
1967.	窓과 壁	乙酉文化社
1978.	太白山脈(韓國現代文學全集)	三省出版社 (저서)
1984.	韓國新小說硏究	새문사
1984.	韓國現代文學論攷	民音社 (편저)
1976.	新小說選集	同和出版公社
1983.	韓國近代小說의 理解	民音社

(작품)

1939. 1.	童話「별나라 공주와 토끼」	東亞日報
1947. 1.	戲曲「불레방아」	公演
1949. 3.	短篇「鴨綠江」	大學新聞
1955. 1.	短篇「黑山島」	朝鮮日報
1955. 8.	短篇「塵芥圈」	文學藝術

1956. 1.	短篇 「凍血人間」	朝鮮日報
1956. 3.	短篇 「硬動脈」	文學藝術
1958. 6.	短篇 「地層」	思想界
1958. 11.	短篇 「海圖抄」	思潮
1958. 12.	短篇 「霹靂」	現代文學
1959. 1.	短篇 「주봉氏」	自由公論
1959. 2.	短篇 「G. M. C.」	思想界
1959. 2.	短篇 「退色된 勳章」	自由文學
1959. 3.	短篇 「영 1 2 3 4」	新太陽
1959. 6.	短篇 「射手」	現代文學
1959. 9.	短篇 「크라운莊」	思想界
1960. 9.	短篇 「蟲媒花」	思想界
1960. 12.	短篇 「招魂曲」	現代文學
1962. 1.	短篇 「바닷가에서」	思想界
1962. 1.	短篇 「免許狀」	미사일
1962. 7.	短篇 「꺼삐딴·리」	思想界
1962. 8.	短篇 「郭書房」	週刊 새나라
1962. 9.	短篇 「南宮博士」 「擬古堂實記」	改題大學新聞
1963. 7.	短篇 「죽음의 姿勢」	現代文學
1964. 3.	長篇 「太白山脈」	新世界 連載
1964. 5.	短篇 「모르모트의 反應」	思想界
1964. 7.	短篇 「第三者」	文學春秋
1964. 9.	長篇 「裸身」	女苑 連載
1965. 4.	短篇 「세끼미」	思想界
1967. 11.	全作長篇 「窓과 壁」	乙酉文化社 刊
1968. 1.	장편 「젊은 소용돌이」	現代文學 連載
1974. 9.	단편 「牧丹江行列蹉」	北韓
1979. 6.	短篇 「時計」	서울대 동창회보

1979. 8.	短篇「표범과 쥐 이야기」	韓國文學

논문 :

1954.	「昭陽亭」攷	국어국문학 10
1955.	黑山島民謠研究	思想界 3-1
1955.	雪中梅	思想界 3-10
1955.	雉岳山	思想界 3-11
1956.	古典繼承과 創作의 方向	自由文學
1956.	鬼의 聲	思想界 4-1
1956.	銀世界	思想界 4-2
1956.	血의 淚	思想界 4-3
1956.	牧丹峰	思想界 4-4
1956.	花의 血	思想界 4-6
1956.	春外春	思想界 4-7
1956.	自由鐘	思想界 4-8
1956.	秋月色	思想界 4-9
1957.	李人稙研究	서울대 論文集 6
		人文社會科學
1958.	祖國과 文學	知性(秋季號)
1958.	素月과 小說	知性(冬季號)
1958.	玄鎭健論	새벽
1962.	「雁의 聲」攷	국어국문학 25
1964.	解放後 文學 二十年	解放二十年
1964.	古典文學에 나타난 庶民像	韓國大觀
1966.	常綠樹考	東亞文化 5
1967.	韓國小說發達史(新小說)	韓國文化史大系 5
1968.	小說 六十年의 問題點	신동아 7
1969.	3·1運動의 文學創作面에 끼친 影響	3·1운동

1969.	五十周年紀念論文集	
1970.	韓國作家의 社會的 地位	文化批評 2-1
1971.	韓國語 文章의 時代的 變貌	月刊文學
1973.	白翎島地方 民謠調査報告	文理大學報 28
1974.	李光洙研究序說	東洋學 4
1974.	民族文學의 定義와 그 方向	UNESCO
1975.	近代初期小說에 나타난 性倫理의 限界性	藝術論文集 14
1976.	「枯木花」에 대하여	국어국문학 71
1976.	祖國統一과 文學	統一政策
1977.	韓國現代小說의 向方	冠岳語文研究2
1977.	兒童文學과 歷史意識	兒童文學評論
1977.	國語와 現代文學	文協심포지움
1980.	독립신문에 나타난 近代的意識	국어국문학 84
1980.	百年來 韓中文學交流考	比較文學 5
1981.	李光洙의 文學史的 位置 崔南善과 李光洙의 文學	새문사
1981.	前後 韓國文學의 흐름	比較文學 6
1982.	金東仁의 創作觀	金東仁研究(새문사)
1983.	韓國小說에 있어서 漢字表記問題	比較文學 8

상훈 :

1956. 4.	학술논문 「雪中梅」로 사상계 논문상 수상.	
1962. 10.	단편소설 「꺼비딴·리」로 제7회 東仁文學賞 수상.	
1979. 12.	소설 「郭書房」으로 대한민국 文學賞(흙의 문학상 부문) 수상.	
1984. 8.	서울대학교 교수 정년 퇴임. 국민훈장 동백장 수훈.	

228

► 장덕순

1921. 7. 9.	음력 7월 9일 간도 용정과 연길 사이에 모아산 교회가 있는 童家屯 마을에서 부친 宋昌公과 모친 白安羅 氏의 둘째 아들로 出生.
학력 :	
1927~1929.	2년간 漢文 修學.
1929~1939. 12.	간도 용정에 있는 중앙소학교에 입학/졸업.
1941. 4~1944. 3.	연희전문학교 문과에 입학/졸업.
1946. 7~1949. 7.	서울대학교 문리과대학 국어국문학과에 입학/졸업.
1971. 2.	서울대학교 대학원에서 문학박사 학위 취득.
경력 :	
1949. 10~1952. 9.	공주사범대학 전임강사에 취임.
1952. 10~1953. 9.	대구신학교 교수 취임.
1953. 9~1958. 10.	부산대학교 전임강사로 취임 조교수로 사임
1953. 10~1960. 9.	연희대학교 문과대학 전임강사 취임. 55년 조교수로 승진하고 58년 부교수로 승진함.
1960. 9~1986. 8.	서울대학교 사범대학 강사 피촉 전임강사, 조교수, 부교수, 68년 교수로 승진
1961. 4.	서울대학교 문리과대학 대우 부교수 피촉.
1962. 3.	서울대학교 대학원 및 법과 대학 강사 피촉.
1963. 6.	서울대학교 문리과대학 전임강사 취임.
1965. 3.	서울대학교 문리과대학 조교수에 승진.
1966. 12.	서울대학교 문리과대학 부교수에 승진.
1968. 6.	서울대학교 문리과대학 교수에 승진.
1980. 3.	서울대학교 인문대학 국어국문학과장 보임.
1986. 8.	서울대학교 인문대학 교수로 정년퇴임.

학술단체 :	
1952. 11.	부산에서 국어국문학회 창립.
1970. 3.	한국구비문학회를 결성하고 회장에 취임하여 현재까지 학회를 이끎.
1970. 6.	국어국문학회 이사에 피선되어 1972년 5월까지 편집이사, 사업이사 역임.
1970. 11.	한국문화인류학회 이사에 피선되어 1974년 11월까지 4년간 재임.
1971.	한국문화인류학회 전국민속종합조사 조사위원 피촉.
1976. 6.	도남학회 결성, 이사에 피선.
1983. 6.	국문학연구회 결성, 회장에 취임.
1985.	陶南學會 理事長 취임.

교외활동 :	
1973. 7.	제29차 세계동양학자대회에 참석.
1980.	한국일보 출판문화상 심사위원.
1983.	중앙일보 중앙문화대상 심사위원.
1985.	한국정신문화연구원 민족문화대백과사전 편집위원 피촉.

해외활동 :	
1978. 10.	일본 동경 朝鮮學會 참가, 주제발표.

논저 :		
1960.	國文學通論	新丘文化史
1963.	敎授와 乭伊와 詩人의 證言	魚水閣(隨筆集 共著)
1969.	韓國人(共著)	培英社
1969.	韓國의 女俗	培英社
1970.	The Folk Treasury of Korea(責任編輯)	口碑文學會

1970.	韓國文學의 諧謔(共著)	國際文化財團
1970.	韓國說話文學硏究	서울大學校出版部
1970.	韓國의 風俗(共著)	文化財管理局
1971.	口碑文學槪說(共著)	一潮閣
1972.	韓國風俗誌(共著)	乙酉文化社
1973.	韓國思想의 源泉(共著)	養英閣
1973.	韓國古典文學의 理解	一志社
1975.	說話文學槪說	二友出版社
1976.	돌과의 문답	汎友社
1976.	韓國文學史	同和文化社
1977.	韓國隨筆文學史	關東出版社
1977.	忠孝思想(共著)	檀大出版社
1977.	破閑集(抄譯)	汎友社
1978.	洪吉童傳・壬辰錄・辛未錄・朴氏夫人傳 ・林慶業傳(註譯)	普成文化社
1980.	黃眞伊와 妓房文學	中央新書
1980.	韓國古隨筆選(編譯)	三星文化文庫
1981.	李奎報作品集(抄譯)	螢雪出版社
1981.	암행어사의 懷抱	도서출판 宇石
1982.	韓國의 傳統思想과 文學(共著)	서울대학교出版部
1985.	韓國女性의 傳統像(共著)	民音社
1986.	韓國文學의 淵源과 現場	集文堂

논문 :

1953.	誡女歌辭試論	국어국문학 3, 국어국문학회
1953.	李春風傳硏究	국어국문학 5, 국어국문학회

1955.	興夫傳의 再攷	국어국문학 13, 국어국문학회
1957.	「Cinderella」와 「콩쥐팥쥐」	국어국문학 16, 국어국문학회
1959.	丙子胡亂을 前後한 戰爭小說	人文科學 3, 延大人文科學硏究所
1959.	夢遊錄小考	東方學誌 4, 延大東方學硏究所
1960.	英雄敍事詩 東明王 究所	人文科學 5, 延大人文科學硏
1962.	國文學形態 分類問題	국어국문학 23, 국어국문학회
1962.	作中人物을 通해 본 春香傳	震檀學報 23, 震檀學會
1964.	龍飛御天歌의 敍事詩的 考察 論文集	陶南 趙潤濟博士 回甲紀念 同刊行會
1965.	古典文學에 나타난 對日感情	東亞文化 4 서울대 東亞文化硏究所
1966.	高麗國祖神話의 硏究	東亞文化 5 서울대 東亞文化硏究所
1966.	奎章閣圖書朝鮮邑誌所載 說話分類	東亞文化 6 서울대 東亞文化硏究所
1966.	文獻에 나타난 民族說話의 分類	民族文化硏究 2 고려대民族文化硏究所
1967.	說話의 小說化-壅固執傳과 裵裨將傳을 中心으로	東亞文化 7 서울大
1968.	民譚의 文學的 構造	心丘 李崇寧博士頌壽 紀念論叢同刊行會
1968.	李朝初期의 說話-慵齊叢話에 나타난	東亞文化 8 서울대

	好色説話를 中心으로	東亞文化研究所
1968.	説話의 小説化-黃土記와 소쩍새를 中心으로	樂山 金廷漢先生 頌壽紀念論文集 同刊行會
1969.	꿈説話考-胎夢과 旋流夢을 中心으로	국어국문학 46 국어국문학회
1970.	夜來者傳説	국어국문학 49·50 국어국문학회
1970.	説話文學의 意義와 方法	東亞文化 9 서울대 東亞文化研究所
1971.	서울의 口碑傳承	聖心女大論文集 성심여대
1971.	日帝暗黑期의 文學史	韓國現代史 제6권 新丘文化社
1973.	宇宙論·世界觀, 韓國思想大系 I	성균관대 大東文化研究院
1974.	韓國의 諧謔-文獻所載説話를 中心으로	東洋學 4 단국대 東洋學研究所
1976.	崔致遠과 説話文學	아카데미叢書 4 세계평화교수아카데미
1977.	漢字文學의 國文學史的 處理試考	聖心語文論集 4 성심여대
1977.	忠孝思想과 現代	화경문고 4 단국대
1978.	古典文學에 나타난 價値意識	아카데미叢書 4 세계평화교수아카데미
1978.	雪怨説話考 許雄教授回甲紀念 論文集	과학사
1978.	韓國神話의 英雄들	民族文化論叢 1
1979.	「일동장유가」와 日本의 「가부기요」	白史 全光鏞 教授 還甲紀念論文集

		서울大 出版部
1981.	許筠文學의 文學史的 硏究	한국문학연구총서 7
		새문사
1982.	한국의 夜來者傳說과 日本의 三輪山傳說	韓國文化 3 서울대
		韓國文化硏究所
1982.	淸州地方의 山城傳說	人文論叢 8 서울대
		人文大
1986.	戰爭을 극복하는 說話小說 〈壬辰錄〉	文學思想
1986. 6.	문화사상사・尋父譚考	東泉 趙健相 敎授
		古稀紀念論文集
		同刊行會
상훈 :		
1986. 8.	대통령 표창 수상.	

► 정한모

약력 :	
1923. 10. 27.	本籍 : 忠南 扶餘郡 石城面 石城里 現住所 : 서울特別市 城北區 城北洞 24-1 사망 : 1991년 2월.
학력 :	
1947. 9.	서울대학교 文理科大學 國語國文學科 入學
1955. 9.	서울대학교 文理科大學 國語國文學科 卒業(文學史)
1956. 4.	서울대학교 大學院 國語國文學科 入學
1959. 3.	서울대학교 大學院 國語國文學科 卒業(文學碩士)
1973. 8.	서울대학교 大學院에서 博士學位 받음

경력 :

1952. 10~1954. 10.	公州師範大學 講師
1954. 10~1958. 3.	禪文高等學校 敎師
1958. 4~1966. 6.	同德女子大學 專任講師・敎授 역임
1966. 6~1975. 2.	서울대학교 文理科大學 專任講師・交手 역임
1975. 3~현재	서울대학교 人文大學 敎授
1967. 7~1968. 6.	서울대학교 文理科大學 國語國文學科主任(兼職)
1971. 10~1975. 2.	서울대학교 文理科大學 附屬 圖書館長(兼職)
1980. 1~1980. 3.	서울대학교 人文大學 國語國文學科長(兼職)
1980. 3~1982. 2.	서울대학교 附設 放送通信大學長(兼職)
1982. 8~현재	서울대학교 人文大學 國語國文學科長(兼職)
1978. 3~1982. 3.	韓國詩人協會 會長
1981. 8~현재	大韓民國 藝術院 正會員
1983. 3~현재	國語國文學會 代表理事

해외활동 :

1978. 8~1979. 8.	日本 東京大學 比較文學 比較文化硏究室 客員硏究員
1981. 6~1981. 7.	英國 Open University 외 視察

상훈 :

1971. 3.	제4회 韓國詩人協會賞 受賞

논저 :

1955.	血의 淚・銀世界 外 (주해)	正音社
1959.	現代作家硏究	凡潮社
1964.	文學槪論 (공저)	靑雲出版社
1973.	文學槪說 (공저)	博英社
1973.	現代詩論	民衆書館

1974.	韓國現代詩文學史	一志社
1974.	韓國現代詩要覽 (공저)	博英社
1977.	崔南善作品集 (編著)	螢雪出版社
1979.	韓國現代詩의 精髓	서울大出版部
1981.	論文作成法 (공저)	博英社
1983.	韓國代表詩評說 (공편)	文學世界社
1983.	韓國現代詩의 現場	博英社
1983.	素月詩의 定着過程研究	서울大出版部

(작품)

1958.	카오스의 蛇足	凡潮社
1959.	餘白을 위한 抒情	新丘文化社
1970.	아가의 房	文苑社
1975.	새벽	一志社
1983.	아가의 房 別詞	文學藝術社
1983.	나비의 旅行 (시선집)	現代文學社
1983.	사랑 詩篇 (시선집)	高麗苑
1983.	바람과 함께 살아온 歲月	文音社

논문:

1955.	孝石과 exoticism	국어국문학 15號
1956.	文體로 본 東仁과 孝石	文學藝術 5月號~12月號(連載)
1962.	Realism文學의 韓國的 樣相	淑大論文集 2輯
1966.	韓國現代詩의 起點	聖心語文論集 1輯
1969. 4~1974. 2.	韓國現代詩史	現代詩學(連載)
1971.	「少年」誌 以前의 詩歌	同大論叢 3輯
1973.	近代詩의 形成과 그 展開	同大論叢 3輯
1973.	韓末抵抗期의 詩歌(日文)	韓 18號

1974.	陸史詩의 特質과 詩史的 意義	나라사랑 16輯
1974.	韓國近代詩形成에 미친 譯詩의 影響	同大論叢 4輯
1975.	韓國開化期文學의 諸問題	韓國學第六輯別冊
1976.	萬海詩의 發展過程考序說	冠岳論文 1輯
1977.	開化詩歌의 諸問題	韓國學報 第六輯
1977.	李孝石과 Anton Tchekov과의 距離	李崇寧 先生 古稀紀念 國語國文學論叢
1977.	素月詩의 定着過程硏究	聖心語文論集 第四輯
1981.	李相和의 詩와 그 文學的 意義 李相和의 서정시와 그 아름다움	새문사
1982.	金잔듸論, 金素月 硏究	새문사
1982.	讚頌論 韓龍雲 硏究	새문사

► 최학근

약력 :	
1992. 11. 15.	全羅南道 康津郡 兵營面 三仁里 二一六에서 出生
학력 :	
	8歲부터 15歲까지 普通學校.
	16歲부터 21歲까지 中學校.
1947~1950. 5.	서울大學校 文理科大學 國語國文學科, 學士.
1950. 6~1957. 3.	서울大學校 大學院 國語國文學科, 석사.
경력 :	
1945. 8.	解放 後는 잠시 國民學校, 中學校 등의 敎師로 근무
1950. 6~1953. 3.	普成高校 敎師
1953. 4~1955. 3.	東星高校 敎師
1955. 6~1957. 9.	서울大學校 農科大學 專任講師

1957. 9~1962. 4.	서울大學校 農科大學 助敎授	
1962. 4~1969. 9.	서울大學校 農科大學 副敎授	
1969. 9~1970. 3.	서울大學校 農科大學 敎授	
1970. 3~1975. 3.	서울大學校 敎養課程部 敎授	
1975. 3~현재	서울大學校 人文大學 國語國文學科 敎授	

교외활동 :

1978. 6.	국어심의회의원 위촉.
1978. 10.	精神文化研究院 方言調査 諮問委員.

해외활동 :

1964~1974.	日本國 東京都所在 東洋文庫와 東京大學에서 四年間 東洋學 研究.
1982. 10~1983. 3.	東京外國語大學 客員敎授로 근무.

논저 :

1958. 9.	國語方言學序論(上)	同學社
1959. 5.	國語方言學序說(上・下合)	精研社
1962. 11.	全羅南道方言研究	韓國研究院
1968. 4.	國語方言研究	서울大學校出版部
1971. 3.	國語方言學(共著)	螢雪出版社
1971. 5.	滿文 [大遼國史] 對譯註	서울大學校出版部
1975. 12.	蒙文 [滿洲實錄] 對譯註, 上	通文
1977. 3.	改訂 國語方言研究	通文
1978. 3.	韓國方言辭典	玄文社
1978. 10.	현문 [국어사전](編著)	玄文社
1978. 6.	국어대사전(共編著)	善一文化社
1979. 1.	蒙文 [滿洲實錄] 對譯註, 下	彰文閣
1980. 3.	알타이語學論攷	玄文社

1981. 3.	韓國의 方言 (中央新書, 90)	中央日報社出版部
1981. 12.	사냥세첸撰[蒙古諸汗 源流의 實綱 上 (蒙古源流) 對譯註	서울大學校 東亞文化硏究所
1982.	韓國方言學	太學社

논문 :

1953. 12.	半舌音攷	國語國文學 8號
1954. 9.	方言의 時代差에 대한 一考察 上下	국어국문학11,12
1956. 9.	國語와 Altai語族과의 比較問題에 對하여, 特히 몇 개의 共通特質에 對하여	서울大學校農大 五十周年記念論文集
1957. 3.	「가시」	語考.
1958. 2.	方言分類小考	自由文學 4. 2
1958. 10.	通古斯語群과 國語의 位置	한글 123號
1958. 12.	言語地理學의 方法과 性質	德成女大學報
1959. 4.	動詞「붓도도다」의 語源論的 考察	한글 124號
1959. 5.	言語의 두 가지 性質	自由文學 4. 5
1959. 9.	方言의 變遷과 共通祖語	自由文學 4. 9.
1959. 10.	J. G. Ramstedt氏의 韓國語源硏究	한글 125號
1960. 2.	語源硏究方法論小考 (1)	한글 126號
1960. 10.	語源硏究方法論小考 (2)	한글 127號
1960. 2.	國語와 親族語	自由文學 35
1960. 4.	國語와 通古斯語와의 관계, 上下	自由文學 37, 38
1960. 6.	國語의 親族語로서의 土耳其語	自由文學 39
1961. 11.	慶尙道方言硏究, ① 中間子音現象	한글 128號
1962. 5.	慶尙道方言硏究, ② 中間子音現象	한글 129號
1962. 9.	慶尙道方言硏究, 語中子音郡現象과 語頭子音濃音化現象	한글 130號
1963. 9.	慶尙道方言硏究, ④ 語頭子音濃音	한글 132號

	化現象과 語頭子音군發生에 對하여	
1963. 12.	土耳其民族과 言語	韓國語文學 1호
1963. 12.	서울方言圈의 形成과 서울方言에 對하여	鄉土서울19輯
1964. 2.	國語數詞와 Altai語族數詞와의 어느 共通點에 對해서	趙潤濟 博士 回甲記念論文集
1964. 4.	慶尙道方言에서 使用되는 終結語尾 ①	국어국문학 27號
1964. 10.	國語用言活用에 있어서 挿入되는 "것"과 "겨"에 對해서	서울大學校 論文集 10輯
1964. 10.	"新羅"의 語源에 對해서	親和 131號
1964. 11.	"百濟"에 對해서	親和 132號
1964. 12.	"韓"에 對해서	親和 133號
1965. 5.	慶尙道方言에서 使用되는 終結語尾 ②	국어국문학 28號
1965. 10.	語幹末子音郡「ㅀ」의 "ㅎ"의 原音에 對해서	국어국문학 30號
1966. 3.	慶尙道方言에서 使用되는 終結語尾 ③	국어국문학 36號
1966. 6.	慶尙道方言에서 使用되는 終結語尾 ④	국어국문학 37號
1966. 6.	Report on the Manchurian and Mongolian I.C. for Manchu and Mongol studies, No.1	
1966. 9.	滿文「大遼國史」對譯註 ②	亞細亞研究 No.23
1966. 10.	國語研究에 있어서의 文獻과 方言의 重要性	明知語文學 3輯
1967. 12.	國語方言의 "Substrat"에 對해서	檀大國文學論叢 No. 1
1968. 6.	文獻以前의 國語事實의 一端에 對해서	李崇寧 博士 頌壽 記念論文集
1966. 12.	滿文「大遼國史」對譯註 ③	亞細亞研究 No.24
1967. 12.	滿文「大遼國史」對譯註 ④	亞細亞研究 No. 28
1968. 3.	滿文「大遼國史」對譯註 ⑤	亞細亞研究 No. 29
1968. 11.	滿文으로 쓰여진 乾隆帝의「御製盛京部」에 對해서	檀大國文學論集 No.5
1969. 8.	On the Vowel "u" in the vowel system of written Manchurian	

		I.C. for Manchu and Mongol studies, No. 3
1970. 6.	Chinese Influences on the Korean Language	
		Chinese Culture Vol. XI, No. 2
1970. 9.	所謂「三田渡碑」의 滿文碑文譯註	국어국문학 49.50合輯
1971. 4.	滿文「金史」研究	서울大學校 敎養學部 論文集 No. 3
1971. 11.	On the Numberal Terms of Korean Language	金亨奎 博士 頌壽 論文集
1971. 11.	南部方言群과 北部方言群 사이에 介在하는 等語線設定을 爲한 方言 調査硏究	池憲英 先生 頌壽 論文集
1972. 2.	滿文文獻「百二十老人話」에 對해서	서울대論文集 No. 16
1972. 4.	滿文「金史」研究	서울大學校 敎養學部 論文集 No. 4
1972. 12.	滿文文獻 cibendeo(七本頭)에 對해서	국어국문학 58~60合輯
1973.	滿洲語造語論硏究	서울大學校 敎養學部 論文集 No. 5
1975. 10.	Ablaut現象과 母音交替에 對해서	語文學 33輯
1975. 12.	全羅道方言硏究, 音韻篇 〈母音〉	국어국문학 70輯
1975. 12.	滿洲語에 있어서의 未完結過去語尾 -fi(-mpi, -pi)에 對해서	語學硏究 Vol.11, No. 2
1976. 6.	滿洲語의 格, 性, 數에 對해서(滿文法二)	語學硏究 Vol.12, No. 1
1976. 8.	全羅道方言硏究 (二), 〈子音〉	金亨奎 敎授 停年 記念論叢.
1976. 10.	M. 푸찔로의「露韓辭典」에 對해서	冠岳語文硏究 第一輯.
1976. 12.	南部方言群과 北部方言群 사이에 介在하는 等語線設定을 爲한 方言 調査硏究	語學硏究 Vol.12, No. 2
1977. 4.	「言語의 修飾」이라고 題한 蒙古 文法書에	국어국문학 74호

	對해서	
1977. 9.	滿洲語動詞活用語尾 -mbi, -me, -ha에 對해서	語學硏究 Vol.12, No. 2
1977. 9.	蒙語類解附錄「語錄解」評釋	朴晟義 博士 환갑 기념논총
1977. 12.	學生社會에서 使用되는 卑語(隱語)	冠岳語文硏究 第二輯
1978.	Korean Ideas on Ultimate Ulti-mate Reality and Reality and Meaning	Meaning Vol.1. No. 4
1978. 12.	알타이어족설에 관한 한 가정 -그 연구방법론에 관한 한 시도	눈뫼 허웅박사환갑 기념논문집
1979. 1.	方言質問方法	方言 1
1979. 3.	國語方言에 나타난 稀貴語	冠岳語文硏究 第三輯
1979. 12.	「金鑑」이라고 題한 蒙古文法書에 對해서	冠岳語文硏究 第四輯
1980. 2.	平安道方言硏究 (其一) 音韻篇	靑坡文學 卷 13
1980. 2.	平安道方言硏究 (其二)	韓國方言學 1號
1980. 6.	大東急記念文庫所藏「千字文」에 對해서	국어국문학 83
1980. 12.	動詞「긏다 : 긋다」(斷, 切, 絶, 折, 止, 息, 定)와 그 派生語	韓國文化 第一輯
1981. 8.	「蒙古史資料」와「蒙古源流」에 對해서	東亞文化 第18輯
1981. 12.	韓國語의 系統論에 관한 硏究	東亞文化 第19輯
1982. 2.	方言學의 硏究方法論의 進展	韓國方言學 2號
상훈 :		
1978. 11.	서울市 文化賞受賞.	

▶ 강신항

약력 :	
1930. 5. 8.	(음 4월 10일) 忠淸南道 牙山郡 道高面 基谷里 139번지에서, 晉

	州姜氏 天熙先生과 文化柳氏 寅春女士의 二男 六女 中 長男으로 태어나다. 本 籍：忠淸南道 牙山郡 道高面 基谷里 139 現住所：서울特別市 城北區 貞陵 3洞 894-10
1956. 11.	서울대 國語國文學科 入學同期인 鄭良婉(1929.4.14. 생)과 혼인.
학력：	
1937. 4.	道高公立普通學校 (후에 道高公立尋常小學校로 바뀌고 다시 國民學校로 바뀜) 入學
1943. 3.	위 卒業
1943. 4.	州公立中學校入學
1946. 9.	서울中學校 第4學年에 編入學
1946. 6.	서울中學校 第6學年 卒業 (1回)
1949. 9.	서울大學校 文理科大學國語國文學科 入學
1951. 3~1953. 3.	釜山에서 戰時聯合大學을 거쳐 上記 大學을 釜山市 影島(영선) 國民學校 講堂에서 卒業 (7回)
1953. 3~1959. 3.	서울大學校 大學院 國語國文學科 碩士課程을 이 날 修了 文學碩士
1974. 2.	서울大學校 대학원에서 문학박사학위를 받음
경력：	
1950. 12~1953. 3.	戰時中 國防部 政訓局戰史編纂委員會助務員으로 勤務
1953. 4~1957. 4.	空軍에 入隊하여 53. 8. 1. 空軍少尉로 任官된후 空軍本部 政訓監 室軍史課에서만 勤務하다가 大尉로 轉役
1957. 4~1961. 9.	서울中高等學校 國語科敎師(1960. 3. 31까지), 다시 講師로 있다가 辭任
1959. 4~1963. 2.	德成女子大學講師, 60. 6. 1 專任講師, 61. 7. 1 助敎授, 62. 3. 1 敎務課長 兼 學生課長, 大學辭任
1964. 3.	成均館大學校 助敎授, 67. 11. 1 副敎授, 71. 9. 1 敎授

1980. 11.	成均館大學校 大東文化研究院 院長.
1983. 3.	同 博物館長
1984. 3.	同 大學院教學處長
1986. 5.	同 中央圖書館長
1987. 3〜1988. 1.	同 敎務處長
1993. 2〜1995. 2.	成均館大學校 大學院長
1995. 8.	成均館大學校 定年退職
1995. 9.	成均館大學校 名譽敎授
1960. 4〜1990.	서울大學校(文理大, 師大, 藥大, 大學院 등), 淑明女子大學校, 檀國大學校, 誠信女子大學校, 祥明女子大學校, 世宗大學校 등 講師 歷任

학술단체 :

1963. 11〜1978. 8.	여러 차례 國語學會總務理事
1978. 9.	同 代表理事
1982. 9.	同 副會長,
1985. 9〜1988. 2.	同 會長, 其他 국어국문학회, 韓國語文學會, 震檀學會, 日本 朝鮮學會 등 會員.
1975. 6〜76. 5.	국어국문학회 이사
1993. 6〜1997. 5.	국어국문학회 이사, 연구위원회 위원장.

교외활동 :
(문교부)

1967. 8.	人文系 高等學校 敎科用圖書檢認定(文法) 査閱委員
1981. 7.	교육고정심의회 중·고등학교 국어과위원회 위원
1983. 3.	1종도서 문법과 편찬심의원 위원
1983. 3.	1종도서 중학교국어과 편찬심의회 위원
1986. 12.	교육과정심의회 중학교국어과 소위원회 심의위원

1987. 5.	87년도 1종도서 중학교국어과 편찬심의회 위원
1987. 8.	87년도 1종도서 국어(쓰기)과 편찬심의회 위원
1987. 11.	교육과정심의회 고등학교문법과 소위원회 심의위원
1989. 4.	89년도 1종도서(중학교국어과) 편찬심의회 위원
1989. 4.	89년도 1종도서(고등학교문법과) 편찬심의회 위원
1992. 3~1994. 2.	교육고정 심의회 고등학교 국어과 소위원회 위원
1993. 4.	1993년도 1종도서(국어과) 편찬심의회 위원(한국정신문화연구원)
1978. 10.	방언조사연구위원회 자문위원
1981~1982.	한국민족문화대백과사전 편집위원회 위원
1984. 4.	한국민족문화대백과사전 편찬위원회 자문위원회 위원
1992. 10.	한국민족문화대백과사전 문자, 언어 분과 편집위원회 위원 (1994. 9. 30. 까지)
(KBS)	
1983. 4.	KBS 한국어연구회 자문위원 (1996. 12. 31까지)
(한국대학교육협의회)	
1987. 4~1989. 4.	한국대학교육협의회 자문위원회 위원
(중앙교육평가원)	
1990. 11.	독학학위 전공기초과정 인정시험 국어학 출제위원
(문화부)	
1990. 4.	국어연구소 운영위원회 위원
1990. 6.	국어심의회 국어순화분과위원회 위원
해외활동 :	
1967.	日本朝鮮學會 年例大會 (東京 1967. 天理 1970・1990)
1970. 1.	台北所在 中華民國中央研究院 歷史言語研究所에서 漢語音韻學 研究
1970. 9~1971. 9.	일본 東京大學 및 東洋文庫에서 漢語音韻學과 一般言語學研究.

1976. 8～1978. 7.	姉妹大學인 中華民國 國立政治大學에서 韓國語學講義.	
1980 · 1986.	國際漢學會議 (中華民國 中央研究院, 台北 1980 · 1986)	
1986.	在歐韓國學會 (AKSE, 보쿰 1986, 스톡홀룸 1987, 바르샤바 1990)	
1991. 9～1992. 2.	일본 東京外國語大學 客員研究員	
1993.	國際韓國言語學會 (ICKL, 워싱톤 1993)	
1989 · 1991.	中華民國韓國研究學會 (台北, 1989 · 1991)	
1986.	國際심포지움「漢字文字의 歷史와 將來」) 大修館書店 · 朝日新聞社, 東京 1986)	
1994.	環太平洋 韓國學大會 (東京, 1994)	
1994.	中國音韻學研究會 (天津)	

논저 :

1961. 4.	國語學史(兪昌均과 共著)	民衆書館
1967. 12.	『韻解訓民正音』研究	韓國研究院
1973. 10.	四聲通解研究	新雅社
1974. 5.	譯註訓民正音	新丘文化社
1974. 10.	『朝鮮館譯語』研究	百合出版社
1978. 5.	李朝時代의 譯學政策과 譯學者	塔出版社
1978. 6.	韻解訓民正音	螢雪出版社
1979. 2.	國語學史	普成文化社
1991. 8.	增補改訂版 國語學史	普成文化社
1979. 8.	無形의 證人	正和出版文化社
1979.	韓語語法(中文)	中華民國國立政治大學
1980. 9.	鷄林類事『高麗方言』研究	成均館大出版部 附 32P.
1987. 4.	訓民正音研究	成均館大出版部
1990. 4.	增補訓民正音研究	成均館大出版部

246

1991. 3.	현대국어 어휘사용의 양상	太學社
1993. 10.	ハングルの成立と歴史(日文)	東京 大修館書店
1995. 1.	增補 朝鮮館譯語研究	成均館大出版部 附 121P.

(작품)

1973. 10.	道高山 소나기	新雅社
1981. 6.	거울앞에서 (初版)	文學藝術社
1988. 5.	거울앞에서 (再版)	正一出版社
1986. 5.	어느 가정의 예의범절 (初版)	文學藝術社
1990. 3.	어느 가정의 예의범절 (再版)	正一出版社
1990. 10.	더불어 기쁘게 사는 삶	正一出版社
1994. 5.	나이테	正一出版社

논문 :

1957.	軍隊卑俗語에 對하여	一石 李熙昇 先生 頌壽紀念論叢
1957.	李朝初 佛經諺解經緯에 對하여	國語研究 1
1958.	李朝中期 國語學史 試論	國語研究 4
1958.	龍飛御天歌의 編纂經緯에 對하여	서울大文理大學報 6-1
1963.	訓民正音解例理論과 性理大全과의 聯關性	국어국문학 26
1963.	燕山君 諺文禁壓에 對한 揷疑	震檀學報 24
1964.	15世紀국어의 "ㅗ"에 對하여	陶南 趙潤濟 博士 回甲紀念論文集
1965.	申景濬	韓國의 人間像 4
1965.	李允宰	韓國의 人間像 4
1966.	四聲通解卷頭의 字母表에 對하여	가람 李秉岐 博士 頌壽論文集

1966.	李朝時代의 譯學政策에 관한 考察	大東文化研究 2
1966.	李朝初期譯學者에 관한 考察	震檀學報 29·30
1966.	李朝中期이후의 譯學者에 대한 考察	成大論文集 11
1967.	韓國語學史 上	韓國文化史大系 5
1967.	現代國語의 家族名稱에 對하여	大東文化研究 4
1968.	洋服關係語彙考	李崇寧 博士 頌壽 紀念論叢
1969.	四聲通解	韓國의 名著
1969.	現代國語의 建築關係 語彙考	金載元 博士 回甲紀念 論文集
1969.	韓國韻書에 관한 基礎的인 研究	成大論文集 14
1970.	韓國韻書研究	成大文學 15·16
1970.	韓國의 禮部韻略	국어국문학 49·50
1971.	『朝鮮館譯語』新譯	大東文化研究 8
1972.	朝鮮館譯語의 寫音에 對하여	語學研究8-1
1972.	四聲通解의 編纂經緯	東喬 閔泰植 博士 古稀紀念儒教學論叢
1972.	四聲通解의 音系研究序說	震檀學報 34
1973.	四聲通解의 聲類	成大論文集 17
1973.	四聲通解의 韻類	東洋學 3
1974.	飜譯老乞大·朴通事의 音系	震檀學報 38
1975.	鷄林類事와 宋代音資料	東洋學 5
1975.	鷄林類事『高麗方言』語釋	大東文化研究 10
1976.	慶北安東·奉化·寧海地域의 二重言語生活	成大論文集 22
1976.	15世紀文獻의 現實漢字音에 對하여	제1회 東洋學學術 會議論文集
1977.	現代韓國語會話體之恭遜法(中文)	東方學報 1
1977.	鷄林類事『高麗方言』의 聲母와	李崇寧 先生 古稀紀念

	中世韓國語의 子音	國語國文學論叢
1977.	訓民正音創制動機의 一面	언어학 2
1978.	鷄林類事『高麗方言』의 韻母音과 中世國語의 母音 및 末音	大東文化研究 12
1978.	老乞大・朴通事諺解內字音의 音系	東方學志 18
1978.	『朴通事新釋諺解』內字音의 音系	學術院論文集 17
1978.	中國字音과의 對音으로 본 國語母音體系	國語學 7
1978.	安東方言의 說明法과 疑問法	언어학 3
1979.	安東方言의 命令法・約束法 등	成大論文集 26
1980.	中國의 方言研究	方言 3
1980.	安東方言의 敬語法	蘭汀 南廣祐 博士 華甲紀念論叢
1980.	『華音啓蒙諺解』內字音의 音系	東方學志 23・24
1980.	朝鮮時代 資料로 본 近代漢語 音韻史 槪觀	成均論文集 28
1980.	依據朝鮮資料略記近代漢語語音史(中文)	中央研究院歷史語言研究所集刊51-3
1981.	朝鮮初期受到宋代文字論的影響(中文)	第1屆 國際漢學會議論文集
1981.	外來語化한 몇 가지 語例에 對하여	金光植 敎授 華甲紀念論叢
1982.	規範과 慣用(敎育史와 韓國敎育史研究의 새 方向語學)	韓國敎育史研究會
1982.	李圭景의 言語・文字研究	大東文化研究 16
1983.	外來語의 實態와 그 受容對策 韓國語文의 諸問題	人文科學 12
1983.	現代國語生活의 한 側面	人文科學 12
1984.	齒音과 한글 表記	國語學 12
1984.	世宗朝의 語文政策	世宗朝文化研究(Ⅱ)

1984.	鄕歌表記 「如」字의 讀法에 對하여	石溪 李明九 博士 回甲紀念論叢
1985.	現代國語에 대한 語彙論적研究	東方學志 46·47· 48合輯
1985.	西歐文明의 流入과 國語生活의 變化	傳統文化와 西洋文化 (Ⅰ)
1985.	洪武正韻譯訓 「가운」의 한글 表音字에 對하여	羨鳥堂 金炯基 先生 八耋紀念 國語學論叢
1986.	實學時代學者들의 業績에 對하여 -李思質과 黃胤錫	敎育論叢創刊號
1986.	朝鮮後期 正音學者들의 正音觀	國語學新研究
1986.	書永編內 訓民正音 관계기사에 對하여	鳳竹軒 朴鵬培 博士 回甲紀念論文集
1987.	韓國漢字音內 舌音系字音의 變化에 對하여	東方學志 54·55· 56 合輯
1987.	韓國漢字音과 漢語上古音과의 對應可能性에 관하여	東洋學 17
1987.	現代國語의 特徵	韓國放送言語變遷史
1988.	朝鮮初期韓國漢字音(高麗譯音)資料(中文)	中央研究院歷史語言 研究所集刊59-1
1989.	洪武正韻訓的韓國標音研究(中文)	韓國學報 第8期
1989.	韓國漢字音內舌音的變化(中文)	第2屆 國際漢學會議 論文集
1989.	韓國漢字音의 어제와 오늘	國語生活 17
1989.	洪武正韻譯訓內 母音字의 한글表音에 對하여	二靜 鄭然粲 先生 回甲紀念論叢
1990.	訓世評話에 對하여	大東文化研究 24
1990.	古代國語의 音節末子音에 對하여	大東文化研究 25

1991.	王權と 訓民正音創製	朝鮮學報 138
1991.	黃胤錫과 黃極經世聲音唱和圖	東方學志 71·75
1991.	왕권(王權)과 훈민정음창제	겨레문화 5
1991.	現代韓語的隱語和俗語造語法(中文)	韓國學報 10
1992.	世祖朝부터 中宗朝까지의 譯學者	李圭昌 博士 停年紀念 國語國文學論叢
1992.	訓民正音 中聲體系와 漢字音	春岡 柳在泳 博士 華甲紀念論叢
1992.	開化期의 訓民正音硏究	訓民正音과 國語學
1992.	韻解訓民正音과 신경준	訓民正音과 國語學
1992.	한글創制의 背景과 佛敎와의 關係	佛敎文化硏究 3
1992.	高麗譯音(韓國漢字音)について(日文)	學習院大學言語共同 硏究紀要 15
1993.	《海東諸國紀》內의 漢字音	春虛 成元慶 博士 華甲紀念 韓中音韻學論叢
1993.	韓·日 兩國 譯官에 대한 比較硏究	人文科學 23
1993.	國語學의 世界化, 그 方法과 展望	國語國文學의 世界化
1993.	'한글갈'의 훈민정음	새국어생활 3-3
1994.	朝鮮館譯語的漢語字音特徵(中文)	言語硏究 1994년 增刊
1994.	高麗時代의 韻學과 譯學	우리말 연구의 샘터 (都守熙 先生 華甲 紀念論叢)
1994.	龍飛御天歌內反切의 性格	震檀學報 78
1995.	神農と韓國姜姓の系譜	神農五千年
상훈 :		
1992. 12.	국무총리 표창장.	

► 이기문

약력 :	
1930. 10. 23.	平安北道 定州 五山에서 태어남.
학력 :	
1943. 4～1947. 4.	五山中學校 재학. 越南.
1947. 5～1949. 6.	中央中學校 졸업.
1949. 9～1953. 3.	서울대학교 문리과대학 국어국문학과 졸업.
1953. 4～1957. 3.	서울대학교 대학원 석사과정 수료.
1957. 4～1963. 8.	서울대학교 대학원 박사과정 수료.
1973. 2.	서울대학교 대학원에서 문학박사 학위 받음.
경력 :	
1952. 4～1960. 8.	부산과 서울에서 龍山高等學校, 中央中高等學校, 新興大校, 漢城高等學校, 淑明女子大學校, 京畿高等學校, 서울大學校 文理科大學에 출강.
1959. 4～1961. 9.	고려대학교 문리과대학 조교수.
1962. 4～1963. 5.	서울대학교 문리과대학 전임강사.
1963. 5～1969. 1.	서울대학교 문리과대학 조교수.
1969. 1～1972. 12.	서울대학교 문리과대학 부교수.
1972. 12～1975. 2.	서울대학교 문리과대학 교수.
1975. 3～1996. 2.	서울대학교 인문대학 교수. 停年退任.
1975. 12～1978. 1.	서울대학교 東亞文化研究所長.
1981. 10～1985. 7.	서울대학교 韓國文化研究所長.
1985. 7～1987. 7.	서울대학교 圖書館長.
학술단체 :	
1978. 8～1980. 2.	韓國言語學會長.

1985. 6~1987. 5.	국어국문학회 代表理事.	
1988. 3~1990. 2.	國語學會長.	
1990. 6~현재	한국알타이학회장.	
1988. 3~1990. 3.	국어연구소장.	

교외활동 :

1982. 11~현재	대한민국 학술원 회원.

해외활동 :

1960. 9~1961. 8.	미국 하바드대학 客員學者.
1965. 9~1967. 8.	미국 워싱톤대학 客員副敎授.
1974. 9~1974. 12.	일본 學術振興會 客員敎授.
1977. 여름.	미국 언어학회 Linguistic Institute 客員敎授.
1980. 3~1981. 2.	미국 컬럼비아대학 선임연구원.
1985. 3~1985. 8.	독일 DAAD客員敎授.
1991. 9~1992. 8.	미국 하바드대학 客員學者.
1993. 10~1994. 9.	일본 東京大學 客員敎授.

상훈 :

1962. 12.	한국出版文化賞 받음.
1985. 3.	三一文化賞 받음.
1990. 10.	보관문화훈장 받음.
1993. 9.	學術院賞 받음.
1996. 2.	국민훈장 목련장 받음.

논저 :

1961.	國語史槪說	民衆書館.
1963.	『國語 表記法의 歷史的 硏究』	韓國硏究院.

	影印：歷代韓國文法大系 3部 14册	塔出版社
1970.	開化期의 國文 研究	韓國文化研究叢書 1集 韓國文化研究所
1970	再刊：國文研究所 報告書 影印 附載	一潮閣
1971.	訓蒙字會 研究 [再刊：서울대학교 출판부 1983]	韓國文化研究叢書 5集 韓國文化研究所
1972.	國語史槪說 改訂版 [日譯：藤本幸夫, 韓國語の歷史, 大修館書店, 東京, 1975] [獨譯：B. Lewin, Geschichte der Koreanischen Sprache, Ludwig Reihert Verlag, Wiesbaden, 1977] [再刊：塔出版社, 1978]	民衆書館
1972.	國語 音韻史 研究[再刊：國語學叢書 3, 塔出版社, 1977]	韓國文化研究叢書 13集, 韓國文化研究所.
1978.	十六世紀 國語의 研究	國語學研究選書 3 塔出版社.
1981.	韓國語 形成史	三星文化文庫.
1983.	韓國 語文의 諸問題(共著)	一志社.
1984.	國語音韻론(共著)	學研社.
1990.	한국어의 발전 방향(共著)	民音社.
1991.	國語 語彙史 研究	東亞出版社.
1993.	한국 언어 지도집	
1993.	Language Atlas of Korea(共著)	學術院 成地文
1994.	國語史(共著)	韓國放送通信大學校 出版部(편역)
1955.	言語學原理(譯)	民衆書館
1962.	俗談辭典(編)	民衆書館
1973.	歷代時調選(編)	三星文化文庫
1976.	韓國의 俗談(編)	三星文化文庫
	周時經全集 上, 下(編)	亞細亞文化社

1978.	俗談辭典 改正版(編)	一潮閣
1985.	당신의 우리말 실력은?(編)	東亞出版社
1990.	당신의 우리말 실력은? 증보수정판(編)	東亞出版社
1995.	千字文 資料集 地方千字文篇(共編)	도서출판 박이정
		(서평・해제)
1957.	Charles Haguenauer	Origines de la
		Civilisation du Japon (Paris 1956)
1968.	Nicholas Poppe, Introduction to Altaic	語學硏究 4.1.
	Linguistics(Wiesbaden 1965).	
1969.	Yuen Ren Chao, Language and Symbolic	문화비평 1.1.
	Systems (Cambridge 1968)	(亞韓學會)
1971.	訓蒙字會	檀國大學校
		東洋學研究所
1973.	千字文(影印本)	檀國大學校
		東洋學 研究所
1974.	養蠶經驗撮要	書誌學 6.
1974.	洪武正韻譯訓	高麗大學校 出版部
		影印本. 新東亞 8월호.
1983.	金履浹, 平北方言辭典	方言 7
	(정신문화연구원 1981).	정신문화연구원
1985.	李崇寧, 國語 音韻論 硏究 第1集,	新東亞 1월호 부록
	現代 韓國의 名著 100권, 'ᄋ'音攷	
1988.	큰 사전. 한글학회 편 現代 韓國을	新東亞 1월호 부록
	뒤흔든 60大事件	

논문 :

| 1954. | 語辭의 分化에 나타나는 Ablaut的 | 최현배 선생 환갑 |
| | 現象에 대하여 | 논문집 사상계사 |

1955.	語頭 子音郡의 生成 및 發達에 대하여	震檀學報 17 一石
		李熙昇 先生 頌壽紀念論叢
1957.	鷄林類事의 一考察	一潮閣
1957.	朝鮮館驛語의 編纂 年代	文理大學報 5.1
		(通卷 8)
1958.	女眞語 地方攷	文理大學報 6.1
		(通卷 10)
1958.	A Comparative Study of Manchu Jahr bücher Ural-Altaische	
	30.1-2. and Korean	
1958.	中世女眞語 音韻論 硏究	서울대학교 論文集
		人文社會科學 7
1958.	만주어문법 I	서론, 한글123.
1959.	救急簡易方에 대하여	文理大學報 7.2.
1959.	十六世紀 國語의 硏究	文理論集 4.
	On the Breaking of *i in Korean	亞細亞硏究 2.2.
1960.	소학언해에 대하여	한글 127.
1961.	十五世紀 表記法의 一特徵	국문학 5(고려대
		국문학회)
1962.	龍飛御天歌 國文歌詞의 諸問題	亞細亞硏究 5.1
1962.	中世國語의 特殊 語幹交替에 대하여	震檀學報 23
1963.	A Genetic View of Japanese	朝鮮學報 27(日本)
1963.	十三世紀 中葉의 國語 資料	東亞文化 1.
1963.	一鄕樂救急方의 價値	Koreana Quaterly 5.1.
1963.	Korean Linguistics	Retrospect and Prospect
1963.	國語 運動의 反省	思想界 1月號
1964.	動詞 語幹 '앉-, 엱-'의 史的 考察	趙潤濟 博士 回甲
		紀念論文集 新雅社
1964.	Mongolian Loan-words in Ural-Altaische	Middle Korean

		Jahrbücher 35
1964.	蒙語老乞大 研究	震檀學報 25 · 26 · 27
1964.	알타이語學과 國語	국어국문학 27
1964.	Materials of the Kogurye	Journal of The
		Humanities Language and Social Sciences 20
1964.	龍飛御天歌의 語學的 價値(人名·地名)	東亞文化 2
1965.	近世中國語 借用語에 대하여	亞細亞研究 8.2
1965.	成宗板 伊路波에 대하여	圖書 8
1965.	國語 系統論	語文學研究學編
	國語學개론	首都出版社
1966.	鷹鶻名의 起源的 考察	李秉岐 先生 頌壽
		紀念論文集 三和出版社
1967.	韓國語 形成史, 韓國文化史大系 5	言語文學史 高麗大
		民族文化研究所編
1967.	蒙學書 研究의 基本 問題	震檀學報 31
1968.	高句麗의 言語와 그 特徵	白山學報 4
1968.	中村完 譯 高句麗の言語とその1.10	平凡社
1968.	東京 韓國研究院特徵	
1968.	[再錄：論集 日本文化の起源 5,	
	日本人種論·言語學(池田次郎·大野晋 編)]	
1968.	鷄林類事의 再檢討-주로 音韻史의 觀에서	東亞文化 8.
	母音調和와 母音 體系	李崇寧 博士 頌壽
		紀念論叢, 乙酉文化社.
1968.	朝鮮館驛語의 綜合的 檢討	서울대학교論文集
		人文社會科學 14
1968.	言語의 親族關係-그 基本	國語學論集 2
1968.	概念과 樹立 方法에 대하여	檀國大學校.
1968.	再錄：李廷玟 外編,『言語科學 文學과 知性社이란 무엇인가』	

1969.	蒙文十二字頭에 대하여	金載元 博士 回甲 紀念論叢 乙酉文化社.
1969.	中世國語 音韻論의 諸問題	震檀學報 32.
1970.	Korean Linguistics, Korean Studies Today	서울대학교 東亞文化研究所
1970.	國譯:國語學,『韓國學』	玄岩社
1970.	新羅語의 '福(童)에 대하여	국어국문학 49・50.
1970.	國語의 現實과 理想	新東亞 6월호.
1971.	Ramstedt and the Study of Korean	金亨圭博士 頌壽 紀念論叢 一潮閣
1971.	'州'의 古俗音에 대하여	池憲英 先生 華甲 紀念論叢 湖西文化社.
1971.	母音調和의 理論,	語學研究 7.2.
1971.	Remarques sur la formation de la langue coréenne Revue de	Corée 3.3.
1972.	漢字의 釋에 관한 研究	東亞文化 11.
1972.	石峯千字文에 대하여	국어국문학 55・56・57.
1972.	國語學 研究史와 앞으로의 課題	民族文化研究 6.
1973.	十八世紀의 滿洲語 方言 資料	震檀學報 36.
1973.	言語上으로 본 古代의 韓日關係 [佛譯:Revue de Corée 5.1, 1973]	新東亞 1월호.
1973.	韓國語와 日本語의 語彙 比較에 대한 再檢討	語學研究 9.2.
1974.	訓民正音 創制에 관련된 몇 問題 言語 資料로서 본 三國史記	國語學 2. 震檀學報 38.
1974.	한글의 創制	『한국사』11(兩班官 僚社會의 文化), 국사편찬위원회

1974.	國語 研究	『한국사』 20
		(近代文化의 發生), 국사편찬위원회
1974.	日本語系統論によせて	언어 3.1, 東京
		大修館書店.
1975.	Language and Writing Systems Occasional Papers of the in Traditional Korea, The Traditional Culture and Society Center for Korean Studies, University of Hawaii 4. of Korea Art and Literature	
1975.	韓國語와 알타이諸語의 比較 研究	光復30周年紀念
		綜合學術會議
		論文集學術院
1975.	衿陽雜錄의 穀名에 대하여	東洋學 5.
1976.	최근의 訓民正音 研究에서 提起된 몇 問題	震檀學報 42.
1976.	Language Planning in Modern Korea	Journal of
		The Humanities and Social Sciences 43.
1976.	國語 醇化와 外來語 問題	言語研究 4.2.
1976.	高麗 時代의 國語의 特徵	東洋學 6.
1976.	周時經의 學問에 대한 새로운 理解	韓國學報 5.
	[再錄 : 주시경선생에 대한 연구논문	한글학회 편
	모음 1, 1987]	
1977.	국어사 연구가 걸어온 길	나라사랑 26.
	[英譯 : A look at Research in Korean	
	Historical Linguistics, Korea Journal 19.2, 1979]	
1977.	濟州道 方言의 'ᄋᆞ'에 관련된 몇 問題	李崇寧 先生 古稀紀念
		國語國文學論叢 塔出版社
1977.	十九世紀末의 國文論에 대하여	朴晟義 博士
		高麗大學校 國語國文學研究會
1977.	公私恒用錄의 東言解에 대하여	김성배 박사 회갑

		기념논문집, 螢雪出版社.
1977.	韓國語와 알타이諸語의 語彙 比較에 대한 基礎的 研究	東亞文化 14.
1977.	韓國 古代諸語 系統論	東亞文化 14.
		『한국사』 23(총설), 국사편찬위원회.
1978.	語彙 借用에 대한 一考察	언어 3.1.
	十五世紀 表記法의 一考察,	언어학 3.
1978.	The Reconstruction of *yʌ in Korean Hornbeam Press Columbia, Papers in Korean South Carolina Linguistics edited by Chin W, Kim	
1979.	國語의 人稱代名詞	冠岳語文研究 3.
1979.	中世國語 母音論의 現狀과 課題	東洋學 9.
1979.	The Vowel System of Middle Korean Mélanges de Coréa Collège de France, Paris Centred'Études Coréennes, nologie offerts à M. Charles Haguenauer	
1979.	15世紀 國語의 構造	국어국문학 81
1980.	訓民正音 創制의 基盤	東洋學 10
1980.	'글'에 관한 斷想	池憲英 先生 古稀紀念 論叢, 螢雪出版社
1980.	加波島 方言의 特徵	玄平孝 博士 回甲紀念 論叢, 螢雪出版社
1980.	19世紀 末葉의 國語에 대하여	南廣祐 博士 華甲紀念 論叢, 一潮閣
1980.	國語學의 發展을 위한 提言 民族文化 研究의 方向	嶺南大學校 民族文化研究所
1980.	アルタイ諸語と韓國語 その比較研究 についての小見	國際言語科學研究 所所報 1.3. 京都産業大學.

연도	제목	출처
1980.	稻荷山鐵劍銘と太安万侶ぇ墓誌について	國際言語科學研究 所所報 1.3. 京都産業大學
1981.	吏讀의 起源에 대한 一考察	震檀學報 52.
1981.	한힌샘이 언어 및 문자 이론	語學研究 17.2.
	[再錄 : 한글학회 편, 주시경선생에 대한 연구 논문 모음 1, 1987]	
1981.	千字文 研究,	韓國文化 2.
1981.	Korean Linguistics So Far	Korea Journal 21.9
1982.	素月詩의 言語에 대하여[再錄 : 心象 11.1, 1983]	정병욱 선생 환갑기념논총, 신구문화사
1982.	[再錄 : 김학동 편, 『김소월』 한국문학의 현대적 해석 2]	서강대학교 출판부
1982.	百濟語 研究와 관련된 몇 問題	百濟研究 開校 30周年 紀念特輯號, 忠南大學校
1982.	東아세아 文字史의 흐름	東亞研究 1, 西江大學校
1983.	'아자비'와 '아ᅀᅳ미'	國語學 12
1983.	한국어 表記法의 변천과 原理	『韓國語文의 諸問題』 一志社
1984.	開化期의 國文 使用에 관한 研究	韓國文化 5.
1984.	解放 뒤 40年의 國語 敎育	學術院 第二分科.
1984.	國語敎育의 理念과 方向 -古代 三國의 言語에 대하여	27回 全國歷史學大會 論文集.
1985.	蒙古語 借用語에 대한 研究	語學研究 21.1.
1985.	'祿大'와 '加達'에 대하여	國語學 14.
1985.	國語 語彙史의 한 側面 『歷史言語學』	金芳漢 先生 回甲

		紀念論文集, 전예원
1985.	語源 研究의 方法	日本 KOREA學研究會 編
1985.	第一次 KOREA學 國際交流세미나	『論文集』
		黑龍江朝鮮民族出版社
1986.	借用語 研究의 方法『國語學 新研究』	金敏洙 敎授 華甲
		紀念論文集, 塔出版社
1986.	日本語比較研究の方法について 『日本語の起源』	馬淵和夫 編
1986.	The Comparative Study of the Japanese Language : Problems in Methodology	武藏野書院, 東京
1986.	國語 語源論의 課題	崔泰士 先生 喜壽 紀念論文集
1986.	나의 소원은 평화	시골문화사
1986.	'九國所書八字'에 대하여	震檀學報 62
1987.	內訓에 대하여	奎章閣 10
1987.	飜譯體의 問題, 『外國語 作品 飜譯에 관한 研究』	學術院 人文科學部會 第2 分科會
1987.	[再錄:『國語學研叢』(李東林博士停年退任紀念), 集文堂, 1988]	
1987.	Language, A Handbook of Korea Overseas Information Service	Sixth Edition Korean
1987.	國語의 語源 研究에 대하여	第1回 韓國語 國際 學術會議論文集 仁荷大學校 韓國學研究所
1987.	한글의 연구와 보급	『한민족 독립운동사』 2(국권수호 운동) 국사편찬위원회
1988.	陰德記의 高麗詞之事에 대하여	國語學 17
1988.	安自山의 國語 硏究	周時經學報 2
1988.	국어(國語), 『한국민족문화대백과사전』 3	한국정신문화연구원
1989.	고대國語 研究와 漢字의 새김 問題	震檀學報 67

262

1989.	어문 정책과 국어 운동 『한민족독립운동사』 국사편찬위원회
	5(일제의 식민통치)
1990.	韓國語와 蒙古語의 關係-그 語彙 比較에　　大東文化研究 24
	대하여
1990.	독립신문과 한글 문화　　　　　　　　　玄鍾敏 編
	[再錄：周時經學報 4, 1989]
1990.	徐載弼과 韓國 民主主義　　　　　　　　대한교과서 주식회사
1990.	학술 언어로서의 한국어 이기문 외 편　민음사
	-한국어의 발전 방향
1991.	三國時代의 言語 및 文字生活　　　　　韓國思想史大系 2
	한국정신문화연구원
1991.	有關韓國語和中國語的接觸　　　　　　　韓國學報 10
	[韓譯 再錄：韓國語와 中國語의 接觸에　中華民國
	대하여, 張泰鎭 編,『國語社會言語學論叢』,　韓國研究學會
	國學資料院, 1995]
1991.	한국어 속의 만주퉁구스제어　　　　　　알타이학보 3
	차용어에 대하여
1991.	Mongolian Loan-Words in Korean　　　　알타이학보 3
1991.	韓國語 方言의 基礎的 研究　　　　　　　學術院論文集(共同
	研究), 人文社會科學편 30
1992.	訓民正音 親制論　　　　　　　　　　　　韓國文化 13.
1992.	國語辭典의 語源 表示에 대하여　　　　　새 국어생활 2.4.
1992.	一簑先生과 國語學　　　　　　　　　　　語文研究 76.
1992.	Bemerkungen zu den koreani Koreanistische und andere schen
	Wörtern für Kimch'i, asienwissenschaftlic-he Michael Kuhl und
	Werner Beiträge, Universitätsverlag Sasse (hrsg), Bruno Lewin
	zu Dr. N. Brockmeyer, Bochum. Ehren *Festschrift aus Anlass*
	seines 65. Geburtstages, Band Ⅲ

1993.	高麗史의 蒙古語 單語들에 대한 再檢討	學術院 論文集 人文社會科學편 32
1993	濟州道 方言과 國語史 硏究	耽羅文化 13, 濟州大學校 耽羅文化硏究
1994.	國語史 硏究의 反省,	國語學 24.
1995.	Remarks on the Study of Word Linguistics in the Morning Formation Linguistic Society Calm3 Hanshin Publishing of Korea(ed) Company	
1995.	三國史記に見える地名の解釋	朝鮮文化硏究 2 (東京大學 文學部 朝鮮文化硏究室 紀要)
	훈민정음의 창제『한국사』26 (조선 초기의 문화 1)	국사편찬위원회

▶ 이태극

약력 :	
1913. 7. 16.	江原道 華川郡 看東面 芳峴浦 268번지에서 父 李根旭, 母 金慶珍의 장남으로 출생
학력 :	
1919. 5～1923. 3.	漢文 修學
1923. 4～1928. 3.	楊口公立晋通學校 第五學年 修了
1928. 4～1933. 3.	春川公立高等晋通學校 第五學年 卒業
1934. 3.	江原道施行小學校 及 普通學校 敎員 第三種試驗에 合格
1934. 4.	朝鮮總督府 施行 上記試驗 第二種試驗에 合格
1935. 2.	同上 第一種試驗에 合格(現 敎育大 및 初級大卒業과 同等資格)
1937～1938.	早稻田大學 文科 校外生을 거쳐 專門部 二年 編入 中退
1947. 9.	國立서울대학교 문리과대학 國語國文學科 第二學年에 編入
1950. 5.	同大學 同科 第四學年 卒業(文學士) 古典文學專攻 政治學 副專攻

1974. 2.	梨花女子大學校 大學院에서 文學博士學位 받음

경력 :

1933. 4~1934. 3.	江原道 農務科 勤務
1934. 4~1945. 9.	江原道 春川公立晋通學校, 洪川 花山學校, 麟蹄於論簡易學校, 春川 新銅國民學校 訓導(新銅校 敎頭로 勤務中 解放 同 學校 校 長 代理)
1945. 10~1948. 10.	春川 公立高等女學校 敎諭(敎務主任 1年半)
1948. 10~1953. 9.	서울 同德女子中學校 敎師(1950년 동교 교무부장 교감)
1950. 6~1982. 7.	同德女子大學 講師(33년)
1952. 9~1971. 2.	國立 서울大學校 講師. 1956~58년 동교 대우조교수
1953. 4.	梨花女子大學校 講師
1953. 10~1978. 8.	同校 助·副敎授, 停年退職(國語國文學科長 二回)
1955. 4~1978. 2.	國際大學, 仁荷工大, 延世大, 德成女大, 國民大, 建國大, 明知大, 祥明女大, 漢城大, 淑明女大, 外國語大 등 講師 歷任
1960. 4.	同大學校 大學院 敎授 兼務
1972. 3~1976. 2.	同大學校부설 韓國語文硏究所長
1976. 3~1982.	建國大, 淑明女大, 國民大, 梨花女大, 韓國精神文化院 등의大學 院 講師
1979. 3~1982. 2.	祥明女子師範大學 待遇敎授
1979. 3~1981. 2.	明知大學 招聘敎授
현재	德成女大, 外國語大學 講師

학술단체 :

1953. 10~1982. 7.	國語國文學會 1971년까지 理事. 56·57·58·60년 4회 代表理 事. 82. 4 同會 平議員會 代表
1965. 1~1972. 1.	韓國時調詩人協會 副會長
1966. 1~1973. 2.	韓國文人協會 時調分科會長

1971~1972.	국어국문학회 감사
1973~1974.	韓國時調詩人協會 會長

교외활동 :

1952~1956.	普通考試委員
1954~1957.	全國 國語國文學教授團 創立總務理事
1955. 10~1982. 7.	世宗大王紀念事業會 理事 (現在 常任理事)
1957~1959.	朝鮮日報 新春文藝 時調部 審査委員
1960. 6~현재	〈時調文學〉編輯 및 發行人 總63호 刊行, 新人推薦 130명
1961~1962.	서울신문 新春文藝 時調部 審査委員
1963~1966.	東亞日報 新春文藝 時調部 審査委員
1963~1967.	全國白日場 時調部 審査委員
1964~1966.	文公部主催 新人文學賞 時調部 審査委員
1966~1969.	晋州 開川藝術祭 時調部 審査委員
1968~1972.	서울신문 新春文藝 時調部 審査委員
1968. 5~현재	在京 春高 同窓會 代議員
1970~1971.	전국대학 예술 축전 현상 문예분과 審査委員
1971~1972, 1978.	한국일보 新春文藝 時調部 審査委員
1971. 3~1974. 2.	中央教育研究所 理事
1972~1974.	國語淨化審議委員
1973~1982.	朝鮮日報 同上 審査委員
1974~1976.	文教部 國語審議會委員
1974~현재	尹孤山 詩碑建立委員
1978~현재	韓國時調詩人協會 會長
1978. 5~1982. 5.	同事業會主催 學生 글짓기大會 審査委員

논저 :

(시조)

1935. 8.	'하루살이' 한 수를 지었다.
1945. 8.	이후 '서리' 등 30여수를 지었다.
1946. 5.	春川여고 재직시 안마사를 찾고 '안마산' 1수 지었다.
1948.	동덕여고 교지인 〈同德〉에 '조동식 교장' 1편 발표. (이것이 활자화한 첫 작품이다.)
1950.	6.25 피난 중에도 시조를 지었고 1.4 후퇴 때는 한강을 건너서부터 1953 봄, 경주를 찾은 때까지의 일들을 '雷雨彈幕' 등 약 300수로 지었다.
1953. 1.	〈時調研究〉 1집에 '갈매기' 1수 발표. (이것이 문예지에 발표된 첫 작품이었다.)
1955. 9.	한국일보에 '山딸기' 2수 발표. (신문에 발표된 첫 작품.)
1955. 9.	〈새 교육〉에 '時調頌' 3수
1955. 11.	自由 新聞 '秋吟 二題' 2수
1955. 11.	梨大學報에 '머루' 1편
1956. 1.	서울신문에 '迎新譜' 1편
1956. 4.	서울신문에 '三月은' 1편
1957. 10.	서울大新聞에 '海女', '王冠峰에 내려서서', '西海上의 落照' 등 발표.
1959.	〈現代文學〉에 '노들 언덕에서' 발표.
1959. 8.	〈自由文學〉에 '開天節 外 1편' 발표.
1960. 6.	〈시조문학〉 1집에 '交叉路', '月河古情' 발표.
1961. 7.	〈시조문학〉에 '東海바다' 발표. (이후 〈시조문학〉, 〈현대문학〉, 〈자유문학〉 및 조선, 서울, 東亞日報 등에 계속 발표.)
1970. 11.	月河時調集 「꽃과 女人」 刊行(東民文化社), 主로 수복 후부터 1966년까지에 지은 작품들
1976. 8.	月河 제2時調集 '노고지리(一志社刊)' 刊行. 主로 1967년에서 1971년 9월까지 지었던 작품들
1982. 2.	月河 제2時調集 「소리·소리·소리」(文學新潮社) 刊行. 主로

	1971년 10월에서 81년 12월까지의 작품들	
1960. 6.	時調專門誌인 〈時調文學〉 제1집 발간. 73년 10월까지 통권 32집 발간.	
1974. 8.	季刊誌로 文公部에 登錄하고 11. 10. 통권 33집 季刊 창간호를 발간. 1982. 6. 30. 통권 63집 季刊 31호를 刊行. (其他 作品多數가 各 文藝誌 및 新聞에 發表되었지만 全部 정리 못함.)	
(수필)		
1954.	푸른 季節	코메트 39호
1956. 10.	귀또리 울어 예고	한국일보
1957. 5.	문화의 바로메타	서울신문
1957. 11.	들국화	서울신문
1957. 12	고마움	新太陽
1958. 5.	季節이란 것	自由文學
1958. 8.	昭陽江을 찾아서	自由文學
1958. 9.	등산	서울신문
1958. 10.	쪽진 說教	新太陽
1958. 1.	鐵條網	思想界
1960. 6.	失敗	世界
1960. 9.	하늘이 좋아	國際大學報
1961. 6.	綠陰에의 憧憬	東亞日報
1963. 11.	閑居論	新太陽
1963. 1.	待望 속에서	강원일보
1963. 11.	탈모주의	강원일보
1964. 5.	八・一五여	漢陽
1965. 7.	내것 네것	基督教思想
1965. 2.	씨구려	基督教思想
1970. 7.	芭蕉記	月刊文學

1971. 10.	삶과 죽음	독서신문
1972. 5.	물과 나와 서울	世代
1973. 2.	背信	綠苑
1975. 11.	登山三話	詩文學
1977. 4.	일하는 人生	朝鮮日報
1977. 10.	人間喪失症	新東亞
1978. 9.	常識이 良識이다	朝鮮日報
1978.	가는말 오는말	女性東亞
1978. 10.	계란에도 가시가 있는가	世代
1981.	向日性	月刊中央

(其他 最近까지 名 誌上에 40여 편이 발표되다.) (시조논설)

1952. 10.	創作을 指向하는 時調의 基本律	서울대학신문 1953. 1.
		時調復興論 時調硏究 1
1955. 3.	文化再建과 時調文學	朝鮮日報
1955. 4.	時調의 過去와 現在	朝鮮日報
1955. 5.	時調復興을 爲한 提言	朝鮮日報
1955. 5.	時調復興과 現代詩	朝鮮日報
1955. 8.	時調創作과 基準律	朝鮮日報
1956. 2.	一步前進의 氣勢	東亞日報

〈時調文壇의 · 展望〉

1956. 4.	오붓한 收集(1, 2, 3月 季評)	東亞日報
1956. 8.	現代詩의 隊列에 (上半期評)	東亞日報
1956. 8.	時調는 現代詩로 살고 있다.	新太陽

1956. 6월호 新太陽의 時調復興論批判

(鄭炳昱)에 答한 글.

1956. 10.	形의 開拓에로 (7, 8, 9月評)	東亞日報
1957. 1.	젊은 作家의 輩出緊要(이해 時調文壇 展望)	東亞日報
1957. 5.	生活의 表白 〈최근 時調作品 評)	朝鮮日報

1957. 6.	時調의 現代詩化	서울신문
1957. 7.	고즈넉한 美의 探究〈4,5,6月評〉	朝鮮日報
1957. 10.	季節의 香薰〈7, 8, 9月評〉	朝鮮日報
1958. 3.	思索의 深淵〈10, 11, 12月評〉	朝鮮日報
1957. 4.	作風과 詩心	新調 4
1960. 2.	現代時調와 律格	新調 5
1964. 7.	時調創作講座(1〜14)	時調文學 9〜32집
	(其他 各 誌面에 20여 편이 발표되다.)	(편저)
1955. 10.	時調文學과 國民思想(著)	國民思想研究院
1958. 4.	現代時調選叢(李秉岐共編)	새글사
1959. 10.	時調概論(著)	새글사
1965. 2.	時調研究論叢(編)	乙酉文化社
1965. 3.	韓國古典小說選(共編)	새글사
1970. 11.	月河 時調集「꽃과 女人」(著)	東民文化社
1973. 6.	古典文學研究論攷(著)	梨大出版部
1974. 8.	韓國名時調選註(編著)	正音社
1974. 12.	時調의 史的 研究(著)	宣明文化社
		(二友出版社)
1976. 8.	月河 時調集「노고지리」(著)	一志社
1977. 5.	太白詩文(共編著)	江原日報社
1980. 11.	우리의 옛시조(編著)	경원각
1981. 11.	現代時調作法(著)	正音社
1982. 2.	月河第三時調集	文學新潮社
	「소리・소리・소리」(著)	
1960. 6〜1982. 6.	〈시조문학〉 1호〜63호 (編)	시조문학사
논문 :		
1952. 2.	古典文學研究序說	국어국문학 2호

1953. 10.	時調字數律의 再考	국어국문학 5호
1956. 5.	韓國小說研究序說	梨大70주년기념 논문집
1957. 4.	現代時調의 作品觀	現代文學 4호
1957. 4.	時調의 連形體 및 記寫形式	一石 先生 송수기념 논총
1961. 10.	새 歌詞의 하나인 花歌에 대하여 1962. 3. 歌詞註解 (花歌, 武豪歌, 善政歌)	국어국문학 24호 국어국문학 25호 高麗鎭民
1963. 3.	古代小說의 自然背景論	한국문화연구원논총
1964. 5.	歌詞의 內容	考陶南 趙潤濟 博士 回甲紀念論文集
1964. 9.	李朝時調史略 韓國小說의 性格描寫攷	韓國藝術院誌 1965. 3. 한국문화연구원 논총 5집
1966. 3.	時調研究의 方向提示	가람 송수기념논문집
1966. 4.	'三月은'(march) 英譯	The Korean PEN, no4
1966. 10.	韓國古代시가의 계보적연구	梨大 80周年紀念 論文集
1966. 10.	城隱과 그의 歌詞	梨大 80周年紀念 論文集
1967. 9.	韓國 文學史의 時代區分에 대한 試案	한국문화연구원 논총 10집
1968. 2.	時調의 章句攷	한국문화연구원 논총 11집
1968. 4.	歌詞槪念의 再考와 장르考	국어국문학 27호
1968. 10.	漢詩가 時調에 끼친 影響(一)	한국문화연구원 논총 12집

1968. 10.	재롱가 (載弄歌) 攷	한국문화연구원 논총 12집
1969. 4.	時調의 名稱攷	한국문화연구원 논총 13집
1969. 4.	漢詩가 時調에 끼친 影響 (二)	한국문화연구원 논총 13집
1969. 9.	時調의 形態的 發生考	한국문화연구원 논총 14집
1970. 2.	時調字數의 音律作用 研究	한국문화연구원 논총 15집
1970. 10.	李朝時調略史 (英譯)	韓國藝術院誌
1970. 8.	現代詩에 繼承된 時調의 影響	宵泉 李軒求 송수 기념논총 1970. 9.
	南波時調의 內容考	국어국문학 49, 50
1971. 2.	古時調의 正書考	한국문화연구원 논총 17집
1971. 2.	老歌齋時調의 內容考	한국문화연구원 논총 17집
1971. 5.	古代詩歌에 나타난 巫覡觀	韓國藝術院論文集 10
1971. 5.	長時調의 形態的 發生考	한국문화연구원 논총 19집
1972. 12.	「빗기」에 대한 考察	箕軒 孫洛範 教授 回甲紀念論文集
1973. 8.	古今時調를 通해 본 愛國思想	한국문화연구원 논총 22집
1973. 9.	새로 發見된 時調集에 대한 考察	民族文化研究 7집 1974. 8.
	時調의 形態的 淵源考	한국문화연구원

		논총 24집
1975. 11.	現代時調의 史的研究	省谷論叢 6집 1976. 2.
	時調의 傳承問題	한국문화연구원
		논총 27집
1976. 11.	朝鮮朝 前期詩歌의 展開와 特質	韓國語文學會編
		朝鮮朝文學과 言語
		1978. 10.
	古時調의 終章終句의 構造的 研究	한국문화연구원
		논총 32집
1981. 2.	閨房歌詞에 대한 考察	紫震 13호
1981. 2.	孤山時調의 研究(五友歌)	同大語文 3집
상훈 :		
1964. 5.	이화여자대학교 10년 근속상	
1959. 5.	국어국문학회 공로 감사상	
1974. 11.	문교부장관 및 대한교육연합회장 공로상	
1977. 10.	노산문학회 노산문학상(창작)	
1978. 11.	東谷財團 東谷學術賞	

► 이능우

약력 :	
1920.	保寧郡 青夢面 蟻坪里 285번지
학력 :	
1938. 3.	서울 京城第一高等普通學校 四年修了
1940. 3.	日本 早稻田大學 부속第一高等學院 二年修了
1948. 8.	서울大學校 文理科大學 舊制國語國文學校 卒業
1959. 4.	渡佛遊學(1961. 3. 歸國)

1968. 3.	서울大學校 文學博士 (舊制)	
경력 :		
1948. 9.	淑明女子大學校 講師	
1951. 9.	忠南 洪城高等學校 教師(1953. 2月免)	
1953. 10.	淑明女子大學校 助教授	
1955. 4.	淑明女子大學校 副教授	
1961. 3.	淑明女子大學校 教授 (至 現在)	
1962. 4.	淑明女子大學校 總長署理(1963. 5. 免)	
1969. 3.	淑明女子大學校 大學院長(1973. 2. 免)	
1977. 12.	淑明女子大學校 大學院長(1979. 11. 免)	
1985. 3.	大田大學 教授	
학술단체 :		
1954. 11.	국어국문학회 代表理事	
1986. 7.	大韓民國 學術員 正會員	
논저 :	入門國文學槪論	
1954.	李朝時調史	
1956.	古詩歌論文	
1966.	古小說硏究	
1973.	가사文學論	
1977.	李採雨短篇選	
1979.	千峰李能雨散文選	
1985.		
(작품) 필명 李採雨		
1955.	노을	現代文學 9월호
1956.	旋回	現代文學 3월호

1956.	민들게 할미꽃	現代文學 6월호
1956.	매미	自由文學 8월호
1957.	街路의 나무	自由文學 4월호
1957.	늪에 뿌린 傳說	新太陽 5월호
1957.	約婚說	現代文學 8월호
1957.	靑山 乳房 時計	現代文學 11월호
1958.	抗拒	現代文學 4월호
1958.	山川	現代文學 6월호
1958.	푸른 하늘	靑坡文學 1집
1959.	나의 山河	現代文學 1월호
1959.	마지막 별	思想界 2월호
1959.	은하수	現代文學 5월호
1962.	너와 나의 골짜기 (상)(중)(하)	現代文學 5~7월호
1964.	薔薇빛	現代文學 4월호
1964.	道術의 回想	文學春秋 6월호
1964.	無題	文學春秋 10월호
1965.	自由聯想, 蜃氣樓에서	現代文學 1·9월호
1966.	對話, 우리들은 連鎖	現代文學 2·7월호
1967.	素人	現代文學 9월호
1969.	S市	新東亞 3월호
1969.	판소리 二題, 和氏의 壁	現代文學 6·10월호
1969.	에필로그	月刊文學 11월호
1971.	楊夢分析傳	現代文學 12월호
1973.	他人들	現代文學 1월호
1973.	義慈王 二十年五月	文學思想 1월호
1973.	狀況	現代文學 11월호
1974.	獻詞·龍飛御天頌	月刊文學 4월호
1974.	變身	韓國文學 12월호

1975.	百濟의 陶工들이	現代文學 1월호
1978.	思索記	現代文學 4월호
1978.	虛妄한 이야기	韓國文學 11월호
1985.	故友를 거스르며	現代文學 4월호
1985.	사랑과 友情의 언저리에서	現代文學 11월호

논문 :

1953. 12.	槪論을 위한 國文學쟝르의 比重問題	국어국문학 8호
1954. 9.	麗謠의 質量	국어국문학 11호
1954. 11.	韓文學과 音樂의 相互制約 관계	최현배 박사 회갑 논총
1955. 3.	現代의 讖謠	思想界 3卷 3號
1955. 7.	李朝 女流作品의 特殊性	現代文學 1卷 7號
1955. 11~12.	上代의 情火(上)(下)	現代文學 1卷 12, 13號
1956. 8.	鄕歌再構에 관한 管見	한글 118호
1956. 9.	鄕歌의 魔力	現代文學 二卷 9號
1956. 9.	高麗詩歌의 性格考察	국어국문학 14호
1956. 10.	詩와 音樂의 分離過程考察	李丙燾 博士 回甲論叢
1956. 12~1957. 3.	李朝의 戱詩歌(一), (二), (三), (四)	現代文學
1957. 4.	李朝詩歌 Mood의 索出	李熙昇 博士 回甲論叢
1957. 4.	李朝기 詩歌생활의 탐구	서울대 論文集 5
1957. 9.	字數考的 方法에 대하여	국어국문학 17호
1958. 10.	字數考 代案	서울대 論文集 7
1959. 3.	韓中律文의 比較	現代文學 5卷 3號
1961. 3.	國文學쟝르의 異同硏究	淑大 論文集 1집
1962. 8.	古小說에 나타난 꿈의 處理	淑大 論文集 2집
1964. 7.	이야기책 板本誌略	淑大 論文集 4집
1964.	時調의 律性	趙潤濟 博士 回甲論叢

276

1964. 12.	李朝小說에서 女性의 發見	亞細亞女性研究 3卷 3호
1965. 3.	恨中錄의 心理分析	文學春秋
1965. 3.	古小說에 나타난 서울地所	鄕土서울 24호
1965. 12.	許筠論	淑大 論文集 5집
1966. 11.	古小說에 나타난 三南地所	李秉岐 博士 回甲論叢
1967. 1.	古小說의 韓國的 要素調査	국어국문학 34, 35호
1967. 12.	Magic Arts in Novels	韓國研究院報 27호
1968.	古小說에 나타난 京畿地所	李崇寧 博士 回甲論叢
1968.	Courant의 書誌中 稀罕本 反譯	국어국문학 39, 40호
1968. 3.	中國小說의 韓末記事	淑大 論文集 7집
1968. 11.	古代小說舊活版本調査目錄	淑大 論文集 8집
1969. 2.	古小說中의 特殊人物	現代文學 通 170
1969. 2.	홍길동傳과 許筠의 관계	국어국문학 42, 43호
1970. 4.	歌詞와 自由詩	月刊文學 通 18
1972.	九雲夢分析	淑大 論文集 12집
1977.	古小說 속의 人間殘虐	淑大 論文集 17집
1983.	普及用古歌集들에 대하여	白影回甲 論文集
1983.	판소리 二題分析	새터回甲 論文集
1985.	傳來二行詩想에 관하여	大田어문학 3집
1988.	歌曲淸의 文獻的研究	學術院 論文集 27

상훈 :		
1979. 12.	大韓民國 國民勳章(冬栢章) 受領	

▶ 이명구

약력 :	
1924. 3. 25.	父 李丙薰, 母 朴春吉의 長男으로 서울에서 出生.

本貫 全州李氏(成宗 第十三子 寧山君의 十五代孫)

家族 妻 金敬子와의 사이에 一女二男이 있는 바, 모두 이미 結婚, 孫子 一, 孫女 二가 있으며, 또 外孫子 一, 外孫女 一이 있다.

학력 :

1936. 3.	京城師範學校附屬普通學校 卒業
1942. 3.	徽文中學校(5年制)卒業
1944. 8.	京城帝國大學豫科 文科乙類修了
1944. 9.	京城帝國大學 法文學部 進學
1947. 8.	서울大學校 文理科大學 國語國文學科 卒業
1947. 9～1951. 8.	서울大學校 大學院 鬪語國文學科 全課程 修了
1949. 7.	서울大學校 大學院 文學碩士
1974. 2.	서울大學校 大學院 文學博士

경력 :

1947. 8～1948. 8.	서울大學校 文理科大擊 豫科講師
1948. 9～1949. 10.	서울大學校 工科大學 講師
1949.11～1951. 5.	서울大學校 文理科大學 助敎
1950.11～1953. 10.	大韓民國, 海軍士官學校 敎官(海軍少領)
1952. 4～1953. 3.	成均館大學校 講師
1953. 4～1955. 3.	成均館大學校 助敎授
1955. 4～1958. 3.	成均館大學校.副敎授
1958. 4～1983. 2.	成均館大學校 敎授
1983. 3～1984. 6.	現在 翰林大學 敎授
1957. 8～1960. 5.	成均館大學校 學生課長
1966. 1～1967. 7.	中華民國, 國立政治大學 交換敎授
1970. 3～1971. 12.	成均館大學液 튼務處長
1971. 4～1971. 12.	成均館大學校 敎務處長 兼 家政大學長

1971. 12~1973. 12.	成均館大學校 圖書館長 兼 博物館長	
1975. 12~1979. 6.	成均館大學校 敎務處長	
1979. 8~1980. 7.	中華民國, 國立政治大學 客座敎授	
1981. 1~1982. 2.	韓國精神文化硏究院 事典編輯部長(首席硏究員)(派遣勤讀)	
1984. 3~1984. 6.	現在 翰林大學 圖書館長	

논저 :

1973. 11.	高麗歌謠의 硏究	서울 新雅社 (博全學位論文)
1976. 1.	옛소설	世宗大王紀念事業會 [韓國古代小說史略]

(번역서)

1971. 5. 1.	三民主義	(完譯) 서울 藝支館,
1972.	三民主義	(抄諱) 서울 三星 文化文庫

논문 :

1955. 7.	九雲夢攷(其一)	成均學報 第2輯.
1956. 2.	高麗俗謠論	成大文學 第二號.
1956. 9.	韓國詩歌形態에 關한 노-트	成均 7號.
1958. 6.	九雲夢攷(其二)	成大論文集 第3輯
1960. 7.	金鰲新話小考-努證新話와의 比較에서	週刊成大 184號.
1960. 12.	景幾體歌의 形成過程小考	成大論業集 第5輯
1961. 10.	李生窺墻博과 剪證新話와의 比較	成大文學 8號.
1963. 8.	景幾證默의 歷史的 性洛考察	成大, 大東文椎研究 第1輯.
1964. 5.	麗謠의 形態的 分類試論	趙潤濟博士回甲紀念
1965. 6.		論文集.

	高麗史樂志唐樂條所載宋詞에 關한 考察	成大, 國際文化 第3輯
1965. 12.	麗史樂志收載 宋詞考1	成大論文集第10輯
1968. 10.	李朝小說研究序說	成大論集 第13輯
1968. 8.	李朝小說의 比較文學的 研究	成大, 大東文化研究 第5輯.
1973. 7.	朱子學의 倫理道德과 韓文學	成大, 韓國思想大系 (文學思想藪)
1974. 7.	韓國古代小說에 나타난 孝	成大, 人科學 第4輯
1976. 8.	努率歌의 歷史的 性格	成大論文集 第22輯
1979. 7.	李刻小說의 中騷小說 受容姿勢 -特히 翁證新話와 三言과의 對比를 中心으로-	外大, 中國研究 第4輯
1981. 2.	月蜂山記研究-比較文學的 見地에서	成大論文集 第29輯
1982. 3.	(處容歌)研究「高麗時代의 가요문학」	새문社.
1982.	夢決達漢訟研亮 -中國話本小說과의 對比를 中心으로-	成大論文集 第33輯

► 김영덕

약력 :	
1920. 5. 11.	露領 늘스크에서 출생
학력 및 경력 :	
1948. 9.	서울대학교 문리대 국문학과 졸업.
1951. 9.	서울대학교 대학원 국문학과 문학석사.
1975. 2.	이화여자대학교 대학원 국어국문학과 문학박사학위 취득.
1951. 10～1954. 9.	숙명여자대학교 국어국문학과 조교수.
1955. 3.	이화여자대학교 국어국문학과 조교수.
1958. 4.	이화여자대학교 국어국문학과 부교수.

1961. 3.	이화여자대학교 국어국문학과 교수.	

논저 및 논문 :		
1974.	文學槪論	일조각
1958.	女流文壇四十年	韓國女性文化論叢
1966.	韓國近代的文學背景과基督教	이대80주년논총
1972.	韓國近代女性文學考	韓國女性史
1972.	春園의 情과 基督教 思想과의 關係研究	論叢
1975.	韓國文學의 傳統的性格究明에 對한 研究	博士學位論文

► 윤원호

약력 :	
1921. 1. 10.	출생.
학력 및 경력 :	
1940. 3.	송도중학교졸업,
1951. 9.	서울문리대 졸업.
1958. 3.	서울문리대 국문학과대학원 문학석사.
1975. 8.	이화여자대학교 대학원 국어국문학과 문학박사학위 취득.
1950. 5.	진명여고 교사 및 교무주임.
1951. 4.	숙명여자대학교 강사.
1953. 4.	서울 약학대학 강사.
1955. 3.	이화여자대학교 문리대학 국어국문학과 전임강사.
1954. 9.	홍익대학교 강사.
1956. 4.	단국대학교 강사.
1956. 4.	국제대학교 강사.
1958. 4.	이화여자대학교 문리대학 국어국문학과 조교수.
1961. 3.	이화여자대학교 문리대학 국어국문학과 부교수.

1962. 4.	서울신학대학 강사.	
1970. 3.	이화여자대학교 문리대학 국어국문학과 교수.	
1976. 9~1977. 2.	세계일주여행.	
1969. 3.	이화여자대학교 사회교육위원회 총무.	

논저 및 논문 :

1954. 4.	旬五志에 나타난 洪萬宗의 文藝觀	
1957. 2.	古代隨筆의 편모고려	일석 이희승 선생
	-이조수필을 중심으로	송수기념 논총
1958. 6.	隨筆文學槪說	자유문학
1958.	東人詩話에 나타난 徐居正의 詩歌觀	서울대학교 대학원
		석사학위논문
1963.	웃음과 隨筆	한국문화연구원
		논총 제6집
1968.	隨筆의 本領考	단국대학 국어국문
		학지 제2집
1969. 9.	古典의 새로운 解釋	이대학보
1969. 겨울.	韓國 隨筆文學의 특성과 조류	책소식 1호
1970.	日記考	소천 이헌구 선생
		송수기념논총
1971.	於于野談에 나타난意識考	한국문화연구원
		논총 제17집
1972. 8.	靑城雜記中質言蒿	수필연구 창간호
1974.	麗朝隨錄類의 수필적 성격에 대한 연구	이화여자대학교
		박사학위 논문
1980.	開化期以後 西歐近代文學의 受容態度	문교부 연구논문
	-1920년대 雜誌媒體에 나타난 批評을 中心으로	

► 김민수

약력 :	
1926. 3. 19.	江原道 洪川郡에서 출생.
	110 서울특별시 종로구 창신동 산 6-5 아파트 A-11호에서 거
	주, 연구실 高麗大學校, 敎授(132 서울특별시 성북구 안암동5)
1951.	서울大學校 文理科大學 國語國文學科, 卒
1975.	고려大學校 大學院 國語國文學科 文學博師
경력 :	
1951~1955.	中央大學 專任講師, 助敎授
1955~현재	高麗大學校 專任講師, 助敎授, 副敎授, 敎授
1968~1970.	高麗大學校 國語國文學科長
1973~1976.	高麗大學校 敎育大學院 敎學部長
논저 및 논문 :	
1978. 2~2.	周時經의 草稿「말」에 대하여	亞細亞研究 61 高大
1978.	北韓의 文法研究 Ⅰ, Ⅱ	亞細亞研究 59·60 高大
1978. 1~3.	初期 國語文法과 日本洋學	入文論集 23 高大 文科大學
1978.	北韓의 言語觀과 言語政策	北韓文化論 北韓研究 叢書 6 北韓研究所
1979. 7~9.	周時經著 油印(소리갈)에 대하여	冠岳語支學 3 서울대 人文大學
1955.	國語文法學垈史論考	三十周年紀念論次集 中央大
1955.	한글 頒布의 時期問題	국어국문학 14
1957.	朝鮮館譯語考	李熙昇 先生 頌壽記念

		論叢, 一潮閣
1962.	周時經 業績	國語學 1
1969.	訓民正音創制의 始末	金載元 博士 回甲 紀念論叢, 乙酉文化社
1972.	北韓의 言語政策 崔行歸의 言語理論에 대하여	亞細亞研究 15 4, 徐炳國 博士 華甲 紀念論文集 (大邱: 螢雪出版社, 49〜55)
1980. 5〜8.	李奎榮의 文法研究	韓國學報 19 一志社
1980. 10〜11.	奈麻 설총의 吏讀文에 대하여	玄平孝 博士 回甲紀念 論文集(大邱: 螢雪 出版社)
1980. 10〜11.	高麗時代의 韻書에 대하여	南廣佑 博士 華甲 紀念論叢, 一潮閣
1973.	日帝의 大韓 侵掠과 言語政策	韓, 2 5, 日本著
1977.	周時經 研究	塔出版社
1977.	歷代韓國文法大系(共)	塔出版社
1957.	국어국문학사(共)	弘志社
1957.	注鮮 訓民正音	通文館
1964.	新國語學史	一潮閣
1973.	國語定策論	高麗大
1979.	문법(인문계 고등학교)	語文閣
1979.	문법교사용 지도서	語文閣
1981.	國語意味論	一潮閣

(2) 국어교육학과

► 구본혁

약력 :	
1925. 7. 15.	忠淸南道 唐津郡에서 출생.
	110 서울특별시 종로구 명륜동 3가 1-111에서 거주.
1948.	서울大學校 師範大學 文學部, 國文科, 卒.
1972.	明知大學 大學院, 國語國文學科, 文學碩士
	明知大學 敎授(122 서울시 서대문구 남가좌동 4-2)
학력 및 경력 :	
1948~1959.	禮山農業中學校·서울第2女子中學校·公州中高等學校·大田高等學校·徽文高等學校, 敎師
1959~1961.	서울文理中高等學校, 校長
1961~1964.	서울文理師大·서울文理實大·明知大, 副敎授
1961~1964.	明知大附設明知中高等學校, 校長
1964.	明知大學, 圖書館長
1964~현재	明知大學, 敎授
1980~현재	明知大學, 인문학부장·인문과학연구소장
논저 :	
1974.	韓國歌樂論 音樂文學論 第一輯
1976.	韓國歌樂論 音樂文學論 第二輯
1978.	韓國歌樂通論 開文社
1978.	韓國文學新講(共) 開文社
1978.	新舊歌謠撰註 Ⅰ·Ⅱ 開文社
1966.	現代人을 爲한 千字會-周興嗣千字文註解 黑潮社

논문 :		
1966.	國樂을 典禮樂으로	카톨릭靑年誌 20
		카톨릭出版社
1968.	步虛詞	明大論文集 4
1965.	樂의 硏究	국어교육 11
		국어교육연구회
1974.	한국문학의 一部面에서 본 鬼神論	明大論文集 7
1975.	唱歌·新體詩·歌謠曲의 相互關係	明大論文集 8
1971.	한국古典音樂으로 본 梵唄의 位置	明大論文集 5
1976.	樂學軌範의 隔入相生法과 국문학의 주변에서 본 轉理論	明大論文集 9
1978.	국문학과 우리 고전음악과의 관계	明大論文集 10
1976.	幹枝硏究	명지어문학 8
		명대국어국문학과
1974.	萬葉織 요圖	명지어문학 6
		명대국어국문학과
1974.	時調의 分類	명지어문학 5
		명대국어국문학과
1975.	國文學作品上의 鬼神小攷	명지어문학 7
1977.	한국 전통사상과 국문학	명대교지 8
1979.	韓國傳統思想과 韓國文學	명지어문학 11
		명대국어국문학과

► 이을환

약력 :	
	경기도 거주지 : 134-03 서울특별시 강남구 잠원동 한신7차 303동 502호 직업 : 淑明女子大學校 文科大學, 敎授 (140 서울특별시 용산구 청파동 2가 53-12 Tel : 793-5161〜7)

학력 및 경력 :		
1948.	서울大學校 師範大學, 國語國文學科, 卒業	
1948~1959.	京畿高等學校, 教師	
1959~현재	淑明女子大學校, 助教援・副教授・教授	
1973~1975.	淑明女子大學校, 教養學部長	
1977~1979.	淑明女子大學校, 文科大學長・高麗大學校・教育大學院・경희大	
	學校 大學院・國際大學校, 講師	

논저 :		
1964.	國語意味論 (共)	首都出版社
1965.	講座國語學槪論 (共)	首都出版社
1967.	言語學入門	宣明文化社
1971.	言語學槪說	宣明文化社
1973.	一般意味論	開文社
1973.	國語學新講 (共)	開文社
1973.	國語教育論 (共)	一潮閣
1977.	韓國語文法論 (共)	開文社
1980.	國語의一般意味論的 硏究	淑大出版部

(번역서)		
1975.	新言語學要說〈General Linguistics〉	學文社
1976.	Jean Aitchism	
	言語學通論〈Introduction to the prin ciples	汎韓書籍
	of Language〉Paul A Gaeng	

논문 :		
1960.	意味論硏究 (上・下)	國語教育 2
		韓國國語教育硏究會
1962.	國語意味變化考	國語學 1
		국어학회

1962.	語意變化 외 心理的考察	한글 130 한글학회
1962.	半齒音論	淑大論文集 2
1963.	國語意味變化原因研究	淑大論文集 3
1970.	韓國人 言語使用의 一般意味論的 研究	1969年度 研究 助成費 10 文敎部
1971.	韓國俗談의 文法構造研究	亞細亞女性研究誌 亞細亞女性研究所
1975.	三國遺事에 나타난 言語呪術	國語敎育 23~25 한국국어교육연구회
1979.	言語의 傳達理論으로 본 國語敎育	국어국문학 60 국어국문학회
1977.	同音語現象	語文研究, 5-12 韓國語文敎育研究會
1976.	李朝女性의 言語研究	亞細亞女性研究誌 15 亞細亞女性研究所
1978.	韓國人의 意識構造와 國語醇化研究	淑大論文集 18
1980.	「內訓」의 言語法道研究	淑大 亞細亞女性研究 19

► 조건상

약력 :	
1916. 3. 13.	충청북도 청원군에서 출생. 현재 310 충청북도 청주시 영동 104-6에서 거주.
학력 :	
1950.	서울大學校 師範大學, 國文學科, 卒
1977.	서울大學校 中華民國文化學院中華學術院, 名譽文學博士

경력 :	
1935～1946.	淸州中學校, 敎師
1952～1957.	淸州農科大學, 助敎授
1957～1962.	忠北大學校, 副敎授·學生課
1962.	北大學校, 農科大學長 事務取扱
1963～현재	忠北大學校, 敎授
1963.	忠北大學校, 敎養學部長
1969～1973.	忠北大學校, 學長
1973. 1.	敎授再任命
현재	忠北大學校, 敎授(310 충청북도 청주시 개신동 Tel 2-6201～5)

논저 :		
1960.	淸州誌	京鄕新聞出版局
1971.	忠北大學二十年史 (共)	宣一印刷社
1973.	重峰集複製 및 解題	忠北大出版部
1974.	三餘音時調集	螢雪出版社
1975.	忠淸北道誌-歷史篇	서울印刷社
		淸州文化院
1976.	淸州市誌-歷史籍	서울印刷社
		淸州市誌編纂委
1978.	尤庵先生戒女書-註說篇	齐文堂 斯支學會
1979.	忠北敎育史總說	高麗出版社
1980.	趙氏讓家事文錄	忠北大出版部
1978.	解說譯註諺文誌	螢雪出版社

논문 :		
1960.	湖西의 時調文學考	忠北大學論文集 1
1970.	同文類解의 國語史的 研究 〈上〉	忠北大論文集 3

1970.	村落 및 溪谷을 中心으로한 地名研究	文教部補助研究
	-清原郡地域 (共)	
1972.	同文類解의 國語史的 研究〈下〉	忠北大論文集 5
1978.	韓國字母初聲與中國韻書 字母之關係	中韓文化論集 4
		中華學術院 韓國研究所
1978.	清州出土遺物簡禮에 대하여	국어국문학 78
1979.	清州出土遺物諺簡에 대한 研究 I	忠北大論文集 17
1980.	清州出土遺物諺簡에 대한 연구 II	忠北大論文集 20

▶ 우인섭

약력 :	
1926. 4. 25.	京畿道 加平郡 雪岳面 新川里 71番地에서 丹陽 禹氏 春植 公의 長男으로 出生, 現住所 서울特別市 城北區 三仙洞 3街 30의 1號 (電話 742-1907)
학력 :	(入學하기 前 一年間 曾祖父께 漢文을 修學하심.)
1934. 4.	美原公立普通學校 1年 入學
1938. 3.	同 校 四年 卒業
1939. 3.	雪岳公立尋常小學校 五年 修了
1940. 3.	京城校洞公立尋常小學校 六年 卒業
1940. 4.	京畿公立中學校 一年 入學
1945. 3.	同 校 五年 卒業
1945. 4.	官立 京城師範學校 本科(三年制) 一年 入學
1947. 7.	國立 서울大學校 師範大學 豫科部 文科 二年 修了
1951. 9.	서울大學校 師範大學 國文學科 四年 卒業
경력 :	
1950. 12.	陸軍에 入隊

1951. 5.	陸軍豫備士官學校 卒業·豫備役 少尉
1952. 1~5.	서울大學校 師範大學 軍事 敎官
1952. 4~1961. 8.	京畿中高等學液 敎師
1961. 3~1962. 2.	서울大學校 師範大學 講師
1961. 8~1965. 12.	京東中高等學校 敎師
1964.10~1980. 8.	淑明女子大學校 文科大學 講師
1965.12.~1972. 5.	仁川敎育大學 專任講師·助敎授·副敎授
1972. 3.~現在	國際大學 敎授로 在任中
1973. 3~1977. 2	國際大學 敎務課長
1974. 3~1975. 8.	梨花女子大學校 師範大學 講師
1977. 3~1981. 9.	國際大學 國語國文學科長
1977. 9~1980. 2.	서울女子大學 講師
1981. 3~1981. 9.	國際大學 人文科學硏究所長
1984. 3~現在	國際大學 敎務處長·國語國文學科長

교외활동 :

1958. 9~1959. 3.	KBS 第2放送 : "중학국어"
1971. 6~1971. 10.	東亞放送 "우리말 교실"
1972. 4~1973. 3.	東洋라디오 : "바른말 사전"
1982. 5~1984. 3.	중학국어 편찬심의회 위원
1984. 3~1986. 3.	고등학교 국어과 편찬심의회 위원
1962. 11~現在	韓國 國語 敎育 硏究會 副會長
1978. 5~1980. 6.	서울大學校 師範大學 同窓會長
1989. 1~現在	國際 語文學 硏究會 會長

논저 :

1966. 11.	新中學漢字敎本(共著)	思潮社
1970. 8.	(隨筆集) 벌거숭이 (共著)	宣明文化社

1978. 1.	韓國文學新講(共著)	開文社

논문 :

1963. 7.	漢字語 敎育問題 I	국어교육 5호
1969. 12.	標準語와 國語敎育	국어교육 15호
1970. 2.	서울地方을 中心으로 한 尊待法攷	仁川敎育大學 論叢 1
1970. 12.	敎材觀의 가짐새	월미도 2호 (인천교육대학)
1971. 10.	漢字語(發音) 敎育問題 II	국어교육 17호
1972. 12.	誤用表現의 考察 I	국어교육 18~20 합병호
1973. 6.	誤用表現의 考察 II	국어교육 21호
1975. 2.	日常語 誤用表現의 分析的 硏究	國際大學論文集 3
1975. 3.	行列字攷	국어교육 23~25 合倂號
1978. 7.	硬音化 現象과 感情의 硬化	語文硏究 12호
1978. 4.	現代韓國語의 誤用表現과 類型別 意識構造에 關한 硏究	國際大學論文集 6
1978. 6.	國語 誤用의 現況과 醇化에 대하여	大韓敎育聯合會 發表
1980. 2.	俗談의 쓰임새	靑坡文學 13집(숙명 여대 국어국문학과)
1982. 4.	漢字語發音의 誤用 現況에 대하여	한국 국어 교육연구회 발표
1982. 6.	漢字語 誤用發音 問題(III-1)	人文科學硏究 1집 (國際大學人文科學硏究所)
1982. 9.	漢字語 誤用發音 問題(III~2)	國際大學論文集 10
1983. 2.	敎授用語 雜攷	국어교육 44·45 合倂號

상훈 :	
1961. 10.	京畿中高等學校 10年 勤續 表彰
1982. 4.	國際大學 10年 勤續 表彰
1985. 5.	文敎部長官 年功賞
1985. 5.	大韓敎聯會長 年功賞

► 이응백

약력 :	
1923. 4.	京畿道 坡州郡 坡平面 德泉里 330번지에서 全州李氏 相和公과 楊州尹氏의 二男 一女 중 막내로 태어남(陰 3月 4日 生)
1949. 4.	驪興閔氏 泳瑾公의 長女 瑛媛 女史와 昌慶宮 慶春殿에서 婚禮 式을 올림.
학력 :	
1939. 3.	坡州郡 積城公立小學校 卒業
1944. 3.	官立 경성사범학교 예과 5년 修了
1945. 8.	同校 本科 2년 1학기 修了
1949. 7.	서울大學校 師範大學 國語科 卒業
1957. 4.	京畿高等學校를 거쳐 서울大學校 經營大學 卒業.
1974. 2.	서울大學校에서 文學博士 學位 받음.
경력 :	
1949. 9.	서울中學校(6년제) 敎師
1951. 9.	서울大學校 師範大學 附屬中·高等學校 敎師
1954. 4.	梨花女子大學校 專任講師, 助敎授
1957. 4.	서울大學校·師範大學 助敎授, 副敎授, 敎授.
1962. 3.	同 大學 學生課長(2년)
1969. 3.	同 大學 敎務課長(2년 반)

1976. 3.	서울大學校 附設 韓國放送通信大學長 兼補(4년)
1988. 8.	서울大學校 停年退任
1988. 12.	서울大學校 名譽敎授
1988. 9.	漢陽大學校 師範大學 待遇敎授(2년)
1954년 이래	同德女子大學・서울文理師範大學・國際大學・祥明女子大學・梨花女子大學校・漢城女子大學・淑明女子大學校의 學部와 梨花女子大學校・高麗大學校・延世大學校・慶熙大學校・仁荷大學校의 敎育大學院 講師 歷任
학술단체 :	
1955. 2.	한국 국어교육 연구회장(現在)
1986. 7.	韓國隨筆文學振興會 會長(現在)
1989. 1.	傳統文化協議會 會長
現在	국어 국문 학회 회원(常任理事 歷任), 국어학회 評議員, 韓國語文敎育 硏究會 常任理事
해외활동 :	
1964. 6～1964. 8.	日本 天理大 朝鮮學會에서 열린 제15차 朝鮮學會大會 參席(발표)
1978. 1.	印度 뉴델리에서 열린 國際通信敎育協會(ICCE) 제11차 年次大會參席
1979. 11～12.	英國 公開大學 創立 10周年 紀念 國際學術大會 參席
1980. 7～8.	브라질 브라질리아에서 열린 世界敎職團總聯合會(WCOTP) 제18차 年次大會 參席
1982. 1～2.	하와이에서 열린 韓美修交 百周年紀念 國際水陸齋 大法會參加, 歸路 日本列島 縱斷(부부동반)
1983. 1.	서울特別市 敎育會 주최로 南太平洋 地域 敎育文化 視察 1984. 1.大韓佛敎達磨會 주최로 네팔・印度 佛敎聖地 巡禮 (부부동반)
1986. 7.	英國 옥스포드大學 招請으로 歐洲地域 敎育文化 視察(부부동반)

1989. 2.	中國 山東大 潘丞洞 校長 招請, 敎育親善 세미나, 國際親善協會 (부부 同伴)
1989. 7~8.	알래스카 旅行, 宇星旅行社(부부 同伴)
1990. 2.~3.	印度·스리랑카 旅行, 龍進旅行社(부부 同伴)
1990. 7.	中國 延邊大學에서 제2차 二重言語學會 國際大會 參加, 二重言語學會(부부 同伴)
1991. 7~8.	蘇聯 모스크바 국립사범대학에서 제3차 二重言語 學會大會, 二重言語學會(부부 同伴)
각종위원 :	
(장학)	
1960. 6.	경기도 獎學委員
1961. 6.	문교부 국어과 담당 獎學委員
1964. 5.	文敎部 獎學委員
1966. 3.	서울특별시 교육위원회 국어과 獎學委員
1967. 3.	서울특별시 獎學委員
1967. 4.	文敎部 獎學委員
1967. 8.	강원도 교육위원회 국어과 獎學委員
1968. 6.	문교부 獎學委員
1968. 6.	서울특별시 교육위원회 국어과 獎學委員
1969. 9.	강원도 교육위원회 국어과 獎學委員
1970.10.	강원도 교육위원회 국어과 獎學委員
1971. 4.	강원도 교육위원회 獎學委員
1972. 6.	강원도 교육위원회 獎學委員
1976. 1.	강원도 교육위원회 獎學委員
(고시)	
1953. 5.	考試委員會 普通考試委員(國語)
1958. 4.	국무원 보통고시 위원 (제13회)

1959. 5.	국무원 보통고시 위원 (제14회)
1960. 3.	국무원 보통고시 위원 (제15회)
1961. 12.	학사자격고시 제2차 출제위원
1962. 11.	1962학년도 학사자격고시 전공과목 출제 및 채점위원
1965. 3.	문교부 재일교포 파견교사 선발고시 위원
1965. 4.	제4회 특별승진 전직 및 제6회 특별 채용시험 위원(총무처)
1966. 4.	제5회 특별승진 제9회 전직 및 제14회 특별채용시험 시험위원(총무처)
1967. 11.	67년도 제2회 중등학교 준교사 자격고시 검정 국어과 출제 및 채점위원
1968. 7.	문교부 68년도 제1회 중등학교 준교사 자격고시 검정출제 및 채점위원
1968. 11.	총무처 제 9회 사법 및 행정요원 예비시험위원
1968. 11.	문교부 1969학년도 대학입학 예비고사 출제위원
1969. 1.	69년도 증등학교 준교사 자격고시 검정 국어과 고시 출제 및 채점위원
1969. 8.	총무처 제21회 전직 제30회 특별채용 시험 위원
1969. 8.	문교부 69년도 중등학교 자격고시 검정출제 및 채점위원
1970. 1.	문교부 중등학교 준교사 자격전형 검정 국어과 출제위원
1970. 7.	문교부 교수자격 예비심사 위원
1970. 9.	70년도 중등학교 준교사 자격고시 검정 출제위원
1970. 10.	문교부 교수자격 예비심사 위원
1970. 12.	문교부 1970년도 제3차 교수자격 심사위원회 예비심사 위원
1970. 12.	문교부 1970년도 중등학교 준교사 자격고시 검정 구술위원
1971. 8.	문교부 중등학교 준교사 자격고시 검정 출제위원
1971. 10.	문교부 1971년 중등학교 준교사 자격고시 구술 및 실기고사 위원
1971. 11.	문교부 1972학년도 대학입학 예비고사 출제 위원

1972. 8.	문교부 중등학교 준교사 자격고시 검정 국어과목 출제위원
1971. 11.	문교부 1972년도 중등학교 준교사 자격고시 구술 및 실기고사 위원
1974. 10.	문교부 1975학년도 대학입학 예비고사 출제 부대표위원
(국어심의)	
1961. 3.	문교부 國語審議會委員
1968. 11.	문교부 국어심의회 한글분과 위원회 위원
1970. 7.	국어조사 연구위원회 위원
1982. 1.	학술원 어문연구회 맞춤법 소위원회 위원
1985. 2.	국어연구소 표준어 개정심의위원
1987. 9.	문교부 87-88년도 국어심의회 한글 분과 위원
1990. 6.	文化部 국어심의회 국어순화분과위원회 委員長
(교육과정)	
1957. 10.	문교부 교수요목 제정심의회(중학교국어과) 위원
1961. 7.	문교부 교육과정 심의회 국어과 소위원회 위원
1963. 4.	문교부 국어교육과정 심의회 전문위원
1964. 4.	문교부 실업고등학교 보통교과목 국어과 교육과정 심의위원
1964. 12.	5.13 교육과정심의회 국어과 심사위원
1967. 2.	문교부 실업고등전문학교 교육과정 국어과 심의위원
1970. 4.	문교부 교육과정심의회 국어과 교육과정 심의위원회 분과위원
1970. 10.	문교부 교육과정 심의회 위원
1971. 5.	문교부 교육과정 심의회 중학교 소위원회 위원
1972. 3.	문교부 교육과정 국어과 분과위원회 위원
1980. 7.	문교부 교육과정 심의회 국민학교 국어과 소위원회 위원
1981. 4.	문교부 교육과정 심의회 인문계 고등학교 소위원회 위원
1981. 7.	문교부 교육과정 심의회 중·고등학교 국어과 위원회 위원
1986. 12.	문교부 교육과정 심의회 중학교 국어과 소위원회 심의위원
1987. 11.	문교부 교육과정 심의회 고등학교 국어과 소위원회 심의의원

(교과용도서)	
1957. 10.	문교부 국정교과용 도서 편찬심의회(국어과) 위원
1963. 8.	문교부 시청각 교육교재 인정 심사위원
1970. 5.	1970학년도 시청각교육교재 인정 사열위원(중앙시청각 교육원)
1970. 5.	1970학년도 시청각교육교재 사열위원(중앙시청각 교육원)
1972. 3.	문교부 국정교과서 편찬심의회 실업계 고등학교 국어분과위원
1977. 9.	문교부 1종도서(중고 국어) 편찬심의회 위원
1977. 12.	문교부 1종도서(고등국어 지도서) 개발연구협의 위원(연구위원)
1979. 6.	문교부 1종도서 편찬심의회 위원
1985. 3.	문교부 1985년도 개발 1종도서(고등학교 국어)편찬심의회위원
1987. 8.	87년도 1종도서(국어 교사용 지도서) 편찬 심의회 위원
1988. 5.	88년도 1종도서(국어(말하기 · 듣기)과) 편찬 심의회 위원
(기타)	
1962. 4	대학교육연합회 교육연구위원회 위원
1965. 1.	대학교련 교육연구위원
1967. 3.	1967년도 서울특별시 교육연구소 지도위원
1968. 1.	1968년도 서울특별시 교육연구소 지도위원
1968. 3.	대한교련 교육연구위원회 위원
1969. 3.	1969년도 서울특별시 교육연구원 지도위원
1969. 6.	서울대학교 방송통신대학 설치위원회 위원
1970. 1.	1970년도 서울특별시 교육연구원 지도위원
1970. 2.	서울대학교 어학연구소 운영위원회 위원
1970. 3.	서울대학교 사범대학 평의원
1970. 4.	문교부 1970학년도 학술연구조성 심의회 의원
1971. 3~1988.2.	서울大學校 師範大學 評議員會 및 人事委員會 委員 歷任
1971. 1.	문교부 학술연구 조성심의회 위원
1971. 2.	1971년 서울특별시 교육연구원 지도위원
1971. 9.	문교부 국민 교육헌장 이념 구현을 위한 언어 생활분야(학생

	생활지도) 연구위원회 위원
1972. 2.	서울대학교 어학연구소 운영위원회 위원
1972. 5.	서울大學校 師範大學 同窓會長(2년). 現在 常佐顧問
1973. 10.	서울대학교 기초과정 연구위원회 위원
1973. 10.	서울대학교 연구위원회 위원
1974. 8.	서울대학교 기초과정 교양교과서 편찬위원
1975. 2.	서울대학교 소비조합 이사
1975. 10.	문교부 전국학생 글짓기 대회 심사위원
1977. 9.	한국방송통신대학 통신교육연구소 연구원
1979. 9.	서울특별시 교육연구원 자문위원
1979. 9.	서울大學校 同窓會報 編輯委具(現在)
1980. 8.	한국정신문화연구원 한국(민족)문화 대백과 사전 편찬부 문자·언어분과 편집위원회 위원
1980. 10.	한국 방송통신대학 운영위원희 위원
1981. 2.	법제처 정책 자문위원회 위원(2개월)
1981. 2.	문화공보부 정책 자문위원회 위원(2년)
1981. 5.	한국 정신문화연구원 한국민족문화 대백과 사전 편찬사업 국어교육정책분과 편집위원회 위원
1982. 1.	한국정신문화연구원 한국민족문화 대백과 사전 편찬사업 분과별 편집위원회 위원
1982. 4.	문공부 文化財 안내판 문안 監修委員
1983. 4.	KBS 한국어 연구회 諮問委員(現在)
1986. 1.	국어연구소 국민학교 교육용 기초어휘 선정 자문위원
1986. 3.	국어연구소 운영위원
1989. 8.	文化財管理局 文化財案內文案 監修 委員
1991. 8.	文化財管理局 文化財案內文案 監修 諮問委員

논저 :		
1961. 3.	한글 맞춤법 辭典	文豪社
1963. 1.	國語敎育(共著)	現代敎育叢書出版社
1965. 4.	한국어 학본	在日大韓民國居留民團 大阪府本部文敎部
1973. 10.	國語敎育論(共著)	一潮閣
1975. 4.	國語敎育史硏究	新丘文化社
1975. 8.	國語科敎育(共著)	韓國能力開發社
1976. 8.	國民學校 國語敎育(共著)	서울大學校出版部
1981. 8.	국어科 敎育實習의 計劃과 實踐資料	開文社
1987. 2.	國語學史(共著)	韓國放送通信大學 出版部
1988. 8.	續 國語敎育史硏究	新丘文化史
1988. 8.	資料를 통해 본 漢字·漢字語의 實態와 그 敎育	亞細亞文化
1988. 12.	放送과 言語	一潮閣
1989. 5.	국민학교 學習用 基本語彙 硏究	대한교과서(주)
(교과서)		
1966. 2	중학 문법(共著)	東亞出版社
1967. 12.	표준 고전(共著)	新丘文化社
1979. 3.	인문계 고등 학교「고전」(共著)	新丘文化社
1979. 3.	인문계 고등 학교「문법」(共著)	寶晉齋
1979. 3.	인문계 고등 학교「작문」(共著)	賽晉齋
1983. 3.	고등 학교「작문」(共著)	寶晉齋
1990.	고등 학교「漢文」(上)(下)	志學社
(작품)		
1979. 11.	家族文集「제비」	寶晉齋
1988. 8.	夫婦海外紀行文集「餘滴」	寶晉齋

1988. 9.	隨筆集 「기다림」	한샘
1990. 11.	에세이 「고향길」	文鄕

논문 :
(국어·국어 교육)

1955. 3.	言語와 道義	敎育 제2호 서울大 師大敎育會
1957. 10.	國語와 一般敎育	敎育 제7호 서울大 師大敎育會
1959. 4.	國語科學習 環境要素	敎育 제9호 서울大 師大敎育會
1959. 6.	한글專用에 앞서야 할 일	新太陽 84호
1960. 1.	國語科 學習에 있어서의 單語指導 問題	국어 교육 2
1962. 8.	'ㅢ'의 發音問題	學習指導資料 제8호 서울大師大敎育會
1966. 5.	國語의 濃音化現象	蓮圃 異河潤 先生 華甲紀念論文集
1967. 1.	標準語와 正書法에 대하여	국어국문학 34·35
1967. 7.	能率的인 文字敎育의 方法	경기 장학 제14호 경기도교육위원회
1968. 12.	國語母音의 音價에 대하여	국어 교육 14
1969.	국민학교 국어교과서 편찬을 위한 학습용 기본어휘 설정에 관한 연구	문교부학술연구 보고서
1971. 3.	國語의 敬語問題에 대하여	文化公報部 文化局 에서 發表
1971. 8.	학습지도의 새로운 방향	교육 제주 16호 제주도교육위원회
1974. 8.	國語敎育의 正道와 現實問題	韓國文學 8월호

1975. 10.	靑少年의 讀書指導	문교월보 제71호
1976. 6.	大學生의 國語醇化	弘大學報제301호
1976. 8.	國語醇化의 顧理	金亨奎 敎授 停年 退任紀念論文集
1977. 7.	國語科의 評價 敎育評價의 原理와 實際	서울特別市 敎育委員會
1977. 8.	한글 構造에 따른 入門期	語文研究 15 · 16 文字指導
1977. 10.	國語敎育의 反省과 問題點 國語醇化와 國語敎育에 관한 協義會	韓國精神文化研究院
1978. 6.	標準語에 대하여	語文研究 18 · 19
1979. 11.	放送말과 國民의 言語生活	방송윤리제158호
1980. 5.	국어 辭典 語彙의 類別構成比로 본 漢字語의 重要度와 敎育問題	語文研究 25 · 26
1980. 9.	敎科書의 文章─敎科書의 敎科書 改善을 위한 세미나資料	제3집 서술형태 한국二種敎科書 發行組合
1981. 11.	국어의 「基本音節表」에 대하여	海巖 金亨奎 博士 古稀紀念論文集
1981. 12.	大學院 國語敎育科 敎育課程研究(共同)	서울大 師大論叢 제23집
1982. 2.	日本에서의 韓國語敎育	국어 교육 41
1982. 6.	한글의 能率的 學習方法(共同)	語文研究 34
1983. 6.	초등학교 한글 敎育에 대한 硏究	서울大 師大論叢 제26집
1983. 9.	日本國立國語研究所	語文研究 38
1984. 5.	入門期의 文字 및 言語 지도 문제	한국어연구논문 제6집 KBS 한국어연구회

1985. 7.	言語와 禮節을 통한 敬老孝親의 敎育	서울특별시『敬老孝親敎育』敎育委員會
1985. 9.	日本 '가나(假名)'에 의한 韓國語 發音表記 試案	語文硏究 46·47
1985. 9.	學校에서 漢字의 早期敎育이 필요한 까닭	한글과 漢字 一潮閣
1985. 12.	放送을 통한 國語醇化運動	韓國語硏究論叢 I KBS한국어연구회
1985. 12.	放送言語의 理想	韓國語硏究論叢 I KBS한국어연구회
1986. 4.	'사이ㅅ'의 發音	美原 禹寅燮 先生 回甲紀念論文集
1986. 5.	국어科 敎育課程과 국어敎育	제5차 국어과·한문과 교육과정 개선을 위한 세미나 한국교육개발원
1986. 6.	放送에서의 올바른 敬語	放送硏究 여름호 放送委員會
1986. 9.	口訣에 대하여	국어생활 제6호
1986.11.	國語·漢文敎育	敎育課程 運營의 效率化 大韓敎育聯合會
1987. 2.	放送言語의 敎育	방송언어변천사 KBS한국어연구회
1987. 6.	日政時代의 국어 表記法	국어생활 제9호
1987.	言語의 社會的 考察	바른 언어생활 서울西部敎育區廳
1988. 6.	訓民正音 창제의 근본 뜻	語文硏究 57
1988. 6.	大學院(碩·博士課程)國語敎育科의 바람직한 敎育課程 開發硏究(共同)	師大論叢 제36집 서울大

1988. 8.	한글 맞춤법·표준어 규정의 문제점	東洋文學 제2호
1988. 12.	국어文化와 放送言語	言語研修講義錄
		제1권 韓國言論研究院
1988. 12.	語文敎育 正常化의 길	語文硏究 59·60
1989. 4.	南北韓 국어의 同質性 회복을 南北韓	國語敎育月報社 主催
	國語政策 교류로 민족 위한 代案	
	동질성 회복을 위한 大討論會	
1989. 7.	달라진 '한글 맞춤법'과 '標準語'	국어 교육 65·66
1989. 12.	敬語法과 數의 表現	아나운서放送敎本
		韓國放送公社
1989. 12.	訓民正音 訓習의 基本資料	語文硏究 64
1990. 10.	국어 敎師의 資質과 그 養成 국어교육	서울大 師大 국어
	개선 방안 연구	교육과학술세미나
1990. 12.	世宗大王의 訓民正音 御製序文의 再吟味	語文硏究 68
1991. 10.	한국어 敎材의 表記와 그 指導	二重言語學會誌 제8호
(국어교육사)		
1961. 11.	甲午更張 以前의 作文敎育	국어 교육 4
1968. 7.	새교육 20년 國語科	새교육 7월호
1975. 3.	開化期 以前의 言語生活 敎育에 관한 硏究	又峰 韓相甲 先生
		還曆紀念論集
1977.	先人들의 讀書觀	弘益 18
1979. 3.	先人들의 書寫指導	白史 全光鑛 博士
		華甲紀念論叢
1984. 8.	解放 40년의 國語敎育	國語敎育의 理念과
		方向 學術院
1989.	國語敎科의 歷史에서 본 意味	敎育振興 봄호
		中央敎育振興硏究所
1989.	국어 敎育史, 국어 연수 교재	서울교육원

1990. 7. (어휘)	一石과 語文敎育	語文硏究 65·66
1972. 12.	국민 학교 學習 基本語彙	箕軒 孫洛範 先生 回甲紀念論文集
1976. 11.	국민 학교 敎科書에서 漢字倂記가 필요한 漢字語例	語文硏究 13
1977. 2.	辭典 속에 잠자는 可用 國語論集	국어 교육 30
1978. 2.	국민 학교 入門期 學習用 基本諧彙 調査硏究	국어 교육 32
1978. 6~1979. 12.	中·高校 全敎科目의 漢字倂記譜 彙目錄 ①-④	師大論叢 제17집 -제20집 서울大
1978. 11~1979. 5.	辭典에서 잠자는 쓸 만한 말 ①-⑦	現代文學 11월호 -1979. 5월호
1982. 11.	국민학교 學生의 語彙力 調査硏究(共同)	국어 교육 43·44
1985. 6.	杜詩諺解에 깃든 되살릴 말들(1)	국어생활 제2호 국어연구소
1985. 11.	杜詩諺解에 깃든 되살릴 말들(2)	국어생활 제3호 국어연구소
1986. 3.	杜詩諺解에 깃든 되살릴 말들(3)	국어생활 제4호 국어연구소
1986. 6.	杜詩諺解에 깃든 되살릴 말들(4)	국어생활 제5호 국어연구소
1987. 12.	杜詩諺解에 깃든 되살릴 말들(5)	국어생활 제11호 국어연구소
1991. 7.	杜詩諺解에 깃든 되살릴 말들(6)	국어 교육 73·74
1987. 6.	新聞雜誌에 漢字로 表記된 漢字語 實態 調査硏究	연구보고서 제1집 국어연구소
1987. 6.	「표준어 규정」 解說	국어생활 제13호

1989. 12.	親戚의 系譜와 呼稱	국어생활 제19호
1989. 12.	辭典 속에 잠자는 可用 國語語彙(續)	국어 교육 67·68
1990.	國語正書法의 綜合的 檢討	韓國精神文化研究院 學術세미나
1990.	續 辭典에서 잠자는 쓸 만한 말	現代文學 2월호~ 6월호 連載

(한자)

1971. 11.	現代 人名·地名에 쓰인	金亨奎 博士 頌壽紀 念論叢漢字調査
1974. 9.	文教部 制定 漢文教育用 基礎漢字와 現代 人名·地名에 쓰인 漢字와의 關係	語文研究 4
1975. 5.	국민학교 學習用 基本語彙의 漢字研究	語文研究 7·8
1978. 6.	漢字併用期의 中·高 教科書에 나타난 漢字實態	語文研究 18·19
1978. 12.	漢字併用期의 中·高 教科書에 나타난 漢字目錄(ㄱㄴ順)	국어 교육 33
1979. 6.	新聞標題에 나타난 漢字와 教育漢字 檢討	語文研究 22
1983. 2.	韓國 現代 地名·姓名·六法에 나타난 漢字 研究	語文研究 36·37
1985. 9.	學校에서 漢字의 早期教育이 필요한 까닭	한글과 漢字 一潮閣
1986. 10.	文教部 制定 漢字教育用 基礎漢字의 代表訓音 設定 試案	若泉 金敏洙 教授 華甲紀念 國語學 新研究
1989. 7.	漢字 새김의 現實化 問題	국어생활 여름호
1989. 9.	국민학교 漢字教育	語文研究 62·63
1989. 9.	국어 教科書의 漢字	語文研究 62·63

(기타)

1979. 12.	韓國放送通信大學의 社會的 寄與度와	通信教育論叢 제2집

	運營改善을 위한 研究(共同)	韓國放送通信大學
1979. 12.	放送通信大學의 科目別 履修制 新設에	通信教育論叢 제2집
		(국어교육 관계 연재글)
1961. 5.	中·高等學校 國語科 教科書에 나타난	學習指導資料 제1집
	特殊語彙의 典據 (1)	서울大師大教育會
1961. 7.	中·高等學校 國語科 教科書에 나타난	學習指導資料 제2집
	特殊語彙의 典據 (2)	서울大師大教育會
1961. 10.	中·高等學校 國語科 教科書에 나타난	學習指導資料 제3집
	特殊語彙의 典據 (3)	서울大師大教育會
1961. 12.	中·高等學校 國語科 教科書에 나타난	學習指導資料 제3집
	特殊語彙의 典據 (4)	서울大師大教育會
1962. 8.	'ㅢ'의 發音問題	學習指導資料제8집
1962. 10.	國語子音 ㄱ, ㄴ, ㅅ의 名稱과 ㅌ의	學習指導資料 제9집
	字體에 대하여	
1965. 10~1966. 12.	國語教育의 바른 길 (1)-(12)	教育資料 10월~
		1966. 12월호
		教育資料社
1969. 3.	標準語教育	教育資料 3월호
1969. 4.	國語科 教育課程 運營에 대하여	教育資料 4월호
1969. 5.	文字指導에 基本音節表를 活用하자	教育資料 5월호
1969. 6.	基本音節表를 活用하는 文字指導	教育資料 6월호
1969. 7.	注意해서 지도해야 할 發音들	教育資料 7월호
1969. 9.	興味를 붙이게 하는 국어교육	教育資料 9월호
1969. 10.	語彙指導 問題	教育資料 10월호
1969. 11.	國語科 研究授業의 評價觀點	教育資料 11월호
1970. 9.	國語科 學習指導案의 作成要領	教育資料 9월호
1971. 3.	국어교육의 基本問題	教育資料 3월호
1971. 4.	국어教科書와 국어교육	教育資料 4월호

1971. 5.	국어과 교육과정 개정안에 대하여	敎育資料 5월호
1971. 6.	국어 宿題의 提示와 處理	敎育資料 6월호
1971. 7.	族稱과 그 지도방법	敎育資料 7월호
1976. 4.	國語正書法講座 (1)	敎育資料 4월호
1976. 5.	國語正書法講座 (2)	敎育資料 5월호
1976. 6	國語正書法講座 (3)	敎育資料 6월호
1976. 9.	國語正書法講座 (4)	敎育資料 9월호
1976. 10.	國語正書法講座 (5)	敎育資料 10월호
1967. 4~1968. 1.	連載 第一回~第十回	韓國語講座
		韓國時事 4월호~
	.	1968. 1월호
1969. 9.	國語敎育의 指向點	中等敎育 9월호
1969. 10.	國語科 敎育課程과 국어 敎科書	中等敎育 10월호
1969. 11.	國語科의 특질	中等敎育 11월호
1979. 2.	글씨 공부를 어떻게 할 것인가	中等敎育 1·2월호
1977. 12.	古典의 理解와 指導	敎育春秋 12월호
1978. 2.	참고서와 辭典의 活用	敎育春秋 2월호
1979. 9.	國語敎育의 時代的 意義와 使命	敎育硏究 9월호
1979. 10.	國語敎育 基本問題의 模索과 解決方案	敎育硏究 10월호
1980. 6,	讀解力과 基礎學力	敎育硏究 6월호

상훈 :

1963. 12.	大統嶺 表彰	
1971. 10.	서울大學校 14년 勤續 表彰	
1976. 10.	서울大學校 20년 이상 勤續 表彰	
1982. 12.	國民勳章 冬栢章 敍勳	
1985. 10.	서울大學校 30년 勤續 表彰	
1987. 5.	敎育 特別功勞賞(大韓敎育聯合會)	

1988. 8.	國民勳章 牡丹章 敍勳

► 이두현

약력 :	
1924. 4. 2.	咸鏡北道 會寧邑에서 全州 李氏 倫燮公과 淸州 韓氏 學善의 一男一女 중 長男으로 출생(陰, 癸亥年 11月 11日生)
1953. 5.	楊州 叢氏 聖鎭公의 次女 徒峯 女史와 結婚

학력 :	
1938. 3.	會寧公立普通學校 卒業
1942. 12.	會寧公立商業學校 卒業
1944. 4.	官立淸津師範學校 講習科 入學
1946. 7.	서울大學校 師範大學 專門部 修了
1950. 5.	서울大學校 師範大學 國文科 卒業(文學士)

경력 :	
1943. 2.	殖産鎭行 入社, 淸津支店 勤務
1944. 10.	日本軍에 入隊
1945. 8.	光復後 會寧南國民學校 敎師
1946. 2.	越南 上京
1950. 5.	漢城高等學校 敎師
1952. 3.	馬山公立商業高等學校 敎師
1953. 6.	서울大學校 師範大學 講師
1954. 4.	槿花女子大學 訓激援
1954 이래	淑明女大, 西江大, 梨花女大, 中央大 講締 歷任
1958. 4.	서울大學校 師範大學 專任講師
1962. 9.	서울大學校 師範大學 壞敎授, 訓畿援, 畿援(現在)
1979. 가을학기	國內 交流激授로 濟州大學에서 講義와 濟州 民借 調査

학술단체 :	
1957~1960.	국어국문학회 常任理事
1958. 11	韓國文化人類學會 創立同人.
1963 이래	國際劇藝術駱會(I.T.I.) 韓函本部 常任委員 麗任
1966. 3~1968. 3.	서울大學校 師範大學 附屬 敎育圖書館長
1969. 3.	社國法人 韓國假面劇硏究會 理事長(現在에 이름)
1972. 5~1974. 11.	社圈法人 韓國文化人類學會 理事長
1975~1976.	韓國演劇學會 會長
1979. 9~10.	鳳山탈춤 東南龔公演團 引準(香港과 臺灣)
1982. 6.	學衛院 正會員 被選
교외활동 :	
1971. 1.	文化公報部 文化財委員會 委員(現在에 이름)
1974. 1~1981.12.	國立劇場運營委員
1981. 10.	第3回 天城심포지움 "日本文化의 明暗"參席
해외활동 :	
1960. 9~1961. 8.	敎育課程技辯方法硏究次 渡美(피버디大學 및 카톨릭大學液에서 演劇學 및 人類學 聽講)
1963. 4~5.	日本公演藝衛 視察(I.T.I. 후원)
1966. 4~5.	美國 스밋소니언硏究所 主催 人類學 國際會議 參席後 歐美와 印度 및 臺灣 學界 視察
1968. 7~1969. 4.	日本 東京大學 文化人類學科 客員栽授
1968. 9.	第8次 國際人類學 및 民族學會議 參席(蘿本)
1971. 8~1972. 3.	록펠러 3世 財團 硏究基金으로 美國과 유럽에서 演劇史 및 人類學 硏究
1973. 1~3.	日本 沖繼 民俗 調査(웨너그렌財圈 후원)
1973. 8~9.	第9次 國際人類學 및 民族學會議 參席(美國)

1975. 2~3.	日本 水沒地區 및 民俗博物館 視察
1977. 3.	鳳山탈춤 美國公演을 위한 講演次 渡美
1978. 6~9.	鳳山탈춤 유럽 7계국 巡廻努演國 引率(덴마크, 네덜란드, 벨기에, 룩셈부르크, 프랑스, 서독, 스위스!
1978. 9.	유네스코 東아시아文化硏究센터 主催 "아시아諸國의 歲時風俗과 平生行事"에 관한 國際會議 參席(東京)
1978. 12.	第10次 國際人類學 및 民族學會議 參席(印度)
1980. 1.	韓日共同 古代吏심포지움 參席(東京)
1980. 5~7.	鳳山탈춤 유럽 5개국 巡廻公演團 引率(프랑스, 서독, 스위스, 이탈리아, 에스파니아)
1980. 11.	日本 京都國立博物鑛 主催 "假面과 宗敎" 심포지움 參庶(京都)
1980. 11~12.	아스팍 主催 文化財保存倉議 參席(臺灣)
1981. 1~3.	日本 國立民族學博雜館 客員敎授(大阪)
1981. 6~7.	國際民浴祝典組織委員會(CIOFF) 總會에 韓國 代表로 參席(東獨)
1982. 8~9.	웨너그렌財國 後援 "演副과 祭儀" 國際會議 參席(뉴욕)
1982. 10.	第7次 沖繼文化의 古曆에 괌한 學術會議 參席(東京)
1983. 6.	프랑스 世界文化院 主懼 "演劇과 샤머니즘" 國際會議 參席 後 브래따뉴 地方의 巨石文化 視察
1984. 6.	韓國文學에 관한 國際會議參席(英國大學)
1986. 5.	86 EXPO(반쿠바)參加 鳳山탈춤公演圈 引率
1986. 9.	"아시아의 假面藝能" 國際會議參席(東京)
1987. 9,	바빌론 국제페스티발 參席(이라크)
1989. 6.	第2回 아시아 民俗藝能祭參加 北育獅子놀음公演圈 引率 및 講演 (沖繼石垣市)

논저 :

1966. 5.	韓國新劇史硏究	서울大學滾出販部
1969. 12.	韓國假面劇	文化公報部 文化財

		管理局
1973. 3.	韓國生活史(共著)	서울大學校 出版部
		(1983. 改訂 販韓 國家庭生活史
		韓國放送通信大學出版部)
1973. 12.	韓國演劇史	民衆書鎬
1974. 7.	韓國民俗學槪說(共著)	民衆書鎔(1953.
		談訂版 學硏社)
1977. 4.	韓國民俗學槪說(共著)	日本 學生社
		(崔舍城 日譯)
1979. 2.	韓國의 假面劇,	一志社
1981. 2.	韓國의 탈춤	一志社
1984. 7.	韓國民俗學論考	學硏社
1985. 3.	韓國演劇史 改訂販	學硏社

논문 :

1957. 12.	山臺都監劇의 成立에 對하여	국어국문학第18號
		국어국문학회
1958. 10.	韓國의 假面	思湖 10월호 思溜社
1959. 12.	新羅五俵巧	서울大人文社會科
		學論文集 第9輯
1964. 6.	許道令 公演臺本	國立舞扁團第4回
1964. 10.	양태 및 갓 工藝(共著)	古文化 第3輯
		韓國大學博物館繼會
1965. 4.	羅雲奎傳 ʻ朴勝喜傳, 韓國의 人間像拒	新丘文化社
	文學ʼ 藝衛家寫 所收	
1965. 10.	韓國演劇 起源에 對한 몇 가지 考察	藝衛論文集 第4輯
		大韓民國藝衛院
1966. 5.	韓國民浴誌 : 五廣大	蓮圃 異河潤 先生

		華甲紀念論文集
1966. 7.	文化人類學과 敎育, 激育과 關聯科學	現代敎育叢書出版社 所收
1966. 12.	新羅古樂再考, 新羅伽傭文化 第1輯	嶺南大學餃 新羅伽倻 文化硏究所
1966. 12.	韓國民辯誌 : 鳳山탈춤	震檀學報第 29 · 30 合倂號 震檀學會
1968. 5	河回 및 屛山假面	文化財 第3號 文化財 管理局
1968. 5.	橋州소놀이굿	국어국문학 第39 · 40 合倂號 국어국문학회
1968. 8.	莞島邑 長佐里堂祭	李崇寧 博士 頌壽 紀念論叢
1968. 8.	場州洌山臺놀이 硏究 및 臺詞亞綱亞硏究	第11卷2號 高麗大學校 亞細亞問題硏究所
1968. 7.	獅子伎攷	東西文化 第2輯 啓明大學談 韓國學硏究所
1968. 8.	高敞邑 童巨里堂山	文化人類學創刊號 韓國文化人類學會
1968. 8.	"Folk-Beliefs of Sacred Poles in Korea." In Proceedings of With international Congress of Anthropological and Ethnological Sciences	Tokyo, Japan.
1969. 1.	韓國假面と假面劇	文學(37) 東京, 岩波 書店
1969. 2.	韓國の民家,	도시주택 東京, 鹿島出版社

1969. 3.	楊州巫堂	東洋文化 第 46·47 合併號 東京大學 東洋文化研究所
1969. 3.	北靑獅子놀음	金載元 博士 回甲 紀念論叢
1970. 2.	韓國演溯史, 韓國文化曳大系 所收	高麗大學較 民族 文化研究所
1970.	康翎탈춤	演劇評論 第3號 演劇評論社
1971. 2.	水營野遊	文化財 第5號 文化財管理룹
1971. 7.	韓國歲時風俗의 研究	文敎部·學術研究
	論文集(1982. 韓國民浴研究論文選Ⅱ 再收 一潮閣)	
1971. 11.	辟邪進慶의 歲時風䂊	金亨奎 博士 頌壽 紀念論叢
1971. 12.	歲時風俗, 韓國民俗綜合調查報告書	文化財管理局(全兆 蒿) 所收
1972. 12.	金海 三政洞 乞粒치기	箕軒 孫洛範 先生 團甲論文集
1972. 12.	松波山臺놀이	文化人類學 第5輯 韓國文化人類學會
1972. 12.	演戲 韓國民俗綜合調查報告書(慶南篇)	文化財管理局所牧
1973. 10.	玉山宮親祭	南日本文化 第6輯 龍免島短期大學 裔日本文化研究所
1973. 10.	草墳 韓國農材の家族と 祭驗 所收	東京大學出版會
	(1979. 葬送墓脚研究集成 第5卷, 墓の歷史 再收, 名著出版)	
1974. 4.	志鬼의 꿈(一名 善德女王)	國立발레團 第14關 公演 臺本

1974. 8.	葬淵와 關聯된 巫俗을究	文化人類學 第6輯
		韓國文化人類學會
1974. 12.	民俗劇 韓國의 民俗文化 所牧	國際文化財團
1975. 2.	韓國演劇史 韓國文化吏新論 所收	中央大學裝
		中央文化研究院
1975. 3.	金水山辭 音樂演藝의 名人 8人 所收	新丘文化社
1975. 11.	韓國膽俗學の現況	韓 第14卷 11號 東京
		韓國駱究院
1975. 12.	叢栗탈춤	국어교육 第26號
		한국국어교육연구회
1975. 12.	"Mask Dance Drama." In Traditional	Korea UNESCO
	Performing Arts of Korea	
1976. 3.	陜川地方勳歲時風俗 移民文化變容 所收	日本學術振興會
1976. 3.	"Burial Customs of Korea : Ch'obun."	Korea UNESCO
	In The Realm of the Extra	
	-Human Idea and Action,	
	The Hague MoutonPublisher	
1976. 12.	韓國戱曲文學大系 I 解題	零國敵曲文學
		韓國演劇社大系 I
		所收
1976. 12.	歲時風辭 韓國民浴綜合調查 報告書	文化財管 理局
		(忠北篇) 所收
1976. 12.	民辭놀이 韓國民俗綜合調查 報告書	文化財管 理局
		(忠北篇) 所收
1977. 1.	駕山五廣大 韓國演劇 1月號	韓國演劇協會
1977, 8.	"Korean Mask Dance Drama."	Tokyo, Japan
	In Asian Culture(17) Asian Cultural	
	Centural for UNESCO	

1978. 5.	安東 水沒地區의 歲時風俗誌	新羅伽節文化 第9·10合併輯 嶺南大學被 新羅伽獅文化研究所
1978. 6.	洞祭와 堂굿	師大論叢 第17輯 서울大 師範大學
1978. 9.	韓國民俗藝衛의 本質과 그 社會的 機能 -特히 民間演鐵를 中心으로	東北亞民俗學比較研究 第1輯 明知大學 東北亞細亞民俗學研究所
1978. 12.	"A Brief History cf Ethnographic Films in Korea," Pre-sented to Pre-Congress Symposium on Visual Antropology Xth International Congress of Antropo logical and Ethnological Sciences	New Delhi, India
1979. 5.	"Intangible Cultural Assets and their Transmission to Future Generations in Korea." In Proceedings of The Second Asian-Pacific Conference on the Preservation of Cultural Properties and Tradition, Cultural & Social Cen-tre for the Asian and Pacific Region	Seoul, Korea
1979. 12.	無形民俗文化財의 保春과 博承方案	서울韓國文化藝衛 文化藝衛論文選集(1)振興院(1969年 猜)
1980. 9.	善妙와 광청아기 說話	延岩 玄平孝 博士 回甲紀念論叢
1980. 11.	假面とッヤマニズム假面と宗敎 所收	京都佛激美術研究 上野紀念財團
1980. 11.	"Drama and Dance." In Studies on Korea:	Honolulu The

	：A Scholar's Guide	University Press
1980. 11.	"The Promotion and Enhancement of Folk Music and Folk Drama in Korea." In Proceedings of The Third Asian Pacific Conference on the Preservation of Cutural Properties and Tradition, Cultural & Social Centre for the Asian and Pacific Region Seoul Korea.	
1980. 12.	濟州島民俗調查 韓國文化(1)	서울大學校 韓國文化研究所
1980. 12.	歲時風俗 韓國民辯綜合調查報告書	(黃海, 文化財管理局 平南, 北篇) 所收
1981. 1.	韓國の野外假面劇 季刊民族學(15)	大阪1 民編學振.興會
1981. 12.	歲時風俗 韓國民俗綜合調查 報告書	文化財管理局(咸南 ・流篇) 所收
1981. 12.	東海岸剡神普	韓國文化人類學 第13輯 韓國文化人類學會
1981. 12.	韓國の社祭りと假面 藝能史研究(74)	藝能史研究會
1982. 3.	韓國假面の麗史 古面 所收	京都國立博物館
1982. 3.	탈놀이 韓國民俗大觀(5) 所收	高大民族文修硏究所
1982. 4.	新劇의 데동	韓國文學研究入門 所收 飾讓産業社
1982. 8.	"Role Playing through Trance Possession. 7 Presented to Theatre and Ritual International Symposium, New york Wenner-Gren Foundation for Anthropological Research	
1982. 8.	"Entertaining the Goda-Korean Village Festival." In Asian Culture(32),	

	Asian Cultural Centre for UNESCO Tokyo Japan.		
1982. 10.	韓國古代D喪葬骸禮東アジアにおける		日本學生社儀禮と
			國家 所收(1974年稿)
1982. 10.	朝鮮朝 前期의 演戲 東洋學 第13輯		檀國大學校 東洋學
			研究所
1983. 12.	河回別神굿 탈놀이 韓國文化人類學 第14輯	韓國文化人類學會	
1983. 12.	韓國의 民俗學研究		韓國學凡門 所收
			大韓民國學術院
1985. 6.	葬禮와 演鐵考		師大論叢 第30輯
			서울大學校 師範大學
1987. 6.	내림무당과 쇠乞粒		師大論叢 第34韓
			서울大學校 師範大學
1988. 8.	黃海道 平山 소놀음굿		蘭臺 李應百 教授
			停年進任紀念論文集
			서울大學裝師範大學 國語敎育科
상훈 :			
1966. 12.	韓國新劇史研究로 한국일보社 制定 韓國出版文化賞 著作		
	部門 受賞		
1967. 4.	韓國演劇研究新 制定 第5回 演劇賞 受賞		
1979. 4.	第15回「韓國 演劇・映畫・TV藝衛賞」特剝賞 受賞(한국일보社		
	主催)		
1979. 10.	서울大學波 20年 勳績表彰 받음		
1981. 10.	大韓民國 銀冠文化勳章 받음		
1985. 9.	學術院賞受賞(著作賞)		

2) 연세대

▶ 정연길

약력 :	
1927. 12. 28(음력)	慶北 慶州郡(現·月城郡) 江西面(現·安康邑)楊月里 1,155番地에서 父 迎日(烏川) 鄭氏 鎭碩 母 (聞詔) 金氏의 3男으로 출생.
학력 :	
1942. 3.	江西(現·安康 第 1) 國民學校卒業.
1942. 4~1946. 7.	慶州中學校卒業.
1947. 3~1948. 7.	大邱大學(現·嶺南大) 豫科 文科.
1948. 9~1952. 4.	延禧大學校 文學院 국어국문학과 卒業.
1957. 4~1959. 3.	延世大學校 大學院 국어국문학과 卒業.
1952. 4~1960. 3.	永川中學('52年), 安康中學('52~'53年). 善山高校 卒業('53年). 群山師範('53~'55年).
경력 :	
1955~1959.	서울高校('55~'60年) 敎師. 漢陽大學 講師('59年).
1960. 4~1963. 11.	서울市立農業大學(現·서울市立大學) 專任講師(敎養국어 및 敎養 국어特講 담당) 學報社主幹(約13年間 '連任). 서울市立農大 學報 「典農」創刊. 서울農業大學論集 「第1輯에서 서울市立産業大學 論文集 第9輯까지 (編輯委員主幹). 學藝部 指導敎授(겸직). 「흙」 同人會 創立 指導. 同人誌 「흙」('62年 刊行 및 詩書展 數回指導 「延世春秋」('61.9.25. 제23호)에 寄稿한 (延世숲에 尹東柱의 詩碑를!)라는 大記事로 인해 '68年 詩碑가 크게 세워짐.
1963. 11~1967. 7.	서울市立農大 助敎授. 서울市立農大新聞創刊 ('64.8.13).
1967. 8~1970. 4.	서울市立農大 副敎授.

	敎養學科長 兼任('68.1).
	喀血로 淸凉里 聖 바오로 病院 2週間入院('69.9) 群山師範 時節 弟子 李琫采敎授에게 講義를 맡김.
1970. 4~1974. 2.	서울市立農大 敎授. 人事委員會 委員(敎授會 選出)
1974. 3~1976. 2.	서울産業大學(現・서울市立大學) 敎授.
	中央大學('74.2~'75.2). 弘益大學('75.10~'77.2).
	韓國外大('77.3~'77.7). 漢城女大('76.8~'77.7) 講師.
1977. 9~현재	漢城女子大學 敎授.
	漢城女子大學 論文集 第1輯 創刊('77.12)
1978. 1~1978. 7.	漢城大學 敎務課長.
1978. 7~1979. 2.	學長職務代理.
1979. 3~1980.	圖書館長.
1982. 2~1982. 12.	국어국문학과장
1982. 4~1986. 8.	民族思想(現・民族文化) 硏究所長.
1982. 11~1983. 2	敎務處長.
1983. 2~1984. 6.	圖書館長.
1984. 1	漢城大學 校歌作詞 其他. 국어국문학과장. 校務委員.
	人文學部叢. 敎員懲戒委員 人事委員會 委員長 等 歷任.
	延世大學校 국어국문학과 總同窓會長職('77~'83年)을 거쳐 現在 顧問.
학술/교외활동	
	現在・韓國文人協會.
	現代詩人協會.
	國際펜클럽 韓國支部.
	自由詩人協會 會員.
1954.	背麥同人會(慶州).
1954.	土曜同人會(群山)

1976～1978.	創立同入, 農協發行〈새 농민〉독자분단 詩 選評담당	
논저 :		
(시집·역서)		
1959. 9.	詩人과 市民들의 對話時間	萬年社.
1971. 7.	어느 하늘 아랜들	宣明文化社.
1984. 10.	시선집「한」	깊은샘社
	1987.10.21. 제3판 발행	
1977. 3.	「詩文學入門」共譯 A Hand Book for The Study of Poetry by L. Altenbernd & L. C. Lew's	日新社
(신간안내·서평)		
1961. 7. 27.	「濕地」朴鍾禹 詩集	朝鮮日報
1966. 10.	韓國古典文學의 理論 全圭泰 著	東亞日報
1983. 11. 7.	지금 이 瞬間에 法談하는 書幅(河麟斗 著)	漢城大學報 44호
1983. 12.	세쪽 흰 제비 갈매기 날개 趙英薇 詩集 어느 詩集이야기	詩文學
1985. 12	「三昧」柳台煥 詩集 詩集 三昧의 사연	詩文學
1987. 5.	自然과 사랑 金鑛喆 詩集 뜻밖에 받은 詩集	詩文學
(논설·수필 기타)		
1960. 8.	李朝 國文學作品에서 본 奸臣汚吏相	月刊世界
1962. 11.	時調作品에서 본 隱遁思想	月刊새별
1962.	詩人의 感覺	흙同人誌
미상	나의 文學修業記	文學
1974. 10.	靈感과 이미지 (나의 詩論)	心象
1952. 12.	꿈·生活·職業	自由公論
1960. 1.	나도 한마디	文藝
1960. 4.	이른 봄과 詩와 쎈치와	女苑

1961. 6.	노래를 가르친 이야기	月刊隨筆
1962. 11.	가을에 생각나는 詩	月刊財務
1963. 10.	斜眼片錄	現代文學
1963. 11.	유모어와 에스프리「現代人講座」	博友社
1964.	藝術人「20世紀 講座」	博友社
1964. 5.	文章採點	새교실
미상	대이름씨와 대갈(미상)	나라사랑
1964. 11.	親和	연세춘추
1965. 10.	얼굴・體面「象牙塔의 午後(上)」	三學社
1966. 5.	收支打算을 떠나야	새교실
1966. 7.	白書	새교실
1967. 12.	李離의 故事	교육자료
1969. 1.	詩・詩人의 效用	
1969. 7.	李瑋采創作集 血處 跋文	政經研究
1973. 8.	新羅古墳群	週刊한국
1970.	바가지와 夫婦의 거리	韓國文學
1975. 2.	겨울日記	月刊엽연초
1975. 9.	며느리・시어머니	유아교육
1975. 9.	여름에 생각나는 노래	月刊 F・M
1978. 12.	겨울방의 戀歌	服裝月報
1975. 10.	바가지와 不正	服裝月報
	人間만이 幸福을 만들 수 있다	漢城大學報22
	피맺힌 노래들	漢城大學報24
1982. 9.	서라벌의 하늘땅	故鄕 1 故鄕文化社
1981. 6.	소식	服裝月報
1982. 6.	철도의 추억 몇가지	한국철도
1982. 10.	어느 新婦의 自殺	漢城大學報
1983. 6.	모기불 피워놓고 멍석깔고 누웠으니	엠디+M.D

1983.	형수님, 어머님	나라사랑4집
1983. 10.	다시 생각나는 노래	自由公論
1984. 2.	旅情・詩情	月刊여행
1984. 8.	국민화합을 생각한다	한국철도
1984. 12.	공직자의 윤리	한국철도
1984. 7.	동포의 고난을 내 고난으로 알자	새물결
1985. 4.	山行길 나누어 주는 美德	새물결
1985. 8	박종우 詩選刊行辭	한국철도
1986. 4.	호롱불社	

서울市立農大・産大新聞主幹칼럼 「초동방—樵童房」其他 〈作詩敎室〉(1호~5호) S. Spender, The Making of a Poetry 『詩文學入門』에 수록. 〈초동방의 詩〉(6호). 〈師走-시하쓰〉(7호). 〈農業士牛乳配 達꾼〉(81호). 〈깜보〉(9호). 〈强要〉(10호). 〈讀書〉(12호). 〈逆說〉(13호). 〈어떤 告發書〉(14호). 〈한글 전용에 대해서〉(15호). 〈交友〉(7호). 〈어느 잠 놓친 밤〉(8호). 〈좌표 O점의 설정문제〉(19호). 〈姦富〉(20호). 〈學生은 紳士여야 한다〉(22호). 〈수필 貧富淸濁閑話〉(25호). 〈悲嘆의 가을〉(26호), 〈봄을 기다리는 마음〉(29호). 〈어느 日本 女流詩人의 訪韓後話〉(31호). 〈어느 죽음에〉(32호). 〈秋夕省墓〉(33호). 〈尹東柱 詩碑 제막식에 다녀와서〉(34호). 〈쥐〉(35호). 〈부고〉(36호). 〈교포 선수〉(38호). 〈보신탕〉(미상). 〈訓長이란 職業〉(44호). 〈天堂에 못갈 친구들〉(45호), 〈왜 詩를 쓰는가〉(46호). 〈어느 어린 詩人의 自殺〉(47호), 〈農業國〉(48호). 〈講師料〉(49호). 〈머슴살이〉(50호). 〈國語・外國語〉(51호). 〈술의 浪漫은〉(52호). 〈돼지 꿈・돈〉(53호). 〈歲暮의 거리에서 생각나는 詩〉(61호). 〈作心三日〉(63호). 〈言語政策〉(64호). 〈어느 젊은이의 편지〉(65호). 〈回信〉(67호). 〈宋襄의 仁〉(68호). 〈내논 물대기〉(73호). 〈나의 겨울 이야기〉(79호). 〈N君에게〉(80호). 〈잠 놓친 밤에〉(81호).

	〈또다시 한해가〉(85호). 〈歲暮嘆〉(95호). 〈豆腐도〉「典農」(창간호), 〈꽃노래·꽃傳說〉「典農」(연재)
논문 :	
1963. 2.	懊惱의 舞踊小考」	서울農大 論文集(1집).
1973. 12.	創造·廢墟·薔薇村·白潮 詩壇考	서울農農大 論文集 (7집).
	金星誇壇考	연세어문학.
1977. 11~12.	岸曙·素月의 民謠詩와 7·5調	詩文學.
1977. 12.	六堂詩歌의 形式考	漢城女大論文集.
1980. 12.	靑春·學之光 其他誌 詩壇考	漢城大學論文集.
1981. 12.	共立新報·신한민보	詩壇考
1982. 2.	曙光	誌詩壇考 漢城語文學.
1983. 2.	詩歌論 民族思想	독립신문(上海版)
1984. 2.	靈臺 誌 詩壇考	民族思想.
1984. 2.	漢詩考 民族文化.	독립신문(上海版)
1985.	廢墟以後 詩壇考	漢城語文學
1985. 12.	「開闢」誌 詩壇考(未完)	漢城大學論文集.
	* 以上 論文을 修正, 補完하여 「韓國近代詩研究」라는 이름으로 出版豫定.	

▶ 이종은

약력 :	
	출생 충청북도 괴산군 거주지 122 서울특별시 은평구 구산동 23-5 Te1 : 388-9172 직업 漢陽大學校, 교수(133 서울특별 시 성북구 행당동)
학력 :	
1954.	연세대학교 문과대학, 국어국문과, 卒

1956.	연세대학교 대학원, 국어국문학과, 文學碩士	
1977.	동국대학교 대학원, 국어국문학과, 文學博士	

경력 :

1955~1957.	연세대학교 문과대학, 강사	
1956~1957.	시립서울산업대학, 전임강사	
1957~1960.	연세대학교 문과대학, 전임강사	
1956~1962.	수도여자사범대학, 강사	
1960~1961.	연세대학교 문과대학, 조교수	
1963~현재	한양대학교 문리과대학, 조교수·부교수·교수	

논저 :

1978.	韓國詩歌上의 道家思想硏究	普成文化社
(역서)		
1974.	論語	正音社
1977.	朝鮮道敎史	普成文化社
1980.	增補文獻備考藝文考	世宗大王紀念事業會

논문 :

1977.	慧星歌攷	論文集 11 한양대학교
1977.	道家思想瞥考	淵民 李家源 博士 頌壽紀念論叢
1977.	道家思想小考	성봉 김성배 박사 회갑기념논문집
1977. 10.	韓國詩歌上의 道家思想	東岳語文論集
1978.	한국시가에 나타난 은일사상	눈뫼 허웅 박사환갑 기념논문집
1978.	韓國詩歌上의 道家思想硏究	東國大學校 大學院

1979.	韓國漢詩上의 神仙思想	博士論文 漢陽大論文集 13 한양대학교

► 이종은

약력 :	
1926. 8. 7.	전북 익산군 용안면 홍왕리 449번지에서 출생.
1944.	연희전문학교(현재 연세대학교) 입학.
1952.	연희대학교 졸업.
1952.	전주사범학교 임용.
1957. 4.	전북대학교 문리대학 국어국문학과 전임강사 임용.
1991. 8.	전북대학교 인문대학 국어국문학과 교수로 정년퇴임.
1991~2007.	전북대학교 명예교수.
2007. 11. 7.	전북 전주시 중화산동 자택에서 사망.
논문 :	
(편저)	
1990.	『판소리의 지평』 신아출판사
(역서)	
1987.	시학서설 동천사
1987.	예술작품의 철학 신아
1988.	민족음악학 신아
1993.	마음 속의 몸 한국문화사
1994.	시학과 문화 기호론 한국문화사
1994.	인지 의미론 한국문화사
1995.	상징의 이론 한국문화사
1995.	페미니즘과 언어 이론 한국문화사
1996.	해체비평 한국문화사

1996.	덧없는 행복	한국문화사
2000.	음악인류학 1-2	한국문화사
2000.	문화를 쓴다	한국문화사
2003.	페미니즘	한국문화사
(공역)		
1992.	서사론사전	민지사
1995.	구술문화와 문자문화	문예출판사
1996.	제의에서 연극으로	현대미학사
1996.	시와 인지	한국문화사
1997.	인지 언어학의 기초	한국문화사
2004.	퍼포먼스 이론 1-2	현대미학사
(편역)		
1994.	민속 음악	신아
1998.	문화 연구	한국문화사

► 석일균

약력 :	아호 : 송암(松巖), 출생 : 1926. 3. 18(양력), 사망일 : 2000. 4. 9
	출생지 : 경기 여주, 본적 : 서울 관악구 본동 455-58, 본관 :
	충주
가족관계	
1932. 3. 27.	배우자 권영진
1954. 3. 14.	장녀 석진화
1955. 3. 28.	장남 석진만
1960. 9. 23.	차남 석진범중앙중 졸업
1970. 10. 21.	차녀 석정미서울사대부속 중등교원양성소 수료
1970. 10. 21.	삼녀 석정원연세대 국문과 졸업

학력 :	
1945.	중앙중 졸업
1946.	서울사대부속 중등교원양성소 수료
1957.	연세대 국문과 졸업
1968.	건국대 대학원 수료
1977.	한국외국어대 대학원 아주지역과 석사
경력 :	
1947~	여주농업고 교사
1960~	인천중 교사
1962~	경복고 교사
1965~1972.	경기상업고 교사
1972~	중앙고 교사
1972~1982.	한국외국어대 한국어교육과 조교수, 부교수
1981~1984.	한국외국어대 학생처장
1982~	한국외국어대 한국어교육과 교수
1988~1990. 2.	한국외국어대 용인캠퍼스 부총장
1990. 3~1991. 8.	한국외국어대 도서관장
1991~1999. 2.	한국외국어대 한국어교육과 강사
저서 :	국문법개설
	신한국문학사
	한국고전소설개론
	흐르는 물처럼(수상집)
	시청각한국어교본
논문	
1973.	작가와 작중인물 유형소고

1976.	일본의 식민정책과 한국의 문예사조
1978.	고대시문의 한적사상
1979.	염상섭의 문학과 언어기교
1985.	이범선론
1987.	허균과 박지원의 사회의식론 소고
1989.	대한국어교육의 문제점
1989.	연암소설의 현실참여적 성격
1991.	연암과 다산의 현실참여 연구
상훈 :	국민훈장 석류장

3) 고려대

► 박성의

약력 :	
1917. 6. 26.	慶尙北道 漆谷郡 若木面 杏亭洞 1069番地에서 朴周湛氏 長男으로 1917년 6월 26일(陰曆 5월 8일) 出生
학력 :	
1923~1925.	3年間 書堂에서 漢文學 修學
1926. 4~1932. 2.	倭館公立普通學校 入學
1932, 4~1937. 3.	大邱師範大學 尋常科 入學
1937. 3~1942. 3.	金泉市 金陵公立普通大學 訓導
1946. 9~1950. 5.	高麗大學校 文科大學 國文學科 入學
1950. 5.	同 大學院 國文學科 入學
1952. 3.	高麗大學校大學院國文科修了, 文學碩士學位受得
1970. 2.	高麗大學校 大學院에서 文學博士學位 受得

경력 :

1940. 2. 2.	小學校 敎員 第1種試驗 合格
1942. 4.~1945. 7.	大邱 德山國民學校 訓導
1945. 10~1946. 10.	豊文女子高等學校 敎師
1950. 6~1951. 3.	誠信女子高等學校 敎師
1951. 5~1953. 8.	慶北大學校 師範大學 附屬高等學校 敎師
1952. 5~1953. 8.	慶北大學校 文理科大學 講師
1953. 9.	高麗大學校 文理科大學 專任講師 취임
1954. 3~1959. 2.	德成女子大學 講師
1955. 3~1960. 2.	仁荷工科大學 講師
1955. 3.	高麗大學校 文理科大學 助敎授로 昇進
1956. 3.	高麗大學校 大學院 敎授 兼任
1957. 8.	高麗大學校 文理科大學 國文學科 主任 被任
1957. 9.	高麗大學校 文理科大學 副敎授로 昇進
1960. 9~현재	同大學 敎授
1962. 9.	同大學 國文學科長 被任
1963. 3~1968. 2.	首都工科大學 講師
1965. 3~1969. 2.	建國大學校 大學院 國文學科 講師
1966. 3~1969. 2.	京畿大學 國文學科 講師
1967. 3~현재	首都女子師範大學 國文學科 講師
1967. 3~1968. 2.	서울大學校 師範大學 및 敎育大學院 講師
1976. 2.	文敎部 再任命規程에 依하여 高麗大學校 文科大學 敎授로 再任命됨

학술단체 :

1954. 3.	국어국문학회 常任會員 및 總務
1963. 3.	高大附設 亞細亞問題硏究所 硏究員 및 編輯委員
1963. 6.	高大附設 民族文化硏究所 硏究員 被任

1966. 11~	高麗大學校 國語國文學硏究會 代表
1968. 5. 31~현재	高大附設 民族文化硏究所 所長
1969. 3~1970. 2.	韓國書誌事業會 人文科學委員會 委員
1971. 5.	韓國語文敎育硏究會 理事 被任
1971. 6~1973. 6.	국어국문학회 理事
1975. 6.	국어국문학회 代表理事 被選
1976. 6~현재	韓國語文敎育硏究會 中央常任理事
1977. 2~현재	鷺山文學會 理事
1977. 3~현재	陶南文學會 會員
1977. 6.	國語國文學會 監事 被選

교외활동 :

1971. 11.	大韓民國文化藝術賞 審査委員 被囑
1974. 3.	文化公報部 國學開發委員會 委員 被囑
1974. 6~현재	世宗大王紀念事業會「敎養國史」編纂委員
1976. 2~현재	韓國文化藝術振興院 韓國學支援 審査委員
1976. 9~현재	한글 機械化 推進委員會 委員

상훈 :

1964. 5.	高麗大學校 10年勤續表彰 받음
1970. 12.	文化分野發展에 盡力한 功勞로 大統領表彰 받음
1971. 5.	民族文化硏究所長으로 在任時 硏究所가 五・一六 民族賞 學藝 部門 本賞 受賞
1974. 5.	高麗大學校 20年勤續表彰 받음
1977. 6.	民族文化硏究所長으로 在任時 硏究所가 高麗中央學院 理事長 으로부터 功勞表彰 받음.

논저 :		
1957. 1.	蘆溪歌辭通解 4·6版	백조출판사
1957. 11.	孤山詩歌註解 4·6版	正音社
1958. 5.	松江歌辭註解 4·6版	正音社
1958. 10.	韓國古代小說史 菊版	日新社
1959. 5.	九雲夢·謝氏南征記註解 4·6版	正音社
1959. 6.	綜合高等國語(共著) 4·6版	日新社
1959. 10.	國語總研究(共著) 4·6版	正音社
1960. 5.	增補 蘆溪歌辭通解 4·6版	白潮出版社
1961. 5.	增補 松江歌辭註解 4·6版	正音社
1965. 5.	原本韓國古代小說集成編註 菊版	宣明文化社
1966. 9.	松江·蘆溪·孤山의 詩歌文學 菊版	玄岩社
	-韓國近世 三大詩歌人의 對比的 研究	
1967. 1.	國文學背景研究 菊版	宣明文化社
1968. 2.	高校敎科書「古典」(共著) 菊版	光明출판사
1968. 5.	韓國古典文學背景論 菊版	宣明文化社
1970. 2.	九雲夢의 思想的 背景研究 4·6倍版	東亞出版社
1972. 8.	韓中文化를 中心으로 한 韓國文學背景研究	玄岩社
	菊大版	
1973. 9.	韓國古代小說論과 史 菊版	日新社
1974. 4.	農家月令歌·漢陽歌註解 菊 版	民衆書館
1974. 5.	韓國歌謠文學論과 史 菊版	宣明文化社
1975. 1.	蘆溪歌辭註解 文庫版	正音社
1975. 2.	國文學通論·國文學史 菊 版	宣明文化社
1976. 8.	韓國古代小說集註 菊 版	新光圖書
1975. 12.	한국의 詩歌 文庫版	世宗大王紀念事業會
(논설문)		
1953.	古代小說에 나타난 諧謔性	高大新聞

1953.	한글의 受難	高大新聞
1953.	國文學과 自然	高大新聞
1953. 12.	近代詩歌史上의 雙璧 松江과 孤山	高大新聞
1954. 10.	文學에 나타난 國民思想	高大新聞
	-古典文學을 中心으로-	
1954.	文學과 道德	高大新聞
1955. 10	한글 創制의 國文學史的 意義	高大新聞(한글創制 509周年 特輯號)
1956. 1.	古典文學徒의 課題	高大「國文學」1輯
1956. 5.	九雲夢에 나타난 儒·佛·道 思想	高大新聞
1957. 5.	時急한 韓國古典國譯事業	서울신문
1957. 6.	大學敎養國語의 性格	高大新聞
1957. 12.	比較文學의 展望	서울신문
1958. 7.	女學生과 文學	聯合新聞
1958. 8.	韓國古代小說의 發展과 時代相	高大新聞
1958. 10.	古典硏究와 韓國廢止	思潮 1卷 5號
1963. 9.	變貌하는 人間相-小說 속의 男女主人公들	高大新聞
1967. 4.	中國의 古典	高大新聞
1968. 1.	古典文學의 흐름	高校「국어」
1968. 9.	國史科의 獨立이 옳다	東亞日報
	-韓國學科 新設에 대한 提言-	
1969. 10.	人間關係로서의 禮節	註釋 明心寶鑑
1970. 4.	韓國文化에 끼친 原始宗敎의 影響	高大新聞
1970. 5.	趙芝薰의 學問과 思想	朝鮮日報
1970. 7.	民族文化의 將來	成大新聞
1970. 7.	松江詩歌에 나타난 儒學思想	儒林月報
1972. 1.	韓國民族文化에 비춰 본 高大傳統論	高友會報 連載
(해제·서평·		

수필·기타)		
1958. 11.	朴道熙兄의 訃報를 듣고	高大新聞
1959. 4.	讀書와 人生	高大新聞
1960. 1.	學問과 健康 (年頭所感)	高大新聞
1960. 5.	巢父와 許由	高大新聞
1961. 4.	나의 〈誠信〉 시절을 回顧하며	誠信女高「난원」
1963. 9.	두려운 存在	首都工大報
1964. 5.	流配 당한 松江의 하소연	高大新聞
1965. 10.	雅號와 專攻의 辯「象牙塔의 午後」	隨筆集
1965. 12.	故 具滋均先生 吊辭	未發表
1966. 11.	「님」은 가시고 책은 나오고	未發表
1966.	二十年前 回想	豊文女高「豊文」
1967. 12.	나의 學習法 秘訣	高大「教養」4號
1968. 8.	八月의 그늘에서 주은 抒情	高大新聞
1968. 8.	여름 바다의 이야기	高大新聞
1968. 11.	松江先生 讚辭	새국어교육 11號
1969. 1.	松江歌辭 解題	新東亞 別冊
1969. 9.	蘆溪歌辭 解題 韓國의 名著	玄岩社
1969. 1.	年賀狀과 尊堂	大韓日報
1969. 1.	文化와 財閥	大韓日報
1969. 2.	三面世上	大韓日報
1969. 3.	나의 大學生活	週間朝鮮 21號
1969. 10.	아폴로 11호와 나	敎育資料 154號
1969. 12.	나의 敎壇遍歷	敎壇 36號
1970. 6.	韓國圖書解題 刊行辭	韓國圖書解題
1970. 6.	雪岳山 紀行文	未發表
1970. 12.	銅錢 一원	敎育資料 12月號
1970. 12.	韓國文化史大系 跋文	韓國文化史大系Ⅳ

1971.	朝鮮王朝 後期의 文學	現代百科辭典
1972. 6.	世代差	世代 6月號
1972. 6.	韓國論著解題 刊行辭	韓國論著解題 I
1972. 10.	海水浴	月刊 法典 99號
1972. 11.	내가 본 首都師大	首都師大誌 5號
1972. 12.	日本 말	새교육신문
1973. 1.	나의 중학시절 회고	泳薰中學 「泳薰」
	-딸의 졸업에 즈음하여	
1973. 3.	書評 「崇田語文學」 1집	숭전대학 신문
1973. 6.	隨想	慶北大 「伏賢」 7號
1974. 8.	落榜	月刊中央 8月號
1975. 8.	韓國現代文化史大系 刊行辭	韓國現代文化史大系 I
1975. 8.	松廣寺巡禮	高大新聞
1976. 5.	나의 研究실에서	高友會報 連載
1976. 5.	국어국문학회의 沿革과 現況	廣場 36號
1977. 1.	蘆溪歌辭 現代譯	韓國의 思想大全集 18
1977. 1.	松江歌辭・蘆溪歌辭 解題	韓國의 思想大全集 18
1977. 1.	孤山遺稿解題	韓國의 思想大全集 18
1977. 6.	還甲有感	未發表
1977. 8.	傳統 위에 現代化를	朝鮮日報
논문 :		
1954. 7.	國文學背景論 서설	국어국문학 10호
1955. 5.	韓國小說에 끼친 中國小說의 影響	高大 五十周年紀念 論文集
1955. 6.	國語敎育論攷	국어국문학 15호
1955. 12.	韓國詩歌와 漢詩文	高大 「文理論集」 1輯
1957. 4.	國文學 古典에 나타난 儒・佛・道	一石 李熙昇 先生

		念論叢頌壽紀
1958. 7.	金萬重論	思潮 1卷 2號
1958. 12.	古典研究와 漢字廢止	思潮 2卷 5號
1958. 12.	比較文學的 見地에서 본 金鰲新話와	高大「文理論集」
		剪燈神話 3輯
1962. 5.	韓國近世 三大詩歌人의 作品 對比論 (上)	亞細亞研究 通卷 9號
1962. 11.	韓國近世 三大詩歌人의 作品 對比論 (下)	亞細亞研究 通卷 10號
1962. 6.	月下僂傳 小攷	高大新聞
1962. 12.	桂相國傳 小攷	高大「文理論集」
		文學部篇 6輯
1963. 11.	未發表 古代小說攷 高大 圖書館藏 本-	高大「文理論集」
		文學部篇 7輯
1965. 2.	古代小說과 中傷謀略	世代 通卷 19號
1965. 5.	樂府研究	高大 六十周年紀念
		論文集 人文科學篇
1966. 1.	國文學과 巫覡·道敎思想	文學春秋 3卷 1號
1966. 7.	國文學에 나타난 許由觀	高大「語文論集」1輯
1967. 5.	時調文學史	韓國文化史大系 V
1967. 5.	歌辭文學史	韓國文化史大系 V
1967. 7.	古代人의 鬼神觀과 國文學	高大「人文論集」8輯
1967. 9.	警民篇과 訓民歌 小攷	高大「語文論集」10輯
1967. 12.	歌辭의 分類攷	京畿大「京畿 2號
1968. 3.	學校敎育에 나타난 日帝의 語文政策	亞細亞研究 通卷 29號
1968. 12.	詩歌에 나타난 民族的 情緒	高大「敎養」5號
1968. 12.	九雲夢의 思想的 背景研究	亞細亞研究 通卷 36號
1969. 5.	井邑詞에 대한 諸說考	建國大「文湖」5輯
1969. 12.	韓國文學에 끼친 原始宗敎의 影響(共著)	
	(1969年度 文敎部 研究 助成費) 프린터4·6倍版	

1970. 4.	蘆溪歌辭의 特質	月刊文學 1970年 4月號
1970. 11.	高麗歌謠研究 (上)	民族文化研究 4號
1970. 11.	日帝下의 言語·文學政策	日帝의 文化侵奪史
1971. 4.	九雲夢背景으로서의 諸思想의 潮流	한메 金永驥 先生 古稀論文集
1971. 6.	文敎·風俗制度가 國文學에 끼친 影響	省谷財團研究
1971. 8.	高麗歌謠研究 (下)	民族文化研究 5號
1971. 9.	時用鄕樂譜 所載의 麗謠攷	국어국문학 53號
1971. 11.	時用鄕樂譜 所載의 麗謠攷	金亨奎 博士 頌壽 紀念論叢
1972. 2.	Pak In-no∶Poet and General	유네스코「Korea Journal」
1972. 8.	民族文化에 대한 態度와 研究課題	古代文化 13輯
1972. 11.	論著를 通하여 본 國文學 研究史	民族文化研究 6號
1973. 3.	Development of Ancient Novels	유네스코「Korea Journal」
1973. 7.	故 具滋均 博士의 學問	高大「語文論集」14·15合集
1973. 9.	新羅歌謠(鄕歌)再考 (上)	民族文化研究 7號
1974. 9.	新羅歌謠(鄕歌)再考 (下)	民族文化研究 8號
1975. 10.	西行別曲 校註 및 評說	月刊中央 1975年 10月號
1976. 9.	國文學研究史	韓國現代文化史大系 Ⅱ
1976. 9.	國文學의 分野別 研究史	民族文化研究·10號
1976. 12.	國文學 隣接學問研究로서의國史研究史	國語國文學 62·63 合集
1977. 6.	國語醇化運動의 理念	民族文化研究 11號

► 송민호

약력 :	
1922. 6. 27.	忠淸南道 大田市 牧洞 99番地에서 出生
학력 :	
1935. 3.	忠淸北道 淸原郡 文義公立普通學校 卒業
1942. 3.	大東商業學校 卒業
1944. 9.	晋成專門學校 法科卒業
1950. 5.	高麗大學校 文理科大學 國文學科 卒業 (1회)
경력 :	
1952. 3.	祥明女子高等學校 敎師
1955. 4.	高麗大學校 文理科大學 講師
1959. 3.	高麗大學校 文理科大學 助敎授
1964. 9.	高麗大學校 文科大學 敎授
1969. 12.	高麗大學校 出版部長
1975. 2.	文學博士學位取得 (高麗大學校 대학원)
	논문「韓國開化期小說의 史的 硏究」
1987. 8.	停年退任 (高麗大學校 교수)
1988. 1.	高麗大學校 名譽敎授
학술단체 :	
1955. 4.	國語國文學會 常任委員
1966. 10.	高麗大學校 附屬 亞細亞問題硏究所 評議員
논저 :	
1968. 8.	李箱의 生涯와 文學(공저) 敎學社
1970. 4.	日帝下의 文化運動史(공저) 民衆書館

1975. 2.	韓國開化期小說의 史的硏究	一志社
1977. 2.	朝鮮の抵抗文學(金學鉉譯)	日本 拓殖書房
1979. 2.	朝鮮的 抵抗文學(鍾肇政譯)	自由中國文華出版社
1979. 12.	國漢文學(편저)	開文社
1984. 11.	隨筆集 白蘭옆에서	開文社
1987. 3.	開化期文學集(放通敎材)	서울대출판부
1991. 9.	日帝末 暗黑期 文學硏究	새문사

논문 :

1956. 12.	新小說 "血의 灑"小考	국어국문학 14號, 국어국문학회
1959. 9.	"仁顯王后傳"에 나타난 女性觀	국문학 高麗大學校 31輯, 文料大學
1961. 9.	春園의 初期作品考	現代文學 通卷 81號 現代文學社
1962. 3.	菊初 李人稙의 新小說硏究	文理論集 5輯 高麗大學校
1962. 5.	春園의 習作期作品과 長篇 "無情"	국어국문학 25號 국어국문학회
1963. 5.	開化詩의 近代文學史的 性格	文理論集 7輯 高麗大學校
1964. 5.	國文學에 나타난 官僚制度	行政論集 6輯 高麗大學校
1965. 5.	春園初期作品의 文學史的 硏究	高大 開化期 詩歌史上의 唱歌 六十周年 紀念論文集
1966. 12.	亞細亞硏究 24號	高大亞細亞問題硏究所
1967. 5.	韓國詩歌文學史 下	韓國文化史大系 V

1968. 12.	日帝下 暗黑期文學의 抵抗　　　　東方學志 9輯 延大 　　　　　　　　　　　　　　　　東方學研究所
1980. 12.	松江의 歌辭와 그의 漢詩와의 關係　　人文論集 25輯 高麗 大學校文料大學 外 多數(調査者：徐淵昊)
상훈 :	
1987. 8.	대한민국 國民勳章 석류장 受勳

► 정한숙

약력 :	
1922. 11. 3.	平安北道 寧邊에서 出生
학력 :	
1950. 5. 25.	高麗大學校 文科大學 國文科卒業
경력 :	
1948.	「藝術朝鮮」에 단편 〈凶家〉가 當選되어 문단데뷔
1952. 11.	「國語國文學會」 創立 常任任員
1952. 4～1958. 3.	徽文高等學校 教師
1954. 4～1957. 3.	高麗大學校 文理科大學 講師
1956.	國際 P.E.N. Club會員
1957. 3.	高麗大學校 文理科大學 專任講師
1960. 3.	高麗大學校 文理科大學 助教授
1961. 3.	高麗大學校 文料大學 副教授
1964. 3.	高麗大學檢 文料大學 教授
1975.	全國 小說家協會 副會長
1982～현재	高麗大學校 文科大學 國文學料 教授

논저 :		
1973.	小說技術論	高麗大學校出版部
1973.	小說文章論	高麗大學校出版部
1975.	韓國文學의 周邊	高麗大學校出版部
1976.	現代韓國作家論	高麗大學校出版部
1977.	現代韓國小說論	高麗大學校出版部
1980.	解放文壇史	高麗大學校出版部
1982.	現代韓國文學史	高麗大學校出版部
(작품)		
1948.	幽家	藝術朝鮮
1952.	ADAM의 行路	新生公論
	狂女	週刊國際
1953.	背信	朝鮮日報
1955.	田黃堂印譜記 희곡 〈昏巷〉	韓國日報
1955.	金堂壁書	思想界
1955.	닭	
1955.	猫眼猫心	文學藝術
1955.	噓噓噓	現代文學
1955.	黃眞伊	韓國日報
1956.	바위	文學藝術
1956.	古家	
1956.	恐怖	自由文學
1956.	禮成江曲	現代文學
1956.	눈내리는 날	
1956.	愛情地帶	平和新聞
1956.	古苑의 悲戀	
1957.	海娘祠의 慶事	思想界
1957.	青孀時代	自由文學

1957.	火田民	新太陽
1957.	그늘진 계곡	文學藝術
1957.	囚人共和國	自由文學
1957.	暗黑의 季節	文學藝術
1958.	駱山房椿事	思想界
1958.	絶影島	釜山日報
1958.	處容郎	京鄉新聞
1958.	시몬의 回想	新文藝
1958.	猫眼猫心	正音社
1959.	고추잠자리	思想界
1959.	나루	文藝
1959.	石碑	現代文學
1959.	내사랑의 遍歷	玄文社
1959.	시몬의 回想	新知性社
1960.	굴레	世界
1960.	木偶	現代文學
1960.	두메	思想界
1960.	IYEU島	自由文學
1961.	毛髮	現代文學
1962.	검은 레테르	現代文學
1962.	끊어친 다리	乙酉文化社
1963.	어느 동네에서 울린 총소리	現代文學
1963.	닭장管理	現代文學
1963.	雙花店	
1963.	우린 서로 닮았다	東亞日報
1964.	삐에로	世代
1964.	海女	文學春秋
1964.	돌쇠	

1964.	만나가 내리는 땅	現代文學
1964.	熊女의 後裔	
1965.	李成桂	東亞日報
1966.	陋巷曲	現代文學
1966.	히모도손징(日本村人)畵伯	
1967.	說話	現代文學
1967.	挫頓	新東亞
1968.	잃어버린 記憶	新東亞
1968.	유순이	現代文學
1969.	왕거미	月刊文學
1969.	옹달샘이 흐르는 마을	中央
1969.	선글라스의 沐浴湯主人	現代文學
1969.	白磁陶工 崔述	現代文學
1970.	거문고散調	現代文學
1971.	새벽素描	現代文學
1971.	金魚	知性
1971.	설화와 전설과 섬	中央
1971.	論介	韓國日報
1972.	密獵記	現代文學
1973.	어떤 父子	現代文學
1974.	山東飯店	文學思想
1974.	울릉도踏査	現代文學
1974.	魚頭一味	新東亞
1974.	陸橋近處	現代文學
1974.	맥주홀 OB키	月刊文學
1975.	邂逅	現代文學
1975.	黃昏	月刊文學
1976.	關係	文學思想

1976.	寒溪嶺	月刊文學
1976.	조용한 아침	靑林社
1977.	제천宅	文學思想
1977.	흰 콩 검은콩	現代文學
1977.	산골아이들	韓國文學
1978.	楊博士	現代文學
1978.	不老長生	韓國文學
1979.	雪山行	韓國文學
1979.	願	
1979.	距離	現代文學
1980.	말미	現代文學
1980.	바잘김	文學思想
1980.	蘇書員	韓國文學
1980.	수탉	小說文學
1981.	胎缸	文學思想
1981.	한밤의 환상	現代文學
1981.	거문고 散調》	藝聲社
1982.	눈 뜨는 季節	現代文學
1982.	城北區 城北洞	韓國文學
1982.	평창군수	文學思想
	첫사랑 小說文學 外 多數	

논문 :

1963. 11.	作品과 性의 問題點	高大 文理論集 第7輯
1965. 5.	韓國文章變遷에 對한 小考	高大 六十周年紀念 論文集
1967. 7.	性格의 類型-房子를 中心하여-	高大 人文論集 第8輯
1970. 12.	顯微鏡과 돋보기	高大論文集 第16轉

	-金東里의 短篇小說에 대한 考察	
1971. 6.	性의 類型과 그 媒體-性文學의 立場에서 본 孝石의 長篇小說	高大 亞細亞研究 通卷 42號
1972. 3.	諧謔의 變異 -金裕貞 文學의 本質-	高大 人文論集 第17輯
1972. 11.	崩壞와 生成의 美學	高大 民族文化研究 第6號
1972. 12.	農民小說의 變容過程 -春園・沈熏・抱石 ・無影・榮濬의 作品을 中心으로	高大 亞細亞研究 15권 4호

▶ 박병채

약력 :	
	雅號 于雲 本籍 密陽
1925. 1. 5.	全北 全州에서 父親 朴宗來氏와 母親 全州 李氏의 次男으로 出生 (陰 11月 23日)
1948. 8.	全北 龍安 孔泳錄씨의 次女 空貞姬女史와 結婚, 膝下에 2男2女를 둠.
학력 :	
1951. 8.	高麗大學校 文科大學 國語國文學科 卒業
1975. 2.	文學博士學位 받음(高麗大學校 大學院)
경력 :	
1951. 9~1955. 10.	南星高等學校教師
1955. 10~1957. 4.	豊文女子高等學校 教師
1956. 4~1963. 2.	高麗大學校文科大學 講師
1957. 4~1963. 2.	徽文高等學校 教師
1963. 3~1964. 9.	高麗大學校 文科大學 助教授
1964. 9~1967. 8.	高麗大學校 文科大學 副教授

1965. 3~1976. 2.	首都女子師範大學 講師 同大學院 講師
1966. 9~1967. 8.	農協大學 講師
1967. 8.	高麗大學校 文科大學 教授
1970. 9~1972. 9.	高麗大學校 文科大學 國語國文學科長
1970. 9~1972. 2.	友石大學校 文理科大學 講師
1971. 9~1973. 9.	高麗大學校 相助會 理事
1972. 9~1976. 2.	高麗大學校 教育大學院 語學教育 主任
1972. 3~1974. 2.	高麗大學校 期成會 代議員
1973. 9~1975. 8.	高麗大學校 教育大學院 「教育論叢」 編輯委員
1976. 3~1977. 2.	漢城女子大學 講師
1976. 9~1977. 2.	全南大學校 大學院 講師
1977. 11~1980. 10.	高麗大學校 教育新報社 運營委員
1980. 8~1983. 7.	高麗大學校 附屬 博物館長
1981. 1.	高麗大學校 中央圖書館 圖書選定委員
1982. 1.	中國語大辭典編纂常任委員(高大 民研)
1982. 8~1983. 2.	中央大學校 大學院 및 國民大學校 大學院 講師
1984. 3~	弘益大學校 大學院 講師

학술/교외활동 :

1956. 5.	국어국문학회 常任會員 監事 歷任
1961. 4.	國語學會 評議員 監事 歷任
1963. 6.	高麗大學校 附設 民族文化研究所 會員 編輯委員 評議員
1964. 10.~1966. 10.	高麗大學校 國語國文學研究會 代表
1971. 9.~1973. 8.	高麗大學校 文科大學 「人文論集」 編輯委員
1973. 5.	韓國語文教育研究會 常任理事
1974. 3.	世界平和教授協議會 正會員
1975. 10.	韓國言語學會 會員
1978. 11.	國際韓國言語學協會(ICKL) 會員

1980. 6.~1982. 6.	서울特別市敎育會 監事	
1980. 8.	韓國(民族)文化大百科辭典 文字·言語分科編輯委員(韓國 精神文化硏 究院)	

논저 :

1968. 3.	우리 고전	博英社
1968. 10.	高麗歌謠語釋硏究	宣明文化社
1971. 12.	古代國語의 硏究(音韻篇)	高大出版部
1974. 3.	論註月印千江之曲	正音社
1976. 12.	譯解訓民正音	博英社
1983. 3.	洪武正韻譯訓의 新硏究	高大民族文化硏究所
1983. 10.	隨筆集「사슴이 짐ㅅ대예 올아셔」	나남사
1964. 2.	大學校養國語 (共編)	博英社
1970. 4.	日帝下의 文化運動史 (共著)	民衆書館
1980. 3.	新國語學槪論 (共著)	螢雪出版社

논문 :

1957. 9.	破裂音攷-訓正創制의 音聲學的 考察	국어국문학제17호
1958. 3.	喉頭音攷-ㆆ音을 中心한 音聲學的 考察	국문학 제2집
1962. 9.	月印千江之曲의 表記와 文法意識	文理大學報(高大) 제4집
1962. 12.	月印千江之曲의 編纂經緯에 對하여	文理論集 제6집
1965. 5.	古代國語의 格形硏究(一)	高大 60周年 記念 論文集 人文科學篇
1966. 6.	鄕歌表記의 源流的 考察	국어국문학제32호
1966. 6.	古代國語의 漢字音硏究(聲類篇)	亞細亞硏究 通卷22호
1966. 7.	鄕札과 吏讀의 槪念定立에 對하여	語文論集 제1집
1967. 5.	韓國文字發達史	韓國文化史大系Ⅴ 言語·文學史篇

1967. 7.	古代國語의 格形研究(續)	人文論集 第8집
1968. 6.	古代國語의 △-z- 音韻攷	李崇寧 博士 頌壽 記念論叢
1968. 6.	國語에서 차지하는 漢語의 位置에 對하여	高大文化 제9호
1968. 9.	古代國語의 地名語彙攷	白山學報 제5호
1969. 7.	「資料」鄕歌表記 當用字 索引	民族文化研究제3호
1971. 1.	맞춤법의 原則設定問題	국어국문학 제51호
1971. 3.	朝鮮朝初期 國語漢字音의 聲調攷	亞細亞研究 通卷 41호
1971. 6.	國語漢字音의 母胎論攷	白山學報 제10호
1971. 9.	古代國語 音韻體系의 再構試論	民族文化研究 제5호
1971. 11.	國語漢字音의 開封音 母胎說에對한 揷疑	金亨奎 博士 頌壽 記念論叢
1972. 3.	訓蒙字會의 異本間 異音攷	亞細亞研究 通卷45호
1972. 11.	訓蒙字會의 異本間 異聲調攷	朴魯春 先生 頌壽 記念論叢
1972. 11.	論著를 통하여 본 國語學研究史	民族文化研究제6호
1973. 6.	洪武正韻譯訓의 板本에 對한 考察	人文論集 제18집
1973. 10.	洪武正韻譯訓の板本に ついて(日本)	朝鮮學報 제69집
1974. 1.	原本洪武正韻譯訓의 缺本復原에관한 研究	亞細亞研究 通卷 51호
1974. 10.	古代日本語와 韓國語	高大文化 제19호
1974. 12.	韓國語의 起源에 對한 考察	平和敎授아카데미 論文集 제2집
1975. 5.	龍飛御天歌 約本에 對하여	東洋學 제5집
1975. 6.	洪武正韻譯訓의 俗音攷	人文論集 제20집
1976. 2.	國語學研究史	韓國現代文化史大系Ⅱ
1976. 4.	古代國語의 音韻體系研究	廣場 제35호
1976. 9.	龍飛御天歌 約本의 國語學的 考察	民族文化研究제10호

1977. 6.	國語醇化運動의 實踐方案에 對한 考察	民族文化研究 제11호
1977. 9.	國語의 創造的 機能에 對하여	김성배 박사 회갑 기념논문집
1977. 9.	歷代轉理歌에 나타난 口訣에 대하여	月巖 朴晟義 博士 還曆紀念論叢
1977. 12.	1930년대의 國語學振興運動	民族文化研究 제12호
1978. 12.	16, 7世紀의 漢字音에 對하여	국어국문학제78호
1979. 12.	고대국어의 자음 음소체계에 대하여	말(延大) 제4집
1979. 12.	初刊本蒙山和尙法語略錄諺解와 그 異本에 對하여	餘泉 徐炳國 博士 華甲紀念論文集
1980. 4.	眞語集 悉曇章攷	一山 金俊榮 先生 華甲紀念論叢
1980. 9.	活字本排字禮部韻略에 對하여 延岩	玄平孝博士 華甲紀 念論叢
1980. 10.	韓國의 言語와 文字	韓國民俗大觀
1980. 10.	「言文」에 관한 研究-聲調를 中心으로	民族文化研究 제15호
1982. 12.	國語와 隣接言語	국어국문학제88호
1982. 9.	洪武正韻譯訓의 古韻注記에 對하여	語文論集 제23집
1983. 4.	洪武正韻譯訓의 發音註釋에 對하여	秋江 黃希榮 博士 頌壽紀念論叢
1984.	「音韻闡微」와 그 反切에 對하여	牧泉 兪昌均 博士 華甲紀念論文集
1984.	韓國版 初刊本 古今韻會擧要에 새결 對하여	박태권 박사 화갑 기념논총
(서평)		
1969. 9.	南廣祐著 「朝鮮(李朝)漢字音研究」	亞細亞研究 通卷36호
1971. 3.	李東林著 「東國正韻研究」	亞細亞研究 通卷41호
1971. 12.	金敏洙著 「國語文法論」	亞細亞研究 通卷44호

1972. 5.	李基文著「訓蒙字會研究」	人文論集 제17집
1978. 5.	崔範勳著「漢字借用表記體系研究」	高大新聞
1978. 7.	「국어학사 논고」	亞細亞研究 通卷60호
1979. 1.	申景澈著「漢字字釋研究」	教育新報(高大) (논설)
1956. 5.	言語表現學의 方法論 片考	高大新聞
1957. 10.	綴字의 發音上 誤記에 대한 管見	高大新聞
1957. 10.	再考해야 할 ㅂ-b表記 -한글의 로마字表記에서	大韓新聞
1963. 5.	語音象徵에 對하여-國語의 造語論的 見地에서	高大新聞
1963. 9.	國語學 方法論-近代言語學의 成立과-	국문학 제7집
1965. 11.	古代國語의 再構問題-主로 音韻體系의 樹立을 中心으로	高大新聞
1967. 5.	國語漢字音小攷 -古代社會의 歷史的 背景에서	高大新聞
1971. 8.	古代國語의 音韻에 대하여 -中期國語와의 關聯에서	教育新報(高大)
1974. 2.	한글과 日本의 神代文學 -橋本一天씨의 관심표명에 대하여-	유네스코뉴스 제169호
1973. 11.	教育新報의 使命	教育新報(高大)제19호
1974. 6.	韓國의 民族性과 言語	高大新聞
1976. 10.	우리말 地名의 由來-그 語源構造에 관하여	高大新聞
1977. 3.	國語운동의 대상과 방향	나라사랑(외솔회) 제26집
1977. 11.	國語教育의 當面課題	高大教育大學院 單刊
1978. 9.	한글文化가 民族精神에 미친 影響	國會報 9, 10月號
1979. 6.	「한글맞춤법」 改定試案에 대하여	教育新報(高大)
1980. 6.	韓民族의 起源에 대한 言語學的 側面에	民族文化의 原流

	대하여	
1980.	活字本蒙山和尙法語略錄諺解에 對하여	高大圖書館報
1981. 9.	韓國語의 起源	高大新聞
1982. 3.	碩士學位論文의 性格과 方向	敎育新報(고대)

(문헌해제)

1967.	鷄林類事 chi-lin-lei-chih	Asiatic Research Bulletin Vol. 10. No.2.
1967.	吏文輯覽 Imunchimnam	Asiatic Research Bulletin Vol. 10. No.3
1967.	蒙山和尙法語略錄諺解 Korea Translation of Extracts of Priest Mêng shang precepts	Asiatic Research Bulletin Vol. 10. No.4
1967.	金剛般若波羅密經諺解 Kŭmgang Panya Paramildyŏng Ŏnhae	Asiatic Research Bulletin Vol. 10. No.5
1967.	七書諺解 Chilsŏ Ŏnhae	Asiatic Research Bulletin Vol. 10. No.6
1971.	龍飛御天歌외 186種 國語學관계 文獻 解題	韓國圖書解題(高大 民硏刊)收錄
1973.	簡易辟瘟方 解題	民族文化硏究 제7호 影印本附
1974.	洪武正韻譯訓의 解題	高大出版部 影印本附
1976.	龍飛御天歌 約本 解題	民族文化硏究 제10호 影印本附
1976.	呂氏鄕約諺解 解題	原文社刊 影印本附
1978.	「正音」誌 解題	半島文化社刊 影印 本附
1979.	農事直說 附本 衿陽雜錄 解題	高大新聞

1980.	蒙山和尙法語略錄諺解 解題	亞細亞文化社刊
		影印本附
(서문・간행사)		
1978. 3.	申景澈著 「漢字字釋研究」 序文	
1979. 3.	李覲洙著 「朝鮮朝의 語文政策研究」 序文	
1966. 7.	古代國語國文學研究會 刊 「語文論集」 제1집 刊行辭	
1982. 10.	高麗大學校博物館所藏品目錄 刊行辭	
1983. 5.	高大開校78周年紀念 「虎畵・虎像特別展示會」誌 刊行辭	
1984. 10.	韓國語學(高麗大學校 大學院 國語學碩士論文集) 刊行辭	
상훈 :		
1973. 5.	高麗大學校 10年 勤續表彰 받음	
1976. 3.	제1회 아카데미學術賞 受賞	
1983. 5.	高麗大學校 20년勤續表彰 받음	

4) 성대

► 이가원

약력 :	
1917. 4. 6.	慶北安東 출생 자철연. 아호연옹.
학력 :	
1941.	明倫專門學院研究科 졸업.
1952.	成均館大學校 文科部 국문학과 졸업.
1956.	仝大學院 문학박사학위 受領.
1966.	성균관대학교 대학원 문학박사학위 수령.

1969.	中華民國中華學術院哲士學位 수령.
경력 :	
1955.	仝大學校 文理科大學 조교수.
1955.	中國文學科 科長.
1957.	成均館典學.
1959.	연세대학교 문과대학 조교수.
1964.	연세대학교 문과대학 교수.
1971.	深谷書院・竹樹書院院長.
1977.	第一回書展(東山房)・연세대학교 인문과학연구소 소장.
1982.	연세대학교 문과대학교수 停年退任.
1983.	단국대학교 대학원 待遇教授
학술/교외활동 :	
1958.	中國亞洲詩壇 指導委員.
1959.	文教部國語審議會委員.
1960.	韓國教授協會幹事.
1961.	文教部圖書飜譯審議會委員.
1961.	教育課程審議委員.
1962.	국어국문학회 理事.
1963.	學校法人成均館大學 理事.
1966.	財團法人成均館 理事.
1966.	文教部教授資格認定審查委員.
1969.	韓國語文教育研究會 理事.
1970.	儒道會總本部委員長.
1971.	國立中央圖書館古書委員會委員.
1975.	韓國漢文學研究會會長.
1976.	陶南學會理事長.

1977.	國譯心山遺稿刊行委員會委員長.
1977.	社團法人世宗大王記念事業會 編纂委員.
1977.	韓國精神文化研究院準備委員會委員.
1978.	檀國大學校 漢韓大辭典編纂諮問委員
1978.	社團法人退溪學研究院理事.
1978.	在京眞城李氏花樹會會長.
1980.	國立地理院地志編纂委員.
1980.	第二回書展(釜山國際書郎)·韓中畵書合作展 (롯데호텔).
1981.	陶山書院院長.
1981.	韓國漢文學研究會會長 (再任)
1981.	韓國現代美術大賞展書藝審查委員.
1981.	孤山尹善道先生紀念事業會副會長.
1981.	大浦書院名譽院長.
1981.	韓國漢文敎育研究會會長.
1982.	國民勳章冬柏章受領.
1983.	大韓民國美術大展審查委員.
1985.	第三回書藝展 (아랍회관).
1986.	第四回書藝展 (白岳美術館).
1986.	退溪學研究院院長.
1987.	李家源全集刊行.
1987.	淵民獎學會 (安東大學) 創設.
1989.	退溪學 叢書編刊行委員會委員長.
1989.	陶書合作展 (新世界畵廊).
논저 :	
1953.	금오신화역주
1956.	중국문학사조사
1961.	한국한문학사

1986.	이가원전집 22권	정음사
	1956년 총장이었던 김창숙과 함께 이승만 정권에 항거하여 파면당하고 날마다 국립도서관에 나가 실학에 관한 자료를 찾아 자료집 〈실학연구지자〉를 만들었다. 1966년 성균관대학교에서 〈연암소설 연구〉로 박사학위를 받았다. 1986년 그동안 애써 모은 박지원의 〈열하일기〉 원본, 정선의 산수화 등 3만여 점의 골동품과 서화를 단국대학교 부설 퇴계학연구소에 기증했다. 대표 저서인 〈연암소설 연구〉는 박지원 소설의 사회배경과 문학관을 10여 년 동안 고찰·분석하여 4년 동안 집필한 끝에 펴낸 책이다.	

► 이우성

약력 : 家系	자는 士吉. 號는 吉甫. 별도로 栖碧外史라는 호가 있었는데 친구들이 줄여서 史사로 불렀다. 뒤에 그것이 널리 통용되고 있다. 本貫은 驪州로, 조상들이 高麗 중엽에 開城으로, 李朝 초기에 漢陽으로 옮겨 살면서 벼슬을 하다가 15세기 말에 慶尙道 密驪으로 落鄕하여 世居之地로 정착하게 되었다. 이로부터 차차 仕宦에서 이어졌지만 대대로 儒業을 지켰다. 특히 曾祖父·祖父의 대부터 一門이 창성하여 文輪과 富를 함께 누렸다.
경력 :	1925년 3월 1일 慶南 密陽郡 府北面 退老里에서 부친 厚關公(諱載衡)과 모친 仁同張氏 사이에 차남으로 출생함(뒤에 舍伯 素丁公 諱翼成)이 백부앞으로 출계하여, 내가 장남으로 되게

	되었다).
1931.	조부 省轉(諱 炳憲) 선생이 계시던 出莊(西皐糖台)에서 한문을 배우기 시작함. 당시 성헌 선생의 주도 아래 집안이 힘을 모아, 正進義塾~正進學校를 세워, 젊은 子弟들을 내게 대해서는 가학의 계승자로 삼고자 하여 일본어·일본문화와 격절된 환경에서 오직 전통적 방식으로 한문학과 유교경전을 가르쳤다.
1935.	모친 별세. 겨우 10세에 슬픔을 당했으나 밖으로 조부의 엄격한 교훈과 안으로 伯母의 따뜻한 보살핌에 힘입어 정신적으로 별 결함없이 자랄 수 있었다.
1939.	조부 성헌 선생 별세. 만년에 정력을 기울여 집필하시던 『朝鮮史綱目』의 대작을 미완성 상태로 두고 7년의 병환 끝에 세상을 떠나셨다. 유언으로 나의 글공부를 중단하지 말도록 그리고 방향을 바꾸지 말도록 당부하시기도 하였다. 이때 나는 나이 14세에 불과했지만, 이미 四書三經과『禮記』를 두루 독파하고 唐詩와 唐宋古支을 되풀이 읽고 있었다. 집안 어른들은 대체로·手下 子姪들을 전문학교나 대학으로 보내면서 내게 대해서만은 성헌 선생의 뜻이라 하여 한문공부를 계속하도록 다짐하였다. 부친은 '開翡的 地主'型에 속한 분으로 일제하 한국인으로 가창 큰 규모의 蠶種製造業을 경영할 정도였으나 조부의 遺訓을 받들어, 그리고 집안 어른들의 분위기를 존중하여 나를 끝내 학교로 보내지 않았다.
1940.	지금 차노학은 李畢洙 源卿과 결혼. 처가는 경북 안등군 洶山面 溪南의 眞城李氏 烟謖蘭. 장인은 南坡公(諱 尙鑛).
1943.	일제의 탄압이 날로 심하여 정진학교를 폐쇄시키고 성헌 선생의 『조선사강목』의 史草를 압수해 가는 동시에 부친이 경방 경찰부 高等諜에 의해 구속되어 부산 감방으로 이송되었다. 형사들이 산장으로 들이닥쳐 내가 습작한 詩文들을 모조리 탈취해 가기도 하였다.

1944.	부산 감방에서 해를 넘친 부친이 병으로 풀려났으나 戰局이 날로 가열해져서 더 이상 산장에서 글공부를 할 수 있는 상황이 아니었다. 드디어 산장의 문을 걸어 잠그고 집으로 거처를 옮겼다.
	萬卷에 가까운 家藏漢籍의 한모퉁이에 우리나라 史書들은 물론, 일본사·서양사 책(모두 漢文版)들이 쌓여 있었으나 별로 흥미가 없던 차에 우연히 梁啓超의 『飮默室集』을 발견, 크게 흥미를 느껴 밤을 새워가며 열심히 읽었다. 때마침 學兵으로 끌려 나간 자형 曺圭蔘씨가 철학·사학 등 자기의 책(모두 日本語版)들을 모두 내게로 보내와 서양에 관한 지식, 현대에 관한 지식을 나름대로 많이 섭취하였다.
1947.	해방 후 전국 유림의 힘을 규합, 성균관대학을 설립한 心山 金昌淑 선생이 교수로 채용할 인재를 구하면서 밀양 유도회 (會長 朴凞陽)로 연락하여 나를 만나자고 한다기에, 나는 서둘러 상경하였다.
	그러나 겨우 22세 밖에 안 된 나를 만나본 心山은 자못 실망스런 표정으로 "자네, 교수가 되기에 나이 너무 어리니 우선 우리 대학에 학생으로 입학해 두게." 하는 것이 아닌가. 나는 기분이 크게 상했지만 그것이 밟아야 할 절차라고 생각하였다. 대학에 적을 두었지만 얻을 것이 없는 데다가 토지개혁을 앞두고 생활 대책도 막연해서 고향으로 내려와 밀양중학교에서, 그리고 부산 중·고등학교에서 교편을 잡았다. 이때 동료인 孫永鍾씨와 무척 가까이 지냈다. 손형은 국사·서양사 과목을, 나는 동양문화사 과목을 맡고 있으면서 역사를 과학적으로 탐구한답시고 둘이서 토론에 열중하기도 하였다.
1951.	6.25전쟁 중 임시수도인 부산에서 성균관대학이 부산고교 가건물을 빌려 야간에 개강하게 되어, 나는 한 건물에서 낮에는 교사 밤에는 학생 노릇을 하였다. 李家源 淵民兄이 같은 처지

	로 늘 함께 하였다(연민이 4학년, 내가 3학년이었다). 이때 나는 밤이면 국문학사를 담당 趙潤濟 교수님의 민족사관의 강의를 경청하는 한편 낮이면 동료 교사로 재직 중인 韓沽劤 全海宗 양씨에게서 근대 실증적 사학방법론에 관한 설명을 종종 들었다.
1954.	東亞大學에 전임강사로 부임하였다. 전부터 사귀어 오던 姜晋哲 교수와 한 학과에 있으면서 고려시대에 관한 공부에 본격적으로 착수하였다. 대학 졸업논문은 實學에 대한 것이었으나 실학의 비판정신이 士大夫의 階層的 分化와 밀접한 관련이 있음을 깨닫고, 사대부에 관한 공부에 뜻을 두고 그 起源을 찾아 고려 후기까지 소급하면서 고려사회 신분제도를 규명하려 하였다. 강진철 교수는 8년 연장으로 나에게 역사 연구의 방향 설정에 많은 도움을 주었다. 특히일본 쪽의 학풍과 문화 수준에 대한 이야기들을 자주 들려주어서, 그때까지 일본을 미워할 줄만 알았던 나에게 타산지석으로 일본에서 배울 것이 많다는 것을 일깨워 주었다.
1961.	4월혁명이 진행되는 가운데 부산에 舊勢力의 퇴진을 촉구하고 학원민주화운동에 적극 가담한 이유로 본의 아니게 강진철 교수와 함께 사표를 내고 말았다. 그러던 중 서울에서 趙潤濟 박사의 특별한 노력으로 성균관대학에 봉직할 수 있게 되었다. 서울에 온 직후에 5·16군사쿠데타가 일어나, 조윤제 박사를 위시한 많은 학자·지식인들이 곤욕을 치르고 학원에서 추방되었으나 나는 무사히 넘겼다. 歷史學會에 참여하여 계속 고려시대에 관한 논문을 발표하였다. 사대부의 기원을 추구한 논문으로 「高麗百姓考」「高麗朝의 吏에 대하여」 등을 발표하는 한편 「高麗中期의 民族敍事詩」「高麗,末 李朝初의 漁父歌」 등 문학논문을 성대 논문집에 실었다.
1963.	강진철·金成俊·李基白 세 분과 함께 高麗史研究會를 만들어

	매주 정례적으로 성대 연구실에서 '志'부분을 읽고 토른하였다. 강진철씨와 내가 食貨志를, 김성준씨가 選擧志를, 이기백씨가 兵志를 담당하였다. 나는 식화지를 바탕으로 고려의 永業田 등 토지제도에 관한 몇 편의 논문을 발표하였다.
1967.	1년간 해외 연구를 위해 최초로 출국, 일본에서 10개월 동안 東洋文庫에, 대만에서 2개월 동안 중앙연구원 역사어언연구소에 있었다. 일본에 있을 때 전부터 편지 왕래가 있었던 하따다 다까시(旗田巍)씨와 자주 만나 친분을 쌓게 되었다.
1971.	성균관대학교 대동문화연구원장이 되어 5년간 연구원 일에 몰두하였다. 고려시대의 문집을 모아『高麗名賢集』4책을 내고, 또『順菴叢書』『明南樓叢書』등 실학파 문헌을 국내외에서 수집·편성하여 여러 책으로 출판하였다.『鶴峰全集』『誨齋全書』등 선현의 문집을·계속 영인본으로 펴게 되었다. 이들 책의 解題들을 직접 작성하였다.
1972.	미국 하와이대학 주최 한국학 국제회의에 참가하여「實學研究序說」을 발표하였다. 뒤이어 가주대학 초청으로 미 본토에 건너가 버클리 대학에서 한국 유교에 관한 강연을 하고. 다시. 남가주대학에서 실학에 관한 강연을 하였다. 역사학회 대표간사(회장)의 일을 맡았다(2년간).
1973.	『李朝漢文短篇集』상권을 林熒澤 교수와 함께 편역, 일조각에서 출간. 해외에 나가 있던 기간에 발견, 복사해 온「東稗洛誦」「靑稗野譚」등과 국내 각 대학도서관에 소장된 필기·야담 자료들을 수합, 거기서 문학성이 높고 역사성이 담긴 것들을 뽑아 정리한 것이다. 1978년에 그 中·下를 속간하였다.
1975.	성균관대학교 대학원으로부터 문학박사 학위를 받았다.
1977.	東京大學 문학부 초청으로 일본에서 한 학기 동안 연구생활을 하였다. 니시지마(西嶋定生) 교수와 공동연구하기로 되어

	있었다. 그런데 니시지마 교수의 친절한 대우에 감사했으나 실제로는 별 성과를 낼 수 없었다.
1980.	10.26 후 군사독재정권의 재등장을 앞두고 '361교수성명'을 주도한 한 사람으로 성명서를 직접 낭독 방송하였다. 얼마 뒤 다시 지식인 선언에 참여하였다. 5·17이 일어나자 이 일로 치안국에 구금되었다. 10여 일 만에 나왔으나 교수직을 박탈당하여 이후 4년간 대학강단에 일체 서지 못하게 되었다. 몇 해 전부터 茶山研究會가 발족되어, 매주 정례적으로 『牧民心書4』를 강독하고 번역의 원고를 작성해 왔다. 회원 중 반수가 5·17 이후 교수직에서 해직당한 상태로 있었으나 더욱 정신을 가다듬고 연구에 정열을 쏟았다. 나는 이 회원들의 동지애에 많이 격려되었다. 『목민심서』 6책이 학술적인 譯註書로서 호평을 받고 있다.
1982.	동양문고 초빙연구원으로, 일본에 가서 9개월간 체재하였다. 하따다 다까시(旗圈巍)·다나까 마사도시(田中正俊) 교수 등이 내가 실적으로 곤경에 처해 있다는 소식을 듣고 어느 연구기관의 자금을 지급받아, 나의 일본 체류를 주선한 것이다. 이때, '海外蒐佚本'의 자료를 더욱 보충하였다. '해외수일본'은 내가 몇 해 전부터 외국으로 流出되어 있는 우리나라 책(우리나라에서 이미 佚書가 되어 버린 책)들을 수집하여 국내에서 계속 출판하고 있는 것이다. 아시아문화사에서 이 책들을 내고 있는데 벌써 17책이 나와 있고 나머지 것도 차례로 나오게 되어 있다. 역사·문학·철학의 자료를 위시하여 수필·야담 등 문헌적 가치가 풍부한 것들이다.
1984.	성균관대학 교수로 복직되어 다시 대학 강단에 서게 되었다. 지난 1979년에 심산 김창숙 선생의 업적을 기념하기 위해 '심산사상연구회'를 조직한 바 있었는데 이 해 다시 회장이 되어, 회원수를 늘리고 '심산상'을 제정하여 매년 민주화 운동에 공

	헌이 있는 인사를 골라 시상하였다.
	1975년에 결성한 한국한문학연구회에 이 해 다시 회장을 맡아, 5년간 젊은 후배들의 한문학 연구에 뒷받침이 되어 주었다. 두 차례에 걸쳐 전국 한문학대회를 주관하였고, 燕巖기념 특집호를 내는 한편 安義에 연암기념비를 세우기도 하였다.
1988.	성균관대학교 대학원장에 취임하였다(2년간).
1989.	중국 孔子基金會 주최 공자 2540기념 국제학술회의의 초청으로 북경에 가서 논문을 발표한 후 西安·敦煌의 고적을 답사하고 上海·桂林 등지를 거쳐 귀국하였다.
1990.	우리나라 국제퇴계학회와 소련과학아카데미 극동연구소가 공동 주최하는 국제학술회의에 초청을 받아 모스크바에 가서 논문을 발표하였다. 뒤이어 레닌그라드 및 타슈켄트 등 지방을 유람하고 돌아왔다. 정년 퇴직을 앞두고 대학 연구실의 책을 정리하여 강남 대치동으로 옮겼다. 대치동에는 조그만 연구소를 마련하여 '實是學舍'라는 현판을 달아두었다. 미리 말할 것은 아니지만, 앞으로 여기서 나는 몇 가지 설계를 하고 보람을 찾고자 노력할 작정이다.

논저/편서 :		
1982.	韓國의 歷史像	創作과批評社
1976.	韓國의 歷史認識 上·下(共黜)	創作과批評社
1973.	李朝漢文短篇集上(共譯編)	一潮閣
1978.	李朝漢文短篇集中·下(共譯編)	一潮閣
1981.	韓國學研究入門(共編)	지식산업사
1982.	한국의 전통사상과 문학(共著)	서울대출판부
(서평)		
1966. 4.	韓國文化史大系 2 經濟史에 대하여	新東亞
1968.	韓國金石文追補에 대하여	歷史學報 40집

1970. 1.	崔漢綺의 生涯와 思想	韓國近代人物百人選 新東亞 附錄
1971.	國史硏究의 回顧와 展望 · 2	歷史學報 49집
1973. 1.	高麗 · 李朝의 易姓革命과 元天錫	月刊中央
1974. 2.	韓國文化에 끼친 大陸文化의 영향	新東亞
1974.	國史.교과서의 문제점	創作과批評 32호, 1974 · 여름
1975. 3.	高麗武臣政權과 李奎報	月刊中央
1979. 4.	三別抄의 遷都抗蒙運動과 對日通牒	중앙일보
(해제)		
1966.	燕巖集解題	慶熙出版社
1966.	東文選解題	慶熙出版社
1970.	與猶堂全書解題	景仁文化社
1970.	東史綱目解題	景仁文化社
1970.	順菴叢書解題	成大大東文化硏究院
1971.	明南樓叢書解題	成大大東文化硏究院
1972.	鶴峰全書解題	成大大東文化硏究院
1973.	晦齋全書解題	成大大東文化硏究院
1973.	高麗名賢集 1(李相國集 · 東安居士集)解題	成大大東文化硏究院
1973.	修堂集解題	成大大東文化硏究院
1975.	潛谷全集解題	成大大東文化硏究院
1977.	愚伏集解題	成大大東文化硏究院
1977.	國譯心山遺稿解題	國譯心山遺稿刊行 위원회
1978.	寒岡全書解題	景仁文化社
1978.	國譯眉叟記言解題	民族文化推進會
1979.	許傳全書解題	亞細亞文化社
1980.	東賢號錄解題	亞細亞文化社

1981.	申箕善全集解題	亞細亞文化社
1981.	謙菴集解題	亞細亞貪化社
1982.	陶山及門諸賢集解題	亞細亞文化社
1983.	國譯航山全集解題	成大大東文化研究院
1984.	星湖全書解題	驪江出版社
1984.	溪堂全書解題	溪堂先生文集간행 위원회
1985.	愚潭全集解題	成大大東文化研究院
1985.	東皐遺稿解題	水原大東皐研究所
1986.	明南樓全書解題	驪江出版社
1990.	淸州板明心寶鑑解題	亞細亞文化社

논문:

1957.	實學派의 文學-朴燕巖의 경우	국어국문학 16집
1961.	麗代百姓考-高麗時代 村落構造의 一斷面	歷史學報 14집
1962.	高麗中期의 民族敍事詩-東明王篇과 帝王韻紀의 硏究 閑人・白丁의 新解釋	歷史學報 19집
1963.	18세기 서울의 都市的 樣相	鄕土서울 17호
1964.	陶甫 國文學에 있어서의 民族史觀의 展開	成大文學 10호
1964.	高麗朝의 '吏'에 對하여	歷史學報 23집
1964.	高麗末 李朝初의 漁父歌	成大論文集 9집
1965.	新羅諦代의 王土思想과 公田-大崇福寺碑 및 鳳巖寺智證碑의 紀-考,	趙明基 博士 華甲 紀念論叢 趙明基 博士 華甲念念 論叢 史學 論叢
1965.	高麗의 永業田	歷史學報 28집
1966.	李朝後期 近畿學派에 있어서의 正統論의 展開	歷史學報 31집

1966.	高麗末期 羅州牧 居平部曲에 對하여 -鄭道傳의 謫居生活을 通해 본 部曲의 內部關係	震檀學 報 29 · 30合 併號
1968.	李朝後期의 地理書 · 地圖	敎養 5호
1968.	高麗詩人에 있어서의 文明意講의 형성	梨翁史學硏究제3집
1968.	國史硏究의 回顧와 展望 · 1	歷史學報 39집
1968.	虎叱의 作者와 主題	創作과批評
1969.	三國遺事 所載 處容說話의 一分析 -高麗其人制度의 超源과의 關聯에서	金載元 博士 團甲 紀念 甲紀念論叢
1970.	實學硏究序說	文化批評 7 · 8, 1970 · 가을
1971.	崔漢綺의 家系와 年表	柳洪烈 博士 華甲 紀念論叢
1971.	韓國儒敎에 관한 斷章	文學과 知性 5호, 1971 · 가을
1972.	韓國儒敎의 政治社會的 機能,	크리스찬 아카데미 제1회
1972.	韓國의 再發見	세미나
1973.	實學派의 文學과 社會觀	韓國思想大系1 成大 大東文化硏究院
1973.	甫北國時代와 崔致遠	創作과批評 38호
1974.	三國史記의 構成과 高麗王朝의 正統意識	『震檀學報 』8집
1975.	李朝儒敎政治와 '山林'의 存在	成大 東洋學 學術 會議論文集
1975.	鶴峰 金誠一의 朝鮮國沿革考異및風俗考異	國譯鶴緯全集
1975.	責學派의 書畵古董論	書通 6집
1975.	高麗時代의 家族	東洋學 제1집 檀國大 東洋學硏究所

1976.	朝鮮王朝의 訓民政策과 正音의 機能	震檀學報 · 12집
1976.	高麗末期의 小樂府-高麗俗謠와	大夫文學 韓國漢文學研究 1집
1977.	瘍麗武臣執權下의 文人知識層의 動商	嶺甫大學校30週年紀念國際學請會議發裏論文集
1978.	李退溪와 書院創設運動	退雲學報 19집
1979.	業朝士大尖의 基本性格, 民族文化研究의 方向	嶺甫大 民雜文化研究所
1979.	鑛國 儒學史上 退溪學派의 形成과그 展關	臺驚縮範大學 講演原稿
1979.	心山 金昌淑의 民族獨立運動	創作과批評 54호 1979 겨울
1981.	金秋史 및 中入層의 性靈論	韓國漢文學研究 5집
1981.	心山 金昌淑의 儒學思想과 行動主義	成均 34집 成大
1982.	鹿菴 權哲身의 思想과 그 經典批判	退溪學報 29집
1985.	實學派에 있어서의 人間觀의 展開, 現代社會와 傳統倫理	高大 民族文化研究所
1987.	文山 李載毅와 '茶山問答'	東國大 開校80周年紀念論叢 佛教와 諸科學
1988.	崔漢綺의 社會觀	東洋學 18집 檀國大
1988.	初期實學과 性理學과의 關係 -磻溪 柳馨遠의 경우	東方學志 58집
1989.	高麗土地 · 課役關係 '判 · 制'에 끼친 唐令의 영향-新羅律令國家說의 검토를 겸하여	大東文化研究 23집 成大大東文化研究院
1989.	星湖 李瀷의 春秋書法論과 그 批判	孔子 2540紀念 論文集

		北京
1990.	朱子學의 史的展開에 對한 退溪의 認識體系-退溪所編	退溪學報 67집

▶ 정규복

약력 :	
1927. 8. 11.	子時에 서울 麻浦區 望遠洞 209번지(舊 京畿道 高陽郡 延禧面 望遠里 209)에서 父 羅州 元燮公과 母 晋州 柳氏의 二男으로 태어나다.(음 7. 13)
1927. 12. 31(음력)	祖父 大晩公(1880-1927) 別世.
1933. 4.	서울 麻浦區 세교동(속칭 잔다리) 유치원(현 서교동 장로교회)에 입원.
학력 :	
1934. 4.	서울 마포구 창전동 私立懿法學校에 입학.
1935. 4.	서울 마포구 용강동 龍江公立普通學校(후에 龍江公尋常小學校로 개칭)에 입학.
1941. 3.	龍江公尋常小學校 졸업.
1941. 4.	儆新中學校 입학.
1945. 3.	儆新中學校 졸업. 神學生 尹琴成(1917-1946)의 영향으로 영어 공부에 열중하는 한편, 신학을 공부하기 위하여 平壤神學校에 입학하고자 하였으나 뜻을 이루지 못하였음.
1945. 9.	8.15 광복을 맞아 明倫專門學校 文科 입학.
1947. 7.	成均館大學 (舊 明倫專門學校) 專門部 文科 二年 修了. 이때 외국어 英·獨·佛·中·漢文 등 공부에 몰두.
1947. 9.	成均館大學 國文學科 입학.
1951. 7.	성균관대학 국문학과 졸업. 대학 학부시절엔 중국고전으로는

	日人小林一郎의 四書五經과 諸子百家書로 된『經書大講』25卷 과「周易」12卷을 읽고, 외에 Leo Tolstoy, F. W. Nietzsche, J. W. Goethe 등의 작품을 애독함.
1957. 4.	高麗大學校 대학원 국문학과 입학.
1958. 9.	高麗大學校 대학원에서 문학석사학위 취득.
	석사논문 : "韓國古代軍談小說硏究".
1962. 9.	李相殷 先生의 추천으로 自由中國 台灣省立師範大學 中文硏究 所 입학.
1964. 2.	台灣省立師範大學 中文硏究所 修了.
1975. 2.	고려대학교에서 문학박사학위 취득.

경력 :

1945. 4.	京城保險管理所 事務員.
1950. 6.	6.25사변이 일어나자 피난을 못 가고 서울에서 공산군에 의해 모진 고생을 겪음.
1950. 12.	第二國民兵으로 징집되어 약 3개월간 鎭東,馬山 등지에서 고 생을 겪음.
1951. 4.	第二國民兵의 馬山 수용소에서 풀려나 서울로 귀향 중 金浦에 머물게 됨.
1951. 6.	金浦農業高等學校의 영어와 국어 교사.
1953. 1.	祖母 安東 權氏(1877-1953) 別世.
1953. 4.	川工業高等學校로 옮겨 英語와 獨語 敎師가 됨.
1953. 11.	全州 李鎬泰公의 長女 李潤星 女史와 결혼.
1955. 1.	長男 宇鎭 출생.
1956.	聘父李鎬泰公(1899-1956) 1. 27(음력) 別世.
1956. 10.	次男 承鎭 출생.
1957. 3.	仁川工業高等學校 사임.
1958. 3.	長女 京鎭 출생.

1958. 9.	淸州大學 국문과 강사.
1960. 3.	淸州大學 국문과 강사 사임.
1960. 4.	高麗大學校 文理科大學 강사.
1960. 9.	同德女子大學 국문과 강사.
1962. 8.	高麗大學校 및 同德女子大學 강사 사임.
1963. 2.	次女 京華 출생
1964. 3.	啓明大學 국문학과 조교수.
1964. 9.	慶北大學校 文理科大學 강사.
1965. 3.	啓明大學 부교수.
1965. 3.	啓明大學 「啓大學報」 주간.
1965. 3.	大邱大學(현 嶺南大學校) 국문과 강사.
1967. 2.	啓明大學 사임.
1967. 2.	高麗大學校 문과대학 교수.
1968. 4.	成均館大學校 문과대학 강사.
1972. 7.	淑明女子大學校 대학원 강사.
1972. 4.	華都中學校 理事.
1973. 3.	慶熙大學校 대학원 강사.
1975. 3~8.	延世大學校 대학원 강사.
1975. 9.	慶熙大學校 교육대학원 강사.
1976. 9.	延世大學校 교육대학원 강사.
1978. 6.	父親 元燮公(1903~1978) 別世.
1979. 3.	고려대학교 상조회장.
1979. 3~8.	首都女子師範大學 강사.
1980. 4~5.	고려대학교 平敎授協會의 준비위원장.
1981. 11.	聘母 南陽 洪氏 (1899~1981) 別世.
1982. 3~8.	西江大學校 대학원 및 서울女子大學 대학원 강사.
1986. 3~8.	祥明女子大學校 대학원 강사.
1986. 3.	母親 晉州 柳氏(1901~1986) 別世.

1988. 3.	英國國際知性人名辭典(The International who's who of Intellectuals) 第八板 등재
1989. 5.	고려대학교 문과대학 교수협의회 의장.
1992. 8.	고려대학교 敎授 停年退任.
1992. 8.	고려대학교 名譽敎授 任命.
1993. 3.	順天鄕大學校 中文科 대우교수.
1994. 3.	英國의 世界文學學會(The world literary Academy)의 회원으로 임명됨.
1996. 1.	1월의 문화인물 『김만중』〈문화체육부〉 출간.

학술/교외활동 :

1969. 3.	I.V.C.F (국제 대학기독교연맹) 理事.
1970.	『春香傳』〈民衆書館 1970〉을 具滋均・丁奎福의 이름으로 註釋・出刊함.
1974. 4.	『九雲夢硏究』〈고려대출판부〉 출간.
1982. 6.	수필집 『人生頌歌』 출간.
1983. 2.	『韓國古小說硏究』〈二友出版社〉를 丁圭福・蘇在英・金光淳 교수와 편찬・출간.
1984. 4.	李炳漢・李相翊・林明德 교수와 함께 東方文學比較硏究會를 發起함.
1986. 9.	고려대학교 中國學會 회장.
1986. 12.	大峴長老協會 장로.
1987. 9.	韓國敦煌學會 부회장
1988. 8.	東方文學比較硏究會 硏究理事.
1987. 9.	仁荷大學校 韓國學硏究所 주최 韓國學國際會議 참가, 논문발표 : "原典批評의 어제와 오늘".
1987. 10.	『韓中文學比較의 硏究』〈고려대출판부 1987〉 출간.
1987. 12.	回甲紀念論文集 『石軒丁奎福博士還曆紀念論叢』 贈呈받음

1988.	美國國際著名人名辭典(The International Directory of Distinguished leadership) 등재.
1988. 8.	東方文學比較研究會 회장
1988. 6~7.	한국정신문화연구원에서 열린 제5회 國際學術會議에 참가, 논문발표 : "東아시아 文學에 나타난 偈의 역할"
1988. 9.	隨筆文友會 회원 및 韓國隨筆文學振興會 理事.
1988. 9.	서울에서 열린 제3차 中國域外漢籍國際會議 참가, 논문발표 : "彰善感義錄與小說史的 意義"(중문).
1989. 8.	『대현장로교회 83년 약사』 출간.
1990.	美國傳記研究所(American Biographical Institute)의 研究諮問委員(The Research Board of Advisors)으로 임명됨.
1992.	美國傳記研究所(American Biographical Institute)에서 '1991년의 사람'(Man of the year 1991)으로 지명됨.
1992.	英國國際人名研究所(International Biographical Centre)에서 韓中文學比較研究의 공로로 '1992-1993년의 國際人'(International man of the year 1992-1993)으로 임명됨.
1992. 6.	『韓國古典文學의 原典批評的 研究』〈고려대민족문화연구소,1992〉 출간.
1992. 6.	『韓國古典文學의 原典批評』〈새문사, 1992〉을 편찬.
1992. 8.	東方文學比較研究會 명예회장.
1992. 8.	『韓國古小說史의 研究』〈한국연구원〉 출간.
1993. 2.	散文集『生命의 畏敬』출간.
1993. 2.	停年退任紀念論文集『金萬重文學研究』출간.
1993. 2.	국학자료원 편집고문.
해외활동 :	
1963. 10.	日本 天理大學에서 열린 朝鮮學會 참가.
1971. 7.	自由中國에서 열린 제1차 國際比較文學會議 참가, 논문

	발표 : "A Comparative Study on the Fantasy Structure of Ku-un-mong"(영문)
1973. 3.	프랑스 빠리에서 열린 제29차 東洋學者大會 참가, 논문 발표 : "西遊記와 한국 古小說". 이때, 처음으로 世界一周旅行.
1975. 8.	自由中國 台北에서 열린 제2차 國際比較文學會議 참가, 논문발표 : "Confucianism in Classical Korean Literature"(영문).
1976. 8.	멕시코 멕시코시티에서 열린 제30차 東洋學者大會 참가, 논문발표 : "Budhism in Classical Korean Literature"(영문).
1977. 10.	『九雲夢原曲의 硏究』〈一志社, 1977〉 출간.
1978. 8.	서울에서 열린 退溪學 國際會議 참가, 논문발표 : "退溪와 醇正文學".
1979. 3.	陶南學會 硏究理事, 陶南國文學賞 심사위원장.
1979. 8.	自由中國 台北에서 열린 제3차 國際比較文學會議 참가, 논문발표 : "Taoism in Classical Korean Literature"(영문).
1981. 6.	韓美親善交流會에 참가, 李潤星 女史와 美洲旅行.
1983. 8.	自由中國 台北에서 열린 제4차 國際比較文學會議 참가, 논문발표 : "A Role of Gāthā in Classical Korean Literature"(영문)
1984. 4.	自由中國 台北에서 열린 중·한·일 文化關係硏討會 참가, 논문발표 : "The Nature of Tragedy in Classical sino-Korean Stories"(영문)
1984. 7.	西獨 본에서 열린 韓獨修交百周年紀念 行事 代表團으로 참가.
1985. 4~7.	프랑스 Collège de Frence 초빙 교수. 빠리 제7대학에서 韓中文學比較와 고등교육응용학교 (Ecole Pratique de hautesétudes)에서 문헌학 강의.
1985. 4.	프랑스 샹띠히에서 열린 제5차 AKSE (歐洲韓國學會)에 참가, 논문발표 : "A Philological Study of Chupunggambyolgok (秋風感別曲)" (영문)
1986. 9.	日本 東京에서 열린 中國域外漢籍國際會議 참가, 논문발

	표 : "On Eulsa Edition of Ku-un-mong" (영문)
1987. 8.	自由中國 台北에서 열린 제4차 國際比較文學會議 참가, 논문발표 : "Wangwei-Chuan(王維傳) of Taiping Kwangchi (太平廣記) reflected in Yochangtankumdam(女裝彈琴談)"
1987. 12.	自由中國 台北에서 열린 제2차 中國域外漢籍國際會議 참가, 논문발표 : "洪吉童傳의 儒家思想과 義賊 모티프"
1988. 10.	自由中國 台北에서 열린 中國古典文學會議에 한국대표로 참가, 논문발표 : "剪燈神話的激盪"(중문)
1989. 3.	中國 北京大學 比較文學硏究所에서 韓中文學比較 특강.
1989. 7.	미국 하와이에서 열린 제4차 中國域外漢籍國際會議 참가, 논문발표 : "彰善感義錄之儒家思想的 變異"(중문)
1990. 7.	中國貴州省 貴陽에서 열린 제3차 國際中國比較文學會 참가, 논문발표 : "Some Problems of Tragedy in Sino-Korean Stories"(영문)
1990. 8.	일본 大阪에서 열린 제3차 國際朝鮮學會 참가, 논문발표 : "九雲夢 思想硏究의 展開에 대하여".
1990. 12.	서울에서 열린 제5차 中國域外漢籍國際會議 참가, 논문발표 : "洪吉童傳 漢文本의 텍스트 문제".
1991. 7.	濠洲 시드니에서 열린 제2차 中國學會 참가, 논문발표 : "A Role of Ku-un-mong in East Asian Literatures"(영문)
1991. 8.	自由中國 台北에서 열린 제5차 國際比較文學會議 참가, 논문발표 : "平妖傳 韓譯本之諸問題"(중문)
1991. 8~9.	自由中國 台北에서 열린 제6차 中國域外漢籍國際會議 참가, 논문발표 : "韓國韓譯本小說之諸問題"(중문)
1992.	일본 東京에서 열린 제7차 中國域外漢籍國際會議 참가, 논문발표 : "九雲樓與九雲夢之比較硏究"(중문).
1993. 5.	自由中國 台北에서 열린 제8차 中國域外漢籍國際會議 참가, 논문발표 : "南征記與彰善感義錄之相關性"(중문).

1993. 7.	中國 湖南省 張家介에서 열린 제4차 國際中國比較文學會議에 한국대표로 참가, 논문발표 : "九雲記與九雲夢之比較研究"(중문). 회의를 마친후 李潤星 女史와 中國 一周.	
1993 9.	中國 北京에서 열린 제1차 國際中國古代小說文學會議 참가, 논문발표 : "九雲樓與九雲夢之諸問題"(중문).	
1994. 8.	일본 福岡에서 열린 제9차 中國域外漢籍國際會議 참가, 논문발표 : "韓中文學比較略史와 그 展望".	
1995. 10.	중국 北京大學 韓國學研究中心이 주최한 韓國傳統文化國際學術會議에 참가, 논문발표 : "退溪文學中的陶淵明"(중문)	

(李尙九 작성, 1996. 6. 2.)

논저 :

1974.	九雲夢研究	高麗大 出版部
1977.	九雲夢原曲의 研究	一志社
1987.	韓中文學比較의 研究	高麗大 出版部
1992.	韓國 古典文學의 原典批評의 研究	高麗大 民族文化研究所
1992.	韓國古小說史의 研究	한국연구원
(산문)		
1981.	人生頌歌	나남
1993.	生命의 畏敬	국학자료원

논문 :

1957.	延命說話片考	高大新報174 高麗大
1958.	韓國古代軍談小說研究	高麗大 大學院 碩士論文
1959.	九雲夢 英譯本攷	國語國文學 21 國語國文學會

1960.	韓國軍談小說에 끼친 三國志演義의 影響序說	國文學 高麗大4 國語國文學研究會
1960~1961.	九雲夢 異本攷	亞細亞研究 8, 9 高麗大 亞細亞問題研究所
1963.	南征記論攷	國語國文學26 國語國文學會
1964.	幻夢說話攷	亞細亞研究 15 高麗大 亞細亞問題研究所
1965.	韓中比較文學의 問題點	語文學 12 韓國語文 學會
1966.	林花鄭延論攷	大東文化研究 3 成均 館大 大東文化研究院
1966.	玉樓夢의 作者 및 著作年代에 대하여	語文學15 韓國語文 學會
1967.	韓國軍談小說의 諸問題	國語國文學 34, 35 國語國文學會
1967.	九雲夢의 根源思想考	亞細亞研究 11 高麗大 亞細亞問題研究所
1968.	延命說話考	語文論集 11 高麗大 國語國文學研究會
1970.	九雲夢의 比較文學的 考察	人文論集 16 高麗大 文科大
1970.	雲英傳의 問題	古代文化 11 高麗大
1970.	Taoism in Classical Korean Literature	比較文學 2 韓國比較 文學會
1970~1971.	洪吉童傳 異本攷	國語國文學 48, 51 國語國文學會
1971.	九雲夢의 原作에 대하여	國語國文學會54

		國語國文學會
1971.	九雲夢 乙巳本攷	人文論集 17 高麗大 文科大
1972.	九雲夢의 幻想構造論	常山 李在秀 博士 還曆紀念論文集
1972.	金剛經과 九雲夢	國語國文學 54 朴魯俊 教授還曆紀念
1972.	南征記의 著作동기에 대하여	成大文化11 成均館大
1973.	A Comparative Study on the Fantasie Structure of Ku-un-mong	Taepei, Tamkang Tamkang Univ. Review vol. Ⅲ, No2
1974.	九雲夢 乙巳本 上卷攷	人文論集19 高麗大 文科大
1974.	西遊記와 韓國 古小說	亞細亞研究48 高麗大 亞細亞 問題研究所
1974.	韓國 小說에 끼친 西遊記의 영향	比較文學6 韓國比較 文學會
1975~1978.	Confusianism in Classical Korean Literaturi	Tamkang Univ. Review vol. Ⅵ. No2,vol. Ⅶ, No2
1977.	飜諺南征記論攷	淵民 李家源 博士 六秩紀念論叢
1977.	西遊記와 王郎返魂傳	月岩 朴晟義 博士 還曆紀念論叢 高麗大國語國文學研究會
1977.	金萬重論	韓國文學作家論 형설출판사
1978.	退溪와 醇正文學	退溪學報19
1978~1979.	九雲夢 老尊本의 研究	教育論叢7,8 高麗大

1979.	申屠澄說話攷	童山 申泰植 博士 古稀紀念論叢
1979.	金鰲新話 內閣文庫本에 대하여	人文論集24, 高麗大 文科大
1979.	梁山伯傳攷	「中國研究」4, 外國 語大 中國問題研究所
1981.	九雲夢의 表記文字에 대하여	開新語文研究1
1982.	白雲小說의 選者에 대하여	人文論集24 高麗大 文科大
1983.	韓中古典小說에 나타난 悲劇性	台也 崔東元 博士 還曆紀念論叢
1983.	The Nature of Tragedy in Classical Chinese and Korean Fictional Narrative Tradition, Proceedings of the Conference on Sino-Korean	Japanese Cultural Relations Taipei
1984.	中國文學對韓國文學的影響	中韓關係史 論文集 中華民國 韓國研究學會
1984.	第一奇諺에 대하여	中國學論叢1 高麗大 中國文學研究會
1984.	原典批評의 理論과 實際	文藝批評論 고려원
1985.	韓中文學比較의 研究史	人文論集30 高麗大 文科大
1985.	九雲夢의 原作과 텍스트의 문제	教育論叢5 高麗大
1985.	A role of Gata in Classical Korean Literature	Tamkang Review vol. XV. No1, 2, 3, 4
1986.	秋風感別曲의 新研究	大東文化研究20 成均館大 大東文化研究院
1986.	On the Eulsa Edition of Ku-un-mong	제1차 中國域外漢籍

		國際會議論文集 台灣國學文獻館
1987.	洪吉童傳中的儒家思想與其作用(中文)	제2차 中國域外漢 籍
		國際會議論文集 台灣國學文獻館
1987. 8.	Wangweichuan(王維傳) of Taipingkuang chi Reflected in Yochangtangeum dam of Classical Korean Stories	Tamkang Review vol. XV Ⅲ. No1, 2, 3, 4
1987. 9.	林慶業傳의 권선징악적 의미	한실 이상보 박사 회갑기념논총
1987. 12.	原典批評의 어제와 오늘	韓國學國際會議論叢 인하대 韓國學硏究所
1988.	韓國古小說史의 旣存硏究와 展望	애산학보6 애산학회
1988.	彰善感義錄의 儒家思想과 小說史的 意味	古小說硏究論叢
		茶谷 李樹鳳 先生 回甲紀念論文集
1988.	東아시아 文學에 나타난 偈의 역할	한국정신문화연구원 논문집1
1988. 9.	九雲夢 老尊本의 二分化	東方學志59, 연세대 국학연구원
1989. 2.	剪燈神話的 激盪(中文)	域外漢文小說硏究 學生書局 台灣台北
1989. 12.	九雲夢의 '空觀' 是非	水余 成耆說 博士 回甲紀念論叢 인하대
1990. 10.	洪吉童傳 漢文本의 텍스트문제	東方學志68 연세대 국학연구원
1990.	韓中文學 비교연구의 자료 문제	碧史 李佑成 先生 定年紀念國 文學論 文集 여강출판사
1991.	洪吉童傳 텍스트의 문제	정신문화 44 한국 정신문화연구원

1991.	韓國 古小說史의 記述方法에 대하여	語文硏究 21 語文硏究會
1991.	金鰲新話의 硏究史	宋順康 敎授 回甲論 文集 圓光大
1991.	佛敎와 中國文學	中國學報 10 建國大
1991.	平妖傳의 한국번역문학적 수용	亞細亞硏究 85 高麗大 亞細亞問題硏究所
1991.	九雲夢 서울大學本의 再考	大東文化硏究 26 成均館大 大東文化硏究院
1991.	彰善感義錄與寃感錄花珍傳的關聯性 -以序拔文爲 中心-	제4차 中國域外漢籍 國際會議論文集 台灣國學文獻館
1992.	九雲夢與九雲記之比較硏究(中文)	中國學論叢6 高麗大 中國文學硏究會
1992.	洪吉童傳 硏究史	樂隱 姜銓爕 先生 華甲紀念論叢 창학사
1992.	漢文本洪吉童傳與其原本之硏究(中文)	中國域外漢籍國際 會議論文集 台灣國學文獻館
1992.	다니엘 부셰의 九雲夢 著作 言語辨證 批判	한국학보69 一誌社
1993.	韓國漢文小說之諸問題(中文)	제6차 中國域外漢籍 國際會議論文集 台灣 國學文獻館
1993.	九雲夢	黃浿江 敎授 定年 退任紀念論叢 一志社
1993.	金萬重 小說의 연구와 소설사적 問題	省吾 蘇在英 敎授 還曆紀念論叢集文堂
1994.	九雲夢의 東아시아에서의 位相	慕山學報4 모산학회
1995.	南征記와 彰善感義錄의 相關性	제7·8차 中國域外 漢籍國際會議論文集 台灣國學文獻館

1995.	韓中文學比較研究의 略史와 그 展望	敬山 史在東 敎授 回甲紀念論叢 中央文化社
1995.	九雲夢의 文藝美學的 接近	洌西 金基鉉 敎授 回甲紀念論叢 中央文化社
1995.	退溪文學中的陶淵明(中文)	韓國學論文集 4 北京大學 韓國學 研究中心
1995.	退溪文學과 陶淵明	退溪學研究 9 단국대 퇴계학연구소

(서평)

1965.	≪春香傳≫(『작품』, 許世旭, 中文譯, 台北, 1962) : 〈「啓明論叢」 (2), 啓明大〉
1971.	『韓國文學史槪論』(中國文化大學, 中文譯, 台北, 1970) : 〈「亞細 亞研究」(41), 高麗大 亞細亞問題研究所〉
1971.	≪春香傳 (A Classical Novel Chun-hyang)≫(秦仁淑, 英文譯, 1970) : 〈「亞細亞研究」(44), 高麗大 亞細亞問題研究所〉
1973.	≪九雲夢≫(鄭炳昱・李承旭 註譯, 民衆書館, 1972) : 〈「人文論 叢」(18), 高麗大 文科大〉
1973.	'Korean Studies Today'(서울대 東西文化研究소, 1970) : 〈「語文 論集」(14, 15), 高麗大 국어국문학연구회〉
1976.	『韓國文學史』(張德順 著, 서울 同和文化社, 1972) : 〈「亞細亞研 究」(56), 高麗大 亞細亞問題研究所〉
1982.	『新羅歌謠의 研究』(朴魯埻 著, 서울 悅話堂, 1982) : 〈「亞細亞研 究」(58), 高麗大 亞細亞問題研究所〉
1982.	『韓國紀行文學研究』(崔康賢 著, 서울 一志社, 1972) : 〈高大新報

	(9. 28), 高麗大〉
1984.	『韓中小說의 比較文學的 研究』(李相翊 저, 서울 三英社, 198 3) : 〈「人文論集」(29), 高麗大 文科大〉
1984.	『韓中詩의 比較文學的 研究』(李昌龍 著, 서울 一志社, 1984) : 〈「人文論集」(29), 高麗大 文科大〉
1984.	『古小說通論』(蘇在英 著, 서울 二友出版社, 1984) : 〈教育新報 (3.24), 高麗大〉
1984.	『完板坊刻本小說의 文獻學的 研究』(柳鐸一 著, 서울 學文社, 1981) : 〈高大新聞(3. 24), 高麗大〉
1988.	『朝鮮文學史』(韋旭昇 저, 中國 北京大學, 1986) : 〈한겨레신문 (7. 5)〉
1991.	『興夫傳 研究』(印權煥 編, 서울 集文堂, 1991) : 〈출판저널(95)〉
1994.	『影響과 內發』(金采洙 著, 서울 태진, 1994) : 〈高大教育新報(4. 25), 高麗大〉
1994.	『韓國古小說批評資料集成』(柳鐸一 著, 서울 亞細亞文化社, 1994) : 〈高大教育新報(10. 27), 高麗大〉
상훈 :	
1992. 8.	大韓民國 國民勳章 木蓮章 받음.
1994. 9.	大韓民國 學術院賞(人文科學 部門) 受賞.
1995. 11.	英國 國際傳記研究所 〈International Biographical Centre〉에서 수여하는 二十世紀 成就賞 〈The 20th Century Award for Achievement〉(교육부문)을 받음.
	(李尚九 작성)

3. 해방 후 1950년대까지의 국어국문학과 교과과정

1) 서울대

1959-1960

교과구분	교과목 번 호	교 과 목	학 점					비 고
			1	2	3	4	계	
전 공 (필수)	103~104 455~456	國語學特講	3			6	9	1,2學年共通
〃	105~106	文學槪論	6				6	1,2學年共通
〃	107~108	國文學特講	6				6	1,2學年共通
〃	109~110	國文學槪說	6				6	1,2學年共通
〃	201	國語學資料採取法		3			3	
〃	202	國語學史		3			3	
〃	203	國語音聲學硏究		3			3	
〃	205~206	國文學史		6			6	
〃	207~208	韓國漢文選說		6			6	
〃	209~210	國語規範文法硏究		3			3	

교과 구분	교과목 번 호	교 과 목	학 점					비 고
			1	2	3	4	계	
전 공 (필수)	301~302	國語音韻論			6		6	
〃	303~304	國語形態論			3		3	
〃	401~402	國語學演習				6	6	
〃	403~404	漢淸蒙倭譯書硏究				6	6	
〃	405~406	西歐論者硏究				3	3	
전공 (선택)	204	國語악센트論		3			3	
전공 (필수)	211~212 345~346	國語學講讀		6	6		12	
전공 (선택)	213~214	國語方言學槪說		3			3	
〃	215~216	國語造語論硏究		3			3	
〃	217~218	國語文體論硏究		3			3	
〃	219~220	訓民正音解例硏究		3			3	
〃	221~222	論文作成과 批判		3			3	
〃	223	論者解題		3			3	
〃	224	資料解題		3			3	
〃	225~226	時調講讀		6			6	
〃	227~228	歌詞講讀		6			6	
〃	229~230	小說講讀		6			6	
〃	231~232	特殊問題硏究		6			6	

교과구분	교과목번호	교과목	1	2	3	4	계	비고
〃	233	新文學史		3			3	
〃	234	現代文學史		3			3	
〃	235	文章論		3			3	
〃	236	詩論		3			3	
〃	238	比較文學		3			3	
〃	237	文藝思潮		3			3	
〃	305~306	國語史研究			6		6	
〃	307~308	中期語研究			6		6	
〃	309~310	實學時代의 國語研究			3		3	
〃	311~312	東國正韻研究			3		3	
〃	313~314	國語의 記述言語學的 研究			3		3	
〃	315~316	國語의 比較言語的 研究			6		6	
〃	317~318	印歐論者研究			6		6	
〃	319	麗謠講讀			3		3	
〃	320	鄕歌講讀			3		3	
〃	321	漢詩講讀			3		3	
〃	322	漢文小說講讀			3		3	
〃	323~324	外書講讀			6		6	
〃	325	時調論			3		3	
〃	326	歌詞論			3		3	
〃	327	民謠論			3		3	

교과구분	교과목번호	교과목	학점					비고
			1	2	3	4	계	
〃	328	雜歌論			3		3	
〃	329	書誌學			3		3	
〃	330	音律論			3		3	
〃	331	詩歌發達史			3		3	
〃	332	小說發達史			3		3	
〃	333	文章發達史			3		3	
〃	334	演劇史			3		3	
〃	335~336	散文演習			6		6	
〃	337~338	特殊問題研究			6		6	
〃	339	現代小說論			3		3	
〃	340	喜劇論			3		3	
〃	341	新小說論			3		3	
〃	342	現代作家論			3		3	
〃	343~344 457~458	現代文學特講			6	6	12	
〃	407~408	十五世紀語研究				3	3	
〃	409~410	十六世紀語研究				3	3	
〃	411~412	十七, 十八世紀語研究				3	3	
〃	413~414	古代語研究				3	3	
〃	415~416	國語意味論				3	3	
〃	417~418	國語統辭論				3	3	

學程	號數	名稱				學點	
〃	419~420	韓國韻書研究				3	3
〃	421~422	地名研究				3	3
〃	423~424	鄕歌 및 吏讀의 研究				6	6
〃	425~426	國語文法의 原理論 研究	·			3	3
〃	427~428	兒童語의調査研究實驗				3	3
〃	429~430	實驗音法學의 實驗研究				3	3
〃	431	劇歌論				3	3
〃	432	麗謠論				3	3
〃	433	鄕歌論				3	3
〃	434	古代小說論				3	3
〃	435	說話文學論				3	3
〃	436	宮廷文學論				3	3
〃	437	古代作家論				3	3
〃	438	古代作品論				3	3
〃	439~440	韓國漢文學史				6	6
〃	441~442	韓中文學交涉史				6	6
〃	443~444	詩歌演習				6	6
〃	445~446	漢文演習				6	6
〃	447~448	特殊問題研究				6	6
〃	449	批評文學論				3	3
〃	450	隨筆文學論				3	3
〃	451~452	現代作品論				6	6
〃	453~454	現代文學演習				6	6

2) 연세대

學程表

國文(1946年度 이후 施行)

(注意：100號는 第1年, 200號는 第2年, 300號는 第3年, 400號는 第4年 甲은 文系, 乙은 理系를 表)

學程	號 數		名 稱	教授年限	每週授課時教	每週演習時數	學點	豫 修 學 程		
								甲 種	乙種	丙種
國文	101	甲 乙	高等國語入門	1	2		4			
同	102乙		漢文	1	3		6			
同	201		作文	1	2		4			
同	301		創作法	1	2		4	國文101		
同	202		修辭學	半	3		3			

同	203	國文法	1	2		4			
同	302	國語學槪論	1	2		4	國文203		
同	303	朝鮮文字史	半	3		3			
同	304	國語變遷史	半	3		3			
同	401	國語學史	1	3		6			
同	204	國文學史(近代以後)	1	3		6			
同	305	國文學史(中世以前)	1	3		6	國文204		
同	402	國文學通論	1	3		6	國文204 305		
同	306	中國文學史	1	3		6			
同	403	朝鮮文物制度史	半	3		3			
同	404	朝鮮思想史	半	3		3			
同	405	比較文學	1	3		6			
同	501～508	國文學特殊講義	各半	各3		各3			
同	509～517	國語國文學讀演習	各半	各2		各2			
同	518～521	高等漢文	各半	各3		各3			
同	522	新聞學	1	3		6			
同	523	音樂	1	2		4			

3) 고려대

1955년 교과과정

各大學及大學院敎員一覽

總長 法學博士 兪鎭五

副總長 李鍾雨

法科大學

學長	李熙鳳	民法
副敎授	邊宇昌	行政法
副敎授	車洛勳	商法
副敎授	李建鎬	刑事政策
副敎授	朴在灄	國際法
副敎授	玄勝鍾	西洋法制史
副敎授	尹世昌	政治學槪論, 憲法
助敎授	南興祐	刑法
助敎授	李恒寧	民法
助敎授	金振雄	勞動法, 社會政策
助敎授	韓東燮	憲政史
講師	李英燮	民訴法,被產法
講師	朱宰璜	民法

講師	李允榮	國際法

商科大學

學長	金孝祿	商業概論, 配給論
教授	金洶植	會計學, 簿記原理
副教授	成昌煥	貨幣金融論, 經濟原理
副教授	鄭守永	經營經濟學, 銀行簿記
助教授	尹炳旭	經營經濟學, 商品學
講師	李相球	外國換, 國際貿易
講師	宋基澈	商業史, 保險論

文理科大學

學長	李相殷	東洋哲學史

政經學部 :

部長	金相訓	政治學概論
教授(渡獨中)	趙璣璿	經濟史
副教授	趙東弼	經濟學史, 經濟政策
副教授	韓春燮	財政學, 獨語原講
副教授	金永斗	政治哲學, 選擧制度
副教授	尹天柱	各國政治
助教授	李昌烈	經濟原理, 景氣變動論
助教授	金敬洙	政治學概論
講師	具滋性	一般經濟史
講師	閔丙岐	國際政治史
講師	韓昌鎬	獨逸語
講師	金命潤	英語原論

文學部 :

部長	具滋均	國文學特講
教授(渡美中)	李鍾雨	哲學
教授(PH・D)	朴希聖	西洋哲學史
教授	蔡官錫	英文學概論, 英語
教授	申奭鎬	韓國近世史
教授	李皓根	英文學史
教授	金敬琢	東洋哲學, 中國語
教授	趙容萬	文學概論
教授	孫明鉉	哲學概論, 希臘語
教授	成百善	心理學
教授	金學燁	文化史, 西洋史特講
教授	金成植	西洋史, 史學概論

教授	鄭在覺	東洋古代史, 東洋史
教授(渡美中)	金廷鶴	東洋史
副教授	金春東	韓國韓文學史, 漢文講讀
副教授	王學洙	教育學原理
副教授	朴鐘緒	獨逸語
副教授	趙東卓	近世小說講讀, 國文學
副教授	呂石基	英美戲曲, 英語
助教授	朴光善	國韓學槪論
助教授	玄埈	英語, 商業英語
助教授	朴晟義	시가강독, 國文學特강
助教授	金俊燁	東洋근세사, 文化史
助教授	金午仲	체육
專任講師	金敏洙	國語, 國語音韻文法論
講師	金亨奎	近世文學講讀, 國語學槪論
講師	許雄	古代語講讀, 國語學特講
講師	車柱環	中國文學史, 中國語
講師	鄭漢淑	國語, 國語音韻文法論
講師	金鴻懋	國語, 國語音韻文法論
講師	朴忠集	英美詩, 英語
講師	尹昌錫	英語
講師	禹亨圭	英語學槪論, 英語
講師	李有根	英語
講師	洪鳳龍	英語
講師	徐泰一	英語
講師	金東華	印度哲學史
講師	崔載喜	論理學槪論
講師(PH・D)	金俊燮	哲學槪論, 希臘語
講師	朴義鉉	獨語
講師	金亨錫	宗敎哲學, 倫理學槪論
講師	金泰吉	哲學槪論, 希臘語
講師	梁會水	社會學槪論
講師	崔東熙	獨逸哲學講讀, 獨語
講師	許亨根	獨逸語
講師(文學博士)	李丙燾	韓國思想史
講師	崔福鉉	地理學
講師	李메리女史	社會學特講

講師	와이스夫 人	英會語
講師	맥타가르	美國文學史

理學部 :

部長

	韓弼夏	解析數學演習, 點集合論
副教授	朴基采	分析化學實驗
副教授	朴台三	數學槪論, 解析幾何學
助敎授	韓俊澤	自然科學槪論, 物理學實驗
助敎授	金致榮	射影幾何學, 自然科學槪論
助敎授	金晢培	有機化學實驗
助敎授	金相敦	一般物理學, 物理講讀
助敎授	金昌煥	自然科學槪論, 動物形態學
助敎授	朴相允	細胞學, 一般生物學實驗
助敎授	鞠淳雄	理論有機化學
助敎授	韓萬運	物理化學實驗
講師	金貞欽	力學演習, 電磁氣學
講師	金永郁	數理物理
講師	權宅淵	整數論, 初等統計
講師	韓炳湖	微分方程式演習
講師	任昌淳	韓國金石學

農林大學

學長	張相旭	栽培學汎論
敎授	金命午	果樹園藝學, 農業藥劑學
敎授	李德鳳	植物系統學, 樹木學
副敎授	洪基昶	作物遺傳學, 作物學
副敎授	金樟洙	測樹學演習, 山林經理學
副敎授	孫膺龍	農業通論
助敎授	孫元夏	農林生理生態學, 生物學
助敎授	洪淳佑	植物形態學
講師	孟道源	農業分析化學, 肥料學
講師	權寧大	測量學, 山林利用學
講師	尹國炳	砂防工學, 農林立地學
講師	金光植	農林氣象學
講師	金文浹	蠶學汎論

大學院

院長	金洵植

* 學科目은 擔當 또는 指導 分野를 表示함

法 科：

教授(法博)	俞鎭午	憲法
副教授(渡美中)	朴在灜	國際史
副教授	邊宇昌	行政法
副教授(委員)	李熙鳳	民法
副教授(委員)	李建鎬	刑法
副教授	朱宰璜	商法
副教授	玄勝鐘	古代法
副教授	車洛勳	商法
助教授	李恒寧	民法
講師	李英燮	民法
助教授	南興祐	刑法
助教授	金振雄	商法
助教授	韓東燮	憲法

商科：

教授	金洶植	會計學
教授(委員)	金孝祿	配給論
副教授(委員)	鄭守永	經營經濟學
副教授	成昌煥	貨幣金融
助教授	尹炳旭	經營經濟學
講師	李相球	貿易論

政治學：

副教授(委員)	金相浹	政治學
副教授	尹世昌	憲法
副教授	尹天柱	國際政治學
副教授	金永斗	政治學說史

經濟科：

教授(渡獨中)	趙璣濬	經濟史
副教授(委員)	趙東弼	經濟政策
副教授	韓春燮	財政學
助教授	李昌烈	財政學

國文科：

教授(委員)	具滋均	國文學
副教授	金春東	國文學
副教授	趙東卓	國文學
助教授	朴晟義	國文學

388

英文科：

教授	李晧根	英文學
教授	趙容萬	英文學
教授	蔡官錫	英文學
副教授	呂石基	英文學
講師	朴忠集	英文學

哲學科：

教授	李鐘雨	西洋哲學
教授(委員)	李相殷	東洋哲學
教授(PH・D)	朴希聖	西洋哲學
教授	金敬琢	東洋哲學
教授	孫明鉉	西洋哲學

史學科：

教授(委員)	鄭在覺	東洋史學
教授	申奭鎬	國史學
教授	金學燁	西洋史學
教授	金成植	西洋史學
教授	金廷鶴	國史學

學校施設

一. 土地

1. 畓 34. 885 평
2. 田 63. 138 평
3. 垈地 15.235 평
4. 林野 643.930 평
5. 堤防 91 평
計 797.279 평

二. 校舍建物

名稱	構造種類	棟數	用途	面積	
				建坪	延坪
本館	石造三層 (一部六層)	一	事務室 教室其他	28740	114415
附屬舍 (一)	石造單層	一	機關室 宿直室	3200	3200

附屬舍（二）	石造單層	一	車庫 倉庫	2466	2466
圖書館	石造三層（一部四層，五層）	一	閲覽室 書庫研究室 陳列室	29572	94373
新館	石造二層（增築豫定）	一	教室 研究室	20500	41000
計		五		84478	255454

4) 이화여대

단기4292년도

교 양 학 부

교양교과 과정 (괄호 안 수자는 배당학점을 표시함)
〈공통 필수과목〉
필교101-102 국어 (4) 안용도, 이남덕, 강윤호, 이태극, 김영덕, 윤원호, 김동명, 김호순.

국어로 된 논설, 평론, 수필, 시, 소설, 희곡 등을 이해하고 감상하며 우리말로 자기의 의사를 충분히 또 적절하게 표현할 수 있게 하는 것을 목적으로 한다.
〈과별 필수과목〉
-인문과학계-
선교 151, 152 문학개론 (3) 이헌구, 김영덕

학생으로 하여금 문학의 정신을 파악하고 문학의 여러 가지 형식의 본질을 이해하며 문학과 인생의 관계를 발견하게 한다.

인문학부

(국어국문과)

교 수 진

교수	손낙범	이헌구	김동명	
부교수	이태극	김영덕		
조교수	윤원호	안용도	이남덕	이기백
전임강사	강윤호	김호순		
강사	조용욱	김광섭	양주동	이응백
조교	장연숙			

민족의 해방과 더불어 창설된 우리 과는 그 동안 여덟 번째의 졸업생을 내었다.
창설된 역사가 얕음에도 불구하고 졸업생들은 교원으로서, 여류문인으로서 또는 여류기자
로서, 언론계와 교육계에서 많은 활약을 하고 있다.
우리과로서는 그동안의 여성교육의 독특한 경험으로 미루어 아래와 같은 지도방침을 하고
있다.
1. 고전을 올바르게 연구하며, 전통을 찾고, 현대문학을 세계문학에로 이끌기 위하여 선진
   문명국의 어학, 문학, 그리고 그것의 이론을 교수하는데 각별히 힘을 들이고 있다.
2. 특히 앞날에 있어 여류문인과 여류기자를 지망하는 학생을 위하여 학년의 제한 없이 과
   외활동으로서 써어클을 만들어 창작과 기자의 실제적인 것을 지도한다.
3. 교수 지도 밑에 학생연구회를 조직하여 연구발표회와 과외강좌를 갖는다.

교과과정 (괄호 안 수자는 배당학점을 표시함)

국101-102　한문(A) (4)　　　조용욱

일상 사용하는 한문의 실력을 배양하며 기초적 문법을 밝히는 동시에
쉬운 고전을 해독하도록 함.

국103-104　국어 (4)　　　　　　이태극

일반국어

국201-202　어학개론 (4)　　강윤호

특수언어학의 한 연구 부문인 「한국어」에 대한 문자, 음성, 음운, 문법,
계통, 수사 등을 개관하여 그 전모를 파악한다.

국203-204　국문학개론 (4)　윤원호

한국문학의 각 장르별의 개요를 알고 그 문학들의 특질을 알아 세계문

학에 기여할 수 있도록 함.

국205-206   국문학강독 (A) (4)   안용도

고전작품을 훈고적 주해로서 교수하며 학생들이 고전작품을 스스로 감
상할 수 있는 실력을 배양한다.

국207-208   국어학강독(A) (4)   (두시언해, 훈민정음) 이남덕

국어사 및 국어학사 연구에 도움이 되는 각 시대 문헌중 이조중기의
문헌을 택하여 직접 강독하며 언어의 시대적 변천상과 연구 결과를 비교
검토 및 파악한다.

국209-210   한국현대문학사 (4)   김영덕

갑오갱장에서 금일에 이르기까지의 문학을 시대적으로 고찰하여 서구
와 일본의 근대문학이 우리나라에 들어와 어떻게 영향을 끼치었는가를
보며 앞날의 문학을 투시한다.

국211-212   문장론 (4)   양주동

문장의 형식에 중점을 두어 문장의 분류와 구성을 이론면과 실천면으
로 교수함.

국213-214   현대문학특강(D) (4) (현대시론) 김동명

현대문학의 특징을 서구작품과 우리나라 작품을 비교하여 교수한다.

국215-216   한 문 (B) (4)   조용욱

한문의 구성 법칙을 밝히며 고전작품을 해독하도록 실력을 양성한다.

국301-302   국어학사 (4)   강윤호

국어 연구의 사적 경위를 통관하여 시대적 특성을 파악하고 국어에 대
한 의식의 변천상을 검토한다.

국303-304   국문학사 (4)   이태극

민족사관에 입각하여 우리나라 문학의 흐름과 작가와 작품을 시대적으
로 구명한다.

국305-306   국문학강독 (B) (4) (홍부전)   손낙범

고전작품을 훈고적 주해로서 교수하며 학생들이 고전작품을 스스로 감

상할 수 있는 실력을 배양한다.

국307-308   국문학특강(A) (4) (시가론)   이태극

국문학 사상의 시사를 분류검토하고 한국시가사의 계보적 발달을 검토함.

국309-310   국어학강독(B) (4) (용비어천가, 월인석보)   이남덕

국어사 및 국어학사 연구에 도움이 되는 각 시대 문헌중 이조초기 문헌을 직접 강독하여 고어 문법의 세부적 및 구조를 검토한다.

국311-312   국어학특강(A) (4) (외서강독, 언문지)   강윤호

국어학 연구에 도움이 되는 각 시대 문헌을 언어 분석에 의하여 검토하는 한편 외서를 강독연구한다.

국313-314   문예사조사 (4) 김광섭

문예부흥 이후의 전반적인 문예사조를 교수하는 동시에 그것이 우리나라 문학에 미친 영향을 구명한다.

국315-316   현대문학특강 (B) (4) (비평론)   이헌구

서구문학 비평의 이론을 교수하며 우리나라 문학 비평의 발전상을 교수한다.

국317-318   현대문학특강 (C) (4) (수필론)   윤원호

수필의 본질을 구명하여 다른 문학과의 관계를 밝히고 우리의 고대 수필과 현대수필을 통하여 우리 수필의 성격을 분명히 하고 「엣쎄이」와의 비교를 행한다.

국319-320   현대문학특강 (D) (4) (현대소설론)   김동명

한국현대소설의 특질을 서구소설의 그것과 비교 검토한다.

국321-322   신문학연습 (2) 최완복

신문에 대한 실제면을 「이대 학보」의 편집을 통하여 습득케 하며 또한 신문학의 이론을 교수한다.

국401-402   국문법론 (4)   이남덕

문법학의 대상인 언어의 본질과 그의 단위적 각 요소, 어론, 문론, 문장

론을 밝힌다.

국403-404   국문학강독 (4) (춘향전)   윤원호

고전작품을 훈고적 주해로서 교수하며 학생들이 고전작품을 스스로 감상할 수 있는 실력을 배양한다.

국405-406   국문학특강 (B) (4) (고대소설론)   손남범

한국 고대소설의 의의와 현대소설의 비교를 통하여 한국 고대소설의 문학사적 발전상을 분과별로 검토 연구한다.

국407-408   국어학강독 (C) (4) (이두문)   강윤호

국어사 및 국어학사 연구에 도움이 되는 문헌을 분과별로 연구하여 이를 검토한다.

국409-410   국어학특강 (B) (4) (고가연구)   양주동

국어사 및 국어학사 연구에 도움이 되는 문헌을 분과별로 연구하여 이를 검토한다.

국411-412   현대문학특강 (E) (4) (작가론)   김광섭

작고한 현대문학 작가를 중심하여 이들의 생활면과 작품에 임한 태도와 그 사상성을 작품을 통하여 검토한다.

국413-414   언어학개론 (4) 우형구

일반적인 언어학적 언어본질론을 통해 국어연구의 방법을 교수한다.

국415-416   한국사상사 (4) 이기백

한국 민족사관에 입각하여 한국사상의 시대적 흐름과 앞으로의 사상적 진로를 교수한다.

국417-418   신문학연습 (2) 최완복

신문에 대한 실제적인면을 「이대학보」의 편집을 통하여 습득케 하며 또한 신문학의 이론을 교수함.

국419-420   국어교수법 (3) 이응백

중고등학교 국어과 교수에 도움이 되는 국어 교수법의 제반문제를 이론과 실습을 통하여 체득한다.

국421-422   속기법 (2)

국한문에 관한 속기법을 습득하여 과외활동의 편익도 도모한다.

5) 성균관대

1951년 12월에 대체적인 완성을 보게 된 교과과정을 들어보면 다음과
같다.

文學部
國文學科

第1學年

必須科目	學 點	
國語	4	
儒學槪論		8
自然科學		4
英語	8	
第2外國語		8
(獨·佛·中·世語 중)	8	
文學槪論		4
國文學講讀	4	
現代國文學講讀	4	
現代國文學鑑賞	4	
隨筆文學		4
體育	2	
合計	54	

第2學年

必須科目	學 點	
國語	4	
儒學特講		8
文化史	4	
文學各論	4	
國文學講讀	4	
現代國文學講讀	4	
國文學史槪說	4	
國文學槪論	4	
國語系統論	4	
體育	2	
合計	42	

選擇科目	學 點	
政治原論		4
經濟原論		4
史學槪論		4
修辭學	4	
哲學槪論		4
중	12	

第3學年

必須科目	學 點	
國文學講讀	4	
現代國文學史槪說		4
國文學特講	4	
國文學講習	4	
國文學史槪論	4	
國語學特講	4	
戲曲論	4	
漢文學史		4
美學	4	
體育	2	
合計	38	

選擇科目	學 點	
社會學	4	
敎育學	4	
哲學史	4	
英文學史		4
중	12	

第4學年

必須科目	學 點	
國語文法論	4	

必須科目	學　點
國語學特講	4
國語學演習	4
言語學	4
體育	2
合計	18

必須科目	學　點
敎育史	4
社會思想史	4
美術史	4
중	4
卒業論文	10
學點總計	190

임시 제2부 각 학과 교과과정표
국문학과

교 과 목	학 점	
고전문학강독	4	
현대문학강독	4	
국문학사		4
국어학사		4
국문학강독A	4	

국문학강독B	4	
문학개론		4
언어학개론	4	
국문학강독C	4	
국문학강독D	4	
국어학강독	4	
국문학연습A	4	
국문학연습B	4	
국어학연습	4	
국문학개론	4	
국어학개론	4	
국어음운론	4	
국어계통론	4	
국어문법론	4	
국문학특강A	4	
국문학특강B	4	
국어학특강	4	
현대문학사조사	4	
한국문학사	4	
문학각론		8
합계		80

4. 해방 후 제1세대 국어국문학 연구자의 연구경향
- 학적 배경과 문제의식

1) 서울대

(1) 국어국문학과

해방이 되자 식민지 시대 국어국문학을 연구하고 가르치던 소장학자들이 학계의 중심인물로 부상하며 이들에 의하여 서울대학교의 국어국문학 연구와 강의가 이루어졌다. 이들은 거의 대부분 경성제대 법문학부 출신의 학자들이다. 물론 이병기처럼 주시경의 국어연구학회 출신도 있고, 김기림이나 양주동처럼 일본 유학파 출신들도 있다. 김기림과 양주동은 1년을 재직하다가 그만 두었다. 문학은 조윤제 이병기 등이 주축이 되었고, 어학은 이희승 이숭녕 방종현 등이 주축이 되어 제자들을 길렀다.

이병기는 1946년 10월부터 1950년 10월까지 국어국문학과에 재직했다. 일제강점기에 시조부흥운동에 앞장섰고 국문학·서지학 분야에도 많은 업적을 남겼다. 해방직후 서울에 올라와 1946년 미군정청 편수관, 서울대학교 문리대학 교수로 있으면서 「고전문학에 나타난 향토성」 등의 논문을 발표했다. 1952년 대한민국 학술원 회원이 되었고, 『국어국문학』에 논문 「별(別) 사미인곡」, 「속(續) 사미인곡」을 발표했다. 1962년 전북대학교에서 명예문학박사학위를 받았다.

조윤제는 1946는 10월부터 1950년 10월까지 국어국문학과에 재직했다. 1924년 경성제국대학 문과에 제1기생으로 입학하여 1929년 학사학위를 받았다. 해방이 되자 서울대학교 교수가 되었고, 이후 대학원부원장 문과대학장 등을 역임했다. 1948년 국어교육연구회를 조직해 기관지 『국어교육』을 간행했다. 1952년 서울대에서 문학박사학위를 취득했다. 최초로 국문학의 체계를 세운 국문학자이다.

이희승은 1946년 10월부터 1961년 9월까지 국어국문학과에 재직했다. 30세가 넘는 만학으로 경성제국대학 조선어학급 문학과를 졸업하고 해방 후 경성대 교수로 있다가 1946년 학제개편으로 서울대학교 교수로 재직하면서 후진양성에 힘썼다. 그의 국어학 관계 대표저작들은 대부분 이 시기에 이루어졌다. 그가 주로 학문활동을 하던 시기는 어문정리와 규범문법의 확립에 관심이 모아지던 때였다. 그러한 시대상황과 학문적 분위기에서 규범문법을 연구하고 체계화하는 데 힘썼다. 그는 규범문법의 정립에만 그치지 않고」 근대적인 학문으로서 국어학의 체계를 세우고자 노력했다. 국어학 분야에 있어서 이룩된 업적들은 많은 후학들에 의해 계승되어 현대 국어학 발전의 토양이 되었다.

방종현은 1946년 10월부터 1952년 11월까지 재직하다 작고했다. 1934년 3월 경성제국대학 법문학부 조선어학 및 문학과를 졸업했다. 동대학 대학원에 입학해서 1938년 9월까지 국어학을 연구했는데, 이 기간 중 1936년 11월부터 1938년 7월까지는 동경제국대학 대학원에서 언어학을 연구했다. 1948년에 나온 「훈민정음통사 訓民正音通史를 비롯한 국어학사 관계의 저술에서는 훈민정음 이전의 향가·이두 등의 자료까지 다루고 있으며, 훈민정음에 대해서는 그 기원·명칭·발달을 논의하고 훈민정음 이본(吏本)에 대한 고증을 하는 등 훈민정음의 모든 부분을 포괄해 연구했다.

이숭녕은 1946년 10월부터 1973년 8월까지 재직했다. 경성제국대학 법문학부 조선어학과를 졸업했다. 19세기말부터 20세기 초 주로 유럽에서 이루어진 언어학의 이론과 방법을 당시 경성제국대학 고바야시[小林英夫] 등을 통해서 수용한 그는 국어학이 언어학이 될 것을 늘 강조하고, 국어학 연구의 과학화를 주장했다. 문자 중심의 음가연구에서 더 나아가 음운체계를 음운현상과의 역동적인 관계 속에서 음운사적으로 연구하여 국어음운론 연구사의 한 장을 마련했다.

이들의 지도로 해방 후 제1세대 연구자들이 학문적인 발전을 이룩할 수 있었고, 전문적 학자들이 배출되기 시작했다. 이명구(서울대석사 1949),

이능우(서울대석사 1954), 전광용(서울대석사 1957), 김열규(서울대석사 1957), 이기문(서울대석사 1957) 최학근(서울대석사 1957) 강신항(서울대석사 1958) 김완진(서울대석사 1958) 정한모(서울대석사 1959) 등이 그들이다. 그들은 해방 후 서울대학교에 입학하여 전쟁의 참화 속에서 학문을 탐구하고 "민족의 대학 건설"에 일익을 담당했다. 한국 민족을 대표하는 최고 수준의 대학에서 한국어문학을 연구하고 경향 각지의 대학에서 학생들을 가르친다는 자부심과 정체성이 정립되어 있었다.

(2) 국어교육과

국어교육과는 1945년 10월, 조국의 광복과 함께 경성사범 국문과란 이름으로 설립되었다. 당시 교수로서는 이탁, 한상갑, 정학모, 정형용, 고정옥, 손낙범 교수가 주축이 되고 최현배, 장지영, 김억, 방종현, 홍기문, 차상환, 윤영춘 선생 등이 출강하여 국어국문학 연구 및 중 고등학교 국어교사 양성의 본산을 이루었다. 초기의 국문과 지망생은, 수적으로는 적었으나 해방 후 국어 교육이나 국어국문학의 중요성을 깊이 인식한 사람들이었다. 이탁 교수의 국어학 강의나, 손낙범, 정형용, 고정옥 교수의 향가, 여요에서 민요에 이르는 명강들, 한상갑 교수의 해박한 한문 강독 등은 당시 학생들에게 깊은 인상을 심어 주었다. 이 당시 대학을 휩쓴 것은 국대안 찬반의 소란이었다. 미군정의 서울대학교 통합안에 대한 좌익학생들의 반대운동이 격렬하여 사대 전체가 큰 혼란에 빠졌었다. 졸업생이 나와서 대학과 사회와의 연관이 이루어지기 시작할 때, 6.25가 일어나 학생들도 민족의 수난과 더불어 전쟁의 참혹한 와중에 휩쓸리게 되었다. 교수는 뿔뿔이 흩어지고, 학생들은 배움터를 잃고 상당수가 군에 입대하였다. 각지의 전시 연합대학에 흩어져 있던 동문들은 1951년 겨울이 되자 부산 서대신동의 사대 가교사로 모여들어 전화의 상처가 남긴 아픔 속에서도 서로를 확인하는 기쁨을 맛보았다. 교수로는 이하윤 교수가 부임하였고,

졸업생 중 김덕환, 이을환, 이응백, 이두현 등이 강사로 위촉되었다. 6회까지의 졸업은 이 서대신동 가교사에서 이루어졌다. 당시 재학생중 서정범·박붕배·하만천·이용주·이응호 등과 강태중, 최성민 등이 과를 위해 애를 썼다. 또 강태중이 중심이 되어 〈국문학〉(프린트)을 낸 것은 전화에도 굽히지 않는 젊음을 밝힌 등불이었다. 1953년 휴전협정이 성립되자 교수들과 학생들은 본교(을지로)로 돌아 왔다. 1953년 수복 후 이탁·이하윤·김형규 교수를 중심으로 운영되던 국어과에 졸업생으로는 최초로 이응백 교수가 1957년에 전임으로 부임하고 이어 이두현 교수가 부임했다. 그리고 1958년 회갑을 맞으신 이탁 교수를 위하여 졸업생들이 선생의 〈국어학 논고〉를 간행해 드렸다.

이탁은 1919년 3·1운동이 일어나자 만주 집안현(輯安縣)으로 건너가 북로군정서(北路軍政署) 사관연성소(士官鍊成所)를 졸업하고 그해 10월 청산리전투에 참가하였다. 1945년 9월 서울대학교 사범대학에 부임하여 1961년 9월 정년퇴직까지 국어학을 강의하였다. 1932년 한글학회 회원으로 가입하여 한글맞춤법통일안제정위원·표준말사정위원 및 이사를 역임하였다.

고정옥(高晶玉)은 1929년 경성제국대학 예과를 거쳐 법문학부 조선어문학과를 졸업했다. 재학 중 일본인 교수 다카하시(高橋亨) 밑에서 김사엽(金思燁) 등과 함께 수학하였다. 광복 후 서울대학교 사범대학 교수로 있었으며 6.25 중에 납북되었으리라 추정된다. 우리어문학회의 회원이었다. 대학에서 주로 민요를 연구하였다.

김형규는 1936년 경성제국대학 조선어문과를 졸업하고 전주사범학교 교사를 지냈다. 8·15해방 후 보성전문학교, 고려대학교, 서울대학교 사범대학 교수를 지냈다. 1962년 서울대학교에서 문학박사학위를 받았다. 국어학회 부회장, 문교부 국어심사위원회 한글분과 위원장, 학술원 회원을 두루 거쳤다. 우리나라 최초의 국어학개설서인 〈국어학개론〉(1949)을 비롯, 국어 어휘의 역사적 연구와 국어 발달의 일반사적인 면을 설명한

〈국어사 연구〉(1962), 조선시대 가요를 음운·문법적으로 주석한 〈고가주석 古歌註釋〉(1955) 등의 저서와 수필집 〈계절의 향기〉·〈인생의 향기〉 등을 펴냈다.

2) 연세대

1946년 8월 15일, 연희전문학교가 연희대학교로 정식 승격 인가되면서, 문학부 안에 국문학과가 개설되었다. 해방이 되자, 시급한 일의 하나는 잃었던 우리의 말과 글을 되찾고 이를 바로잡아 쓰자는 운동이었다. 1945년 11월 20일 개강일로부터 한 주간을 전교생을 대상으로 국어·국사의 특별강습으로 충당하였다. 이때 문학부와 신학부는 金允經 金炳濟가, 정경상학부는 金善琪·金炳濟가 맡았다. 국어강습의 중심인물은 연전 문과 동문이자 조선어학회사건으로 옥고를 치르고 1945년 10월 6일에 교수로 임명된 金允經이었다. 1945년 12월 5일부터 정규강의가 시작되었다. 이때 金允經은 국문과장(겸 부문학부장, 부장은 白樂濬)에 임명되어 본격적인 국어교육이 시작되었다. 이 무렵의 국어국문학 관계 교원 조직표를 보면, 전임으로는 金允經, 徐斗銖, 金善琪, 尹應善(국어국문학 담당), 겸임으로는 丁泰鎭, 鄭寅承, 金炳濟(국어 담당, 1946.2.20 현재)로 되어 있고, 이 무렵 국문과의 이름으로 공부하고 졸업한 졸업생(졸업장에는 문과로 나감)으로는 吉曲植, 盧英七, 朴泰洪, 申琦澈, 申泰汶, 李東洙(崔書勉, 朴一은 중퇴) 등을 들 수 있다.

연희대학교가 정상적인 대학의 기능을 발휘하고, 발전의 기틀을 마련하기는 아무래도 1947년부터라 하겠다. 당시 총장이었던 白樂濬은 1947년 9월 11일부터 1948년 9월 6일까지 학교부흥을 위한 미국 선교부 대책을 협의하기 위해 장기간 도미체류하게 되매, 당시의 문학원장이었던, 金允經이 총장대리에 피임되었고, 金善琪가 문학원장을 대리했다. 그리고 1948년 9월에는 張志暎이 교수로 부임했다. 1949년 12월 31일에는, 법률

제86호로 공포된 신교육법에 따라 종래의 9월 1일의 학기 초가 4월 1일로 바뀌는 과도적 조치로, 1950년도만은 6월 1일로 학기 초를 삼았다. 따라서, 연희에서는 1950년 5월 10일에 연희대학교 제1회 4년제 대학 졸업생을 내었고, 1950년도의 신입생은 새로 개정된 학칙에 따라 모집하였다. 국문과의 경우, 30명 모집에 100여 명이 응시하여 1949년 9월의 입시 경쟁에 이어 3대 1의 경쟁을 웃돌았다. 당시의 시대적 분위기만 해도 해방된 감격이 아직 식지 않았던 때라 국학 계통을 지망하는 학생에게는 잃었던 조국, 잃었던 국어를 되찾고 이를 연구한다는 것이 여느 때보다 더 남 앞에 자랑스럽고 떳떳하게 느껴졌던 때였다. 그러나, 입학식과 개강식(6월 5일)이 있은지 한 달이 못되어 6.25를 맞았다. 전교생은 6월 27일 3교시에 노천극장에서 포성과 폭격의 폭음을 들으며 총장대리 金允經으로부터 무기한 휴교 조치를 들었고, 그 후 학생들은 산지사방 제 살 길을 찾아 흩어졌다. 당시의 국문과 전임으로는 金允經, 張志暎, 尹應善, 李正浩가 있었다.

1952년 4월 3일에는, 부산 영선초등학교에서 연희대학교 국문과의 첫 졸업생(1951, 52년도가 함께)이 나왔다. 李奇雨(전북대), 申泰汶(언론인, 재미. 이상 문과 2회), 李善愛, 李鍾城, 鄭淵吉 (한성대. 이상 문과 3회)이 그때의 졸업생이다. 그리고 1953년도에는 역시 부산에서 朴泰洪, 趙元庚 등 4명이 졸업했고, 1954년도에는 서울 본교에 복귀하여 李鍾殷(현 한양대), 全榮慶(동덕여대) 등 5명이 졸업했는데, 이들은 6.25 직전에 입학하여 서울 복귀 후의 첫 졸업생이 되었다.

부산에서 서울 본교로 복귀한 다음해부터 학과 교수진은 크게 강화되었다. 1954년에서 1958년에 이르는 시기는 국어국문학과의 역사에서는 획기적인 발전의 시기였다. 1954년 4월 崔鉉培가 문교부에서 연희로 돌아와, 그 해 9월에는 문과대학장, 1957년 3월에는 부총장의 직을 겸하였다. 특히 어학으로는 周時經의 가르침을 직접 받고, 그 학문과 정신을 이어받은 張志暎(1958.3.3 정년퇴임)의 「향가」 와 「이두」 강의 金允經의 「조선문

자 및 어학사」와 周時經의 문법을 계승 발전시킨 「나라말본」 강의, 崔鉉
培의 「우리말본」 「한글갈」의 강의 등은 그 학문이 이룩된 시대적 상황이
말해주듯, 학문적 깊이는 말할 것 없고, 학생들에게는 때때로 민족 수호
의 피나는 투쟁의 역사강의를 방불케 한 적이 많았다. 연희(세)대학교에
서는 이들 3인에게 학문적 업적과 국어 운동의 공로와 애국애족의 정신
을 기리기 위해 명예 문학박사의 학위를 수여했다. 또 이들의 학문과 정
신의 바탕에서 학문한 許雄은 연희에서 1952년(부산대 시간강사로 시작)
이래 「용비어천가」 비롯한 옛말글 강의와 소쉬르(F. de Saussure)의 공
시·통시언어학의 이론에 서서 강의한 국어학의 방법은 학생들에게 학문
적으로 깊은 감명과 많은 깨우침을 주었고, 朴昌海는 원래 교육학을 전공
하였으나(석사, 1954.3.20), 그 후 미국 유학(1955.7~1956.6)을 끝내고 국
어학으로 전공을 바꿔 주로 기술언어학의 방법으로 연구 강의하였다. 劉
昌惇은 원래 법학을 공부하다가(1945.2 일본 중앙대 중퇴) 해방 후 서울고
등학교 국어과 교사로 있던 것이 인연이 되어 연희에서 「국어변천사」등
옛글을 맡아 강의하게 되었다. 1966년 10월, 뇌일혈로 세상을 떠날 때까
지 국어학에 많은 업적을 남겼다. 특히 그의 저서 《李朝國語史研究》
(1964), 《李朝語辭典》(1964)은 학계에 공헌한 바 크며, 널리 알려져 있다.
한편, 고전문학으로는 梁柱東(1957.4.8. 연희대학교에서 명예문학박사학
위 수여)의 해박한 학식에 해학 섞인 컬컬한 음성의 《古歌研究》《高麗歌
謠》의 명강의는 강단을 메웠고, 權五淳, 李家源의 깊이 있는 한문학 강의,
《모범경작생》(1934)으로 조선일본에 데뷔한 소설의 朴榮濬, 청록파의 시
인 朴斗鎭이 현대문학 강의를 맡았다.

　　김윤경은 주시경에게 감화를 받아 국어를 연구하였다. 1917년 서울에
돌아와 연희전문학교에 입학하였다. 1921년 조선어연구회 창립회원이 되
었고 1922년 수양동우회 창립회원이 되었다. 1926년 일본 릿쿄(立敎)대학
교 문학부 사학과에 입학하여 〈조선문자의 역사적 고찰〉이라는 졸업논문
을 쓰고 1929년 졸업했다. 해방을 맞아 연희전문학교 교수로 임명되었다.

『조선문자급어학사(朝鮮文字及語學史)』를 1937년에 탈고하여 다음해 1월에 발행했다. 이 책은 제목에 나타나 있듯이 국어문자사이자 국어학사이다. 우선 훈민정음 창제 이전의 문자에 대해서 서술하고, 훈민정음의 창제와 변천, 훈민정음에 대한 여러 학설을 역사적으로 정리했으며, 개화기 이후에 나온 국어문법서들을 자세히 검토하였다. 자료와 학설을 철저히 소개하고 있어서 좋은 참고자료가 된다. 이밖에 『한글말본』(1946), 『어린이 국사』(1946), 『주시경선생 전기』(1960), 『새로 지은 국어학사』(1963), 『한결 국어학논집』(1964) 등의 저서를 남겼다.

최현배는 어려서 한문을 수학하고 일신학교(日新學校)에서 신식교육을 받았다. 1910년 한성고등보통학교에 입학한 후 김두봉의 권유로 조선어강습원에 다니며 주시경으로부터 사사받았다. 1915년 졸업 후 관비유학생으로 히로시마 고등사범학교[廣島高等師範學校] 문과 제1부에서 수학한 후 1920년부터 사립 동래고등보통학교 교사로 재직하였다. 1922~25년 교토대학[京都大學] 문학부 철학과에서 교육학을 전공한 후, 1926년 연희전문학교 조교수로 부임하여 본격적인 국어 연구와 교육에 힘썼다. 또한 조선어학회 회원으로 적극적인 활동을 전개하여 '한글맞춤법통일안' 제정의 핵심적인 역할을 했고 1942년 조선어학회사건으로 체포되어 옥고를 치르기도 했다. 8·15해방과 더불어 석방된 후 그해 9월 미군정청 문교부 편수국장으로 임명되어 3년간 재직했다. 이때 국어 교재의 편찬과 교원 양성에 주력하는 한편, 〈큰사전〉을 편찬하는 등 조선어학회의 재건에 몰두했다. 이후 심장마비로 사망하기까지 한글학회의 중추로서 한글전용·국어순화 등 실용적인 어문 활동에 힘써 많은 업적을 남겼다.

박영준은 농촌을 소재로 한 농촌소설을 많이 썼다. 호는 만우(晚牛)·서령(西嶺). 박영준(朴映逡)이라는 필명을 쓰기도 한다. 목사인 아버지 석훈(錫熏)의 둘째 아들로 태어나 평양숭실중학교와 광성고등보통학교를 거쳐 1934년 연희전문학교 문과를 졸업했다. 1935년 고향에서 독서회사건으로 5개월 동안 구류를 살았고, 1938년 만주로 건너가 용정촌에 있는 동흥중학교 교사로 일했다. 1946년 귀국하여 월간지 〈신세대〉 기자, 〈경향신문〉 기자, 고려문화사 편집국장을 지냈다. 6.25전쟁 때는 육군본부 정훈감실 문관으로 복무하면서 종군작가단 사무국장을 맡았다. 1955년 연세대학교·수도여자사범대학교 강사를 거쳐 1959년 한양대학교 부교수, 1962년 연세대학교 교수를 지냈다.

박두진은 박목월·조지훈과 함께 청록파 시인이다. 그리스도교 정신을 바탕으로 초기에는 자연을 읊다가 차츰 사회현실에 대한 의지를 노래했다. 호는 혜산(兮山). 1948년 한국청년문학가협회 시분과 위원장과 전국문화단체총연합회 중앙위원을 역임했고, 1949년에 결성된 한국문학가협회에 가담해 민족주의계열의 문학건설에 힘썼다. 1955년 연세대학교 전임강사가 된 뒤, 1959년 조교수로 취임했다가 이듬해 사임했다. 이후 대한감리회 신학대학교, 한양대학교 등에 출강했으며, 1970년 이화여자대학교 부교수를 거쳐 같은 해 다시 연세대 교수로 취임해 1981년 정년퇴임했다. 그 뒤 단국대학교 초빙교수로 있다가 1986년 추계예술학교로 옮겼다.

3) 고려대

국어국문학과는 현재 문과대학 인문학부에 소속되어 있다. 국어국문학과는 1946년 8월 15일 조선미군정청 문교부장의 본교 창립 인가에 따라 문과대학 國文學科, 英文學科, 哲學科, 史學科의 4개 학과 중 하나로 창설되었다. '국문학과'라는 학과 명칭은 1968년에 '국어국문학과'로 변경되어 오늘에 이르고 있다. 시계탑이 상징하는 유서 깊은 문과대학 건물에서 대부분의 전공 수업이 이루어지고 있으며, 학과사무실을 비롯하여 전임 교수의 연구실도 같은 건물에 들어 있다.

고려대 국문과는 당대 학계에서 훌륭한 업적과 성과로 주목받는 학자들이 전임으로 在職하여, 진지하면서도 열띤 연구 분위기를 조성해 왔으며, 정년퇴임 이후에도 계속하여 연구에 정진하여 후학의 모범이 되고 있다. 1951년 국문학과의 대학원이 설립되었고, 1952. 12. 문과대학을 문리과대학으로 개편. 문리과대학 국문학과로 소속을 변경하였다. 1954.2.에는 문리과대학에 문학부 설치. 문리과대학 문학부 국문학과로 소속을 변경하였다.

초창기 교수로는 具滋均, 趙東卓, 朴晟義, 金春東, 鄭漢淑, 宋敏鎬, 金敏洙 등이 있었다.

一梧 具滋均은 고전문학을 전공했고, 개성에서 출생했으며, 경성제국대학을 졸업했다. 1945 - 1965 재직했으며, 한국 문학가 협회 회원이고, 고전문학부장, 명예문학박사를 취득했다. 저서로는 : 조선평민문학사, 국문학개론 등이 있다.

芝薰 趙東卓은 현대문학을 전공했고, 경북 영양에서 출생했으며. 혜화전문학교를 졸업했다. 1948 - 1968 재직했으며, 고려대학교 민족문화연구소 초대 소장을 역임했다. 저서로는 청록집. 풀잎단장. 시의 원리. 한국민족운동사. 한국문화사서설 등이 있다.

月巖 朴晟義는 고전문학을 전공했고, 경북 담곡에서 출생했으며. 고려대학교를 졸업했다. 1953~1979 재직했으며, 국어국문학회 대표이사와 2, 3대 민족문화연구소 소장을 역임했다. 저서로는 한국문학배경연구. 한국고대소설론과 사 등이 있다.

云丁 金春東은 한문학을 전공했고, 경기도 양근에서 출생했으며. 가정에서 한문을 수학했다. 1946~1972 재직했으며, 명예 문학박사를 취득했다. 저서로는 만기요람(재용편) 역주 등이 있다.

一悟 鄭漢淑은 현대문학을 전공했고, 평북 영변에서 출생했으며, 고려대학교 국문과를 졸업했다. 1957~1988 재직했으며, 저서로는 현대한국문학사. 현대한국소설론. 금당벽화 등이 있다.

一丁 宋敏鎬는 현대문학을 정공했고, 충남 대전에서 출생했으며, 고려대학교 국문과를 졸업했다. 1959~1988 재직했으며, 저서로는 한국 개화기 소설의 사적 연구. 이상의 생애와 문학 등이 있다.

若泉 金敏洙는 국어학을 전공했고, 강원 홍천에서 출생했으며, 서울대 국어국문학과를 졸업했다. 1955 - 1992 재직했으며, 저서로는 국어문법론. 신국어학사. 신국어학 등이 있다.

4) 이화여대

국어국문학과는 1945년 설립되었고, 1947년 9월 문과가 인문학부로 개칭되면서 인문학부 산하에 독립된 전공학과로 정식 발족되었다. 1951년 12월에는 한림원이 문리대학으로 개칭되면서 문리대학에 소속되었고, 1982년에는 문리대학이 인문과학대학과 자연과학대학으로 분리됨으로써 국어국문학과는 인문과학대학에 소속하게 되었다.

1964년 9월에는 학과명이 '한국어문학과'로 변경되었다가 1968년 12월에 다시 '국어국문학과'로 환원되었다. 본교 인문 교양 교육에 중추적인 역할을 담당해 온 국어국문학전공은 1997년 학부제로 개편됨에 따라 인문과학대학 인문학부 소속으로 있다가 2004년 인문과학부로 소속이 변경되었다.

그간 전통문화의 재발견과 이의 올바른 수립을 통하여 새롭고 독창적인 민족문화의 창조에 기여하려고 했다.

지난 반세기 동안 국어국문학과에서 학생을 가르쳐 온 교수들은 참으로 많다. 전직 교수진의 경력과 업적을 개괄해보면 다음과 같다.

구자균(1947~1953)은 경성제국대학을 졸업했고, 고전문학을 전공했다. 저서로는 『國文精選』, 『國文學槪論』, 『國文學論考』, 『朝蘇平民文學史』 등이 있다

김동명(1947~1960)은 경성제대를 졸업했고, 국어학을 전공했다. 저서로는 『조선문학연구초』 『한글맞춤법 통일안 강의』, 『조선어학론고』 등이 있으며, 수필집 『벙어리냉가슴』 『소경의 잠꼬대』, 『딸깍발이』 등이 있다.

이정호(1951~1955)는 경성제국대학을 졸업했고, 국문학을 전공했다.

저서로는『주역자구색인』『훈민정음의 구조원리』『정역정의』등이 있다.

장지영(1948)은 日本私立精理舍 본과를 졸업했고, 연세대학교에서 명예 문학박사 학위 취득했다. 국어학을 전공했고, 저서로는『홍길동전 · 심청전』(주해서)『가려뽑은 옛글』(편저)『이두사전』등의 저서가 있다.

이태극(1953~1978)은 서울대학교를 졸업했고, 이화여자대학교에서 박사학위를 취득했다. 시조론과 향가별곡을 전공했고, 저서로는 시조집『조선시조선총』(공저), 시집『꽃과 여인』, 평론집『시조개론』등이 있다.

이헌구(1954~1970)는 早稻田大를 졸업했고, 문학개론과 문예사조사를 담당했다. 저서로는 평론집『문화와 자유』『모색의 도정』, 수필집『미명을 가는 길손』『진실을 벗삼아』등이 있다.

이응백(1954~1957)은 서울대학교 사범대를 졸업했고, 국어학을 전공했다. 저서로는『한글맞춤법사전』(공저),『한국어학본』『국어교육사연구』『국어과교육실습의 계획과 실천』등이 있다.

김영덕(1955~1985)은 서울대학교를 졸업했고, 이화여자대학교에서 박사학위 취득했다. 현대문학을 전공했고, 논문으로는 〈신문소설과 윤리〉〈한국현대소설주제소고〉 등이 있으며, 저서로는『문학개론』등이 있다.

윤원호(1955~1986)는 서울대학교를 졸업했고, 이화여자대학교에서 박사학위를 취득했다. 수필론과 한국문학사를 담당했다. 논문으로는 〈여조 수록류의 수필적 성격에 대한 연구〉〈일기고〉〈백운소설연구〉 등이 있다.

손낙범(1956~1962)은 경성제국대학를 졸업했고, 고대문학을 전공했다. 저서로는『국어학개론』이 있고,『흥부전』과『박씨부인전』을 다시 엮기도 했다.

안용도(1957~1962)는 서울대학교를 졸업했고, 교양국어를 담당했다.

강윤호(1957~1994)는 서울대학교를 졸업했고, 이화여자대학교에서 박사학위를 취득했다. 국어학을 전공했고, 〈한국어 방언에 있어서의 모음음소 배합유형에 대한 연구〉외 다수의 논문과『국어학개론』『현대인의 언어생활』『한국어』등의 저서가 있다.

이남덕(1958~1986)은 서울대학교를 졸업했고, 이화여자대학교에서 박사학위 취득했다. 국어학을 전공했고, 저서로는 『국어형태소분류론』 『15세기국어의 서법 연구』 『한국어 어원연구 Ⅰ~Ⅳ』 등이 있다.

5) 성균관대

1946년 성균관대학교의 창립과 더불어 국학의 본산으로 출발을 보게 된 국어국문학과는 도남 조윤제, 월탄 박종화로 상징되는 국문학 연구와 창작의 두 거봉을 정점으로 역사와 전통을 자랑하며 오늘에 이르고 있다.

조윤제는 1924년 경성제국대학 문과에 제1기생으로 입학하여 1929년 학사학위를 받았다. 1931년 조선어문학회를 조직하여 기관지 〈조선어문학회보〉를 발간했다. 1932년 경성사범대학교 교유(敎諭)에 임명되었으며, 1934년 진단학회를 조직해 기관지 〈진단학보〉를 발간했다. 1937년에는 최초의 저서 〈조선시가사강 朝鮮詩歌史綱〉을 간행했다. 1939년 〈교주춘향전〉을 출간했고, 조선어연구회 사건으로 용산경찰서에서 며칠간 조사를 받다 풀려났다. 경신학교 · 이화여자전문학교 등을 출강하다 1945년 해방이 되자 서울대학교 교수가 되었고, 이후 대학원부원장 · 문과대학장 등을 역임했다. 1948년 국어교육연구회를 조직해 기관지 〈국어교육〉을 간행했다. 1950년 성균관대학교 교수가 되었고 이후 대학원장, 부총장 등을 역임했다. 1952년 서울대에서 문학박사학위를 취득했다. 1960년 한국 교수협회를 조직하여 의장이 되었다. 1961년 5 · 16군사정변이 나자 구속되어 교수직을 사퇴당하고 5년 구형을 받았으나 무죄가 선고되어 8개월 만에 서대문형무소에서 풀려났다. 1963년 제8회 학술원상을 받았다. 1969년 대한민국 학술원회원이 되었다. 〈조선시가사강〉(1937) · 〈교주춘향전〉(1939) · 〈국어교육의 당면한 과제〉(1947) · 〈조선 시가사의 연구〉(1948) · 〈국문학사〉(1949) · 〈국문학개설〉(1955) · 〈한국문학사〉(1963) 등의 저술로서 최초로 국문학의 체계를 세운 국문학자로 국문학연구사에서 평가받는다.

그의 국문학연구의 특성은 첫째, 문학을 생명체로 파악하고 문학이 역사성·시대성 위에서 하나의 유기체로 변화·발전하는 것이라고 본 점, 둘째, 민족의 주체성에 역점을 두어 민족사관을 정립한 위에다 국문학의 체계를 세운 점, 셋째, 과학적 이론에 입각하여 체계화한 점 등을 들 수 있다. 따라서 국문학연구사에서 그가 이룬 학문적 가치는 ① 국문학사상 민족사관의 정립, ② 한국 시가 형태의 기본 이념 정립, ③ 모든 시가군을 문학 장르로서 최초로 체계화시킴, ④ 자연미의 발견을 조선시대 문학의 중요한 현상으로 부각시킴, ⑤ 〈춘향전〉을 국문학의 백미로 확정, ⑥ 한문학의 성격을 밝힘, ⑦ 평론문학의 기틀을 처음으로 마련해놓았다는 것 등으로 요약할 수 있다. 국문학의 특질을 '은근과 끈기'로 파악하기도 했다.

박종화는 1901.10.29 서울~1981.1.31 서울에서 출생했고, 민족예찬을 주제로 한 역사소설가로서 독자적인 위치를 확보했다. 비교적 유복한 가정에서 태어나 어렸을 때 7여 년 간 한학을 공부했다. 이때 배운 한학은 후에 역사소설을 쓰는 데 중요한 밑거름이 되었다. 16세에 결혼한 뒤 조부의 허락을 받아 소학교를 거치지 않고 바로 휘문의숙(徽文義塾)에 입학했다. 휘문의숙 시절에 정백·홍사용·안석주·김장환 등과 함께 등사판으로 〈피는 꽃〉이라는 잡지를 펴냈고, 1920년 동인지 〈문우〉를 펴내면서 문학수업을 시작했다. 1946년 전조선문필가협회 부회장, 1947년 성균관대학교 교수와 서울특별시 예술위원회 위원장을 역임했다. 공산주의에 반대하는 우익진영의 대표자로서 1949년에는 한국문학가협회 초대 회장, 1964년 한국문인협회 이사장 등을 지냈다. 서울신문사 사장, 서울특별시 문화위원회 위원장 등을 거쳐 1954년 대한민국 예술원 회원이 되었고 이듬해 회장을 역임했다. 1954년 서울신문사 사장직을 사임하고 〈임진왜란〉을 쓰기 시작하면서 잠시 중단했던 창작활동을 재개했다.

현행 인문학 학술지 평가제도의
문제점과 개선 방안[1]

1. 머리말

지식인에게 있어서 논문이 지식을 생산하는 수단이라면, 이렇게 생산된 지식의 유통, 수집, 확산 그리고 소비 과정, 즉 학술 커뮤니케이션 (Scholarly Communication)의 도구가 되는 것이 "학술지(Refreed Journal)"라고 부르는 매체이다.[2] 즉, 학술지는 지식 정보의 통합적 수단으로써 한 학문 분야, 또는 한 나라의 학문 수준을 보여주는 도구가 되는 것이다. 또한 학술지는 독창적인 연구 성과를 낸 연구자의 논문을 수록하고 있을 뿐만 아니라 동시에 연구자가 주요한 연구결과를 발표할 수 있는 장을 제공한다.[3]

이러한 학술 정보의 생산과 유통, 공유의 수단으로서 학술지의 권위와 가치를 인정하고, 학문 발전의 궁극적 목적을 위해서 정부, 한국연구재단의 주도적 행위로 학술지 평가가 이루어져왔다. 한국연구재단은 정부 주도 평가의 대표기관으로서 1998년부터 14년째 학술지 평가를 시행해오면

---

1 본 논문은 한국학술단체연합회가 주최한 제6회 통합학술대회에서 발표한 것으로 토론을 맡아주셨던 전북대 이태영 교수의 의견을 참고하여 일부 수정, 보완하였다. 토론을 맡아주셨던 이태영 교수께 감사의 마음을 전하며 더불어 자료 조사와 정리를 해 준 아주대학교 차희정 선생과 권세영 대학원생에게도 고마움을 전한다.

2 한상완 · 박홍석, 「국내 학술지 평가모형에 관한 연구」, 『한국문헌정보학회지』 제33권 제2호, 1999, 89면.

3 조만형, 「학술정보유통의 체계화를 위한 실태조사 및 정책방안 연구」, 한국학술진흥재단, 2007.

서 논문의 기본 틀을 마련하여 연구 논문의 외향을 갖출 수 있게 된 데에 이바지해왔다.

그러나 현재 정부 주도(한국연구재단)로 이루어지고 있는 학술지 평가 사업은 그 주체와 평가 방법에서 적잖은 문제점을 노출하고 있다는 데에 주목해야 할 것이다. 한국연구재단의 학술지 평가 정책이 학술담론을 생산하고 유통, 공유 하는 등에 개입함으로써 일면 학문 연구의 창조성과 자율성을 억압하는 경향이 나타나고 있는 것이다.

특히 한국연구재단이 학술지 평가사업의 결과를 학술단체를 지원하고, 각 대학에서는 한국연구재단 등재지에 게재된 논문을 연구업적 심사에 집중 반영하면서 정부 주도 하의 학술지 평가가 권력화 되고 있음을 구체적으로 보여주고 있는 것이다. 구체적으로는 학술지 평가의 결과가 학회 및 학술단체 지원에 연계하며 각 대학 및 연구소의 연구자들에 대한 '학술연구업적 평가자료'로 쓰이면서 학술연구비를 지원 받는 등에 강력한 영향을 준다. 이에 따라 등재학술지가 아닌 학회에 논문을 기고하는 것이 교수업적평가나 신규임용에 매우 불리한 요인으로 작용하게 되면서 많은 연구 논문이 등재학술지에만 집중하여 투고되는 현상이 나타났다. 이는 지역의 특성을 연구하는 학자들의 소규모 학회나 연구회의 소멸을 부추기면서 전국 규모의 대형 학회들만 유지되는 결과를 낳았다. 이러한 시점에서 한국연구재단 중심의 학술지 평가 정책에 대해서 비판적으로 검토하고 그 대안을 생각하는 일련의 행위는 적극적으로 요청되는 동시에 매우 중요한 작업이라고 할 수 있겠다.

2. 현행 학술지 평가 기준

현행 한국연구재단 학술지 평가는 계속평가의 경우 체재 평가(55점)와 패널평가(45점), KCI 인용지수(5점)로, 신규평가의 경우 체재 평가(40점)

와 주제평가(40점), 패널평가(20점)로 구분하여 총점 100점 만점으로 평가, 진행하고 있다. 여기에서는 계속평가의 경우 평가기준에 대해서 알아본다.

아래 표와 평가 내용은 2011년 한국연구재단에서 진행한 학술지 평가(체재 평가, 내용 평가) 항목 및 내용이다.[4]

가. 학술지 체재 평가(자체 평가)

평가항목		배점	자체평가 점수
1. 연간 학술지 발간횟수		4	
2. 학술지의 정시발행 여부		10	
3. 학술지 논문의 온라인 제공여부		7	
4. 논문명, 저자, 초록, 주제어 부분 표기형태		5	
5. 게재논문의 투고, 심사(수정), 게재확정일자 기재여부		4	
6. 논문 게재율		7	
7. 논문 1편당 심사위원 수		3	
8. 논문투고자의 국내·외 분포도		7	
9. 편집위원의 중복성		2	
10.	(학회 및 기타기관)편집위원의 전국성	4	
	(대학부설연구소)편집위원의 전국성	2	
11.	(학회 및 기타기관)편집위원 심사점유율	2	
	(대학부설연구소)자교 소속 연구자 심사점유율	4	
11개 항목		55	

※ 4번, 6번, 7번 항목 중 하나라도 0점일 경우 총점에 관계없이 탈락조치(단, 6번 항목은 등재학술지에만 적용)

※ 10번 및 11번 항목은 기관유형에 따라 택일하여 작성
- 학회 및 기타기관 : 편집위원의 전국성 4점 기준, 편집위원 심사점유율 2점 기준
- 대학부설연구소 : 편집위원의 전국성 2점 기준, 자교 소속 연구자 심사점유율 4점 기준

1) 연간 학술지 발간횟수 : 4점
   ○ 2010년(2010. 1. 1~2010. 12. 31)에 발행된 학술지 현황
      - 해당 학술지의 발행횟수에 따라 줄 수 삭제 또는 추가하여 작성

---

4 2장의 내용은 한국연구재단 홈페이지를 참조하여 작성하였음을 밝혀둔다.

2) 학술지의 정시발행 여부 : 10점

　○ 발행규정유무 : 2점

　○ 정시발행 : 8점

　　　※ 오차일수 : (규정상 발행일 - KCI 원문등록일 오차일수) / 규
　　　　정상 발간횟수

　　- 해당 학술지의 발행횟수에 따라 줄 수 삭제 또는 추가하여 작성

　　　※ 규정상 발행일로부터 ± 7일 이내에 KCI에 원문등록을 완료
　　　　한 경우 오차일수 미기재

　　　※ 규정상 발행일로부터 ± 7일 이후에 KCI에 원문등록을 완료
　　　　한 경우 7일은 제하고 오차일수를 계산

　　- 규정상 발행일 : 2010년 3월 31일, KCI 원문등록일 : 2010년 4월
　　　8일, 오차일수 : 1일

　　- 원문 수정 등으로, 동일한 호의 논문별 원문등록일이 상이한 경
　　　우만 작성

　　　※ 전체 논문 수 및 원문수정 논문 수 : 각 호별 논문 수를 합산
　　　　한 수치로 기재

　　　　당초 오차일수 : 당초 기준에 따라 산출된 오차일수를 기재
　　　　(첫 번째 표의 오차일수와 동일하게 기재)

3) 학술지 논문의 온라인 제공여부 : 7점

　○ 신청일 현재 학술지 논문이 온라인상으로 제공되고 있는 URL 기재

　　　※ 해당 기관 홈페이지가 아닌 외부기관(영리업체 포함)을 통
　　　　해 제공되는 경우도 URL 등 해당 정보에 대하여 기재하여
　　　　야 함

　　- 재단에서 학술지 논문의 온라인 제공여부를 확인할 수 있도록
　　　회원 ID 및 비밀번호를 함께 기재

　　　※ <u>관리자 ID 및 비밀번호가 아닌</u> 회원 ID 및 비밀번호를 기재

- 로그인 없이 원문을 볼 수 있는 경우 ID 및 비밀번호에 "필요
없음"으로 기재
- 온라인상으로 제공하지 않을 경우, URL에 "해당 없음"으로 기재

4) 논문명, 저자명, 초록, 주제어 부분 표기형태 : 5점
○ 한국학술지인용색인(KCI) 홈페이지에 기 등록한 논문파일 및 제
출한 학술지로 확인
- 해당되는 항목에 'O' 표기

구분	논문명	저자명	초록	주제어
외국어				
한국어				

5) 게재논문의 투고, 심사(수정), 게재확정일자 기재여부 : 4점
○ 한국학술지인용색인(KCI) 홈페이지에 기 등록한 논문파일 및 제
출한 학술지로 확인
- 해당되는 항목에 'O' 표기

구분	투고(접수)일자	심사(수정)일자	게재확정일자
기재여부			

6) 논문 게재율 : 7점
○ 작성한 [양식 3] 논문투고대장 파일(엑셀) 기준으로 작성
○ 게재율 산정공식 : (A / (B + C - D)) X 100
※ 예 : (20 / (25 + 2 - 1)) X 100 = 76.9%

구분	논문 수
A : 2010년에 게재된 논문 수	
B : 2010년에 투고된 논문 수	
C : 2009년에 투고된 후 2010년에 게재된 논문 수	
D : 2010년에 투고된 후 2011년에 게재된 논문 수	

7) 논문 1편당 심사위원 수 : 3점
  ○ [양식 3] 논문투고대장 파일(엑셀)로 확인
    - 투고논문은 2010년도에 투고된 논문 수(B) + 2009년에 투고된 후 2010년에 게재된 논문 수(C)를 의미함

8) 논문투고자의 국내·외 분포도 : 7점
  ○ 작성한 [양식 3] 논문투고대장 파일(엑셀) 기준으로 작성
    - 투고논문은 2010년도에 투고된 논문 수(B) + 2009년에 투고된 후 2010년에 게재된 논문 수(C)를 의미함

  ○ 국외 논문 투고자 비중에 따라 점수산정 기준이 상이하므로 2가지 중 선택하여 기재
    - 국외 논문 투고자 비중이 30% 미만인 경우 : 국내분포 4점, 국외분포 3점
    - 국외 논문 투고자 비중이 30% 이상인 경우 : 국내분포 3점, 국외분포 4점

(1) 국외 논문 투고자 비중이 30% 미만인 경우

  ○ 국내 투고자 지역분포 : 4점
    - 국내기관 소속 투고자 수 : 총 __명(외국기관의 투고자 수는 제외)
    - 국내 투고자의 분포지역

구분	상위 1위 분포지역	상위 2위 분포지역
지역		
인원 수		
분포비율		

- 투고자 소속기관 소재지에 따른 분류

구분	1.수도권	2.강원	3.경상	4.전라	5.제주	6.충청	7.외국	계
인원 수								

○ 국외 투고자 비중 : 3점

- 외국기관 소속 투고자 수 : 총 __ 명

- 국외 투고자 비율 : __% (외국 투고자 수/전체 투고자 수) X 100)

9) 편집위원의 중복성 : 2점

○ 신청마감일(2011.8.23) 현재 재임 중인 편집위원(편집위원, 편집위원장 포함)의 타 등재(후보)학술지 편집위원 활동현황

- 신청마감일(2011.8.23) 현재 재임 중인 편집위원(편집위원, 편집위원장 포함)으로 활동하고 있는 편집위원에 대해서만 작성

- 등재학술지나 등재후보학술지가 아닌 학술지의 편집위원으로 활동하는 경우는 작성하지 아니함

※ 편집위원 중복성 평가항목에서 외국인 편집위원은 제외

○ [표 2] 신청마감일(2011.8.23) 현재 재임 중인 편집위원(편집위원, 편집위원장 포함)의 타 등재(후보)학술지 편집위원 활동

구분	① 계	② 1종의 타 등재(후보)지	③ 2종의 타 등재(후보)지	④ 3종 이상의 타 등재(후보)지	⑤ 해당 학술지 편집위원으로만 활동
위원 수	명	명	명	명	명
비율	100%	%	%	%	%

① 10. 편집위원의 전국성 항목 [표 2]에 기재한 편집위원(장) 전체 인원 수

② 11. 편집위원의 중복성 항목 [표 1]에 기재한 편집위원(장) 중 1종의 타 등재(후보)학술지 편집위원으로 활동하는 인원 수

③ 11. 편집위원의 중복성 항목 [표 1]에 기재한 편집위원(장) 중 2종의 타 등재(후보)학술지 편집위원으로 활동하는 인원 수

④ 11. 편집위원의 중복성 항목 [표 1]에 기재한 편집위원(장) 중 3종 이상의 타 등재(후보)학술지 편집위원으로 활동하는 인원 수

⑤ 11. 편집위원의 중복성 항목 [표 2]에서 ① - (② + ③ + ④)한 값 입력

10) 편집위원의 전국성 : 4점

○ [표 1] 신청마감일(2011.8.23) 현재 재임 중인 편집위원(편집이사, 편집위원장 포함)의 소속기관 지역별 분포

구분	1.수도권	2.강원	3.경상	4.전라	5.제주	6.충청	7.외국	계
위원 수								

○ [표 2] 신청마감일(2011.8.23) 현재 재임 중인 편집위원(편집이사, 편집위원장 포함) 목록

- 기관(학회) 임원과 편집위원으로 중복 재직할 경우 편집위원으로 포함하여 입력

11) 편집위원 심사점유율 : 2점

○ 작성한 [양식 3] 논문투고대장 파일(엑셀) 기준으로 작성

- 투고논문은 2010년도에 투고된 논문 수(B) + 2009년에 투고된 후 2010년에 게재된 논문 수(C)를 의미함

○ 심사건수 비율 산정공식 : (편집위원 심사건수 / 최초 심사건수) × 100

※ 최초 심사건수 = 논문편수 × 최초 심사자 수

- 편집위원 심사점유율 : _____

※ 예 : (5 / 60) × 100 = 8.3%

나. 패널평가

1) 게재논문의 학술적 가치와 성과
  ○ 평가대상 학술지의 학술적 가치와 성과를 동일 또는 유사분야의
    등재학술지(등재학술지가 없는 경우 등재후보학술지)와 비교분
    석하는 등 관련 내용을 자유롭게 기술

2) 참고문헌(각주)의 서지정보에 대한 정확성 및 완전성
  ○ 한국학술지인용색인(KCI) 홈페이지에 기 등록한 논문파일 및 제
    출된 학술지로 확인(별도로 자료 작성하지 않는 항목임)

3) 논문집의 구성과 체제
  ○ 한국학술지인용색인(KCI) 홈페이지에 기 등록한 논문파일 및 제
    출된 학술지로 확인(별도로 자료 작성하지 않는 항목임)

4) 편집위원의 전문성
  ○ 신청마감일(2011.8.23) 현재 재임 중인 편집위원(편집위원장 포함)
    의 최근 2년간(2009년~2010년) 연구실적과 대외활동 등 성과중
    심으로 작성
    - 각 편집위원별로 논문실적 및 저역서 5편 이내, 대외활동사항
      5건 이내 선택기재

5) 논문초록의 질적 수준
  ○ 한국학술지인용색인(KCI) 홈페이지에 기 등록한 논문파일 및 제

출된 학술지로 확인(별도로 자료 작성하지 않는 항목임)

6) 투고논문 심사제도의 구체성 및 엄정성
   ○ 투고논문 심사제도 및 심사(절차)규정 내용 등에 대해 기재
   ○ 2011년도 개선 또는 향후 개선계획이 있을 경우 아래 양식에 따라
   기재

2010년도 심사규정	2011년도 개선규정 또는 향후 개선 계획	비고

   ※ 신청마감일 현재 2010년도와 대비하여 개선된 규정이 없거
   나 향후 계획이 없는 경우 상기 양식(개선계획)은 기재하지
   않아도 무방함

7) 연구윤리 강화활동의 구체성 및 엄정성
   ○ 연구윤리 관련 규정 내용 기재
   ○ 연구윤리 강화활동(연구윤리교육 실적, 부정행위 처리 및 관리실
   적 등)에 대해 기재
■ 학술지 발행관련 제규정

▶ 기관 정관(규정)

▶ 편집위원회 관련 규정

▶ 심사규정

▶ 투고규정

▶ 발행규정 (2010년도 발행과 관련된 모든 규정 내용 포함)

▶ 연구윤리 관련 규정

▶ 기타 규정

3. 현행 학술지 평가 현황

학술지 평가의 주목적은 '국내 학술지의 질적 수준 향상을 유도'하는 것이다. 그러나 현행 정부 주도 학술지 평가는 이러한 목적을 성취해가는 데에 그 한계를 드러내고 있다. 그 원인은 현행 학술지 평가제도는 논문의 학술적 가치와 타 연구에 영향을 줄 수 있는 정도의 가치 판단을 반영할 수 없는 방식이기 때문이다. 많은 부분 연구 외적인 부분에 치중된 항목들로 평가된 등재, 등재후보 학회지는 게재된 논문의 질적 우수성을 증명하지 못하고 있다. 그러나 많은 부분 양적 평가로 인정된 등재학회지 논문만을 각 종 지원과 교수, 연구원 임용 등에 적극적으로 반영하고 있기 때문에 등재학회지에 연구 논문이 집중적으로 투고되는 왜곡된 현상까지 초래하고 있다.

가. 학술지의 '질'보다는 '수치' 중심의 계량적 평가

현행 학술지 평가는 계속평가의 경우 체계평가, 패널평가, KCI 인용지수로, 신규평가의 경우 체계평가, 주제전문가평가, 패널평가의 세 부분으로 그 항목이 나뉘어 있는데, 실제로는 체계평가가 학술지 평가에 결정적인 영향력을 미치고 있으며 그 평가 항목은 대부분 형식적인 요건에 집중되어 있다. 이러한 양적 중심 학술지 평가를 통해서 논문의 편집과 형식의 기본적인 요건은 강화된 것이 사실이다. 그러나 양적 중심 평가 방식 때문에 게재된 논문의 전문성, 독창성, 질적 완성도, 학문적 영향력은 점차 저하되는 문제점[5]이 드러나고 있다는 점에 주목해야 할 것이다.

1) 양적 평가인 체계 평가의 높은 비중 - 신규평가 40점, 계속평가 55점

현행 연구재단 중심 학회지 평가는 학회지의 '질'을 적실히 드러낼 수 있는 평가항목들이라기보다는 평가기관의 '편의'를 위해 수치화가 가능한 형식적인 항목들('연간 학술지 발간횟수, 정시발행 여부, 학술지 논문의 온라인 제공여부, 논문명 및 저자 등 표기형태, 논문 게재율, 논문 1편당 심사위원 수, 논문 투고자의 국내외 분포도, 편집위원의 중복성, 편집위원의 심사점유율' 등)을 중심으로 평가 항목이 구성되어 있다.

아래 계속평가 항목의 점수비중은 이러한 체계평가의 문제점을 보여준다.

① '연간 학술지 발간 횟수(55점 중 4점)', '학술지의 정시 발행 여부(55점 중 10점)', '논문, 저자, 초록, 주제어 부분 표기 형태(55점 중 5점)' 등의 순수한 형식적 요건의 충족 여부에 많은 배점이 부여되었다.

② '편집위원의 중복성(55점 중 2점)' 항목의 경우를 보더라도 단순한 '중복' 여부만으로 점수를 부여하고 있는데, '전문성'을 갖추고 학술활동에 적극적으로 참여하는 경우 실제 다양한 학회에 소속되어 편집위원으로 활동할 수 있다. 일부 학회에서만 편집위원으로 활동하도록 선택을 강요하는 것은 편집위원의 전문성 확보를 어렵게 하고, 군소 학회에서의 편집위원 확보 문제 등을 야기하고 있다.

---

5 왕상한, 「학술지 평가제도의 현황과 문제점」, 『학술지 평가제도 혁신방안에 대한 공청회 발표자료집』, 교육과학기술부, 2011.8.22, 9면.

③ '논문 투고자의 국내외 분포(55점 중 7점)' 항목 평가의 경우 논문 투고자의 국내외 분포에 일괄적으로 점수를 적용하는 것은 무리가 있다. 인문학 분야 중 국문학, 영문학의 경우는 외국에서 투고되는 경우가 많지 않으므로 합리적인 평가가 어렵다.

④ '편집위원회 심사 점유율(55점 중 2점)' 항목 평가의 경우, 학회 편집위원은 관련 연구 분야의 전문가들이기 때문에 심사자로 가장 적합할 수 있다. 그러나 현행 평가에서는 편집위원의 심사점유율이 높으면 감점 요인이 되고 있다.

⑤ '연간 학술지 발간 횟수(55점 중 4점)' 평가 항목의 경우, 학회지 평가에서 절대적으로 제고의 필요성이 강조된다. 연 연 1회~2회 발행 학술지의 경우 발간 횟수가 적다는 이유로 게재된 논문의 우수성 여부는 평가 받지 못한다. 반대로 연구자와 투고 논문이 많아서 4회 이상, 또는 격월로 발행되는 학술지는 게재된 논문의 질과 상관없이 발간 횟수만으로 이득을 얻는다. 이는 학회지 평가 고유의 목적과도 상이한 결과를 초래할 수 있다는 점에서 개선의 필요가 크다.

⑥ '논문투고자의 국내·외 분포도(55점 중 6점)' 평가 항목에는 '외국 기관 투고자' 배점이 반드시 들어간다. 그러나 국문학의 경우 학문 특성상 관련 분야 외국 연구자들의 논문이 투고되어야만 학문의 발전을 도모할 수 있는 것은 아니다. 물론 외국 학자들의 국문학 연구도 의미 있는 일이 될 수 있지만 학문 발전 및 논문의 질적 우수성을 위해 꼭 필요한 것은 아니며 오히려 양적 평가에서 점수를 잃지 않기 위한 구색 맞추기 식의 행위가 될 수 있을 것이다.

2) '패널 평가'(신규평가 20점, 계속평가 40점)의 미비점

패널 평가는 질적 평가를 위한 심층 항목인데도 계속평가에서는 '참고 문헌(각주)의 서지정보에 대한 정확성 및 완전성, 논문집의 구성과 체제' 등 형식적인 부분이 비중 있는 평가 항목이 되고 있다.

그리고 그 밖의 평가 항목인 '논문초록의 질적 수준, 투고논문 심사제 도의 구체성 및 엄정성, 연구윤리 강화활동의 구체성 및 엄정성, 게재논 문의 학술적 가치와 성과, 편집위원의 전문성' 등은 패널이 누가 되느냐 에 따라 평가 결과가 판이하게 달라질 수 있는 주관적 판단의 요소가 많 이 잠재되어 있음을 알 수 있다. 평가 대상 학회지와 패널과의 관련이 학 회지 평가에 영향을 미칠 수 있다는 문제와 더불어 패널의 주관적인 판 단이 작용할 수 있다는 점에서 학회지 질적 평가의 적절한 방법이 되기 에는 문제가 있다.

또한 '편집위원의 전문성과 연구역량'의 경우, 편집위원의 연구역량을 발표된 논문 편수로 측정하게 되어 있어 실제로 연구역량을 평가할 수 있는 근거로 부족하다. 신규평가도 '편집위원의 전문성 및 관련 규정의 구체성, 심사기준 및 심사절차의 구체성 및 엄정성, 투고규정의 구체성, 연구윤리 강화활동의 구체성 및 엄정성' 등의 평가 항목에서 객관적 평가 가 어려울 수 있다. 그리고 한국연구재단에서 전문성을 갖춘 패널을 얼마 나 적합하게 선발할 수 있을까도 의문이다. 학술지 평가 패널의 선발과 그것에 대한 적절성 여부를 어떻게 판단할 것인지, 신뢰할 수 있을 만한 근거가 필요하다.

3) 학술지의 질 평가 보완을 위해 2011년 계속평가부터 'KCI 인용 지수' 를 평가 항목에 넣고 있으나 근본 해결책으로 부족

시범운영이기는 하지만 KCI 인용 지수의 배점은 5점에 불과하다. 향후 학술지 평가의 중요 항목으로 그 중요도가 주목되지만 현재 KCI 인용 지 수의 DB 구축이 부족한 상황에서 등재 학술지의 평가를 위한 제 역할을

다 하고 있지는 못하다.

4) '주제 전문가 평가'(신규평가 40점)의 미비점

학회지의 질 평가와 직결되는 평가 항목이지만 평가 항목의 부적절성, 평가의 객관성과 전문성 확보의 어려움이 문제가 될 수 있다. 질적 평가를 위한 심층 항목인데도 '참고문헌(각주)의 서지정보에 대한 정확성 및 완전성, 논문집의 구성과 체제' 등 형식적인 부분이 비중 있게 다루어지고, '논문초록의 질적 수준, 게재논문의 학술적 가치와 성과, 학술지의 전문성' 등은 '주제 전문가'가 누구로 선정되었는가에 따라 평가 결과가 극명하게 달라질 수 있는 가능성이 크다.

특히 온라인 개별 심사로 이루어지고 있기 때문에 객관적인 공론화의 과정이 부재하고 있어 주관적 평가가 되기 쉽고, 주제 전문가 평가에 가장 적합한 '전문가'를 한국연구재단에서 선정하는 데에는 심사자의 '전문성', '객관성' 확보의 어려움이 존재한다.

나. 학문의 차이를 고려하지 않은 일률적인 평가 항목

주지하듯, 인문학의 본질은 개인이나 집단에 대한 해석적 관점을 자신의 언어로 표현하는 것이다.[6] 이것이 인문학이 갖는 다른 학문과의 변별적 특성이다. 사람과 현상에 대한 관찰과 본질에 대한 탐구는 어떠한 규제에도 종속되지 않을 때에 좀 더 적극적으로 드러날 수 있다. 차이와 다름을 인정하는 이러한 인문학적 사고는 자유로울 때에야 비로소 가능한 것이기 때문이다. 이러한 학문적 특성을 내포한 연구 논문들을 정부 주도 학회지 평가의 획일적인 평가 방식으로 그 학문적 가치를 구하려는 것이

---

6 장덕현, 「학술지 평가정책에 관한 고찰-학술진흥재단의 학술지정책을 중심으로-」, 『한국도서관 · 정보학회지』 35, 2004.3, 375면.

학문의 발전에 어떠한 영향을 미칠 것인지에 대해서 다시금 고민해야 할 것이다.

1) 표면적으로는 동일한 평가 항목을 대상으로 하고 있기 때문에 합리적으로 보일 수 있지만, 학문의 차이를 고려하지 않은 일률적인 평가는 학회지에 대한 온전한 '질' 평가를 불가능하게 한다.

2) 국제 학술지로의 도약을 유도하는 평가 항목이 필요하기는 하지만, 국문학 분야 등 학문 영역의 특수성은 전혀 고려되지 않고 있다. (SCI, SSCI, A&HCI 등재지에 대한 평가 면제) 다른 분야의 경우 과학 기술, 사회과학, 예술 및 인문과학 등에서 국제 학술지로 인정받는 것이 의미 있는 일이지만, 국문학 분야에서는 논문의 학술적 가치와 권위가 다른 차원에서 평가되어야 할 것이다. SCI는 교수의 연구 업적을 평가하기 위해 고안된 장치가 아니라 연구자들이 논문의 인용도와 인용 패턴의 분석을 통해 주제 분야의 세계적 연구 동향을 쉽고 정확하게 파악할 수 있도록 하는데에 목적을 둔 도구[7]라는 것을 간과해서는 안된다.

이처럼 현행 한국연구재단 주도의 학술지 평가는 평가 주체가 정부 기관이 되면서 평가의 객관성과 전문성을 확보하기 어렵고, 행정 편의적인 양적 평가에 치중할 수밖에 없다는 한계를 표출하고 있다. 이로써 1998년 이후 현재까지 정부 주도의 학술지 평가 활동에서 드러난 평가의 행정화와 그에 따른 연구 업적의 계량화 문제는 평가 항목들이 지나치게 형식적이고 계량적 평가에 치중되어 있어서 실제로 학문 연구 활동의 질적수준의 향상을 유도하는 데에 부족했음을 확인할 수 있다.

이제부터라도 학술지 평가는 그 평가 기관과 평가 방식에 대한 대안을

---

7 위의 논문, 373면.

고구해야 할 것이다. 우선적으로 학문의 창의성과 독창성을 이해하는 전문 학술 기관이나 단체가 지금까지의 정부 주도 학술지 평가 역할을 대신하는 것에 주의 깊은 관찰이 필요하다. 또한 학술지 평가 방식 중 체제평가는 기본적인 요건을 충족시키는 것을 목표로 최소화하고, 질적 평가의 지표를 더 강화하는 등의 평가 개선 방안을 마련하는 것도 필요할 것이다.

4. 학술지 평가 개선 방안

현행 학술지 평가는 연구업적을 계량화 하는 데에서 많은 문제점들을 노출하였다. 그럼에도 불구하고, 등재학술지나 SCI, SSCI 등재지 게재 논문 수만으로 교수와 연구원의 업적을 평가하면서 공정성 시비에 휘말리지 않는다는 이유로 아직까지 형식적, 계량적 평가에 의존하고 있는 것이 현실이다. 따라서 연구업적의 질적 평가가 자리잡을 수 있도록 하는 데에 많은 연구와 고민들이 뒤따라야 할 것이다. 구체적으로는 학회 등 학문공동체의 자율적인 노력을 통해서 전문성, 창의성이 돋보이는 연구 논문을 생산하고 그러한 논문에 대한 질적 평가의 노력을 지속해야 한다. 이를 통해 최종적으로는 학계 스스로 학문적 권위체계를 확립해 가야 할 것이다.

가. 적합한 평가 기관(단체)의 선정

학술지 평가와 관련된 핵심적인 기획과 집행은 학문분야별 상황에 따라 여타의 기관이나 단체가 수행하는 것이 바람직하다. 정부 주도 학술지 평가 위임의 방법과 관련하여서는 아직까지 구체적으로 거론된 바는 없지만 학술지의 심층평가가 평가주체, 평가절차 등에서 현재와는 전혀 다른 형태를 취할 필요가 있다고 보고 방안을 제시[8]한 연구에 주목할 만하다.

2010년도부터 자연계열 학술지 평가는 과총에서 맡기로 결정되었다. 학술지 평가를 거쳐 지원을 결정하는 일을 과총에서 진행하는 것인데, 과총은 2010년부터 국제 학술지 지원 정책에서부터 평가 개념을 도입하여서 학술지에 대한 평가를 간략화하고 있다. 학술지 자체가 국제화에 필요한 기본요소를 갖추었는지를 평가하여 학술지 발행지원을 하고 있는 것이다. 세부적으로는 Open Access, DOI, eISSN, 색인데이터베이스 등재 여부, 인용 분석과 같은 항목과 더불어 학술지 구성요소가 국제 수준인지를 보는 평가로 구성되어 있다. '구성과 체제', '서지정보', '영문서지정보', '접수일 기술', '저작권표기', '영문참고문헌', '목적과 범위', '편집위원의 다양성', '원고편집인', '심사제도', '투고규정의 구체성', '연구윤리', '온라인 학술지', 'eISSN', 'db등재', 'DOI', 'Open access', '인용분석' 등의 항목 평가는 학술지의 방향성을 구체적으로 제시하고 있다. 학술지 논문의 국제적 수준을 평가하는 것으로 국제 색인데이터베이스 등재 여부를 학술지 수준 판단에 활용한다.[9]

대학교육협의회(이하 대교협)의 경우 '대학자체평가지원사업'을 통해서 각 대학의 특성을 반영한 자기점검 체제를 구축함으로써 대학의 자율성 신장을 기대하고 있다. 이를 위해서 대학의 특성을 반영한 지표설정으로 자율적인 질 관리 체제 구축 및 이에 근거한 발전계획 수립으로 대학경쟁력을 제고하고, 이를 대학의 운영과 발전을 위한 근거자료로 활용하고자 2009년부터 대학자체평가를 시행하고 있다.

대학자체평가는 '고등교육법' 개정('07.10)으로 제11조의 2(평가)조항 신설 '교육관련기관의 정보공개에 관한 특례법'제정('07.5) 및 '고등교육기관

---

8 연구는 학술지 평가주체가 한국연구재단에서 각 학문별 모학회와 한국연구재단 공동으로 바꾸어야 한다는 제언을 하고 있다(김재춘, 「후보 학술지의 발간·관리 현황 및 발전방향 탐색」, 『학술지 평가제도 개선방안을 위한 토론회』, 국회의원 김춘진/조전혁, 2011.06).

9 한국과학기술단체총연합회 홈페이지(http : //www.kofst.or.kr), 허선, 「여러 가지 과학 학술지 평가 방법」, 『제6회 통합학술대회 발표자료집(주제 : 학술활동에 대한 평가와 연구 수준의 향상)』, 한국학술단체총연합회, 2011.12.3, 40-41면.

의 자체평가 규칙'이 제정('08. 12월)을 근거로 대학의 교육·연구, 조직·운영, 시설·설비 등에 관한 사항을 스스로 점검·평가하여 그 결과를 의무적으로 공시하게 된다.

'대학자체평가사업'은 대학이 교육 및 연구수준에 대한 자기점검 및 외부평가를 통해 교육의 자율적인 질 관리를 강화하고 사회적 책무를 제고할 수 있도록 기대한다. 또한 대학의 현황에 대한 대학 스스로의 자율적인 평가를 토대로 자체평가결과공개와 적절한 정보제공으로 학부모, 학생, 기업체 등 교육수요자의 알 권리를 보장한다.[10] 대교협에서 주도적으로 진행하는 대학자체평가사업은 매년 자체평가를 실시하여 성과지표에 의한 대학의 발전계획을 수립하고, 추진실적을 대학 스스로 점검하도록 하는 체제를 정착시키도록 하려는 목적에서 시행되고 있는 것이다.

과총과 대교협이 학술지와 대학평가에서 보여준 자율적 평가 방식은 학회지 평가 방식에 새로운 방안을 시사한다. 평가의 체계, 지표, 항목, 배점의 우선순위 등은 각 학문 영역에서 학문의 고유한 특성과 현실 상황을 반영하여 '한국학술단체총연합회(이하 학단총)'와 같은 단체가 중심이 되어 그 기준을 마련하고 평가하는 것이 가장 바람직한 방법이 될 것이라는 점이다.

학단총이 중심이 되어서 학술지 평가를 진행할 경우 학술 단체가 학술지의 전문성과 연구 논문이 타 연구에 미친 영향력 등에 대한 질적 평가를 진행함으로써 연구자 집단의 고유한 경험에 바탕을 둔 평가제도가 정착될 수 있을 것으로 기대된다. 여기에는 물론 장기적인 시간이 필요하다. 이러한 목표를 위해서 일정 기간은 국가기관과 연구자 단체인 학단총이 평가의 책임과 권한을 적절히 분담하는 것을 제안할 수 있을 것이다.

---

10 한국대학교육협의회 홈페이지 '대학평가'(http://www.kcue.or.kr/index.htm)내용 참조.

나. 정량평가의 진정성 확보

학계가 주축이 되어(학단총이 중심이 되어서) 학술지 평가를 한다면 수치 중심의 체계평가가 갖는 문제점을 해소하고 항목의 조정을 통해서 평가의 유연성이 높아지고 시대성 등이 바로 반영될 수 있을 것으로 예상된다. 또한 각 학문 영역의 고유한 특성을 반영할 수 있는 평가기준과 평가항목을 설정하는 데에도 유리할 것이다. 또한 획일적인 항목 평가(체제 평가)때문에 연구자 수가 적은 학회나 연구 집단이 우수한 연구 논문을 생산하고 있음에도 불구하고 학술지 평가기준을 맞추기가 쉽지 않은 현 상태의 문제를 해결할 수 있다. 이를 통해서 희소학문 분야의 학술지 발간 지원도 학문발전의 장기적 관점에서 긍정적 준비를 할 수 있을 것이다.

체제 평가의 항목 중 연구 논문으로서 갖춰야 할 체제와 학술 정보의 공유, 전파, 확산 등의 책임을 통해 학회지의 권위를 인정받을 수 있는 최소 조건의 항목에 대한 평가를 유지하고, 학회지에 게재된 논문의 질적인 부분에 대한 평가에 집중한다면 현행 한국연구재단 주도 학술지 평가가 일정한 계량화된 조건만 충족되면 연구재단 등재지가 되고, 이것이 곧 연구업적 평가 및 임용, 학술지 지원 등에 절대적인 영향력을 행사하는 지표가 되고 있는 문제점을 해결할 수 있을 것이다. 구체적으로는 '학술지 논문의 온라인 제공여부', '논문명, 저자, 초록, 주제어 부분 표기형태', '논문 1편당 심사위원 수' 등 학회지에 게재된 논문들이 학술 연구 논문의 질적 수준을 담보할 수 있는 기본적인 형식적 요건들을 준수하고 있는지 여부를 판정하는 것이다.

그 평가기준은 심사 위원진이 특정한 전공분야에 집중되어 있지 않고 포괄적으로 구성되어 있는지 여부, '게재된 논문들의 학문적 전문성', '학문 분야와 관련한 유연하고 다양한 주제 선정' 여부, 연구의 성실성과 엄정성을 담보할 수 있는 연구 윤리가 명시적으로 규정되어 있고, 투고자에

게 숙지되어 있는지 여부 등이 평가되어야 할 것이다.[11]

또, 이를 충족하기 위해서는 전문가 집단의 구성이 요구된다. 우수 학술지에 논문을 게재한 경험이 많은 연구자, 본인의 학문적 명예를 걸고 엄정한 심사를 하는 최고 연구자들로 편집위원회가 구성되어야 할 것이다. 학회의 회장, 편집위원장 등이 역할 할 수 있을 것이다. 그리고 학술지 평가를 위한 구성원인 편집위원들에게는 학문적 권위와 명예를 보장하고, 충분한 물적·시간적 자원이 제공되어야 할 것이다.

다. 정성평가의 객관성 확보

학단총 중심의 학술지 평가의 경우 정부주도 평가에서의 학술지 평가 결과에 대한 맹목적인 종속과 과다한 적용의 여지는 완화될 수 있을 것이다. 연구업적 평가의 경우 등재(후보)지에 실린 논문만을 연구업적으로 평가해왔던 종전의 방식은 좀 더 다양화 될 수 있을 것이다. 저서, 번역, 칼럼, 비평 등의 대중적 글쓰기를 교수, 연구자 등의 연구 업적 평가에 포함하면서 그동안 정부 중심 학회지 평가를 통한 업적 평가에서 제외 내지는 저평가 되어왔던 문제를 해결하고, 사람과 현상에 깊은 관심을 가지고 삶의 성찰을 주도해온 인문학과 사회과학의 학문기반을 회복할 수 있을 것이다.

앞서 구성된 학단총 중심 전문가 집단의 학술지 평가는 지금까지 학술지의 평가 항목이 지나치게 획일적으로 계량화되어 있어 발생한 문제를 해소할 수 있어야 할 것이다. 이를 위해서는 우선적으로 학술단체의 규모 및 회원 수 등을 기준으로 논문 투고율과 게재율 등을 통해서 정량적으

---

11 김태윤, 「학술지 평가제의 개선 방안」, 『학술지 평가제도 혁신방안에 대한 공청회 자료집』, 교육과학기술부, 2011.8, 41면.

로 학술지를 평가하는 것보다는 정성적인 평가를 강화해야 할 것이다.

학회의 학회장 및 편집위원장들이 학술지 평가 편집위원이 되어서 학술지 발간 관련한 의견을 개진 및 교환할 수 있는 기회가 충분히 마련되어야 한다. 학회장 및 편집장들이 모여서 좋은 학술지를 만들기 위한 의견을 공론화하여 그 공론이 학술지 편집에 반영되도록 하고, 학술지 평가는 그 공론이 편집과정에 얼마나, 어떻게, 반영되었는지를 확인하는 절차가 되는 것이다.

주지하듯 좋은 학술지는 연구 분야의 축적된 학문적 토대 위에서 자유로운 연구 활동을 통해 전문적이고 독창적인 지식이 생산되어 그 성과가 연구자 간에 원활하게 소통될 수 있는 공론의 장을 제공하는 것이다.[12] 학단총 중심의 학회지 평가는 이러한 학회지의 역할과 목적이 성취되고 있는 지를 판단, 평가하는 행위가 될 것이다. 그렇기 때문에 인간과 사회의 변화에 역동적으로 대응하는 연구자의 창의력과 문제의식이 적극적으로 표현되는 동시에 분과학문과 전공분야의 통섭적 연구를 활발히 추동하는 인문학 분야의 경우 학문적 유연성과 다양성을 갖춘 학회지 논문에 대한 정당한 평가가 적극 요청되고 있다.

이를 위해서 투고된 논문의 질적 수준을 객관적이고 정당하게 평가할 수 있는 심사의 전문성, 신뢰성, 충실성을 확보할 수 있는 엄정한 심사의 윤리와 기준 마련도 필요하다. 더불어 연구자들이 합의하고 준수할 수 있는 연구 윤리의 규범에 대한 평가 지침을 마련하여 제시해야 할 것이다. 이렇듯 학술지 평가는, 계량적 연구업적 평가에서 학계 스스로의 자율적 질적 평가로 넘어가는 것만이 현재 양적 평가의 여러 문제를 궁극적으로 해결할 수 있는 것이다. 학문의 권위는 그 학문분야 구성원들의 노력에 의하여 자생적으로 구축되는 것이지, 외부의 권력이 부여해 주는 것이 아니다.[13] 창의적인 연구 논문의 지속적 생산과 타 연구에의 기여는 분야별

---

12 위의 논문, 37면.

로 전문성을 갖춘 민간 기구에서 학술지 평가를 담당할 때에 기대할 수 있을 것이다.

5. 결론

학술지 평가는 단순히 학술지의 우열을 가리는 것에 머물러서는 안 된다. 평가의 목적이 학술지의 수준을 높이는 것이라는 점에 충실해야 한다. 이를 위하여 학술지 평가는 평가 대상의 효율성을 판단할 수 있어야 하며 평가대상의 장점과 단점을 보여주고 단점을 보완하여 질을 높일 수 있는 방법을 제시[14]해야 할 것이다.

현행 한국연구재단 중심 학술지 평가제도는 학술지를 계량화하고 있다는 점에서 적지 않은 문제를 표출하고 있다. 수치에 많은 부분 의존하는 학술지 평가는 희소 학문 분야와 학제 간 통섭적 연구를 위축시키고 있으며, 이는 학문의 장기적 발전을 저해하고 있다. 때문에 전문적이고 독창적인 연구의 진작을 위해서라도 보다 다양하고도 개선된 학술지 평가방식이 필요하다.

그 대안이 될 수 있는 것이 학단총 중심의 학술지 평가방식이다. 각 학회장 및 편집위원장, 각 분야 최고 전문가들로 구성된 편집위원회가 정량, 정성 평가의 진정성과 객관성을 확보할 수 있는 최적의 평가기준을 마련하고 그에 따른 학회지 평가를 통해서 현행 학술지 평가방식의 문제점(등재학회지로의 논문 집중, 희소학문 분야 사멸, 우수 논문을 평가의 한계)을 해결할 수 있을 것이다. 연구자들의 자율적인 평가의 축적에 의해 학술지를 평가하는 체제로 전환하는 것은 학계 자체에서 학술지의 질

---

13 장덕현, 앞의 논문, 367면.

14 한상완 · 박홍석, 앞의 논문, 90면.

적 성장과 학문의 생산, 유통, 공유를 원활하게 하면서 세계적 수준의 학술지로 성장하는 데에도 기여할 수 있을 것이다.

참고문헌

刊行委員會, 『백영정병욱선생 환갑기념논총』, 신구문화사, 1982.

刊行委員會, 『李基文教授 停年退任紀念論叢』, 신구문화사, 1996.

강신항, 基谷姜信沆博士停年退任紀念論叢刊行委員會편. 『國語國文學論叢 : 基谷 姜信沆博士 停年退任紀念論叢』, 태학사, 1996.

강은국, 「중국에서의 한국어 교과과정 연구」, 『중국에서의 한국어 교육』, 태학사, 2000.

교육부, 2014년도 한국학진흥사업 시행계획(안), 2014.1.

구본혁, 南松 具本爀博士 停年退任 紀念論叢刊行委員會, 『南松 具本爀博士 停年退任 紀念論叢』, 明知大學校 國語國文學科, 1990.

김민수, 柳穆相 등편, 『韓國學新研究-若泉金敏洙教授 華甲記念』, 塔出版社, 1987.

김병운, 「중국의 현실과 한국어 기초 교재 교수용 참고서 개발 방안」, 『세계 속의 조선(한국) 언어 문학 교양과 교재 편찬 연구』, 중앙민족대학, 2002.

김순녀, 「중국 지역 한국어 교재의 현황과 과제」, 『국외 한국어 교육 자료의 실태 및 개발 방향』, 제4차 한국어 세계화 국제 학술 대회 논문집.

金永德·李男德, 尹元鎬教授停年退任紀念論文集刊行委員會, 『金永德.李男德.尹元鎬教授停年退任紀念論文集』, 金永德.李男德.尹元鎬教授停年退任紀念論文集刊行委員會, 1986.

김재춘, 「후보 학술지의 발간·관리 현황 및 발전 방향 탐색」, 『학술지 평가제도 개선방안을 위한 토론회』, 국회의원 김춘진/조전혁, 2011.06.

김종태, 「한국어과 졸업 후 인재 육성의 방향」, 『중국에서의 한국어 교육 Ⅲ』, 옌벤과학기술대학 한국학연구소 편, 태학사, 2002.

김춘선, 「中央民族大學에서의 한국학 연구 현황」, 『제27회 한중인문학회 국제 학술대회발표논문집』, 한중인문학회, 2011.

김태윤, 「학술지 평가제의 개선 방안」, 『학술지 평가제도 혁신방안 공청회 자료집』, 교육과학기술부, 2011.08.

김하림, 「한중 수교 20년, 인문학 교류의 의미와 과제」, 『한중인문학연구』 39, 2013.4.

김해수, 「옌볜대학 조문학부 교고과정」, 『중국에서의 한국어교육』, 태학사, 2000.

문영자, 「졸업 후를 대비한 커리큘럼에 관하여」, 『중국에서의 한국어교육 IV』, 옌볜과학기술대학 한국학 연구소 편, 태학사, 2002.

민현식, 「국내 기관에서의 한국어 교육과정」, 『외국어로서의 한국어 교육 과정과 교수요목』, 국제한국어교육학회 제13차 학술 대회 논문집, 2003.

박병련 외, 「한국학장기발전사업연구보고서」, 한국학중앙연구원, 2007.06.

박병채, 于雲 還曆紀念論叢刊行委員會, 『于雲 朴炳采博士 還曆紀念論叢』, 高麗大學校 國語國文 學研究會, 1985.

박성의, 高麗大學校國語國文學研究會, 『月巖朴晟義 博士還歷紀念論叢』, 高麗大學校國語國文學研究會, 1997.

백사전광용박사정년퇴임기념논총편집위원회, 『한국현대소설사연구』, 민음사, 1984.

백승호, 「중국 절강성 한국어 교육 현황」, 『이화여대 콜로키움』

石溪 李明九博士 回甲紀念論叢 刊行委員會, 『石溪 李明九博士 回甲紀念論叢』, 成均館大學校出版部, 1984.

성산장덕순선생정년퇴임기념논총편집위원회, 『한국문학사의 쟁점』, 집문당, 1986.

孫歌, 「關於後東亞論述的可能性」, 薛毅 孫曉忠編, 『魯迅與竹內好』, 上海書店出版社, 2008.

孫歌, 류준필·김월회·최정옥 옮김, 『아시아라는 사유공간』, 창비, 2003.

손정일, 「중국 대학에서의 한국어 교육과정」, 『외국어로서의 한국어 교육과정과 교수요목』, 국제한국어교육학회 제13차 학술 대회 논문집, 2003.

송민호, 一丁宋敏鎬博士古稀紀念論叢 刊行委員會, 『韓國文學思想史 : 一丁宋敏鎬博士古稀紀念論叢』, 啓明文化社, 1991.

송현호, 「연변대학의 한국학 현황과 과제」, 『한중인문학연구』 41집, 2013.12.

송현호, 「중국 대만 지역에서의 한국학 연구 현황」, 『제27회 한중인문학회 국제학술대회발표논문집』, 한중인문학회, 2011.

송현호, 「중국 지역의 한국학 현황」, 『한중인문학연구』 35, 한중인문학회, 2012.4.

송현호, 「중국에서의 한국학 연구 동향」, 『한국문화』 33, 서울대학교 한국문화연구소, 2004.6.

송현호, 「중앙민족대학의 한국학 현황과 과제」, 『한중인문학연구』 40, 한중인문학회, 2013.08.

송현호, 「중앙민족대학의 한국학 현황과 과제」, 『한중인문학연구』 40집, 2013.8.

송현호, 「중화민국 한국학의 현황과 전망」, 『한국학보』 23집, 2016.5.

송현호, 「중화민국의 한국학 현황과 과제」, 『韓國學報』 28기, 2016.6.

송현호, 「한중 인문 교류의 현황과 과제」, 『한중인문학연구』 44집, 2014.9.

송현호, 「한중 인문 교류의 현황과 과제-교육부의 한국학진흥사업을 중심으로」, 『한중인문학연구』 44집, 2014.9.

송현호, 「한중간 학술교류의 변천과 전망」, 『한중인문학연구』 54집, 2017.3.

심광보, 「세계적 수준의 학술지 육성 지원 사업추진 방안 연구」, 한국연구재단, 2010.09.

沈定昌, 「중국에서의 한국학연구 실황 및 전망」, 『21세기 중국의 정치와 경제 현황 및 전망』, 아주대학교 국제대학원, 2001.10.25.

안병호, 「기초 한국어 교재의 사용 실태와 그 개발 방안」, 『중국에서의 한국어 교육』, 태학사, 2000.

오세희, 「학술지평가 개선방안 연구」, 한국연구재단 사이버연구성과전시관, 2011.5.

왕상한, 「학술지 평가제도의 현황과 문제점」, 『학술지 평가제도 혁신방안에 대한 공청회 자료집』, 교육과학기술부, 2011.08, pp.3-32.

우인섭, 美原禹寅燮先生定年退任紀念論文集發刊委員會, 『美原禹寅燮先生 定年退任紀念論文集』, 韓一文化社, 1991.

우한용, 「한중 문화교류의 현황과 전망」, 『제27회 한중인문학회 국제학술대회

발표논문집』, 한중인문학회, 2011.

운혜연, 「남경대학에서의 한국학 연구 현황」,『제27회 한중인문학회 국제학술
　　　대회발표논문집』, 한중인문학회, 2011.

月河 李泰極博士 古稀紀念文集 刊行委員會 編,『月河 李泰極博士 古稀紀念文
　　　集』, 文學新潮社, 1982.

柳穆相 등편,『韓國學新研究-若泉金敏洙教授 華甲記念』, 塔出版社, 1987.

유지동, 「21세기를 향한 한국학 학과 한국어 과정 설치」,『중국에서의 한국어
　　　교육』, 태학사, 2000.

윤원호, 金永德.李男德.尹元鎬教授停年退任紀念論文集刊行委員會,『金永德.李
　　　男德.尹元鎬教授停年退任紀念論文集』, 金永德.李男德.尹元鎬教授停年
　　　退任紀念論文集刊行委員會, 1986.

윤해연, 「남경대학에서의 한국학 연구 현황」,『제27회 한중인문학회 국제학술
　　　대회발표논문집』, 한중인문학회, 2011.

이가원, 淵民李家源博士文秩頌壽紀念論叢刊行委員會,『淵民 李家源博士 文秩
　　　頌壽紀念論叢 汎學圖書』, 1977.

이기문, 刊行委員會,『李基文教授 停年退任紀念論叢』, 신구문화사, 1996.

이기우, 소석 이기우 선생 고희기념논총 간행위원회,『판소리의 세계 : 소석 이
　　　기우선생 고희기념논총』, 한국문화사, 1996.

이능우, 千峰李能雨博士七旬紀念論叢刊行委員會,『千峰 李能雨博士 七旬紀念
　　　論叢』, 千峰李能雨博士七旬紀念論叢刊行委員會, 1990.

이대로,「중국에서의 한국어 교육 현실과 문제」, http://cafe.daum.net/hangugmal

이덕우,「국내 학회 지원사업 현실화 방안과 학술지 평가 방식 개선에 관한 연
　　　구-한국학술진흥재단 지원사업을 중심으로」, 경기대학교 산업정보대
　　　학원 석사학위논문, 2007.

이두현, 서울大學校 師範大學 國語教育科,『宜民 李杜鉉教授 停年退任 紀念論
　　　文集』, 서울大學校 師範大學 國語教育學科, 1989.

이득춘,「중국인용 한국어 교재와 관련되는 몇 가지 문제」,『중국에서의 한국

어 교육』, 태학사, 2000.

이명구, 石溪 李明九博士 回甲紀念論叢 刊行委員會, 『石溪 李明九博士 回甲紀念論叢』, 成均館大學校出版部, 1984.

이성도, 「중국에서의 한국어 교과과정에 대하여」, 『중국에서의 한국어 교육』, 태학사, 2000.

이우성, 紀念論叢刊行委員會, 『民族史의 展開와 그文化 : 璧史李佑成定年退職紀念論叢上下』, 紀念論叢刊行委員會, 1990.

이을환, 仙巖李乙煥教授華甲紀念論文集刊行委員會, 『仙巖李乙煥教授華甲紀念論文集』, 한국국어교육연구회, 1985.

이응백, 蘭臺 李應百博士古稀紀念論文集刊行委員會, (蘭臺 李應百博士)古稀紀念論文集, 한샘出版, 1992.

이인순·허세립, 「중국대학에서의 한국어교육-4년제 대학의 한국어교육을 중심으로」, 『제33회 한중인문학회 전국학술대회 동아시아의 근대와 '도시'』, 2013.11.20.

이정자, 「4년제 한국어과 인재 양성의 방향」, 『중국에서의 한국어 교육 II』, 옌벤과학기술대학 한국학 연구소 편, 태학사, 2002.

이종은, 藥南李鍾殷先生古稀紀念 刊行委員會, 『韓國道教文化研究論叢 : 藥南李鍾殷先生古稀紀念』, 아세아문화사, 2000.

이태극, 月河 李泰極博士 古稀紀念文集 刊行委員會 編, 『月河 李泰極博士 古稀紀念文集』, 文學新潮社, 1982.

이해영 외, 「한국의 해외 한국학 지원 정책과 중국의 한국학」, 『제27회 한중인문학회 국제학술대회발표논문집』, 한중인문학회, 2011.

이해영, 「중국해양대학에서의 한국학 연구 현황」, 『제27회 한중인문학회 국제학술대회발표논문집』, 한중인문학회, 2011.

일모정한모박사화갑기념논총편집위원회, 『한국현대시사연구』, 일지사, 1983.

임종강, 「시급히 해결해야 할 한국어 교재 문제」, 『중국에서의 한국어(조선어)교육의 현황과 장래』, 월인, 2002.

장광군,「뤄양외국어대학의 한국어 교재」,『중국에서의 한국어 교육』, 태학사, 2000.

장덕현,「학술지 평가정책에 관한 고찰-학술진흥재단의 학술지정책을 중심으로」,『한국도서관・정보학회지』35, 2004.3.

전 영,「延邊大學에서의 한국학 연구 현황」,『제27회 한중인문학회 국제학술대회발표논문집』, 한중인문학회, 2011.

전영근,「광동지역의 한국어학과 현황」,『제27회 한중인문학회 국제학술대회발표논문집』, 한중인문학회, 2011.

정규복, 石軒 丁奎福 博士 古稀紀念論叢 刊行委員會,『韓國 古小說史의 視角』, 國學資料院, 1996.

정연길, 丁民鄭淵吉敎授華甲紀念論文集刊行委員會,『丁民 鄭淵吉 敎授 華甲紀念 論文集』, 丁民鄭淵吉敎授華甲紀念論文集刊行委員會, 1988

정한숙, 語文論集 高麗大學校 國語國文學硏究會,『第23輯 : 鄭漢淑. 宋敏鎬 兩敎授 回甲紀念 特輯號』, 高麗大學校國語國文學硏究會, 1982

조건상, 開新語文硏究會 東泉趙健相先生古稀紀念論叢刊行委員會,『古稀紀念論叢』, 螢雪出版社, 1986.

조만형,『학술정보유통의 체계화를 위한 실태조사 및 정책방안 연구』, 한국학술진흥재단, 2007, pp.84-92.

조성택 외,「한국학 발전의 제도적 기반 확립을 위한 종합 계획」, 한국연구재단, 2009.

주영하 외,「한국학진흥마스터플랜정책과제」, 한국학중앙연구원, 2007.10.

주옥파,「중국인 학습자를 위한 한국어 번역 교육의 문제점과 학습자 중심의 번역 교재 개발 방안」,『세계 속의 조선(한국) 언어 문학 교양과 교재 편찬 연구』, 중앙민족대학, 2002.

중한인문과학연구회,『중한중인문학연구』2집, 국학자료원, 1997.12.

중한인문과학연구회,『중한중인문학연구』3집, 국학자료원, 1998.12.

중한인문과학연구회,『중한중인문학연구』4집, 국학자료원, 2000.1.

중한인문과학연구회,『중한중인문학연구』5집, 국학자료원, 2000.12.

중한인문과학연구회, 『중한중인문학연구』 6집, 국학자료원, 2001.12.

중한인문과학연구회, 『중한중인문학연구』, 국학자료원, 1996.12.

千峰李能雨博士七旬紀念論叢刊行委員會, 『千峰 李能雨博士 七旬紀念論叢』,
　　千峰李能雨博士七旬紀念論叢刊行委員會, 1990.

최병우, 「『한중인문학연구』로 본 한중 인문학 연구사」, 『한중인문학연구』 54집,
　　2017.3.

최원식, 『제국 이후의 동아시아』, 창비, 2009.

최학근, 『관악어문연구』 7집, 서울대학교 국어국문학과, 1982, ⅰ-ⅵ

최희수, 「한국어교육의 현황과 금후의 과제」, 『중국에서의 한국어 교육』, 태학
　　사, 2000.

沈善洪 主編, 『中韓人文精神』, 韓國學硏究叢書 17, 學苑出版社, 1998.11.

태평무, 「한국어과 과정안 설정과 졸업 후의 인재 양성 방향에 대하여」, 제6회
　　한국어 교육의 실제와 발전 방향 연구회, 2002.

한국교육사고 편, 서울대학교 사범대학 50년 구술사자료집(1), 서울대학교 사
　　범대학, 1999.

한국국제교류재단, 『해외 한국학 백서』, 국제교류재단, 2007.

한국학중앙연구원 홈페이지(한국학대학원, 한국학진흥사업단)

한상완・박홍석, 「국내 학술지 평가모형에 관한 연구」, 『한국문헌정보학회지』
　　제33권 제2호, 1999.

『韋旭昇文集』 6, 中央編譯出版社.

『중국에서의 한국어 교육Ⅰ』, 옌벤과학기술대학 한국학 연구소 편, 태학사, 2000.

『중국에서의 한국어 교육Ⅱ』, 옌벤과학기술대학 한국학 연구소 편, 태학사, 2001.

『중국에서의 한국어 교육Ⅲ』, 옌벤과학기술대학 한국학 연구소 편, 태학사, 2002.

『중국에서의 한국어 교육Ⅳ』, 옌벤과학기술대학 한국학 연구소 편, 태학사, 2003.

『중국에서의 한국어 교육Ⅴ』, 옌벤과학기술대학 한국학 연구소 편, 태학사, 2004.

http://www.ksif.or.kr/business/locSejong.do

‖ 찾아보기 ‖

ㄱ

嘉義大學　96

姜龙范　197, 206

강신항　11, 215, 242, 402

강윤호　411

강태중　403

고려대　216, 384, 408

高雄大學　96

고정옥　216, 402, 403

曲阜师范大　183, 187

廣東外語外貿大　182, 186

교수업적평가　415

교육과학기술부　200

구본혁　214, 285

具滋均　216, 410, 409

九州大　78, 154

國立臺灣大學　96

國立師範大學　96

國立政治大學　12, 79, 96, 155

國立中山大學　96

國立清華大學　96

국어교육과　402

국어국문학과　400

국학교육강화사업　76

權五淳　406

권용옥　57

金善琪　404

金允經　404, 405

金虎雄　175, 197, 207

吉林大　14, 179, 185, 193, 194

金强一　197, 205

金健人　49, 175, 197, 204

金京善　175, 197, 209

金寬雄　197, 206

김광해　52

김기림　216

김대현　49, 50, 53

김덕환　403

김동명　216, 410

김동인　12

金敏洙　214, 283, 409, 410

김사엽　216

김상대　49, 50, 52

김억　402

김열규　402

김영덕　214, 280, 411

김완진　402

김윤경　216, 406

김재철　216

김종원　57

김준엽　17, 49, 52, 57

金春東　409

金春仙　175, 197, 209

김태승 50

김태준 216

김헌선 49

김형규 57, 216, 403

ㄴ

駱駝祥子 12

南京大 32, 59, 77, 78, 154, 182, 186,
    190, 192, 194

南京師範大 182, 186, 190

남윤수 49

ㄷ

大連外國語大 180, 185

大连外国语学院 190

大連外大 122

對外經濟貿易大 179, 184

대학교육협의회 431

대학자체평가 431

東京大學 78, 155

東大學威海分校 186

东师范大 181

東海大學 96

두만강포럼 14

ㄹ

洛阳外国语大 60, 180

梁啓超, 12

鲁东大学 182, 187

老舍 12

魯迅 12

遼寧大 17, 59

辽东学院 183, 187, 190

聊城大 182, 186

李海英 197, 208

ㅁ

문화체육관광부 105, 200

ㅂ

박두진 408

박병채 214, 345

박봉배 403

朴晟義 214, 329, 409

박영원 52

박영준 407

박옥걸 49, 50, 52

박종화 412, 413

朴昌海 406

朴泰洪 405

박현규 50, 53

방종현 216, 400, 401, 402

배공주 53

白樂濬 404

백철 216

변인석 52
변인섭 50
輔仁大學 96
復旦大 17, 122, 185, 190, 192, 194
北京 第2 外國語大 179, 185, 190, 194
北京大 14, 59, 60, 122, 178, 184, 189, 192, 194
北京語言文化大 179, 185, 189
北京外國語大 14, 179, 184, 189, 192

㉦

사재동 50
四川外大 14
山東大 15, 17, 60, 78, 154, 181, 186, 190, 193, 195
山東大學威海分校 181, 190
山東師範大 186
上海外國語大 122, 181, 186, 192
색인데이터베이스 431
西北大 60
西安外国语大 183, 187
서울대학교 215, 381, 400, 402
서정범 403
石源华 197, 202
석일균 214, 327
陝西師大 60
成功大學 96
성균관대 216, 412
세종학당 105
손과지 53
손낙범 216, 402, 411
孙春日 197, 206
손희하 49, 50, 53
宋敏鎬 215, 338, 409
宋成有 197, 202
송현호 49, 50, 52, 57, 72
신범순 49, 52
신채호 12
申泰汶 405
심경호 50, 52, 57
심정창 49, 175

㉧

安炳浩 196, 202
양명학 49, 52
양주동 216
揚州大 182, 186
煙臺大 181, 186
延邊科技大 180, 185, 190
延邊大 14, 32, 78, 124, 125, 154, 155, 179, 185, 189, 192, 194
연세대 215, 383, 404
烟台大 190
烟台师范学院 182, 187
吳大學 96
외교통상부 200
遼寧大 180, 185, 189, 195
牛林杰 49, 175, 197, 204

우인섭 214, 290

우한용 57

韦旭升 196, 202

濰坊大 122

劉昌惇 406

윤병로 57

윤여탁 49

윤영춘 402

윤원호 214, 281, 411

尹允镇 196, 208

윤정룡 52

尹海燕 196, 209

李家源 215, 352, 406

이기문 215, 252, 402

李奇雨 214, 405

이남덕 215, 216, 412

이능우 215, 273, 402

이두현 214, 309, 403

이명구 11, 215, 277, 401

이병기 216, 400

이상억 50

李善愛 405

이숭녕 216, 400, 401

이용주 403

이우성 214, 355

이윤재 216

이을환 214, 286, 403

이응백 214, 293, 403, 411

이응호 403

이재오 53

이정호 216, 410

李鍾城 405

李鍾殷 214, 324, 326, 405

이탁 216, 402, 403

이태극 215, 264, 411

이하윤 216, 402, 403

이해영 175

이헌구 216, 411

이화여대 216, 390, 410

이희승 216, 400, 401

인문학진흥방안 106

人民大 59, 193

임영정 49, 50, 52

ㅈ

장광군 49, 60, 197, 207

장덕순 214, 229

张东明 196, 205

张伯伟 197, 208

장부일 52

장지영 216, 402, 411

전광용 214, 220, 402

전기철 49, 53

전영 175

全榮慶 214, 405

전인영 49, 52

浙江大 14, 59, 60

浙江省政府 46

정규복 49, 50, 52, 215, 366

정병욱 214, 217

정양완 11

鄭淵吉 214, 319, 405

郑州轻工业学院 183, 187

정지용 216

정태섭 52

정학모 216, 402

정한모 214, 234, 402

鄭漢淑 340, 409

정형용 216, 402

济南大 182, 187

齐齐哈尔大 183, 187

조건상 214, 288

早稻田大學 78, 154

趙東卓 409

조영록 50

趙元庚 405

조윤제 216, 400, 412

주승택 57

周時經 216, 405

중국대학 한국학연구소 194

中國文化大學 78, 96, 154

中國社會科學院 17, 46

中国传媒大 182, 186

中國韓國語敎育 193

中國韓國語敎育硏究學會 194

中國海洋大 14, 32, 78, 154, 155, 181, 186, 190, 192, 194

中山大 14

中央大學 96

中央民族大 14, 32, 77, 78, 149, 150, 151, 154, 166, 167, 171, 173, 180, 185, 189, 192, 195

중화민국 96

中興大學 96

眞理大學 96

陈尚胜 197, 205

陳祝三 12

⓪ ㅊ

차상환 402

천병식 50

天津師範大 183, 187

天津外國語大 180, 185

天津外師範大 190

淸島農業大 182, 186

靑島大 60, 181, 186, 190

淸華大 193

최병헌 57

최성민 403

최학근 214, 237, 402

최학출 52

崔鉉培 216, 402, 405, 406, 407

沈定昌 197, 203

⓪ ㅎ

河南理工大 122

하만천 403

학술단체 415

학술연구비 415

학술연구지원사업 106

학술지 414

한계전 52

한국국제교류재단 105

한국어문학 110

한국연구재단 414, 415

韓國傳統文化國際學術硏討會 14

한국학 학문후속세대양성사업 107,
  121

한국학 71, 77

한국학교육강화사업 76, 106, 107

한국학기획사업단 106

한국학기획연구사업 106

한국학대중화사업 76, 99, 106

한국학선도연구지원사업 76, 106,
  107

한국학세계화Lab사업 76, 102, 107

한국학연구소 76

한국학연구인프라구축사업 76, 106

한국학중앙연구원 105, 110, 111

한국학중핵대학사업 34, 36, 37, 73

한국학진흥사업단 32, 33, 42, 76, 97,
  102, 105, 106, 107, 116, 201

한국학진흥사업시행계획 106

한국학진흥사업위원회 83, 106

한상갑 216, 402

한승옥 52

韓中人文科學國際學術硏討會 14

한중인문학회 14, 18, 33, 71, 194

韓振乾 197, 203

杭州大 15, 46

해외한국학씨앗형사업 37, 39, 40, 42,
  73, 76, 84, 102, 107, 111, 114, 121,
  122

해외한국학중핵대학육성사업 76, 102,
  107, 115, 119, 121

해외한국학진흥사업 106

현진건 12

湖南大 14

홍군 53

홍기문 402

華南師大 14

華南地域 33

華東師大 46

淮海工學院 46, 59

黑龙江大 179, 185

A&HCI 429

Australian National University 78, 154

Charles University in Prague 78, 154

Charles University 79, 155

Far Eastern Federal University 79, 155

Free University Berlin 77, 78

Harvard University 153

Khan University 79, 155

Leiden University 77, 154

Ministry of Education of the People's
  Republic of China 108

PACS 194

Paris Consortium 154

Paris Consortium2 79

free University of Berlin 155

freie Universität Berlin 154

Saint Petersburg State University 154

SCI 429, 430

Sofia University 79, 155

SSCI 429, 430

State University of New York at
  Binghamton 78, 154

University of Auckland 78, 154

University of British Columbia 153

University of California at Berkeley 78,
  153, 154

University of California at San Diego
  78, 154

University of California, Los Angeles
  77, 153

University of Hawaii at Manoa 79, 155

University of London 78, 153, 154

University of Michigan 78, 154

University of New South Wales 153

University of Southern California 77,
  78, 154, 155

University of Vienna 78, 154

University of Washington 77, 78, 153,
  154